Chi Li
Yanjiu Ziliao

吴义勤

主编

池莉

研究资料

刘婧婧　选编

百花洲文艺出版社
BAIHUAZHOU LITERATURE AND ART PRESS

图书在版编目（CIP）数据

池莉研究资料 / 吴义勤主编. —— 南昌：百花洲文
艺出版社, 2024.12
ISBN 978-7-5500-4906-2

Ⅰ.①池… Ⅱ.①吴… Ⅲ.①池莉 – 文学评论 – 文集
Ⅳ.①I206.7-53

中国国家版本馆CIP数据核字（2023）第018886号

池莉研究资料

吴义勤　主编　刘婧婧　选编

出 版 人	陈　波	
责任编辑	罗　云	
书籍设计	方　方	
制　　作	何　丹	
出版发行	百花洲文艺出版社	
社　　址	南昌市红谷滩世贸路898号博能中心一期A座20楼	
邮　　编	330038	
经　　销	全国新华书店	
印　　刷	永清县晔盛亚胶印有限公司	
开　　本	720 mm×1000 mm　1/16	印张　24.75
版　　次	2024年12月第1版	
印　　次	2024年12月第1次印刷	
字　　数	430千字	
书　　号	ISBN 978-7-5500-4906-2	
定　　价	65.00元	

赣版权登字　05-2023-462

邮购联系　0791-86895108
网　　址　http://www.bhzwy.com
图书若有印装错误，影响阅读，可与承印厂联系调换。

目　录

1　｜　生存理想的陨落

　　　　——池莉人生三部曲的问题研究／张景超

9　｜　论池莉小说的叙述话语／吴文薇

19　｜　池莉：神圣的烦恼人生／戴锦华

38　｜　池莉与反神话写作／周志刚

46　｜　从理想彼岸的追寻到此岸存在的确认

　　　　——论现代女性文学的衍进轨迹兼评池莉／任一鸣

53　｜　论池莉小说的文化冲突与取向／夏德勇

61　｜　泽及众生的"世俗"关怀

　　　　——读池莉的两部中篇有感／潘凯雄

67　｜　池莉：存在仿真与平民故事

　　　　——二十世纪末中国女小说家典范论之一／王　绯

91　｜　试论池莉小说的女性意识／吴惠敏

101　｜　在升腾与坠落之间

　　　　——漫论池莉近作的人生模式／於可训

110 | 从池莉的创作看她的生存哲学 / 赵淑琴　茅　维

118 | 平民情怀与消解虚幻神话

　　　——池莉小说主题透视 / 马治军

126 | 论池莉20世纪90年代的小说 / 刘志友

140 | 从白日的梦幻到黑夜的真实

　　　——池莉小说叙事结构的演变 / 陈　俐　黄文彬

149 | 市民本位与乐生主义

　　　——池莉小说解读之一 / 吴禹星

159 | "池莉热"反思 / 刘川鄂

168 | 故事的传奇性与精神上的反传奇

　　　——对池莉20世纪90年代小说创作的透视及反思 / 孙先科

181 | 论池莉小说的女性意识

　　　——兼及新时期女性意识的多元型态 / 周利荣

190 | 观看男人的三种眼光

　　　——池莉近作的女性视角及其意义 / 魏天真

203 | 人生无梦到中年

　　　——池莉简论 / 张志忠

217 | 坚守与超越

　　　——摭论新写实之后的池莉小说创作 / 李明清

228 | 理想的失落与道德的滑坡

　　　——论池莉小说对婚姻爱情的市民诠释 / 王　科　徐日君

239 ｜ 中国当代社会的市井叙事

　　　——池莉小说的叙述特征及文化意识 / 肖佩华

248 ｜ 池莉小说的民间文化形态及审美向度

　　　——兼议"池莉现象" / 王桂青

255 ｜ 论池莉小说中审美与审丑

　　　——兼谈女性写作的叙事立场问题 / 王晓恒　姜子华

263 ｜ "烦恼人生"与"漂泊的码头"

　　　——池莉与她的"武汉故事" / 曾一果

280 ｜ 池莉新都市小说中的女性形象分析 / 杨新刚

294 ｜ "不畏浮云遮望眼"

　　　——池莉论 / 惠雁冰

309 ｜ 批评依恃一种怎样的"话语生长点"？

　　　——池莉小说的当代评价研究兼谈批评倾向性问题 / 孙桂荣

324 ｜ 时代变迁与"新写实主义"的兴衰

　　　——论池莉创作的轨迹 / 姜　楠

332 ｜ 论池莉小说的地域文化呈现 / 曾　李

343 ｜ 试析池莉小说中的父亲形象 / 牟玉珍

351 ｜ 文学视野中的"地方意识"

　　　——以池莉的"汉味小说"为例 / 陈　红

367 ｜ 附录：池莉研究资料索引

生存理想的陨落

——池莉人生三部曲的问题研究

张景超

　　人的存在问题是个根本性的问题。世界上没有比人怎么活着这个看似简单的问题更要紧的事情了。尼采说得不错，任何事物的意义都是人给予的，假如人不存在，那么宇宙对我还有何用？

　　池莉非常聪明。她在自己的创作中紧紧把握住这个人生的最大母题，一涉入文坛便赢得了四面八方的赞誉。池莉应该得到喝彩，她对中国人日常生活形态的还原，她对我们民族不无悲剧性存在的揭示，不宣而战地击溃了文学中夸饰生活、夸饰信仰的虚假遗风，使我们面对尴尬的负重的难堪境遇后开始重新谋划我们的生存。

　　但本文的作者不想追随那种一俊遮百丑式的批评，再给池莉献上一点鲜花和桂冠。我认为池莉只是把文学的描写基点拉回到人的生存问题上，却没有做出超越性回答。她的创作潜伏着一种危险：认可生物性的存在、平庸无为的存在。这容易把一个非常富于激情的理想的课题变成一声令人沮丧的慨叹。为了使人的存在更有意义，为了使文学对此在的审美观照更具有激人奋争的力量，我想就池莉忽视的生存问题同她展开讨论。

一、存在：必须以参与的创造为前提

人的存在是一种到场、一种显像。他是什么或不是什么都靠他的行动投入来说明。正像存在主义哲学家海德格尔所说，要确定锤子的性质及功用，必须看它上到手头的状态和被使用的过程。同理，人要获得积极的生存价值就必须主动地去参与、去创造、去对外在世界进行组建。他不能消极无为地等待外力的发现，更不能满足于自在的状态。

人生三部曲显然放弃了这一存在的观察点。其明显的表现是，作者不以人的到场活动，而是以静态的眼光抽象地肯定人的价值。在她的叙述中，印家厚似乎拥有非凡的才干和能量，他既掌握现代工业化社会的高超技术，又有国际问题专家的开阔眼光；他既会写诗，又能以学者的洞察力评诗；既有对美好感情的感知能力，又有崇高的德行和涵养；既精于艺术表演，又拥有天然的组织能力……他好像是个全才，只要得到一个适当的位置，准会创造出惊人的业绩。我们且不论池莉把人类的一切美好品质毫无遗漏地赠送给一个普通劳动者，显得怎样的不和谐，仅就生存论、存在论的观点来看，就带有较大的空幻性。一个人的可能性或许多种多样，然而只有当他以自己的行动付诸现实的时候，他才能够是其所是，否则他什么也不是，只能是他在现实中存在的样态。书中的印家厚是什么身份？诗人？学者？艺术家？什么也不是。依照作家给予他的气质和才力，他本可以踏破一切道德藩篱、社会控制，嬉笑怒骂人生，闯自己的天下。如此即便伤痕累累，但因为争得了人的自由也会让读者感到活得漂亮、活得痛快。可他总想在旧圈子、既定秩序里做人，一不敢惹怒老婆，二不敢得罪领导，最后所能成的就是家庭和社会的佣工，被生活机器绞得面目全非、无名无姓、跟他人一样的"常人"。

在解释印家厚的无为时，作家把更多的责任归结到客观世界里。透过她的描写，我们领悟到一种偏斜的生存观念，即作为个体的人总是生活在比他强大得多的社会环境中，软弱的个体无法与它抗衡。而目前不合理的社会运行机制、荒诞的生活秩序又与人的本质存在形成尖锐的对立，要想谋求基本的生存权利，人就不能对如此的世界俯首称臣。应当承认作家开掘的积极意义，她使我们清醒地意识到了危及人性和本真存在的外部条件。然而它的意义掩盖不了作家在看取生存问题上的缺失。她忽略了存在者的主体性作用。人要为自己的行为、自己的存在负责。他在生活中的每一次到场，实际上都是自我选择的结果，他人格的每一次展现，都可以从自我那里得到说明。只要在矮檐下还出现一个敢于挺直身躯的汉子，我们就不能把罪责完全推给客观世界，也不能把低头行为认作百分之百的合理。任何恶劣的环境中都会有异端，异端的可贵就在于他敢于行动，敢于抗争，敢于打破旧秩序，组建属于自己的世界，它总要通过自己的参与和组构活动创造适合自己生存的世界。由于种种原因，我们可能实现不了本质的存在，但绝不能忘记它的指引，我们还需在它的照耀下，对非本质的生存状况提出自我批评和自我羞辱，而不可能把自己矮小的存在当作唯一可能的存在。中国人生存中的一个最大缺陷就是缺乏参与意识、创造意识，他们宁可信奉"好死不如赖活着"的庸人哲学，也不敢挺身而出，同恶劣的生存环境抗争。

从这一观念考察，印家厚是一个毫无任何参与能力和创造精神的消极存在者。解剖他的整个人格结构，我们可以发现，他浑身赘满了传统的、先在的文化模式的生存模式。良民、君子、善人、贤士被他当作做人的范本。在各种世俗观念的砍削下，他变成了一个各方面都很平整的阉人。他的人格隐性结构中有一个本质特征，即努力戴上各种符合社会规范的人格面具和道德面具，努力"扮演社会期待的角色"，以期被权力意志者所发现和重用。他不会，也没能力创造自己的存在，只能依附他人、依附权势者存在。印家厚一心维护在车间主任面前的好印象，受辱后照样走上操作台，还有一见新厂长的面便想赢得他的好感，随后尽心竭力地为他的指示效劳，给他期待性、依附性人格提供了有力的佐证。

印家厚的无为状态，为他人而存在的状态，包括他英雄无用武之地的苦闷，比较典型地传达了多数人普遍存在的情况和心态。所以对他表示一定程度的理解、同情、宽宥，实属情有可原。问题是作者忘记了作为思想者的责任，没有对这种满含缺陷的生存形态提出批评意见。更令人惋惜的是她常常以掩饰不住的热爱来美化消极无为的存在者，对印家厚飘游无据的可能性进行把玩欣赏。她和人物一起流露出来的孤高自傲、自命不凡而又怨尤得不到器识的情调，实乃传统积淀下来的消极的生存哲学。她一味强调客观环境的作用，无利于唤起人的行动责任感及对最高生存方式的关注，还容易把人引向悲观的宿命论和厌世主义的绝境中，这未必是作家的本意，可又的确是人们阅读后的心理反应。

二、存在：必须是对自我的确认

人的理想存在应当是对自我人格的确立、自我价值的实现。所谓自我人格、自我价值，就是完全属于他自己并能标明他之为他的东西。它们包括他的美好属性，像他的动人追求、他的独特能力、他的别具一格的思维方式和行为方式。凭借这些，他不但不会在芸芸众生中消逝，反能引来钦羡的目光。

为了实现这种存在，他必须明确自我的形象和自我的追求，学会相信自己、尊重自己、把握自己。特别是遇到生活的相逆走向时，能够守住自己的本然追求，按原有的设计发展自己、完成自己，使自己独树一帜、卓然不群。

把存在变成我的存在，把整个生存过程都变成自我价值的实现，并非乌托邦式的构想。古往今来的仁人志士、各种事业上的成功者已用他们的足迹充分证明了这种高尚追求的无限可能性和坚韧的现实性。而随着现代化社会的展开和人的解放幅度的增长，把存在变成真正我的存在，愈益明晰地成为更多人的生存目标。

依照池莉的知识结构和文化视野来说，要理解上述种种命题，似乎轻而易举，或许静下心来做形而上的思考，她还会比缺乏生活实感的理论家论说得更头头是道。问题发生在：一经沉入自己的艺术世界，一经消融了自己和人物的界限，一经停留在小市民阶层的庸常感觉和认识水平上，她就遗失了高度的审视能力。她把这种消极的人群当全体，把他们的存在形态当作唯一可能的形态，最后得出一种结论：人无法寻找自己、没法确立自己。不谈爱情，不谈理想，不谈追求。在《不谈爱情》中，她编撰了一个看似不可动摇的故事。开始庄建非本想独自与妻子达成和解，后来又想同她离婚。两种方式同出于一种动因，即感情。前者基于爱，后者基于不爱。然而无论爱与不爱都表明庄建非的本真追求、人的追求。正是从这里，我们见识到了他灵魂中美好的一面。可是作家不让他的任何一种处理得到实现。因为从他的妻子到他的岳父岳母，从他的妹妹到他的亲娘老子，从一般的社会到团体组织，都不把婚姻和家庭当作两个人感情上的事情，他们在这里溶解了更多的社会关系和世俗利益的内容，都想在这里实现一点刻毒或卑微的欲望。还有庄建非异常崇拜的旧情人梅莹和他们抱着同样的看法，而且她本人就是如此组织家庭的。面对眼前的一切，庄建非无法选择自己，只能选择别人，确切地说选择别人的选择：不谈爱情，让一个庸俗的需要——出国，来维护一个"体面"的家庭。

世界上有没有真正的爱情？当我们从池莉的艺术王国抽出身来，作一次反省式的自问，我想，给上一个肯定性的回答并不难。池莉的描写，在目前大多数中国人中间具有很大的真实性。然而不管这种状况怎样普遍，它毕竟不是全部，而且不谈爱情的婚姻状况正是由于文化层次较低造成的。我们不能因为真正建筑在爱情的基础上的婚姻少而忽视它的价值，也不能因其维持不到海枯石烂而泯灭它的崇高。无数个真实的故事和想象出来的故事证明：有爱的生存才是"醉"的生存。庄建非丢失掉自我的追求，不是有点世俗了吗？作者在貌似复调的描写中向"不谈爱情"的观念倾斜，不是有点平庸了吗？

有必要说明的是，我们并不以为描写了无我的生存就表现了作者的无我的生存观念，接触了平庸的题材就表现了作者的平庸品格。我们批评池莉是因为她不能作超越性观照，对非我的选择做出足够的讽喻，有时她还流露出认同和欣赏。比如她让梅莹来陈述"不谈爱情"的主张时，就创造了一种神秘情调的氛围。作者先是把她写得很美、很有风韵，亦颇潇洒自如。继而又把她写得非常大度、坦率的宽厚，她不把庄建非当私有，也不要求对方给她永久的回报。她还像个大姐、像个母亲爱护他的前途、点拨他的事业、指点他渡过人生的难关。因而同样的人生经验，经过她满含深意的提示，马上获得了诗和哲理的内容，使庄建非放弃了对自我的本真追求，而把她的金玉良言当真理来接受。

把问题推进一步，池莉的创作在无意中流泻出一种陈旧的生存观念，这便是首肯和默认吞食自我的"公众意见"（海德尔格语）以及由它导引出来的生存方式。"公众意见"既指社会多数人的共同意识，也含纳传统道德观念和一般社会规范。人生活在社会中常常不自觉地"被抛入"已形成的历史状况中，成为这些遗产的承担者。它们会给行为主体带来利益和荣耀，但也经常地抑制他对自我的设计和塑造。尼采在抨击基督教道德时曾强烈指责它是制造奴隶的道德。海德格尔在描述"公众意见"时，曾指出它所捏塑的是处于平均状态、圆滑世故的常人、庸人。相对于它们，两个人分别强调主人道德，人在选择生存时的自主性、自律性。他们的主张为人类谋取自身解放指明了一条通道。而池莉却在不知不觉中以公众意见的传统道德规范为尺度来裁定人格的正面和负面，左右人的生存方式的选择：有我无我不重要，重要的是依循规范。她对印家厚的描写比较典型地袭用了这种价值观。比如传统观念认为施舍是行善，不计个人得失是高尚，善于忍让是有涵养，维护既定的婚姻是正经人，遵守纪律是良民，不搞小动作是君子，于是他去施舍、他去安抚老婆、他去埋头苦干、他去反对写上告信……印家厚所信奉的观念基本上都在造成无我化的状态，都在削平人的棱角，池莉却把它们当成美德赋予了人物。如此张扬陈旧的生存方式怎么能关注人的自我选择、自我实现呢？统观人生三部曲，池莉还是把希望寄托在已经失去了人们信赖的对象上，只不过希望规范的执掌者更开明些、识货些，不要忽视了印家厚一类好人的存在，而绝非鼓励人们创造自我、跨越一切障碍自我实现的旧秩序。她的生存观显然不是鹰的飞翔。

三、存在：必须超越生物性

人是有生命的存在物。他靠着一定的物质营养来维护自己的生存。这一点必然给他的行为带来某些生物性的特征。谋求起码的活命条件、吃喝拉撒睡，都是他存在中不可或缺的内容。充裕的物质环境还有助于他精神人格的提高。因此我们不能轻易抹杀他们这种追求的正当性、合理性。池莉对人之存在的生物性一面给予了复原，表明她对人生的观察有着更为切实的目光。不管我们在阅读中心里生起过怎样的满足，我们还是要做出肯定性的审美评价。假如完全依循生活的日常感受，我们还得指出，她的描摹相当真实。

然而，同样不可避讳的是，她的创作囿于人的生物性存在，格调向着低处滑行。纵览人生三部曲，我们能够把握到一个最基本的思想脉络，即吃喝拉撒睡、生老病死苦是真正的人生，也是生活的轴心。心性再高，也超脱不了；而一旦进入此境，又自有其无穷的乐趣。作家好像有意创造一种新的生命哲学，她剥离了一切其他活动的目的和意义，只把目光限定在上述内容中，又通过人物的活动和感觉告诉我们，人生在世，说到底都是为了吃穿住行、娶妻生子。印家厚如此，庄建非如此，赵胜天更是如此。结婚、旅行、妊娠反应、期待生产、研究《孕期指南》、侍弄月子、哺乳婴儿、给孩子看病、雇请保姆、给孩子过生日、结识天下父母交流经验，构成了小说的全部情节、全部内容。作者似乎在说，人的生活天地全在这里，在琐碎平庸之中。

　　要透视池莉的缺陷，我们需要引入开阔的人类学观点：人不同于生物。人之所以是人就因为他是有理性、有文化的存在物，理性和文化使他高于一般动物。动物永远处于自然给定的状态，而人却能设计自己、创造自己。理性的文化不但使他赋予世界以意义，还使他把世界组织起来为自己的生存服务。正是靠着它们，人不断给自己的生存提出更高的目标、不断推出自己新的形象。可以说，他的发展没有终点，他的存在形态没有极限。从赤身裸体的蛮荒时代，到仪态潇洒的今天，他虽然须臾也没有离开过吃喝拉撒睡，可面容憔悴的自己和容光焕发的自己却有着天壤之别。这个巨大的变化完全是他在理想的指引下不断奋斗的结果。

　　群体的进化如此，个体的发展同样需要一个较高的目标来指引。而目标不仅仅是指物质的，更是精神的、事业的。海德格尔这样描述个体存在的意义：他要能对自己的存在提出问题，使自己的存在成为问题。所谓成为问题，就是他的存在必须有充分的价值论理由，他要能理直气壮地回答他的存在有益于人类的发展，他能给人类增添点什么。由于他超越了自己生物性的存在，在吃喝拉撒睡之外，苦心经营一项事业，让自己的精神有所提高、有所追求。

　　人生三部曲的人物对自己的存在从不提出问题，他们根本不想使自己的存在成为问题，好像存在的意义是无足轻重的，他们沉沦到琐碎、日常生活的体验中。表面看他们每个人都有一份社会工作，然而他们并不把它当作实现更高价值的事业，其成败很少系于心头。他们把更多的心思用于对微不足道的小事的感受中，情绪大起大落，容易激动，也容易满足。印家厚最为典型，他一直追逐在小事上的心理平衡，别让妻子占了上风，别让他人占了上风。

把生活仅仅理解为吃喝拉撒睡，又以犬儒般的感性来效命于家庭和孩子的人是有的。然而他们不是人类的全体。这种人的生存形态在消极中包含着一种愚昧，它正需要给以理想的照亮而非认同乃至赞美。池莉把人类生活的多方面内容从自己的视界中挤掉，又孤立地表现他们生物性的活动，把一时一地的感受当永恒，以造成一种思想定式，迫使人们认同琐细、凡庸，实实在在表现了她思想和艺术的低音调。有人说她是代表市民意识的作家，并非没有一丝道理。从《烦恼人生》到《不谈爱情》《太阳出世》，这种意识越来越重。如果说在《烦恼人生》中市民气还属于轻烟薄雾，那么到了《太阳出世》则已细雨蒙蒙。有些人误读了它，以为作品写出了"太阳出世"后年轻父母的异化。其实小说的着眼点恰恰在于说明生命出世的辉煌，它胜过上帝的福音，能给人的生活带来光亮，能给人带来博爱，能慈化人的心肠，能使人和人成为兄弟姐妹。孩子的父亲赵胜天由爱动拳脚的猛虎变成了彬彬有礼的羔羊，孩子的母亲也由泼妇脱胎换骨，变成了稳重的成年人，"对老少他人充满爱意和宽容"。一个生命的诞生能否有如此巨大的改造人生的威力，我们不用做理论的思考，只需用实践就可以说明它的荒诞性。人的质变只有发生在社会交往中、文明创造中，民间老婆子才会把"不养儿不知父母恩"之类的陈年古话奉为人类的哲理。作者以如此流俗的观念当作自己生存哲学的支点，不免显得贫瘠和苍白。它还易于走上歧路：神化人的生理上的存在、生物性的存在，以为生儿育女、传宗接代自然会提高人的生存境界。果真如此，人将永远走不出原始的生物性状态，只能是庸碌的、浑浑噩噩的一群。池莉的描写暗含着生命理想的陨落，人生三部曲暴露出她创作的两个方面弊端：缺乏思想厚度及复杂的艺术表现能力。假如不引起充分的注意，她难以创作出更有深度和力度的作品。过去评论界对她的评价显然有些偏高。

原载《文艺评论》1993年第3期

论池莉小说的叙述话语

吴文薇

新写实小说所创造的叙述话语正在迅速向当代小说话语系统渗透，冲击和改变着抒情性的、逻辑理性的叙述话语的表述方式。这是小说界在继"先锋派"小说之后的又一次创新的尝试，认真分析和总结这种新的小说话语的特征，是文学评论的任务之一。池莉的作品无疑是新写实小说的典范之作，因而最能体现这种叙述话语的特征。

从叙事的角度看，话语是故事和叙述行为的中介，因为"一切叙事文……都是连贯一个或若干个事件的语言产物"①。叙述艺术的全部要义，乃在于话语采用何种策略和方法来表现故事和叙述行为。法国叙事学家杰拉尔·日奈特将叙述话语的分析归纳为叙述时间、叙述距离和叙述角度三个方面，这为我们超越文本批评的一般性的现象描述和感性直观的层次，从理论深层把握小说艺术的特性，提供了可能。

作为新写实小说家，池莉的小说叙述表现出向现象的客观属性还原的努力，也就是尽可能滤去叙述主体对叙述对象的主观渗透，让它保持自身的客观

---

① 杰拉尔·日奈特：《论叙事文话语——方法论》，杨志棠译，见张寅德编选《叙述学研究》，中国社会科学出版社1989年版，第193页。

本真。池莉曾说："我的作品是完全写实的，是客观的写实。"①虽然这种纯客观实际上是根本无法达到的境界，但这并不影响小说叙述为此进行的努力，因为它体现在叙述话语的策略和方法上就是通过时间、距离和角度的处理，以造成叙述的主观性的消解和对象本身在显现的幻觉。我们就从这三个方面探索池莉小说的叙述话语的特征。

一

小说文本包含两种时间，一种是故事时间，它是从事件的自然时序中体现出来的时间，从本质上说是客观的时间。小说中的故事往往标明发生的时间，就是一种历史锚定，目的是使虚构的故事更像真实的事件。但小说文本还体现出另一种时间序列，即叙述时间，它是从叙述话语的顺序、速度和频率中体现出来的时间感，它体现了叙述人对故事序列的一种个人化的感悟和体验，不可能完全兑现客观时间的持续性和顺序性，而更多地带有心理化色彩。叙述时间对故事时间的错位和扭曲，所对应的正是审美主体的感知和情感活动。池莉的新写实小说通过对这两种时间的关系的处理，为我们展示了一种新的真实——初始经验的真实。

在池莉的被称为"新写实"的代表作品中，采用的都是顺时序的流水账式的连贯型叙述，即叙述时间始终贴合着故事时间，叙述遵循的是纯粹的时间性。这种时间设计使池莉的叙述缺乏严密的逻辑性，其中没有原因，也没有结果；没有高潮，也没有结局；没有评判，也没有分析，有的只是过程。过程与结果相对，是对未知物的探索，表现为对叙述对象的质地、运动、方向和形态等细枝末节的关心和注意，即写实。这种写实的特点在于：它不是对过去发生的事件的讲述，而是对当下正在进行中的事件的呈现。其次，它只是提供作用于读者视觉、听觉和触觉的人物动作和画面，不提供更多的心理内容和社会内容，因而，这种写实提供的是一个更具体、更直观的世界。请看《烦恼人生》

---

① 池莉：《我写〈烦恼人生〉》，《小说选刊》1988年第2期。

中对印家厚的一段叙述：

> 洗衣服。晾衣服。关掉电视。把在椅子上睡着了的儿子弄到折叠床上，替他脱衣服而又不把他搬醒，鉴于今天凌晨的教训给折叠床边靠上一排椅子。轻轻的，悄悄的，慢慢的，不要惊醒了老婆。憋得他吭哧吭哧，一头细汗。

在叙述人的娓娓叙述中，呈现的是正在流逝的日常生活细节，是没有理性观念渗入的初始的生活经验。这种叙述方式与传统的现实主义小说的顺时序叙述有着很大的不同。传统的现实主义的小说在表层的顺时序叙述下面，存在着一个"前因后果"的深层叙述逻辑，过于精致的环环相扣的情节链，使故事与生活的原生态相距甚远。尽管传统现实主义小说也声称要再现生活，但是叙述操作的人为痕迹却表明，这种"再现"实际上是按合目的论进行的蓄意的编排加工。因此，现实主义的文本的顺时序是"客观其外，主观其内"。而池莉的顺时序叙述消解的是"前因后果"的人为的理性秩序，维系着看似一盘散沙的只有时间的叙述，在文本中生活展示为时间的一维性流逝。试想，《烦恼人生》中印家厚早晨排队洗脸、上厕所、带孩子、"跑月票"……这些生活琐事之间有什么因果联系？然而，这却是十足的真实生活。人们在生活中的所作所为并不能都在其间找到必然的逻辑联系，但有一点是改变不了的，那就是不可能突破时间的框架。生活在时间中均匀地流逝，它本身无结构、无因果。池莉的顺时序叙述解构了因果情节，还原了原生的故事，使混沌的存在本身裸露出来，这正是她的文本具有现代意味的地方。

当然，从时间设计中消除人工编码的痕迹，并不等于作家放弃了艺术处理和形式加工。池莉虽然不像一些新潮小说家那样刻意追求叙述形式的创新，但她的叙述方法和技巧却相当成熟，而且自成一格。她不热衷于结构和语言的方法实验，也不去锐意制造叙事的复杂形式，而是从生活本身的形态中去发现诗意。她并不彻底消除小说中的那些传统因素，而是在更高的水准上融合传统。因此，她解构了因果情节，却没有放弃讲述故事；她不玩弄过多的叙事分支和局部的小转折，却使故事更加舒畅伸展。她的顺时序叙述由于有扎实的内容支撑，而具有丰厚的审美意味。我们可以发现，《烦恼人生》《太阳出世》《你是一条河》等作品的故事时间一方面与生活高度和谐契合，另一方面又有本体象征意味。印家厚的一天中，凝聚了那么多无法摆脱的人生烦恼，不正象征着普通人的一生中无数个周而复始的循环吗？《太阳出世》中小生命的诞生和哺育过程，改变和照亮了小夫妻俩的平庸生活，不正隐喻着生命的孕育和繁衍对人类的普遍意义吗？辣辣那受本能支配又受本能限制的一生，也正是无数凡夫俗子的人生的形象化写照。这种时间设计与"先锋派"小说过于极端地切碎时间、消解故事的叙述形式相比，具有更高的艺术品位。

二

叙述距离是指叙述话语与故事之间所保持的或远或近的距离，它也是叙述的策略和方法之一。米莱有一幅画《罗利的少年时代》，可以很形象地说明叙述距离在文本中的功能。这幅画里，一个老水手背对着观众，正向两个少年说着什么。这两个少年显然已被他的话吸引。这个老人伸出他的手指向大海，但两个少年的眼睛却看着他，而不是看着他所伸出的手或者他所指的某个远方的景象。这说明少年不自觉地将注意力集中到叙述者的声音、分析和判断上，叙述话语把读者（听者）引向叙述者，而不是故事。这是"讲述法"的特点。它使话语距故事较远，而距叙述者较近。另一种"显示法"则表现出相反的特点。它把读者引向故事，而不引向叙述者。读者只看见画面在显现，听不到叙述者的声音，就如杰拉尔·日奈特所说："叙述尽可能多的内容，同时又尽可能不留下叙述的痕迹。用柏拉图的话说，即'造成不是诗人在说话的假象'。换言之，就是要使人忘记是叙述者在叙述。"[①]池莉的新写实小说的还原生活的客观本真的叙述目的，决定了她必然选择"显示法"进行叙述。

---

① 杰拉尔·日奈特：《论叙事文话语——方法论》，杨志棠译，见张寅德编选《叙述学研究》，中国社会科学出版社1989年版，第233页。

在文本写作中，干扰作家显现生活的客观本真的因素主要有两个：一是社会理念，一是作家的个人情感。社会理念又往往渗透在作家心理中，与个人情感融合在一起。这两方面的因素影响着文本的写作，使作家难以避免用"有色眼镜"来看生活，导致文本与生活原生状态的某种程度的隔离。而池莉采用"显示法"进行叙述，就可以有效地阻止社会理念和个人情感对叙述话语的渗透，使叙述从某种理念的云端，落到坚实的生活的大地上，展示客观本真的人生。

"显示法"的叙述操作要求达到叙述人的消隐。在对故事的叙述中，池莉采用两个途径成功地遮蔽了叙述人的理念和情感的渗入。一是叙述话语只用中性的调子，不表现叙述人的情感态度；一是对叙述对象不做任何渲染和强调，只让生活的过程像水一样均匀地流逝。因此，读池莉的小说，我们没有了叙述人的指引，只是置身于琐碎的生活之中，自己去品尝和体验。请看《你是一条河》中的一段叙述：

> 在取金戒指时，辣辣发现了踏板底下的书。这本两年前在艳春手中丢失的书看上去决不是丢失而是被人精心藏匿在这儿。书是用几层报纸包扎好的，靠着书的一层竟然还是防潮蜡纸。凭直觉她认为这不是社员干的。偷自己家里人的东西更糟糕。辣辣翻开书，叠了一页，在折叠处吐了一大口绿脓痰以表示警告和憎恨，然后原封不动地放在踏板底下。
>
> 待辣辣一个小时后从外面回来，书被拿走了。晚饭时冬儿眼皮红肿脸色难看，像被霜打过的小草。辣辣砰地顿下饭碗，说："都听着，这家里出了家贼，我把丑话说在前头，谁要再干窝里偷的事，我砍断她的手。"
>
> 孩子们面面相觑，都不知道母亲指的谁。

尽管叙述人在前面已经告诉我们，书是冬儿用绒线衣跟姐姐艳春换来的，冬儿因为喜欢这本书才把它珍藏在踏板底下。但这里叙述人又告诉我们，辣辣并不知道其中的原委。叙述人在叙述这件事时，既没有表现出对辣辣的谴责，也没有表现出对冬儿的同情，甚至不愿过多透露冬儿内心的委屈。她只是不动情地叙述了这件事的过程，而把评判反弹给读者。

在叙述故事的进展过程时，池莉为了避免对对象的渲染和强调，很少对人物或场景作静态的细致的描写，多是采用动态的叙述。从小说修辞学的角度来看，描写更多属于空间对象的内容，尤其是那些详尽地加以描写的人物心理或场景，就类似于电影中的特写，已带有渲染和强调的性质，因而不知不觉露出了叙述人身后的那条主观性的尾巴。而叙述是一种介于抒情和议论之间的有节制的语言形态，它仅仅以时间为结构原则，直接地叙写一个过程。与描写相比，它是动态的，也是非情绪化的。池莉回避描写而采用叙述，也意在过滤掉主观情感，呈示生活的本真。如果说传统的现实主义文本通过重点场景的渲染和强调，对人物内心冲突的细致描写，表现的是戏剧化的生活；而池莉的新写实文本则通过对日常琐事的平实叙写，表现了本色的世俗生活。

"显示法"也同样体现在对人物语言的叙述上。池莉小说中的人物语言多是戏剧式对白，叙述人一般不提示说话人的情态和语气。有的地方连"他说"或"她说"也不用，只剩下分行排列的对话本身。如《太阳出世》中李小兰、赵胜天夫妇的一段对话：

> "小赵，你想要男孩，还是女孩？"
> "随便。"
> "怎么能随便！说实话吧。"
> "那我只能瞎说一气。"
> "我说你喜欢男的还是女的。"
> "真的随便。"

这种写法显然与传统的现实主义文本不大一样。在传统文本中人物说话都要具备叙述人赋予他们的各种神态和情绪，如"她高兴地说""他愤怒地说"等等，以提示读者正确理解人物话语。或者采用间接引语式，由叙述人对人物语言进行加工。这样，说话人虽是人物，而话语的主体却不完全是人物，而是渗入了叙述人的主观意识。这种叙述方式显然不符合池莉的创作初衷。于是，她删去了人物话语前的修饰语和引导句，采用了独具一格的戏剧性对白，让叙述人的叙述只限于听觉经验的传达，无法介入人物的声音和情绪之中，这就最大限度地保持了叙述的写实风格。

"显示法"的运用使池莉的小说文本不仅不同于传统现实主义文本，也不同于当代的"先锋派"小说。先锋小说一直专注于个人化经验的发掘，作家把自己独特的语言感觉方式糅合到场景刻画、人物语言和故事叙述之中。然而，先锋小说在个人化经验的表现中走了极端，结果是在个人感觉的奇怪空间中无止境地循环、重复和自我消解，读者却因晦涩难读而无法进入这个"我"的世界。池莉的新写实文本则采用了完全不同的叙述方式，她把叙述者的主观情感降到零度，尽可能地还对象以原生形态，将原初经验置于客观地位，大量的人物具体动作的描述和大段的对白，代替了意识和潜意识的流动。这意味着当代小说呈现了"向外转"的倾向，即摒弃心理的"深度"，着重表现在视觉、听觉和触觉中呈现的人的生存状态和生存方式。

三

叙述角度，是对故事的观察角度，它被比作文本的感知器官，故事则通过"视角"的媒介作用而传达出来。池莉的小说选择的是局外人的"全知视角"，叙述人虽不在作品中出现，却比任何人物知道的都多，他不仅冷眼旁观各种人物的言行，还能洞察到各种人物的内心。这样，还能保持住叙述的客观性吗？还能不影响叙述的真实感吗？然而，池莉却成功地消除了"全知视角"可能造成的主观性和人为性，使视角与文本的时间、距离和谐一致，共同创造出写实的幻象，这不能不说是池莉的一个独到的艺术贡献。

若仔细分析，池莉小说中的全知视角是不同于传统现实主义文本中的人造的上帝的眼光的。叙述人不再担负着评判是非，向读者解说生活真理的职能，而仅仅是叙述。他不再用抒情性、表现性的话语说话，而仅仅用叙述性的话语说话。他也不再对人物进行感情辐射，而是小心翼翼地保持着与人物的心理距离。叙述人将故事以视觉化的经验方式呈现出来，在最大的程度上坚持一种客观视角。我们在池莉的新写实文本中读到了这种叙述：

> 那夜月色微黄。就在辣辣从铺着青石板的小巷穿出踏上麻石路面大街的一瞬间，街对面的好义茶楼轰然倒塌了。大地在颤抖，一股巨大的烟尘在喧嚣声中冲天而起。透过鼠窜的人们和飞舞的楼房木板，辣辣看见她丈夫仿佛自天而降，落在厅堂中央那口沸腾的开水锅中，像一条大鱼泼剌泼剌一阵乱翻，紧接着烈焰便吞没了这幢百年茶楼。

这是《你是一条河》中的开头，整个事件惊心动魄，叙述却从容自如。叙述人以一种有节制的语言方式直截了当地描述一个过程。这样，池莉的小说文本中的全知的叙述人不再是一个凌驾于所有人物之上的上帝，而是一个沉默不语的"局外人"。

当然，池莉小说不仅叙述生活的过程，也叙述人物的精神过程，在池莉的新写实文本中，叙述人物内心活动的段落一般不用引导句"他想"或"她想"，更不用引号将其与叙述流隔开，而是以间接引语的方式很自然地融入叙述流之中，这样，就出现了叙述角度的含混，即全知的叙述人角度与人物视角的重合。例如《烦恼人生》中的一段：

> 等人群过去，印家厚回头看时，雅丽仍然那么站着，远远地，一个人，在路边太阳下。印家厚知道自己若是返回她身边，这一缕情丝必然又剪不断，理还乱；若独自走掉，雅丽的自尊心则会大大受伤害。他遥遥望着雅丽，进退不得。他承认自己的老婆不可与雅丽同日而语，雅丽是高出一个层次的女性，他也承认自己乐于在厂里加班加点与雅丽的存在不无关系。然而，他不能同意雅丽的说法。不能的理由太多太充足了。

这是我们从叙述流中分离出来的一段话，它既是心理活动，也是生活画面，叙述角度虽然是从人物印家厚出发的（是印家厚在想），但叙述话语却是两个声音的重合，印家厚的心理活动中显然融合着叙述人的分析，加着重号的句子就不是人物能够说出来的话。这段叙述实际上有两个叙述主体：叙述人和人物。

叙述主体的双重性，形成了池莉小说别具一格的"复调"叙述。在叙述人冷静的语调中，时时闪现出人物富有情绪色彩的话语，这两种声音纠缠在一起，使得文本展示的生活流下面涌动着时隐时现的情绪潜流，小说的叙述话语也由此具有了丰厚的意蕴。这一点也是池莉的作品不同于其他新写实小说家的地方。

四

池莉的新写实小说的话语特征也很能引起我们对当代小说创作的理论思考。我们可以发现，当代小说中的叙述已不仅仅是一种技巧元素，而具有了"本体"位置，有论者称之为"小说的叙述化倾向"。这种倾向体现在两个方面：一是对叙述策略，即小说"怎么写"的强调。具体说来，当代小说家对叙述人、叙述时间、叙述距离、叙事角度的空前重视，都可以说是对叙述策略的自觉运用。另一方面，则是对叙述语言的本身功能的强调。叙述是"中性"的，有节制的语言行为，它是对经验的摹写，而不是归纳与分析，它同时又反对极端化的情感宣泄。先锋小说的探索集中在前一个方面，新写实小说的探索则集中在后一个方面。池莉的小说突出地体现了新写实派在这方面的成就。

池莉不是自觉的叙事形式的探索者，她在叙事时间、叙事距离、叙事角度上的一些革新主要是为了呈现经验。所谓经验，是指人与对象最直接最原始的接触，即原始体验的感性存在。杜夫海纳称"经验"是"灿烂的感性"，他说："这个对我们说话的世界向我们说的是世界，丝毫不是理念、抽象的图式、源加于视觉中的无视觉的景象，而是成为一个世界的一种式样，在明显的感性中的一个世界的原则。"[①]这种"灿烂的感性"必须借助叙述才能得到完满的表达，因此，池莉选择了叙述，或者说，她凭直觉把握到了叙述语言的

---

① 米盖尔·杜夫海纳：《美学与哲学》，中国社会科学出版社1985年版，第3页。

"本能"。

顺时序叙述、显示法语式、局外人的"全知视角"都表明池莉运用的是一种纯叙述。纯叙述成为小说文本的基本话语，对当代小说创作具有不可忽略的意义。首先，它标志着叙述作为小说的本体语言地位的恢复。各种文体都有适合于它的特有内容的本体语言，如：表现性的抒情语言之于诗歌、散文，思辨性的逻辑语言之于杂文、政论文。而小说的本体语言则是叙述，它是小说的叙事性特征所决定的。但在新写实小说出现之前，当代小说的基本话语却充斥了大量的抒情语言和逻辑语言，在有的作品中，叙述被约减到只是用以推移时间和变换场景。应该说，先锋小说家率先意识到了这一点，因此，他们的探索意在强调叙述——语言方式的本体地位，但他们又走得过远，由对叙述方式的重视走到了形式独尊的极端，使叙述变为一种语言实验和文字游戏，最终丧失了内在的生命活力。池莉新写实小说的出现可视为当代小说话语变革的否定之否定，叙述在先锋派小说中因穷尽形式技巧而濒临困境之时，终于在池莉的新写实小说中得到再生。其次，纯叙述的运用也使故事回归小说。叙述和故事是相伴相生的孪生兄弟。纯叙述在小说中的衰退，会使小说丧失故事性。因此，在抒情语言、逻辑语言占主导地位的小说中，闪光的引人注目的篇章往往是对叙述者的情感、感悟和理性思辨的表述，故事则退居次要地位。先锋派小说虽然重视叙述，但由于过分强调叙述语言的个人化风格、过分注重复杂的叙事形式的创造，而把讲述故事变成了讲述语言，作品成为一座语言的迷宫。池莉则不同。她的讲述艺术尤其体现在展示故事的细节和生动的过程中，她使我们发现了琐屑的日常生活中的诗意。

池莉不是一位多产的作家，她的作品的艺术质量也高低不一，但却以自己的探索创造了一种新的小说话语形态，在当代小说发展史中确立了自己的重要地位。我们有理由预言，这位年轻的作家将会为社会提供更优秀的作品。

池莉：神圣的烦恼人生

戴锦华

"新孩子"的此岸

显而易见，池莉的名字与新写实主义相联系，成了八十年代女性写作的最后一处标识。从某种意义上说，"新写实主义"，尤其是池莉的写作，于不期然之间，成了对八十年代理想主义最后的黄金时代的送别；《烦恼人生》的发表完成了一次由理想而为现实的，看似突兀，实则是从容的降落。《你是一条河》（1991年）的结尾，母亲辣辣在1989年那一历史性的时刻，在女儿"冬儿饱含泪水的回忆中闭上了眼睛"，似乎成了池莉一个有趣的、症候性的自我定位。不是理想主义的绝望陷落，而是此岸人生的清晰显影。所谓1987年，池莉的"脱胎换骨"[①]，以《烦恼人生》《不谈爱情》《太阳出世》这一中篇"三部曲"，呈现出一个为八十年代的社会文化语境内在渴求、呼唤已久的现

[①]　自发表于1987年的《烦恼人生》起，池莉相继发表了此后被视为"三部曲"的《太阳出世》《不谈爱情》，一改此前其作品纤细、诗意、苍白的叙事风格。为批评家段崇轩君称为池莉的"脱胎换骨"，参见《"屏蔽"后的重建——池莉中篇小说解析》，《文学评论》1991年第2期。见《预谋杀人·池莉小说近作集》，中国社会科学出版社1993年版，第357页。

实此岸。不再是苦海中的涉渡，不再是朝向黄金彼岸的畅想，而是一幅困窘而丰满、琐屑而真切的市井众生图。不是被击毁的海市蜃楼背后显现出的肮脏世相，而是果敢撕碎的虚幻景片的裂隙间呈现出的现实人生。事实上，池莉1987年以后的作品及新写实主义，先于八十年代理想主义热气球升腾中的最后碎裂而出现，有如一道文化的浮桥，连接起似乎为新的断裂所隔绝的八九十年代。

事实上，在八十年代众多的女作家中，池莉与王安忆有着某种内在的相像。至少在她们的追忆与自述中，她们似乎都有着某种"为写作而写作"式的创作动机①。在她们的起始处，写作源自某种内心与社会的孤独，它是一种想象性的代偿方式，它出自某种深刻的匮乏所产生、繁衍出的对虚构的内在需求。从某种意义上说，她们都极为内在地在书写"成长的故事"，并在写作中艰难地穿越心灵困窘的阴影线，而渴求着成长与认可。而且王安忆与池莉似乎都渴望通过写作，来抚慰、消解作为社区的异己者与外来人的记忆，她们似乎都在顽强而无奈地试图借助写作，来换取某种社会的接纳与承认。

一如王安忆，池莉在自己的追忆中确认了自己与新中国历史的特定的血肉的联系，她因之将自己称为一个"新孩子"；她们作为因全新的历史机遇而出生的孩子，与更为久远的历史相隔绝，为另一个在久远历史中所形成的古老社区所排斥、拒绝，甚或放逐。她们因此而远为深刻、独特地体味着文化之根的悬浮，以及建立个人认同与归属的"想象的社区"的匮乏，因此她们都极为个人地产生了对虚构写作的内在需求②。

这一特定的出身似乎已内在地决定了池莉与王安忆比他人更为执着于人生或曰"真实"，对写作与真实的探究，于她们来说，更像是一次不能自已的精神历险与挑战，同时她们亦比他人更为固执地执着于她们事实上并不从属的"庸常之辈"和"小市民"的热情、书写与认可。它不仅出自在想象、写作、虚构中的对"想象的社区"的获取，而且是被放逐者朝向放逐者的认同，是对

---

① 参见池莉创作谈《写作的意义》，《文学评论》1994年第5期，以及王安忆的小说《我的来历》《纪实和虚构》。

② 参见池莉创作谈《写作的意义》，《文学评论》1994年第5期，以及王安忆的小说《我的来历》《纪实和虚构》。

某种新的、悬浮的、无根的文化、历史的弃置，和对一个古远而朴素的历史的皈依。池莉和王安忆一样，以一个弱小而决绝的背弃者的身份，在不期然间记录了一个变迁的时代与变迁中的话语。因此，一如看似与王安忆的现实生活相去甚远的《流水三十章》，事实上最近似于王安忆的精神传记，与池莉的人生际遇几不相干的《一去永不回》，则成了池莉文化身份的剪影。或许正是由于这种深刻的、对"想象的社区"的匮乏感，使得王安忆与池莉以不同的方式热衷于接受挑战并书写历史上。从某种意义上说，池莉与王安忆一样，在一个不断发生着深刻变迁的历史中成长，作为一个"新孩子"，她们不断地体味、咀嚼着孤独与放逐，从某种意义上说，她们甚至不无自恋地固守着这份孤独；同时匮乏与孤独内在地构造为一种强烈的归属渴望，她们都以极为自觉的方式参与历史重写与虚构。

两者间的不同在于，王安忆所呈现的，是对某种因理想主义匮乏所产生的深刻自卑的战胜，她在朝向理想主义的不断超越中无法舍弃对现实的执着；而池莉所经历的，则是对在孤独中所形成的自恋及写作的白日梦痕迹的粉碎，是对叙事时尚、"女性写作"的话语界定及文学语言模式的挣脱与突破。从某种意义上说，池莉及新写实主义的作家们比他们的前辈及同代人更为贴近城市，贴近现代都市生活。如果说，王安忆在《悲恸之地》中，第一次呈现出一个几乎成为一处壁垒、一个冷漠的谋杀者的城市，那么，对池莉来说，无根的、被不断地扩张、重建与流动所构造着的都市，则似乎以某种内在的想象性，应和、抚慰着一个孤独的"新孩子"。如果说，现代都市始终是当代中国文化风景线中一片朦胧的雾障，那么它对池莉及新写实主义的作家们却别具一份魅力与神秘性。事实上，在池莉开始自觉地营造她的沔水镇之前，其成熟期的作品深刻地萦回、迷恋于似新似旧、未死方生间的中国都市与市井生涯。或许可以说，池莉与八九十年代之交的新写实主义，意味着现代都市于当代中国文化风景线上的再度浮现。它无疑是现代主义文化再度强化之际的产物，同时在不期然间成了对现代主义文化的反戈一击。

从某种意义上说，池莉正是在对八十年代主流话语的建构、终结或曰解构的意义上，成就了一个"一去永不回"的文化剪影。在一份为涩重的柔情所浸染的《烦恼人生》中，池莉第一个以对平凡人生中的"英雄主义"书写，改写了八十年代文学序列中对经典英雄的呼唤与虚构；《你是一条河》则在从城市普通市民的视点上记述六十至八十年代的历史的同时，重述着母亲，消解着关于母亲的神话；而从《不谈爱情》到《绿水长流》，池莉固执地解构着关于永恒的爱情的超越性神话。或许正是由于她得以出生的"想象的社区"的脆弱，及其在历史进程中"想象"特征的暴露，池莉自觉或不自觉地充当了理想主义话语的沉沦的参与者与见证人。然而，一如新写实主义事实上是对主流话语中实用主义的迟到的文学呼应，因此池莉所出演的并非反叛的或边缘的角色。她仍是一个有所修订的启蒙主义者，或者直白地说，是一个知识/权力的膜拜者，同时是一个朴素的人道主义者。池莉的《太阳出世》，在她对女人的生育经历、一个年轻的核心家庭与生育这一现实的遭遇之中，在琐屑的"烦恼人生"的描述中，几乎成就了一首赞美诗。不是婚姻，而是生育与对孩子的抚养，成了一对年轻夫妻的文化成人式。事实上，在池莉的大部分作品中，沉重、艰辛、富于生活质感的描述，都缀着一个救赎性的"尾声"①，一线细微的希望曙色。那是灵魂的启蒙与重生——获救的契机来自知识对蒙昧的战胜。那是一个古典的人道主义与启蒙主义者的疆界。

"撕裂"与补白

从某种意义上说，八十年代后期为"伟大的叙事"所充满的文学时期，已然被日渐加强的现实与文化张力所围困；似非主流的实用主义与消费主义因素及话语的增殖，已内在而有力地呼唤着一种新的关于"真实"的表述。一种对"现实主义骑马归来"的热望悄然隐形于诸多对现代派、"伪现代派"及后现代主义的无尽饥渴与狂热命名之中。在理想主义热气球的纷纷升腾之间，在诸多的英雄与反英雄、历史与反历史写作之中，一种相当意识形态化"解构"热情始终在加剧着八十年代文化的内在张力。事实上，犹如一次历史及其文化的

---

① 池莉：《白云苍狗谣》，《上海文学》1992年第3期。

诡计，为理想主义者始料不及的是，他们以文化英雄主义的激情所执掌的"解构"的利刃最终成为一把双刃匕首。而作为一个经历并不独特的，但极富反省能力的"新孩子"，且由于一段极为个人的特定经历①，池莉率先到达了这一文化及话语的临界地带。

一如每一个新的文化思潮及写作方式的面世，池莉及其他同代的、被命名为"新写实主义"的同伴们，是以对"真实"的质疑及迫近而步入前台的。而池莉则是在对自己"清新美好"的作品的否定中开始她的"脱胎换骨"。

作为一个具有了自己（尽管并不显赫）的位置的作家，池莉的"撕裂"之作《烦恼人生》的发表确乎遭到了阻力，但对这一"撕裂"的认可，并不像池莉所想象与描述的那般艰难。在经历了短暂遇阻与受挫之后，作品一经问世，立刻取得了巨大的成功与广泛的认可。采用了这一小说的《上海文学》以十分隆重的方式推出，并加了《编者的话》，称"自《人到中年》问世以来，我们已很久没有读到这一类坚持从普通公民日复一日、月复一月，平凡且又显得琐碎的家庭生活、班组生活、社交生活中去发现'问题'与'诗意'的现实主义力作了"②。在经过了一段为时不短的写作生涯之后，《烦恼人生》的发表不仅使池莉终于成名，而且她显然自此开始置身于中国大陆主流作家之列。如果说，《烦恼人生》的巨大成功，是以写作为自己人生之必需的池莉的转折，那么，对她撕裂话语的景片所裸露出的"真实"的热切的认可，却无疑表明了它确乎应和着一种潜在的社会需求与话语匮乏。然而，与其说池莉所完成的是某种对理想主义话语的撕裂，不如说她所实现的仅仅是一次成功的补白。

在为池莉赢得了盛名的中篇三部曲《烦恼人生》《不谈爱情》《太阳出世》中，首先攫取了人们注意的是某种生活的质感，一种"毛茸茸的质感"，似乎是生活自身从撕裂的景片的裂隙喷涌而出。稍加细查便不难看出，三部作品有着一个共同被叙述的对象：那便是现代都市人的婚姻场景。如果说，在此之前，女作家写作之中婚姻始终在天堂/地狱、灵（爱情）/肉（性爱）的意义

池莉
研究资料

---

① 一场重病成了池莉创作转型的个人契机。参见半岛《池莉评传》，见吕晴飞主编《中国当代青年女作家评传》，中国妇女出版社1990年版，第135—136页。

② 《编者的话》，《上海文学》1987年第8期。

超载与自我缠绕中，成为某种缺席的在场者；如果说，在此之前，婚姻是一种极难得到认可的现实，那么，在池莉的三部曲中，婚姻以既非圣洁亦非劫难的面目，从诸多婚姻叙事的遮蔽中浮现出来。从某种意义上说，池莉对婚姻现实的揭示成了她对人生此岸的一次勾勒与认可。婚姻并非伊甸之门，也绝非地狱入口，它仅仅是更为深刻而复杂地连接着、充任着社会现实。作为一个补白者，池莉所瞩目并描述的婚姻现实，刚好是此前的主流叙事必然绕过或略去的琐屑细节。而这些琐屑、庸常、不登大雅之堂的细节，在池莉那里重组为一幅熟稔且陌生的人生图景：这是烦恼人生，充满了日常生活的困窘、辛酸与纠葛，但它不仅别无选择、不可逾越，而且其间亦不乏一点点温情、一点点快乐，生之意趣便在于烦恼人生的延续。没有也不该有一幅天国图景来参照这一现实的乏味与苦涩；没有也不该有一幅地狱的景观来歪曲或涂污此岸的生机。事实上，池莉所勾勒的婚姻图景是一幅社会图景，这不仅因为婚姻原本是一种社会行为，还在于池莉撕裂了八十年代女性叙事中对婚姻之于个人意义的放大，将它还原为社会秩序及网络中的一环。与其说，池莉率先以现实主义的力度揭示了一种久遭遮蔽的现实，不如说她以自己新的作品序列为一种无名且重要的现实正名。她补足且修订了一种人生景观与叙事模式。她凸现了普通人的日常生活，并为它的合理性与价值而论辩。与其说，池莉作品撕裂了英雄主义与主流叙事的景片，摘去了现实生活中的理想主义的光环；不如说，她为庸常之辈、为俗人、为曾遭不屑一顾的寻常岁月而辩护，并赋予它近乎神圣的尊严与价值。这价值并不存在于超越之中，而就在这现实生存自身。

自《烦恼人生》起，池莉的作品序列，更像是对八十年代初所开始的文化降旗讨论的完成。这是一处别无彼岸的现实此岸，其中婚姻不可能是孤岛或城堡，而刚好是社会秩序、社会链条中坚韧有效的一环。如果说，在宗璞的《米家山水》中，莲予放弃了出国访问的机会，退出了无谓的人生角逐，以重返婚姻/家庭/个人生活的锁闭之中；那么，在《不谈爱情》中，庄建非则是为了赢得一次出国访问的机会，终于深刻痛切地意识到了婚姻的意义：它是你——一个男人自我形象的一部分，是秩序化的社会衡量你个人价值的重要标准，因此它在多重意义上是极为现实与实用的，你必须为它付出心血与代价。庄建非因此而"长大成人"，因此而成功地安度婚姻危机，获取了一份现实的完满。在宗璞那里，婚姻是个人的港湾；而在池莉这里，婚姻则是多重的社会契约，甚至可以说，婚姻便是现实、生活的代名词。确乎，在池莉的婚姻、现实图景面前，诸多关于理想主义的爱情、婚姻话语纷纷扬扬如同纸屑般地飘落，而这正是池莉所谓"撕裂"的本意。事实上，在八十年代诸多优秀的女作家中，只有池莉对婚姻场景投注了如此多的关注与如此详尽的描述，也只有池莉对婚姻/现实赋予了如此庄重且深情的认可。这不是一般意义上的背负与认可，因为在池莉那里，这份烦恼人生、这段不尽如人意的婚姻不仅是你别无选择的现实，而且是你——一个普通人拥有的全部。

　　和彼时批评家所论及的关于"烦恼"的意义以及所谓"现代性焦虑"不同①，池莉书写烦恼人生的意义不在于展露烦恼，而在于为现实、为不甚完满的婚姻、为普通人的日常生活"复权正名"。池莉之为新写实主义的新意在于，她不拔高、不放大、不矫饰，她充分深入了现实人生、日常生活及婚姻关系中的琐屑、辛酸与艰辛。《烦恼人生》中主人公印家厚疲惫地面对蛮横、絮叨的老婆，心中瞬间的杀机（"手中的起子寒光一闪，一个念头稍纵即逝"），甚至比将"没有爱情的婚姻"描摹为地狱的其他作家更为深痛地写出了个中人的苦楚。但池莉对现实、此岸的认可，不是隐忍着无奈与痛楚，亦未显露出一种几近殉道者一般的忍受程度；事实上，池莉以一种平和、温馨、不无幽默、不无默契、赞许的叙事口吻在书写现实。在池莉的现实景观中，烦恼而琐屑的日常生活几乎具有了某种圣洁的意味——池莉以"太阳出世"命名了一对平凡的年轻夫妻所经历的一次平凡的生育。对于这对年轻的夫妻来说，新婚一年有余，他们经历了辛酸、琐屑、艰辛、困窘的日子，但这却是一次太阳出世一般的更生。在此之前，尚没有一个中国大陆作家如此细腻、逼真而情趣盎然地记述一个女人从妊娠、生育到抚育孩子的全部不无苦楚、有泪有笑的过程，记述一对尚不成熟的年轻夫妻如何"个中甘苦两心知"地度过这一全新的

研究资料

池莉

---

① 易中天：《池莉论——"烦恼"与池莉作品的风格和意义》，《文艺争鸣》1992年第6期。

寻常岁月。池莉将它呈现为一次学习与成长，他们在学会做父母的同时，学会做丈夫、做妻子，学会生活与人生。这部以武汉街头喜闹剧式的婚礼开始的故事，成为一个特定的池莉的成长故事。一如《不谈爱情》是男主人公庄建非在一次夫妻口角衍成的婚姻危机中懂得了现实与妥协，因此而"长大成人"。

对于所谓八九十年代之交的大陆写实主义，至少对于池莉来说，她显然再次奉行了"照生活本来的样子写生活"的信念；但较之经典的批判现实主义，甚至较之谌容，她显然修订了，或曰弃置了其中必不可少的社会批评立场与使命。如果说经典的批判现实主义者始终在他们毫不动情的现实描摹中隐含着一份变革社会的激愤，至少是一个灰色的微笑——"你们生活得可不怎么好"，那么，池莉在她的《烦恼人生》之后的作品序列中投入的却是一注热切的目光，一份由衷为之击节的赞叹之情。于是，和王安忆的成长故事不同，在王安忆那里，"成长"意味着获得一份人生的真谛，拥有一份超越性的价值，完成一次力不胜任的较量与飞升，它是某种其主人公亦不甚了了的内在匮乏与饥渴，因此王安忆的人物如此渴望成长，却久久地滞留在青春的阴影线之上。而在池莉这里，"成长"具有一个简单明了的内涵：了解现实，认可现实，背负现实。池莉仍在书写拯救，但拯救降临的唯一方式是自救，而自救的唯一可能是认可现实。婚姻在池莉这里成了对现实的隐喻与代名词。现实/婚姻尽管远非完美且间或肮脏、龌龊，间或充满了小小的诡计与陷阱，但在池莉的世界中，它是唯一真实的、有价值的存在。不仅印家厚的"英雄主义"在于他以一个成熟男人的姿态背负着辛酸的现实；不仅庄建非在婚姻的妥协中成长，赵胜天、李小兰在"结婚一年间"成熟；甚至在池莉的不无惊世骇俗色彩的故事《一去永不回》中，温泉的反叛与僭越，也只是一步步地突破知识阶层教育的伪善面纱，洞悟了人们秘而不宣的现实的秘密。她一去永不回的"壮举"，只是为了给自己一个称心的丈夫；她对秩序的僭越，只是借助秩序的名字，进入一个秩序化的现实，只是为了逃离自许上流人物的冰冷、虚幻的生活，投奔一份市民家庭的温暖、实在。这个"漂亮""厉害"的女人，为自己赢得的只是两个人"住在一间小的房子里。每天早上两个人奔出去上班，晚上奔回家，李志祥的母亲为他们做晚饭"。同样，在《不谈爱情》中，不同凡响的女人梅莹的过人之处在于她不否认欲望、不拒绝"艳遇"，但将自己家庭置于至高的位置；而《滴血晚霞》中的理想人格"爷爷"，其迷人则在于他不计较政治风云间的沉浮得失，而笃定于和自己所选择的女人厮守；另一个人物曾实在风云一时之后，回归了一份平常、本分的生活——其标志是他的"老婆"不再是大户人家漂亮的千金，而是一个"服饰素静简单，相貌平常的女人"，"她像个熨斗，处处熨帖人的心"。一个现代家庭模式——核心家庭，以神圣而坚韧的姿态凸现在池莉小说叙事的前景之中。

逃离爱情的意义

或许正是在这里，池莉及其新写实主义显露了其应运而生的真义，它再一次呈现为历史在无穷的解构力面前的建构与再生：池莉在她对现实/婚姻的写作过程中，再度书写与认可的远不仅是普通人、日常生活与"真实"，而是在新的个人意义上，重新书写并礼赞了秩序的荣光。在此，婚姻不仅是现实的代名词，而且（或许更重要的）成了秩序的代称。在八十年代末特定的社会语境中，池莉及其评论者要乐于指认其中反叛性的含义，但从某种意义上说，池莉及新写实主义的意义，之所以是新写实主义而不是先锋小说成了连接八九十年代文化断裂的浮桥，正在于其中秩序化的而非反秩序的内涵。并非偶然，池莉的"脱胎换骨"或曰新写实主义成为一个新的文学潮流，刚好与1987年中国大陆商业化大潮的一浪相继到达，于是它再次充当了八十年代文学之为"文化革命"先声及其实践者的角色。确乎，池莉及其写实主义的写作实践是对理想主义话语、彼岸图景的撕裂，这无疑具有某种反叛昔日主流意识形态的意义，但人们所忽略的却是，此间新的社会现实，以及造就这一现实的宏观政治经济学中的经济实用主义正同时间或远为有力、有效地撕裂着理想主义的景片。一个新的、此时尚为雏形的消费主义社会正将人们抛出其熟悉的轨道，将他们显露为孤独无助的个人，并让他们独自面对着艰辛而繁闹的社会、人生，他们不必继续遭受彼岸召唤的"折磨"，同时也不再获取来自彼岸畅想的抚慰。此间与池莉的个人经历及写作观念的转变相合，池莉成了新写实主义的代表人物之一，她书写普通人、小市民，书写烦恼人生的神圣，书写婚姻对爱情、现实对理想的胜利，她凸现了大千社会中孤独无助的个人、辛酸艰难的人生，但不是作为悲剧，而是作为正剧中的英雄，他们不再"为注定要失败的事业战斗"；相反，他们在对这人生的认可之中获取了意义与价值，所谓"冷也好，热也好，活着就好"。

事实上，正是这篇名为《冷也好热也好活着就好》的小说，写出了一曲情趣盎然、无思无虑的老都市谐谑曲。又一次的补白：一如此前不曾有人以类似的视点书写武汉市区的盛夏、街头竹床的丛林，亦不曾有人书写猫子、燕华一类的都市青年，书写他们没有故事、没有"诗意"的恋爱时节。但《冷也好热也好活着就好》的魅力在于一种平视而绝非俯瞰的切入视角，在于对其中司空见惯的市民社区、寻常日子的认同与赞美；一如池莉曾为印家厚的"烦恼人生"赋予一份英雄主义的背负，她也为猫子式的角色、为日复一日的庸常生活赋予了一种豪迈："活着就好"不是一声无奈的低叹，而是一个豪爽的宣告。就像吉玲的自我指认："对，咱是地道的汉口小市民。"尽管在理性上，池莉始终坚持不断重申一种启蒙主义立场，但事实上，自《烦恼人生》后，占据了池莉小说中心视野的，便不再是作为"创造历史动力"与历史场景中经典英雄地位的"人民"，亦不是新文化运动中必须予以启蒙的"大众"，而是"小市民"，没有多少文化的、社会地位低下的庸常之辈。而在池莉笔下，无须阐释或赋予光环，他们自有价值、自得其乐。从某种意义上说，在《不谈爱情》中，是吉玲和花楼街的价值及理想最终战胜了优雅伪善的上流社会，而《一去永不回》则是市民社会的呼唤轰毁了斯文的知识社区的樊篱。或许可以说，在不期然之间，池莉正以猫子、燕华、赵胜天、李小兰们为一个正在行进的历史中即位的"新神"、一个消费社会中的主体命名，为他们的人生及价值正名并论辩。

一如在池莉那里，婚姻成了现实及秩序的代名词，爱情——花前月下、海誓山盟、志同道合的爱情以及爱情故事成了理想主义与理想主义话语的象喻，成了池莉奋力撕裂的主要对象之一。池莉否定爱情的存在，在池莉那里，爱情是一种话语的虚构、谎言的网罗；人生的智慧在于窥破这美丽的谎言，获得一种对并不完满的婚姻/现实的认可与坦荡。但尽管池莉以"两情相悦"取代了"爱情"，以情窦初开时的无知茫然和情欲的驱动取代了精神的相谐、心灵的契合，但她仍承认有一种"东西"可以被称为"爱情"，只是它与绝望、无望伴行："有一种办法可以保持男女两情相悦的永远。那就是两人永不圆满，永不相聚，永远彼此牵不着手。即便人面相对也让心在天涯，在天涯永远痛苦地呼唤与思念。"①池莉本人便写了这样一个故事——《细腰》，一个苦恋一生，终未圆满的故事。不错，如果说甚至从《少妇的沙滩》起，池莉就开始"拆穿虚幻的爱情"，但至少在池莉的作品中，她并没有真正否定爱情的存在，她只是带着几分快意记述了爱情在现实面前的单薄、脆弱、不堪一击，"最不永恒"。不是"不朽的爱情战胜死亡"，而是它绝难战胜现实世界，在现实面前，爱情只能屡战屡败。于是，如果说"冷也好热也好活着就好"，那么一个极为明智的办法便是逃离爱情的诱惑与网罗。这便意味着逃离了"麻烦和痛苦"。为此，也为了面对爱情所导致的"四周的婚姻分崩离析"，池莉"愤愤不平"写了中篇小说《绿水长流》。这是一个专为"撕裂"爱情神话而写作的小说，池莉因此而选择了庐山——一个被诸多悠远的爱情神话、现代爱情故事、现当代历史传奇所充满的地方，选择了"一男一女邂逅"的"老掉牙"故事。一个经典的爱情故事，充满了种种动人的滥套：邂逅、一次次的巧合，只是在经典的爱情故事中，这将是一种缘分、一种宿命、一次感人至深的奇遇，但在池莉这里，它更像是一种捉弄。在这个"庐山的爱情故事"之中，穿插着若干与爱情有关的小故事，其中每一个都是现实击溃了爱情的例证。它们成了庐山爱情故事的注脚与旁证。与其说这一男一女邂逅于庐山的故事是对爱情叙事的滑稽模仿，不如说它更像是逼真的类象；尽管叙事人以不断地"赤膊上阵"来告知这个爱情故事是一次不值一文的虚构行为，但它仍不免爱情故事所独具的细腻感人。于是，如果说穿插其间的小故事在不断否定着爱情的存在，那么这个"庐山恋"并未成为对爱情叙事的解构；相反，它更像是一个寓言：一个如何在爱情到来时冷静、清醒地逃离爱情的寓言。在这个被无数爱情故事

池莉
研究资料

---

① 池莉：《绿水长流》，《中篇小说选刊》1994年第1期。

的滥套别致地连缀起的邂逅故事中，"一男一女"，至少是"我"显然并非刀枪不入、无动于衷，但"我"始终保持着一份冷静（不如说是一份高度的警惕），以防自己坠入情网。"我"不断地逃遁，最后终于成功地逃离了这次奇遇，逃离了爱情。尽管"我没有回头。我强迫自己不要回头。我没有回头的余地了"。用池莉自己的说法，这种成功的逃离便是"绿水长流"的"境界"。

"爱情"确乎是八十年代精英文化主流话语之一，它直接而超载地负荷着理想主义、启蒙主义、人道主义的话语，承载着拯救与彼岸的图景，对婚姻——"没有爱情的婚姻"的攻击，构成了八十年代精英文化启蒙与非道德的道德话语之核。因此，池莉对爱情、爱情神话的解构与亵渎确乎构成了一次撕裂。然而，在有意无意间，当池莉断然否定爱情，倡导"绿水长流"般地逃离爱情之时，它同时否定和拒绝的，正是爱情及爱情话语中潜在而深刻的颠覆力。一如婚姻始终是社会及秩序的基石，爱情则是其间内在的、不可规避的威胁。于是，逃离爱情固然是逃离了"麻烦和痛苦"，同时也是逃离反叛的诱惑：因为现实是不可战胜的，秩序是不可战胜的，最佳选择是妥协，是认可。如果说，在八十年代初中期的女作家写作中，始终存在着一个婚姻与爱情之间对立的问题，前者意味着现实的平庸龌龊，后者指称理想的完美坚贞；前者是苦难与堕落的地狱，后者是心灵的圣坛与天堂。那么，在池莉这里，这种对立依然存在，只是发生了完全的倒置。爱情只不过是情欲——"两情相悦"的放大与包装，一个美丽而有害的谎言，一个不断地侵蚀着婚姻与现实的梦中诱惑。而婚姻是唯一的、绝对的、现实的，它在对现实的辛酸、匮乏、困窘与不尽如人意的背负中，焕发出一份人间的、彼岸的神圣。一如池莉的"婚姻三部曲"写作于1987年前后就别具意味，《绿水长流》写作于1993年——商业化大潮再次以空前的强度冲击中国大陆之时，便不足为奇了。此时，理想主义已不再在任何意义上占据着话语的主流位置；相反，一个实用主义的、保守主义的话语已堂皇而粗暴地立于历史舞台中心。此间，池莉及其新写实主义写作的意义已不再或曰不仅是"撕裂"，其秩序化与意识形态的意图已颇为鲜明地显露出来。"绿水长流"——逃离爱情，被描述为"自然美好"，似乎是其间意识形态合法实践的重要一例。

女性主体的浮现

然而，一个有趣之处在于，某些女作家自觉的社会反抗立场却同时成就了某种认同，并因之而否定，至少是遮蔽了女性体验的表达；而在池莉的"撕裂"与补白之中，在她对新秩序的书写与回归之中，却不期然地超越了其早期自恋、自辩、自我印证式的女性写作，使新女性的现实生存悄然地浮现于池莉摇曳生姿的日常生活画卷之中。

当池莉的笔触不再滞留于知识女性繁复细碎的悲剧心理历程，不再受制于所谓"女性写作"对诗情、意象的营造之时，池莉笔下的女性角色——不论是市民社区的劳动妇女，还是历史画卷中的知识女性，都陡然呈现出一种成熟、独立而真实的力度。当她们不再作为叙事人的心象及观念性的傀儡时，她们却无疑在现实与历史的画卷中显现了一种全新的姿态。显而易见，自《烦恼人生》起，池莉的女性人物并不绝对占据叙述的前景及中心，而且一如池莉，她们也绝非既存的性别秩序的质疑者与挑战者，她们大都是秩序中人，她们对自己的性别角色有着某种"自然"而"本能"的把握，但作为一幅现世生活的画卷，尽管"男女平等"还只是"一朵逗人喜爱的彩云"，可这个时代里的妇女解放、"男女都一样"的观念在中国大陆妇女身上留下了积极、深刻、间或不可逆转的印痕。此间除却《烦恼人生》《预谋杀人》两部作品以男性人物为绝对主角外，在其他作品中，池莉显然并未刻意强调性别的叙事，但其间女性人物却丰满而细腻地显现出特定历史的印痕。有趣的一例是在《不谈爱情》这一以男性为主角的作品中，两个女性角色——吉玲和梅莹——却呈现出一种绝非"弱者"这类称谓可以涵盖的特征。梅莹作为一个成功的职业女性，在叙境中呈现某种精明干练、成熟且迷人的品格，作为主人公庄建非的人生指导者——"良师益友"的角色，她显然强健、清醒，胜任而自如地执掌着生活的舵柄；而作为情人的她无疑超越了道德主义说教的律条，她不惧怕自己欲望的表达与欲望的满足，但并不给予它特殊的位置与特殊的意义。在不多的笔墨之期，梅莹呈现了一种现代社会中知识女性颇为成熟的女性主体位置的自觉，而吉玲似乎是一个更为有趣的角色。她是一个并未受过太多教育的市民阶层的女人，所谓的"地道的汉口小市民"。她生活在相对传统的中国社区之中，她不甚崇高的人生理想同样属于传统的女性角色："找个社会地位较高的丈夫，你恩我爱，生个儿子，两人一心一计过日子。"但这种传统的角色与理想同样经过了历史的修订，"她宁愿负起全部家务担子"，但她同时要求丈夫对她重视与尊重，要求"把她当回事"。作为一个传统且特殊的中国社区"花楼街的女孩"，她深谙两性间的秩序与游戏规则，并依照这一规则来实际操纵这一游戏。她以一次成功的扮演——"武汉大学的樱花树下"，少女挎包中掉出的"一本弗洛依德的《少女杜拉的故事》"，"手帕包的樱花花瓣，零钱和一管'香海'香水"，使偶遇的庄建非进入了她所创造的规定情境里，以"朴实可爱"、温顺柔情赢得了她为自己选定的男人。她赢了这个游戏，而庄建非却自以为自己是唯一的胜利者。由此庄建非又得出了一个认识：女人最好不要有太多的书本知识，不要太清醒太讲条理，朦胧柔和像一团云就可以了。他恍然大悟：难怪当今社会女强人研究生之类的女人没人要，而温柔漂亮贤惠的女孩子却供不应求。庄建非沉迷在自己的理论里乐然陶然。吉玲从他的表现中得出明确的答案："他要她要定了。"但吉玲却不仅是"花楼街的女孩"，当她意识到她得到了庄建非，但后者"不拿她当回事"时，她不仅一如花楼街的女孩吵骂并出走——回娘家，而且使她见多识广的母亲大惊失色地准备提出离婚："两人过不到一块儿就离，离了趁年轻再找可意的人。不管别人怎么议论，怎么劝解，吉玲自有她的主意。不把她当一回事的男人，即便是皇亲国戚、海外富翁她也不稀罕。"尊重之于吉玲高于她对现实利益的算计。于是，她再次赢了，她迫使庄建非和他的家庭重新看待自己和自己的家庭；她迫使庄建非从男性中心的幻觉中跌落，在正视现实——利益、女人的真实与丈夫的责任的同时，经历池莉式的成长。

确乎，一如某些论者所指出的，我们或可在猫子、赵胜天、庄建非、印家厚几个男性形象身上看到一道递进的轨迹[1]，但如果说，池莉无疑怀抱着某种悲悯，但那是朝向无奈的人生、重负中的现实，而不是出自对男子汉式微的慨

① 段崇轩：《"屏蔽"后的重建——池莉中篇小说解析》，《文学评论》1991年第2期。

叹。事实上，池莉是八十年代女作家中为数不多的不再"寻找男子汉"、不再怀着一种失落感来书写"男子汉喜剧"的。相反，除却《烦恼人生》，她赞美人生的改写，她赞美男人和女人一起经历现实的辛酸、琐屑与万般无奈而长大成人，她赞美一个优越的、自命不凡的男孩子，赞美由一个无忧无虑的街头顽主成长为一个理解了责任与义务的男人。从某种意义上说，这确乎包含着一个与女性的行为方式、价值观念认同的过程。尽管这一过程对于叙境中的男人，确是一个无奈、悲哀间或绝望的过程，但在池莉，这正是一个成长的时刻。不是女人击倒了男人，而是已经改写的性别现实击倒了男性中心的话语虚构。因此，池莉让猫子多几分细腻、狡黠，让燕华多几点任性豪迈。在池莉所呈现的富于"毛茸茸的质感"的生活中，不可能有超级男子汉支撑起人生的苍穹，而只是有男人和女人共同应对的重浊、艰辛而生机无穷的现实。赵胜天、李小兰因此在婚姻与生育中共同经历了一次"太阳出世"式的成熟与新生。在这一角度上，池莉的另一别具慧眼之处，是她窥破了庄建非式的男人作为男性中心话语的笃信者必须为此付出代价；与此同时，窥破了某种知识女性寻找男子汉的失落与痛苦，实际上是分享、认同男权话语的结果。因此她以不无调侃的口吻让庄建非的妹妹建亚结束了《不谈爱情》的故事。

极为有趣的是，作为某种自觉与不自觉的"再秩序化"的写作，池莉将婚姻与婚姻所携带的现实改写的力量书写为男人必须经历的成人式过程，而这正是他们被迫从某种意义上认同女性的行为价值方式的过程，使他们学会了妥协、认可现实，将他们塑造为一个"公民"，一个富于责任感与自豪感的公民。于是，似乎女性、婚姻成为一种新的途径与方式，使人们建立起他们的社会身份与角色，建立起新的秩序化认同感。然而，一种不期然间的女性体验的呈现，却极为微妙而深刻地裂解着这一新的主流叙事的价值取向。这便是池莉"沔水镇故事"中的《你是一条河》与《凝眸》。

池莉的沔水镇

从某种意义上说，对时代暗示的极度敏感和对民族寓言的内在渴望，是八十年代中国大陆女性写作的重要特征之一。《烦恼人生》的出现，在自觉与不自觉之间应和了社会生活的变革与起伏，它同时意味着池莉本人对经典"女性写作"界定的反抗，所谓"让一个民族一个国家的生死存亡从最大多数人们的命运中点点滴滴反映出来"①。其中有趣之处在于，《烦恼人生》的写作之于池莉，不仅在于对女性写作界定的撕裂，更重要的是对八十年代主流文化中的伟大叙事的撕裂，但在池莉的表述中，它却更像是另一种民族寓言与伟大叙事的营造。同样作为对时代暗示的敏锐捕捉，九十年代初年，池莉的写作视野由都市场景中永恒的"现在时态"转向了历史场景。八十年代历史叙事的主潮在八十年代末陷入失语困顿之时，池莉在她特定的视点与体验中，率先意识到一个即将奔突而出、席卷一切的现代化进程或曰商业化大潮的二浪，将以湮没之势再度造就历史的断裂："有一天我在磁带商店看群众踊跃购买《红太阳》，听见青年们纷纷议论说：'还是历史歌曲过瘾。'一听这话，首先我顿感自己的苍老，再不写历史，自己一晃成为历史了。"②其次或许在池莉对时代暗示的接受与理解中，她已然直觉地感悟到即将到来的变更事实上是1987年的深入与延续。于是，池莉的"普通人""小市民"——消费主义社会中的主体，不仅要求占据现实叙事的前景，而且自己的历史要求从一个关于"人民/英雄"（属于池莉这类"新孩子"的）历史叙事的遮蔽中凸现出来。池莉再一次给予它以"真实"的名义，所谓"人们渴望了解比较真实的历史。许多真实的历史英雄受到嘲笑，只是因为这些英雄被描写得十全十美。在当代，十全十美被普遍认为是虚假的。我想可以重新写历史，至少让人们看了不再撇嘴嘲笑"。因此，池莉以《预谋杀人》《你是一条河》开始了她的"沔水镇的故事"。这是"江汉平原上的一个商业古镇"。事实上，在更早之前，这个生机勃勃的小镇已出现在池莉的早期作品《月儿好》之中。这以后，是土地革命时代的故事《凝眸》、近现代传奇《青奴》。显而易见，池莉借助沔水镇开始营

---

① 池莉：《两种反抗》，见《预谋杀人·池莉小说近作集》，中国社会科学出版社1993年版，第372页。

② 池莉：《"杀人"写作前后》，见《预谋杀人·池莉小说近作集》，中国社会科学出版社1993年版，第376页。

造她的"约克纳帕塔法"（福克纳式的史诗写作），它再度成为一种寓言，一种别样的寓言，至少是产生于对寓言的饥渴："沔水镇是我的一个载体。每当我对历史有所想法有所感悟时，沔水镇那些历史人物便走入我的笔端。我写出这些人物的故事来，他们虽是活动在江汉平原，却是中国人的缩影，全人类的缩影（也许我的笔力达不到这一步，但主观愿望挺宏伟的）。"[①]

　　一个颇有意味的变化是，在八十年代的历史叙事中，经典的场景是陕北的黄土高原；而九十年代，在池莉的历史场景中，出现的是江汉平原上的一个"商业古镇"，是透露于"凡人庸众"日常生活间的本世纪激变的历史风云。此间在格非、余华的笔下，小人物仍只是苟活于历史场景的边缘，不断遭受着历史之轮的挤压与拨弄；而在池莉的笔下，类似的庸常之辈却顽强自在地生存，犹如"一条河"，在历史的堤岸、礁岩间与之撞击，使之短暂地改道，但河水毕竟自顾长流而去。他们无疑以历史主体的身份出演于池莉的历史场景之中，但绝非创造历史的主体。尽管在池莉的主观意图中，他们应该是予以启蒙的庸众，但在她的叙述中，他们更像是以自己艰辛而顽强、痛楚却不自知的生活展现着生命原初的韧性与活力，嘲弄着文明及历史的孱弱善变。一个有趣的例子是池莉的家族仇杀故事《预谋杀人》，或者更为准确地说，这是一次对家族复仇故事的滑稽模仿。其中主人公王腊狗对丁宗望家族的深仇大恨，除了穷人对富人"天然"的敌意与嫉恨外，几乎是一种偏执、一种无稽之谈；但它却成了王腊狗生存的依凭与动力。故事中的一切仍是在微妙错位的中国文化的传统逻辑中展开。王腊狗一次次地借助历史的机遇以期杀死仇人，但一次次地阴差阳错而失算。与其说，故事中启蒙的寓意在于王腊狗的结论：丁宗望是凭借知识的力量逃脱了王腊狗的暗算，不如说在于本文的叙事逻辑中，丁宗望之所以一次次地遭到王腊狗的暗算，是因为他始终颇为辽阔地固守着中国传统文化的信念与价值。

　　然而，在池莉的"沔水镇的故事"中，真正有趣的变化是女性再度呈现于

---

　　① 池莉：《"杀人"写作前后》，见《预谋杀人·池莉小说近作集》，中国社会科学出版社1993年版，第376页。

历史场景的前台之中，某种或许并非清晰的女性意识比池莉自觉的"撕裂"愿望更为深刻有力地解构着主流叙事的方式。事实上，正是《你是一条河》——一个母亲的故事开始了池莉自觉的"沔水镇故事"的写作。或许池莉的本意是通过《你是一条河》，以一位"真实"母亲的故事撕裂母亲神话，将自己的写作彻底地从"让实际生活是实际生活、文学是文学"，"一面劝阻某个母亲对儿子的毒打，一面写诗赞美母亲如何温柔"的分裂、虚假与困境中解脱出来。但作为一个由六十年代到八十年代终结处的家庭故事，它必然是一个大时代的小故事，所谓"写'文化大革命'在最普通百姓中产生的影响"，但一如池莉的其他故事，与其说它写的是《芙蓉镇》式的历史暴力对普通人命运的悲剧性改写，不如说它写的是由母亲辣辣所呈现的生命与生活逻辑如何突破历史的阻隔与破坏顽强地延伸。在池莉的历史情境中，男人在历史的不断合谋中遭到历史的叛卖，而女人则在对历史的拒断与彻悟中固守着生命与生活的河流。不是历史对女人的放逐，而是女人对历史的蔑视。故事的主部发生在"文化大革命"即将到来及其发生、发展的全过程之中，但它对于三十岁突然守寡，必须将八个孩子拉扯成人的辣辣来说，那不是机遇也不是灾难，而是她必须去应付的变故。在池莉那里，这是下层社会的现实，也是女人的现实："尽管八个孩子中有三个名字记载了历史某个重大时期，但除了饥饿，其他重要运动似乎与他们总是隔膜着。一般都是在运动结束了好久，辣辣才道听途说一些震动人心的事件。"在辣辣的生活逻辑中，活下去是唯一的重要的因素，让八个孩子不要饿死，是她真实而具体的母爱，也是异常艰难的现实，这使她不可能如同任何一种话语虚构中的"母亲"一样，不可能温柔细腻，她间或成为现实、历史暴力的直接呈现者。因为有关"母亲的""美好的"一切，如同小叔的情诗、女儿冬儿的礼貌一样，是一种滑稽荒唐的奢侈。或许在池莉的本意中，这只是在朴素的人道主义和现实主义的意义上，揭示现实的丑陋与"真实"，但不期然间，它展示了"母亲的神话"或关于母亲的话语本身是一种男性社会的虚构与压抑性力量，它必须遮蔽或削弱女人主宰的力量及可能。有趣之处在于，在小说的叙境中，"文化大革命"的到来，使家中两个或孱弱或愚钝的男人获得了机遇与成长，使他们狂热且成功地获得了投入历史的契机，终于一残一疯；

而对于辣辣，它只是开始新鲜兴奋，而后则是"该死的，这场热闹还有完没完"。尽管池莉在理智上迷恋或认同冬儿（净生），但在她的陈述中，辣辣的逻辑要远为真实而丰满，那是一种拒绝历史与权力构造的力量，也是历史与权力无从去构造、改写的力量；相反，倒是寄予着池莉启蒙命题的冬儿流露出一种无法遮掩的苍白和伪善。

一如新写实主义的出现不期然地应和了一个历史的转折，池莉顽强成长，悄然地呈现了女性写作的轨迹。女性的足迹与女性视点中的历史，正渐次清晰地出现在世纪之交的视域中。

原载《文学评论》1995年第6期

池莉与反神话写作

周志刚

池莉被评论家们定为创作的"新写实""新历史"代表人物之一由来已久，事实上，池莉的小说遵循独特的创作观，两"新"之于她完全是一种或深或浅的误解。这种误解随处可见，比如，"新写实"和"新历史"异口同声地强调零度状态的叙述情感以及完全淡化的价值立场，但在池莉的小说世界里，感伤温情替换零度冷漠出场，权威价值被消解的同时平民价值突兀出来。为了不再误解一种有个性的写作状态，在这里，我冒险用"反神话"写作界定池莉。但愿这样能解读出真实的池莉——

一、语域界定：神话写作与反神话写作

几乎当下所有的写作状态都可粗略区分为神话写作和反神话写作。神话写作模式和反神话写作模式体现着大异其趣的精神境界。在神话写作者那里，世界顺理成章地被规划为此在/彼在、现象界（现实世界）/理念界（理想世界或者说神话世界）。其中现实世界是粗糙变动、支离破碎的，因而最终该否弃与超越。人存在的价值一再被探寻；艺术直指向人类永恒归宿，唤起对那个澄明欢悦神话世界的记忆。当代小说家中，张承志、史铁生因秉有中国人少见的宗

教情怀而当之无愧地被推为神话写作典范。在终极关怀、家园意识之外，形上寓言也是神话写作的亚主题，因此我还可以很大胆地将余华、苏童、格非等并入神话写作者群落。

反神话写作者拒绝世界的形上/形下两分法，人现世存在的价值是不证自明的，问题在于如何把握现实，活出意义。因此，所谓超越，所谓升华，都是虚妄不实的，他们表现出了逼近生存现实的巨大勇气。

这里，值得注意的是，神话不仅是天堂、形上、寓言的同义语，也是神圣、权威或理想的近义词。因为，有些精英，他们终生都在构造一种不可侵犯的神圣之物，这种神圣之物除了可以是天堂、理念或寓言，还能是主流意识形态推论下的政治真理或救世思想。不论是前者抑或是后者，神圣之物因被要求去信奉、膜拜和追求，而成为一种人造神话。为此，神话写作至少应包括形上言说和政治真理、救世理想言说（这种言说的主体都是具有强烈"牧民"意识的知识精英）——本文也正是在这一意义层面上使用神话写作。

与一再被人认同的神话写作分庭抗礼，反神话写作者不仅要消解被认为是虚设的神话或神圣，而且要努力营建现实的、符合自身利益要求的价值网。池莉和王朔堪称此中代表。他们全然拒绝神话和神圣出场，现世的苦怒与哀乐、笑容和泪水像色料充斥于油画画布般泛滥于文本。其中，王朔的世界是欲望躁动、堕落虚无的；不同于这种市井狂欢，池莉的世界则承载生之艰辛、生之欢愉，深情和批判。

当然，神话写作与反神话写作在旨趣上的分离必将极鲜明地流露在语言叙事及价值取向等方面上，这些都将在下文具体展开池莉反神话写作特色时随机提及。也许神话写作与反神话写作并不具备实在意义，它仅仅是笔者满足话语冲动言说池莉的一个楔子。

二、语言层的反抗：平民叙事

一定的写作机制总关联一定的语言策略，具体表现在小说这种叙事性文体里就是包括修辞、语体选择、故事处理及价值偏向等在内的叙事手段。为了直接呈现那个超验的神话世界，神话写作者大肆挥霍想象，泛滥象征、隐喻等修辞手段，把语言打扮成复指、隐义的"神性"语言；随之，神话写作者竭力升华故事为寓言或神话，因此故事往往游离于现实，仅是对现实人物的写意化处理，故事人物往往也是对现实的符号化或象征化处理。所有这一切流溢于文本就倾注出一种神话价值观念——对神话世界的迷恋，甚至还包括对历史、现实、未来的永久形上解说。

反神话写作不再让语言负载形上言说意味，他们让语言保持最纯粹的单义状态，反象征，反隐喻；让故事仅仅是故事，真实逼近现世生活场景，让人物成为写实化甚至典型化的形象。由此他们言说出了对生存现状的态度。

池莉小说的反神话性极为明显，她说："我的小说还远不够形而下，远不够贴近生活本身。"[①]这看似赌气使性，实则反映了一种富有鲜明反叛个性的写作态度。反神话叙事具体在池莉这里就是平民叙事。我们可以在池莉文本中随意挑选一段分析这种平民叙事——

儿子挥动小手，老婆也扬起了手。印家厚头也不回，大步流星汇入了滚滚的人流之中。他背后不长眼睛，但却知道，那排破旧老朽的平房窗户前，有个烫了鸡窝般发式的女人，她披了一件衣服，没穿袜子，趿着鞋，憔悴的脸上雾一样灰暗。她在目送他们父子。这就是他的老婆。你遗憾老婆为什么不鲜亮一点吗？然而这世界上就只她一个人在送你和等你回来。（《烦恼人生》）

池莉偏爱民间语体，像这里，"儿子""老婆""鸡窝般发式""趿着鞋""灰暗""鲜亮"等，一律是城市口语和日常用语，所有的词语都表现出惊人的透义性（反多义、反复指喻义）。我们无法找到语言对"造句运动/逻各斯启示"的双重承诺，最纯粹的语言状态与最纯粹的生活状态达成了共识。

池莉小说还严格遵循一种"民间叙事格"，遗弃倒叙和插叙，依照时间

---

① 邱胜威：《走近池莉——作家访谈录》，《写作》1995年第6期。

流程叙事，尽力把故事处理成粗粝的生活流。值得注意的是，书写粗粝生活流的池莉绝不是"零度情感介入"的"新写实"操作人；恰恰相反，她竭力"代拟"小说人物传达对生活细节的领悟和感受——小说中不再是全知全能的作者在向人们客观地讲述生活故事，而是佯装无知的作者把她的人物推向前台，让他们自己向读者披露他们的内心世界。这种代拟叙事机制在池莉文本里比比皆是，仍以刚才所引《烦恼人生》一节为例。这一节是写印家厚清晨出门上班的情景。除了头两句是必要的交代外，以下有关印家厚妻子的"晨妆"和"送别"，都不是作者的客观描写，而是依托印家厚的主观感受。这些极富感受性的叙事话语是池莉作品最能动人之处。它不是静态的心理描写，也不是自在的意识流动，而是作者代拟的一份印家厚对于妻子的感受记录。这种"代拟叙事"使池莉隐藏在经验主体背后，看似客观，代人说话，实则将自己的魂灵附在人物身上，一旦毛茸茸的本真生活逼现出来时，世俗平民的感伤与温情也随之浮动在反书面化的民间语言流里。

为了维护读者耐心，关于池莉小说的平民叙事这里就不再赘言。需要强调的是，这种平民叙事不再像神话写作那样高举拯救、超越或启蒙、劝诫的大旗，它极力拒斥远离生活经验形态的神话想象，想象遗失之后，生活被还原出来。

三、想象遗失与生活还原：现世关怀

池莉的反神话写作遗失想象，还原生活，因而它只以现世关怀作为唯一的写作品格。现世关怀的写作品格在池莉那里是非常自觉的，池莉自己说："中国文人是有模式的……他重在精神，自感是名士是精英，双脚离地向上升腾，所思所虑直指人类永恒归宿，现实感觉常常错位。我以为这便是成为匠人的精神基础，可我是绝对不愿意做匠人的。"不屑做匠人的池莉屏蔽了艺术与生活的最后界线："只有生活是冷面无情的，它并没有因为我把它编成什么样子它就真的是那种样子。"[①]

---

① 池莉：《写作的意义》，《文学评论》1994年第5期。

艺术应该生活化，艺术应该关怀现世，因此池莉把视域投射在凡俗人生上，作为凡俗世人生存的时空背景，现实和历史都在观照之列。观照现实，便有了关于市井平民生存现状的《烦恼人生》《你以为你是谁》和《冷也好热也好活着就好》；关于婚姻爱情的《太阳出世》《不谈爱情》与《绿水长流》；关于事业，文化人生活态度的《白云苍狗谣》《滴血晚霞》及《细腰》；观照历史，便有了关于历史与人的《你是一条河》《凝眸》和《预谋杀人》。这几乎是平民的全部生活场景，在现实/历史、进行时/过去时的写作维度上，池莉将之凝聚为"烦恼人生"与"深情人生"。

烦恼缘于生存受到挤压的尴尬现状。印家厚的烦恼里既有房子、儿子、票子，也包括妻子在内，琐碎延展尽了生活的全过程，无法摆脱甚至无法延喘。陆武桥则把历史过渡时期产业工人的生存困境推到了极致，请看他讲给宜欣的一段——

陆武桥说：可是我们没有时间表。我们抓不住时间这个玩意儿！我想念书它搞"文化大革命"，我想上大学它搞知识青年上山下乡，我当了光荣的工人阶级它推崇文凭，我去读电视大学挣了文凭它搞改革开放。我结婚之前，姑娘要求我是党员和有大专文凭，结婚之后却要求有钱有权力；当我有了钱的时候老婆早已经跑了！你知道吗？我多么想抓住这青春还没有消尽的岁月，哪一天跑得远远的，和你一样，做自己想做的事，穿自己想穿的衣服，逛自己想逛的大街，吃着羊肉串看戏似的观赏一个疲于奔命的餐厅老板的人生！（《你以为你是谁》）

在一个有着三代工人血统的光荣家庭里，他必须赡养老人，照顾弟妹，妥善处理姐姐的婚姻……社会定位给陆武桥一个角色，让他有太多不可推卸的责任，社会挤压他让他疲于奔命。在这里陆武桥差不多是在代表一个阶层，一代人向社会抗议和要求权利；但抗议终归无用，生之尴尬始终是一种既定事实，无法更改。面临尴尬，个人的力量格外渺小："你以为你是谁？"当平凡人在烦琐流变中寻找不到自身位置时烦恼便油然而生。

烦恼终归是烦恼，市井平民却又出人意外地执着现实人生——"冷也好热也好活着就好"，完全可以借池莉的一个小说篇名概括市井平民对人生的深情热望。无论是在印家厚、陆武桥、猫子，还是在"中国母亲"辣辣身上，我们都能看到这种深情。池莉还经常张扬一种深沉刚健的生活态度，如《太阳出世》中，新生婴儿朝阳的诞生改变了混混沌沌的青年父母赵胜天和李小兰，他们不断地走向新生活，"太阳出世"似乎就是这种新生活的最佳暗示。

四、解构神话：嘲谑与重估一切

池莉在现世关怀中梳理出了一种平民的价值观。这种价值观是平民存在意义的自我认同或自尊积累，它在平民对抗生存挤压的过程中萌发，在对虚假神圣的嘲谑解构中正式确立。

嘲谑直接指向文化人，因为他们时时代表一种伪饰的生活秩序。《一去永不回》写一个女孩子温泉的成长过程，她的成长是在背弃知识家庭虚伪教养以及对抗外在庸俗观念中完成的。为了得到所爱的人李志祥，她强大而工于心计，行为果敢得令人羡慕。《你以为你是谁》中的李老师刻画得很有漫画味，却丝毫不失真实感。他应该是某一类人格分裂知识人的典型。他因为无力在世俗生活中争当弄潮好手，所以尽力揶揄世俗生活；因为无力改变生活现状，所以为自己坦然生活其中寻找高尚的精神动机。在陆武桥的映衬下，其形象格外滑稽萎缩。此外，我不能不提及《滴血晚霞》还有《细腰》。小说很美，极力赞赏一种文化人淡泊的人生态度，所谓"弱水三千，我只取一瓢小饮"。唯独在这里，池莉才隐去了嘲谑，表现出对文化人的温情——或许淡泊也算是一种平民生活态度吧。

嘲谑消解了知识"精英"趾高气扬的"牧民"意识，平民的自我肯定就在这种消解中得到张扬。嘲谑和解构都出于平民睿智自信的心理机制，嘲谑时的池莉有卢梭反贵族时的高傲，解构时的池莉更有尼采渎神时重估一切的勇气。重估一切是在对历史神话和爱情神话的双重解构中完成的。

历史神话是一种主流意识形态下的政治真理叙事，池莉竭力游离于这种模式之外恣意伸展。在她，历史更多的是只具有题材意味，仅仅是现实的投影与延伸，因此，不再是历史发展的趋势言说而是平民生存状态的开拓成为"新乡土历史"写作重心。《预谋杀人》是一个关于复仇的传奇故事，可读性很强。王腊狗的一生贯穿于复仇的单纯冲动里，这种冲动偏狭得几乎无法理喻，而复仇的大计又总在无限逼近目标时莫名其妙地流产。谋杀的冲动和复仇的未遂似乎都源于冥冥中的某种宿命，某种偶然或必然律，个体的生命历程因此而显出无奈悲怆甚至无意义。

池莉站在远离主流意识的地方关注平民的生存状况，抒发平民的生存感喟，在她不动声色的讲述里，历史神话一再被消解。仍以《预谋杀人》为例，王腊狗参加了王劲哉部队，伪军和农运，其个体的生命历史与宏观的社会历史相重叠。王腊狗一生的经历与他的想头（复仇）分不开，虽然参与了中国历史的系列变动，但参与运动纯粹出于个人复仇需要，绝不是为中国历史的发展。历史运动充其量只是个体"理性的狡计"，池莉对历史的这种平民阐释、对元历史观——元历史观极力赞颂中国农民作为历史动力的神圣——无疑是一个绝妙的嘲讽。

总之，池莉的"新乡土历史"里人替代历史成为言说对象，值得人回味的是，一旦历史被忽略为人存在的布景时，历史竟又真实地呈现出来。《你是一条河》中的苦难、荒诞岁月连同刚毅、粗俗的"中国母亲"辣辣，《凝眸》中苏区工农割据政权内部的右倾屠杀以及人性之恶……这些事实的真实性都毋庸置疑。有时候，平民眼中的历史更像历史，更值得人反思。

"我的文学创作将以拆穿虚幻的爱情为主题之一。"（《请让绿水长流》，见《中篇小说选刊》1995年第1期）池莉郑重其事地宣布。《绿水长流》讲述了六个精致的"爱情"故事，也唯独这一次，池莉出人意外地摆脱了平民叙事惯用的啰唆，把文本处理成难得的简洁。"不谈爱情。""上天好像并没有安排爱情。它只安排了两情相悦。是我们贪图那两情相悦的极乐的一刻天长地久，我们编出了爱情之说。"（《绿水长流》）……池莉把爱情阐释得冷静而残酷。面对这种不得已的残酷，我已经完全丧失了复述那些诱人故事的勇气。

五、文化镜像：价值多元和新权威主义

平民写作源于对中国现时社会图景的真切体认。池莉说，贵族早就灭绝，苦难和抗争构成我们这个平民国度的复调，除了脚踏实地关怀现世国民平民，我们还能干什么，还需要干什么呢？强烈的现实关怀精神使得池莉的小说文本成为一种绝妙的文化文本。除了生存挤压、历史转轨等，池莉小说所折射出的文化镜像至少还应包括价值多元和新权威之争。

价值多元出现在经济体制改革的时代，经济关系的变化引起人们思想观念的变化，不再由一种价值处于主导地位，所有的价值都出来言说，相互抵牾，争当新权威。由于池莉刻意张扬的是纯粹的平民价值立场，因此文本中价值多元的时代信息是通过平民价值对非平民价值的嘲谑解构表露出来的。有关嘲谑解构的内容前面已作分析，这里就不再赘言。

池莉要求一切都应在平民价值网上得到重新定位。由此，我敢肯定，她一定把自己打扮成了新权威。对中国社会的透视使她拥有做新权威的某些优势；当然，池莉的平民角色认同使她本能地过分偏爱平民而忽略批判其劣根性，再则，池莉机警的嘲谑解构中似乎也带有某种反理性的情绪。

最后，我必须强调的是，池莉自信十足的写作状态宣布了神话写作整合权力表达链的断裂。神话写作不再能规范一切，同声合唱为众声喧哗取代，所有的表达都登场了，所有的话语都想劫持更多的疆域——这些冲撞中的话语至少应包括平民的生存言说，主流意识形态下的政治真理言说、救世理想言说，以及文化精英们的形上超越言说。这种大无畏的劫持活动发生在价值失范的文化背景上，预示着一个宽容的多元时代的到来。众声喧哗毕竟很好，我们还能奢求什么呢？

原载《江汉大学学报》1995年第4期

从理想彼岸的追寻到此岸存在的确认

——论现代女性文学的衍进轨迹兼评池莉

任一鸣

一种文学命题潮头的兴衰起伏、潮涨潮落，取决于一定时代的经济关系和社会形态，同时，很大程度上还取决于在一定的经济关系和社会形态中形成的社会群体心理。80年代中后期商品经济的发展以及世俗文化的兴起，改变着社会群体结构，也有力地改变着人们的生活态度和价值观念。

当人们的生活态度变得愈来愈实际时，过往追寻爱情，追寻女性自我价值的女性文学命题，便因其浪漫理想、高层次追求，而使平民百姓感到高不可攀，或可望而不可即；过往追问"我是谁"，警醒"女性：认识你自己"的女性文学之命题，又因其抽象的延展乃至隐晦与艰涩，而使芸芸众生感到深不可测而不敢问津。于是，伴随世俗化的价值取向愈演愈烈，女性文学从理想走向现实，从抽象走向"新写实"，从彼岸的追寻到此岸的确认，便成为一种必然的进行趋势。

"新写实"是新时期文坛自80年代中后期出现的一种文学思潮。笔者之所以称之为走向"新写实"的女性文学，是因为这一文学思潮的两位重要代表作家池莉与方方均为女性，"新写实"之文学思潮是由她们开先河的。尤其是池莉的作品，不仅具有典型的"新写实"风范，而且对女性文学的演进，具有重要的转变意义。

从理想走向现实：爱情婚姻观

池莉的"烦恼三部曲"（《烦恼人生》《不谈爱情》《太阳出世》），有
一个共同意蕴，即理想的爱情、婚姻、生活形态与现实生活形态之间的矛盾。
这种矛盾在以往的女性文学中，或凝聚成一种悲剧的力量，化作女主人公内在
情感的暴风雨般的冲突，如张洁的《爱，是不能忘记的》；或表现为一种对理
想的深深的幻灭、悲哀和失望，如张辛欣的《我们这个年纪的梦》。

但是，池莉的"烦恼三部曲"则恰恰相反。爱情婚姻的理想与现实生活的
矛盾，最终的表现形式，并非走向人物内心的冲突或失望，而是通过主人公对
生活的深切体验完成了由爱情婚姻的理想形态实实在在的生存意义认可的内在
转换。

与张洁"爱，是不能忘记的"刻骨铭心的疾痛不同，池莉"不谈爱情"。
池莉笔下的人物是中国这块土地上最普通最平凡的平民百姓。在他们充满烦
恼的人生中，理想主义、浪漫主义的爱情无疑是一种可望而不可即的奢侈，是
一种过于高雅的伪饰。他们的爱情婚姻，必须受现实法则的支配，经历了一场
夫妻大战后的庄建非（《不谈爱情》）在对婚姻问题大彻大悟后的一段心灵独
白，正是池莉爱情婚姻价值观的告白：

> 过日子你就得负起丈夫的责任，注意妻子的喜怒哀乐，关怀她，迁就
> 她，接受周围所有人的注视。与她搀搀扶扶，磕磕绊绊走向人生的终点。

池莉让她的男主人公最后醒悟地回到妻子身边，显示着她对"不谈爱情"
的过日子式的婚姻的尊重和理解。

与以往执着于抒写"梦"的女作家截然不同，池莉笔下的人物，几乎从不
陷于"梦"中。尽管印家厚（《烦恼人生》）也有过梦，但他并未陷入"梦"
中。这不是由于屈从于外在的压力，也不是道德感的作用，而是他从不尽如人

意的现实感情生活中，悟出了一个对普通人来说最为简明的关于婚姻的真理：

你遗憾老婆为什么不鲜亮一点吗？然而这世界上只她一个人在送你和等你回来。

池莉笔下的寻常百姓就是这样，多有对磕磕绊绊、吵吵闹闹的现实婚姻形态的认可、接纳，少有超越现实生活环境的奢望和追求。一句话，只有现实，少有理想。"它的现实性不但表现在它甚至使诸如爱情、婚姻这样一些神圣的字眼都带上功利的考虑，而且它还要把爱情婚姻直接变成生活的一个组成部分，变成它的一种日常的表现形式。"①由此，使"爱情和婚姻由理想的天国回到如同生活本身一样的永恒和实在"②。

从抽象走向写实："认识我们自己的生活"

池莉的"烦恼三部曲"，不仅蕴含了不同于张洁所代表的追寻理想爱情的爱情婚姻观，而且还表现了不同于刘索拉所代表的永恒的哲学追求的人生价值取向。与众不同的池莉选择了生存哲学，作为自己创作的支点。如果用一句话来表达，就是"认识我们自己的生活"。

池莉在谈到《烦恼人生》的创作体会时说："我只希望切切实实与读者一道咀嚼我们的生活，认识我们的生活，享受我们的生活。"③

刘索拉笔下的一代青年所困惑的，不是具体的生存难题。他们追求的痛苦与沉重，不是来自物质生活的困窘，而是精神追求的阻遏，是一种形而上的思考。他们关于"我是谁"的追问，关于"我要到哪里去"的探索，乃至灵魂呼救的心声，对于中国绝大多数为生活的现实烦恼所累的寻常百姓来说，无疑是

---

① 於可训：《池莉论》，《当代作家评论》1992年第5期。
② 於可训：《池莉论》，《当代作家评论》1992年第5期。
③ 池莉：《我写〈烦恼人生〉》，《小说选刊》1988年第2期。

一种曲高和寡非常奢侈的高层次精神追求，远离了普通人的生活现实。因此，刘索拉等所开拓的女性文学形而上哲学命题，乃至王安忆所开创的"三恋"之自审与生命意识命题不被寻常百姓理解，则是完全正常的。

池莉所代表的女性文学命题追求与刘索拉们则恰恰相反。

池莉所描摹的是在中国这块土地上，绝大多数普通人的生存境遇和生活状态，她表现的是一种十分现实的生存态度。她笔下的人物是实实在在的芸芸众生。

这也是一种哲学——生存哲学，对待"烦恼"的哲学，形而下哲学。

就"烦恼三部曲"而言，所谓"烦恼"主要是人的生活欲望及能动追求与环境对人的制约所激起的心理反应；所谓对待烦恼的态度，则是人在处理自身与环境的矛盾时的一种情感倾向和价值取向。

马克思在《1844年经济学哲学手稿》中对人与环境的关系有如是论述："一方面，人具有自然力、生命力，是能动的自然存在物；另一方面，人又是受动的，受制约的和受限制的存在物。也就是说，他的欲望的对象是作为不依赖于他的对象而存在他之外的。"用马克思的这段论述来分析池莉所写的人生烦恼，便会发现池莉处理这个普遍的人生哲学命题的独特性。

其一，她充分肯定了人欲望的合理性和积极性，因而同时也肯定了人为实现这些欲望所作的努力。池莉笔下的小人物的欲望，不过是住房、工资、妻子、丈夫、孩子之类，既不是自我价值实现的高层次追求，也不是对人类的终极关怀。但是，这些琐屑的生活欲望却体现着人作为有生命的自然物的感性存在。从这个意义上说："池莉的确是将'生活'这个被人们'抽象''过滤'千百次的字眼，'还原'成它本来的形式，让它本身显示生存的意义和价值。"[①]

其二，池莉在肯定生存欲望的同时，也表现了生存环境对生活欲望的阻遏，以及对生存意义的影响。以往的女性文学对这个人生哲学命题的处理多取两种方式：一种是视环境为痛苦的根源，如《方舟》中的女人们对阻遏她们实

研究资料

---

① 於可训：《池莉论》，《当代作家评论》1992年第5期。

现自我价值的现实环境，采取了毫不妥协的抗争方式，表现了一种勇于追求的进取精神——这也正是她们陷入痛苦的根源之一；一种是借人的受动性显示人的力量和意志，如《祖母绿》中的女主人公曾令儿对过去幸与不幸人生的勇敢接受，对苦难毫无怨言的承担，表现了超越个人悲与苦的宽广的胸襟和精神气度。这两种方式都带有悲剧色彩，前者悲壮，后者崇高。

池莉的处理也许是独特的第三种方式，她思考的是怎样才能在现实中生活得更好，而不是寻求对现实的挑战和反抗，或对现实的超越和超脱。正如池莉在创作谈中所述："我们都懂得自己贫穷落后，我们都想尽量过得好一些。因此，我们都在做着同一件事，这就是《烦恼人生》中印家厚所身体力行的：少骂娘多做事，让现状在一件一件的事情中得到改善。"①

鉴于池莉这样的初衷，她笔下的人物个个都能受挫而不馁，"虽有痛苦，虽有曲折，但最终自有完善的境界"②。他们在人生烦恼的磨炼中，由不实际到实际，由不成熟到成熟，由为烦恼所累所苦到尽力设法减轻或解除烦恼，完成了由不具备真正的独立生活到承担社会义务和家庭职责的独立生活的转型。

女性作家创作群体的共同趋向

从理想走向现实，这几乎是80年代中后期女性作家创作的共同趋向。

80年代中期以前的女性文学，整体风格是浪漫的，充满激情的。无论是具有严格道德操守的钟雨，还是富有无私奉献精神的陆文婷，亦无论是奋斗抗争的梁倩们，还是刘西鸿笔下潇洒的特区女性，无不散发着理想主义的气息。就是池莉，1987年以前的创作也充满了理想与激情，她反复抒写的也是爱的理想与现实的矛盾，爱的梦幻与失落，如《月儿好》等。《烦恼人生》是池莉大病后死而复生，历经艰辛闯过生活险滩之后的"脱胎换骨"之作。几乎与此同时，谌容、张洁、方方、范小青等都不约而同地"从云朵锦绣的半空中踏踏实

---

① 池莉：《我写〈烦恼人生〉》，《小说选刊》1988年第2期。

② 池莉：《也算一封回信》，《中篇小说选刊》1988年第4期。

实地踩到了地面上"[1]。

曾经礼赞陆文婷崇高献身精神的谌容，先是以《错！错！错！》，继之以《懒得离婚》，汇入了女性文学从理想走向现实的潮流，着意于揭示一种已变得麻木不仁的生活态度。

曾经为理想爱情而歌的张洁，为追寻女性自我价值而疾呼的张洁，写起了凡庸琐屑的《日子》，在人们熟悉得腻味，腻味了也得过下去的"日子"里，揭示了普遍的生存状态以及由此生发出的无奈的典型心态。

曾经写下闪烁着理想主义光辉的《"大篷车"上》《十八岁进行曲》的方方，也转向了对生存现实的摹写，以其被誉为"传世之作"的《风景》，与池莉并列为描写平民阶层、凡俗人生最为走红出色的女作家。

总括起来，这一时期的女性文学，尽管女作家们对变化了的现实透视的角度不同，作品中透露出的情感态度和价值评判也不尽相同，但无疑有随时代的变化而变化的共同内容与特色，那就是从理想走向现实，从抽象走向写实。

一种寻求理解的女性文学

印家厚等世俗人物在文学中的出现，从根本上说是一种世俗文化兴起的反映。而世俗文化的兴起，则是一定的经济变革带来的社会生存状态和人们心理状态的反映。应该说，追寻理想的女性文学，强化女性意识，是一种执着；面对现实的女性文学，其所蕴含的女性意识，是另一种深刻。女性文学从理想走向现实，即是从执着走向深刻。

值得注意的是，从某种接受心理来看，池莉作为一个女作家，在描写印家厚、庄建非这些男性人物时，有着明显的女性视角与女性意识的参与。那种"过日子"的爱情婚姻观即含有对两性之间理解的潜在呼吁。

在中国传统文化中，阴阳互补、夫妇归位是世俗生活的主旨。印家厚、庄建非对待烦恼人生的醒悟态度，也使人感到池莉作为一位女性，对印家厚式的

---

① 池莉：《我写〈烦恼人生〉》，《小说选刊》1988年第2期。

丈夫所给予的深深的理解与同情，对在商品经济大潮冲击下面临日益严酷的生存竞争而烦恼日见其多的男人们的一种深深的理解与同情。女性也应摆脱婚姻家庭生活的"烦恼"在现实中寻求和谐与理解。池莉正是从当代夫妻柴米油盐中透射出了强烈的现代意识。

当然，池莉作品中流露的对烦恼的接纳及"过日子"的婚姻和人生哲学，并不意味着鼓励人们在烦恼人生中逆来顺受、随遇而安，她只是对不得不这样生活的自己的父老兄弟姐妹们寄予了深深的理解和尊重。池莉对生活的理解是非常实际也非常深刻的。面对烦恼人生，面对使人滋生烦恼的生存境遇，是终日怨尤、剑拔弩张，还是相互理解、搀扶前行？对于印家厚这样的普通百姓来说，接纳烦恼，尽力前行，让现状在一件件事情中得到改善，无疑是明智之举。只有"认识我们的生活"，看清我们自己的处境，才能有效地保持对于生活和生命的热爱，而不至于走向消极和沉沦。

有鉴于此，池莉所代表的是从理想走向现实的女性文学，对烦恼人生，对婚姻中两性关系理解的出发点和归宿必然是：在共同的生存境遇，共同的生活难题面前，丈夫和妻子、妻子与丈夫，男人和女人、女人与男人——人与人——应该相互搀扶、相互支撑、风雨同舟，以不变的韧性和热情迎向生活。在这里，女性现代意识已转化为确认此举存在的揭示，而不是对遥远彼举的追寻和对人类命运的终极关怀。因而它既有别于张洁等代表的女性文学对爱情对女性自我价值实现的理想追寻，也不同于刘索拉所代表的女性文学在形而上领域里完成的哲学思辨。

池莉所代表的，是一种寻求理解的女性文学，是一种寻求和解的女性文学，是一种在远不尽如人意的生活中执着地尽可能地寻求和谐与美的女性文学。

寻求理解与和解，既是女性文学由理想走向现实的标志，也是女性文学由理想走向现实的结果。归根结底，是变化了的新现实作用于世界的感知方式和认知方式上的结果。正是在这个意义上，女性文学从理想走向现实，既是现实对女性文学的召唤，又是时代赋予女性文学的使命，是女性文学现代进行的历史必然。

原载《当代文坛》1995年第5期

论池莉小说的文化冲突与取向

夏德勇

池莉的小说自1987年的《青奴》以来大都充满了文化冲突。这种冲突同样体现在《让梦穿越你的心》《不谈爱情》《你是一条河》《一去永不回》等池莉的主要作品中，有的冲突还具有叙事结构中心的作用。池莉在展示这些文化冲突时不可避免地流露出自己的文化选择和文化心态。因而对此加以考察就是必要的了。

评论界都认为池莉是个脚踏实地的新写实作家，确实，还原生活的原生态是池莉小说创作的基本审美特征，但我们不能因此无视她的另一副手腕。她的小说除严格写实的模式外，还有写意—象征的模式，不过，这个模式主要体现在《青奴》中。评论者大都无视这个例外。《青奴》以一种写意—象征的艺术模式表现传统农业文化与城镇商业文化之间的冲突。任何写意—象征的小说都不可能像诗歌那样排除叙事（即使诗歌也不能完全排除），它不可能直抒胸臆，否则就不是小说了。只要是小说就必然会有起码的叙事和故事。《青奴》作为一篇写意—象征小说也保留着一个故事的框架。泽浩携青奴从黄浦江回到汉水流域的沔水镇，给人们带来了城市的生活方式，使沔水镇的人们从蒙昧的生活中学会了商业经营，学会了讲究卫生，学会了美的追求。这些人原来守着沃土却守着贫乏，他们傍着明净的河水也傍着肮脏，那些男人宁可让酒灌饱也不用饭菜填饱，他们的女人情愿用篦子篦头也不用河水洗发。他们男男女女都喜欢趿着鞋子，邋里邋遢打发日子。青奴首先教女人们刷牙、洗发，此前这些女人是从不刷牙洗发的；又教会她们开脸，使人变得面目皎洁；治好孩子们的病，使延续了多少代的吃观音土的习惯绝迹了。泽浩则教男人拿蛮草绿豆、团粒糯米、短绒棉花做生意。这是青奴和泽浩代表的先进城市文化对落后的农业文化的冲击与改造。商业的观念、卫生的观念、美的观念开始取代原来自给自足、不讲卫生、不知美丑的落后生活方式。有趣而深刻的是，作品表现了这两种文化冲突的复杂状态，并不是先进的城市文化一来，落后的农业文化就销声匿迹了，而是有着拉锯状的反复交锋。关键在于泽浩是三十年前从这儿出走的，他身上带着这个小镇的乡村文化基因。泽浩教会了人们做生意，他自己的商行反而停业，因为镇上每家商行开业都要请泽浩主持开业仪式，都要让他喝得醺醺大醉，然后是一通豪赌。"泽浩起初不愿意这样，但一旦这样便不能违例了。他是太阳，应该公正地向每一家洒去阳光。厚此薄彼是家乡祖祖辈辈深恶痛绝的丑恶行为，泽浩天性就容不得厚此薄彼。"泽浩的这种想法正是一种乡村情感方式，乡村文化是注重人情关系的，是非功利的。而"在城市中，尤其是大城市中，人类联系较之在其他任何环境中都更不重人情，而重理性，人际关系趋向以利益和金钱为转移"①。因此，虽然泽浩立志要改变家乡，也确实给家乡带来了城市文明，但他原有的乡村文化基因使他迅速与家乡认同了。青奴和泽浩有一段对话表明了这一点。她说："泽浩，你说过，你要改变你的家乡。"青奴因为不肯给泽浩钱还赌债而被他杀死，泽浩也远走他乡。这象征着乡村文化对城市文化的反扑。更为严峻的一笔是青奴死后的遭遇。起初人们准备厚葬她，女人们号出了青奴的千般美丽和万般好处。但当人们猜测她可能是下贱女人后，她就被埋葬到一个很远很远的乱葬岗子，连埋动物尸体的地方都不如。乡村文化是注重道德的，不合道德的东西哪怕价值再高也令人不齿，不像城市以实利作判断标准。人们对青奴葬礼的前恭后倨，说明乡村文化彻底

---

① R.E.帕克等：《城市社会学——芝加哥学派城市研究文集》，宋俊岭等译，华夏出版社1987年版。

淹没了城市文化。这篇小说人物都被符号化了，青奴到底是不是人？是什么人？泽浩父亲的旧宅据说已三十年没人住了，可泽浩和青奴居然在里面发现了伊家婆；德先生面目不清，在他扑上青奴的尸体时，人们居然眼睁睁地看着他的头发一根根地变白，居然在人们的注视中咽了气。全篇有一种似真似幻的气息，似乎借鉴了魔幻现实主义的一些手法。这种写实辅之以写幻的手法使全篇意旨在这短短的篇幅中得以实现。

池莉的另一部小说《让梦穿越你的心》表现了另一种文化冲突：现代城市文化与游牧民族宗教文化的冲突。故事发生在拉萨。"我"、康珠、吴双、牟林森、兰叶和李晓非是来自内地的汉族城市文化人。他们的情感方式和行为方式体现了现代城市文化的特点，情感方式和行为方式正是作为一种生活方式，体现了城市文化的核心。他们游戏情感，心灵冷漠，但又有一份城市人特有的潇洒。"我"被情人李晓非抛弃，立刻投入现代派画家牟林森的怀抱里。大家不管生病发高烧的"我"，而是去了各自想去的地方，没人愿意留下来照料"我"，连牟林森也丢下"我"去了阿里。"我"为他们的冷酷深感寒心却又欣赏他们的潇洒。这是"我"、池莉，也是现代人共同的矛盾。作为人，谁都不能没有情感，但城市生活的特征就是"感情色彩少，理智成分多。根深蒂固的情感与偏见在遇到以自我利益为基础的老谋深算时总要退避三舍"[①]。城市给人们提供了许多，但也把人的情感挤逼到小小的一角。"我"的病服药无效，藏族小伙子加木措为"我"在大昭寺叩了一夜等身长头，第二天"我"就奇迹般地好了。"我"想到那些藏族人为了去印度听人讲经，要一步一步，经过春夏秋冬，经过数不清的寺庙才能到达。"是不是终须有个人信仰我们才能守承诺重信用，才能保证自己信赖他人呢？"而我们这些城市人，如诗人吴双所感叹的：我们怎么就成了这个样子，既不能负责，也无法承诺，既保证不了自己又不信赖别人。这是对城市文化的怀疑和责问。当然，"我"对两种文化的态度也是迷惘的。加木措为代表的游牧文化，信仰佛教，富有人情味，但

---

① R.E.帕克等：《城市社会学——芝加哥学派城市研究文集》，宋俊岭等译，华夏出版社1987年版。

也有令"我"这个城市人无法接受的一面：他们从不洗脚，可是居然在饭店吃饭时脱下鞋，脚上臭气熏人而浑然不觉。他们的生活习惯是不合乎卫生，不合乎科学的，而科学和卫生正是城市文明的产物和标志。不过虽然"我"和吴双等这批城市人懂得科学、讲究理性，可是已没有什么人情味。"我"欣赏加木措的人情味，可还是与吴双们乘飞机离开了拉萨，最终还是投进那缺乏人情味的城市里。不能把作品中人物思想感情等同于作者的，这是常识，但不能绝对化。这个"我"是一个可能的叙述者，可以看作池莉的第二自我。因此，"我"的疑问和困惑、感情和思索是池莉的。这篇小说显示出池莉思索得深入，她开始思考现代文明、宗教信仰和情感等与人的幸福的关系，她当然希望现代人能享受现代城市文明，又能保有真诚的信仰和浓浓的人情味。但是对现代人来说要想几者得兼是不可能的。这是池莉的遗憾，也是一切现代城市人的遗憾。

除此之外，池莉的多篇小说着重展示城市市井文化与知识分子高雅文化的冲突，至少有《不谈爱情》《你是一条河》《你以为你是谁》《一去永不回》等篇表现了这种种冲突。

《不谈爱情》极其明显地存在着市井俗人与知识分子的二元对立，这个对立成了本篇的叙事结构中心——尽管池莉并不承认市民的阶层性，她说："自从封建社会消亡之后，中国便不再有贵族。贵族是必须具备两方面条件的：物质的和精神的。光是精神的或光是物质的都不是真正的贵族。所以'印家厚'是小市民，知识分子'庄建非'也是小市民，我也是小市民。在如今的社会主义初级阶段，大家全是普通劳动者。我自称是'小市民'，丝毫没自嘲的意思，更没有自贬的意思，今天这个'小市民'不是从前概念中的'市井小民'之流，而是普通一市民，就像我许多小说中的人物一样。"[①]我们可以承认当今中国已没有贵族，但不能因此否认市民之间的差别。实际上，市民在职业、教育程度以及经济地位等方面具有显而易见的差别，城市社会学根据这些差别把现代市民区分为上、中、下三个层次。处于上层的是较大企业业主、高

---

① 池莉：《池莉文集（第4卷）·我坦率说》，江苏文艺出版社1995年版。

级管理人员、高级官员等；处于中层的则是中小企业业主、白领雇员、教师、低级管理人员等，大部分知识分子都属于这个阶层，这个阶层还可根据收入的不同，再分为下中等和上中等，教师属于前者；处在下层的则是产业工人和城市贫民，这个阶层所处的社会常被称为市井社会。另外，文化按其层级也可分为精英文化、通俗文化和民间文化。民间文化是属于乡村农民的，通俗文化则属于半文化的、常常没有受过良好教育的城市公众，因此，也可称之为市井文化。除了通俗文化和民间文化就是精英文化。①各层次文化并不是壁垒森严，而是存在对话、冲突和交融的。根据这些理论，我们完全可以理直气壮地宣布，《不谈爱情》等池莉的作品存在市井之民/知识分子、市井通俗文化/知识分子精英文化的对立和冲突，当然，也存在对话与融合。庄建非兄妹及父母显然属于知识分子所在的中等市民阶层，在文化归属上是精英文化。吉玲一家是下等市民阶层，代表的是市井通俗文化。庄建非与吉玲的家庭冲突十分精彩地显示了精英与市井两种文化的冲突。双方的冲突通过情爱—家庭观念得以展示（情爱观念是作为以价值系统为核心的文化的一个重要组成部分）。出生在汉口花楼街工人家庭的吉玲，通过自己的努力找到一份满意的工作——书店营业员。她的人生理想是有一份比较合意的工作，好好地干活，讨领导和同事们喜欢，争取多拿点奖金，设计找个社会地位较高的丈夫，你恩我爱，生个儿子，两人一心一意地过日子。她第一次与做医生的庄建非相遇，看到他那双雪白修长的手时，就直觉到：此人来自另一个阶层，她就要这样的人做丈夫。她的小市民母亲也迫不及待地对吉玲说："好主儿！绝对的好主儿！抓住他！"为此，吉玲和整个家庭都投入了极大的热情，显示出极高的市井生存智慧。当庄建非第一次上花楼街拜访吉玲，吉玲的母亲和姐姐迅速掩盖起粗野、鄙俗的一面，"她们的脏话立刻消失了，凶神恶煞的动作也收敛了。她们细声细气让座，倒茶，奔出去买好菜好酒，让孩子们一声赶一声叫'叔叔'"。而平时吉玲的姐姐非常粗鄙，甚至当着母亲的面骂吉玲"婊子养的"。这说明市井之民非常渴望进入上一个阶层，为此不惜耗尽心机。相反，吉玲第一次上庄家，却

---

① 阿诺德·豪泽尔：《艺术社会学》，居延安译编，学林出版社1987年版，第五部分。

受到庄家高知父母的极度冷淡。吉玲离去后，母亲告诫庄建非："她不适合。她知识结构太低。显而易见总带着一股拘谨而俗气的小家子气。"在儿子与吉玲结婚后，他们居然拒绝去拜访吉玲的母亲。低知识结构和小家子气，恰恰是市井社会特有的标记。这种对来自小市民阶层的儿媳的拒绝与不屑，显示了处于较高层次的知识分子高雅文化对处于较低层次的市井低俗文化的排斥，这样就形成了两个阶层、两种文化的冲突与较量。在现代社会中，不同的社会阶层、不同的层次文化之间，并不可以画地为牢，它们不但存在着对立和冲突，还必然走向对话、交流和融合。知识分子精英文化和市井小民通俗文化也存在着这种双向运动。在庄家与吉玲的对峙中，庄家父母不得不放下高傲的架子到花楼街来看望小市民亲家母。吉家的胜利是市井社会和通俗文化的胜利，是市井文化战胜了精英文化。

在知识分子/市井小民、精英文化/通俗文化这两对范畴中，池莉明显贬前者而尊后者，而这取舍的依据是生存智慧、生存能力的高低。池莉有这么一种生存体验：死是容易的，而活是很不容易的。"生命就像一只鸡蛋，不小心磕哪儿就破了。"①这是大多数挣扎在社会底层的小市民都会有的喟叹。正因为感到活得艰难，池莉才决心要"写当代的一种不屈不挠的活"②。活的能力就往往成了她价值判断的标准。印家厚、吉玲、辣辣都具有或顽强坚韧，或工于心计的生存智慧，往往是文化层次低的小市民才具有实实在在的生活能力，知识分子常常缺乏这种能力，这自然要受到池莉的嘲讽。庄建非知识程度高、医术精湛，可是在妻子吉玲负气回娘家后，他连饭也不会做，只好天天吃方便面，或是上饭馆。而吉玲在家时，庄建非每天吃饭前看到吉玲做得色香味俱佳的饭菜，总要满意地搓着手说好。吉玲走后，庄建非只好求父母放下架子去吉玲家。知识分子的高傲冷漠不得不向市井投降。庄建非的妹妹庄建亚在日记中认为哥哥与小市民妻子吉玲之间没有爱情，哥哥真可怜。她自己也可怜，因为她已三十岁了，还没有找着合意的男朋友。这个结尾并非多余，它再一次显示

---

① 池莉：《池莉文集（第4卷）·我坦率说》，江苏文艺出版社1995年版。

② 池莉：《池莉文集（第4卷）·我坦率说》，江苏文艺出版社1995年版。

了池莉的文化观念：固守知识分子的高雅文化立场将是一种不幸。

中篇《你是一条河》中的辣辣也体现了一种"执拗地活"的生存哲学。辣辣三十二岁时丈夫在一场火灾中丧生，从此她不得不在五十年代至七十年代初这段物质极为匮乏的时期一手养大八个嗷嗷待哺的孩子。为此，不停地劳作是不用说了，她甚至不得不经常卖血并因此得了浮肿病，更不得不用肉体报答别人的帮助。对这些，池莉是怀抱着理解、同情甚至赞赏的。《你以为你是谁》中的陆武桥被作者塑造成一个完美的市井英雄形象。工厂效益不好，他毅然辞职成了餐馆的小老板，发了财的妹夫要抛弃妹妹陆掌珠，一家人手足无措，他出面后，妹夫刘板眼不提离婚了。他敢教训不务正业、骗钱胡混的弟弟陆建设。总之，他敢爱敢恨、有情有义，样样拿得起放得下，因此不但引得他的妹妹陆武丽对他有一份说不清道不明的情愫，连女博士宜欣也和他发生了火山爆发般的爱情。总之，池莉一写到市井就充满感情，就流露出赞赏，尽管有时也不回避市井的粗俗、低鄙和丑陋的一面，但这一面常被淡化。她写得最成功的是市井人物。每当写到知识分子，她的笔端就控制不住地露出嘲讽和揶揄。除庄家高知父母外，《你是一条河》中的王贤良、《你以为你是谁》中的李老师、《一去永不回》中的温泉父母，都在被讽刺之列。王贤良是一个对牛弹琴的人物，这位大学中文系毕业的教师，在救起跳河自杀、目不识丁的嫂子辣辣时，居然这样劝她："你怎么能这个样子呢？生命属于人只有一次啊！"为了赢得嫂子的爱，他竟借中外爱情诗来试图打动她，此时，叙述者跳出来议论："辣辣对诗哪有什么兴趣……她有时发出笑声并不是对诗的理解和赞赏，不过觉得小叔子这书呆子很是有趣罢了。"如果说作者对王贤良的迂腐给予的是轻微的嘲讽，那么对李老师（《你以为你是谁》）的讽刺就比较尖锐了。这位湖北大学中文系的教师有着可笑的精神痼疾。他从骨子里喜欢洞庭里十六号汉口小市民的生活方式，既学跳舞也学打牌，既喝高度白酒也唱卡拉OK。他爱打麻将又怕输钱。他的可笑在于他明明摆脱不了市井趣味的吸引力，却总要为自己寻找一个冠冕堂皇的借口，以使自己显得高于这个小市民街区。如当别人邀他打麻将时，他心里想去，嘴里却说自己多么忙，正在写一篇论文，将以英、法两国文字发表。其实他所说的论文是些什么东西呢？陆武桥骂了一句粗话：卵子！李老师连忙打开笔记本记录下来并加以解释。这一笔就像浓浓的油彩，把李老师涂成了一个滑稽的小丑。池莉写知识分子往往把他们漫画化（如李老师），他笔下的知识分子没有一个能与那些鲜活灵动、具有毛茸茸的质感的市井人物相媲美。这本身就表明了一种文化心态：对市井的偏爱，对知识分子及其文化的否定。这种否定，有时是失之偏颇的，知识分子确实存在高傲、冷漠、迂腐、可笑等毛病，这是应该否定的，但池莉有时连他们所代表的创造精神也否定了。《午夜起舞》中机关干部王建国试图写一篇论述经营方式的论文，对此作者叙述语调充满嘲讽，作者让他最后什么也没写成，反而把初稿一撕了之，汇入大众的平庸生活之流中。这种嘲弄知识分子的现象在八十年代中期的文学乃至整个文化界成了一种触目的景观，除池莉外，王朔等人也对知识分子极尽调侃之能事。这是知识分子及其代表的精英文化边缘化、市民意识逐步增长的结果——虽然未必是十分积极的结果。

原载《小说评论》1997年第4期

泽及众生的"世俗"关怀

——读池莉的两部中篇有感

潘凯雄

　　两年前，在和池莉的一次通信中曾见她说过这样的话，即自己的作品很难成为批评家进行文本批评的范例。虽是自谦，却在不经意间提出了几个可进一步思考的话题。于我个人而言，从事所谓文本批评本非我之所长，但即使撇开个人长短不论，我们还是有理由从池莉的自谦中发出这样的疑问：首先，所谓文本批评所挑选的范例是不是一定就是那些在文体形式上做文章较多的作品？而文体形式上的文章是不是一定就要通过语言的极度变异和结构的恣意破碎来实现？一句话，这样的范例是否非习惯上所说的"新潮""实验""先锋"小说不可？其次，就算上述问题的答案是肯定的（只是就算而已），那些不能纳入文本批评的作品是否就失去了存在的价值，或者说就不具备好作品的必要条件？

　　伴随着上述问题的提出，我个人的回答已隐含其中。所谓文本批评不过是诸多批评方式中的一种，当然，一切的批评都需要建立在作品文本的基础之上而不是游离开去自说自话，但关注文本绝不限于语言、结构一类的环节，一个有意义的文本所传递出的信息必然是多方面的有机混合体；退一步说，即使我们将文本批评定位于语言学的或曰形式主义的批评，那些进入不了这种文本批评视野的作品只要在其他环节上有特色，就依然有其存在的价值乃至其不可替代性。说来也是一种常识：作家，尤其是有出息的作家绝不会因为让自己的作品成为文本批评的范例而写作；头脑清楚的批评家也不会因为是否符合文本批评的条件而简单地取舍作品。至于趣味千差万别的读者们更不会管你什么文本不文本，他们需要的往往是一种情感上的共鸣、价值上的认同、认知上的拓展，甚至仅仅就是通过阅读而获得一种愉悦、一种享受和一种休息。

在进入对池莉近作的解读之前这样铺陈一番，无非是想为本文寻找一个切入的角度。如前所说，进行那样一种所谓文本批评并非我之所长，况且池莉的创作引起我的注意首先还是缘起一种经历体验上的共鸣。我知道，仅以此作为衡量池莉创作短长的标尺未免过于偏狭，但好在池莉本人对自己创作的阐释与我对她创作的理解又有某种相通的地方。池莉说："一切的想象、体验和经历都超越不了生活本身。世界上的至真至美至善都天然存在，只是被积年的岁月风尘所掩盖。我的写作，为的是拂去那些灰尘，让真善美显露出光芒来。"池莉又说："我从来都蔑视没有事实背景的激情与崇高。""我希望我具备世俗的感受能力和世俗的眼光，还有世俗的语言，以便我与人们进入毫无障碍的交流，以便我找到一个比较好的观察生命的视点。我尊重、喜欢和敬畏在人们身上正发生的一切和正存在的一切。这一切皆是生命的挣扎与奋斗，它们看起来是我们熟悉的日常生活，是生老病死，但它们的本质惊心动魄，引人共鸣和令人感动。"（见《我》，载《花城》1997年第5期）好了，抓住了"事实背景"和"世俗"这两个核心概念，我们便可以对池莉今年创作的两部中篇进行一番解读了。

的确，用"事实背景"和"世俗"来概括池莉成名后主要作品的基本构成几乎再贴切不过了，从《烦恼人生》开始，到《不谈爱情》《太阳出世》《冷也好热也好活着就好》《你是一条河》《你以为你是谁》莫不如是。"事实背景"不用说了，人们将池莉作为所谓"新写实"的代表作家之一，看中的正是这一点，当然也还有"世俗"，亦即风靡一时的那个说法——"生活的原生态"，单看这些作品的标题就足够"世俗"的了。这样一种基本构成到池莉今年的两部中篇《云破处》（载《花城》1997年第1期）和《来来往往》（载

《十月》1997年第4期），也基本上没有多少变化。

说基本上没有多少变化只是指"事实背景"和"世俗"的抽象形态，两部中篇依然还是十分写实，事实的来龙去脉、前因后果都叙述得清清楚楚，且所关注的依然还是世俗生活的种种。但说到其具体表现，《云破处》和《来来往往》不同于其以往作品的些许变化，还是不难捕捉到的。

《云破处》的这种变化或许更加明显一点。尽管作品还是那样一种平淡舒缓的叙述语调，但故事本身却沾上了血腥味，而这在池莉以往的创作中似乎不多见。故事围绕着金祥和曾善美夫妻展开，但在时间的安排上，池莉则有意识地将其切成了白天和晚上两块，白天是延续着过去的白天，白天完全成了假象；只有到了夜晚，大门和防盗门一道道锁好，每扇窗户的窗帘一幅幅垂下，一个空间，一个与世隔绝的空间就此形成了。因此，发生在白天的故事如何并不重要，那只是一种程式、一种仪式，甚至只是一种表演；而晚上的情形则不同了，在这个封闭的空间里上演的一切无论是否符合情理、符合逻辑，却绝对是真实的、个性的，也是有意义的。金祥和曾善美的故事也不例外。白天，他们在钢铁设计院里、在群众雪亮的眼睛里各自做着该做的、能做的事儿和说着可说可不说的话儿；到了夜晚，情形就不同了。一次偶然的朋友聚会，曾善美知道了金祥的一段经历，但还并不能就此断定他就是"杀"死自己父母的"凶手"。于是，夜复一夜开始了冲突，在日渐激烈的碰撞复碰撞中，夫妻间相互知道了各自原本不知道的对方的一面，最终以曾善美手刃金祥而结束。看上去，这是一桩发生在子夜里的复仇血案，但耐人寻味处却有二：其一，金祥似乎确是投毒导致曾善美父母死亡的"元凶"，但这个十一岁孩子的"投毒"其实只是一场恶作剧，至于恶作剧的起因则更是既复杂又质朴；其二，曾善美"复了仇"，却竟然啥事也没有，一个冤大头小老板替她顶了罪，至于金祥的"投毒案"也只是在曾善美这里有个了结，而对公家而言这仍是一桩悬案。"三十一年过去了，现在对几个主要嫌疑人的监控还没有撤销，含毒的鱼头豆腐汤至今还被保存着。""是不是因为这个世界上有太多的人生来就模模糊糊，到处留下的都是语焉不详的人生片段，把他周围的人和事，把生活和历史都搅得似是而非了呢？"作品在这里戛然而止，答案呢？留给了读者自己去琢

池莉
研究资料

磨、去品味。

相比之下，《来来往往》的故事就没有这等富于戏剧性了。冲突依然有，似乎也比池莉以往作品中的冲突来得激烈一点，但又不及《云破处》的那般血腥，是一种介乎两者间的碰撞与冲突。主人公康伟业的亮相颇像《烦恼人生》中的印家厚，如果不是一次大意摔了一跤认识了厂医李大夫，而后经李大夫介绍与干部子女段莉娜结为连理，康伟业的一生或许真的和印家厚没什么两样了。可以说，是段莉娜那"世俗"的精明和"世俗"的能力改变了康伟业的后来，先是离开了肉联厂的冷库，结束了扛冷冻猪肉的营生而入了党、提了干，再往后，这种改变就是段莉娜那"世俗"的精明和能力所无法控制的了，康伟业"下海"了，而且还干得不错。这时，先前夫妻间早已存在只是未公开的观念分歧渐渐显露出来，康伟业也深知观念上的问题是不可能摆上桌面干脆利落地解决的，于是便采取了浸湿然后渗透、潜移然后默化、水滴然后石穿的策略。遗憾的是段莉娜该吃的吃、该穿的穿、该享受的也不会放过，但就是没有改变，不仅丝毫没有，反而还想重振自己过去的威风，再使出"世俗"的精明和能力来重新控制康伟业。然而，她对变化了的现实太缺乏了解，她对自己那套"世俗"的精明与现在的格格不入也不太明白，因此，不控制倒还能凑合，越控制则越糟，骂也骂了，打也打了，婚呢死活不离，只是这一切不仅丝毫没有控制住康伟业，反倒使康伟业越走越远，与林珠和时雨蓬或真或假的情感游戏一场接一场地演开了。有结果又如何，没有结果又怎样，不过就是"来来往往"，来往于日常的忙碌的生活中。

不难看出，池莉今年的这两部中篇的确都是在按照自己的追求去布局谋篇，"没有事实背景的激情与崇高"不曾出现，"事实背景"清清楚楚，人物的每一次选择、每一个行动，其原因、其动力都一目了然，而且池莉也的确具备了"世俗的感受能力和世俗的眼光，还有世俗的语言"。在这里，"事实背景"明摆着，看上去的就事论事，就事写事其实都是为了"世俗"，为了"世俗"的关怀做文章，而池莉这两部中篇的意义或许也正在于此。

说到"世俗"的关怀，池莉说："我尊重、喜欢和敬畏在人们身上正发生的一切和正存在的一切。"因为"这一切皆是生命的挣扎与奋斗，它们看起来是我们熟悉的生活，是生老病死，但是它们的本质惊心动魄，引人共鸣和令人感动"。无论是池莉的这段自白还是作品所折射出的内涵，我们是否可以这样说，池莉的"世俗"关怀是一种极具包容性和宽厚性的理解和尊重，她的关怀几乎泽及自己笔下的每一位主人公，即使他或她的所作所为并不能用通行的伦理纲常来评判。

曾善美手刃亲夫是"合理"的，这个理倒不在于杀人偿命一类的公理公法，而只是因为金祥的"投毒"导致了她的家破人亡，如果没有父母双亡自然也就不会有后来姨父的强奸和表弟的诱奸，也就不会落下不孕的毛病；金祥的投毒是"合情"的，那个工厂占了农民的地还不让农民的孩子进去玩，偶尔溜进去玩儿被逮住还要被推出来给摔得流鼻血，"投毒"也不是蓄意谋杀，而是在仇恨下扔了一条河豚的内脏；康伟业的婚外情是有原因的，他那被压抑、被扭曲得太久了的人性逮着机会迸发出来了，况且段莉娜一开始就不那么地道，从莫名的优越到神经质的失落，一次次地勒索，康伟业钱一分没少给，想离婚但为了孩子也没闹上法庭；段莉娜的折腾是必然的，干部子女的优越感岂容康伟业这平民百姓翘尾巴，在段莉娜看来没有她当初的关照，又哪来康伟业今天的神气；甚至就连林珠的一去不复返也是可以理解的，对康伟业，林珠是动了真格的，为了他连自己不错的职业也丢了，而且也耐心地给了他足够的时间去处理与妻子的婚姻，谁让康伟业那般"肉"呢……凡此种种，通用的、现行的伦理纲常都不能容忍，曾善美可以报案，金祥可以自首，康伟业可以先离婚，段莉娜应该平等，林珠不该始乱终弃……这一切判断在池莉的笔下无影无踪，剩下的只是"合情合理"，这就是池莉那富于包容性与宽厚性的"世俗"关怀。

这样的"世俗"关怀岂不乱了方寸、没有是非？不然。作家不是法官，作家也不是道德裁判长，他们通过自己的观察和感受后流诸笔端的更多的是关注人的灵魂和心灵状态。在这种观察与感受中，作家不是没有自己的价值判断和道德立场，然而进入具体的写作状态，他们的价值判断和道德立场又完全可以通过不同形式来传递，或是直言不讳，或是不动声色。我想池莉更多的是采取后一种方法。当然偶尔也会直露一下，比如她对自己笔下某些人物的命名，诸如曾善美、康伟业一类都带有极强的隐喻性。

其实，这一切或许还不那么重要。池莉将自己笔下的人物矛盾和冲突发生的"事实背景"都安排得十分严谨、格外合理，让读者感到无懈可击，感到生活完全可能就是如此，甚至感到除此之外别无选择。一句话，感到这一切"皆是生命的挣扎与奋斗"。这样一来，作者是否坦言了自己的价值判断和道德立场的重要性已退居了次要位置？读者在读毕作品后不能不去思考另一个更重要的问题：为什么导致了这样的结果？

读完一部作品，还能够问上一个乃至几个为什么，这样的审美效果应该说是十分强烈的。比如说，读《来来往往》，如果只是津津乐道于康段夫妻的打打闹闹或是康伟业的婚外情，肯定不会有什么意思，况且读《来来往往》也很难导致这样的津津乐道，倒是极有可能提出一连串问题：是必然还是偶然？是个性所致还是时代驱使？它所折射出的是历史的进步还是道德的沦丧抑或是历史进程中有待解决的课题？等等。无论个人答案如何，无论回答的分歧有多大，能够由一部作品引发出这一串思考，作品大约也就不算枉写了，而池莉今年创作的两部中篇，在我看来都能产生这样的效果，这自然意味着一种成功。

将"世俗"关怀泽及世俗大众，是我们这个时代所需要的。在这样一个社会转型的当口，人们曾经习惯了的生活及观念有许多都需要改变与调整，而这样一种改变与调整对个人来说并不见得都是十分愉快与舒畅的。于是，精神的空虚、灵魂的落魄、心灵的痛苦时时在困扰、在折磨着人们。此时此刻，能够有一份包容，多一点宽厚，能够有一些"世俗"的关怀就显得多么重要，它远比那些空洞的说教和虚幻的指点要管用得多。毕竟每个人都有生活的权利、选择的自由，智者的开导如果首先是建立在尊重的基础上的平等对话，是不是就会有益于大众、有益于社会呢？

说远了，打住。但这也正是我在阅读了池莉的两部中篇新作后所引发的一些联想，也是建立在我自己那"世俗"的"事实背景"之上的。

原载《当代作家评论》1998年第1期

池莉：存在仿真与平民故事

——二十世纪末中国女小说家典范论之一

王 绯

平民化+典范

在二十世纪末中国的女小说家中，池莉是可以作为一种平民化书写的典范来谈论的。就典范的意义而言，我以为她与陈染是站在两个极端：一个是拥抱公众性，一个是倾心私人化。之所以把私人化与平民化放在两极比较，是因为看到了这两种小说再现话语的截然不同处。私人化小说的再现话语，无疑是一种私人话语，它出示的是体现私人体验与经验的"个案"。但是，池莉小说的平民化，使我感到了她的再现话语具有一种很强的公众性与共通性，它们勾连着一种芸芸众生共同的体验与经验，因而能够在较大范围的读者那里产生共鸣。在池莉的创作谈中，可以看到这一点：

作家的对象始终是人，不管他是武汉人还是北京人，不管他是城里人还是乡下人，也不管他是汉族还是少数民族，是高级干部还是平民百姓，人类的心灵是有许多共通之处的。作家要瞄准要研究要抓住要表现的是人类共通的情感。

　　……我的希望是能沟通更多的人的心……

——《关于汉味》①

　　正是因为池莉小说的再现话语，体现出了芸芸众生心灵与情感的共通性，所以能最大限度地与公众共同的体验与经验沟通产生阅读的共鸣。除此之外，我在这里把池莉的小说归为平民化+典范的理由是什么呢？

　　池莉从八十年代末以《烦恼人生》引起文坛关注开始，直到九十年代后期的一系列作品，在题材的选择、人物的处理，以及表现方式等方面，始终没有离开平民化的立场。正是如此，她的小说可以被看作经过平民化艺术处理的存在仿真。平民化区别于私人化，也区别于英雄化或理想化，是深蕴于芸芸众生的，是拒绝超凡脱俗的。能够把自己的创作始终如一地"化"入"平民"，与池莉独特的理解有关：

　　　　我学医从医一共八年，这对我选择哪一条文学创作之路起了决定性的作用。赤裸裸的生与死，赤裸裸的人生痛苦将我的注意力引向注重真实的人生过程本身，而不是用前人给我的眼镜去看人生。

　　　　自从封建社会消亡之后，中国便不再有贵族。贵族是必须具备两方面条件的：物质的和精神的。光是精神的或者光是物质的都不是真正的贵族。所以"印家厚"是小市民，知识分子"庄建非"也是小市民，我也是小市民。在如今的社会主义初级阶段，大家全是普通劳动者。我自称为"小市民"，丝毫没自嘲的意思，更没有自贬的意思，今天这个"小市民"不是从前概念中的"市井小民"之流，而是普通一市民，就像我许多小说中的人物一样。

——《我坦率说》②

---

① 池莉：《池莉文集（第4卷）》，江苏文艺出版社1995年版。

② 池莉：《池莉文集（第4卷）》，江苏文艺出版社1995年版。

也许，在语词使用的准确性上，池莉对"小市民"概念的理解与约定俗成的看法有些距离，但是从她的"小市民说"中，我们确实感到了一种打量芸芸众生的崭新眼光——"我用我的目光，用我的感觉，用我的语言，从我的角度去写芸芸众生"（《关于汉味》）。这之中，你能感受到一种与芸芸众生的亲和，我所讲的"平民化"就落在这种亲和中，它构成了一个作家观照文学的态度。"平民化"是一种文学态度，以平民化的文学态度写小说，即使写权贵，比如池莉在《绿水长流》中写的蒋介石与宋美龄，也会选取芸芸众生的视角。庐山上那座蒋介石以夫人的名字命名，并作为礼物送给宋美龄的"美庐"，在池莉的笔下是——

池莉
研究资料

　　在我们看来，爱情在这儿。一个郎才，一个女貌，一件礼物便是一座价值连城的花园别墅。说实在的，穷人有什么爱情？贫贱夫妻百事哀，最好的结局不过是不吵不闹相依为命罢了。人与人出于怕孤独的本性结伴过日子这决不叫爱情。

　　站在幽深的美庐前，仿佛看见绝代佳人宋美龄从林荫小路上款款而来。如果说她没有得到爱情那还有谁得到了爱情？

　　这样的视角，不是政治家的眼光，不是超尘拔俗的知识分子的眼光，不是纯情或浪漫女作家的眼光，而是沉于世俗人生中芸芸众生的眼光，其中渗透了对于爱情或事物的平民化理解。

　　可见，池莉之所以成为一种典范，是因着她表现出许多女作家因为性别的拘执，因为出身或经历的注定，或因为其他种种因素，难以达到的向着世俗人生本真的视点下沉。迟子建的笔也探进了冻土之上的芸芸众生，可是，一篇《原始风景》就能看出她以自己特有的乡情乡恋平添的那许多增益之美，她在芸芸众生中提升出的是普通农家的牧歌，是诗情画意，因而使观照人生时原本下沉的视点，很艺术地超拔了出来。所以，我一再强调"平民化"是一种文学态度，这种态度制约的不仅是作者的取材和书写对象的特性，更决定着其艺术表现的方式。刚才说的涉及蒋介石和宋美龄的"美庐",就是一种平民化的处理方式。

那么,作为一个女性作家,池莉的"平民化"小说是否贡献出对于女性的特别意义呢?

平民化与存在仿真

对于池莉来说,《烦恼人生》标志着她从文学的旧有规范中自我剥离的憬悟,她要"撕裂自己",这种选择于她并非轻而易举——"撕裂是艰难而痛苦的"。正是在这种自我剥离和撕裂的过程中,池莉找到了存在仿真的小说手段:

> 我的中篇小说《烦恼人生》写的时候是悲壮的。这是我撕裂自己的第一个作品。对于中国产业工人的现状我注视已久,他们的生存状态、生存环境绝不是《叶尔绍夫兄弟》式的,也不完全是大庆工人式的,他们谁也不是,史无前例,就是当代中国产业工人他们自己。他们有主人翁的自豪感也有因为主人翁住不上房子的悲哀,他们有责任心却又为责任心所累,他们厌恶单位的人事矛盾却又深陷其中,他们怜爱老婆却又挡不住对新鲜爱情的向往,他们努力想过上好日子物价却一个劲地上涨。他们是已经预感到了改革开放风暴的敏感和激动不安的群体……
>
> 果然,编辑希望我大动干戈改一改。有人认为这哪儿像工人阶级呢?里头的爱情部分哪儿像爱情呢?
>
> 我没改。我就是要撕裂。
>
> ……
>
> 我坚持着自己的撕裂。我像一只猎犬那样警惕地注视着生活。我反反复复做着一种事:用汉字在稿纸上重建仿真的想象空间。[1]

---

[1] 池莉:《池莉文集(第4卷)》,江苏文艺出版社1995年版。

我曾在《中华读书报》上看到一篇采访，记者红娟称池莉是"镜子作家"，写道："经历了几年的思考、读书，池莉选择了一种比较现实的写作态度与世界观。描绘普通工人生活的《烦恼人生》发表后获得强烈反响，更使她意识到：众多读者愿意读的是与自己生活相近的'镜子'式的现实作品。苦相、窘态本无须回避。真正的英雄正是历经数度理想的升腾与幻灭却依旧能繁衍不息生存下来的一群喜怒哀乐着的饮食男女。"①

　　由此可见，池莉的存在仿真涉及两点：一是这样的仿真经过了平民化的艺术处理；二是强调它不是别的仿真，是存在的仿真。也就是说，不论镜子作家也好，仿真写作也好，平民化的实现离不开创造，需要经过艺术处理。我曾在研究池莉的时候指出过，她致力于对现实人生精确的模仿和复制上，但是，这种模仿和复制是一种艺术创造行为，并不真的如同照相那样，一是一，二是二，正像池莉所说："我的小说全部都是重建的想象空间。不要在读小说的时候犹如身临真实生活就以为作家是站在大街上随意写的。有一种想象叫作仿真想象，它寻求的是通过逼真的诱导，把鼓点敲在人的心坎上。"②确实，池莉的小说使人看到了可以称为"下层现实主义"，或"琐屑现实主义"，或"日常现实主义"的那种滤器般的特别效应，这种滤器仿佛是具有高度透明性的很薄很清澈的平玻璃。所谓平民化艺术处理，就是使芸芸众生从中穿过，并在其全部现实存在的基础上重建想象的空间，在这种空间里，芸芸众生的现存实相被再次创造，其效果的逼真是在现实秩序被打碎后又按照艺术特定的规律重新组合出来的。

　　池莉就是这样追求把小说的鼓点敲在人的心坎上，追求与芸芸众生的共鸣。按照池莉自己的说法，她经过平民化艺术处理的仿真的鼓点，能敲中普通人心的奥秘，就在于一招一式都要敲"到位"。在我看来，这种仿真鼓点的"到位"，特别体现在琐屑细节状写的"到位"上。曾经有人把池莉的平民人

---

①　见《中华读书报》1997年2月19日第一版。

②　池莉：《池莉文集（第4卷）》，江苏文艺出版社1995年版。

生三部曲——《烦恼人生》《不谈爱情》《太阳出世》称作"过日子小说"，我想，主要是因为池莉通过展示大量的普通老百姓熟悉的日常琐细的生活，将平民怎样挨日子写到了位（到家），使沉于芸芸众生的人们从中获得强烈的认同感。池莉在这方面的出色表现，有赖于她非常明确的"到位"意识。她认为：天才球星的天才感更主要体现在他的到位之中，小说与足球一样，不管写得多么花哨，如果不到位，就会有隔靴搔痒之感、矫揉造作之态，立意再深刻，布局再现代，也难成好小说。可是，小说只要写得到位，就像一颗小石子一样正好投到人的心口，人的心一动，便会有一声感叹来与作者交流。

再进一步说，这样的到位，也是对于存在感觉的到位，对于存在感觉表达的到位。这个存在，自然离不开池莉"小市民说"中的人，离不开"平民化"的范围。

具体到存在的仿真，便有一个存在对仿真的限定问题。存在是一个哲学概念，在不同的哲学家那里会有不同的界定，比如在萨特的存在观体系中，外部现实世界的存在被他看作"自在的存在"，人的主体则被他认为是一种"自为的存在"，这两种存在的关系是：自为存在触及自在存在，产生一种感受、一种体验，或一种反应，于是使自在存在被显露或被揭示在自为存在的面前。萨特的小说《恶心》，便是这种存在观的艺术产物，是他存在主义小说的代表作。从这样的思路延伸下来，可以说，池莉追求的到位，是以能够引起接受对象的共鸣为绝对前提，自为存在触及自在存在所产生的具有共通性的感受、体验及反应的到位，是这一切表达的到位。一旦感觉与表达到位，存在的仿真即告完成了。比如《烦恼人生》，自在存在是通过小人物在生存中处处事事的烦恼（自为存在）被显露而揭示出来的，这种由生存艰辛造成的烦恼感，同样是具形于人内心感受的对外部世界的否定性认知，也是平民们对自在存在性质的共同认知。还应该说明的是，对于池莉，存在的意义更多地指向现代人最基本的生存环境和生存内容。正是这样的特点，使得有人认为池莉的小说反映了从为人生到为生存的文学题旨的转换。这也说明所谓存在的仿真，在池莉的小说中大多为生存本真、生存实相的仿真。

这又涉及一个问题，如此的仿真写作，是否像有的人以为的是"零度情感"的写作呢？我对这样的提法持怀疑态度。如果说，池莉的某些作品给人以"零度情感"写作的印象，这不过是一种很表面的现象。我们在阅读中产生的与自身经验的共鸣，或者是对作品中小人物的同情，或者对诸如《预谋杀人》《凝眸》中是非善恶的内心区别或情感倾斜，都说明池莉并没有在她的作品中进行价值消解，只不过她把自己的情感倾向和价值指向沉到写作的最深处，以藏而不露的方式在背后驱动着自己进行仿真书写。再说，这样的仿真并不等于临摹，是在想象空间的重建中进行的艺术仿真，所以我赞同瑞士作家弗·迪伦马特的说法："倘若一部艺术作品能够临摹现实，那么它便可能是客观的（也即是被动的），由于一部艺术作品只能表现现实，所以它是主观的（也即是主动的）"，"每一部作品都是主观的"，"每一部艺术作品所表现的现实都是一种'主观现实'"，"每一种'主观现实'都包含于客观现实之中"。[①]迪伦马特在这里强调的是艺术（也是小说）创作的本质。

至于说到池莉的作品是否贡献出了对女性的特别意义，我认为没有。池莉更倾向于一种中性意识的小说书写，虽然她笔下的诸多人物是女性，但是我们看到的却是芸芸众生中男人与女人共有的生存烦恼与艰辛，它并没有因为性别的不同而有什么本质的差别。所以说，池莉对于人生的观照视点，更多的是普泛意义上的人，而不是性别意义上的女人。当然，这并不意味着池莉没有女性意识。在我看来，女性意识的概念仅仅是一种性别身份的表明，并不具有价值判断的意义。具体到池莉的女性意识，实在没有表现出女性社会解放意识的指向，只是一种对于女性存在特征的体认或意识吧。比如，在被池莉自己称为玩笑议论的随笔《漂亮误终身》里，是可以感到她对传统的性别刻板印象或性别偏见的某种认同。但是，这种认同，不过是对于男女有别的存在特性（特别是生理特点）的个人看法，我本人并不想把它作为一种思想议论给予太多评价。即便如此，它也使我觉得池莉在女性问题上，并不着意或用心成为一个像陈染那样的思想者。她还没有进入或者并不想进入这一女性思想领域。重要的是，

---

① 弗·迪伦马特：《关于艺术和现实》，见吕同六编《20世纪小说理论经典》，华夏出版社1995年版。

这并没有影响池莉成为一个典范作家。

生存之悟：不屈不挠的活

池莉自己明言：她的小说是在写当代的一种不屈不挠的活。我以为，这是一种非常平民化的生存之悟。

引我特别注意的，是短篇小说《冷也好热也好活着就好》。据说，小说中的女公共汽车司机燕华，就是一个名为"娟兰"的女英雄生前的真实写照。可是，这个女英雄的存在仿真燕华，却像每一个以极强的抗高温能力适应着生存环境的武汉小市民一样，有自己八小时之外尽可能得好的方式。当池莉以存在仿真的手法，展示了普通市民"冷也好热也好活着就好"的生存状态时，我们所看到的是世俗人生其乐融融的鲜活日子。猫子在小初开堂亲自卖给人的一支体温表当场爆坏的奇事，成为贯穿这篇小说的头条新闻，不断由这位亲历者，向他的女朋友燕华，以及燕华的父亲及邻里们发布。这个新闻尽管使所有听到它的人不约而同地感慨"这武汉婊子养的热"，却并不妨碍这些男女老少在奇热的都市里有滋有味地活着。酷暑中，挥汗如雨地在厨房忙碌饭菜的女人们，因为猫子的加入平添了许多谈话与打逗的情趣；夕阳西下，家家户户搬出居室，在斜窄街道的露天里吃晚餐和夜宿，成为他们对付高温的特有方式：热归热，可是人们照样在大街上吃能上菜谱的四菜一汤，喝"黄鹤楼"酒，看电视，摸麻将，聊有意义或无意义的家常，打逗与叫骂……人与人没有了家与家这第四堵墙的隔膜，仿佛在夜幕下组成一个普通市民邻里的大家庭。当人们恶毒诅咒着高热的时候，显然早已经把那高热置之度外，使你不能不从中感到人对环境的极强适应力。高热对于女主人公燕华同样如此，它似乎提高了这个任性的俏女子在恋人面前的骄躁，却并不影响她顺从地和猫子走进众人逃避的蒸笼般的房间里去亲热，更不影响她在事后再换上太阳裙，和女友们迈着时装模特的猫步去逛大街、吃零食。这里的男人和女人，以粗俗的方式表达着自己的喜怒哀乐，随着电视新闻的内容以"个婊子养的伊拉克，吃饱了撑的"式的话语关心时事，在"臭了一顿伊拉克，接着臭武汉的持续高温。再接下来是广告，又臭广告"中展开率真的对话。至于那些严肃且正义的信奉与执守，即使到了年轻女子的口中也与草莽英雄无异：脸上浓妆艳抹的燕华们在大街上不仅说粗俗的笑话，议论歌星影星，议论黄金首饰，议论各自的男朋友，也议论被歹徒杀害的英雄。当一位女友问大家要是遇上了歹徒怎么办时，燕华的回答是"老子不怕！凭么事让他搞钱？我们公司赚几个钱容易？全是老子们没日没夜开车赚的。邪不压正，你越怕越出鬼"。

　　就是这样，池莉在一派热闹喧哗的高温氛围中展开这篇小说，结尾却以出人意料的"静"收笔。这种从闹到静，是客观的黎明街景之静，也是人为的（燕华"尽量不踩油门，让车像人一样悄悄走路"）街景之静。这种静，在感觉中再现了黎明时高热缓解、使人安睡的一段宝贵时光，更留下了饶有韵味的人性温馨。我想，池莉在此经营的，也是一幅非空调普及时代武汉市民自足自乐的高热生活街景图，倘若历史翻过这一页，我们再回过头来看，这便是一幅当代历史的风俗画了。如果从未来的角度看，说池莉的这类小说构成的恰是当代平民生活历史的仿真画卷，并不为过吧？

　　除了《冷也好热也好活着就好》外，池莉著名的平民人生三部曲，即《烦恼人生》《不谈爱情》《太阳出世》，确实都是当代普通人这种不屈不挠活法的存在仿真。外部世界把那么多的与生存联系在一起的烦恼抛在印家厚面前，可这位《烦恼人生》的男主角，依然不屈不挠地活着，支撑着他的是信奉"车到山前必有路，船到桥头自然直"，所以，他明明知道自己不可能主宰生活中的一切，却在心里要求自己为了实现包括让老婆儿子吃上一次西餐这样的小愿望，始终竭尽全力去做。这是非英雄的不屈不挠，是小人物的不屈不挠。这样的不屈不挠体现的不是崇高，而是挣扎。《太阳出世》中不屈不挠的活，不仅是从孕育到出生，再熬到女儿一周岁，赵胜天和赵小兰还没有睡过一个整觉，也不仅是这一对"又黑又瘦"的年轻夫妇为了那个"小太阳"不知流了多少泪水和汗水，以及因为进口奶粉而发生的多次经济危机，更是在当代平民百姓的所有生存之难上，他们虽然活得很不容易，却努力活得愉快、活出点样来的人生追求。这或许就是池莉强调的，她"是在写一瓣瓣浪花，而它们汇聚起来便体现大海的精神"①。在我看来，这个大海的精神，正是作为一个时代中整体存在的人的精神。我们没有必要把这种精神意识形态化或政治化，它实在就是当代普通中国人的一种积极的进取精神，是所谓的人往高处走，水往低处流，因为在人的心理中都有一种不仅求生存，而且求发展的定式，更何况在竞争激烈、机会倍增的现代社会。这是大众的心理定式。所以，赵胜天强烈的求发展的个人愿望是报考成人大学，读个尖端专业，等女儿长大了因为有个做了工程师的爸爸，谁也不会小看她，而自己的工资也不会是一级工一级工地爬。赵小兰则为了让女儿将来能为"腹有诗书气自华"的母亲多一份骄傲，下决心"好好看点书学点知识"。由"太阳出世"激发起的这种奋进向上的精神，使一对原本沉于世俗的平民男女，无论在双方眼里，还是在他人的心目中，都发生了惊人的变化。

进入九十年代，池莉的中篇小说《你是一条河》，显然已经突破了"过日子小说"近乎"室内剧"的局限，把一个底层市民家庭的日子，一个苦难母亲的命运，放在了更广阔的社会背景下展开，因而使池莉特有的生存之悟获得了一种历史感。与池莉八十年代后期近距离（二十世纪七八十年代的平民生活）的仿真写作不同的是，这个故事的时距比较远，大约从六十年代到八十年代末。我所说的历史感，便是指这篇小说让人看到的底层市民在风云变幻的三十多年中不屈不挠活着的生存史。这期间我们经历了"文化大革命"的动荡，经历了粉碎"四人帮"后的新时期变革，经历了八十年代商品经济大潮的冲击……这是一个多么大的社会背景！不管政治家、社会学家如何评价这段历史，对于寡居母亲辣辣，它都是需要不屈不挠地为生存而挣扎的历史。

1964年冬，一场火灾把沔水镇居民辣辣变成了三十岁的寡妇。自杀未遂后，通过灵姑领受了阴间丈夫的重托，终于从痛苦与绝望中挣扎出来，毅然把抚养八个孩子成人的担子独自挑在肩上。对于一个家徒四壁，没有工作，没有经济来源的底层母亲来说，挑起这副担子谈何容易？她"最大的儿子得屋，十三岁。最小的是一对花生双胞胎，男孩福子和女孩贵子，刚刚满了两周岁。

---

① 池莉：《池莉文集（第4卷）》，江苏文艺出版社1995年版。

而她肚子里还怀着四个半月的身孕"。可是，辣辣居然担起来了。这个母亲为了生存的不屈不挠，是从她坚信"在沔水镇，只要勤快还能饿死"开始的，她以组织孩子们剁莲子、搓麻绳、拣猪毛的自救方式，让一家人活下来。

然而，辣辣是母亲，也是女人。处在"三年困难时期"的1961年，在沔水镇居民饿得剥树皮吃的日子里，辣辣怀抱着奄奄一息的孩子。为了回报对她心怀叵测的粮店职工老李送来的十五斤大米和一颗包菜，辣辣用自己的身体作了交换。这是她在饥肠响如鼓的时代，作为女人和母亲唯一可以用来交换的东西。这种为生存的交换，使辣辣后来成为一对私生儿女的母亲。然而，对于为了大米而把自己变成交换物的辣辣，这种卑下的卖身毕竟是一种道德上的耻辱，所以，三年后，当老李出现在这个寡妇面前问她需不需要米时，辣辣毫不客气地留下了米，却给这个宣称是来看自己双胞胎的男人下了"滚"令，并外加一顿臭骂，发泄出郁积在内心的耻辱，护卫住自己的尊严。拖儿带女寡居的辣辣，虽然成为被男人注目的女人，更是一个为生存而不屈不挠挣扎的母亲。为了不委屈膝下的儿女，她拒绝了向她求婚的鳏夫们，包括超越了鳏夫们直奔主题求妻愿望的小叔子王贤良，和他作为一个小知识分子特有的温情脉脉与浪漫的情诗。

可是，"文化大革命"的到来，却打碎了辣辣靠家庭加工维持基本生存的良性循环，这个家庭也因为这场政治动荡而偏离了正常的人生轨道——"七年的革命造反经历已经把王贤良锤炼成一个口若悬河的职业政治家"，一旦在风起云涌中看破"你方唱罢我登场"的现实，他便在四十三岁的壮年时期以腿疾提前退休，最后因不能与辣辣结婚而带来的诸多人生失望，因被追查为"三种人"而带来的绝望，跳襄河自尽；大儿子得屋，在镇里疯狂造反嫌天地太小，三年后返回故里已精神失常，无法医治；最懂得替母亲分忧，也最让母亲操心和伤心的儿子社员，曾为了帮母亲渡过难关，在外偷钱偷东西，长大后又因犯罪而被枪决；作为双胞胎之一的私生儿福子，因母亲的疏忽和错误坚持，丧命于一次突发的肚子疼；十五岁的大女儿艳春，把走资派罗山奎作为崇拜和恋爱对象，被勒令退学，使自己和家庭都蒙受耻辱；私生女贵子后天所致的智力障碍，使她在不到十六岁时莫名其妙地怀孕，只得匆匆嫁给一个乡下瞎子；崇尚精神文明的女儿圆子，因为母亲对她的误解，在上山下乡和进入大学后，带着对母亲的鄙视永远地离开了家；另一个儿子四清于1989年失踪。这便使得辣辣要活下去，除去经济上不屈不挠的挣扎外，又多了一重在家庭成员生离死别的磨难下，精神的不屈不挠。可是，辣辣的这些亲人并不清楚，在家庭工业瘫痪的"文化大革命"中，这位母亲就是靠献血维持着一家人的生存，这是她唯一的可以让一家人不饿死，让社员不继续保持偷的恶习，让得屋有条件医治，让她的家不断子绝孙的途径。三十多年，底层市民生存的挣扎不屈不挠的活，在一个母亲靠卖血为生的自我牺牲中达到了极致。

到目前为止，在我看到的有关"文化大革命"的小说中，或者是故事或人物为表现历史服务，写得过于"实"（我不知用这个字眼儿是否合适），或者是把"文化大革命"背景淡化，突出人或故事本身。池莉却从一个底层母亲的角度，把"文化大革命"的历史与人、故事有机地糅在一起。这便给我们一个如何写关于"文化大革命"的小说的启迪。

解构："爱情词典"

池莉有两篇小说《不谈爱情》和《绿水长流》，仿佛是用人物故事作证明的爱情词典。如果我把具有词条性质的关于爱情的解释，一条一条列出，会让人觉得非常有意思。

可能，因为沉于平民化或为生存的人性层次，在相当的程度上，神圣而浪漫美好的爱情被池莉化为乌有。这一化，使说出许多大实话或在理想主义者看来是谬论百出的她，不同凡响。记得八十年代末，池莉的《不谈爱情》发表后，令我着实大吃一惊。仅这个题目就让我惊异不已。这之前，在人们的心目中，女作家最拿手的东西便是言情——大谈特谈甚至用生命来谈爱情，写缠绵悱恻或诗情浪漫或如火如荼或要死要活的各色爱情。比如，台湾的女小说家琼瑶，还有三毛，就迷住多少女孩子。大陆的不多说，仅女作家张洁，写了那么多好小说，可是，无论这些作品有怎样的分量、价值与影响，她早期的《爱，是不能忘记的》，都处在一个绝对压倒一切的让人不能忘记的位置上，乃至只要在正式的文字里说到张洁的名字，就无法不提起它。爱情，被人认为是永恒的文学主题，女作家奔这个主题而去的姿态，仿佛是一如既往，或一发不可收的。可是，池莉竟反其道而行之，赫赫然写出的是：不谈爱情。在我看来，池莉的不谈爱情，是在解构爱情。她把这种在古典情怀中十分神圣的东西，放逐到当代社会的世俗人生中，还其本真。这个过程完成的其实是对爱情的解构。

《不谈爱情》对爱情真理或学问的探讨，完全是世俗人生的或平民化的角度，是过日子的普通人的角度。半年的婚姻生活，夫妻的相撞，使庄建非"在对自己的婚姻作了一番新的估价之后，终于冷静地找出了自己为什么要结婚的根本原因：性欲"（此乃词条之一）；吉玲也是"不谈爱情"的人，最后选定庄建非，是因为这个高级知识分子的后代，可以最为理想地改变自己家在"花楼街"的底层身份，于是，婚姻成了预谋中的一个目标，庄建非便是她要捕获的猎物，这使她把谈情说爱完全变成一种"人工创作"。在庄家受到的冷遇，使她在回首庄家小楼的时候虽生出切齿的恨意，埋下复仇的种子，却不露半点委屈，又在日后做出为了庄建非的幸福决意要离开他的善良状，使庄建非感动得泪水盈眶，于是不顾一切阻力，决定马上与她结合。池莉打碎了对于爱情与婚姻关系的神圣理解，通过吉玲和庄建非婚姻前的"人工创作"，婚姻后方方面面的"原形毕露"，揭示出许多具有词条性质的爱情婚姻之悟。这些词条，指向的是一种（并不排除有误解的成分）平民真理。

池莉在1993年完成了一篇非常有意思的小说叫《绿水长流》。这篇作品采用第一人称的方式叙述，以"我"作为中心，把我亲历的或耳闻目睹的关于男子初恋的故事，关于先恋爱后结婚的故事，关于婚外恋的故事，关于当代男女邂逅于浪漫情境的故事，串联成一个专门写爱情的中篇小说，在其中，我们同样可以读到池莉从不同角度解构爱情的词条。这一次，池莉的仿真对象自然是"我"，为了避免读者由此产生错觉，她特别写道："这是小说，是我编的故事。我编这个故事仅仅是为了让我对爱情的看法有个展开的依托，尽管这个故事是假的，但我的认识是真实的。"我想，池莉借虚构的故事表达的真实认识，大都凝聚在那些词条性质的阐发里。

比如，"当我作为一个女人经历了女性所该经历的一切之后回头遥望。我对初恋这个阶段只有淡然一笑。初恋是两个孩子对性的探索，是一个人人生的第一次性经验。初恋与爱情无关"。显然，池莉把世俗人生的初恋，从文学的神圣化中放逐出来，把它还原到人类生存需要的层面（按照马斯洛的说法，人类最基本的生存需要之一就是生理需要），于是才有了这样的认识。也许与池莉学医出身有关吧，这也是一个贴近性爱心理学和生理学的认识。

比如，"男人！……你永远令人心动的是你那份风流。可风流是婚姻的死敌。为了爱你，为了喜欢你，为了思念你，聪明的女人她们决不会与你同行"，"我又一次觉得爱情这个词非常陌生。好像谁把一个概念界定错了，却又固执地用这错误的概念来指导我们的生活"。——正是基于这一"词条"的认识，在这篇小说的结构中起着连缀作用的"我"与一男子庐山邂逅的故事，没有写成王安忆《锦绣谷之恋》式的恋爱故事。同样是异性邂逅，同样是身处大自然的浪漫情境，同样有异性的吸引，池莉此篇小说中的"我"却以女性的成熟和理性，用力逃避恋爱或"即时性诱惑"的陷阱。在我的阅读经验或印象里，女作家一向长于写陷入诱惑而难以自拔的心态，写爱而不得的失落心态，写恋火燃烧的心态……好像还没有人这么成功地书写一个女性在性诱惑面前如此成熟、自信、自觉的疏离心态。

另外，池莉在这篇小说中还有一些关于女性与爱情的认识，给我留下很深的印象。比如，她指出了时代男性偶像与女性婚姻之间的关系，从女性婚姻选择中，可以看到男性偶像的变化。对于青春已逝的女人，池莉认为是不适合去做恋爱游戏的，她认为女人这时候最好的形象就是怀抱婴儿，是相夫教子，是缝缝织织，是在办公室里冷脸冷面有条有理地做事。这样的认识也是让我感兴趣的。

《绿水长流》很能体现池莉九十年代创作的变化。与《烦恼人生》阶段相比，这个时期的池莉在叙述方式上放弃了旁知的叙述角度，喜欢采用第一人称的叙述，因而使作品的主观性增强，不仅不会再产生"零度情感"的错觉，还让你不时觉得是躲在文字后面的池莉在直接讲话。随着主观性的增强，作品的理性色彩也不断突出，以上我列举的那些"词条"，都仿佛格言，是理性沉淀的结果。在这种理性色彩中，有一种过来人看破红尘的清醒与透彻，如"上天的原则是不让任何事物达到极致。女人你想在你最美丽的时候又得到最终能爱你皱纹的人？男人你想功成名就又得到如心可意的娇妻美眷？这就是十全十美，是一大忌。世上的事只可九九不可十足"。另外，抒情成分的相对增加，也不应忽视。

1994年池莉的另一篇小说《让梦穿越你的心》，在创作风格上，最能体现我上面讲的这几方面变化。藏族骑手加木措为了帮旅游在外的汉族女子康珠（"我"）治病，专门带她到大昭寺，并为她叩了一夜等身长头。在"我"不辞而别的情况下，这个藏族骑手竟策马追赶，实现了他曾说过的要送她，并让她好好骑一次马的承诺。比起与"我"一同进藏的那几个玩世不恭、朝三暮四且对女人毫无责任感与良心的男性，"我"感到一个古老的梦穿过自己的心。"我"与加木措的故事，指向理想，这理想显然蕴于最古朴最纯真最虔诚的少数民族中。比起其他的女小说家，池莉以往的小说缺少的就是理想的东西，就是浪漫诗意的东西，她偏偏在少数民族中找到了这些东西。这一次，池莉不过是换个角度，以在少数民族中发现的纯真理想、古朴浪漫，解构城市"爱情"。

共谋：复制历史情味

中篇小说《预谋杀人》和《凝眸》，表明池莉在书写历史的"非过日子"小说时，同样有出色的仿真表现力。

这种仿真表现力具体是指什么呢？

在这两篇书写历史的小说中，池莉与笔下的人物之间好像有一种类似于共谋的关系，或者说是一种可以在不同人物间自由转换的机敏默契的关系，这样的关系，注定了池莉小说观照历史的特殊视角，因而复制出一种历史情味。我所说的仿真表现力，就是指这种历史情味的复制。

《预谋杀人》的历史情味，是通过王腊狗预谋杀死与他有世仇、情仇的丁宗望的个人行为史复制出来的。池莉在书写这一历史的时候，尽管藏身于幕后，但是并没有彻底隐去，她与王腊狗和丁宗望乃至其他小说人物，分别建立了一种非常机敏的可以自由转换的亲密关系。由于与人物的这种共谋或默契的关系，池莉便从容地把握住了故事展开的能动形式，不是像全知全能的上帝那样居高临下地俯视或评判历史，而是通过探入不同人物心理奥秘的内部（与之共谋），深入历史腹体，巧妙地从一个人物转向另一个人物，不断暗示出指向历史存在本真的弦外之音。

　　　　王腊狗当兵要打谁他不知道，他的目的是杀掉丁宗望，抢过杨安素（王曾喜爱的却被丁娶为妻的女人），休掉麻脸女人，光复王家祖宗的基业。所以，王腊狗学枪法、学格斗都分外地刻苦卖命。仅仅三个月，王腊狗已练了一手百步穿杨的枪法，至于拼刺刀、肉搏那更是打遍全团无敌手。

　　举出以上段落，是想进一步说明作者（池莉）之所以能与人物（王腊狗）之间建立起所谓的共谋关系，是出于一种对其存在合理性的理解，这样的共谋关系，决定了池莉在事件展开的过程中，有意绕开是非善恶的审视或审判，致力于以仿真之笔还原历史存在本真，复制出历史情味。这样，无论对于王腊狗，还是丁宗望或其他人物，在作者与之共谋的过程中，他们的是与非、善与恶，则随着历史存在本真的还原而"其形自现"。所以，小说开篇，池莉用了那么多笔墨交代王腊狗决心杀死丁宗望的全部合理性：王腊狗的曾祖父当年经销洋油，晚年富得流油，娶了三妻四妾，盖了深宅大院，如此的家族盛世，后来却被丁家所毁，以致到了王腊狗的父母一辈，竟沦落为发旺起来的丁家奴仆。父亲为丁家种了一辈子菜，死于伤寒；母亲放下王腊狗去做长他半岁的丁宗望的奶妈，后来失足跌入丁家水井淹死，使王腊狗变成孤儿。如果我们想一想血债要用血来还的道理，对于王腊狗，仅仅这世代冤仇，就足以让他生出对丁宗望的勃勃杀机了；偏偏丁又娶了他暗恋的姑娘杨安素，这样，无论丁家在各个历史时期如何善待过王家，也抵消不了王腊狗满腔的世仇加情仇，不预谋杀人他能咽下这口气好好活下去吗？显然不能。

　　我前面为什么要说由于共谋关系，作品不断暗示出指向历史存在本真的弦外之音呢？你看王腊狗的参军，包括他的犯罪，还有丁宗望的大难不死，都是个人行为动机和宿命的结果，这便是认识历史的弦外之音。如果没有作者与人物的共谋关系，不与人物的心理奥秘合谋，只是居高临下地审视或审判历史，是无法拨响这种寓于玄奥中的弦外音的。

另外，谈到作者与人物间的共谋关系，还有一层意思是，与其说人物（王腊狗及其他人物）属于一个被模仿的世界，不如说人物似乎和作者一起参与了创作他们的行为——我这样的说法，是想从一个相反的角度强调人物与作者间进行艺术共谋的意义——以取得仿真效果。所谓的历史情味，正是在这种共谋关系中被复制出来的。

《预谋杀人》就复制出了这种历史情味。王腊狗预谋杀死了丁宗望之事，确实构成了作品的基本音调，它在作品的一根主弦上（仿佛由池莉的一个指头）自始至终鸣奏着。可是，王腊狗也好，丁宗望也好，与他们发生关系的人与事，都联系着中国革命史上重要的人物与事件，这便使得池莉（仿佛用其余四指）在作品的其他弦上奏出深沉且宽广的历史铿锵之声。王腊狗为了杀死丁宗望而去当兵，他投奔的并不是一般的军队，而是在湖北自立为王的国民党一二八师师长王劲哉的队伍；他当的也不是一般的兵，而是留在王劲哉身边的亲信兵。他跟随王劲哉打仗，打出了一身贼大的胆，取得了王的赏识与信任，并当上了王的随从副官。这之后，他独自执行的一次任务更不是一般的任务，而是被王秘密派遣到沔水镇，接应共产党新四军鄂豫边区党委的一个通信员。因为被派遣回家乡，王腊狗便很自然地把执行这次特殊的使命和预谋杀死丁宗望结合在一起，所以，与通信员接上头之后，他以沔水镇是沦陷区，把共产党的通信员藏在敌人家更安全为借口，住进了丁宗望家。王腊狗的预谋是想在完成王劲哉交与他任务（拿到一封重要的信）的前提下，以通信员当火引子，诬告丁宗望窝藏共产党，借日本人的手杀死仇人。但是，王腊狗去告密的汉奸行为并没有瞒过共产党人的眼，在丁宗望家遭到日本人包围与搜捕前，这个通信员出于与丁单独接触后产生的好感，在十分危急的情况下暴露了自己的身份，并把一封准备面呈王劲哉的信交给丁保存。偏偏这封信又不是一般的信，而是共产党鄂豫边区党的首脑人物陶铸和杨学诚写给国民党重要将领王劲哉的亲笔信。偏偏信的内容也不是一般的内容，而是共策前途、联合抗日的秘文。为了杀死仇人，王腊狗在日本人面前不惜利用这封信出卖通信员和丁宗望；为了保护这封信，通信员在日本人面前假装吃下了信，当场被杀害；为了不辜负重托，丁宗望在被日本人关押时，将信的内容背得烂熟于心后真正地吃下了信，并凭着练就的一身武功，越狱投奔王劲哉。从沔水镇早已伺机逃回一二八师的王腊狗，由于丁宗望的秘密潜入，特别是由于他暗中道出了实情，在王劲哉那里不仅失宠，而且受到军纪惩罚，被挖掉一只眼。偏偏这瞎眼当汉奸的戳记，对于王腊狗意味着加深私仇的戳记，旧恨未报新仇又添，使他更下决心要杀死丁宗望。土改运动再一次带给王腊狗预谋杀人的机会，作为贫协副主席的他与作为富豪阔少的丁宗望，在这场运动中是革命与被革命的关系。可是，在丁作为罪大恶极的土豪劣绅处以死刑前，偏偏工作队长对他非同一般地坦然好奇起来，这一好奇便引出来丁宗望的垂死申辩，偏偏这申辩使工作队长以为是阶级敌人的垂死挣扎或血口喷人，出于堵住敌人之口的心理竟格外认真起来。偏偏在这关键时刻饶三又反悔做了证人，偏偏丁宗望背出的那封牵扯出党内高级首长的信使工作队长觉得事关重要，偏偏他去请示上级领导又是了解内情的人……可见，在这一系列偶然中，池莉并不仅仅是在讲关于丁宗望大难当头总不死，王腊狗预谋杀人总失算的故事，而是想复制出他们与历史结合的特殊情味，其中诸如王劲哉，诸如陶铸的信，诸如共产党与国民党在抗日战争中的内幕，诸如土改运动，等等，都仿佛将历史的特殊香味融入小说的菜肴中，把我们带进一种历史情味中去品尝故事——这时，你会感到自己所读到的这个预谋杀人的故事，不是一个"轻故事"，而是一个"重故事"。反过来说，如果没有与历史恰如其分的结合，这种情味便化为乌有，作品必大为逊色。

轻故事和重故事，当然不是批评术语，只是一种感觉的表达。我这样说，是因为行文的时候脑子里忽然蹦出"轻音乐"的字眼儿。本来，像这样一个总想杀人却总失算的故事，如果仅仅局限在个人狭窄的界域，只关系到几个无足轻重的亲戚或朋友，就真正成了那种书写人生偶然性的充满宿命色彩的小说了。这样的作品，不可能给人比较重的或有分量的感觉，俨然是轻音乐的"轻小说"了。可是，王腊狗预谋杀人的故事，却与中国革命历史的重要人物、重大事件完全接通了，就像与一种强电流接通一样，让你在读它的时候，感到一种很重的东西在提升着作品，不仅不会有欣赏轻音乐的感觉，而且感到你是透过个人的小故事，听到和看到"大音"与"大象"，这不是"重故事"吗？

另外，这个故事也暗示着一种意义。尽管我们在小说中看到的偶然性的存在，不是一种假象，而是一种绝对，王腊狗与丁宗望同历史上重要的人物与事件，都是偶然被抛到这个世界，或者是偶然相遇，这使得一个人的经历和这种经历所注定的政治面目及身份，是偶然的，却又是绝非偶然的。比如在谋杀与被谋杀者之间决定胜负的，是"谋事在人，成事在天，不可强也"的宿命，但是王腊狗以性恶以愚昧与偶然相遇，丁宗望以性善以明达的教养与偶然相遇，在特定的时候就会影响偶然。这也是池莉在与人物共谋中复制出的历史情味，算是一种理性的历史情味吧，有这样的历史情味的故事，当然是重量级的故事。

池莉从《烦恼人生》一路走来，走到《预谋杀人》确实让我对她刮目相看。写于1992年的《凝眸》，便继续顺着复制历史情味的路子走下来。在这篇小说中，池莉一如既往地与她笔下的人物共谋，这些人物同样联系着中国革命史上重要的人物与事件。二十五岁的萃英女子学校教师柳真清，因为目睹了沔水镇宗教团体白极会"追砍着苏维埃政府的工作人员"的残酷行径，从而改变了自己的人生道路——不再遵从"中国不需要战争，最需要教育"的母训，洗去了淡妆，脱下旗袍，穿上土布裤子，去洪湖苏区投奔共产党人严壮父。这位柳真清在少女时代结识的五四运动积极分子，并不是个普通人物，他曾就读于当时董必武任教育主任兼国文教师的湖北省立第一师范，通过从董必武那里借阅的革命书刊，逐渐树立了共产主义世界观，又于1925年投笔从戎，考入黄埔军校，在那里认识了周恩来，并于1926年加入共产党；黄埔结业后，严壮父被派到国民革命军第四军，在叶挺独立团任连长；以后，又参加了北伐战争，在柳真清到洪湖苏区的时候，他已是中国工农红军第二军团第十八师师长。严壮父的经历与身份，使柳真清的这一行动完全超出了个人意义，与中国革命历史的重要人物和事件发生了直接联系。她不仅有机会见到当时的红军军长贺龙、红六军军长段德昌，而且在贺龙的亲切关怀下留在了鸡鸣村，并在当地苏维埃政府的支持下办起了列宁学校。柳真清自编教材，白天让穷苦人的孩子免费上学，晚上又把学校当作贫民夜校，为穷苦农民扫盲，教他们唱革命歌谣。就这样，池莉不断地与她笔下的主要人物共谋，把他们个人经历的兴衰沉浮与历史恰到好处地结合起来，复制出具有历史情味的"重故事"。

严壮父的个人命运和洪湖苏区革命形势从兴到衰，发生根本性转折的是张国焘路线的具体执行者、党代表啸秋的到来。他在五四运动时期，曾与严壮父和柳真清等浪漫相识，并且暗暗爱上了柳，不久去法国留学。啸秋的到来，使三个故友之间的关系构成三角恋的关系，两个男人对同爱着的女人，从个人前程到衣食住行的态度与要求上完全不同。这一三角恋的关系，自然在客观情势上加深了啸秋与严壮父政治路线上的对立，啸秋甚至宣称严是因为他才把柳真清弄到手而故意与他对抗，由此引来严壮父对他大打出手。这样的背景，使啸秋必借党内政治运动置严壮父于死地。啸秋在荒无人烟的芦苇荡里秘密处决严壮父的一幕，使柳真清猛醒，她决心找到贺龙及当时的湘鄂西分局党代表夏曦，为严壮父申冤。可是，整整一年艰苦卓绝的寻找，带给柳真清的并非申冤雪恨的日子，而是她在红三军召开的全军将士大会上，看到的夏曦极左面目的耀武扬威，是"贺龙以军人的姿态威严地坐着，望着远方，一言不发，只是一口接一口抽他那特制的'雪茄'"的沉重，是"段德昌五花大绑被推上台来"后，枪击之下"像舞蹈一样跳了起来，旋转着旋转着，以别扭的姿态倒下去，鲜血如同小溪从他胸口奔流出来"的牺牲，是战士们愤怒了，"顾不得司令台上夏曦的指责，全体摘帽，放声痛哭"的惨景。正是在这种历史情味的复制中，柳真清、严壮父（当然还有其他人）个人的命运、个人的故事，得到最高的提升，使人听到与看到的是真正的"大音"和"大象"。

这篇小说的结尾实在精彩。因为与柳真清的共谋，池莉在回首这一切时有独特的观照角度：

柳真清终身未嫁，对男性一概冷淡，以至于连男女混杂的学校她都不愿任教。沔水镇人都背后议论她是因为年轻时情场受挫。只有柳真清认为自己绝不是什么情场受挫，她认为严壮父不是为了她，啸秋也不是为了她，男人有他们自己醉心的东西，因此，这个世界才从无宁日。将永无宁日。

正是这种性别意义的共谋——女性作者与女性人物的共谋，才可能让我们看到如此的女性对于历史的凝眸、战争的凝眸、政治的凝眸，也是女人才可能有的对于永无宁日的世界本质的凝眸。

别一种逃离

在分析了池莉的历史小说创作后，再回过头来看她贴近九十年代现实人生的作品，比如《紫陌红尘》《城市包装》《一去永不回》《你以为你是谁》，感到她对于时代之变的用力捕捉。我用"别一种逃离"来概括池莉的这种捕捉，是因为她喜欢通过笔下人物各色各样的逃离，反映世道之变。这部分小说似乎就立足在一个"变"字上。

池莉在1995年2月写了一篇创作谈——《再说写作的意义》，就讲到了自己对时代之变异乎寻常的兴趣：

> 近些年来，社会发生了并还在发生着巨大的变革。经济体制的改革使金钱重又闪闪发光，显示出了强大的诱惑力，人们对自己生存方式的选择空前自由，各种五花八门的职业仿佛一夜间花开遍地……显而易见，我们比较幼稚的文学遇到了比较复杂的社会形态，难免使人焦躁和沮丧。但我想我是有一股按捺不住的欣悦之情的。因为人们的艺术感受力愈淡薄就等于对艺术创作本身的要求愈高……社会形态越复杂，为作家提供的创作大作品的原始材料就越多，作家的工作也就越有意思；等等。作为我个人，我真切地感受到自己在这喧嚣嘈杂的社会中，每走一步都能摸到令人亢奋和喜悦的东西。我们终于进入一个宽松鲜活的社会时间。

池莉的小说创作，有着鲜明的客观写实风格，甚至可以说是一种仿真风格。这种风格，使她的作品表现出特别的女性意义，比如我刚刚谈到的《凝眸》的结尾，其实并不是作者主观介入的产物，而是女性作者与女性人物共谋的结果。在池莉的其他作品中，也写了不少女性，《你是一条河》写了底层母亲生存的艰难与伟大，《不谈爱情》的吉玲也涉及女性的第二性身份问题，《绿水长流》专门议论爱情，特别谈到女人之于爱情的问题，但是，我并不就此认为池莉是一个在主观上突出女性视角，执着追求女性思想意义的作家，如果她给人留下了这样的印象（或者错觉），不过是与人物共谋的结果，是客观书写准确到位的结果，而不是主观干预的结果。在这一点上，她与陈染、蒋子丹，有着很大的不同。所以，我只能说池莉的某些作品，在客观上带来了对于女性的认识价值。这种情况，就好像是《人到中年》。谌容在写这篇小说时，所采用的并不是纯然女性的观照角度，因而并不拘执于女性或女知识分子特有的社会问题，而是把女主人公陆文婷放在蒋筑英和罗健夫这样英年早逝的男性知识分子的境遇同体中，以"问题小说"的形式干预整个中年人的现实存在。所以，小说发表后，首先引起了当时文坛正值"人到中年"的强大男性批评群体——主流批评家们的强烈共鸣。但是，作为本文，它并不影响女性主义文学批评家从中发现对于女性的特殊意义。

下面，我们来看池莉作品捕捉住的世道之变。

在中篇小说《你以为你是谁》中，池莉敏锐地把握住了商品大潮冲击之下的时代偶像之变。小说主人公陆武桥的父亲——著名江岸车辆厂退休老工人陆尼古，虽然感慨他的家庭是四代堂堂正正的工人，有着曾被尊为领导阶级的自豪且光荣的历史，却不能不承认九十年代的今非昔比。他的女儿陆掌珠不仅因为工厂效益不好，每月拿着五十元生活费内退在家，还面临着摆脱工人身份后赚了大钱的丈夫休妻的危险；小女儿陆武丽和小儿子陆建设，也早已没有了作为工人阶级一分子的优越感，一个工厂倒闭在家待业，一个挖空心思走歪门邪道赚钱。显然，过去时代作为领导阶级而存在的工人，在商品经济到来之后，已经不再是被尊崇的社会偶像了。

虽然，我们没有必要苟同小说人物李浩淼认为陆武桥已经从一个工人蜕化为新兴资产阶级的看法，但是，当有钱的生意人（大小经理或老板）一跃成为商品时代的社会偶像时，陆武桥就如同我们所看的无数电视剧里作为正派小生的商战赢家一样，没有被时代抛弃；不仅没有被抛弃，几乎就成了时代的宠儿，最有力的证明就是：一个才貌双全的女博士宜欣，非但没有因为他道出的过去在文凭及社会身份上的"步步跟不上"而却步，反而投入了他的怀抱。宜欣爱上陆武桥并与他同居的情节，传递了时代偶像变化的声息。显然，由出身与学历塑成的时代男性偶像，已经被金钱取代。这一点，与《不谈爱情》里吉玲对庄建非的刻意选择，有多么大的不同。可见，一个时代女子的择偶标准，在相当程度上会受到时代男性偶像的制约，池莉就说过："如果斯时斯地的社会上宣传共产党员的重要性，她们就找党员。如果某段边界起了战火，社会上歌颂解放军战士，她们就会找军人。如果工人阶级一时很走红，她们就会找工人。现在金钱的威力最大，她们就去傍大款。"① 尽管宜欣与陆武桥的关系，不是"傍大款"的性质，但是能使这两个在客观条件上相距甚远的男女成为情人的重要因素，是陆武桥已经进入（或接近）商品社会的男性偶像阶层，这势必对宜欣的性爱心理构成潜移默化的影响。

宜欣最终离开了陆武桥，嫁给了一个加拿大人，正是我所概括的"别一种逃离"。从这看来，宜欣从陆武桥身边逃离，并不只意味着爱情与婚姻不是一码事，它同样传递了二十世纪末中国女性择偶理想变化的新声息。社会时尚固然可以使宜欣超越学历差异等障碍，投入陆武桥的怀抱，但是，社会时尚更使宜欣倾心于"在环境舒适的异国他乡，有一个终身都视我为谜的外国丈夫……为我提供良好的生存条件"。她要逃离的就是与陆武桥用一个白天与夜晚所过完的象征两人一生的日子，她不愿意一辈子陷入这种每一个中国人都难以摆脱的世俗人生。这里的所谓别一种逃离，是对一种生存方式的逃离，也是对一种身份的逃离。

《城市包装》也涉及一种时代偶像之变。肖老师的独生女儿，伪装成女大学生且化名为巴音，到女主人公"我"的家中打工，不是为了诈骗钱财，而是因为她的父母以及熟人一致把"我"看作偶像，认为有志气的女孩子都应该以这位了不起的偶像为榜样，努力奋斗，"上一个又一个的大学，读许多的书，成名成家"，她是抱着看一看"我"真实的生活如何，是不是真的值得成为自己学习的

---

① 池莉：《绿水长流》，《中篇小说选刊》1994年第1期。

目标，而打入内部的。可是，了解的结果，是她对这一偶像的家庭、爱情和所从事的职业的失望。这使巴音不仅从"我"的家逃离，而且逃离了自己的父母。一种过去时代的理想偶像和中国人特有的循规蹈矩的生存方式，已使她不屑。

《一去永不回》中的待业青年温泉，不甘于做父母的乖乖女，对于父母为她精心安排的体面工作（护士）和门当户对的亲事，在心理上反感至极。为了从李志祥与王艳文的合法婚姻中抢过自己所爱的也是父母不能接纳的男人，她不惜制造出李志祥对自己的强奸罪而把他送进监狱，于是顺理成章地使王艳文与李离婚，并在李出狱后与他结合。这样的婚姻选择，使温泉在众怒之下毅然决然地逃离了必须按照父母的意愿去生活的家庭，使人看到了这个叛逆女的一去永不回。温泉和巴音都逃离了自己的父母，实现了别一种婚姻自主和个性解放，不能不说是池莉捕捉住的二十世纪末中国逆女的现代声息。

《紫陌红尘》的逃离更有意思。作品女主人公眉红一心借公差的机会到北京去玩，可是满怀希望地到了北京后，耳闻目睹的是商品经济大潮冲击下人性的扭曲和人际的冷漠，于是失意而归，在"泪雨中与北京彻底告别"。这样的逃离，是对被商品异化的世界的逃离。

如果与《烦恼人生》《不谈爱情》《太阳出世》《你是一条河》《凝眸》这样的作品比较，应该怎样估价以上的代表池莉贴近九十年代现实人生表现世道之变的小说呢？

我并不认为池莉的这类表现世道之变的小说，在艺术上高过前一类作品。在我列举的前一类作品中，有的是可以作为精品，进入文学史并流传下去的。而在池莉表现世道之变的小说中，《你以为你是谁》在艺术上可能更精致一些，可算是这一类的代表作吧。

池莉确实是我喜欢的一位作家，我一直期待着看到她有突破性的大作问世。当然，能否走到这一步，需要看其内蕴和艺术潜力，也需要看其人格的修炼。虽然仅凭以往，池莉已经可以作为一种典范，但是要再看好，对于她是很大的挑战。

原载《当代作家评论》1998年第1期

试论池莉小说的女性意识

吴惠敏

　　池莉的名字似乎一直与新写实主义小说联系在一起，人们习惯以其《烦恼人生》《不谈爱情》《太阳出世》等代表作品，断言她的小说所描画的是一幅困窘而丰满、琐屑而真切的市井众生图。其实，池莉的小说自始至终都以鲜明的女性意识观照和表现着女性的生存本相，深刻挖掘着根深蒂固的父权意识下的女性生命力和创造力，力图确立女性独立的人格和价值观。与此主题相呼应，池莉小说中的众多女性，均成功地摆脱了男性中心的阴影，从被父权制放逐的传统的边缘位置一步步走向中心地位。在这个追求和探寻全面实现自己作为人的价值的过程中，这批妇女既保有女性美好的天性，又解构了传统的虚假的女性形象；既拥有女人从容不迫的美丽，又稳稳当当地执掌着生活的舵柄。这类颇具规模的妇女群像在当代女性作家群中闪烁着柔和而坚定的光芒，充分显现了池莉在作为新写实代表作家之外的另一种意义。

一、鲜明的女性主义创作主题

　　《月儿好》（1982）是池莉发表的第一篇小说，正是以此为肇端，她开始了对女性的持久关注。对依附人格的鄙弃，对独立人格的向往，对自我价值的追求，是池莉投射在女性身上的最真切的目光，也是她小说创作的一个重要主题。在池莉笔下，无论是历史长河中的普通母亲，还是置身于改革开放大潮的知识妇女，抑或是走出温室、初经人世的花朵般的少女，她们都在自觉或不自觉地拒绝成为男权的附属品，也决不甘心去充当证明男性存在及其价值的工具与符号。

《你是一条河》述说了一位平凡而又独具个性的母亲的故事。池莉给这位女主人公取名"辣辣"可谓意在言中，她要叙述的正是一个来去如风、敢说敢做、敢爱敢恨、历经磨难却不依附于任何男人的烈女子的故事。辣辣30岁时死了丈夫，丈夫留给妻子的是一贫如洗的老屋和八个未成年的孩子，最大的13岁，最小的尚在辣辣腹中。陷入绝境的辣辣却能在极短的时间内，凭着自己的勤劳和智慧，终于使濒临灭顶的全家步入了"良性循环"的轨道里，"日子过得比丈夫在世时还滋润些"。在并不平静的守寡岁月里，辣辣先后拒绝了粮店的老李、自己的小叔子、三四个码头鳏夫的追求。辣辣明白"哪个男人不是看她会生养，会做事"，可她"不是傻子"，这辈子"再也不想生孩子了"，"再也不供什么汉子在家当大爷了"。对于那个完全可以按照沔水镇风俗亲上加亲的文绉绉的小叔子，辣辣也看得很明白：他虽能舞文弄墨，对自己关怀备至，但他连"挑担水都喘大气，上屋顶拾个漏瓦都不会，哪是个男人，要他做什么"。这些想法充分表现了辣辣对于传统女性命运的最朴素的认识。在这里，不嫁与"守寡"就具有了两种截然不同的内涵。而六年之后，当辣辣终于发现老朱头是"世上少有的不下流的男人"，是一个真正可以交心换肺的朋友时，则毫不犹豫地接受了他，而且根本不介意这种没有名分的情感。

与目不识丁的辣辣不同，宜欣（《你以为你是谁》）、林珠（《来来往往》）是两位新时代大潮中的现代女性。一个是行将毕业的博士，一个是年薪12万的外企白领。她们的爱情故事则是对现代男权意识的有力冲击。即使面对天下最优秀的男人，她们也照样行走在自己的人生轨道上，在她们的人生词典里，再也查不到自我牺牲的行为模式。对她们而言，爱情是严肃的，但又是和婚姻相分离的；爱情是重要的，却又并不是女性人生目标的全部；爱情是美丽和灿烂的，但又并不能使她们沉迷爱河、丧失自我。她们决不肯以爱情为代价牺牲自我的独立性。如果说在《你是一条河》中，池莉挖掘的是沉潜在普通妇女意识中的最具原发性的主体精神，那么在这两篇小说中，池莉则呈现了经由现代文明熏陶的知识女性对于主体的自觉程度。

女儿对母亲的逃避，实际是对母亲社会角色的一种拒绝，是要彻底告别妇女传统身份的一种预备仪式。因为在父权制的残余中，多数母亲生存的重要任务之一就是要使更多的女孩成为和她们一样的母亲，把女儿塑造成真正符合男性社会标准的所谓淑女。因此，女儿对母亲的冷漠与逃避实际上正是规避自己未来的母亲角色的一个隐喻。池莉也正是从这个角度肯定了温泉与母亲的决裂（《一去永不回》）、巴音离家出走（《城市包装》）的积极意义。在《一去永不回》中，温泉对母亲的态度，由对立、对抗到决然离去，彻底摧毁了母亲给她设定的人生模式。她用异乎寻常的方式获得了爱情，又以昂扬奋发的精神投入工作，她活在自己选择的生活中，自尊自信、健康快乐。巴音的故事更为激烈，她本是父母看好的上"北大清华的料子"，但却从父母的日常生活中窥破了传统生活模式的无趣与无益。她一针见血地指出母亲的一生正是在所谓勤俭持家的金字招牌下一身灰尘地"收拾破烂"。面对母亲的哭求，巴音郑重宣告"我是一个人，不是一条狗"，"我不想过你们那种生活"，"我必须走我自己的路"。巴音出走的冲击力是巨大的，她不仅使母亲手足无措，更使父亲一命归天。她和温泉是池莉小说中最为年轻的两位女主人公，但是她们对自身主体精神的追求却更强烈，对依附人格的摒弃更彻底，对父权思想及男性中心地位的否定更坚决。

强调性别差异和独特性，注重女性的心理体验和内在情思，这是池莉小说具有鲜明的女性主义色彩的另一个表现。它的本质仍然是为了真切地确定女性的主体性，不过，它更侧重于对女性自身世界的开拓。对性爱的渴望，对怀孕、生育、哺乳等人生经历的美好体验，对社会生活的独特感受，等等，都是池莉小说所呈现给读者的女性世界。这个世界具有毛茸茸的生活质感，真实细腻、生动多彩、情思绵绵。她的《太阳出世》完整地记录了一个女子妊娠、分娩、哺育婴儿的全过程。在这个世界中，她尤其关注女性在母性层面上的意义。在她看来，孕育生命的过程不仅能使女性变得智慧、变得宽容、变得坚

池莉
研究资料

忍有力，而且能使她们更加深刻地理解生命的内涵、更加有效地把握生活的舵盘，甚至连男人也要经由这个过程的洗礼才能到达真正成熟的彼岸。

二、背离男权审美理想的女性形象

在桑德拉·吉尔伯特和苏珊·古芭1979年联合出版的女权主义名著《阁楼上的疯女人》中，她们研究了西方19世纪前的男性文学中的两种不真实的女性形象——天使与妖妇，揭露了这两类形象背后隐藏着的男性父权制社会对女性的歪曲和压抑。把女性塑造成天使般的人物，实际上是一边将男性审美理想寄托在女性形象上，一边却又剥夺了女性形象的生命，把她们降低为男性的牺牲品；把女性贬为妖妇，则是对那些敢于向父权制发起挑战、具有极大创造力的女性叛逆者的恐惧和污蔑。总之，天使与妖妇是对女性的两种不同形式的歪曲和压抑。池莉的小说正是从这个意义上还原了中国当代妇女的本真形象。她们既非"天使"，又非"妖妇"，而是实实在在、有血有肉、有欲有情、有胆有识的真实的女人。

梅莹（《不谈爱情》）是池莉精心塑造的一个现代女性形象。她和宜欣、林珠等人一起构成了池莉小说的知识女性群像。在《不谈爱情》中，池莉对她的着墨并不多，但对她所持有的肯定和赞颂态度却是十分明显的，她的确可以被称为现代知识女性的一个典型。池莉在刻画这个闪烁着个性异彩的人物形象时，始终将她的智慧与成熟和男主人公庄建非的短识与幼稚并置在一起。她建议庄建非改攻胸外专科使他找准了专业方向而一炮打响，"全院为之轰动"。后来，她提纲挈领的三点建议又使焦头烂额的庄建非化解了家庭矛盾。在30岁的庄建非眼里，"无论从哪个方面看，梅莹真正称得上是他的良师益友"。她既是一个"风韵十足的妇人"，又是个能干的家庭主妇，也是一个很有见地的外科医生；她雍容大方、和蔼可亲又果断干练；她毫不回避自己的欲望，追求着舒适又具有承担自己行为责任的能力。她从容不迫地处理着感情、家庭和工作间的复杂关系，稳稳地执掌着自己人生航船的舵柄。她的幽默、冷静、智慧和干练都来自对两性关系以及人本身的深刻思考，她曾明确地告诉庄建非：

"男女之间不仅仅是性的联系"，"人和人是平等的"，对于工作，"一定要不惜代价攀登上去"。这些不仅是梅莹对庄建非的人生指导，也是她成功地主宰自己生活的思想基础。

在《云破处》与《小姐你早》两部中篇里，池莉又为我们展现了现代女性的另类形象。她们原本平稳地行走在传统女性的既定轨道上，生活得安逸舒适甚至令人羡慕。可是有一天突然云散烟消，一件意想不到之事彻底打破了她们原有的生活秩序。正是在这一时刻，在泪雨纷飞之中，她们重新审视了自己的生活，重新认清了她们自身。于是，一种全新的生活开始了，一个全新的形象也呈现出来了。曾善美、戚润物、李开玲、艾月正是遭遇了这种经历又得以再生的女人。

曾善美（《云破处》）在遭遇变故之前一派天真。"她天生一副笑模样，性格开朗，助人为乐，酷爱做办公室的清洁"，"在自己的案头养了一盆海棠。海棠开花和不开花的时候都花红叶绿地点缀着曾善美办公时冷静的脸庞和她玲珑的手腕还有她纤细的手指。久而久之，办公室的曾善美成了设计院的一道风景"，"非常讨人喜欢"。在生活中她的"邻里关系处得胜过亲戚。小家布置得雅致而温馨，种满了常绿植物"。丈夫金祥一直以她为荣：她以处女之身嫁给了自己；她来自大城市的高知家庭；她有着重点大学外语专业的文凭；她气质高贵、容颜可人；她朴素端庄，在他俩共同的单位有着极好的人缘和口碑；她生性温良如小鸟依人。虽然最大的遗憾是结婚多年没有孩子，但曾善美也在"长年地勤勤恳恳地喝着汤药"。这些都让金祥觉得心满意足。尤其是在那帮老同学的聚会上，金祥更为得意，整个晚上，"他看都不看曾善美一眼，整个把她让给公众"，让她陪他们跳舞，陪他们"坐在幽暗的火车座里喝咖啡聊天"，"充分地表现着自己的慷慨大方"。在金祥眼里，他妻子的一副好身材、一张光滑的脸、一身白衣黑裤，活生生地把"一群花花绿绿的黄脸婆"给比了下去，把自己这个来自红安乡下、有着贫穷和丑陋过去的男人的人生价值充分证明了出来。这次聚会使他获得了空前的满足，也使他最大程度地暴露了思想意识深处的丑恶。也正是这次聚会，使曾善美揭开了三十一年前"531兵工厂食物中毒案"之谜，发现了毒死自己全家的杀人凶手，更使她认清了十五年来丈夫娇宠自己的真正目的。强烈的刺激导致了曾善美的突变，一改从前的天使模样，双目如炬，那如同夜猫般的不寻常的目光一直追索着金祥。她的复仇是最彻底的：她首先撕下了金祥"满口仁义道德，一肚子男盗女娼"的虚伪面纱；然后直刺其要害，让他在男权意识下构筑起来的所有关于女性的神话全都土崩瓦解；最后在金祥设计智取自己的同时反戈一击，手刃了亲夫。仇恨的力量是"不可用常识来估量的"，曾善美带着对姨父、对表弟、对金祥的满腔仇恨将利刃深深地插进了那个卑劣至极的男人的心脏里。她15岁遭到姨父强奸，18岁被表弟诱奸，姨母为使她顺利嫁给金祥而遍访民间偏方。原以为嫁给金祥便找到了终身的幸福，却不知在他眼里自己纯粹是个精致的花瓶，是一个标识丈夫人生价值、完善丈夫社会形象的工具。更为可悲的是，她一直敌友不分，竟然与当年那个毒死自己全家的毫无人性的凶手同床共枕十五年！前所未有的震撼，撕裂了她曾经努力弥合起来的青年时代留下的心灵伤痕，也撕裂了十五年来笼罩在自己婚姻生活中的温情脉脉的面纱。她终于怀着义愤、怀着绝望，以无比的勇气和力量，向男权社会发起了挑战。这个娇小纤弱、腕柔如柳的女子，最终爆发出巨大的力量，以最激烈的方式表达了自己最彻底的反抗。

　　用池莉的话说，"女人的顿悟绝对来自心痛的时刻"，戚润物、李开玲、艾月（《小姐你早》）的确都是在历经了最让人心疼的那一刻之后，开始认真反思自己作为一个女人的尊严、价值、意义，开始重新估量自己的生活、工作和能力。戚润物是一位颇有成就的副研究员，她凭借出色的科研成果为自己争得了一席社会地位，甚至获得了与国务院副总理握手合影的殊荣。但在家庭生活中，她仍然处于边缘位置。丈夫王自力四海为家，以家为旅馆，是名志得意满的红顶商人。他"从来不谈家庭，不谈爱情，不谈孩子"。他掌管着家中财政大权，根本不让戚润物知道家中的收入。一个稍有姿色的小保姆就能轻而易举地颠覆戚润物的家庭地位。丈夫直截了当地告诉她："像我这样的优秀男人，多有几个女人爱我，我多爱几个女人，不是很合情合理的事情吗？"和专注于事业的戚润物不同，秘书李开玲则以修身为上，她认为女人的美德与美貌合成一体时"是可以征服任何男人的"，所以她"忠诚不二、一诺千金、忍辱负重、善解人意、吃苦耐劳、母性十足"，她有着"天鹅般的风韵"，她梳着"漂亮的发髻"、佩戴着亮闪闪的"钻石扣花"，俨然一个古典美人。但她最终的结局依然是被抛弃，是被伤害得"体无完肤"。艾月虽然是个摩登女郎，但她抱定"宁可碎瓦，不可碎玉"的决绝态度踏入了喧嚣沸腾的商品社会，她甚至把自己也看作商品周旋在那些巨贾身边。但是，在刘老板当众横眉竖眼地呵斥她时，艾月被深深地激怒了，她叼着长长的椒盐虾须勇敢地与她的主顾对峙着，一直迫使他垂下眼帘。这三个被深度伤害的女人聚在了一起，共同的女人经历、共同的不幸命运、共同的发自内心深处的仇恨，使她们决计联合复仇，向"五千年的封建男权意识"挑战，去为"中国女性做一件有益的事情"。复仇女神的力量是巨大的，她们不仅让王自力"从此下课"，也让世人刮目相看，正如小说中所言："中国女性意识觉醒迅猛，中国男性当好自为之。"

三、渐次完善的女性观

池莉对女性的理性认识经历了一个逐步成熟的过程。在创作初始，她的女性观实际上还拖着一条长长的封建男权意识的尾巴，这在早期作品《月儿好》《细腰》《雨中的太阳》中清晰可辨。这三个短篇均创作于80年代初、中期，几位主人公都是标准的传统女性，忘我的牺牲精神是她们共同的本质特征。明月好（《月儿好》）在得知恋人结婚的消息后匆匆嫁了人。她自尊自强、工作出色、教子有方，在家乡小城颇有名气。但她内心深处仍然剪不断对昔日恋人的情思，最大的愿望就是要将一对孪生儿子培养成她那样的人。细腰（《细腰》）则轻信对方的一个又一个空诺，孤灯只影地守候了一生。她毫无怨言地将青丝候成白霜，将美丽熬成病弱。她满足于自己为他营造的夜鸟归巢的感觉里，满足于自己所扮演的听者角色里，她回收着他在外面世界的所有苦恼、烦闷和焦躁，再将它们转化成微笑、愉悦和安详回赠给他。这样的献身精神使她的神情显出了圣母般的柔和宁静，圣徒般的淡泊与悠远。丁老太（《雨中的太阳》）用一生的时间期盼着她那个被掳至台湾、生死未卜的丈夫归来，她含辛茹苦地将三个儿子养育成人。她在漫长的等待中熬干了身心，至死也未能如愿。同一篇小说中的护士小乔更是新一代的献身者，她欢天喜地地要为自己的新郎官做"勤务兵"。在她看来，女孩子一生没多大出息，"不如趁早培养自己的丈夫"。这四位女性、三代女人，她们的行为模式如出一辙，都甘愿为心爱的男人忘我地牺牲自己，在她们的世界里唯独没有自己的位置。池莉对此"感到遗憾，却说不出遗憾什么"。这正是池莉初步思考女性问题时陷入迷茫的真实写照。的确，对于一个20来岁的年轻作家来说，让她准确地解答"女性的出路"这个重大的社会问题，实在超出了这个年龄的认知范围。这一时期她的女性意识刚刚从封建男权主义的桎梏下破土萌芽，她大力赞颂女性美丽的容貌、温良的脾性、坚忍的品格，赞颂她们的宽容大度、忘我牺牲。殊不知，她正是在按照传统的男权价值刻度及男权对女性性别角色的期待，塑造着她笔下的众多女主人公，这就好像一位驰骋沙场的勇士却挥舞着锈迹斑斑的钝刀，严重地制约了作家对女性问题的进一步探讨。

但是，随着人生阅历的丰富，池莉对女性本体的认识越来越深入，她的女性观也得到了长足的发展。正如大多数女性作家一样，池莉也以自我经验为立根之本，以自己的身体和经验作为审美感知的原点。她在自己的婚姻、生育过程中，体悟了身为女人的另一层含义。而对于女人命运的切身思考又使她对当代女性的社会地位有了更清醒的认识。在献给女儿的长篇散文《怎么爱你也不够》中池莉如是说："我之所以想要男孩最主要的原因在于我认为女人太苦。身为女人真的是太苦，不漂亮是一大不幸，漂亮又是一大凶险。一想到自己将来的女儿也要来月经，结婚，生孩子，心里就万分难受。身为男人就幸福多了，漂亮可以潇洒，丑也可以潇洒，永远不知道血与疼痛是什么滋味，多好！女人的一生，没有爱是不幸，拥有爱也是不幸；无情心更寂寞；多情心更寂寞；太强了人疏远，太弱了人欺负。可男人，多情和爱是风流，无情和不爱是冷峻。到今天为止，中国的社会还是男人的社会，我没法不希望生男孩。"这里，她清醒地认识到了传统女性的边缘身份和依附人格，也清醒地认识到了女性在长期遭遇不平等的社会待遇之后逐步形成了与男性社会对立的局面。于是，寻找独立的人格，追求自身的价值，注重女性的心理体验和内在情思，努力开掘女性独有的自身世界，歌颂女性的主体精神，解构女性与某些传统角色间的关系，就成了这一时期（1988—1998）池莉小说创作的重要主题。《不谈爱情》（1988）、《你是一条河》（1990）、《一去永不回》（1993）、《城市包装》（1993）、《你以为你是谁》（1994）、《云破处》（1996）、《来来往往》（1997）、《小姐你早》（1998）正是彰显这类主题的代表作品，它们从不同的侧面反映了在长达十年的时间里，池莉对女性回归之路的不懈探索。与此相呼应，这一时期池莉笔下的女性形象也闪烁着奇异的光彩，她们不再是前期作品中呈现出的贤良、高尚、无私的"圣母"形象，而转变成了有血有肉、疯狂、苦闷、充满欲望的"夏娃"形象。她们背离了传统的审美标准，冲决了传统的道德规范，充满着生命力和创造力。梅莹、辣辣、温泉、巴音、宜欣、林珠、曾善美、戚润物正是她们的代表。从这批人物身上，甚至从池莉给她们命名的方式上，我们都可以清楚地看到池莉对每一位具有主体精神的女性的情感倾向，也可以清楚地看到她向封建男权意识不断发起挑战的决绝态度。

然而，随着《致无尽岁月》《江河水》《乌鸦之歌》等小说的陆续发表，池莉又进一步显现出自己对女性问题的深入思考，她的女性观也逐步进入了成熟阶段。在这批具有回顾性质的作品中，一个明显的特征就是消解了她以往小说中的两性对立。从《月儿好》到《小姐你早》，在长达十七年的小说创作中，池莉似乎一直将男性视为女性寻求回归的障碍。在她众多的小说中，男女两性之间常常处于对立状态，这种冲突由弱到强，日趋激烈。早期的两性冲突较为隐蔽，解决的方式也十分平和，多以女性的自我牺牲为代价。到了《云破处》《小姐你早》时期，这种对立则表现得惊心动魄，解决的方式则是手刃亲夫，置男人于死地而后快了。但是，这种强烈的性别对抗以及你死我活的惊人结局最终并未使女性解放达到预期目标，相反却证明了女性在通过两性对立摆脱了男性中心地位的阴影之后，又陷入另一种孤独与尴尬之中了。显而易见，女性问题的正确解决并非建立在男女间的性别对抗之上，池莉意识到了这一点，所以当她走到挑战男性中心地位的最远点时，也最清楚地认识到了自己的偏激，于是迅速地消解和超越两性对立则成了她此后小说的共同特征。故此，在《致无尽岁月》《乌鸦之歌》中，我们再也看不到剑拔弩张的性别对抗，在冷志超与大毛之间、外公与外婆以及两位姨婆之间，已经完全消弭了冲突、对抗、暴力，取而代之的则是友谊、温情和爱。尤其值得一提的是作家自己也与丈夫联袂合著了长篇小说《江河水》，正像后记所言"这部小说是典型的夫唱妇随的结果"，而在此之前他们夫妇似乎并没有合著过任何作品。也许，我们把它视为池莉女性观改变后直接催生的第一批成果的确恰如其分。在这部小说中，作家理性而平静地表现了男人和女人共同经历着的问题，两性之间呈现出理解、宽容、尊重的新型关系。正是在这一点上，池莉的小说暗合了当代女性文学的无性化方向，她已经走出了以"性别差异和独特性"为叙事核心的女性文学阶段，开始追求双性和谐、共同发展的理想境界。

原载《文艺研究》2000年第6期

在升腾与坠落之间
——漫论池莉近作的人生模式

於可训

1

作为在八十年代后期兴起的"新写实"小说的代表作家之一，池莉的作品是以对世俗人生的深切关注和"原生态"的展示为读者所熟知的。她的"人生三部曲"系列作品（《烦恼人生》《不谈爱情》《太阳出世》）是这方面的突出代表。以这个系列作品为中心，池莉在这期间的创作，构造了一种注重当下体验的人生模式。这种人生模式的特点，是将现世生活的一切甜酸苦辣、喜怒哀乐，都看作世俗人生的一些无法回避同时也是不可或缺的构成要素和基本内容，从中去体验人生的意味，了悟人生的真谛。这种人生模式打破了长期以来由众多的文学作品和哲学著作营造的关于美好人生和理想生活的心造幻影，使人们能够更加真切地直面现世生活，更加执着地眷恋现实人生。对生活的热爱和对人生的执着，也不仅仅在于它的"美好"和"理想"，同时也在于包括那些并不"美好"和"理想"的部分在内的全部人生内容和构成要素。以这种观念来看待人生无疑不是让人消极遁世，而是让人积极入世，只不过这种入世不是让人们去孜孜以求地谋取功名利禄，而是让人们去体验人生的全部丰富和复杂，以便通过这种人生体验，在丰富复杂的人生旅程中安顿我们的心灵，使我们的精神得到抚慰和升华。

在"新写实"的浪潮过去之后，池莉的创作发生了许多变化。这种变化虽然涉及题材的转移、主题的调整，乃至叙事手法和叙事风格的变异等诸多方面，但作为池莉的创作的全部哲学支撑，即她对于社会人生的理解和由此所派生的对于社会人生的一些基本的观念和看法，却没有发生根本的改变。池莉所认定的这种社会人生哲学，在她的"人生"系列的"新写实"作品中，主要是表现为一种"知足""能忍"和"顺乎自然"的人生态度。按照哲学家冯友兰先生的说法，这种人生态度是属于道家哲学范畴的一种"获取相对幸福"的人生哲学。冯先生认为，道家哲学尤其是它的创始人之一庄子把世间的幸福分为绝对的和相对的两种，能够自由地发展我们的"自然本性"，充分地发挥我们的"自然能力"，我们就能获得"相对的幸福"。在这个基础上如果我们能够进一步超越事物的相对性区别，达到一种物我同一的境界，我们就能获得"绝对的幸福"。池莉的某些作品和她的作品中的某些情节虽然也有某种超越相对性局限获取"绝对的幸福"的趋势，但就总体而言，她作品中的人生哲学模式，还是趋向于在现实人生中让她的人物通过世俗生活的体验去获取"相对的幸福"。

也许池莉的这种人生哲学最初并非源于某种与道家思想有关的书本知识，而是个人的一种刻骨铭心的人生经历和人生体验，因而在上述作品中，这种人生哲学就主要是通过一些普遍的人生经历（例如恋爱、结婚、娶妻、生子和日常生活等）宣示出来的，并不特别针对某种特定情境下的社会人生变动。但是，当这种特定情境下的社会人生变动真的进入了池莉的创作视野，成了她创作视野中的一道波谲云诡的人生风景，她的这种人生哲学也就不可避免地成了面对这种急剧变动的社会人生的一种理性回应。从本源意义上讲，道家哲学原本就是回应一个急剧变动的时代的社会人生的产物，后世之崇奉道家哲学者也大半是因为自身正处于一种不可捉摸的人生变动之中。池莉的创作虽然已经远离了古代作家崇奉道家哲学的历史情境，但现实的急剧变动所造成的许多社会人生问题，却使这种古老的人生哲学依旧有它的用武之地。

众所周知，九十年代以来改革开放的深入发展，尤其是社会主义市场经济建设，引发了许多前所未有的社会人生问题。文学对这些社会人生问题的回应，有各种不同的表现，顺乎这种潮流者，多让他笔下的人物追逐物质和金钱的成功，努力塑造这个商业化时代的弄潮儿，使之达到人生辉煌的极点。对这种商业化的潮流有所反拨者，则让他笔下的人物沉浸于旧日的理想和形而上的追求之中，以重建过去时代的人文精神来抗拒现世的物质化潮流。这两种倾向似乎都走了各自的极端，池莉的近期创作则如她所奉行的人生哲学，所取的是一条中间路线。这种中间路线既不让她笔下的人物远离人间烟火，在超然物外的精神世界中讨生活，又不让她笔下的人物过分沉溺于欲潮商海，在物质的世界中实现人生的极乐。她既让她笔下的人物不失时机地抓住市场经济和商品大潮的机遇，满足各式各样的人生欲望，又不失时机地把她笔下的人物从无限升腾的欲望之巅拽落下来，使他扎扎实实地回到现实的地面。在升腾与坠落之间，她让她笔下的人物获取的是一种极为有限的"相对幸福"。这种"获取相对幸福"的方法或许已经偏离了道家哲学的本义，但却是这种人生哲学在池莉笔下的一种现代变体。池莉的近期创作正是以这种人生哲学的变体回应当下社会的诸多人生问题，因而具有极为重要的现实意义。

2

我所说的池莉的近期创作，主要是指她近两三年来的一些中短篇作品，尤其是其中的一些中篇新作，如《你以为你是谁》《化蛹为蝶》《午夜起舞》《来来往往》等。与此前阶段的作品在艺术处理上有意淡化或不刻意强调背景因素（前者如《不谈爱情》《太阳出世》，后者如《烦恼人生》）不同，这些作品却无一例外地都有一个十分确定的时代背景。这个背景就是当今时代的改革开放，尤其是市场经济建设过程中商品经济发展的滚滚大潮。例如《你以为你是谁》的背景是国有大中型企业的经济转轨，《化蛹为蝶》和《午夜起舞》《来来往往》的总体背景又显然是商品大潮和市场经济所构造的特定环境。确立这样的背景，让她笔下的人物置身于这种确定的社会环境之中，显然不是像刘醒龙和河北的"三驾马车"那样，意在揭示城乡经济转轨和市场经济建设过程中的矛盾与问题，而是以这种确定的时代背景和社会环境作为她笔下人物生活和活动的世俗舞台，同时也将世俗生活具体化为充斥于我们这个时代和城乡社会的种种欲望与诱惑，让她笔下的人物在其中载沉载浮，演尽人生的各种悲欢离合，遍尝世间的万般喜怒哀乐，以此来显示她的人生哲学应对环境的特殊效用和力量。

就追求个人幸福而言，池莉近作中的人物尤其是其中的主要人物，无疑都充满着饱胀的人生欲望。《你以为你是谁》中的工人陆武桥为了挣脱生活的困境，不惜停薪留职承包居委会的餐馆；《化蛹为蝶》中的孤儿小丁抓住一个偶然的人生机遇，驰骋商海；《来来往往》中的康伟业、《午夜起舞》中的王建国都是机关干部，为了改变自己的人生，实现自己的人生价值，毅然决然下海经商。凡此种种，所有这些人生欲望，无疑都是这个改革开放的时代尤其是在发展商品和建设市场经济的社会环境下激发出来的。设若没有这样的社会环境，这些人物即使有再强烈的追求人生幸福的欲望，也只能是一种无法实现的内在冲动。现在，新的时代环境把这种内在的冲动变成了现实，这正是庄子的哲学中所讲的"获取相对幸福"不能不依凭的前提和条件，所谓"好风凭借力，送我上青云"（庄子也讲过列子御风而行的故事），没有时代环境这个最大的"凭借"，追求人生幸福的欲望是不可能升腾起来的。池莉的作品充分地显示了人与环境的这种依凭关系，一方面让时代给她的人物提供足够的活动条件；另一方面也让她的人物在这种条件下，尽可能地去做他所爱做的和所能做的，尽可能地去发挥他的"自然本性"、发展他的"自然能力"。当他们真正做了他们所爱做的，做到了他们所能做的，他们也就成了一个"幸福之人"。而且，在这些作品中，池莉也确实让她的人物在各自的人生追求中，不同程度地实现了他们各自追求的人生目标，尤其是在金钱和爱情这两个属于我们这个充满物欲的时代的幸福的徽记的人生领域，他们都不同程度地获得了各自的成功。陆武桥不但通过承包餐馆挣得了一份可观的产业，而且还赢得了一个女博士生的爱情；孤儿小丁不但在商场上成为巨富，而且在情场上也喜得知音；康伟业虽然在事业成功之后的个人感情方面一再受挫，但毕竟也经历过包括他的婚姻在内的几度爱情的甜蜜。凡此种种，正是通过肯定这些人物的人生追求及其在事业和爱情方面所获得的成功，池莉充分地肯定了我们这个充满物欲的时代的世俗生活，以及人们对于世俗的生活幸福的积极追求。正因为如此，所以池莉的这些作品中的人物总是充满着一种勃勃生气，池莉对这些作品中的生活的描述总是充满着一种诱人的光彩。与那种在物质文明尚未发达的时代就高举反物质的大旗，在人生的欲望尚未来得及展开的时代就开始抑制人生的欲望的作品相比，池莉的这些作品确实更具现实意义。

这当然只是问题的一方面，问题的另一方面是，这些作品中的人物既然都是一些活生生的感性存在，既然他们都要凭借一定的时代条件才能获得个人的幸福，因而他们也就不能不受自身的存在和时代条件的限制和制约，他们因而也就不可能把这种获取个人幸福的追求和已经获得的个人幸福发挥到极端状态。这也就是池莉的这些作品为何始终不让她笔下的人物到达一种极乐境界的主要原因。从这个意义上说，池莉所给予她笔下的人物又始终是一种有限制的或受制约的"相对的幸福"。这种限制或制约的因素，在她的这些作品中主要有以下几个方面：其一是对象性的限制和制约。例如《你以为你是谁》中的陆武桥与女博士生宜欣的最后分手，主要是因为宜欣有着自己的人生目标和追求，这其中当然也有某种文化背景的因素在起作用，总之是对象的原因使主人公的幸福受到限制和制约，不能发展到极致，得到最大的满足。在《来来往往》中康伟业与自己的情人林珠的爱情关系的破裂，大体也是如此。其二是自身的限制和制约。例如《午夜起舞》中的王建国在即将下海经商之时，本来存在着一种新的发展前景和可能性，只是因为他的经验不足和过于书生气，才导致吃亏上当。事实上，在第一种情况下，所有对象性的限制和制约也都是因为主人公自身存在着某种局限才会在他身上发生作用。其三是某种社会历史因素的限制和制约。例如陆武桥就是因为有众多的家庭成员退休或下岗在家而背负着沉重的家庭重担，无法把他的责任和义务发挥到极致，使他真正成为众多家庭成员心目中的救世英雄。康伟业则是因为在自己的恋爱和婚姻史上曾经受惠于妻子段莉娜的家庭，才无法挣脱段莉娜的控制与林珠自由结合。包括王建国在与港商交往中的上当受骗，也与社会历史情况的复杂不无关系。除了这些方面的因素之外，也有如《化蛹为蝶》中的孤儿小丁，主要不是因为自身和外在条件的限制与制约，而是通过自我对人生道路的反省和思考，才幡然醒悟，在事业和爱情的巅峰急流勇退，清心寡欲，回归自然，进入人生的化境。无论何种情况，这些描写都表明，"人作为自然的、肉体的、感性的、对象性的存在物，和动植物一样，是受动的、受制约的和受限制的存在物"（马克思语），因此，人也就不可能无限制地发展他的欲望，也就不可能超越他的环境和对象（包括他自身的条件和能力）的限制和制约，将他的人生追求发挥到极端状态。因此，人在现实世界中所能得到的，也就永远只能是一种"相对的幸福"。池莉的近作真实地描写了人在现实中的这种存在状态，因而具有重要的人生启示意义。

3

从"新写实"阶段的"人生"系列小说营造注重当下体验的人生模式，到近期创作营造在升腾与坠落之间的人生模式，其间虽然有许多一脉相承之处，但无疑也有许多发展和变化。就这种从本质上说是属于获取"相对幸福"的人生哲学的一些基本方面而言，池莉在"新写实"阶段的"人生"系列小说更倾向于强调人的现实存在的受动性，因而她笔下的主人公更倾向于接受这种受动性的制约和限制，甘于承担和忍受生活的重压与矛盾，《烦恼人生》中印家厚的知足能忍、随遇而安，就是典型的例证。这些作品中的人物虽然因为这种受动性的制约和限制，不能充分地发展自己的"自然本性"、发挥自己的"自然能力"，做他们所爱做的和所能做的事情，但却能在受动的人生中通过自我体验去求得一种心理上的顺应和平衡。他们因而常常表现出一种类似于儒家所说的"怨而不怒"的处于中和状态的性格特征。八十年代后期的池莉就是以这种注重当下体验的人生模式，为在充满矛盾的困境中生存的印家厚们找到了一种重要的精神支撑。

相对而言，池莉的近期创作无疑更重视表现人作为"能动的自然存在物"

（马克思语）的本质特征，更重视描写人在现实生存中的积极能动的生活追求。她笔下的人物也因此一改印家厚们的知足能忍、安贫乐道的生活态度，表现出一种不知满足、不安现状的拼搏和进取精神。在他们身上，印家厚们的"怨而不怒"的中和性格已经消失殆尽，代之而起的是一种发扬蹈厉的棱角和锋芒。他们已经不能满足于像印家厚们那样仅仅依靠自我体验去获得对幸福的心理感受，而是要现实地抓住幸福的每一个真实的瞬间，尽可能地使自己的欲望最大限度地得到现实的满足。这些人物往往有很强的内在冲动，又常常显得野心勃勃和信心十足，他们不怕困难，敢于冒险，在金钱和美色方面都能够获得现实的成功，他们因此显得志得意满、趾高气扬，他们是天之骄子，是生活的强者，在现实中总是人们追慕和艳羡的对象。毫无疑问，这样的人物正是我们这个发展商品经济、追逐物质实利的时代的产物。在这些人物身上，池莉不再像描写印家厚们那样，把他们的人生欲望压抑到最低限度，而是相反，让他们张大他们的人生欲望，发展他们的"自然本性"，发挥他们的"自然能力"，尽可能地使他们的欲望得到现实的满足。在这里，人的受动性，只是池莉为她的人物设置的一个终极限度。这个终极限度也是一种道德和价值的标尺。她决不允许她的人物逾越这样的限度，一旦她的人物有逾越这种限度的倾向，她就要为他制造种种麻烦和障碍，让他接受生活的惩罚或对自己的行为反躬自省。正因为有这个终极限度存在，池莉的近作对当今时代过度膨胀的物欲，也因此而有一种比较清醒的批判意识。

我个人认为，在道家人生哲学中，接受受动性的限制，知足能忍、安贫乐道是一种"顺乎自然"的表现，所以印家厚们能获得"相对的幸福"，不失为"幸福之人"。同样，发挥能动性的精神，使个人的"自然本性""自然能力"得到充分的发展，也是一种"顺乎自然"的表现，所以池莉近作中的人物也能获得"相对的幸福"，也不失为"幸福之人"。二者都是"顺乎自然"的表现，都属于道家人生哲学的范畴。只不过一者是外在的"自然"，一者是内在的"自然"，二者都不可违拗，二者都应当顺应。从这个意义上说，池莉在"新写实"阶段的"人生"系列小说所描写的无疑是属于前一种意义上的人生模式，她的近期创作中所描写的人生模式则属于后者。这在池莉的观念中，也许只是从一种人生哲学的一面转到了另一面，但从中却折射了时代的发展和生活的变化，因而是有其确定的社会历史内涵的。

正因为上述两个方面的哲学模式都讲究"顺乎自然"，因而在实践中也就不能不以"自然"为度。外在的力量压抑和扭曲人的自然本性，固然是一种违反"自然"的表现，内在的欲望无节制地过度张扬，同样也要破坏人的自然本性，也是一种违反"自然"的表现。因此二者都要加以调节和限制。池莉在"新写实"阶段的"人生"系列小说虽然没有涉及类似于"伤痕/反思"文学那样的反抗外力的社会主题，但却以"烦恼人生"的命题对长期存在的一种人为编造（主要是在文学和哲学中）的"美好"或"理想"的人生模式提出了挑战和质疑。须知，"人为"在道家哲学中不论是表现为外在的强力还是表现为普遍的理念，都是一种违反"自然"的表现，都不符合"自然"的本义。在近期创作中，池莉同样主张回归"自然"的本义，但不是通过破除"人为"的理念，而是通过节制过分的欲望。这种欲望既包括一般意义上的物欲，也包括因物欲的满足而带来的极度的精神扩张。对这两种意义上过分张扬的人生欲望，池莉的近作都取一种节制的态度，前者具体表现为"化蛹为蝶"的象征，意指在物欲的满足之后的精神超越和蜕变；后者则具体表现为"你以为你是谁"的命题，意指即使你获得了物欲的满足，也不等于你就可以君临一切人生领域。在一个发展商品经济、追逐物质实利的时代，池莉的近作所构造的人生模式既不排斥世俗的生活追求和享受，又主张对人生的欲望有所节制和超越，以这样的人生哲学来回应当今社会，无疑具有一种警醒世道人心的作用和意义。

关于人生和小说，池莉曾说："一个人就和一颗星辰一样，他有自己的位置。他只能有一个位置。因为他就是一个人。他在自己的位置上，在自己的命运里，经历着他个人的经历：他的视角，他的感觉，他的世界观，所产生的变化只能是由浅入深，由表及里，逐渐成熟和壮大意义上的变化。那么他的小说与他个人的变化是一致的。他可以在他的表达范畴里写得更深入更深刻更广阔更厚重，却不可能有全新的本质上变化。"（《虚幻的台阶和穿越的失落——关于小说的漫想与漫记》）从八十年代后期的"新写实"到近期创作，池莉对一种人生模式的探讨，大体上也经历了这样的一个"由浅入深，由表及里"的书写过程。这个过程从某种意义上说，也是池莉的小说"逐渐成熟和壮大"的过程。池莉确信"重复与盘旋形成风格"（同上），而风格的形成是一个作家的创作走向成熟的标志。有鉴于此，我们完全有理由相信，近期创作是池莉的小说艺术发展的又一轮螺旋式上升中的"重复与盘旋"的标志。

——"我总相信好小说是在重复中在盘旋中诞生的"（同上），我们没有理由不相信池莉的"如是说"，因此也就没有理由不把池莉的"如是说"作为对她的创作的下一轮"重复与盘旋"将要取得的新的艺术成就的一种殷勤的祝福和期待。

原载《当代作家评论》1998年第1期

从池莉的创作看她的生存哲学

赵淑琴 茅 维

　　"文学是人学"，这著名的论断表明文学的发展与人的发展是同步的。文学从它诞生的那天起，就代表人类的心声，作为人类憧憬、追求美好而存在的。文学作为人类伟大、神圣的灵魂的投影而显示出自己的巨大价值。文学描写人、表现人，因此人便自然而然地成为文学审美的中心，也就自然要求从静态和动态的双重视角展现不同阶级、阶层、群体和个人的生存状态，反映普通人的理想、情感、愿望和要求，这才是一个作家赖以生存的创作基础。

　　人的存在问题是个根本性的问题。无论从本体论、认识论或价值论看，人和人的生活都是文学的根基和母源。女作家池莉的创作就紧紧把握住这个人生的最大母题，她以人的生存为本，站在普通人的价值立场，采取平民视角，对市民大众的心理做了细微精确的描写，对人们生存的艰辛寄予了深深的理解与同情，所以她赢得了大众的赞誉，从而成为绝无仅有的被大众广泛接受认可的作家。确实，池莉一登上文坛就以一种踏实的文风对中国人日常生活形态还原，对民族悲剧性存在的揭示，击溃了文学中夸饰生活、夸饰信仰的虚假遗风，使我们对尴尬的、难堪的、负重的生活境遇有了一种新的思考。但是，在评论界对池莉的作品带有一些倾向性的批评。"90年代中期池莉则又一次把自己的创作视点下移，作品与现实的距离拉得更近，对平庸的日常生活由认同到赞美……但大量丰富的生活原材料却淹没了作者并不深入的思考，往往使人物的内心贫乏，作品的意义显得平淡单薄。"①无独有偶，中国当代文学研究会理事张景超也说过："我认为池莉只是把文学的描写基点拉回到人的生存问题上，却没有做出超越性回答。她的创作潜伏着一种危险：认可生物性的存在，平庸无为的存在。这容易把一个非常富于激情的理想的课题变成一声令人沮丧的慨叹。"②这明显看出评论界与市民大众对池莉的看法存在着很大的差异。

我认为，之所以会形成这种来自民间的和来自权威的评价的巨大差异，是因为两类欣赏者的层次不同，价值立场不同，思想、感情不同。池莉是站在市民的立场上看待一切，评价一切，注重活着而忽略人生的意义和精神伟大，忽略生命价值的永存。她的这种生存哲学观和老百姓的生活观、人生观比较接近，这就是她能拥有大量读者并受大众喜爱的原因。从另一方面看，她的这种生存哲学观与传统的"文学为人生"相悖，没有用批判的眼光来审视生活和人生，没有透视文学的审美功能和人的生存价值与生命意识，也就没有显示出文学作品的伟大意义。这样，就不能给人们思想的启迪和灵魂的净化。自然，传统的文学批评就容纳不了她，在评论界、在知识分子眼中她也就黯然失色。

不过，池莉是一个非常复杂的作家，对她还是应该结合她的生平、经历、性格、思想等方面全面地、公正地、客观地做出理性的评价，而不要人云亦云。池莉出生于20世纪50年代一个没有多少文化气息的湖北一个小县城的干部家庭，也没有阅读多少古今中外的文学名著。由于这样的家庭出身，她从小接触并了解了下层市民的生活，并饱受了中国政治经济的灾难，在幼小的心灵里烙下了很深的痕迹，知道了生存的艰辛与人生的诸多磨难。后来，又下乡当过知青，考上医专时开始了最初的文学创作。医专毕业后又分配到一家大型炼钢厂当医生，直接接触并服务一线的工人，对他们的思想、感情、生存状态有了很深的认识。她说："只有生活是冷面无情的，它并没有因为我把它编成什么样子它就真的是那种样子。在农村两年多，我了解农民。在学医及行医的七年

① 王庆生主编：《中国当代文学（下卷）》，华中师范大学出版社1999年版。

② 张景超：《文学：当下性之思》，黑龙江人民出版社2000年版。

111

池
莉

研究资料

中，我见过了许多生与死。就在我生活的城市里，每日目睹工人上班去的滚滚车流。我在某单位，可以由这单位一系列的人物关系的升降沉浮探摸到整个社会的脉搏跳动。"①池莉对生活有自己的感受体验。为了事业，为了家庭，为了房子，为了孩子，她吃了很多常人想象不到的苦。她为一些婆婆妈妈的小事伤透了脑筋，有了许多人生烦恼，她像一个普通市民那样悲哀地生活着。1991年12月20日，是池莉永远难忘的日子。那一天是她的作品讨论会，又是她女儿得急病住院的日子。当她半睁着红肿的眼睛走进会场时，她的心情糟糕透顶了。她说："在这次会议上，在这样一种心理背景下，我说了'我是一个小市民'这样的话。刚刚发生的事情对我的影响太重了。因为无法选择而住在没有交通没有医院的郊区；看完病租一辆三轮车任车夫随意敲竹杠；医生可以爱睬不睬和朝你发脾气——我想不承认自己是个普通小市民也不行，事实就是如此。"②就池莉的生活方式而言，除了写作以外的日常生活，跟普通市民没有什么区别。所以她在小说《紫陌红尘》中说："现在的知识分子就是小市民。旧社会的分类标准不能用在新社会。所谓读过了大学的这群人我太了解他们了。他们天天都操心柴米油盐酱醋茶，个个买菜都讨价还价，公款旅游求之不得。他们都活得像暴风雨来临之前的蚂蚁，忙忙碌碌，焦躁不安，生怕天上刮风下雨。不提高他们的物质待遇，他们就是小市民。气节与精神岂能悬空而生？皮之不存，毛将焉附！"③池莉就以一个小市民的身份去刻画她作品中的人物。她的许多作品都是从市民价值去表现平凡人生的，这跟池莉所经历的一切有关。池莉是理智的，也是深刻的，她对生活有了一种顿悟，认识到日常生活虽然琐碎平庸，但却是实实在在的，谁也无法逃离生活而存在。这些普通的市民只能在这种平庸的生活里艰难而卑微地挨着日子。他们也很清楚地认识到人只有安于自己的那一份生活，安分守己，尊重命运的安排，才能找到属于自己的位置和属于自己的幸福。从人性角度来说，这是悲哀的，因为人不同于动物，不能仅仅满足于一种生存本能。人是万物中有意识、有精神、有智慧的

---

① 池莉：《池莉文集（第4卷）》，江苏文艺出版社1995年版。

② 池莉：《池莉文集（第4卷）》，江苏文艺出版社1995年版。

③ 池莉：《池莉精品文集·紫陌红尘》，内蒙古人民出版社1999年版。

"万物之灵长"。人要按照自己的理想、愿望、要求改善生存环境，提升人的本质，美化自己的生活。但是，就生活现实来说，那又是冷酷和残忍的，它粉碎了多少浪漫、理想和梦幻，让你"心甘情愿"接受命运的嘲弄，让你学会生活，学会适应环境，不再好高骛远，不知天高地厚。这就是与众不同的池莉，不愿唱赞歌，不愿媚俗，一如既往地按照自己对生活的理解和感悟去真实地表现，不再用政治眼光而是用审美眼光观照人物性格。

综观池莉的创作，大部分作品都遵循这一生存思想。因为她发现好多作品里描写的生活与她耳闻目睹的生活有天壤之别。从《烦恼人生》开始，她努力用一种崭新的眼光描写人生，没有技巧，也没有诗意。主人公印家厚因房子、儿子、票子的烦恼困扰着，让他一个堂堂男人陷入了尴尬的境地，但印家厚没有怨天尤人，只是对命运有了一种无可奈何的认同与忍耐。小说没有揭示出人生真谛，也没展示出理想的光辉，只是把普通人生存的烦恼真实地描绘出来。这是池莉对那种浪漫、理想情怀的否定和对生活自身逻辑的尊重。她以一种赞赏的态度肯定了印家厚身上的本分与务实。印家厚的价值观可以从他对待女徒弟雅丽和自己老婆的态度上看出来。雅丽年轻、漂亮，对他一往情深；而老婆憔悴、面色灰暗，性格暴躁。雅丽和老婆不是同一层次的，不可同日而语。但当雅丽不加任何条件深深爱着他的时候，他不是不知道，而是觉得不可能，所以他毫不犹豫地拒绝了她。这正是他作为一个负担很重的男人的成熟，因为他知道，"老婆就是老婆，人不能十全十美"①。雅丽怎么能够懂得他和老婆是分不开的。"普通人的老婆就是粗粗糙糙，泼泼辣辣，没有半点身份架子，尽管做丈夫的不无遗憾，可那又怎么样呢？"②印家厚非常明白浪漫是不属于他的，过多的非分之想，到头来绝对没有好结果。所以他只能按照生活给他安排好的轨迹认认真真地走下去。张景超先生认为印家厚"依照作家给予他的气质和才力，他本可以踏破一切道德藩篱、社会控制，嬉笑怒骂人生，闯自己的天下。如此即便伤痕累累，但因为争得了人的自由也会让读者感到活得漂亮、活

池莉
研究资料

---

① 池莉：《池莉精品文集·烦恼人生》，内蒙古人民出版社1999年版。
② 池莉：《池莉精品文集·烦恼人生》，内蒙古人民出版社1999年版。

得痛快。可他总想在旧圈子、既定秩序里做人，一不敢惹怒老婆，二不敢得罪领导，最后所能成的就是家庭和社会的佣工，被生活机器绞得面目全非、无名无姓，跟他人一样的'常人'"①。确实，印家厚的无为状态显得有些消极，作为一个男人看上去也有些窝囊，但作为个体的人，在强大的社会环境中，显得软弱而无能，不安分守己，不安于现状，不屈从于命运的安排，又能怎样呢？最终还不是到处碰得头破血流。所以聪明人都知道，要想谋求生存的权利，人就不得不对如此强大的世界俯首称臣。在我看来，印家厚的这种生存观，不是软弱，而是一种成熟、一种实惠。在这里，池莉的作品确实没有更多的人生意义，但是也没什么可指责的，毕竟她是从市民的价值立场出发，表现的是再普通、再平凡不过的人。他们成天为工资、奖金、房子、孩子一大堆琐事发愁，哪有心思高尚得起来。难道这些小人物靠自己的拼搏与努力就能改变命运？美国心理学家马斯洛说："人的最高潜能只有在'良好条件'下才有可能表现。"这再明白不过，市民阶层所处的社会地位和生活环境决定了他们不可能按自己的理想来设计生活。与其为一些不可能实现的事而烦忧，不如逆来顺受听从命运的安排。这就是受道家思想影响很深的中国人的生存观，也是池莉在她的小说里一再表现的东西。

另外，池莉在小说里还有一个重要的思想就是适应社会的一种生存本领。在这个世界上，只要有本事活下去就是能人，就会受到池莉的赏识。她对市民没有像有些知识分子那样流露出不屑的眼神，而是对他们寄予同情。这种思想和感情在她的小说里有很多流露。如《不谈爱情》里的女主人公吉玲，出身市民阶层，但她却是一个很有个性的女孩，且颇有心计。没考上大学的她，不愿自己再像父母及姐姐们那样过一种平庸、粗俗的生活，她知道只有爱情与婚姻才能改变自己的命运。于是一个地位较高、家境较好的男人成了她的目标。在这里，池莉了解了这个出身卑微的女孩，人都有自己理想的生活，在不得已的情况下，只好用自己的情感作代价换取一种文明、高雅的生活，哪怕"不谈爱情"也算达到目的了。池莉没有否定和批判这种功利性极强的爱情观，相反，

---

① 张景超：《文学：当下性之思》，黑龙江人民出版社2000年版。

对女主人公的爱情计谋抱了一种欣赏的态度，在她看来，一名女性要改变命运可以这样，是一种能力与本事的显现。在她的《你是一条河》里，那位孤身一人、含辛茹苦抚养一大堆孩子的母亲，在极其艰难，没有丈夫的情况下，用自己的身体换回粮食。就这一点，池莉认为她就是一位伟大的母亲。因为毕竟是为了孩子。在中国，一个寡妇不守妇道，就足以被世人踩在脚下。而池莉却从另一个角度肯定了母亲的能力，赞赏了母亲的奉献。池莉极力表现的一种生存哲学就是：只要有能力在这个艰难的世界里活下去的人就是生活的强者。所以池莉不自欺欺人地大谈什么伟大与崇高，她笔下的人物也从不浪漫和激情。

当然，五四以来作为民族精神代言人的知识分子历来崇尚精神，而批评苟活。从传统文学看，市民阶层一直是知识分子漠视和不屑的对象。但是不得不承认，这个阶层在中国却非常庞大，他们的理想、愿望、要求毕竟代表了中国的大多数。因为环境影响和制约着人，他们的思想、性格、观念、生存方式、生命状态都受环境影响。由于中国还处于不成熟与不稳定的状态，很多制度还不够完善，他们的忧虑较多，整日为生存问题而发愁。长期的奔波与劳累使他们麻木不仁，养成了漠视社会、安于平庸的性格，不再想追求人生的意义和生命的辉煌。他们活得直爽，活得真实，没有知识分子的清高与矫情，他们注重凭能力生存。所以他们内心深处所思所想很简单，很现实，缺少诗情画意。他们保守，随遇而安，易于满足，没有首创性，而且狭隘和自私，似乎觉得他们很像阿Q——这个鲁迅笔下被批判的人物。但是阿Q的一些精神在没有办法的情况下还是可以效仿的。在中国这个特殊的人文环境中，依照生活的逻辑安排自己的生活目标，不让自己追求超越生活的实际可能性，事事知足，这可以说是一种正确的选择。与其为没有的半杯咖啡苦恼，不如为所拥有的半杯而感到欣慰。"比上不足，比下有余"，事实上许多中国人正是从这个意义上接受了道家哲学。从池莉的许多作品看，她正是非常了解中国底层的老百姓，才从道家思想出发表现她所理解的中国市民。我认为这一思想有两点，一是"安时处顺"。庄子曾说过："知不可奈何而安之若命，德之至也。"（语出《庄子·人间世》）意思是说，事物的发展与人的命运都是不可改变的，知道事情的无可奈何而安于这个命运，算是到了最高境界。其二是"知足常乐"。老子说过："故知足不辱，知止不殆，可以长久。"（语出《老子》）我们可以这样说，池莉作品中的人物对生活的珍惜和尊重都是以"知足"与"认命"为基础的，对这些普通人来说，他们没有远大的理想和抱负，似乎踏踏实实地活着就够了。理想与浪漫有害无益。《不谈爱情》里的庄建非，很高雅也很诗意，可离开老婆却连肚子都填不饱。《太阳出世》里的赵胜天，浅薄得在结婚那天和别人大打出手，什么都不懂，什么都不会，但有了家，有了孩子后却变得成熟了。生活教会他适应了这个社会，成了一个顶天立地的父亲。所以通过以上分析可以看出，池莉要阐述的一个观点就是：生活从来都不是抽象的，相反它像一部巨大而又精密的机器，一个人必须了解它，适应它，小心翼翼地进入它指定的某个位置，才能得到自己的那份幸福。

对池莉的这一生存思想，应实事求是地理解。就她描写和表现的市民阶层来看，这一思想还是正确的。不能像有些知识分子那样，高高在上指责作品没有积极意义。因为生活本来就是平淡的，对普通人来说，过于理想和崇高反倒显得不真实，令人感到不安和不踏实。所以有些评论家说池莉只关注人生的吃喝拉撒睡，创作基点是自然主义，只是纯客观地描写，是"情感的零度"。其实，这失之偏颇，相反，这恰恰是池莉热爱生活的表现。她爱着这些生活在城市，但又生活得非常艰难的小人物：他们不满意，但又无可奈何，他们想抗争，但毫无结果，所以只得老老实实地本分地活着；他们没有伟大的思想和崇高的心灵，他们都非常务实，没有更多非分之想。这里写出了池莉对这些卑微的小人物的深深的同情和理解，也有她对市民生活态度的一种赞赏。我反倒认为池莉很有个性，哪怕在遭评论界贬低时，还坚定不移按自己的思路走下去，塑造出一个个鲜明生动的形象。所以评论她的作品就不能站在高处，而应从人物的生存环境、命运、性格等方面分析。我们认为，每一个作家的经历不同，对生活的感受和看法也不同，审美趣味的选择也不一样。似乎池莉是带着一种反叛心理在文坛大显身手的，她从来不喜欢也不欣赏知识分子，在她的小说里，正面的知识分子形象很少，大都是一些虚伪、迂腐、懦弱的性格，倒是那些没多大理想，没多少文化，且生活能力极强的人她更欣赏。这种创作观和价值立场有悖于传统的文学的审美功能。她的作品"主要不是作为文学所发现与挖掘的社会现实问题，不是为了'提出痛苦，引起疗救的注意'（鲁迅语），因而失去了中国文学传统上从忧患意识迸发出来的那种社会问题小说的尖锐性和震撼力"①。中国文化受儒家思想影响较深，都很注重作品启迪人、教育人的功用。从屈原开始，伟大的艺术家们无不把写作这种伟大的事业当作自己实现人生价值的目的。屈原上下求索的信念，深沉的忧患意识，自我完善的高洁精神，坎坷多舛的悲剧命运，激励着一代又一代的艺术家们，他们以优秀的文学作品留存世间，短暂的生命赢得了不朽。这样，他们的生命永存、精神永存，名垂千古，功载史册。贾谊、司马迁、陶渊明、杜甫、李白、范仲淹、曹雪芹无不如此。文学作品能表现人的主体精神，包括美好的人情人性。这些美好的人情人性能净化人的灵魂，陶冶人的情操，启迪人的思想。文学家、艺术家、评论家是特殊的人群，他们对生活的感受比较敏锐，情感比较强烈，比较注重精神生活，他们把精神看成人活着的重要支柱，而不是吃喝拉撒睡这些人生琐事。所以他们认为池莉的作品就显得"形而下"，认为她作品中的人物过于沉溺于日常生活，情绪起伏较大，也容易满足。这种人表面看似乎"知足常乐"，其实这其中却包含着一种愚昧、一种消极、一种宿命色彩。

不过，时代在发展，人类在进步。人类社会进入二十世纪八九十年代以后，一切都发生了轰轰烈烈的变化。市场经济在社会中占据支配性地位，人们变得实惠，变得冷漠，变得庸俗。在金钱和权力面前，人突然变得不知所措，往昔纯真美好的东西变得不堪一击。池莉潜入生活底流，真心实意地感受现存制度某些合理而又荒谬的东西，她理解了市民的卑微和市民的痛苦，所以站在市民的立场肯定了市民为生存而做出的种种努力。

通过以上分析，我认为，对池莉作品中所描写的仅仅是活着的市民阶层，不应过高要求，对池莉的有关"人生作品"也就不能按传统的"文学为人生"的价值来批判。

原载《广西民族大学学报（哲学社会科学版）》2001年第A2期

---

① 朱寨、张炯主编：《当代文学新潮》，人民文学出版社1997年版。

平民情怀与消解虚幻神话

——池莉小说主题透视

马治军

池莉因八十年代后期推出《烦恼人生》等作品而被作为新写实小说创作的一员主将瞩目文坛，但是，在新写实小说评论者所谓"零度情感""淡化价值判断"等话语诱导下，读者或多或少地误读着池莉小说。实际上，池莉小说的特质不在于"零度情感"或"淡化价值判断"，相反，主体的情感潜流是炽热的，那就是关注凡俗人生、关注公众生存体验的平民情怀；价值判断也是明确的，那就是对生存价值的张扬和对传统文本、权力文化所营造的关于英雄、爱情、历史等虚幻神话的消解。

一、平民情怀

所谓池莉的平民情怀，是指池莉创作中所坚持的平民化立场和平民化的文学态度，是作品中传达出的对芸芸众生所共有的生活经验和人生体验的认同，是对更易引起公众共鸣和接受的"生活流"式叙事风格的运用。关于平民情怀，新写实小说之外的许多作家也有突出表现，著名的如文学大众化的典范赵树理先生、人民艺术家老舍先生等。但是，池莉小说创作中展示的平民情怀，与赵树理、老舍等的不同点在于，后者是通过平民语言、平民叙事风格等传达精英意识，是俯视的创作视角，是对平民生活的展示和超越；而前者表现出的则是对世俗人生的认同，其创作视角是平视而非俯瞰的切入，其中表现的是世俗关怀而非批判和超越。这是两种处于不同历史时期、面对不同的现实问题而采取的不同的创作态度。

论及池莉的平民情怀，其经典文本当属《烦恼人生》。《烦恼人生》按照时间顺序和生活的自然流向描写了普通工人印家厚早出晚归、披星戴月的一天，细致入微地展示了印家厚所承受的种种生存压力、困顿和窘迫。面对嘈杂无序的琐事、爱情与婚姻的分离、欲望与理性的冲突等，印家厚进退维谷。但是，池莉既写了印家厚的无奈，更写了印家厚的达观。印家厚的生活信条是"车到山前必有路，船到桥头自然直"，我"不可能主宰生活的一切，但将竭尽全力去做"，正是这种面对无奈而持达观的生活态度让池莉给予了深深的认同和赞美。池莉在谈到创作《烦恼人生》的体会时曾说："举目看看中国大地上的人流吧，绝大多数是'印家厚'这样的普通人，我也是。用'我们不可能主宰生活中的一切，但将竭尽全力去做'的信条来面对烦恼，是一种达观而质朴的生活观，是当今之世我们在贫穷落后之中要改善自己生活的一种民族性格。从许许多多的人身上我看到了这种性格，因此我就赞美了它。"[1]是的，印家厚的生活太琐碎平凡了，但正是在对平凡人生的描述、体验、认同和赞美中，池莉明确地展示了自己的平民情怀。

《冷也好热也好活着就好》是池莉的一篇并不十分引人注目的短篇小说，但在充分体现池莉平民情怀的方面，却是不能不提及的。小说通过对猫子等普通市民在武汉酷暑中一天生活的描写，展示了小市民"冷也好热也好活着就好"的生存状态。阅读这篇小说，我很自然地想到了池莉的《经常想到雷锋》这篇短文。在这篇短文中，池莉更明确地说："雷锋是个平凡的人，普通一兵。……他的伟大就寓于平凡之中。就是因为他的普通平凡才使他的精神为全国人民所接受所爱戴。""在没有战事的和平社会里，在社会主义的初级阶

---

[1]　池莉：《也算一封回信》，《中篇小说选刊》1988第4期。

段里，不受金钱诱惑，不怨天尤人，有学习知识的愿望，爱护妻儿……他们身上就有雷锋的影子了。""每当我深入地了解着体验着大马路上赶去上班的印家厚们……每当我注视着在酷暑中乐观幽默的小职员猫子们；我心中便会对毛主席的话产生强烈的共鸣。'群众是真正的英雄，而我们自己则往往是幼稚可笑的。'"①由此看来，池莉的《烦恼人生》《冷也好热也好活着就好》等小说，简直就是对平凡人生的英雄主义书写。

世事如烟，社会在发展，城市生活在变化，池莉小说的内容也在不断翻新，但是，弥漫于作品中的平民情怀并没有悉数散去，《你以为你是谁》和《生活秀》可以说是池莉平民情怀的"重复与盘旋"。靠着普通市民顽强的生存能力，辞职承包饭馆的陆武桥在市场经济大潮中获得了成功。但是，面对早已风光不再且多病退休的工人父母、智力障碍的儿子、被丈夫遗弃的下岗的姐姐、不务正业的弟弟、待业而又不谙世事的妹妹、离了婚的前妻和女儿、可人可心又不得不分手的博士宜欣，陆武桥承担着太多的义务和责任。他不得不疲于奔命，不得不应付纷至沓来的生存难题。然而，作者与其说是在展示陆武桥面临的难题，不如说是在描述他处理难题的过程。在这个过程中，作者给予陆武桥的分明是赞赏，分明是对普通市民生存价值的肯定，这种赞赏和肯定，从作者对小说中另一个人物——李老师——不无揶揄的描写中更加得到彰显。《生活秀》与《你以为你是谁》有着惊人的相似点，只不过是陆武桥变成了来双扬，且耐人寻味的是，与《烦恼人生》一样，《你以为你是谁》和《生活秀》都有一个光明的结局。在《你以为你是谁》最后，因宜欣的出国外嫁，陆武桥情感上受到沉重打击，但气息奄奄的他很快恢复常态，更加潇洒地做着"国内国外凡捞得上手的生意"。而《生活秀》中，来双扬在经历了与卓雄州的尴尬一夜最终分手后，继续做着"一直都不错"的鸭颈生意，只不过显得更沉静、更深刻，也更凄清。这一并非偶然的雷同结局，不是一个简单的光明尾巴，而是池莉对普通市民生存能力展示的延伸，是作者有意涂抹的"微弱的希望曙色"，是世俗主义赞歌的袅袅余音。从《烦恼人生》到《生活秀》，尽管印家厚、陆武桥、来双扬等所处的环境不同，所面对的人生烦恼也不一样，但

---

① 池莉：《总在异乡》，江苏文艺出版社1995年版。

直面生存压力、乐观追求生存意义的实质是一样的。对陆武桥们生活态度的认同与赞许是池莉抒发平民情怀的必然结果。

二、消解爱情神话

作为一位女性作家，池莉小说中关于爱情的书写占有相当的比重，讨论池莉小说而回避爱情讨论是不全面的。基于文学态度上的平民情怀和关注世俗人生的市井文化视角，池莉的爱情文本与所谓高雅文化语境中的爱情话语迥然不同。站在市井平民的文化立场上，池莉对爱情的描写是对高雅文化所营造的理想主义爱情神话的消解。

爱情是什么？爱情是男女之间的性爱和情感，是既包含两性间的生理行为，也承载尊重、关心、理解、责任等一般社会化行为的统一体。在西方，爱情更多地侧重于性爱和浪漫。在中国古代，爱情多消失于封建礼教纲常之中。在中国现当代，爱情则作为表现个性解放的媒介超载地负荷着启蒙主义、人道主义、理想主义的拯救努力。而在池莉这里，缠绵悱恻、花前月下、海誓山盟、志同道合等理想主义的爱情话语成为被消解的对象，神圣而浪漫的爱情为世俗的婚姻所取代。承载池莉消解爱情神话旨意的首推《不谈爱情》和《绿水长流》。

《不谈爱情》发表于1989年，与之前的《烦恼人生》和之后的《太阳出世》被评论界称为池莉的"人生三部曲"。在这篇小说中，池莉不谈的是理想主义的爱情呓语，展示的则是世俗人生中本真的爱情或曰婚姻。出身于高级知识分子家庭的外科医生庄建非，因与妻子吉玲发生口角而引发一场家庭大战直至发展成为婚姻危机，这场危机不仅惊动双方父母，而且波及双方单位，迫使庄建非对自己的婚姻进行了反思。庄建非"在对自己的婚姻做了一番估价之后，终于冷静地找出了自己为什么结婚的根本原因：性欲"；同时，吉玲这个"地地道道的汉口小市民"之所以最后选嫁庄建非，是因为这个高级知识分子的后代可以最为理想地改变自己家在"花楼街"的低贱身份。庄建非与吉玲，一个找到了性伙伴，一个终于抓住了扭转身份的契机。但是，就是这样的婚姻，当矛盾最终影响到庄建非出国深造时，最初坚决反对这桩婚姻的庄家父母紧急出动，放下了知识分子的清高架子，亲临花楼街拜见亲家，促成了儿子家庭矛盾的和解。最后，"离婚一词成了笑谈"。更为直接的是，池莉在描写庄建非与吉玲这对现实男女的恋爱、结婚乃至闹离婚的同时，对比性地描写了王璐这个代表另一类爱情的女性。王璐出身于书香门第，在爱情的表达方式上追求诗情画意，她"不屑于谈家庭琐事、柴米油盐，喜欢讨论音乐、诗歌、时事政治及社会关注的大问题"。在作者看来，王璐不切实际的爱情梦幻在现实面前是脆弱、矫情和幼稚可笑的。相比之下，小市民气十足的吉玲则显得朴实、机智、可爱。所以，作者让庄建非在理智权衡之后选择了与吉玲结合。在这个简单而又寻常的故事中，池莉通过对具有"毛茸茸的质感"的生活的描绘，一再传达出这样的信息：世俗生活意味着柴米油盐、吃喝拉撒，"妻子不只是性的对象，而是过日子的伴侣"，世俗的婚姻和爱情也绝少花前月下、诗情画意，现实男女应摒弃爱情中的浪漫和理想成分，而更多地关注传统爱情文学所忽略的现实考虑。在这里，被高雅文化装扮得如圣坛和天堂的爱情在琐碎、沉重的现实生活面前，显得多么单薄、脆弱和不堪一击。而世俗之爱则现实而不虚妄、艰辛，充满温情、不尽如人意却焕发着人间的神圣。

如果说《不谈爱情》对高雅文化所营造的爱情神话的消解尚隐藏在毛茸茸的生活描绘之后，那么，《绿水长流》简直就是一篇颠覆爱情神话的檄文。这篇作品以"我"为中心，把我亲历或耳闻目睹的几个与爱情有关的故事——男女初恋、先恋爱后结婚、婚外恋、当代男女邂逅于浪漫场景——串联成一个专写爱情的虚构文本。在这个虚构文本中，穿插其中的每一个小故事，都是现实存在击溃传统文本中浪漫爱情的例证。当"我"看到方宏伟和李平平初次偷吃禁果后的丑恶情形时，"文学作品提供给我的无数美好少男少女的恋爱形象在这一瞬间发生了巨大的雪崩"。当"我"拒绝风流潇洒的罗洛阳，望着罗洛阳乘坐的飞机远飞他国时，"我又一次觉得爱情这个词非常陌生，好像谁把一个概念界定错了，却又固执地用这错误的概念来指导我们的生活"。所以，谈到《绿水长流》创作体会时，池莉明确指出："我一直认为爱情之说极不合理，它为人类生发出错误的导向。……有一句话不知是谁说的，说爱情是文学创作中永恒的主题。我不这么看，我的文学创作将以拆穿虚幻的爱情为主题之一。"①

消解虚幻的爱情神话，并非否定爱情的存在。在池莉看来，爱情赖以生存的空间有两个。一个是诗和富有诗意的幼稚心灵。在《绿水长流》中，池莉写道：诗这种形式"专门寄托我们在现实生活中无处寄托的梦境"，经过一年又一年的思考发现，"让一辈又一辈人追寻的爱情原来存在于诗里"。当十八岁的"我"流着泪朗诵爱情诗时，十六岁的表弟鼓掌喝彩，三十岁的表姐在一旁冷笑，而历经沧桑对爱情的渺茫看得格外透彻的五姨婆已靠在火盆边睡着了。二是遥远古朴的异族他乡。在《让梦穿越你的心》中，从内地到西藏旅游的康珠患病又被情人抛弃，困境中的康珠却得到藏族骑手加木措没有任何功利色彩的爱，康珠幸运地实现了"深深地蛰伏在每一个女人心底里的梦幻"。但是，爱情赖以存在的空间一旦消失，纯真无私的爱情的本质意义就会在向现实生活的坠落中为琐碎、忙碌、平淡和烦恼所磨砺，从而逐渐淡化、异化甚至消解。至此，池莉明确而全面地传达出了她的爱情观念，那就是：世俗人生中不能奢谈无现实基础的精神之恋，所谓理想的、完美的、圣洁的、坚贞的爱情，不过是传统爱情文本虚幻的一个美丽而无益的神话，一个误导和侵蚀着现实婚姻的梦中诱惑。爱情婚姻是人生历程中非常重要的一个阶段，关注平民生活、关注世俗人生、浅吟低唱世俗主义赞歌的池莉，对爱情婚姻做出这样的文学解释，应当说是其平民情怀在这一领域的合理延伸。

三、"新眼睛"中的历史

"新写实小说"的兴起和池莉于八十年代后期在文坛上受到瞩目，是从对"真实"的质疑开始的。正如池莉所说："我有一双新眼睛，我可以写一种新生活，无奈已有的文学名著已经把对生活的认识通过各种途径输入到我们的意识之中。"但是，当我真正融入生活后，"我终于渐悟，我们今天的这生活不

① 池莉：《请让绿水长流》，《中篇小说选刊》1994年第1期。

是文学名著中的那种生活。我开始努力使用我崭新的眼睛，把贴在新生活上的旧标签逐一剥离"①。《烦恼人生》《不谈爱情》《太阳出世》等就是池莉用"新眼睛"剥离现实生活中的理想主义标签后，为庸常之辈的寻常岁月唱出的一曲悠长的世俗主义赞歌。而到了九十年代初，池莉的"新眼睛"从对市民生活永恒的现在时态的扫描转向了历史，《你是一条河》《预谋杀人》等便是池莉用"新眼睛"观照历史的结晶。

对于池莉来说，八十年代中期的"新写实"式的市民题材小说是对其早期"清新美好"创作风格的反叛，而九十年代初期的历史小说，则是她又一次对自身的主动超越和反叛。这种反叛，应当说是一种艺术创新的渴望和努力，是推动一位作家乃至整个文学历久弥新的动力。但是，题材上的反叛并非意味着创作主旨的断裂，和展示真实市民生活的追求一样，池莉的历史小说同样反映出追求"真实"的题旨。池莉说："人们渴望了解比较真实的历史。许多真实的历史英雄受到嘲笑，只是因为这些英雄被描写得十全十美。在当代，十全十美被普遍认为是虚假的。我想可以重新写历史，至少让人们看了不再撇嘴嘲笑。"②基于这样的思想，池莉在作品中展示了一系列平民眼中的历史场景和历史场景中的平民生活。从追求"真实"的角度看，池莉的历史小说与市民题材小说消解传统文本关于英雄、爱情等的努力一样，体现了对传统文本关于历史的消解。

池莉的历史小说有一个共同的场景——沔水镇，《你是一条河》便是池莉在沔水镇上演绎的一部历史题材的中篇力作。这部小说描写了一位三十岁便守寡的母亲——辣辣从六十年代起抚养八个儿女的苦难历程。与人生烦恼类小说相比，辣辣身上体现的已不是理想与现实不协调的烦恼，而是如何让一家人生存下去的苦苦挣扎，这不仅是池莉关注底层市民生活的延伸，更是描写生存之悟的升华。同时，这部小说不仅写了历史上的一位母亲，而且写了这位母亲眼中的历史。对于辣辣来说，"尽管八个孩子中有三个名字记载了历史某个重大

---

① 池莉：《池莉文集（第4卷）·写作意义》，江苏文艺出版社1995年版。
② 池莉：《预谋杀人·池莉小说近作集》，中国社会科学出版社1993年版。

时期，但除了饥饿，其他重要运动似乎与他们总是隔膜着。一般都是在运动结束了好久，辣辣才道听途说一些震动人心的事件"。"文化大革命"的到来，使家中两个孱弱愚钝的男人——小叔子王贤良、大儿子得屋焕发了豪情，投入了滚滚的历史洪流中，但辣辣只是开始时感到新鲜兴奋，而后则是"该死的，这场热闹还有完没完"。在辣辣的心目中，历史事件是无关紧要的，紧要的是生存；而在《你是一条河》中，历史事件是不需要明晰的，因为这是辣辣眼中的历史。这样的描写"不是历史对女人的放逐，而是女人对历史的蔑视"①。

与《你是一条河》相比，《预谋杀人》更明显地体现了池莉消解传统历史文本的欲望。这是一个全新的复仇故事，王腊狗为了杀死与他有世仇、情仇的师兄丁宗望，参加过王劲哉部队、伪军、新四军、解放军乃至解放后的土地改革运动，他的个人复仇史映照出了中国现代社会历史的一系列重大活动。但是，"王腊狗当兵要打谁他不知道，他的目的是杀掉丁宗望，抢过杨安素，休掉麻脸女人，光复王家祖宗的基业"。从当兵乃至参加革命活动的动机看，王腊狗身上分明可以看出阿Q的影子，所不同的是，王腊狗武艺高强、骁勇善战，有一手百步穿杨的枪法和肉搏打遍全团无敌手的威猛，而阿Q体格孱弱却有一套"精神胜利法"，也正由于此，王腊狗难敌阿Q形象的深刻。但从王腊狗身上，且不论所体现出的中国农民文化素质低下的悲哀，其滑稽偏执的个体复仇史，对于传统文本塑造的各种中国农民形象而言，不能不说是一个全新的文学展示，不能不说是对历史叙述的新探索和对正统历史的文学补白。

纵观池莉的小说，我们认为：追求真实是其创作基点，平民情怀和消解虚幻神话是其追求真实的必然结果，正是在这种追求和消解中，池莉取得了成功。当然，尽管其创作的轨迹始终表现出一种重复盘旋和上升，但比起《白鹿原》等小说来，我们只能送给池莉一个殷殷的祝福和期待。

原载《河南师范大学学报（哲学社会科学版）》2001年第2期

池莉 研究资料

---

① 戴锦华：《池莉：神圣的烦恼人生》，《文学评论》1995年第6期。

论池莉20世纪90年代的小说

刘志友

20世纪80年代中后期成名的池莉有一顶很惹眼的帽子，那就是"新写实主义"。因池莉那时的小说"能按照生活本来的面貌反映生活，尽量避免和减少作者对叙述的干预，使叙事保持在纯客观的层面上"，"叙述是冷静的、客观的"①，等等，例如《太阳出世》《烦恼人生》等。但是，进入20世纪90年代的池莉是否依然坚持这种"新写实主义"呢？我以为不是。通观池莉20世纪90年代的小说，它们中间似乎灌注着一股精神，那就是激荡在90年代的那种非常引人注目的女性主义。女性主义激情燃烧着池莉，使她的"写实"、她的"客观"大大弱化，而理想和观念的表现却显著加强。写实主义的池莉变成了女性主义的池莉。本文主旨就是要证明池莉90年代小说创作的这种变化。

一、走向女性主义之路

池莉女性意识的觉醒并不早，接受女性主义应该更晚。如果一定要大致确定一个日期的话，我以为当在1990年，因为在那一年，池莉连续发表了3部

---

① 金汉：《中国当代小说艺术演变史》，浙江大学出版社2000年版，第273页。

小说，把注意力和思考都转向了女性。首先是《太阳出世》。这部小说表面是讲生活的艰辛：年轻的夫妻赵胜天和李小兰有了自己的宝贝女儿后，面对经验贫乏、经济拮据、精神肉体上的煎熬等困难，顽强自立逐渐成熟。但小说的深刻用意却在于表现母性，赞颂母性。李小兰在为打胎走进手术室前的一刹那，一种伟大的母爱在心头升起，一种对新生命诞生的强烈憧憬鼓舞着她，她想："全世界困难重重，可婴儿如雨后春笋般冒出来，困难算什么！"①从此，这种伟大的母性就伴着她成长，把她从一个潇洒女孩变成一个真正的女人。而且，她还感染了赵胜天，使丈夫和她一道分享新生命诞生的喜悦，共同负责地、尽心尽力地抚养女儿。这事实上就是对重男轻女观念的一个有力打击。而打击重男轻女观念，正是女性主义的一个重要话题。

《一冬无雪》把赞美女性的主题上升了一个高度。一个被称为武汉市妇科手术"金手"的女医生，却在家庭和单位里处处遭遇不幸：做大学教授的丈夫为了传宗接代，竟亲自劝诱妻子"借种"，当借种生下的不是男孩是女孩时，丈夫就把全部脏水都泼到妻子身上；而在医院，她的认真和敬业，反而给自己招来了"失职致人死亡"的罪名，锒铛入狱。小说不仅为这样的女子鸣不平，而且第一次表达了依靠"姐妹们"的力量为女人伸张正义的观点。小说中的"我"以一种姐妹们的火热心肠为同学和同事四处奔走，终于在法律面前讨回了公道。小说通篇洋溢着一股不让须眉的女人的豪侠之气，读来令人荡气回肠。

中篇小说《你是一条河》是展示和赞美母性的力作。小说在广阔的政治历史背景上展开一个普通劳动妇女的命运。村镇女子辣辣，丈夫早逝，30岁的她拖着8个孩子，却在那毁灭一切的自然灾害和政治灾害下顽强地活了下来，无论有多大的苦难、多重的打击，也无论她的孩子们是多么良莠不齐，她都以十足的母性，张开羽翼保护自己的孩子。辣辣的确有很多的缺点，以至于她"最有出息"的三女儿一上大学就以母为耻而不再认她，但她却至死都在挂记这个

---

① 本文凡摘引池莉小说中的话语均不再注明页码，均出自江苏文艺出版社出版的《池莉文集》1—6卷的相关作品。

女儿。她真是一条河，有河的宽阔、河的深广，能包容一切。而这样的崇高、这样的美，只为母亲所独具。

如果说，以上3部赞美女性为主题的小说标志着池莉女性意识的觉醒，那么从1991年的《预谋杀人》开始，她的女性意识就进入了自觉的时期，表现为一个明显的变化，那就是：她开始更多地反观男性世界，追究男性对妇女不幸应负的责任，并且对男性世界是否总能产生英雄表示越来越严重的怀疑，最终对之表示了根本性的失望，从而为进入下一阶段，即对男人说"不"的阶段，铺平了道路。

对男性的反观是从3部政治历史题材的小说开始的，即《预谋杀人》《凝眸》和《滴血晚霞》。小说的主人公都是男性，然而，他们却都不是什么"英雄"。《预谋杀人》中的王腊狗，从小就"胸怀大志"，要为祖上积怨而报仇，他为此可以扔下新婚妻子去投奔军阀，可以去依靠日本人，也可以搞诬陷栽赃、借刀杀人。总之，为了除掉所谓"仇家"，他完全成了一个没有头脑的、无节无行的小人，连此类题材小说常有的那种"草莽英雄"都算不上。《凝眸》是池莉众多作品中悲剧气氛最浓重的一部中篇。小说写进步女青年柳真清冒生命危险去洪湖根据地投奔老同学、红军师长严壮父，在这里她也遇到了另一个老同学、左的路线的代表啸秋。这两个男人都爱着柳真清，柳真清对他们也都寄予真情。但是，在你死我活的"路线斗争"中，两个男人谁也顾不得爱情，顾不得柳真清，更顾不得老同学。严壮父被啸秋残忍地杀害了，啸秋本人也不知所终。终身不嫁的柳真清多年后对这两个男人，也是对一切男人做出评价："严壮父不是为了她，啸秋也不是为了她，男人有他们自己醉心的东西，因此，这个世界才从无宁日。将永无宁日。"这种惊世骇俗的认识，表明池莉这时的女性意识达到了相当深刻的程度。而以反右斗争为背景的《滴血黄昏》则进一步揭发那些迷醉于政治的男人们的丑陋一面。被错整为"右派"的中学教师曾庆瑸蒙冤受屈后，既不辩白也不反抗，而是自觉地把自己变成一个奴颜媚骨的人。他糟践自己的人格，辱没妻子和儿子的尊严，千方百计向各方面讨好，居然时来运转，提前回城，并在后来的政治风云中扶摇直上，几乎成为"时代英雄"。然而小说没有让曾庆瑸有好的下场，他最终落得官场失意、父子反目、同僚落井下石，只能以自杀结束一个"政治人"的一生。

20世纪90年代中后期，是池莉对男人真的绝望的时期。这种绝望使池莉什么都不想顾及了。她居然斗胆把坏男人的第一个典型指派给了老红军的后代！《云破处》（1996年）的主人公金祥就是老红军的后代，他从小就敢于投毒毒死多人，"血债累累却泰然自若"，而且还极为阴损、狭隘、充满兽性。而写于1998年的《来来往往》和1999年的《小姐你早》，更无情地展开拥有金钱的"成功男人"或"时代英雄"道德腐败的过程及其后果。《来来往往》的主人公康伟业本来只是个冷冻厂的普通工人，"他的实际人生是从有女人开始的"，即和军队高干女儿段莉娜结婚开始的。段莉娜利用家庭的多种关系使康伟业入党提干做官，又支持他在改革开放之初就承包公司下海挣钱。然而，康伟业生意做得越大，就越烦段莉娜，尤其是在他认识了美艳的外企白领林珠小姐后，他就什么都不顾了。他进大饭店和林珠狂欢，又花了几十万买别墅"金屋藏娇"。在林珠悄悄卖掉别墅携款离去后，他很快就再弄到一个更年轻的姑娘时雨蓬。段莉娜早已不在他的感情领地中，他天天都在想着别的女人。《小姐你早》中的王自力更是道德堕落的典型。他利用国有公司的钱财供自己奢靡享受。他把有了钱就天天泡夜总会、搂摸小姐看成当然的权利，看成对自己的一种"补偿"，因此，他像动物一样放纵自己，以至于发展到和小保姆乱搞。当这种丑行被妻子戚润物发现后，他居然毫无歉疚感，反而更加肆无忌惮地出入夜总会。他甚至于如是大放厥词："现实摆在面前：男人正是好时候，女人已经过时了。"他还认为："男人从心底里觉得他这一辈子多睡一些女人好。"他恬不知耻到如此地步："像我这样的优秀男人，多有几个女人爱我，我多爱几个女人，不是很合情合理的事情吗？"

池莉的女性们决心要对男人们说"不"了。戚润物就下了决心："不要这个男人。放弃这个男人。打击这个男人。消灭这个男人。这就对了！""女人真的是完全可以不要这种男人了！他妈的，不谈爱情了！"对男人说"不"的结果，是池莉的一系列关于"姐妹们"的诗篇。《一去不回头》写本来恭顺如绵羊的少女温泉带着"仇恨"，向家庭、向父兄、向职业、向知识、向爱情婚姻发起进攻，把一直属于男性的"马基亚维里主义"用得出神入化，让原来高居于她之上的所有人都败在她的手下，终于在事业和婚姻上得到双重满足。《城市包装》写为了自己的理想而不择手段横冲直撞的女孩子巴音，不要父母赐予的名字，不要父母安排的生活，把自己的命运完全交托自己，不惜和父母彻底决裂，顽强地走自己选定的人生道路，不管这路是多么不可靠！《云破处》写少妇曾善美在认定"红军后代"的丈夫就是多年前投毒杀人的凶手后，就不惜自毁自伤，最终从精神上击垮、从肉体上消灭了这红极一时的男人，表现了女性觉醒后超凡的勇气和力量。当然，真正堪称女性主义杰作的当是《小姐你早》。这部小说大力张扬了西方女性主义者倡导的"姐妹们"的思想。小说让戚润物不再孤军奋战，而是紧紧地团结了另外两位遭遇过同样命运的女子，齐心协力向男权中心主义开战；小说不再让戚润物像《云破处》那样去消灭男人的肉体，而是拔除当代男权中心主义者的靠山或主心骨——金钱，使他们重新"沦为穷光蛋"，让"姐妹们"大获全胜，扬眉吐气。《小姐你早》真是女性主义的一首绝唱！

20世纪90年代的池莉，走的是一条切实的女性主义写作之路：从关注女性开始，进而反观男性，最终明确了颠覆男权中心主义的目标。这是一条充满理想色彩的路，这也是一条充满主观激情的路。它和前期那种所谓"客观、冷静"的风格大相径庭，但它却比前期更显出池莉创作上的自觉和成熟。

二、激情挥洒出的女性主义人物形象

随着女性主义意识日益自觉，池莉在人物塑造中表现出了一个醒目的特点：破除男性中心的神话，描画女性的光明世界。整个20世纪90年代，池莉笔下几乎没有出现过传统意义上的正面男主角，更没有中国当代文学中占主宰地位的男性英雄形象。假如说池莉刻画的许多男性人物中还有哪一个沾点儿英雄气，大概也只有《你以为你是谁》中的那位陆武桥了。陆武桥可以把一个小餐馆经营得红红火火，还能大义灭亲当众揭露设局骗人的亲弟弟，更难得的是他有那么强的责任感，时时想着为父母解忧，为不顺心的姐姐妹妹弟弟操心。他甚至还得到过武汉大学一位女博士的欢心。然而，正如反讽意味很强的小说题目所问的，陆武桥，"你以为你是谁"。你毕竟只是一个小餐馆的承包人，毕竟得靠打架来维护被遗弃的姐姐的权益，毕竟得靠笼络政府的处长、科长等小官吏来庇护自己，还得要点小手段来保护漂亮的妹妹以免被那些官吏占小便宜。因此，你最后什么也不是！

形成明显反差的是，无论是道德操行还是智识才具，无论是理性信念还是行为决断，池莉的女性绝对高于男性。可以说，池莉20世纪90年代的小说世界是由一系列美好的女性形象组成的。当然，这里所说的"美好"不纯粹是外表的美，不是通常所说的"好人"，自然也不是常识的那种"女德"。这种"美好"恰恰是对常规的一种超越，因为常识常规正是男权中心的具体体现。例如《绿水长流》中的"我"对所谓"爱情"全面否定的超凡见识，例如《一去不回头》中的温泉为了实现自己人生价值而做出的超常规努力，例如《云破处》中曾善美"消灭"金祥的超常规行为，等等，应该说这都是对男权中心论的反抗和颠覆。从这个角度看，池莉的小说就没有女性的"反角"。即使是那些个"第三者"，即使是那些个"傍大款"的，她们也很难让人觉得就是"假恶丑"的代表人物，她们也都有这样那样的可爱之处：或真，或善，或美。例如林珠，她实际上是真的爱过康伟业的。她为这份情辞掉高薪的外企工作，为了康伟业和洋老板争吵，甚至准备为康伟业奉献一切。她离开康伟业只是感到他从把她藏起来的那一天起，他就失去了男子汉的胆量、见识、勇气和果敢，变成了一个极端谨小慎微的人，从而不仅使她失去了她极为珍视的自由，而且他值得她爱的东西也就失去了。《小姐你早》中的艾月的确是个典型的"傍大款"者。然而艾月实际上是有她可爱的一面，她不仅美丽可人，而且聪敏大方。她不仅把那些新贵们糊弄得团团转，而且对这些暴发户男人有着入木三分的洞察和了解，因而她能够毫不犹豫地给戚润物出主意："很简单，做他一把，让他回到70年代的老家去，甚至比以前还要穷困。他没有权力也没有金钱就完蛋了。"这是何等的见识，何等的气魄！

池莉的女性世界不仅美好，而且丰富多彩。从她们的主要特征来讲，大致可分为这样几类：

第一类女性是才力型或自强型的。其代表有《一冬无雪》中的剑辉、

"我"和《一去不回头》中的温泉，《你是一条河》中的辣辣也应属于此类。这类女性最大的特点，就在于她们身陷逆境而不屈服，顽强地依靠自己的才能和意志，向环境抗争，最终实现自己的人生目标或理想。例如《一冬无雪》中的剑辉和"我"。作为"工农兵大学生"，她们明显被人瞧不起；但是作为自强自立型女人，她们却处处用事实证明自己是有真才实学的人。在全市医疗系统统一考试中，她们分别得了"实际操作"和"理论"的第一名。更重要的是，她们在岗位上都有那么一股强烈的上进心和敬业精神。剑辉上班"仅仅一个月，科里就有人叫她'金手'"，她的手术"使许多老一辈惊叹不已"。

"我"作为剑辉的老同学，也是在事业上有很强冲劲的人。在妇科，"我"的口碑也相当好，甚至超过剑辉，但"我"更是一个乐于助人的人。在剑辉被诬入狱后，"我"蔑视她的那个空有副健壮外表的丈夫，也蔑视冷若冰霜的医院领导。"我来干！"她冲撞法庭，和法官争辩，四面奔走，最终决计自己充当剑辉的辩护律师，并且硬是凭着女性的执着、聪颖和精细，赢回了官司，解救了负冤的姐妹。《一去不回头》是一首女性自强精神的赞美诗。18岁的少女温泉由于没考上大学，在家庭中她就像一个粗使丫头，谁都是她的主人。几乎被逼疯的少女天天盼望这个世界有所变化，甚至在日记中写下这样的话："让我干什么都成，甚至当妓女。只要能离开这个家，让我成为一个独立的人，我万死不辞。"在做了护士后，她逐步懂得了，自己的命运一定要自己掌握。这样，在出省进修学习的过程中，她"学到了许多意料之外的东西"。她"成绩一流"，是因为她不是冲着热爱护士工作的，而"是带着满腔仇恨来的"，"她把每一门课都当堡垒攻克"。她从两个好友之间的一场情场厮杀中学到了一条"真理"，就是"可以不惜一切代价夺得她想要的东西"。两年后重回武汉的温泉，"脸上挂着胸有成竹的微笑"投入这个充满竞争的社会。她在医院里很快以"十分出色"的工作击败那些曾经"瞭"过她的人，成了护士长的接班人。同样，温泉在个人婚恋上也加入竞争，力挫群芳，甚至使用了令人难以置信的、成套的计谋，最终把她早已深爱着的人夺到自己手中。她真正成了自己的主宰。因此，每当她"旁若无人"地在医院大门走出走进时，总要引起那些老头老太的感叹："比她妈当年漂亮多了！也厉害多了！"

与第一类那些被理想和激情驱动着的女性相比，池莉的第二类女性是以坚强的理性见长的人们。例如《滴血黄昏》中的"我"、《绿水长流》中的"我"和《致无尽岁月》中的"我"。这几位"我"的显著特点是，当她们面对各种诱惑，无论是物质利益的还是情爱方面的，她们都能够坚持理性，不是跟着感觉走，而是冷静地思考和判断，最终战胜那些诱惑，从而获得一种难得的精神健康。《滴血黄昏》中的"我"作为曾庆璜、曾实父子不同人生的见证人，一方面理解曾实对父亲的憎厌态度，但决不赞同他对自己父亲的不依不饶；另一方面同情并且赞赏曾实的成长和成就，同时又能清醒地看到曾实"性格中的好强和自私"，看出他"胜利者的神情"衬托下的"冷酷，不近人情"，看出他明显的大男子主义的优越感。这样，无论是同学撺掇、长辈撮合，还是曾实本人软硬兼施的追求，她都能明确地表态："我们是朋友，但不是其他关系。"她的理性，使有点凶悍、从不低头服输的曾实也不得不一再对她"羞愧道歉"，而她则获得了心灵的宁静和人格的独立。《致无尽岁月》中的"我"（冷志超）和大毛是去武汉读工农兵学员的路上相识的，抵御严寒使他们成了始终不渝的朋友。后来大毛去北京，下珠海，闯深圳，有了钱有了车，再往后又落脚于德国这"最适宜人类居住的地方"。在这些岁月里，大毛不断地对冷志超表达那种感情，热切地希望他们最终能生活在一起。然而，冷志超始终没有答应他。这是她的做人原则决定的：冷志超对感情问题向来是严肃的，她决不轻易地把和男人的关系上升为爱情婚姻，更不会有丝毫的"做情人""傍大款"的念头；冷志超的事业心是极强的，她热爱医疗事业，心无旁骛，学术上进步很快，因而能够出国读博士；冷志超在生活上是非享乐型的，尽管她也强烈地憎厌武汉的气候，但她却"习惯了在忍受苦难中捕获那细小的微弱的幸福"。正因为如此，她不会成为一个随波逐流的女人、一个感情用事的女人、一个容易被诱惑的女人，从而也就不会是一个把自己的命运捆绑在他人身上尤其是男人身上的女人。她最终得到了令她心安理得而令大毛赞叹不已的成就。作者自称是"爱情小说"的《绿水长流》实际上更应是一部颂扬女人的理性力量的小说。三十来岁的女作家"我"在庐山遇到一名男子。这男子似乎是上天安排来陪伴她游玩的，只要她烦闷了，他就善解人意地出现在她面前，给她带来愉快。"不约而同"和"巧合"的事不断发生在他们之间，尤其是当她有意调换旅馆来避开那人，却发现那男子也搬到了这所院子时，那种天作之合的感觉油然而生。而且更巧的是，当晚他们又被稀里糊涂地反锁于同一套客房，"共度良宵"的诱惑越来越赤裸裸、越来越强烈了。然而，小说中的"我"却是一个极其理智的女人，她对爱情有着极其深刻的见解，因而她能够始终清醒地把握自己的情感和行为举止，用机智和冷静化解那诱人的爱欲激情。当最终离开庐山的时候，她心情敞亮地感受着"红日高照"的恬静和温煦。

但是，池莉的女性形象系列中最引人注目的，还是那些具有强烈的女性意识、敢于对男权中心主义说"不"的人物，也就是那些反抗型的女性。正是这些当代反抗型女性形象的出现，才使女性主义文学有了理据，也才证明池莉是一位真正的女性主义作家。这样的女性有温泉、巴音、曾善美、戚润物、李开玲、艾月等，而尤以曾善美和戚、李、艾最为炫目。曾善美的父母是鄂西北某保密工厂的工程技术人员，还在她很小的时候，她的父母亲因食用了被人投毒的鱼头豆腐汤而双双亡故。从此，小善美就步入了人生的厄运之途，在寄人篱下的岁月里，她经历了一个少女所能忍受的最大屈辱和糟践。直到大学毕业后，曾善美才算出了苦海，她在钢铁设计院当了翻译，又和事业蒸蒸日上的老红军后代金祥结了婚，得到了丈夫的呵护。但是，曾善美从来没有忘记父母惨死和自身不幸的深仇大恨，复仇情结使她像猎手一样警惕地捕捉着每一条线索。当她终于发现丈夫金祥小时候确有投毒的极大可能时，她就毫不犹豫地采取自伤来诱蛇出洞。她把自己说成一个无耻地和人通奸的女人，说成一个由于多次打胎而失去生育能力的女人，甚至于面对金祥描述自己与人通奸的"快活"，以此来刺激金祥的报复欲。果然她"得逞"了：金祥盛怒之下狂傲地讲起三十年前"一个勇敢男孩子"投毒杀人的故事。于是曾善美断然决定"彻底解决问题"。她的方式很简单："消灭金祥。"就在金祥陶陶然于离婚后的新生活而欣慰入睡时，曾善美用利刃"对准金祥的心脏，一刀就插了进去"，她没有料到的是"她的力量比她自己估计的要大得多，利刃差一点就没柄了"。

如果说曾善美对金祥这样的杀人罪行是用消灭其肉体方式说"不"，那么戚润物、李开玲和艾月对"一阔脸就变"的"当代英雄"说"不"的方式就是：消灭其作恶之源——金钱，让他们重新沦为穷光蛋。戚、李、艾三人可以说是女性主义者最倡导的"姐妹们"的一个典型。戚润物发现丈夫王自力的败行后，她发自本能地喊出"离婚"来表示反抗，岂料王自力的回答却是："很好，你今天总算说了一句人话。"是李开玲让她明白离婚是王自力巴不得的事，因为"他现在找一个年轻姑娘是轻而易举的事，而你却一天天人老珠黄"。在李开玲的精心指导下，她开始研究自己，研究王自力；研究女人，研究男人。她终于明白自己固守的那些原则是多么无力，多么苍白，也明白了对王自力这样的男人讲道德讲良心都是没有意义的。她决定打击王自力，而且明白了怎样打击王自力。她开始善待自己，同时不断戏耍王自力，让他的离婚梦总在快做圆时破灭，而且她居然酝酿出了比杀人更好的惩治王自力的办法——美人计。她收买艾月搞美人计，艾月这个美人就英雄所见略同似的积极加入进来。在三个女人的精心谋划下，王自力果然中计了。他为艾月狠花金钱，为离婚痛付巨款，末了又被艾月卷款出逃，纪检和检察机关随之开始对他的问题展开调查。戚润物和她的姐妹们成功地上演了一曲女性主义的胜利之歌，对男性说"不"的凯旋之歌。

毋庸置疑，池莉是女性主义。女性在池莉那里实在是卓越的，伟大的。只要把她笔下的男性形象与女性形象作比较就一目了然。男性的世界充满了荒唐和混乱，充满了欲望和骚动，充满了背信弃义和猥琐下作，而与之相反，女性世界里充满希望和温暖，充满信心和勇气，充满坚强和智慧。从李小玲到戚润物，女人的世界的确是越来越光明了。

三、理想和观念化的叙事

在女性主义意识影响下，池莉20世纪90年代的小说呈现出明显的非客观叙事的特点。这突出地表现在三个方面：一是她大量地使用评论干预，通过叙述者或人物之口表达自己对女性关心的问题的见解和理想；二是她依据女性主义的理想和激情来安排人物或事件的结局，按照"理该这样"而不是按照"生活就是这样"来写她的小说；三是阻隔、淡化、弱化"生活流"，强化和突出女性主义"观念流"。

先看评论干预。严格讲，在小说中搞评论干预是不可取的，尤其是现实主义小说，"倾向应该是自然地流露出来，而不应该说出来"（恩格斯）。"西方小说自19世纪起越来越严峻地排斥干预，到当代，干预名声已经很糟。"[1]然而，评论干预作为一种统一全书的价值观，在一些倾向性强的作家那里，却往往得到一种偏爱而被固执地保留下来，甚至因为需要而被强化。20世纪90年代的池莉就是这样的作家。在这个时期，池莉一反《烦恼人生》那种无倾向态度，大量使用评论干预表达自己的女性主义价值观。比如，她通过叙述者之口让柳真清想："严壮父不是为了她，啸秋也不是为了她，男人们有他们醉心的东西，因此这个世界从无宁日，将永无宁日。"从而表达她对男性不无激烈的价值重估。她通过人物之口揭露爱情的实质："爱情是女人的生命之狱。"（《你以为你是谁》）"初恋被你们文学家写得神乎其神，其实狗屁。不过是无知少年情窦初开，对性的探索，与爱情无关。""如果爱情等于肉欲，那么初恋就可以算作爱情。"（《绿水长流》）她还让叙述者直接议论："我又一次觉得爱情这个词非常陌生，好像谁把一个概念界定错了，却又固执地用这错误的概念来指导我们的生活；我们没有爱情的历史"，"爱情只存在诗里"。"上天好像并没有安排爱情。它只安排了两情相悦。是我们贪图那两情相悦的极乐的一刻天长地久，我们编出了爱情之说。"（同上）池莉还通过戚润物、李开玲和艾月这些女性来评论和揭露当代男人，也让叙述者以姐妹们的情感颂扬当代女性。池莉让戚润物一连六个晚上去王自力的夜总会观察，结果她发现这些男人"除了怀里揣着大把的钞票外，他们没有挺直的脊梁，没有了堂堂正正的仪表和风骨，没有了对女性最基本的爱惜、尊重和礼貌，没有了责任感，没有了承诺和豪气。他们既没有了传统男子的勇猛、忠诚、纯朴和强劲的生命力，也没有现代男子的文明、优雅、含蓄和永不消失的青春感"。池莉让

① 赵毅衡：《当说者被说的时候：比较叙述学导论》，中国人民大学出版社1998年版，第40—41页。

136

自身就是堕落典型的康伟业说："现在的男人完蛋了。现在的男人真他妈完蛋了！……男人绝对是金钱的奴隶。男人绝对是男人的敌人。男人绝对不能信任男人。如果男人要有知心的朋友，那只能是女人。"叙述者说："戚润物已经多年没有注意男人了，现在一注意，着实把她吓了一大跳。"其实，吓了一大跳的，正是女性主义意识自觉起来了的池莉本人。因为现在池莉是自觉地拿今天的女人同今天的男人比较了。这是性别的比较："现在的中国男人个个都穿西装打领带，都恨不得把自己的名字改成约翰或杰克，恨不得一朝醒来，头发变黄，眼睛变绿。恬不知耻的中国男人！看看中国女人吧，即便是制作一瓶辣椒酱，也懂得取名为'老干妈'或'辣妹子'多么民族化。""现在的女人不是从前的女人，不再帘卷西风人比黄花瘦。不再寻寻觅觅、冷冷清清、凄凄惨惨戚戚，守着窗儿，独自怎生得黑。现在的女人，独自在窗前伏案工作，时间一转眼就过去了。就是天黑得太快了！就是时间不够用！"

第二，按"理该如此"来讲述。现实主义和"新写实主义"最基本的原则是"照生活实有的"来写，但是池莉20世纪90年代却放弃了这个原则。因为现实中实有的距离她的女性主义意识太远了，现实生活太不符合她的理想了。例如，金祥这样的罪犯怎么就由于出身"红"而从不被人怀疑，长期逍遥法外？王自力这样的道德败坏者怎么就成片成群出现，伤害了那么多女性却无人过问无法制止？小说家难道还要继续叙述女性被遗弃或被侮辱的悲剧吗？池莉说"不"。池莉宁愿不要新写实主义那顶帽子，她要讲正义。于是就有了金祥的被娇妻杀，就有了王自力的被以妻子为首的几个女人"洗劫一空"、身败名裂，也就有了温泉设计让已婚的男友"非礼"自己而入狱，令过去的爱人重回自己身旁的奇事。在讲述这些"理该如此"的故事时，我们相信池莉是感情汹涌、想象飞驰的。她愤怒于那些败德的男人，仇恨那些虚伪而有罪的男人，她不能忍受姐妹们的现状和遭遇，她要用作家的笔来改变现实，改变女人的命运，从而让姐妹们大出一口气。为此，她不仅把女人反击男人的斗争都按女性的理想来结局，而且她还不惜采取极端方式，让她笔下的女人用犯罪来报复犯罪，用阴损来回答阴损。试看《云破处》。这篇可能让女权主义者高呼"过瘾"的叙事，却极为可能让理性的读者感到不舒服。金祥犯了罪，害死了那么多人，即使是少年，也应该受到法律惩治，但他却逃脱了惩罚。这既因他的善于隐瞒，又因他的红军后代的保护色，更因那时的时代的、政治的弊端和破案手段的低劣。金祥做梦都没想到，30年后复仇女神却和他睡到了一张床上。池莉笔下的曾善美可以说是一个只要报仇不问手段的复仇者。她还要这个女性主义英雄同样也杀了人而不受法律惩治，于是叙事就不惜采用了侦探故事中那种老一套的模式：有某人曾经扬言要杀掉金祥，此人当然成了公安的缉捕对象，而真凶曾善美却也像当年金祥那样，轻易地逃脱了法律的惩治。池莉大概忘了，曾善美杀金祥不是发生在五六十年代，而是法律制度大为健全、执法手段大为进步的90年代。曾善美很难做到"泰然自若"地过日子。的确，"按理该如此来写"是能够表现思想表达激情的，但是它也能导致判断的失准，尤其是会导致叙事本身的局促和尴尬。所以，池莉在叙述同样让女性们愤慨的王自力败德故事时，她就让叙述者说："杀人那是胡说。戚润物不想杀王自力了。戚润物现在有更好的办法惩罚王自力。"她大概意识到，为姐妹们出恶气，就为谋杀犯罪虚构出一个美好的结局，这已经不是理想叙事了，而是一种臆想，带有误导的性质。因为生活并不是真的模仿艺术，不会把一切不合理不正义都变得合理和正义。

第三，改变"生活流"。池莉在所谓新写实主义时期叙事的最大特点就是描述"生活流"，叙事之"事"就是主人公的日常生活，或琐碎的吃喝拉撒，或婚姻家庭生男育女，它们在时间的河床上严密地向前涌动着。这种叙事的美感在于真。美就是真，真就是美。然而它却难以彻底地达到表达女性主义所要求的"善"，即女性主义的价值观。因为这种"善"，这种价值观，在日常生活中是不可能凸显出来的。要强化这种价值观，就必须改变生活流式的叙事，或者弱化"生活流"，甚至阻断其流。池莉主要采取了两种形式来实现改变。其一是叙述非常事件，通过非常事件表现非常的女性。和《烦恼人生》《太阳出世》那种日常生活叙事相比，《一冬无雪》的"借种"、妇科"金手"入狱已非常事，《你是一条河》讲述的辣辣的一生更不是平常生活，而《云破处》中妻子杀夫报仇，《一去不回头》里温泉的大报复，《小姐你早》中发迹的丈夫乱搞女人被妻子抓住、姐妹们巧设美人计打败"当代英雄"，等等，这都是带有哥特小说色彩的大起大落故事。然而正是在这种种非常事件的叙述中，我们认识了曾善美、温泉、戚润物、李开玲、艾月等代表了女性主义理想的女性形象，而池莉也由她们证实了自己写作的女性主义特征。其二是拼贴。把一些与主线没有任何时间地点情节联系的"故事"碎片拼入叙述，造成一种拼贴感，而实际上这些碎片中包蕴的价值观正是为了加强主线所欲表达的观念。例如《绿水长流》共18节，主线是"我"和一个陌生男子的庐山邂逅，却用3、5、7、9、12等五节来拼贴"李平平和方宏伟的初恋故事""兰惠心与罗洛阳的婚外恋故事""宋美龄与蒋介石的婚姻传说""姨父对姨妈的不爱江山爱美人的故事"和"四川美女寻找爱情五次嫁人的遭遇"。但正如池莉自己说的："我编这些故事仅仅是为了让我对爱情的看法有个展开的依据。"这些拼贴的碎片，使池莉可以尽情抒发她对爱情这个古老话题的女性主义的全新感受，说出那些否定爱情真实存在的惊世之言。

这就是池莉20世纪90年代的小说状貌。显然，它们不再是"新写实主义"的、纯客观的、"生活流"的展示了。可以肯定地说，它们是女性主义的典型的写作，即使池莉从来也没有做过女性主义的声明。

原载《思想战线》2001年第5期

从白日的梦幻到黑夜的真实

——池莉小说叙事结构的演变

陈　俐　黄文彬

　　作为新写实小说的代表作品，池莉的《烦恼人生》总是被人们提及，几乎以此小说为例，评论家们围绕新写实小说的是非曲直在两个层面上展开批评。在创作内容及观念上，评论家们较为一致地肯定："新写实小说的革新意义，首先就在于使生活现象本身成为写作的对象，作品不再去刻意追问生活究竟有什么意义，而关注于人的生存处境和生存方式以及生存中感性和生理层次上更为基本的人性内容，其中强烈地体现出一种中国文学过去少有的生存意识。"[1]但是，新写实小说存在的巨大缺憾在于：新写实的主体价值观存在着世俗与媚俗倾向，表现在对环境的认同与责任感的消隐，对信仰的忽视或是轻视甚至摒弃。[2]在以上基础上，评论家们更深入地从艺术形式进行批评，他们认为：俗常的生活琐事构成新写实小说的主要框架后，传统的情节模式被取消了。小说不重情节间的因果联系，而多以单一的时间为序，随意散漫地罗列

---

[1]　陈思和主编：《中国当代文学史教程》，复旦大学出版社1999年版。

[2]　卢燕：《生命的写真与媚俗——试论新写实小说的价值取向》，《山西师大学报（社会科学版）》1996年第1期。张学军：《新写实小说再评价》，《山东大学学报（哲学社会科学版）》1996年第2期。

生活细节，是一种"生活流"或者"流水结构"。^①有学者还进一步将上面两个层面联系起来考察，深入指出：本来，通过叙事策略，作者可以隐含地介入作品。新写实小说的问题不在于还原生存本相，只描写平庸，而在于没有以巧妙的叙事策略去反击平庸，从而表达作者对平庸的超越与批判。新写实小说的某些作家，"他们倾向于在叙事方面保持一种心平气和的态度。不少作家满足于'如实'记述。他们不想作出大幅度的叙事调整，或者进行剧烈的变形、分割、组合、拼贴，他们仅仅依循了最为通俗的理解习惯"^②。他们认为这种叙事风格就是作品中人物缺乏深度而趋于平面的原因。如果说人物的无所作为体现了人物的可悲，那么，叙事的无所作为则意味着作者的可悲。

以上是目前评论界对新写实特别是《烦恼人生》的大致看法。对这些观点，笔者认为有进一步探讨的必要。首先，我们要问：新写实小说的叙事结构真的是散漫无序或仅呈现以时间为序的生活流状态吗？然后，我们还可以问：新写实小说叙事上的无所作为是否导致了人物的无所作为？是否导致了作家主体意识的失落？

的确，新写实小说并没有像马原、格非等一批作家的先锋小说那样，在叙事的道路上走得太远。他们意识到，如果把现实经过剧烈的切割、拼贴、变形，也就是把现实魔幻化后，便彻底粉碎了普通大众的审美期待，无法与读者交流，因而更谈不上共鸣。小说若过分强调叙事功能，虽然作者的主观性大大强化，却往往切断了小说与公众对话的可能性。正是在总结了先锋小说的得失后，新写实小说确实表现出在叙事方面向传统的某种回归。但回归并不意味着重复传统，实际上，新写实小说充分注意到叙事的功能与作用。以《烦恼人生》为例，这篇小说改变了传统全知叙述方法，使作者随意介入作品进行评论的可能性被取消。作品中人物的活动、情绪、看法主宰了整个小说，作品中人物好像一点都没有受到作者操纵，而是按生活规律自然行动着，这大概造成人们所谓的写作者情感零度状态。叙事似乎真的无所作为了。但叙事者是否真的

池莉
研究资料

---

① 金文野：《通俗化与新写实小说审美取向》，《学术交流》1996年第1期。
② 南帆：《新写实主义：叙事的幻觉》，《文艺争鸣》1992年第5期。

退场呢？如果我们细致分析小说中像流水一样涌动着的生活流，就不难发现，叙事者紧贴着时间顺序和空间顺序（满足传统的审美习惯）对生活事件却在进行二元对立项的组合与拼贴，传递作者的主体意识。印家厚一天的生活流程被编制成下列一对对既互相对立又互相依存的意义单元：

虽然黑暗中，儿子摔下床，引来老婆埋怨发泄，但印家厚转念一想："你首先下地抱住了儿子，可我为儿子包扎了伤口。我扯断了开关我修理，你借的房子你骄傲。"于是，他和老婆摇摇晃晃在平衡木上保持了平衡。

虽然家中老婆"憔悴得像雾一样灰暗"，不是还有亮丽的姑娘信誓旦旦地要和他在一起吗？走出家庭，他不是还有愿意加班加点多干活的地方吗？虽然婚外恋没有成为现实，但他的精神不是得到了很大的满足吗？

虽然儿子雷雷被幼儿园阿姨关了"禁闭"，但姑娘酷似以前的恋人，他原谅了幼儿园姑娘，甚至愿意帮忙保留姑娘的职位，姑娘对他感激涕零。

虽然他一不小心被考勤的老头记了迟到，理所当然得到的奖金三十块变成了五块，但他的五块钱参加募捐活动，赢来了"全厂第一"的赞誉。更何况，车间主任已经明白了他的委屈。

虽然他被人栽了赃，但最终厂长向他道了歉，工会主席视他为"日本专家"，并且交给他培训联欢团体的重大任务。

虽然是普通工人，但他却非常敏捷地对上《生活》一字诗，为此，他保持了四个钟头的自信。

以上描绘的确是在罗列印家厚一天的生活细节，"但文学性的特征是与细节描写联系在一起的。细节描写所包含的这种具体性赋予文学以力量。这种力量不在于细节所直接表达的东西，而在于细节安排方式所暗示的东西"。一般来说，现实中的生活细节是散漫无序的，人物的心理冲动是杂然相混的。但细节按一定的方式安排组合后就具有了艺术性。当我们对上述生活事件进行二元对立项的解读时，便发现，作者的真正用意并不只是在显示印家厚的烦恼，而主要是显示印家厚怎样消除烦恼。他的生活经验告诉我们：生活并不像人们想象的那样好（烦恼人生处处有），也不像人们想象的那样坏（人生可以无烦恼）。印家厚一天的生活虽然平凡，但不猥琐。实际上，在生活中，他不乏亲情（可爱的儿子）、爱情（痴情的雅丽）、友谊（知青老友的来信）、信任（领导委以重任），甚至闪过男人的一点儿野心。因此，他也不乏生活的激情（与文学爱好者切磋诗歌），不乏自信（厂里的技术骨干）。作者也并不只是显示印家厚平庸的生活状态，同时也主要在显示他的思维状态；并不只是描绘生活流，同时也在描绘他的意识流。因此，表面上，印家厚的性格似乎平面化了，实际上，人物心理却深化了。作者行云流水地将客观生活境遇与主观精神状态并置，将人物的行为过程与思维过程叠合，主人公在现实生活中的烦恼被精神胜利的心态解构，两种对立的要素在摩擦中互相包容中和，生成乐天知命的生活观。不经意间，一个现代阿Q形象便呼之欲出。这一形象的典型意义，有学者曾非常精辟地指出：尽管种种的人生"烦恼"常常弄得他十分尴尬，将他置于无可奈何的境地，但他并不把这种尴尬和困境看作生存的悲剧，而是以一种顺应的态度，通过得失互补、福祸相替的转换，求得精神上的慰藉和平衡。这不完全是自欺欺人的鸵鸟主义，而是人生的偶尔得意对于人生的难免"烦恼"的一种积极化解……印家厚对人生"烦恼"的化解，正是取儒者这种"中和"的态度。

中和的张力结构表达着中庸的生活态度，细节安排方式显示着东方文化精神。这天衣无缝的叙事结构不仅没有削弱人物的典型性，不过是使人物走下艺术圣坛，更加大众化。正是这种叙事结构，使司空见惯的俗常生活"陌生化"，引起人们的惊骇与反思：这就是我们真实的生活吗？我们每个人都过着印家厚这样的生活吗？印家厚虽然置身其中并无奈地认同，但并不承认现实的生活就是真实的生活，他希望脱离这样的生活，飞升在梦中。小说两次作了暗示：一是印家厚作的一字诗，把生活概括成一个"梦"字；二是在结尾处，小说这样写道：

> 印家厚拧灭了烟头，溜进被子里。在睡着的前一刻他脑子里闪出早晨在渡船上说出的一个字："梦"，接着他看见自己在空中对躺着的自己说：你现在所经历的这一切都是梦，你在做一个很长的梦，醒来之后其实

一切都不是这样的。他非常相信自己的话，于是就安心入睡了。[①]

在这里，作者的主体意识通过主人公的感觉隐含地显现出来。作者把主人公亲历的生活看作白日梦幻，实际上也就否定这样的生活的合理性。既然印家厚的人生烦恼只表现出生活中飘浮迷茫的表象，既然主人公也把这样的生活理解为白日梦幻，那么生活之轻的另一面是否就是生活之重呢？白日梦幻是否掩盖着黑夜的真实呢？真正的生存本相是什么呢？带着大无畏的艺术勇气，作者不仅敢于直面芸芸众生无事的悲剧，更敢于直面俗常生活中惨烈的人生，并在汹涌的人性之河中勇敢泅渡。在此后的创作生涯中，作者越来越清晰地认识到："好人并不那么好，坏人并不那么坏；露珠和彩虹并不那么多情，母爱并不都是那么圣洁；爱情也绝非一律的浪漫甜蜜。"[②]其后创作的一系列作品，如《不谈爱情》《你是一条河》《金手》等都受到这样的生活理念的支配。

以《你是一条河》为例，小说的意蕴用托尔斯泰《复活》中一段话来诠释最恰当："人好比河：所有的河里的水都一样，到处都是同一个样子，可是每一条河都是有的地方河身狭窄，有的地方水流湍急……人也是这样。每一个人身上都有一切人性的胚胎，有的时候表现这一些人性，有的时候又表现那一些人性。他常常变得完全不像他自己，同时却又始终是他自己。"[③]小说中的母亲辣辣因为生活中惨烈的变故，生存的巨大压力，她变得完全不像她自己，比如对女儿冬儿的刻毒，对私生子的漠不关心，导致贵子的早夭；比如用肉体换得老李送来的粮食；等等。辣辣同时也完全像她自己：为养活孩子她一次又一次卖血；贵子远嫁，给了她手中所有的钱；因宠爱儿子社员而原谅他的偷窃行为；临死还惦记着出走的儿子四清与女儿冬儿。生存的巨大压力带给她与她的一大群儿女、几个男人之间无尽的是非恩怨，错综复杂的时代风云使母爱产生巨大的裂变。作者因为急于想把人性写得丰富多彩、扑朔迷离，于是善与恶、美与丑、黑与白相混后，人物灰暗一团，没有性格的亮点。事件之间的组合缺

---

① 池莉：《烦恼人生》，《上海文学》1987年第8期。
② 池莉：《名家小说自选集·不谈爱情·后记》，百花文艺出版社1996年版。
③ 列夫·托尔斯泰：《复活》，人民文学出版社1979年版。

乏有机的联系，结构处于无序状态。叙事失去了在《烦恼人生》中表现出来的从容不迫、一张一弛的自然节奏。

在这之后，池莉的小说创作在两方面引起我们强烈的感受：一是小说写社会人性的深度大大加强，由原来描绘"人性善"向描绘"人性恶"偏转。二是在叙述模式上，小说在局部保持生活流的情况下，更倾向于组织一个充满悬念的故事。她的姊妹篇《小姐你早》《云破处》以社会意识和女性意识双重视点，审视了时代情势如何刺激人性，男性的霉变、癌变，并释放出危害社会、危害女性的恶的能量。两部小说同时写出了被伤害的女性痛快报复男性的故事。《小姐你早》中的主人公戚润物，是个粮食储备专家，偶然间，发现丈夫与保姆在床上的事实。她怒火万丈又百思不得其解：丈夫为什么会跟一个"耳根子都没有洗干净"的保姆上床？另一个被抛弃的女人开导她：虽然她有与国务院副总理合影的社会地位，但失去了引起男人性欲的女人味，从这点看，她就不如一个小保姆。与人做妾的艾月更是一语道破实质：男人有了金钱，就爱心泯灭，就色胆包天。最后，三个不同身份却共同受到男权欺压的女性携起手来，夺回了使男人为所欲为的金钱和权力，讨回了公道。小说最后发出了"中国女性意识觉醒迅猛，中国男性当好自为之"的警告。小说主题很鲜明，叙事结构也重新走向有序，但主要还是贴着时间叙述、因果相连的传统情节模式。

《小姐你早》中的警世之言在《云破处》中再次得以实现，这同样是被欺凌的女性彻底复仇的故事。它叙述了一个十一岁农村小男孩，出于对城市人本能的妒恨，悄悄投毒，毒死了附近保密工厂技术人员共九人。此案虽经巨大努力，但一直没有侦破。后来，这个小孩长大成为国家科研单位的知识分子，他和本单位一个叫曾善美的女人结婚十五年后，在一次老同学聚会的夜晚，曾善美发现了丈夫几十年前的秘密：原来，当年在保密工厂毒死父母亲、弟弟的凶手，正是自己的丈夫。在黑夜的两人世界里，曾善美做出种种努力，希望金祥良心发现，坦白自首。金祥执迷不悟，曾善美在绝望中杀死了金祥。此案仍作为一个悬案不了了之。

与作者以前的小说不同，这个故事没有贴着时间顺序讲述，在经过大幅度的剪辑、组合后，一组组尖锐对立的生活要素形成强烈的反讽效果，这种反讽力量造成我们心灵巨大的震撼：

谁知道老红军的升迁标准竟是杀人，而最终遗憾就是没有少喝酒，多杀人。

谁知道工作勤奋、团结同志、性格开朗、一向助人为乐的知识分子，小时候竟是杀人犯。

谁知道小男孩出于本能仇恨的投毒案竟被认为是美蒋特务的破坏。

谁知道无比恩爱的夫妻，原来却是一对冤冤相报的大仇人。

谁知道楚楚可怜而又矜持的淑女居然还有那么多混乱的性经历。

谁知道为一处女图案兴奋不已的金祥全家，最终得到的是"婊子"。

谁知道"眼睛是雪亮"的群众竟没有发现眼底下有一对杀人者。

谁知道娇小柔弱、手腕纤细如柳的女人却捅死了健壮如牛的男人。

谁知道被杀者的女儿最后杀死了杀者。

黑夜否定了白天，现象下面无本质，历史与现实互相嘲弄，本能的欲望否定着理性的推断，封建的愚昧玷污着现代文明，事件的大起大落显现着人性的大罪大恶，作品中人物白天和黑夜两副截然相反的嘴脸，形成巨大的反讽。这种力量把现存生活的逻辑撕成碎片，显示出社会人生的荒诞。池莉对生存本相深入探讨的结果，使她在《云破处》的叙事结构上有了新的突破。如果说在《烦恼人生》中，叙述者的话语与作品主人公的内视点合而为一，作者的倾向得以隐蔽。在《云破处》中，作者却无法保持平静超然的态度。小说第一至四部分，作者企图用中性的眼光，不动声色地叙述事件的缘起。但到了第五部分，出于表现人物的需要，作者的叙述角度由第三人称客观叙述的外视点转移到金祥这一人物的内视点叙述上。到后来，叙述视点频繁切换，金祥夫妇白天的生活用全知客观叙述的方式呈现，黑夜的秘密则由有限全知人物内视点的方式叙述。这两种叙述方式的交叉运用，将白天的若无其事、风平浪静与黑夜的灵魂赤裸、恶欲横流、杀机骤起鲜明对照，多角度地揭示人性恶的种种表现。同时，作者的主体意识也得到张扬。

池莉小说由宽容、宽松的叙事走向调侃、戏谑的灰色幽默，再发展到冷峻嘲讽的黑色幽默；由宽容平衡的张力形态发展为二元对立的反讽结构。张力状态是事物间正反两面相互依存包容后的浑然整一。反讽是对事与愿违的角色或生活现象的嘲讽，是事物正反两面互相否定后的一片荒原。通过特定的叙事结构，把生活事件乃至细节组合成某种关系网络，应是作家主体意识的重要表现。结构的基本原则就是对作品的内涵、态度和意义进行平衡和协调。《烦恼人生》中，作者将人生无尽的烦恼与精神胜利的心态相协调，展示印家厚乐天知命、听天由命的中庸生活观。在《云破处》中，将白天虚幻的情景与黑夜残酷的真实相对照，这使作品的内涵衍生出多重意味。它既嘲笑了那"以阶级斗争为纲"的年代的荒唐可笑，同时，对仇视城市文明的小农意识——疯狂嫉妒与占有的人性恶，又是淋漓尽致地批判与鞭挞。另外，也有力地暴露了民族国民性格中虚伪的成分。这种结构本身就是一种含有意义、评价和阐释的结构。它直接显示着作者看取生活的特有态度。

王富仁先生曾提出"中国现代主义文学"的概念，认为中国现代主义文学并不是西方现代主义文学的机械照搬，而是既符合中国人的审美情趣，又具有现代意识和现代表达方式的文学。[①]池莉的艺术实践表明，她正着力地向着这个方向努力，她一方面加强了对中国传统小说情节模式的借鉴，用以增加小说的通俗性、可读性；另一方面，她又力图以含混、反讽等现代叙事结构，将生活片段组合成颇具意味的意义单元，表达出作者用理性的、形而上的眼光透视生活、艺术地处理原生态生活的愿望。

由此又想到池莉作为新写实小说的代表人物，她和其他代表人物如刘震云、方方等，他们的共同特征究竟在什么地方呢？他们的共同点与传统的现实主义的区别又在什么地方呢？其实如前流行的三个特征并不能完全概括，倒是反讽这种特征在新写实小说中得到了共同的呈现。反讽是对事与愿违的角色或是社会现象的嘲弄，运用反讽可以无情地粉碎人们单纯的果及因的线性思维方式，挖掘生活表象下面真实的内核，出乎意外地道出生存本相。反讽基于对社会流行价值观信心的怀疑否定，当作者借助生活事件的互相悖谬来表达这种怀疑与否定时，才凝聚成一种叙事结构。因此在他们的作品中，反讽不只是一种

---

① 王富仁：《中国现代主义文学论（上）》，《天津社会科学》1996年第4期。

修辞方式、一种叙事结构，更是看取生活的现代意识，是一种表达生活的艺术方式，是作品幽默效果产生的源泉。如果说中庸的传统意识能使作家与现实握手和解，那么，反讽则使作家更多地批判否定现实。在这个意义上，方方干脆说，"将新写实主义说成是批判现实主义也行"①。

由池莉小说风格的变化，我们可以看出，新写实小说在保留写实的基本特征的前提下，用现代意识观照生活，用现代艺术手段表现生活的探索势头并没有减弱，我们期待着具有中国特色的现代主义小说在他们的探索中成熟。

原载《西南民族学院学报（哲学社会科学版）》2001年第8期

① 丁永强：《新写实作家、评论家谈新写实》，《小说评论》1991年第3期。

市民本位与乐生主义

——池莉小说解读之一

吴禹星

149

池
莉

研究资料

　　本文所提到的"市民"完全是个本土化的概念，它跟近代西方政治意义上的市民观念并不完全一致。在西方，市民即城市自由民，或称公民，有纳税之义务和参与市政之权利，因此市民普遍具有公益意识、民权意识和自由平等博爱等观念。而在中国，市民完全是个地域概念。一个老百姓，居乡则为乡民；住到城里，则为城市之民，也就是市民了。

　　中国的市民虽然居住在城市，享受着现代文明的种种恩惠，不再像祖祖辈辈那样被拘禁在土地上日出而作、日落而息，有了休闲的余裕，在生活方式上也发生了巨大的改变，他们的思维模式、人生态度和审美意识却依然较多地停留在前工业时代，与建立在数千年宗法制农业家庭小生产社会基础上的民族传统文化的心理结构有着天然的联系。他们遵循我们民族古老的实用理性原则，执着于现世，既不悲观绝望，也不做玄妙空想，在都市里津津有味地生活着。

　　对市民阶层的日常生活的热切关注，是池莉小说创作的一根主线，由此出发，市民本位的价值观念和乐生主义的生活哲学构成了池莉小说的两大支撑点。在这里，市民本位指的是作者对市民生活状态的赞许和认同，而乐生主义则代表着市民阶层的日常生活信仰和行为准则。正是在这个意义上，池莉小说基本可看作当代中国市民阶层的乐生图。

一

从化蛹为蝶之作《烦恼人生》开始，池莉便把市民阶层的日常生活作为自己小说的主要描述对象。从都市旧市民的遗存（住在花楼街的吉玲父母），到来自边远农村背井离乡的打工族、保姆族；从中下层知识分子（大学教授以及幼儿园教师、各类在校学生），到个体工商户、新暴发户和高干子弟；从机关干部、中下层行政领导、外资企业白领，到各类产业工人、下岗失业者：几乎囊括了目前生活在城市中的所有阶层。尽管他们的公益意识和政治意识还处于萌芽阶段，但正是这一庞大而杂乱的人群，组成了万花筒般丰富多彩的当代都市生活图景，成为当今社会经济生活的主体。

"市民"在"文艺为工农兵服务"的时代，是个不太名誉的称呼，往往在前面冠以"小"字，叫作小市民。知识分子和公职人员是耻于与小市民为伍的，但是经济大潮的冲击已经使这批人固守着的清高日益显得可笑，社会的转型使他们别无选择地加入了市民的行列。正是在这个意义上，池莉说："自从封建社会消亡之后，中国便不再有贵族。……所以'印家厚'是小市民，知识分子'庄建非'也是小市民，我也是小市民。在如今的社会主义初级阶段，大家全是普通劳动者。我自称为'小市民'丝毫没自嘲的意思，更没有自贬的意思。今天这个'小市民'不是从前概念中的'市井小民'之流，而是普通一市民，就像我许多小说中的人物一样。"①

作为一名知识分子小市民，池莉在为自身生存权利（房子）的奔波中深深体会到了城市底层人民生活的艰辛与困苦，了解了他们善良、忍耐、易满足、达观坚韧的乐生主义的人生态度。生活本身的丰富性超出了任何作家的虚构和想象。因此，池莉小说放弃了现代知识分子自命清高的以启蒙批判为基调的救世主义立场，既不想自我膨胀做一个愤世嫉俗的社会黑暗的揭露者，也不想故

---

① 池莉：《池莉文集（第4卷）》，江苏文艺出版社1995年版，第223页。

作高深做高居云端之上的冷峻阅世者，而是把自己降到社会底层，自觉地认同小市民的生活状态，为市民代言。

这种"市民本位"的价值观念在池莉小说中具体表现为以下几个方面：

首先，市民社会的日常生活场景在池莉的小说中占据了前台的位置。池莉以一种赞叹而非批判的眼光看待市民的日常生活，不求深度，但求真切。她以充满怜爱的母性温情写出了小市民日常生活中的烦恼与挫折，快乐与满足。如《烦恼人生》中印家厚一天二十四小时蚁阵般袭来的重重烦恼，住房的逼仄、老婆的责骂、一等奖金的落空、女徒弟的痴情……他种种化解烦恼的妙法。她的写作镜头进入了印家厚十户人家共用的公共卫生间，又跟随印家厚进入了清晨时分的已经满员的厕所，四个蹲位蹲了四个退休的老头；在《太阳山世》中，池莉的笔触进入了医院的人流室和产房，在这里，冰冷的窥阴器使80年代的李小兰由姑娘变成了妇人。这些曾经因为不雅或难以启齿而被忽略或丢弃的细节都不无诗意地进入了池莉的小说，使作品具有了原汁原味的醇厚感。

在传统的小说观念中，日常生活无非柴米油盐、家长里短、生养婚娶，这些日常生活场景不能作为独立自为的艺术存在，而必须服务于某种理念，或者从中寻找"几乎无事的悲剧"，或者发掘"人的现代意识的初步觉醒"。在这种情形下，日常生活的感性真切被遮蔽、阉割，人们在评价这类小说时，顶多加一句"富有浓厚的生活气息"之类的赞语。但事实上对世俗日常生活的热爱是中华民族传统文化蕴含的心理结构中的重要一环，是日常生活中柴米油盐、家长里短、生养婚娶之类人人必须面对的凡庸小事，同时也是每个中国人自我价值实现和灵魂得救的场所。《太阳出世》中赵胜天和李小兰这对愣头青夫妻在经历了妊娠、生育和抚育婴儿的日常琐事后，不光学会了如何做父母，也学会了如何做丈夫、做妻子，学会了生活和人生。在这里，烦恼而琐屑的日常生活充当了人生导师的庄严角色，因而具有了某种神圣的意味。而赵胜天和李小兰的成长和成熟，也意味着他们对人生的责任和义务、对人生的真谛，有了比较透彻的理解。至于《不谈爱情》中的庄建非，他也是在夫妻日常口角里衍生的婚姻危机中，获得了婚姻关系的真谛："婚姻不是单纯性的意思，远远不是。妻子也不只是性的对象，而是过日子的伴侣。过日子你就要负起丈夫的职责，注意妻子的喜怒哀乐，关怀她，迁就她，接受周围所有人的注视。与她搀搀扶扶，磕磕绊绊走向人生的终点。"而这同时也正是人生的真谛。

其次，市民阶层的小人物成了小说的主角。池莉以赞赏的态度写出了小市民的正义感、才智、上进心与正直人格，他们的忍辱负重、智慧与善良。如《一去永不回》中有佐罗之风范的青年工人李志祥，为替王艳文残疾的哥哥复仇，敢冒坐牢的风险，深夜实施"新佐罗计划"。《你以为你是谁》中年届不惑的个体老板陆武桥处在生活的重重重压之下，他以超人的胆略和智慧化解了陆掌珠的婚姻危机，并使差点走上邪路的弟弟陆建设回到了人生的正途。他们都是没有受过多少教育的下层普通市民，但在池莉笔下却远较湖北大学的李老师和大学生林壮品格高尚、胆识超群。

对于知识者市民所固守着的清高，池莉的嘲讽是十分辛辣的。就像贩卖货品不一定使人富有一样，传授或拥有知识也并不能必然地使人高尚起来。池莉由切身感受出发，将知识者归入小市民群落，撕破了他们日益可笑的自命清高和优越感。《你以为你是谁》中的李老师，大学两次分给的两室一厅的单元房他都没要，因为他已经习惯了汉口小市民的世俗生活方式，住惯了洞庭里的地板房，吃惯了的冠生园的新鲜点心，不愿意居住在校园环境中。可他又是个自以为很深刻很高尚的人，如果他找不到凌驾于这种世俗生活之上的精神生活，很难想象他会正常地吃饭和排泄。他为自己找到的借口就是他在洞庭里十六号的生活不是真实的生活，而是一种对生活的体验。由于他睁着高于生活的纯精神世界的一双眼睛，他就不再是猥琐的庸人了。他装订了一个巴掌大小但却很厚的笔记本，带在身边随时记录武汉民间生动的语言，准备撰写一部关于武汉方言的长篇巨著。这样他就可以混同于芸芸众生而心安理得。《一去永不回》中温功达、张怀雅夫妇，《城市包装》中的肖老师和景护士长夫妇由于还没有掌握这种用崇高的借口进行实际生活的方法，他们所固守的清高就显得更加不通人情世故，不单使自身在现实生活中进退维谷，而且也失去了在儿女心中的威信。更具有讽刺意味的是《不谈爱情》中的庄建非父母尽管满腹经纶，但在儿子眼中，他们饱学了知识反而疏远了人类，过于理智，过于冷峻，以至于不能接纳花楼街旧市民家庭出身的吉玲做儿媳。可是最终为了儿子的前途，庄建非高傲的父母似乎毫无困难地放下了架子，拎上糕点上门看望亲家，满足了吉玲父母的面子，使庄建非的婚姻化险为夷。这些事实说明了知识者市民的清高其实是很脆弱的，他们归根结底必须服从于整个市民社会的实用功利原则和世俗生活方式。

二

中国自古以农耕为主，靠天吃饭与自然做物质交换的特殊方式，使先民们依赖并亲近自然，形成了中华民族以"和"为贵、以"和"为乐的天然乐生倾向（乐生主义）和实用理性的处世原则。"和"有三层含义：首先是人与自然的和谐（天人合一），其次是人与社会的和谐（人际热情），最后是内心世界的和谐（乐而不淫，哀而不伤）。而"乐"则是通过"和"所取得的人生的至高境界。李泽厚将以实用理性为主要特征的中国传统文化心理结构概括为"乐感文化"，并指出了"乐"在中国哲学中实际具有本体的意义。[①]我们认为是不无道理的。

人与自然的和谐在农业时代的表现为田园诗式的文明，它在今天的都市也照样保留着自身的影响。《冷也好热也好活着就好》是池莉这方面比较有代表性的作品，在这篇被某些评论者判为"灰色人生的写照"的小说里，我们所见到的是盛夏傍晚时节武汉市民在屋外街道两旁吃饭纳凉睡觉的情景。这种都市民间习见的场景，很自然地让人联想到《风波》中文豪所赞赏的"无思无虑"的"田家乐"，同样夏日暑气初消时在室外享用晚餐，同样的中国人饭桌上的客套，举筷时一迭声地请请请，一迭声地打招呼。但鲁迅的目的是揭破温情脉脉的和美面纱下凉薄冷酷的人际关系，而池莉则写出了炎夏酷暑蒸烤之下武汉市民生活宁静、安逸祥和的田园诗般的情调。事实上，这种夏夜纳凉的景象几乎是中国百姓人生实感享受的经典场景，在这里汇聚了中国人人生享受的几大要素，如家人的团聚、美味食物的享用、各种轻松话题的闲聊，以及伴随暑气

153

池莉
研究资料

---

① 李泽厚：《中国古代思想史论》，人民出版社1986年版，第311页。

初消的生理快感，实在会让每个知足常乐的中国人陶醉其间，表现出中国人对现世享乐的迷恋。

人与社会的和谐即人际关系注重的是中国传统文化尤其是儒家文化的中心环节。中国人将人际和谐视作人生的最高享乐，他们没有超出寻常日用之外的义务观和幸福观，既不像古代希腊人把追求真理看作最高的幸福，也不像印度人那样热衷于追求出世的快乐，而是在现世的道德践履中去追求和实现自我的价值和灵魂归宿。终生安守本分，不做出位之思，忠实地履行对于社会的各级天然尊长所应尽的义务，就能达到最高的道德境界。除此之外，再没有义务，再没有幸福可言。由此，人际关系成为中国人主要的生活内容，在家庭、家族内部，要处理好与长辈、同辈和晚辈的利益关系，父慈子孝，夫唱妇随，"无官一身轻，有子万事足"，含饴弄孙、儿孙满堂、天伦之乐成为中国人人生的最高享受。而单位和社会也不过是一个放大了的家庭，因此要处理好与领导、同事的利益关系，保持情感的和谐。

《倾城之恋》中的白流苏哀叹自己"除了人之外，她没有旁的兴趣。她所仅有的一点学识，全是应付人的学识。凭着这点本领，她能够做一个贤惠的媳妇，一个细心的母亲"。可是如果做了范柳原的情妇，她就必须躲着人，封建大家庭传授给她的这一套学识也就毫无用武之地。无独有偶，《不谈爱情》中的女主人吉玲的人生设计是这样的：弄一份比较合意的工作，好好地干活，讨领导和同事们的喜欢，争取多拿点奖金；节假日和星期天轮番去两边的父母家，与两边的父母都亲亲热热，共享天伦之乐。她的生活理想或自我实现就是这么简单实在。为此她宁愿负起全部的家务担子。对于吉玲的这种充满人情味的自我设计，恐怕没有一个中国读者会提出异议，认为她目光狭隘、不思进取。实际上，她也确实得到了作者和不少评论家的认同。而庄家发生的那场风波，归根结底则是由于庄建非及其父母不懂得或不尊重这种人际和谐的重要性，才使自己陷于被动。因为整个社会也如吉玲一样把个人的人际和谐（包括夫妻关系）与事业的成功连接在一起。作者在这里显然站在吉玲一边，嘲笑着庄家所谓知识分子的清高，并赢得读者会心的一笑。至于《一去永不回》中的李志祥之所以胆大到敢于冒坐牢的危险实施所谓"新佐罗行动"，就因为他在单位有良好的人际关系。厂子就同一个大家庭一样，由于李志祥是革新能手、厂级劳模，厂长经常拍他的肩和他称兄道弟，即使出了事，也不过让领导训一顿。

如果换一个角度看，中国人的这种乐生主义又是相当廉价和容易满足的。因为这种"乐"是以主观的感觉为标准的，实际上也就是自我心理平衡的保持问题。孔子的"发愤忘食，乐以忘忧"，道家的"少私寡欲""虚静淡泊"，理学的"存天理，去人欲"，两千年来种种节制欲望的理论的熏染使中国人的欲望本能削弱到了最低限度。"中国人容易满足，并满足在人世生活之中。"只要风调雨顺、人际和谐，就能达到内心的极大快乐，就愿意"来世再做一次钱和平"。而且还养成了在极端恶劣的生存条件下依然保持乐观知足心态的乐生主义态度，人生小小的得意，有时甚至是最微不足道的享受，比如印家厚妻子边吃饭边看杂志的嗜好，《冷也好热也好活着就好》中的武汉小市民津津乐道的过早小吃，就足以让人对苦难处之泰然。

这种乐生主义如果走向极端，便会变成阿Q式的逆来顺受、自欺欺人和得过且过，在《烦恼人生》中，印家厚就是这么一个消极乐生主义的例子。住房、工资、奖金、老婆、孩子，重重压力和烦恼裹挟着这个并不缺乏才华的青年工人，十分理解他内心苦楚的女徒弟雅丽说："你不能那样过日子，那太没意思太苦太埋没人了。"然而印家厚却在不知不觉间用一系列的人生小得意将一个个烦恼化解了。妻子大发雷霆之后的忍气吞声，在洗漱间的忍耐，都因为在公共汽车上对一个胖脸的成功报复而得到疏解；他对自己在轮渡上大方潇洒的撒烟动作十分受用，作一字诗之后自鸣得意，暂时驱散了心中苍茫的阴影；当情绪极度颓丧时，印家厚就想想自己优越的工作环境，用在钢铁厂工作的同学不敢穿白衬衣的事来忆苦思甜解救自己；而奖金事件留下的阴影也因为知青伙伴江南来的来信而消散，因为相比之下，他还算生活正常，家庭稳定，精力充沛，情绪良好，能够面对现实；甚至在产生性要求时，他也能够暗暗想着雅丽和晓芬，粗鲁地拍老婆的脸。到小说最后，印家厚活生生就是一个阿Q，"在睡着的前一刻他脑子里闪出早晨在渡船上说出的一个字：梦，接着他看见自己在空中对躺着的自己说：你现在所经历的这一切都是梦，你在做一个很长的梦，醒来之后其实一切都不是这样的。他非常相信自己的话，于是就安心入睡了"。

不过，由于《烦恼人生》对印家厚式的消极乐生主义的描写并非知识分子的立场的怒其不争或大悲悯，而是市民本位的认同和理解，所以印家厚并不像阿Q和孔乙己那样因为善于自我开导而具有喜剧色彩，在一定程度上倒是一个稳健持重达观的儒者形象。

三

如上所述，农耕生活给中国文化造成的另外一个影响就是实用理性的处世原则，这种实用理性一方面表现为中国人比较执着于此生此世的现实人生，追求世间的幸福和快乐，另一方面则表现为事事强调"实用""实际"和"实行"的实用功利倾向。恩格斯曾指出："在一切实际事物中……中国人远胜过一切东方民族……"[①]中国人在各种实际事务中，无不显示出卓越的人生智慧，无论是政治、商业、经验科学、人事关系等方面都惯于深思熟虑，不动声色，极度冷静，极端功利；思虑之周详，计算之精妙，往往令人叫绝。

由于在池莉小说中婚姻差不多是现实生活的代名词，因此池莉笔下人物的实用功利倾向集中体现为爱情婚姻上的实用功利性。《小姐你早》中戚润物在目击了丈夫王自力的丑行之后，才发现他们的婚姻完全就是一场拳击赛。婚姻的实质是实力平衡。男女之间相配或者不相配，都是根据实力来掂量的。实力不相当的，结不了婚，即便一下恍惚结了婚，日后也得离婚，谁轻了谁重了每分钟都感觉得到，人都敏感着呢。而在婚姻这门课程中，几乎每个女人都是大师，几乎每个男人都是小学生，如《不谈爱情》中的梅莹、吉玲之于庄建非；《来来往往》中的李大夫、段莉娜、林珠、时雨蓬之于康伟业；《一去永不回》中的温泉之于李志祥；《你以为你是谁》中的女博士宜欣之于陆武桥。当

---

① 中共中央马克思恩格斯列宁斯大林著作编译局译：《马克思恩格斯全集》第12卷，人民出版社1960年版，第160页。

男性尚陶醉于一厢情愿的玫瑰色的爱情幻觉中时，女性们却是把爱情与婚姻当作实际得不能再实际的事务而倾注其全部的心力与智慧。吉玲对庄建非的家庭背景有着女巫般的直觉；李大夫对康伟业的命运先知式的预言；段莉娜那实际得可怕的爱情表白；《一去永不回》中马佳与林彬为一个军官而进行的一场厮杀，以及温泉其后进行的夺夫计划。其间所体现的高深的智谋以及对人心的惊人洞察，足以与历史上最著名的谋士相媲美。它们一次次将爱情与婚姻从理想的云端打回到现实的地面。

应该指出，作者对于笔下女性这种费尽心机寻找归宿和个人幸福，并且在某种程度上与传统道德相悖的行为是基本肯定的。池莉为此不惜牺牲了自己仿真写实的写作风格，而设计了许多令人难以置信的喜剧化情节，如温泉运用计谋从王艳文手中成功得到李志祥，还有《小姐你早》中戚润物收买糖衣炮弹艾月击毁丈夫王自力的故事。《不谈爱情》中庄建非的人生指导者梅莹倾心于庄建非的年轻和才华，她并不抑制自己欲望的展露和满足，但她能冷静清醒地把握生活的走向，不让这种欲望影响到自己的家庭生活，呈现出现代知识女性的大胆与成熟。而庄建非的妻子吉玲则是个精于计算的高手。她虽出身于汉口的普通工人家庭，却长袖善舞不逊于政客，运用关系调动工作易如反掌。她十分厌恶自己粗俗、混乱的家庭，想通过婚姻建立自己漂亮整洁的小家庭。在寻找如意郎君的过程中，她更是用尽心机，从一开始的隐瞒家庭背景，到穿着逐步暴露，她都做得很自然。庄建非在武汉大学的樱花树下撞上了吉玲，这一撞就如同飞鸟一头撞进了女巫精心编织的蛛网，庄建非在不知不觉中一步步跟从吉玲的安排，心甘情愿、自鸣得意地做了花楼街女儿的俘虏。

如果说上述温泉、梅莹、吉玲等在传统的爱情婚姻观念下将实用功利倾向发挥到了极致，那么《小姐你早》中的艾月，《来来往往》中的林珠、时雨蓬逸出常规的生活观念，以彻底的实用功利主义将传统的婚姻爱情观念冲击得千疮百孔。艾月，一个香港富商的小妾，理直气壮地宣称"我没有出卖灵魂，我只出卖肉体""生命短暂，宁可碎瓦，不可碎玉"。她丝毫没有人格上的屈辱感，反倒是对于戚润物的遭遇打抱不平，并且行事果断，很像一位侠肝义胆的侠女。而林珠对爱肯于付出的痴情和敢于放弃的决断，时雨蓬似乎对一切满不在乎的"酷"劲，这些都在一定程度上冲破了以"和"为核心的乐生主义传统，使池莉笔下的女性呈现出别样的异彩。池莉小说创作的这些新动向已超出了本文的论述范围，我将另外撰文加以分析。

综上所述，池莉小说以市民本位的立场集中反映了当代中国市民所承续的传统文化心理的积淀（人生态度和价值观念），对市民日常生活的关注和热爱，对市民社会乐生主义和实用功利倾向的揭示是池莉小说的主要特点。池莉小说获得如此高的声誉与其说是由于她对庸常人生（或称生活原生态）的逼真描摹，在厌倦了伪现实主义的虚假理想和新潮小说的迷宫游戏而崇尚真实的读者心中产生了共鸣，毋宁说是由于这种刻意描摹所传达的价值观念和生活态度（天然乐生倾向和实用功利倾向）契合了当代广大中国市民的传统文化的心理结构，使其在市民阶层具有了极为广泛的亲和力。前者体现了池莉小说的感性魅力，后者才是解开池莉小说魅力之谜的锁钥。

原载《甘肃社会科学》2002年第1期

"池莉热"反思

刘川鄂

一

从1987年的《烦恼人生》开始，池莉的名字在中国文坛红了十余年。1995年，发行量极大的《女友》杂志，将池莉列为最受喜爱的10位作家的榜首。江苏文艺出版社历时数年出版的《池莉文集》洋洋六大册，收集了作者1998年以前的几乎所有作品，一版再版，长销不衰。作家出版社出版的《来来往往》两年卖了20多万册，《小姐你早》也有10多万的印数。2000年6月，江苏文艺出版社推出了池莉、小涢著的小说《口红》。该书立即成为市场新亮点，首印10万册在两天时间里一售而空，出版社随后又组织加印。在20世纪80年代末和90年代初中期，以往池莉作品的主要读者还是一般的文学爱好者，现在已经辐射到广泛的识字阶层。池莉的每一部新作问世，差不多都有传媒发表消息。可见池莉像影视明星、体育明星一样，成了大众热点。而盗用池莉名字的读物屡有出现，也充分说明了池莉已是大众文化消费市场的一个品牌、一个卖点。最近几年，出版社出她的书就像是在印钞票。制片商再三拍制她写的电视剧或请人改编她的小说为电视剧，广告收入也很可观。

如果要列出20世纪80年代中后期以来持续不断地走红的作家，池莉肯定是其中最抢眼者之一。我粗略统计了一下，学术报刊关于池莉研究的文章逾100篇。我还注意到，在池莉的"人生三部曲"阶段（即1990年前后两三年），学术界关注她较多。而在她的《来来往往》阶段（即最近四五年），学术界平寂下来，大众传媒和娱乐界反而在大幅升温。

　　有人肯定池莉，有一个标准就是所谓的可读性、收视率。据我所知，不知池莉其人者稀，但充分肯定池莉者更少见。准确地说，池莉只是一个在"圈子里"反应平平，在"圈子外"呼声特别高的作家。在池莉最近关于创作的表述中，也多次谈到好小说的标准就是"好看"①。她为畅销书的价值不停地唱着赞歌。这或许说明，她不满足于自己畅销书作家的身份，还希望有个较高的文学史价值评价的隐意。中外文学史上，并不畅销的优秀作品非常多，卡夫卡、卡尔维诺、博尔赫斯、乔伊斯的作品，都不怎么畅销，跟池莉的作品销量简直没法比。如果我们仅以好看畅销作为标准，那么20世纪中国文学的大师就只有两位。前半叶是张恨水，后半叶是金庸。他们作品的读者远远超过了鲁迅、郭沫若、沈从文。如果仅以畅销作为标准，我们这个世界上就不需要文学史家和批评家，只要一台电脑把作家的著作销售数量和阅读量进行排列，就万事大吉了。

二

　　用一种通常的标准看，池莉是一个成功者。对于自己的成功，她有一段自豪的表白："作为一个人，靠自己的劳动，能够完全地养活自己和自己的孩子，我想这就是我唯一的成功之处，如果一定要我评价自己是否成功的话。"②

　　在这个"各领文坛风骚三五天"的时代，池莉能够一直受到读者的喜爱，

①　池莉：《给你一轮新太阳·最是妖娆醉人时》，经济日报出版社2000年版。

②　池莉：《给你一轮新太阳·又见冈巴拉》，经济日报出版社2000年版。

是与她的勤勉分不开的。六卷《池莉文集》约200万字，散见的其他作品有100多万字。二十年来，她发表了近400万字的作品，几乎每年都有令读者注意的作品。她从来没有躺在过去的作品上睡过大觉，她总想超越自己，始终不忘记爱她的读者，时刻注意跟踪读者的趣味。这份痴迷和认真，是非常不容易的。所以她对读者有持续不断的吸引力。老话说，天道酬勤。池莉的知名度节节攀升，压过了很多20世纪80年代以来成名的作家，是因为她一直不断地有"惊世之作"问世。而某些作家写写停停，可能会被淡忘。现在不是靠一部作品红一辈子的时代。就像歌星在意歌迷、球星在意球迷一样，池莉十分注意与读者的关系。她在许多散文中自我塑造了一个温和可爱的"良母式作家"形象。她从不摆出居高临下的教师状，也不摆出"灵魂工程师"的姿态。她不回避自己对家务事的爱好，甚至刻意渲染自己作为好妻子、好母亲、好厨师的重要性超过了做一个作家。她好在文章中跟读者交心，敢于承认自己的幼稚和浮躁，敢于承认自己文学创作的有限性。她认为文学是一种看不见摸不着的靠想象而存在的艺术，是人们的精神调剂。她知道她只属于一部分读者，并为讨这部分读者的好而努力工作着。"永远都只有一部分人喜欢你。尤其像我这么一个人，凡胎俗骨，能够得到选择写作的可能，能够得以安静地写作，能够坚持自己的思考，能够拥有一部分读者，这就很是不错了。"[①]在读者的心目中，她是一个朋友、一个邻居、一个良母或大姐形象。

从这里也可以看出当今作家自我形象塑造、自我推销的一种趋势：借助大众传媒、借助流行文化，让读者熟悉自己、喜欢自己。夸张自己"前卫"的一面是某些"美女作家"的方式，强化自己传统的世俗的一面是池莉的方式。看似手法不同，目的却相似。池莉一再表白要淡化自己跟"圈子"内的专家关系、强化跟大众读者的亲近感。她最近称文学就是俗物，并要闭上自己的嘴，不再跟记者、专家谈文学，闹得沸沸扬扬。宁可得罪专家也不得罪读者，这是一种执意做出的姿态。

作家本人形象的亲切感是池莉赢得读者喜爱的一个重要原因。与此相关

---

① 池莉：《给你一轮新太阳·我》，经济日报出版社2000年版。

的是文本的亲切——池莉正是靠自成特色的"市民化书写"（以市民立场表现都市各色市民生活）立足文坛的。在写《烦恼人生》之前，池莉一直是一个诗情画意写作的模仿者，没有形成自己的风格。在生活中经历了一些摔打，停笔了一段时间，才终于找到了自己最擅长的写作内容：就是"烦恼人生"的"仿真"书写。她明确意识到，此前对小说写作的错误理解已付出沉重的代价①。她反复不断地思考自己为什么要当一个作家，当一个什么样的作家。带着一种"转向"的尝试，她写了《烦恼人生》，几经辗转，终被《上海文学》郑重推出。如果说在"转向"的初始阶段还拿不准这种写法的价值的话，发表之后的巨大反响无疑鼓舞了池莉的信心，坚定了为市民写作的信念。

"我非常明确地告诉自己：一个时代结束了，新的时代开始了。"《烦恼人生》使她的生活和写作柳暗花明。她把这个过程称为"自我的撕裂"②，为自己的创作有了一个新的定位：题材上是平民的、写法上是"仿真"的。她一次又一次地强调："正因为我深知我自己所知有限，所以不敢对我不知的一切妄加评说。所以不敢以我有限的个体生命去轻率地承诺重大的质问。所以在任何时候我都不愿意失去现实的分寸感。所以我从来都蔑视没有事实背景的激情与崇高。我的写作仅表达我个人以为的对于生活的准确感知。"③

作者非常清楚自己写作的优势。她不追求深刻，没有探索重大生命问题的强烈意识；也不追求"先锋"，没有对于形式美的探究热情，现代派的文学技巧与她不相宜；她甚至不追求意义，只求写出自己对生活的感知。

池莉的乖巧和聪敏还在于，她特别能够适应时代的变化，这也可以看作一种难得的才华。当人们对当时提出的"四个现代化"口号的热情逐渐散失之后，当人们在计划经济体制下生存感到烦躁的时候，池莉写他人的"烦恼"使自己摆脱了烦恼，写默默无闻的平民而使自己有了名。而到了20世纪90年代中后期，这是一个人人都追求"成功"的时代，是一个"康伟业"（《来来往往》中的大款）呼风唤雨、"印家厚"（《烦恼人生》中的工人）普遍"下

---

① 池莉：《给你一轮新太阳·梦幻诗篇》，经济日报出版社2000年版。

② 池莉：《池莉文集（第2卷）·说与读者》，江苏文艺出版社1998年版。

③ 池莉：《给你一轮新太阳·我》，经济日报出版社2000年版。

岗"的时代，平民生活已经成了失败的象征，追逐金钱成了社会上最大的兴奋点。

成功，成了跨世纪的关键词。所谓成功，就是世俗化地被认同。在这种世俗的浮躁的"成功"旗帜下，身居边缘的、默默苦学的、甘于清贫的、自我放逐的人，都被排斥在社会的主流话语之外，被排斥在人们的视线之外。所以池莉由平民"仿真"走向了都市传奇，由老百姓的日常温情走向了大款和美女之间的惊世艳情，由柴米油盐的烦恼变成了男欢女爱的战争。时代兴奋着什么？池莉的笔下就有什么！什么事情最新鲜？什么事情最离奇？池莉的笔下就有什么！

她的文体、她的写法决定了她是流行的。在80年代末的"烦恼人生"阶段，她的那些描写普通老百姓的悲欢故事，一反此前的伤痕文学、反思文学、改革文学、寻根文学和现代文学的"宏大叙事"和"伪宏大叙事"，把看似最没有价值的市民日常生活流程造成了一个新的写作热点。中国人本来就有家庭本位的传统，有把文学当故事欣赏的习惯，而池莉的家庭唠叨叙事，正好切合了旧的理想破灭，新的理想没有生成，只好踏踏实实过日子的心态。她最近几年的都市传奇故事，迎合了大部分想致富而没有致富的读者对于金钱的那份渴望，对于花花世界的那份好奇心。对大起大落的致富经历的传神描绘，奢侈场景的精雕细刻的写作方法，平面化的、时尚化的快餐式审美，跟大众文化趣味一拍即合。加上她是一位早已成名的作家，她本来就有实力，而现在更有"明星作家"的风范，她的名字本身就是卖点。她以拒绝包装的姿态出现，其实是一种"反包装"的包装。而出版社和制片人早知包装的奥妙，几番合作，于作者和出版社是双赢，又让读者过足了瘾，构成了一个乐乐陶陶的池莉文学热。

三

在池莉成名前，中国文学的主要潮流有伤痕文学、反思文学、改革文学、寻根文学和现代文学。前三种潮流带有一些政治印痕，继承"五四"启蒙主义、人道主义文学传统，面向社会人生的大问题。但对于年轻的女作者池莉来说，如此宏大的社会主题是无力把握的。后两种文学潮流在20世纪80年代中期极为繁盛，它是文学回到文学自身的一个积极结果。文化寻根派要从当下中国人的生活方式中寻找到传统文化的根由，要求作者有强烈的历史感，有对中国国民性的深入把握。这对池莉来说，也是非常吃力的。比照一下韩少功、王安忆、阿城、贾平凹等人当时的代表性作品，就不难感受到他们的力度是池莉远远不能达到的。这从她的《你是一条河》《预谋杀人》《青奴》等相近的作品中可以感受得到。现代派文学要求作者具有现代人生的现代品格，具有对非理性、下意识、反常态、反道德、重自我这样一些价值观念的认知能力。这也不是池莉的强项。她无法"染指"人的非理性世界，所以她无法去玩"先锋"的东西。

就其艺术和生活准备而言，池莉是一个既无"传统"之根又无"现代"之境只会感知"当下"的作家。到了20世纪80年代中后期，中国社会拨乱反正的工作早已完成，以物质现代化为特征的"四个现代化"到了城市和政治的层面遇到了很多阻力，人们心目中的现代化梦想开始被更具体的个人生活琐事冲散。人们在现实生活中的具体的物质困难，更加分明地出现在社会生活中。尤其在改革开放的窗口开得越来越大，对外面的精彩世界了解得越来越多的时候，现实的困境动摇了"宏大叙事"的根基，"一地鸡毛"的现实强烈地出现在每一个中国人面前。《烦恼人生》等作品由于对当下个体生存环境的细腻表现，赢得了普遍的赞誉。

池莉等作家掀起的新写实主义小说浪潮，最大的价值不在于它开拓了一个似乎多么重要的题材领域，而在于它动摇了此前的"现实主义"创作原则。我认为，20世纪80年代中后期的"新写实主义"与此前的中国当代文学史上指称的"现实主义"有明显差异。那个"现实主义"有一个很诡奇的理论，即所谓"本质论"或者说是"主流论"。而这个"主流"和"本质"是一元论的。作家如果没有表现规定的本质或者主流就被斥为自然主义或者是反现实主义，因此它也会排斥日常事务、家庭琐事在文学描写中的作用。新写实小说摧毁了这种"伪现实主义"，给了作家更大的自由表现生活现实的空间。但新写实小说有一个根本的弊病，它只表现了"真实的生活"而没有表现"真正的生活"。只有写实而没有价值支撑，尤其是中外优秀现实主义文学所开创的批判精神在这个文学潮流中尤其是在池莉的小说中缺乏。文学不只是对生活的平面展示，更不只是对生活细节的无休止描绘。一个作家的小说，哪怕他把生活的流程描写得十分细致，如果没有价值判断，如果没有审美精神的提升，其文学价值就必然是有限的。池莉的"人生三部曲"在当时能走红，不过是迎合了当时的一种社会化、普泛化的生存状态。人们接受她的这些作品只是从认识论的意义上，而不是或者说主要不是从美学意义上来接受的。今天我们重读这些小说，连认识意义也在减弱了。它不能唤起我们对人性的深层体验，它不能给我们一种超越性的美的享受。

20世纪90年代中期以来，池莉又给我们奉献了一些都市传奇，比如《来来往往》《小姐你早》《口红》《惊世之作》，这些作品中的主要人物不再是为生存奔波的芸芸众生，而是在商场搏击的新式英雄、金钱英雄。在她的笔下，大起大落的故事、暴富赤贫的人物、奢侈的享乐场面、正常的反常的男女感情故事，应有尽有。为了设置悬念，为了表现在金钱面前人的新变化，池莉作品中很多个人物都经历了由穷到富和由富到穷或穷富反复无常变化的过程，各种各样的都市传奇：抢劫银行、高楼爆破、商品传销、电脑犯罪、窃取他人的存单、开各种各样的公司、突然继承遗产……五花八门，无奇不有。池莉由市井生活的仿真写实过渡到都市生活的金钱传奇，朝通俗文学的方向又迈了一大步。

她的这个变化，也是时代社会心理的反应。转型期以来的中国社会更加商业化，个人欲望极度膨胀，金钱成了社会的主宰，当下文坛也在很大程度上市场化、休闲化、市民化了。市民审美趣味（人生沉浮、金钱美女、传奇故事、趣味噱头等）已占据了当下文坛的广阔领域，并在很大程度上决定了报刊和出版业走向。池莉的作品充分满足了当下部分读者尤其是市民读者在飞速变化的时代急于抓住现实，甚至猎奇猎艳的心理。她越是走红，越说明她的叙事策略的"媚俗化倾向"，也说明了当代读者审美品位还有很大的提升空间。

在我看来，池莉如此走红，既是正常的也是不正常的。说正常，是从现实的客观的实情出发；说不正常，是从理性价值判断出发。在一个普遍媚俗的时代里，本来就媚俗的大众"媚"上了特会媚俗的作家，是自然而然的；但文学不应媚俗，理性不会媚俗。理性要对媚俗说"不"！理性从来不会庸俗地套用黑格尔"存在即合理"这句名言。

四

尽管池莉多次表白，不在乎他人的批评，但批评家不应沉默，沉默就是失职。文学批评家应该举起左手来指出作家的描写特点包括缺点，还应该举起右手指导和提升读者的审美趣味。

我认为，就题材而言，池莉市民题材作品的贡献在于对市井生活做了精细的描绘，对于认识转型期中国市民社会众生相有极大的价值，这是同时代其他任何作家不能比拟的。但她过多地认同了市民生活的价值观念，无助于当代精神生活的提升；她注意到了知识分子中的某些消极病态因素，具有一定的警醒意义，但在整体观照和具体描绘中有着诸多失误之处，尤其是存在着较为严重的贬抑知识和贬抑知识分子的不良倾向；其爱情题材作品涉及当代中国人情感生活的诸多形态，尤其注重对女性生活与命运的展现，但明显带有用干瘪浅白的理念说教来图解纷繁复杂的两性世界的缺点，未能深入到人物的隐秘心理和非理性层次，因而难以表现当今情感生活的精微之处。须知20世纪两性题材小说如果不能深入到性爱层面，几无成功者。不涉及"性爱"根本不足以表现"情爱"，男女之情正是以性之差别为生理基础的，并由此决定了情感与本能道德，欲求理性、非理性的多重冲突。

池莉的作品，不能丰富我们对人性的理解。她的人生三部曲只表现了某一时期某一群落的中国人的某种生活状态，表现出无奈地屈服环境，沉溺于"生物性生存"的人生态度。没有对人的"存在"做一种价值揭示，当然也不能唤起人对诗意生活的进取心。她较细致地描绘了人不得不陷于其间的"真实的生活"，但由于缺乏现代知识分子的理性精神、怀疑意识和批判眼光，因而不能唤起中国人对理想的应该如此的"真正的生活"的热忱。她在世纪转折期的都市传奇，尽管她力图突破"烦恼人生"阶段单一性格、"扁平人物"的缺陷，写出人的复杂性，写出"圆形人物"，但缺乏对市场经济与当代社会的独到理解，缺乏对人性繁复状态的心理学把握，因此只能写出人性的表面对立，只能写出"人心似海的状态"，不能写出人心似海的动因，不能揭示人的理性与非理性、欲望与现实的紧张冲突，只好过分沉醉于离奇的故事情节和享乐场景的描绘上，只好过多地运用悬念、偶然等手法安排人物命运。

在池莉的作品中"人文精神"处于一种弱化的状况。"五四"以来中国新文学作家张扬的现代性——自由、民主、理性、人权等价值在池莉的作品中是非常薄弱的。她笔下的人物，要么是环境的奴隶，要么是金钱的奴隶，没有自由意志，没有人性的飞扬。诚然，作为一种生存状况，这种生存的被动性甚至是依附性的，是一种实际的存在，但作者基本上采取了一种认同的态度。这就缺乏了现代知识分子应有的批判精神。

我们说池莉的创作缺乏现代意识，只举一两个小例子。在《老武汉》中，她对几位"父母官"顶礼膜拜；在《小姐你早》中对受到国务院副总理接见这一细节的反复渲染赞叹，都可见作者缺乏一种平等观念。说池莉的作品缺乏理性精神，既表现在她笔下的人物往往屈从环境的压力，化苦为乐，也表现在作者对环境缺乏批评的眼光。她只写无奈不写无赖，只写失败不写腐败。她笔下只有小痛苦，没有大悲剧；只有金钱，才是池莉笔下改变生存环境的灵丹；只有清官和突如其来的红运，才是池莉笔下改变人物命运的主宰。鲁迅曾经谈到，被迫做奴隶是痛苦的，而安于奴隶生活，赞美它，寻出诗意来，却是万劫不复的奴才。

池莉的作品，也很难说有多少独特的审美创造。题材由凡俗仿真到趋新时髦，情节由细琐平实到曲折离奇，议论由浅平空泛到即兴挥发，语言风格由平易写实到华丽圆活，是一种适合市民读者的"唠叨文体"。

何况她的作品还存在着那么多的明显硬伤，这既包括情节的失误，也包括议论的失当，甚至还有很多常识性的错误。这更表明她缺乏一个大作家所必要的知识准备和艺术准备。[①]

原载《文艺争鸣》2002年第1期

---

① 刘川鄂：《小市民，名作家：池莉论》，湖北人民出版社2000年版。

故事的传奇性与精神上的反传奇

——对池莉20世纪90年代小说创作的透视及反思

孙先科

一

池莉这个名字是在80年代后期伴随着《烦恼人生》《不谈爱情》《太阳出世》《冷也好热也好活着就好》的出现才被熟知和广泛接受的，而事实上在此之前池莉已经有过为数经年的创作甘苦。是这组作品非同寻常的意识倾向、文化意味及审美特征将池莉从她自己的创作历史和新时期小说创作的大背景中凸显出来，受到了大家特别的注视。盛名之下的池莉没让喜爱她的人失望，在90年代，池莉的小说创作在数量和影响力上都是惊人的。《你是一条河》《青奴》《你以为你是谁》《绿水长流》《闻鸡起舞》《来来往往》《小姐你早》等作品给90年代相对沉寂的文坛带来一波又一波的冲击。尤其是在20世纪末的晚近几年，《不谈爱情》《来来往往》相继被改编成电视连续剧，借助这种现代传媒，池莉的影响被带入千家万户。池莉的小说进入了畅销与流行的行列，成为继王朔小说之后又一个具有市场号召力的新品牌。

如果将池莉90年代的作品与她80年代后期的以《烦恼人生》为代表的一组

作品相比较，若就作品的外部形态而言，我们看到的几乎是两个完全不同的池莉，对"人心似海的现代状态"的理性认识，使她对传奇故事的热情远远超出了对原生的生存状态的信赖，从明清传奇中征用的充满主观热情的"话本式"的讲述姿态替代了对现实冷静地描摹与有节制的分析，似乎一个新的传奇、通俗的池莉从严格写实的旧池莉的躯壳中脱颖而出。但是90年代后期的池莉在精神上到底走了多远？她在多大程度上开拓了文学的精神空间和人类生存的精神疆界？回答是否定的，我们看到的仍然是那个冷静、务实、现世主义的池莉。她的精神世界里没有神启，没有通天塔；她也不接受根本的改变，现世的、现实的原则永远是横亘在人们面前的一座无法超越的屏障，人的任何主动的挑战最终都将是徒唤奈何的。甚至相反，她后期作品中故事的剧烈张弛而归宁静，人物命运大起大落又徒劳往返的叙事模式不但没有给人的主动性与生存的可能性留下充裕的精神空间，相反却在强化一种悲观主义的善恶果报（《云破处》就是一篇典型的写仇恨并为仇恨付出死亡的果报故事）的因缘轮回的伦理与命运观，具有很强的宿命色彩。

二

90年代初期的几年，池莉的小说创作基本中断。这段日子，池莉真正体验着做母亲与做妻子的角色。她的"小太阳"的出世使她体验到了做母亲的欣悦，但随之而来的"烦恼"（调房子、雇保姆等）使她对生活的艰难、粗糙有了更感性、更深刻的认知。池莉外表柔静、内心却是强悍的，在与"烦恼"的抗争中，她担当了妻子与丈夫的双重角色。换句话说，家庭作为一个社会细胞，夫妻共同承担着保护孩子，使家庭免遭伤害的责任，尤其在中国当下物质相对贫困且物质的分配又欠公正的复杂背景下，男人作为"丈夫"的社会行为能力的大小就是一个至关重要的因素。在池莉的家庭关系中，丈夫作为社会行为主要承担者在事实上的缺席，使池莉既要在家庭里细心呵护孩子，又要替代丈夫的社会角色奔波"在路上"和她所难以胜任的关系网中。池莉实际上是既自豪又不满还委屈地肩负着沉重的，甚至是背负着超负荷的生活担子艰难前行的。这一真切的生存背景对池莉拿起笔来重新写作产生了直接的、重要的影响。除了延续并加强对生活艰难性的叙述与渲染以外，90年代中前期的创作中发展出几种对池莉、对新时期小说来说都是相当引人注目的新思想与新命题。一、对"不屈不挠的活"的精神的称许，对活命能力，尤其是对行为能力的肯定与对道德主义的否定。二、由对行为能力的肯定，进而对知识分子的温情主义，所谓的教养进行反思和质疑，呈现出对力的崇拜与反智倾向。三、女性作为主动性与主导性的家庭角色担当家庭及社会义务，在这种角色的易位过程中，女性获得自雄的意识，对男性世界，尤其是知识男性表达了一种明显的挑剔、失望与委婉的不敬。

"我以为我的作品是在写当代的一种不屈不挠的活"①，池莉如是说。我以为《你是一条河》中的女主人公辣辣正是对"不屈不挠的活"的生动阐释。尽管在印家厚、庄建非、赵胜天、李小兰的"成人"过程中池莉肯定了坚持与忍耐的重要，而在辣辣的"不屈不挠的活"的语义蕴意中，除却坚执与忍耐之外，拓展出一种新的意识空间：活命哲学与对道德主义的否定。1961年沔水镇大饥荒，辣辣为了孩子的存活以肉体与粮店职工老李做了交易，八岁的女儿冬儿窥破了这种交易，告诉母亲"我们不要臭米"。辣辣嫌恶并痛打了早熟的冬儿，她想的是："一个寡妇人家喂饱七张小嘴容易吗？送上门的六十斤雪花花大米能不要吗？"对比"饿死事小，失节事大"这一封建主义的道德训诫，辣辣的行为与意识体现出鲜明的反道德主义的民间化倾向。

辣辣的这一形象的民间性质不仅表现在对主流意识中的道德主义的反叛，而且体现在对知识分子意识形态：温情主义、浪漫主义、爱情至上主义的讽喻与否定。在《你是一条河》中，王贤良是个出色的创造者，不是指他性格描写在美学上的臻于完善，而是指他复杂的文化意蕴。在具体身份上他虽仅仅是一个小学教师，却将五四启蒙知识分子、封建时代愚弱的"书生"、"文革"时狂热的红卫兵、讲求独善兼济的士大夫等中国不同历史时期的知识分子及其文化内涵集于一身，是一个具有驳杂文化色彩的知识分子形象。通过将这一形象

170

---

① 池莉：《池莉文集（第4卷）·我坦率说》，江苏文艺出版社1995年版，第224页。

放置于辣辣的生存空间与"不屈不挠的活"的民间意识空间形成的尖锐反差与鲜明对比，知识分子精致的文化人格逐渐显示出它的不合时宜与负面性质：温情主义几近无能与无用，浪漫主义则容易泛滥为一种道德乌托邦，在行为上则是要么忽左——极端的政治狂热，要么忽右——受打击后的脆弱、颓废无为与出世倾向。

王贤良是个爱情至上主义者，用诗向辣辣委婉地表达自己的爱慕。由于时间（大饥荒时期，身体的饥饿是这一时期的主要特征）与对象的错位，使王贤良的求爱变成了对自己的尖锐讽刺。正像辣辣说的："贤良啊，对一个快生孩子的女人写诗什么的呀，不滑稽吗？"辣辣要的不是诗，甚至不是爱情，她要的是一个有用的男人，因此她可以轻易地向老李和老朱头献身，因为他们能给她带来她所需要的粮食与金钱，而决不会答应小叔子王贤良的求婚。"王贤良也许不是粗人，可挑担水都喘大气，上屋顶拾个漏瓦都不会，哪是个男人，要他做什么！"正是这个滑稽的求爱者，"百无一用"的书生，在"文革"到来时变成了一个狂热的造反派，在一次武斗事件中被打断左腿后，又追求起"养猫喂狗，填词赋诗"的陶渊明式的世外桃源般的生活。王贤良这个有着驳杂文化色彩的人物形象显然是作者对20世纪几代知识分子鳞爪式记忆与印象的产物，而不是对知识分子作为一个阶级或阶层进行历史的知性的把握的结果。因此，他在美学上并不成功，有一种明显拼凑的痕迹，但通过这一形象意欲传达出的文化意识却是鲜明而强烈的，即知识分子的温情、雅致、浪漫在实际的艰难的生存中是脆弱的、无用的，无能、不合时宜是温情与浪漫的实际语义；而知识分子的浪漫又极容易演化为一种道德乌托邦并付诸实践，使之变成一场乱哄哄的广场式狂欢，而狂欢的结果是既害人（平民遭受伤害）又害己（或颓废或陶渊明式的静心）。

或许正是来自一种切身的在生存的困境中挣扎的体验，池莉感受到实际的生存能力——不再是印家厚式的"忍"，而是辣辣式的行动能力在维护个人尤其是家庭时是多么重要。这种感受使她在这一时期的创作中强化了对"无实际之用"的知识阶层（劳心者）的批判意识和对"劳力者"的尊敬与崇尚。《一去永不回》可能比其他任何一部作品都更多地注入了池莉的个人经验，而且也没有哪部作品像它一样表达出如此明确的对知识阶层自命的教养、优雅与高贵的反思与批判及对"劳力者"生存能力与生活方式的认同感。这个以一个青春期叛逆少女的人格成长为主线的小说，设计了一个尖锐对立的文化语境：一方是自命高雅，但却虚伪懦弱的知识分子家庭，温良恭俭让是他们的基本家教，他们固守这种教养，为此自豪，把工人想象、设定为"粗鲁的"，是诗礼传家的知识分子无论如何也不能从事的职业；另一方则是李志祥所代表的产业工人，他们"绿林好汉似的豪爽粗犷，不拘小节"，"样样事情都会干"。后者对前者敬而远之，前者则把后者视为"小流氓"。而温泉恰恰背叛了让她的父母如此自豪的书香门第，而主动选择了让她"感到自由自在的"产业工人的世界，她为了实现与李志祥结婚的目的，甚至是不择手段的。在《一去永不回》构建的经验空间中，知识分子的世界与产业工人的民间世界在意识形态上的矛盾是如此尖锐，而温泉在价值认同上的取舍向背又表现出如此强烈的贬抑知识分子而崇尚民间的倾向，让我们朦胧地感觉到与一种一度流行的意识形态——"高贵者最愚蠢，卑贱者最聪明"——有着某种同气相求的精神联系。池莉似乎对生存能力的崇拜走向了反道德主义与反智主义的立场，虽然这种反道德主义、反智倾向还很难在世界观这一宏观的立场上来定位，但通过她的人物和故事，又的确能感到这种情绪与倾向性。

以上叙及池莉在90年代初小说创作命题的新的转向及萌发出的新的思想生长点，即对民间社会那种"不屈不挠"的生存态度与生存能力的叙述以及由此延伸到在这种"不屈不挠"的民间视野中来对知识群体的文化性格进行反思、审视与批判。我以为，无论就叙事角度还是意识空间而言，民间性的拓展都是一个积极的文化倾向。但是"民间"是个复杂的文化空间，它既包含着民主性的精华，同时又是"藏污纳垢"①的，对民间意识简单的、不加辨识的认同是不适当的。就池莉90年代初期创作表现出的民间性文化倾向就存在着可质疑的倾向。

---

① 陈思和：《民间的浮沉：对抗战到文革文学史的一个尝试性解释》，《上海文学》1994年第1期。

首先，"不屈不挠的活"否弃主流意识形态的道德主义，肯定生存、"活"的优先性，但这同时就意味着另外一种危险，即是否为了"活"这样一个目的，就可以不顾道德规范，任何手段都可以，无所不用其极，"不屈不挠"除了"顽强"的语义之外，可否包容甚至纵容不正当的行为，把"不屈不挠"变成"无所不为"甚至是"胆大妄为"，即是说，对道德主义的否定极有可能变成非道德化的生存主义。池莉这一时期创作由于对"不屈不挠"的生存能力，尤其是对实际行为能力的过分推崇，而对行为的"正当性"缺乏应有的追问与正视，而流露出非道德化的生存主义倾向。如辣辣用身体与老李、老朱头交换所需，对儿子社员偷窃行为的暧昧态度；温泉为达到与李志祥结婚的目的使用的极端手段等事件的正当性、道德性均被轻描淡写，似乎为了生存的目的（这种生存似乎也并不具有道义上的优先性，辣辣仅仅是为了活着，而温泉的目的则是自私的——为了显示自己的独立生存），行为本身的善恶就是一个可以不予置评的问题。

这种对生存的道德价值的忽略，极有可能将生存目的化，走入为活着而活着的活命主义。这里必须提到池莉的《两个人》。我猜测这篇短篇小说是池莉在最为疲累的精神状态下写作完成的，池莉的写作是以自己介入生活的直接经验为基础的，她的作品在情绪及精神状态上极易受到她写作时精神状态的影响，因为通过它的故事，你似乎在重温民间最不健康的虚无、迷信的命运说教，诸如：好死不如赖活着；人强强不过天，心强强不过命；懒人懒福；祸兮福所倚，福兮祸所伏；等等。而且这种福祸天定，活着即福的宿命主义观念建立在一个漏洞百出的文本基础上。作品将两个人即赵森林与钱和平——前者精明能干、城府颇深，后者老实木讷、懒惰愚蠢——40年的人生经验放到纵向的时间坐标中去加以表现，两者的人生道路时而并行不悖，时而交叉互动，在诸多的误会、巧合、天意等神秘因素的作用下，走向一个宿命的终点：聪明反被聪明误，误了卿卿性命，而木讷愚钝者因祸得福时来运转。试想40年的人生经验被放置到两个并行、比照的结构框架中，这几乎就是《战争与和平》中安德烈与皮埃尔和《安娜卡列尼娜》中渥伦斯基与列文故事结构的翻版。托尔斯泰的浩浩长卷为人物的命运结局提供了扎实可信的时代背景与性格发展的内在逻辑，而池莉在一个短篇小说有限的篇幅中却只能在一个个时间点上告诉读者一个又一个结果（几乎一切过程均被省略了），而人物自身的性格逻辑与主体性完全没有得到尊重，池莉只不过煞费苦心地利用她笔下的人物在证明某种宿命性的观念而已，而这种观念显然是吸纳民间性生存意识中某些悲观的不健康的因素而又不加检视的一种结果。

池莉此一时期的创作在精神上向民间的认同似乎进入了一个盲目的、良莠不分的误区，这也表现在她对知识分子的非历史主义的评价上。虽然在80年代后期的创作中，如《不谈爱情》，知识分子作为一种文化身份已经进入池莉的审美视野，但作为一种有意识地、自觉地对知识分子的审视与反思集中在这一时期，而且这种反思有一个显著的特点，即以民间性的观点，以生存能力的大小为价值标准进行逆向的（批判性的）思考。而池莉所设定的生存能力主要有两种：一是李志祥式的拿得起放得下的体力劳动者，他们的特点是"什么都能做"；另一种是老李或老朱头式的握有某一种生活必需品的权力占有者。这两种人依恃各自的"力"——能力（体能与技能）或权力成为任何一个时代的"适者"，而相比之下，知识分子既无权力，又手无缚鸡之力，手不能拿肩不能挑，要注定成为某一时代尴尬可笑的"不适者"——王贤良温情浪漫，但既无权力又无能力，不仅被时代淘汰，连自己的嫂子辣辣也把他视为"银样镴枪头"的另类；温功达夫妇（《一去永不回》）无权、无势、无能，不得不用提前退休的方法解决女儿的就业问题，但却是病态的自尊、虚荣、做作，把当工人从事体力劳动视为"火坑"。

池莉笔下的知识分子形象显然与现代知识分子存在着一种历史的错位——她仍在下意识地复写着孔乙己式的知识分子形象。作为封建制度下的旧知识分子，要么通过科举入仕，拥有权力；要么脱掉长衫，拥有技能成为自食其力的劳动者。否则，只能像孔乙己一样既被秀才举人一类的人所驱赶，也被穿短衫站着喝酒的人所嘲弄。但启蒙运动之后的现代知识分子得以立足社会和证明自己的主要根据不是权力和身体技能，或者说，是一种特殊的权力——知识，一种特殊的能力——理性精神与现代文明相结合才是衡量现代知识分子的主要标准。现代的科学知识与理性精神是现代知识分子主体性的基本内涵，从倪焕之到林道静再到陆文婷所揭示的正是知识分子的科学精神与理性精神如何觉醒的过程，是知识分子由传统走向现代的嬗替过程，这一叙事传统是20世纪文学现代性的主要标志。陈述这一现代性的叙事传统并不是说现代知识分子身上已经完全剔除了孔乙己的精神因素，也不是说孔乙己式的精神因素不能成为叙事的对象，而是想说，当池莉将知识分子置入"不屈不挠的活"这一民间性视野中来把握的时候，她只是观照到了知识分子非本质非主流的一个侧面，而现代知识分子更本质更主流的一面——理性的精神和作为知识主体的生产与创造能力却被遮蔽了，很大程度上使知识分子变成了一个喜剧式的滑稽可笑的形象群体。这显然是一个对知识分子进行道德主义与审美主义观察与评价的结果，而不是进行历史主义的知性分析所得出的结论。从根本上说"不屈不挠的活"就是一个道德主义与审美主义的观察视角，它不仅会扭曲知识分子形象，也会使整部作品的主题发生倾斜，把一个严肃深刻的历史主义话题变成一个考验个人品质与能力的道德主义话题。以《你是一条河》为例，"苦难"无疑是这部作品的主要背景，但对辣辣"不屈不挠"的道德欣赏与审美主义的评价，使"苦难"本身和产生"苦难"的社会历史原因都变成了不必探究的话题，一个重要的历史主义主题成为被藏匿的缺席者。

池莉
研究资料

三

作为一个女作家，池莉的经验空间是相对封闭的，尤其在80年代末90年代初的几年，孩子和家构成了她生活的核心。正是在独立担当家庭责任的过程中，体验到了普通人"不屈不挠的活"的重要性以及由此产生了对知识阶层"无用"的谴责。随着孩子的逐渐成长和家庭的稳定，池莉关注和思考的重心发生了位移，一个迅速膨胀、瞬息万变的外部城市空间吸引了她的视线。"现在的城市生活无时无刻地发生着急骤的变化（原文如此，但它是一个病句，正确的表达应为'无时无刻地不在发生……'或'时时刻刻地发生着……'，引者注），荣和辱、富和穷、相聚和别离、爱情和仇恨等，皆可以在瞬间转换，这是中国前所未有的历史阶段，希望与困惑并存，使人们的精神世界撞击起了比物质世界更大的波澜。""我拿不准我是否喜欢现在的大城市。但我对它非常敏感。它用高楼大厦、钢筋水泥和大量的生活垃圾将传统意义上的小说因素日渐消解，同时却把人的心无限扩张和复杂化，真可谓人心似海。我拿得准的是，作为一个小说创作者，我喜欢人心似海的现代状态。"①正是基于对人心似海的现代状态的认知，池莉在90年代中期以后的小说创作发生了明显的变化。首先，当下的城市经验，尤其是社会转型所带来的社会关系的解构与重组，以及金钱、名利所激发出的物质欲望引发的剧烈的心理震荡，构成池莉此一时期文学叙事的焦点。正是对这种"人心似海的现代状态"的积极介入，使池莉小说的故事性大大加强了，或者说是故事的动作性被极大地调动起来了。以《烦恼人生》为代表的80年代后期作品主要叙述的是日常性经验，心灵内部的波动与隐忍构成了人物与故事的主要形态，而《你以为你是谁》《云破处》《来来往往》《午夜起舞》《小姐你早》《惊世之作》等作品最为明显的特征就是加强了对人物外部动作——午夜"起舞"与"来来往往"的叙述，她笔下的人物不再是徘徊、游弋于时代大潮边缘的隔岸观火者，而成了置身于时代大潮之中搏击风浪的弄潮儿，而支撑这一切的是挣扎与抗争的动作性故事模式替代了"由忍到和"的心灵故事模式，而这背后更潜在的支撑点则是以社会状况（人心似海的现代状态）与人生状况——被现代状态所激发的物质与精神欲望使人处于一种利箭在弦、不得不发的奇妙状态。《烦恼人生》与《来来往往》中两个细节的对比颇能说明这一问题。

　　雅丽怎么能够懂得他和老婆是分不开的呢？普通人的老婆就得粗粗糙糙，泼泼辣辣，没有半点儿身份架子，尽管做丈夫的不无遗憾，可那又怎么样呢？（《烦恼人生》1987年）

　　十二年里也没有发生什么惊天动地的折磨人的事情，一个女人怎么可以变得如此糟糕？康伟业想起了李大夫，想起了戴晓蕾，想起了与他打

　　①　池莉：《池莉文集（第1卷）·说与读者》，江苏文艺出版社1995年版，第1页。

过交道的许多女人，无论是比段莉娜年纪大的，还是比她年纪小的，好像都不似她这个样子。偏偏这个最糟糕的就是他的老婆！一股自怜，一股悲哀，一股无奈，一股失望，齐齐地涌上了康伟业的心头，在那儿打着循环不绝的旋涡。自打结婚以后就不再考虑的关于女人的问题，在这个时刻忽然地横空出世：难道他康伟业这辈子就交给了这么一个女人？（《来来往往》1998年）

印家厚用隐忍与自我宽慰，用"你现在经历的这一切都是梦"来化解自己的不满与郁闷；而康伟业却把自己的不满变成抗议，背叛与行动，演出了一场轰轰烈烈的反叛与抗争的人生故事。反叛与抗争的人生与故事模式成为池莉这一时期文学叙事的基本原型。

其次，与上述人生与故事模式的转型相一致，池莉90年代后期作品在文体与叙事风格上也有明显的变化，概括地表述就是，写实的成分在缩减，浪漫因素增加，传奇性、戏剧性替代"还原"成为她这一时期作品的主要特征。这种传奇性表现在很多方面。首先是故事的随机性、偶然性与虚拟性增加了。应该指出，池莉小说涉及的主要故事因素是爱情与婚姻，在80年代的作品中，她强调婚姻的稳定性，强调婚姻不是单个人的事情，因此，她突出的是"不谈爱情"，而是以个人的牺牲、调适去适应他人、对方，她把这种对婚姻的接受视作个人的"成人"仪式。正因为她强调个人欲望对家庭的服从，强调个人的责任与义务，因此她那时的作品中对个人性的冲动与冒险持否定态度，这无疑使她的作品增强了写实的分量，而很少表现出浪漫色彩与传奇性。《烦恼人生》中，印家厚与女徒弟雅丽的关系在通常意义上应该是三角恋爱或婚外恋故事中的一条线索，但《烦恼人生》恰恰是"反传奇"的，因此，雅丽的爱情就无从展开。在池莉看来"荣和辱、富和穷、相聚和别离、爱情和仇恨等，皆可以在瞬间转换"的，"人心似海"的现代状态正是一个"传奇"的状态或酝酿与制造传奇的状态，所以大致从《你以为你是谁》开始，她开始突出个人对既定状态的突破及面向新的可能性的冒险与挑战。人生的跌宕起伏增加了故事的随机、偶然及传奇性。陆武桥与宜欣的相遇、相恋在嘈杂、晦暗的现代城市背景里就像是一个王子与白雪公主的美丽童话。康传业在与段莉娜的婚姻搁浅以后，他没有像印家厚一样退守到家庭中来，而是选择了"出走"，他与林珠的婚外恋更是极尽浪漫之能事，使之看起来更像中世纪骑士与贵妇人爱情传奇的现代版。《小姐你早》中三个女人的结盟及其向男人的复仇故事其虚拟性"昭然若揭"，小说最后的那篇由孙记者编撰的《小姐说不，男士当心》的"拍案惊奇"，即对当代婚姻传奇性的模拟与反讽，而整个《小姐你早》又何尝不是一个新的拍案惊奇呢，因此，孙记者的这篇"拍案惊奇"正是《小姐你早》的一个传奇性的注脚。

后期作品的传奇风格还表现在人物性格的强烈对比上，如《来来往往》中段莉娜与林珠的对比，人物命运的陡转模式，作者在感情及叙事上的积极有时是武断地介入，对档案（如《午夜起舞》中对1965年国家所发生的大事的追踪记录）的征引，传奇故事的搀入加强了她的小说"杂"文体的叙事风格。而这一切的综合运用，已经在整体上改变了她早期作品以"还原"为特色的写实风格，而更接近传奇小说的品质。具体地说，池莉晚近几年的小说在一些外在的局部的因素上，如对环境（自然的物境、社会背景）的铺陈方面仍见写实的功力，但她作品叙事的内核——故事及对故事的展开方式——情节却越来越浪漫化、戏剧化、传奇化，尤其是她笔下的爱情故事几近于"罗曼司"的叙事风格，在故事原型上明显可以看出某些童话故事的深刻印迹。

需要特别指出的是，以上我们称为传奇性的那些变化的确构成了池莉在90年代后期小说创作的一大特色，但我们应该看到，传奇性只是池莉小说叙事体式与风格上的一种特征，而在精神上，池莉反传奇、反浪漫的基本特色没有变；或者说，池莉制造传奇恰恰是为了反传奇，制造浪漫是为了告诉你浪漫的虚妄，是为了否定浪漫，池莉在精神上似乎始终坚守着一条底线不肯移动：浪漫或许是人的天性，追求浪漫或许给人一个瞬间的斑斓绚丽的人生，但生活有自己的法则，而生活的法则很实际，有时甚至是残酷的，挣扎于生活这张"网"中，也就不得不接受生活法则的约束，而在强大的生活法则面前，人的能力又是何其有限啊。正是从这个意义上来说，我以为池莉的写作有一条一以贯之的"不变"的定则，即置身于生活之中人最终是被动的。这种宿命的生活观念似乎已经普泛化为一种哲学或者说一种世俗化的宗教弥漫于池莉的小说创作中。

《来来往往》是池莉小说中最具浪漫气质的作品之一，但就其实质而言，这却是一篇反传奇的都市寓言：康伟业厌倦了邋邋世故的老婆段莉娜〔这显然是一个谢惠敏（《班主任》）式的被强势的政治话语硬性书写的一类人物，一种典型的文化人格，她在社会转型期从性格到文化人格都将经历剧烈的震荡。若从写实的逻辑来处理，这是一个包蕴着丰富生活意蕴与历史内涵的典型人物的雏形，这篇作品的传奇笔法以及池莉一贯缺乏历史性的处理方式使她成为一个色彩杂乱的喜剧性的漫画式人物，讽刺性的叙述格调削弱，湮没了这一人物可能具有的丰富内涵〕，与一个精灵似的现代都市女郎林珠展开了一段欲仙欲死的浪漫爱情故事。若就爱情故事本身而言，它纯洁得似乎一尘不染，具有了梦幻般的童话色彩，作品也说"康伟业与林珠的爱情是空中的爱情，飞机里来飞机里去，电话里来电话里去，饭店里来饭店里去，上不沾天，下不沾地，如梦如幻，带着强烈的理想化色彩，似乎是不打算坠落红尘的"。但是康伟业与林珠并不是生活在一个童话的时代与童话的世界里，飞机与饭店替代不了王子的城堡与森林中的小木屋，无论互相将对方看得多么美好，康伟业不是王子，林珠不是白雪公主，他们"不打算坠落红尘"，无论如何也是做不到的。因此，他们的爱情越是浪漫，越是传奇，越是自我封闭，越意味着他们爱情之树走向枯萎与凋谢。质而言之，他们的爱情悲剧不是由哪个人造成的，不是康伟业，不是林珠，甚至也不是段莉娜，而是这个世界的现实原则：康伟业与林珠的年龄、心态、观念的差异，爱情是浪漫的而婚姻很实际，所谓"相爱容易，相处太难"，物质利益可以一时被忽略，不可永远被忽略——天下熙熙皆为利来，天下攘攘皆为利往，所以没有必要将段莉娜丑化为一个狠毒的后娘或狼外婆式的角色。通过康伟业与林珠的爱情，或者说通过康伟业对旧有婚姻的反抗、出走到失败（相伴随的则是期待、兴奋、失意、失落、失望、爱情理想的破灭这一情感经历）重又回归原点的故事模式，我们不难理解这一故事背后的语义逻辑：人心思动、思变、追求理想的爱情与浪漫的人生是"人之大欲存焉"，但婚姻是实际的，生活有铁一样严酷的逻辑，在实际的、严酷的生活法则面前浪漫的爱情与传奇人生只能碰壁而归。这一语义逻辑在作品中还有一个民间化的表述语言圈套，即饱暖思淫欲——一场风花雪月的事—曾经沧海难为水，除却巫山不是云。这一圈套正好对应于康伟业与三个女性——段莉娜、林珠、时雨蓬的关系。事实上是，这一包含宿命观念的循环故事模式牵制、主导着"来来往往"的故事情节的展开与演进，它表面上的浪漫化与传奇性，恰恰服务于一个反传奇的精神理念，传奇性是它的表，反传奇才是它的核与里。这种传奇性与反传奇的悖论性特征同样可以求证于《你以为你是谁》《午夜起舞》等主要作品。

原载《文艺理论研究》2002年第3期

论池莉小说的女性意识

——兼及新时期女性意识的多元型态

周利荣

在女性文学研究领域，对女性意识的探讨已成为一个不可回避的重大问题。这不仅是因为作家对女性意识的表达构成了女性文学的一个重要特征，而且女性意识的发展程度和水平与妇女解放紧密相关，可以说，女性意识的发展水平标志着妇女解放的程度，是衡量妇女解放的标尺。妇女解放的目标与人的解放和人类文明发展的目标——人的自由程度的提高和人的价值的全面实现始终一致。对女性意识的研究和探讨，不是可有可无的，而是具有重大现实意义和理论意义的问题。本文拟通过池莉作品所体现出的女性意识的个案分析，试对新时期女性意识的形态特征及对女性创作的影响做初步探讨。

1

女性和女性意识，是"五四"时期随着人的解放大潮才出现的现代话语，它们本身就包含着对前现代文化的反驳和背叛。在前现代社会，女性是没有性别意识的，女性对"我是谁？我要干什么？"这样具有哲学意味的人生终极追问，在其意识汪洋中是根本不存在的，古代妇女的生存实质上被纳入"家"

这一男女等级关系的空间里，依赖、服从、唯命，体现出女性生存的生物性特征。此时的女性实质上是"无性"的，女性的一切文化特征包括对女性的命名都由男性文化来框定。所以"五四"时期"女性"概念的历史出场构成了女性觉醒的起点。"女性意识"指涉女人作为人的社会性内涵而非生物性内涵。生物性是女人拘囿于家庭内部的生儿育女的生物性功能，生物性功能是无须为此提高认识或发展意识的，人对自身生物性功能的意识几乎是出于本能。女性意识则是女性对自身的文化处境、历史生成、社会地位、人生价值、权利利益、个性发展等一系列关涉人的主体性问题的深刻而清醒的认识。女性意识的核心是"女性自我"，也是女性对"我是谁"的终极追问问题。

池莉小说中所体现的女性意识，既是"五四"时期和20世纪80年代初期女性意识的长足发展，又与新时期先锋女作家的女性意识稍有差别，只是代表了新时期女性意识的某些方面。"五四"时期，中国女性由于受到个性解放以及民主、自由、平等、博爱等现代思想的冲击，才睁开蒙眬睡眼，眺望自己所处的这个世界，至此，女性意识开始觉醒，觉醒后的女性意识呈现出由低到高、由浅到深的发展趋势，女性对自身与外部世界关系的认识在深度和广度上不断拓展。女性意识的最初觉醒集中体现在对女性压抑的精神扩张和对爱情自由、婚姻幸福的大胆追求和讴歌上。长期承受封建意识形态禁锢的知识女性，初步认识到女性生命状态的不合理和不自由，探索与追求一种合理而自由的生命方式成为觉醒后女性精神之旅的第一步。与女性不屈的探求相伴生的是深切的精神苦闷与迷惘，女性觉醒了，她们在呐喊中向封建意识猛烈冲击时，也深感其厚重与坚实，女性越是执着地走向叛逆，越是陷入黑暗现实的层层包裹之中。丁玲的《莎菲女士的日记》，冯沅君的《隔绝》《旅行》等这些作品，均揭示出"五四"女性在追求理想爱情的同时与黑暗现实发生了致命的碰撞，女性的理想生存与现实生存之间产生一种难以磨合的反差，女人的希望往往成为悲剧性的失望。总之，这时期的女性作品，唱响了"爱情自由"的交响曲，确立了一种全新的、进步的、有利于人性全面发展的爱情婚姻观念——婚恋自由观，为女性意识的进一步发展奠定了基础。

新时期以来，女性意识的形态日益向多元化模式发展。20世纪80年代初，随着人的解放思潮的再次涌现，一批女作家在她们作品中所反映的女性意识与"五四"时期相比有了明显的提升。爱情自由、婚姻自主的观念已被纳入整个社会的意识形态范围里，被人们的思想观念所接受，女性已无须再为此像"五四"知识女性那样奔走呼号。此时女作家们探寻的目光已由婚姻家庭投向外部大世界，把追求事业、实现人生价值、创造生命辉煌作为其内在需求之核心，努力在开拓外部事业、实现人生价值目标的过程中与男子比肩。女性这样的内在追求不仅体现了人性解放的进步，也体现了女性希望与男性建立一种全新的关系，一种相互尊重、相互扶持、共同创造美好事业的新型人际关系。这种渴望成为一种集体意志和社会理想反映在当时的文学作品中。张抗抗的《北极光》、张辛欣的《在同一地平线上》以及舒婷的《致橡树》等作品很有代表性地反映了20世纪80年代初女性追求事业、追求实现人生价值的强烈愿望。这是妇女解放程度的扩展，是人性的提升，也是女性在不断反思自身的社会地位、人生价值的精神苦旅中意识的长足发展。女性意识的发展不仅是社会历史使然，也是女性不断反抗传统文化的框定与命名，不断努力进取的结果。进入20世纪90年代，女性意识的多元化态势已基本成型。

2

　　池莉作品的女性意识超越了前述意识发展的高度，主要包括两个方面：女性经济意识和个性独立意识，这样的女性意识反映出新的历史时期一种全新的思维高度和创作趋向。确实，新时期女性文学，在20世纪80年代中期有一个微妙的转变，那就是由对人生价值的认识转向对两性关系的探索。荒林曾对此有切中肯綮的论述，"社会理想表达偏向于两性关系的思考，妇女解放问题从人的解放问题中抽离出来……"[①]，这确实在一定程度上道出了女性创作的实际。张抗抗等一代女作家对女性追求价值实现的社会理想的表达与当时男性创作的主潮相一致，即共同寻求人的发展、人的解放和人性提升，所以丝毫感觉

---

① 王光明、荒林：《两性对话：中国女性文学十五年》，《文艺争鸣》1997年第5期。

不到一种潜隐性的两性对立情绪。自张洁创作《方舟》始，王安忆、铁凝、池莉以及后来的徐小斌、陈染、林白、张欣、徐坤等纷纷将笔锋投向两性关系领域，对女性的经济处境、文化处境、女性欲望与权利的合理性以及生存方式的合理性等提出了全面疑问，显露出了女性启蒙的特征。然而，新时期女性创作无论是作品风格还是就精神题旨而言都是多元化的，对女性意识的表达也趋向多元化态势。在此，笔者仅以池莉作品女性意识的两个突出点为核心试对新时期女性意识的多元形态作一具体论析。

（1）女性经济意识

对女性经济意识的探索是池莉作品精神题旨的一个重要方面，也是其有别于其他女作家的突出特点。女性经济意识是指女性对自身在家庭生存与社会生存中经济状况、经济地位的认识，以及对经济地位的决定作用与相关问题的深切认识。这在其他女作家的作品中表现得不很明显，唯有池莉在探索两性情爱关系、家庭关系以及社会地位等问题时，表达了一种经济决定论的观点，即认为是经济地位决定了两性的家庭地位和社会地位，导致了两性关系实质上的不平等。这与法国女权主义者西蒙娜·德·波伏娃的观点不谋而合，波伏娃认为："是经济压迫造成了让她处于被征服者地位和社会压迫。"①池莉《来来往往》《小姐你早》《生活秀》等这些作品中透彻地表达了这种探索思路。《来来往往》中的段莉娜、《小姐你早》中的戚润物都是非常精明能干的知识女性，在事业上也颇为成功，然而却遭到了大款丈夫的抛弃。段莉娜是民政部门的一名干部，戚润物是一名高级工程师，可以说这样的女性已不像20世纪80年代初张抗抗、张辛欣笔下的女性那样努力摆脱传统文化中的"贤妻良母"式的女性角色框定，而不顾一切地奔向事业，她们已经事业有成了。那时女性的痛苦与困惑来自自身社会价值的追求与男性家庭操持的要求之间发生的激烈碰撞，而20世纪90年代的戚润物们与男性的对立关系多来自男性在情爱关系上的背叛与伤害，这也确实反映了当代人现实生存之一隅。在探讨造成女性遭弃的艰难处境的深层原因时，池莉清晰地反映出经济决定论的思想认识，这在她

---

① 西蒙娜·德·波伏娃：《第二性》，陶铁柱译，中国书籍出版社1998年版，第59页。

作品的情节设置上表现得非常清楚。段莉娜在得知丈夫康伟业有婚外恋之后，做出了一个重大决定就是想方设法地挣钱。戚润物也有着由一个高级工程师变成了一个企业界骄子的相似经历，可以看出两性之间的婚姻矛盾实质上成了经济权力的角逐。这样的社会现实一方面受商品经济大潮冲击所致，另一方面也是社会历史发展的必然。从古至今，女性从未在经济上获得过一种主导的地位与合理的权利，即使"五四"时期部分知识女性在作品中反映了一些女性在经济、物质领域的反抗与斗争，但远未能像当代女性这样不仅能够在经济上独立，而且能在商潮中搏风击浪、一较高下。意识的发展决定现实的发展，社会现实的发展也有赖于意识水平的提高。池莉作品中所反映出的女性经济意识，有利于冲毁女性对家庭、对男性由于历史文化原因所形成的根深蒂固的依赖心理，有利于女性的自强和生命形式的创新。

池莉与王安忆探索女性生存艰难处境的文化反思意识不同，王安忆更注重开掘文化惰性力量对女性生命力的制约。在《姊妹们》中这种理性的文化反思倾向表达得非常浓重，传统村落文化氛围中的女性生命，循环着一辈又一辈人的生活轨迹：长大—嫁人—生孩子，这样的生命模式单调而又亘古不变。《我爱比尔》则反映了一个深受西方文化影响、观念超前的现代派女性如何在中国文化环境中走向毁灭与堕落，表达了文化错位对女性生命的戕害。池莉也与张洁在《方舟》中表现的不满于男性世界以及男性中心文化的女权意识不同。在《方舟》的卷首语中，张洁愤懑地写道："你将格外不幸，因为你是女人。"20世纪90年代以来，女权意识在女性文学作品中是个突出的现象，陈染、林白、赵玫、徐坤等新一代女作家，自觉地接受西方女权主义理论，她们的作品明显表现出对男性世界的对立情绪和对男性中心文化的冲击、解构力量。其笔下的大多女性要么"自恋"，要么"嗜杀"。林白在《青苔》中塑造的红荔以及《致命的飞翔》中的北诺，都以残忍的手段仇杀男人。从心理学上分析，"自恋"情结蕴含着女性对男性世界的失望和排斥的潜意识心理。而"嗜杀"情结则是女性对男权意识、男权文化的砍杀和摧毁的潜意识表露，是女权意识最激进的表现形态。池莉与这些女权意识颇为浓重的作家相比较，就显得平和、沉静多了。

（2）个性独立意识

个性独立意识是女性自觉的要求在经济上、心理上、精神上和人格尊严、社会角色塑造等方面摆脱对男性的依附性，而趋向自主、自立与自强的一种意识特征。"五四"时期女性的个性独立意识眼界比较狭窄，视点也大多聚焦于婚恋自主上，所以说它的层次较低。新时期以来，个性独立意识在女性文学作品中高层次、广范围地播撒开来。无论是自戕型女性，像方方的《从你的开始就是你的结束》中的黄苏子、王安忆《我爱比尔》中的阿三、铁凝《大浴女》中的唐菲，还是自恋型女性如林白《一个人的战争》中的多米和陈染《私人生活》中的倪拗拗，以及积极进取的事业型女性如张洁《方舟》中的荆华、柳泉等，这些不同的女性形象都有一个共同特征：那就是她们在对自我内部精神世界的占有以及在向外部世界的开拓方面都拥有至高无上的自主性。虽然这种自主性受到了来自社会、文化以至于男性的强烈挤压，但是仍执拗地在她们身上表现出来。池莉笔下的女性形象也具有这一特征，她们可表述为"生存型女性"，之所以如此命名，一在于这些女性只是普通市民，实实在在地为生存而忙碌着；二在于池莉也着意侧重表达了女性生存状态的一面，表现女性生存的艰难与不易。《你是一条河》中辣辣那种富有弹性的生命韧力和倔强的生活独立性，体现出女性那种自强、自立的内在精神气质和生命强者的人格风范。段莉娜、戚润物都是在两性关系中表现她们主宰自身命运，开拓生活空间，发展生命潜质，在抗争中求进取的精神特质。来双扬则最能代表池莉对个性独立意识的倡扬。来双扬是吉庆街夜市卖鸭颈的女老板，离异寡居，天生丽质又气度不凡。照常理这样的女人往往会纠缠于男女关系之中不能自拔，然而来双扬不仅在事业上应付自如，孑然独立，而且在各种复杂的社会关系和个人情感关系中，竟也能应对自如，得心应手。她要回了来家在历史上被充公的老房子，不失尊严而又巧妙地处理了同大款卓雄洲的两性关系，调和了与兄嫂、弟妹、后母的亲情关系。通过来双扬的形象塑造，人的主体性精神气质被凸显出来，而这种主体性、自主性也正是个性独立意识的最高境界。主体性在封建社会是男性所独有的，女人只具有他性特征，即总是围着男性意志在打转。池莉赋予她的女主人公们一种主体性精神气质以及一种强者风范，不仅有利于弱化男性文化对女性的角色塑造与命名，也有利于重塑女性自我形象，从而达到实现女性的全面提升和妇女精神解放的目标。

池莉是独特而尚实的，当许多女作家致力于探讨两性关系中女性性意识、性要求的合理性，而进行一种意识形态的解构与重建时，池莉却立足于生存需求的实际，力主女性生存中的经济独立和个性独立，而绝少涉足性领域的深层文化探讨。女性性意识可以说是20世纪90年代女性文学中女性意识表达的一个方面，"假如说八十年代女性文学对男女平权的文化要求，着意于人格独立、价值尊严的话，那么，九十年代的女作家们以直接要求，从速改变性文化上的性别歧视，消除性侵犯、性骚扰现象，把应该属于女性的性权力还给女性"[①]。盛英这段话确实道出了20世纪90年代女性文学的一个现象。从王安忆的"三恋"，铁凝的"两垛"到陈染、林白、赵玫等笔下大量直接书写女性性意识、性心理的作品，都反映了当代女性在不断反思、探索女性生存的合理性时，对传统男性中心文化的解构和意识形态重建的姿态。

3

池莉作品所体现的女性经济意识和个性独立意识对女性的现实生存更具有指导性和可效仿性，这种倡导把女性由狭隘的家庭生存空间导向广阔的社会生存空间，使女性从外在经济要求到内在精神心理要求完全融入社会。而张洁、王安忆、林白、陈染等女作家在文化反思意识、女性性意识和女权意识等方面的开拓，更具一种文化启蒙特色，她们无疑会对女性的全面发展起到促进作用。然而，我以为女性文学中无论是女权意识的大面积露头，对女性性权力意识的倡扬，还是池莉所表现的女性经济意识和个性独立意识，它们所表现出的文化解构与重建姿态，均具有双面效应：一方面，解构男性中心文化价值体系中那些不合于时代的观念，而重建一种适于女性生存与发展的文化价值系统，无疑是值得肯定和赞赏的；但是另一方面，这种女权意识的倡扬过度，势必导

---

① 盛英：《中国女性文学新探》，中国文联出版社1999年版，第127页。

致一种男女两性关系在文化上的对立势态，这也恐怕不是女性文学创作的初衷。女性文学的价值目标应是寻求两性文化系统的和谐与完善，寻求男性文化对女性亚文化价值体系的认可与接纳，最终实现共同人性的发展和人类生存的日趋美好，这才是女性文学的终极目标之所在。而20世纪90年代女性文学中的文化对立情绪显而易见，并对创作构成了严重的不利影响。比如，池莉笔下的男女关系都是一种尖锐对立的关系，没有理解与和谐，没有信任与扶持，只有冲突与对抗。她笔下的女人对男人处处设防，步步设垒，处心积虑地与男人抗衡。不仅池莉，20世纪90年代女作家大多有这种文化上对立的潜意识心理。徐坤就曾在《女性体验小说》序言中愤然写道："当看到权威话语在谈到女性写作并得出结论时，都在近乎一致地提出要将女性写作'提升到高度上去'。只是不知，一直都在高度中孜孜矻矻攀升着的'我们'，其内在和思想何曾与人类整体文明精神高度相悖？如果没有背离，那么究竟何处又是女性写作的灯？何处才有女性写作那烛照的光明？"[1]徐坤的这种心态是很有代表性的。

那么，它到底对文学创作造成了什么样的不利影响呢？首先，导致小说创作的思想内涵流于偏狭。《来来往往》《小姐你早》《生活秀》等小说在倡导一种全新的女性生存模式时，基本上放弃了对男性人物的公正塑造，更不用说采取一种宏阔的政治、经济大视域范围来表现男女关系了。女性文学不应该只把关注的目光投向女性，它应该以"人类性"的视角写作，而不应该仅仅以"女性"的视角写作，只有这样，作品的内涵才会深邃而丰厚，才会形成一种人文关怀的气度与风范。我看当前女性文学的缺憾就在这里，它的启蒙理性只针对女性而排斥男性。另外，女性作家在文化上的对立心态导致女性小说道德意识的严重缺失。道德是一种关于人的行为规范的价值判断系统，女性小说在关注女性生命、重建某些价值规范的同时，必然触及一些不合理的传统价值观念，这是需要肯定的，然而，这并不等于女作家可以抛弃道德意识，无视文学与伦理学内在的深刻联系，以致走向道德意识的彻底沦丧。来双扬为了收回来家的老宅，不惜损害九妹的一生幸福，把她嫁给张所长的傻儿子作为交易；为

---

① 陈染编选：《女性体验小说》，北京师范大学出版社1999年版，第17页。

了减轻其弟来双久的毒瘾折磨，她不顾法纪，把毒品藏入一串串香蕉中送进戒毒所，躲过了执法人员的检查。这样的人物损人利己，无视国法，作品非但没有丝毫的菲薄谴责之意，反而在情感取向上模棱两可，躲避判断。又如戚润物为了报复丈夫王自力，竟然投其所好，让艾月用美色勾引他。这种自轻自贱、丧失人格、以恶抗恶的做法，不仅反映出女性亚文化潜在地敌视男性的对抗心理，同时造成了道德关怀视界的严重缺失。20世纪90年代女性文学中道德意识的缺失是相当普遍的，阿三、北诺、唐菲等这些女性形象无不出卖色相，以恶抗恶，缺乏一种道德清明带给人心的一线光辉。我仍然以为女性文学应是寻求两性和谐的文学，应是净化灵魂提升精神的文学，应是批判阴暗与揭示光明并存的文学，而不仅仅是女性启蒙的文学。女性启蒙固然没错，但它需要扩充视野，丰富内涵。

总之，池莉小说的女性意识作为新时期多元化女性意识之一脉，是现代女性的现代意识的真实反映。人类意识的发展是无止境的，随着社会历史的进步，女性意识一定会与男性意识日渐融合而走向和谐。伊格尔顿曾说："虽然对妇女的压迫确实是一个物质的现实问题，是一个生儿育女、家务劳动、职业歧视的不平等工资的问题，但它并不能仅仅归纳为这些因素，它还是一个性思想意识的问题，是男性统治社会里男女如何考虑他们自己和对方的方式的问题，是从极其明显可见的外表到这深层无意识观念和行为的问题。"①的确，男女两性之间的关系不仅仅局限于表层的物质关系，而实质上是一种深层的文化关系，这种文化关系的特征是男女两性之间具有稳态化的无意识思维和行为的交往方式。这种方式要想得到改变并非一朝一夕所能实现，而需要女性意识和男性意识在对立统一的互动关系中共同发展，这就需要女性文学研究采取广阔视域，把男性意识也纳入其中，对它进行历史的、文化的深层探讨，促其与女性意识共同发展。

原载《陕西师范大学学报（哲学社会科学版）》2002年第5期

---

① 特里·伊格尔顿：《当代西方文学理论》，王逢振译，中国社会科学出版社1988年版，第215页。

观看男人的三种眼光

——池莉近作的女性视角及其意义

魏天真

女性文学批评早就注意到这个问题：在男性中心的社会里，女性存在的重要特征之一就是她们从来都处于被观看的地位，只能以对象或客体的方式存在。所以，女性文学比一般的文学创作主体更为关注两性关系，更为关注此中女性的受动境遇：她在男性眼中的样子，她如何按照男性眼光塑造自己，她如何冲击或者企图冲击男性视野，她在现实男性眼中的样子如何由男人眼光的历久锻造而来，等等。这些都可以从20世纪的女性创作中举出一串有内在关联或承续性的例子①。它们多方面地揭示了女性的觉醒和反叛、弃绝与隔离、探询与重塑的真实状态。但是，贯穿其中的一个共同特点值得警惕：这一切始终是以批判和抵抗男性中心的姿态出现的，它似乎意味着离开了男性参照，女性言说便由于丧失支点而无从显现。池莉虽然也跟众多女性作家一样注重两性关系，但我以为她的叙述态度在很大程度上摆脱了上述被动性，在写作中自觉选择与男性的眼光对垒。她不像其他女性作家那样有意无意地让女性成为男性视野中的女性，相反，她热衷于设置另一种情境，把女性变为观看他人特别是

---

① 李洁非：《"她们"的小说》，《当代作家评论》1997年第5期。

观看男人的主动者。也许正因为如此，她的创作被人界定为非女性写作的范例①。我以为，她固然没有明确的女性主义主张，也不像其他女性主义作家那样大肆张扬自己的女性立场，但是她的写作却凸现出某种强烈的女性特征。这种女性特征不是拘泥于表达女性自我的封闭或偏执的内心状态上，而是努力培育女性的狂放进取精神和掌控现实的禀赋；不是着意倾诉和洗雪女性的意愿和沉冤，而是显明女性叙事与男性言说相抗衡的能力。

在池莉的小说中，叙事的展开在某种程度上同样依赖于两性内在或外在的紧张关系（男人与女人的行为和思维方式的冲突）。但是这种紧张往往是因为女人由被动变主动而产生的，或者说，因为女人由被男性观看到她肆意观看男性而赋予了两性关系的紧张以新的内容和意义。池莉一系列反响强烈的中、长篇小说如《小姐你早》《致无尽岁月》《来来往往》《生活秀》《怀念声名狼藉的日子》《看麦娘》等，都体现了这一特点，我从中找到了女人"看"男人的三种眼光或三重视线，为了方便阐述不妨按照叙事学的理论把它们归结为三种不同的叙述视角：一是《小姐你早》中的女性主人公的视角，二是《看麦娘》中的女性主人公兼叙述人视角，三是《来来往往》中的女性叙述人视角。这里需要申明：第一，一个文本有时并不是只有单一的视角，不同的女性视角常常在不同的层面上发挥它们的功能；第二，我强调这些文本的女性视角和叙述人的女性身份，不是——至少不仅仅是——由于作家本人身为女性，而是由于文本所体现的女性特征及其审视男人的意向。②

---

① 戈雪：《非女性写作的两种范本——试论方方、池莉小说创作艺术个性的分野》，《文艺评论》2000年第3期。

② 埃莱娜·西克苏认为女性作者只能写女性，因而其文本必然是女性的。但笔者倾向于伊莱恩·肖沃尔特谈到的观点，即任何文本都是有性别的，但不一定与作家本人的性别——对应。参见《从无意识场景到历史的场景》及《我们自己的批评：美国黑人和女权主义的自治与同化》，二文均载于拉尔夫·科恩主编的《文学理论的未来》，程锡麟等译，中国社会科学出版社1993年版。另，中国当代女性文学研究者也有认为，既存在女性作家叙事视角男性化倾向，也有男性作家取女性叙事视角的例子，参见张岩冰的《女权主义文论》，山东教育出版社1998年版。

1.女性主人公视角

进入池莉的叙事文本，就会发现它们对普通读者最有吸引力，对阅读惯性最有冲击力的是女人直视、逼视男人的眼光。女人总是在突如其来的变故前睁大眼睛，这没有什么特别的，特别的是作家以各种方式把突然的变故从故事的自然进程中截取出来，反复地推到读者眼前，呈现女人遭受打击之后的第一反应：她们总是带着猝不及防的震惊、迷惑、悲愤看着眼前原以为再熟悉不过的男人。她的目的，在于展示女人眼神由错愕到重新恢复意识的过程。女人错愕地面对给自己带来伤害的男性，这时尽管她在看男人，但是她主要是被看，像特写镜头一样被读者看。紧接着男性要离开——男性总要离开，女性的目光在追随离开的男性时发生了变化，这种变化也许意味着痛苦的觉醒，也许意味着新的失落。无论如何，读者本来在端详这个女人，现在则顺着她的目光去看那个男人了。变故其实是一个契机，扭转女性被动地位的契机。

《小姐你早》讲述年龄、阅历、性情各不相同的三个女人合谋报复和惩罚男人的故事。女性主人公把眼光投向男人，是始于她被男人伤害。倾诉受伤害的程度不重要，重要的是在女性主人公的注视中，男人由偶像一级跌落到丑类一级，这就说明了创痛的刻骨铭心。这样的创痛使她眼中的这一个男人很容易就演变成整个男性，使她看任何男人都带着一种要揭开他的画皮似的眼光：

> 戚润物静静地坐在"麦当娜"夜总会的二楼，挑的是一张最不起眼、观察角度却是最好的小桌子。
>
> ......
>
> 在"麦当娜"的六次，戚润物有三次发现了王自力。王自力和所有男人一样，以大大咧咧的主人翁姿态走进来，敞开西装，半歪半躺，十分地放松，就像在自家后院里晒太阳。坐台小姐过来，要么倚在他的身边，要么坐在他的膝盖头，她们半跪着给他点燃香烟，当他有兴致的时候他就一遍又一遍地将火苗吹灭，没有兴致的时候便让小姐一次点燃算了。王自力唱卡拉OK的水平已经很高，高到了令戚润物惊讶的程度，因为王自力

原本五音不全，十几年来从来都羞于唱歌。在戚润物的印象中，那还是早些年的时候，王自力最多在洗菜的活动中，趁水龙头放得哗哗作响之机，从喉咙深处细细地挤一点点歌声出来。当然，现在的王自力还是谈不上会唱歌，但是胆量之大可能是第一流的了。他公然敢与歌喉训练有素的小姐对唱"我的思念是无法触摸的网，我的思念不再是决堤的海，为什么总在那些飘雨的日子，深深地把你想起"。这种有拖腔的柔情歌曲把王自力有先天缺陷的情感和嗓子都暴露得一览无余，王自力却还懵懂无知，气壮如牛。尽管灯光是迷蒙的，陪唱小姐的无奈和应付还是被戚润物看了一个清楚，她简直为王自力感到羞愧难当。她完全迈不开脚步去质问王自力。

本来，这种情景尽管丑陋但并不罕见，现在发生在特殊的对象身上，出现在满心愤恨的特殊的观察者眼里，成了恶劣得不堪入目的画面。也正因为随处可见，也就使得女性主人公对特定男人的愤恨很快地、自然地转变成对所有男性的憎恶，于是"王自力"成了"王自力们"：

> 王自力们一进夜总会就像进了男人的澡堂子，松松垮垮，摇摇晃晃，打酒嗝，乱抽烟，瞎跳舞，胡唱歌，摸小姐，随便吐痰，就地撒野，完全是天不管地不收不招人爱不惹人疼失去了蓬勃生命活力的行尸走肉。戚润物发现了这一点，她的心脏疼痛得直哆嗦，比她发现王自力与小保姆在一起的时候更加疼痛。因为她是鼓起了勇气来与王自力计较的，结果她发现王自力已经根本不值得她计较，王自力已经腐烂。而在此之前，戚润物还在爱着王自力。他是她的丈夫，是她孩子的父亲。其实他已经什么都不是。

在王自力所在的环境中，所有的男人都是王自力，所有的王自力集中于此处的恶劣景象又强化了她对特定的那一个王自力的观感，然后她又把这种感觉挪移到更多的男人那里，于是她与男性、与整个世界的对峙就这样形成了。

上面的三段引文在小说中几乎原封不动地被使用了两次，一次在讲述的开始，一次在故事进展的中间，标志着主人公的态度和行为的转机——由"男人糟透了，女人只有哭"到"顿悟"："要把离婚变成狠狠打击王自力的有效手段"并"通过打击王自力起到打击所有这一类男人的作用"，再到物色糖衣炮弹三人联手行动。所以主人公声言王自力（们）不值得计较并不是真的，否则她们不会这样精心地策划行动。所谓不计较是因为她们明白了过去所见的王自力们是假象，根本不存在的，也就无从计较，而真正的王自力们都是活该受罚的流氓恶棍。故事由叙述人引用一则新闻——记者对故事的报道——结束，以便印证她们的行为的确达到了目的。不过叙述人在结尾现身的意味显然不止于此。小说虽然以第三人称全知方式叙事，但叙述人一直潜隐着，对主人公的言行一直采取一种"不作为"的态度，任由女性主人公带着自己的情绪情感打量并且处置男人，这种听之任之的态度实际上默许和鼓励了女性主人公视角的存在，否则她用不着在故事完结以后特意来个"后续报道"。有了叙述人的这种支持，戚润物们的眼睛落在男性身上的任何一个地方仿佛都击中了现实的要害，任何一位（女性）读者都能从中找到与自己的经验、感知相契合的地方，并且产生某种快意或满足。

2.叙述人兼主人公视角

如果说以女性主人公视角观看男性，必然带着某种主观性的话，那么以叙述人视角来看会是什么效果呢？对叙述人来说，整个故事都在他的视野中，他可以而且应该跳出主人公的具体情境，不受主人公情绪态度的影响，所以他的讲述更理性更客观，所看到的也更全面更可信。但是当这个叙述人同时是故事的主人公时，情况又变得复杂起来。《看麦娘》（《大家》2001年第6期）采取的是叙事者与主人公合一的视角，女性主人公"我"在6月21日这一天直觉到养女出事了，就不顾一切去北京寻找女儿。这一行为引发了一系列与丈夫的冲突，冲突使丈夫的许多被掩盖和忽视的秉性被揭开被暴露，于是她开始清理、反省自己对丈夫的看法，也借机重新打量其他男人。正因为"我"既是故事的讲述者，又是亲历者和见证人，"我"所说的一切不仅是真实的，而且是

"我"非说不可的。"我"是主人公，"我"如何看待男人基于"我"的切肤之痛和对环境的直接反应；"我"又是叙述人，希望自己的讲述有人倾听被人相信并得到共鸣。所以身兼叙述人和主人公，"我"除了打量男人，还必须检视自己的目光，因为看走了眼就会损害到作为主人公的自我的利益；除了评价男性，还得反省自己的态度，因为叙述人的声音需要得到他人的认可；既要遵从作为女性个体的内心情感，又要尊重作为讲述对象的读者的普遍意志，所以"我"一边看男人，一边在努力激起读者的反应和同感。例如，"我"已经打定主意，而"他"却习惯性地想操纵"我"，于是"我"看见"他"：

> 于世杰拿起皮包和车钥匙，拍了拍我的肩，拉起我的手，对我迁就地微笑，做出了带领我前行的姿态。看于世杰那感觉，他以为他的姿态对于我来说，绝对是不可抗拒的。

在展示"他"的形态时，俭省的动作描述已经突出了"他"习惯性地支配他人的居高临下的态度，因此后面的语气尽管是"我"的揣测，事实上是不容置疑的，不由得读者不认同她。叙述人把作为女性的自我最敏感的一切置于前景，不仅让男人的外表尽收其眼底，也让读者和她一道探知他的内心；不仅明了他正在说什么，还预计到他将要怎样说。但她并不戳穿他，只是观看。其意图则是：等着瞧吧，我说得没错！接下来读者会看到什么呢？是一个当所有冠冕堂皇的、以往十分起作用的理由都不管用、不得不说真话的男人的模样：

> 于世杰咳地叹了一口气，眉头皱了起来，"川"字形的竖纹里，暗藏着屈辱和悲愤，因为他被迫招供了不该招供的秘密。

女人不戳穿他、容忍他，是出于女人的宽厚与爱怜。但作为讲述者，她给自己在故事中留有余地，在被男人逼入绝境时，她还可以从容地看透他，同时证明自己在故事中的形象改变是迫不得已的，责任在男人身上。果然，最后"他"翻脸了，勃然大怒、大吼大叫并且以一句下流话结尾。这时她看到了，或者"他"一贯的模样与"他"此刻的言行之间的张力使她注意到了，更大的可能是她有意要"看到"这些：

　　于世杰打深色领带，着白色西裤、米色皮鞋和白袜子，腋下夹一真皮公文包，皮带上拴着手机，身上有淡淡的法国圣罗兰牌木香型男士香水，手腕上是劳力士。劳力士金表当然是悄悄在北京秀水街买的，不过使用两年了，走时还很准，镀金也不怎么掉。于世杰的穿着打扮是一副争当绅士的派头，其派头里流露出孩童般幼稚的虚荣和可爱。可惜一旦穷途末路，他的时尚外表就被他自己撕毁了。

　　当"我"作为主人公时，毫不掩饰自己女性的直觉：即便是对第一次见面的男人，"我"也能一眼看透，给他定性，以后的观察则多半是印证最初的直觉。例如对郝运——

　　这男人看上去也就是三十五岁左右，故意装老，穿中式大褂，胸前横了十几道盘扣，下面是军裤和中式老头鞋，老头鞋是软牛皮的，脖子上还挂了一只银链子的怀表，眉眼长得酷似生病的猴子，一口油滑的京腔。我真的不喜欢郝运。在三十五岁左右以后的人群当中，兔唇已经很少有了。兔唇豁嘴，天花麻子，小儿麻痹症瘸子，麻风面容，这样一些标志国家贫穷、人民健康水平低下的疾病，应该在五十岁以上的人群中比较多见；而年轻的郝运兔唇缝合，加上他的穿着打扮和长相，似乎在张扬他的残缺，给人一种故意给历史抹黑的感觉。

　　直到最后，这个人给"我"的感觉还是这样，低迷、猥琐，不管他是不是大老板，不管他在京城的名头有多大，在"我"眼里，他是一个可怜虫。同时小说中有许多诸如"我说过""我原来以为""从一开始"的句式，这是叙事人"我"在讲述故事时检视、反省自己的态度，也是对主人公"我"在现实生活的进程中不得不改变、调整打量男人的方式的交代。从上面的引文还可以看到作为叙事者的"我"看男人，有许多的评价，不像纯粹的女性主人公看男人时只持个人态度，对男人的评判也只是她们的感觉，比如戚润物在那个时刻感到"世界糟透了，女人只有哭"，比如另一个主人公李开玲的质问"这些男人为什么平白无故地就把你伤害得体无完肤呢？"诸如此类都是个人性的比较武断的语言。作为叙述人的女性主人公评价男人时常常是推理式的，具有相当的说服力。它们着意于刺激（女性）读者的感觉，引导读者对男人的认识达到"我"的预期目标。

3.叙述人视角

与叙事人兼主人公视角不同的是，这里的叙述人对故事的操纵权力更大，叙述更为自由，既能深入男女主人公的内心深处，又可以按照自己的意图掌握故事的进程、调配人物、处置情节；与主人公视角不同之处则在于，前者是叙述人听凭女性主人公按自己的方式去看男人，这里是叙述人把自己的眼光附着于女性或者男性主人公身上，因而传达给读者的男性形象至少在某种程度上体现了女性叙述人的意志。

简单说，可以把《来来往往》概括为一个男人的婚姻纠葛以及他和几个女人之间的情感故事。但是因为叙事的目的是"观看"男性，所以故事只是女性观看行为的物化结果，故事讲述者始终将自己附着于主人公身上打量男性。当她把眼光附在男性主人公身上时，看的行为表现为男人在女性的视野中看自己，是他的自省与自谴。我之所以断定他处于女性视野中，当然不只是根据他的显在身份，而是根据叙述人设置的情境氛围，可以使读者感觉到男性主人公的自省自谴，是他（在女人面前）给自己的行为寻找理由——其实是给堕落寻找借口。这时他"看"的是男人的某个行为过程：一面是男人在看自己——看自己的隐衷或苦处；一面是女人在看着一个男人如何看他自己，看这男人如何理由十足地堕落——

时雨蓬是太年轻了也太现代了……走到哪里都惹得人看她。康伟业不是小青年了，也不是早年蹲过监狱后来暴发的生意人，他的西装革履里头总归是有一股脱胎于机关干部的味道，再说他的年龄与时雨蓬的年龄差距也是十分明显的，当他们俩走在一起，商店里总有人拿异样的眼光追踪他们，柜台上售货员也客气礼貌得可疑。康伟业发现人们的眼光之后便不舒服起来。他知道人们把他当成了什么人，可是他并不是那种人。然而他又不可能对每一个注意他们的人解释什么。

这一个情境有这么几个层次，最核心部分是男主人公跟他的新女伴（时雨蓬）在一起，他感到人们异样的目光，在揣摩人们对他俩尤其是对他自己的看法，他不安；第二层是周围的人在看他们，正如男主人公所感觉的那样；第三层也就是外围是现在的他在看，当时他被人所看并且不安的情境。为什么说女性叙述人的眼光附着在他身上呢，他看透了自己，也承认了他人的看法，可是他特别突出自己在当时当地的苦衷——不是人们眼中的那种人，但是无法解释。而事实是他最终还是成了人们所怀疑的那种人，他在为人们异样的眼光而不自在，可他已经是那种人了，那么他再向谁辩白，还有必要辩白嘛，所以只能解释为外围之外，还有一双眼睛在剥离他、透析他，使他无所遁形。

当叙述人把眼光附着在女性主人公身上时，表现为男性不情愿不自觉地暴露在女性视野中。这在第二种视角分析中已经得到了显示。一般来讲，叙述人视角所传达的情感立场和态度比采用其他叙述方式时更冷静，但叙事态度从来没有纯然中立的，仅仅是相对客观罢了。假如读者进一步把眼光集中在文本的语言特征或叙事风格上，就会发现当叙述人附着于女性主人公去看男人时，她的眼光总是充满对他的讽刺，而当叙述人附着于男人来看男人时，其态度体现为更为隐晦的反讽。先说讽刺：

> 康伟业还是十分固执地不许林珠与他一块儿出门。他总是瞻前顾后，探头探脑，总是觉得危险如影随形，这种举止和神态十分影响他的男子汉形象，使林珠为他感到十分难为情。康伟业说是一定要与段莉娜正式离了婚才堂堂正正地带林珠出去。干吗又要当婊子又要立牌坊呢？活得累不累

呀？当然林珠没有把这话当着康伟业的面说出来。林珠懂得男人爱听什么话不爱听什么话，康伟业对她够好的了。所以她必须管住自己的嘴巴。

女性主人公（林珠）越是不明说，越见出她的眼睛尖刻、犀利；她越是着意体谅男人，对他讽刺的意味越浓厚。

再看反讽。男主人公面对前妻的压榨，不由得想念起情人时的形象：先是"康伟业一时不知道怎么回答段莉娜，更不想看她。康伟业闭上了眼睛，揉着眉骨"，他头疼，他痛苦，他在思忖，在寻找对策、措辞，直到"康伟业把手从眉头上松下来"，他考虑好了。他考虑的什么呢？此前读者看见过，他和女主人公林珠缠绵情深，难以割舍。所以他的心理活动是次要的，行为是主要的，行为就是康伟业"看自己"的行为，他反省自己时更有为自己开脱的意思。在一般的全知视角深入主人公的心理的地方，这里的叙述人却附着于主人公，看他的行为，或驱使他看自己的情境。在这个情境里看自己在另一情境下，做另外的事，情有可原但绝非仅仅情有可原。他看到自己：

> 忽然很想让他们给鉴定一下林珠送给他的链坠的价值。从道理上说，康伟业知道自己这么做有点无耻，定情物是鸿毛泰山……并且人家女孩子也没有一点点夸耀它价值的意思，只说是一个吉祥物。可是人有时候就是无可救药，道理是懂的，无耻的事情也还是忍不住要做的。

读者也同叙述人一起看到了，看他做完了不好意思做的事情。如果这还构不成反讽，是因为叙述人准备着下一步，她的最终目的是让读者看他做完之后再如何看自己：

> 其实哪怕只值几块钱，康伟业也不会轻看了林珠的这份情意。但是他万万没有想到林珠待他是如此情深义重。情意的深浅不在乎钱多钱少，可钱的多少却可以衡量情意的深浅。金钱是很俗气，但是，它终归是这个世界上唯一比较科学的价值标准。

自嘲与解嘲，自责与开脱，感慨与自怜，全在其中。特别是在林珠最后离去时，叙述人把他的样子摆出来，反讽的意蕴又多了一层：林珠把他送的房子卖了，把卖得的五十万元揣进自己的腰包——

这举动多少有些冷了康伟业的心……如果林珠慷慨义气，坚决不要他的这笔钱，那康伟业就会绝对地五体投地地佩服这个女人，并将永远永远爱她。不过，虽说康伟业有点心冷，还是难免将来会萌发找寻林珠的念头，他认为一个男人的一生，得遇这么一个女子也是极不容易的。

当这些事实和心理从故事的线形次序中被拆解出来，又集中在男主人公曾经沧海、意兴阑珊之时，叙述人让他在曲终人散而尤有不甘的心境中回顾，精到地显示出复杂微妙、歧义莫辨、滋味丛生的反讽效果。

综观上述，池莉文本的女性观看男性如何采用不同的眼光或视角，是有规律的：丑陋的邪恶的男人，由女性主人公看。那些在生活中搏斗挣扎的女人大多在生活的底层，或者那些总是被侮辱和被损害的女人的男性对手大都不可理喻，因此对她们生活里的这些男人，叙述人是不屑一顾的。但是这不屑一顾并非由于他们在生活中物质地位的低下，而是其资质禀赋、精神趣味各个方面的不可救药（《小姐你早》《生活秀》中的男人）。那些由叙述人"亲自出面"对付的男人，是值得也能够在心智、意志、道德各个方面较量一番的（《来来往往》《致无尽岁月》中的男人）。而出现在叙述人与主人公合一的视野中的男人则介于二者之间（《看麦娘》《怀念声名狼藉的日子》中的男人）。这也对应着叙事视角的三个层次：主人公视角、叙事人兼主人公视角、叙事人视角。不管属于哪种情况，都可以看出叙述故事的主要意图，就是为了最真实地展示现实中的男人，给那些意欲观看男人的女人提供一个方便而且醒目的合法情境，引领那些无从观看无力观看的女人走进这一情境。叙述人热衷于讲述寻找失踪女儿、离婚、婚外恋以及其他离奇故事，因为这些特别事件、特殊的过程可以使似乎熟视无睹的男人重新醒目起来，可以让女人看得更真切、方便。

当然叙述人也让女人被看。居于叙事视角顶层的叙述人在写女人眼中的男人时，事实上是在"看"这些看男人的女人。但值得注意的是：叙述人看见的女人们，当两性处于极端紧张的状态时，她们之间，不论性格气质修养及人生经验如何不同，不论曾有多少冲突和过节，总能沟通，达成默契。例如乔万红的跋扈、世故、新潮、苛刻，上官瑞芳的痴迷、偏执、浪漫畸恋等与"我"完全不同，但相互之间最终达到深刻的理解甚至在精神上融为一体；而戚润物起初对李开玲的愤恨和敌视的程度，与后来对她的信任依赖程度几乎一样深；还有那个艾月，与戚润物李开玲根本不是一代人不走一条道，却也和她们达成最高的同情和同谋关系。所谓"姐妹情谊"在女人那里仿佛宿命般存在着。

前面提到，有论者将池莉小说视为女性的非女性写作的代表，我以为这个观点适用于池莉1990年前后的写作即她的"新写实"阶段。在对小市民及其他社会最底层人物的生存状况的描摹与开掘中，所谓的"零度叙事"也包含着她在尽力掩藏身份、性别以便潜入现实深处，她也的确是以"人"的眼光而非"女人"的眼光在打量世界，以"人"的理性和慈悲而非"女人"的情怀和激奋在探询生活。而按照女性主义的一般看法，男性中心的深厚传统一直赋予人们头脑中的"人"以"男人"形象，这样，池莉"新写实"小说中"人"的眼光其实就是男性视角了。从20世纪90年代中期以来，池莉叙事视角的女性化倾向越来越明显。如果说过去我们是从她的表达风格——主要是语言——体认她文本的女性特征，那么现在则是从叙事视角——从女性的立场看待男人/女人——认识她的文本的女性特征，以及她自觉的女性意识。因此，说池莉在"90年代中期之后""又一次把自己的写作视点下移"并且将它作为一种价值评判①，似乎有失公允，因为她的写作视点是"转移"而非"下移"了，何况已经低到了"零度"和"底层"还能下到何处呢？不过池莉写作视点变换的意义，并不在于她提供了新的反映现实看取人生的视角，而在于她的视角对今天女性生存处境的针对性，在于它对女性写作本身的贡献。

---

① 王庆生主编：《中国当代文学（下卷）》（修订本），华中师范大学出版社1999年版，第299页。

我们不得不承认，女性"看"的历史，女性的"看"的欲求、能力和行动的被言说，是多么稀有。女性观看男性在现实中即使不再是禁忌，也是盲目的无效的，连同她们的感觉和思想一起仍处于某种被湮没的状态。女性应有的存在状态当是她们有"看"的自由和能力，也有被"看"的权利和价值——正如男性一样，因此，通过女性对男性的打量、审视，对处于支配地位因而在言说中被夸饰、膨胀了的男性进行还原，通过女性的主动的"看"实现对女性存在的独特性和丰富性的表达，也是女性觉醒的体现。

　　因此我有理由将池莉的近作放在女性主义文学中考察，认定她的叙事冲动至少在某种程度上来自男人的生活方式、精神状态对其女性立场的刺激。应该说她的以审视男人的目光为基点的写作，与今天女性写作中被误用和盗用了的形形色色的"躯体写作"是根本不同的，或可称为眼睛加头脑的写作，同时也是对"躯体写作"的超越：说出自身的成长经验、发掘内心隐秘、关注自己的身体欲望和自我意识固然表明了女性的觉醒，但仅止于此的话，女性就只能局限于被看的客体的处境，而池莉的叙事文本表达和验证了女性由被看的对象向观看者转变的愿望和资质。这种转变即便有着偏颇和狭隘之处，也可以刺激女性主义理论和文学实践，进一步促使它们由隔绝到开放、由反叛到建设、由空论到行动并产生积极的影响。

原载《华中师范大学学报（人文社会科学版）》2002年第6期

人生无梦到中年

——池莉简论

张志忠

"苍茫"的现实与无奈的"梦"

在池莉的成名作《烦恼人生》中，有两个关键词："苍茫"和"梦"。

苍茫感表达了虽然平淡无奇却心有不甘的感慨，"梦"的反复出现，就进一步地揭示出这苍茫感的内容。作品是从梦中惊醒写起，最后又以浑然入梦为归结的。"昏蒙蒙的半夜里'咕咚'一声惊天动地，紧接着是一声恐怖的嚎叫。印家厚一个惊悸，醒了，全身绷得硬直，一时间竟以为是在噩梦里。"这是四岁的儿子从床上掉在地上引发的一场家庭骚乱。这意味着烦恼无穷的一天开始了。印家厚当知青的时候，有一个漂亮多情的恋人聂玲，苦恋的结果是劳燕分飞；他现在的妻子生了孩子之后变成"黄脸婆"，皮肤粗糙，不修边幅，泼泼辣辣；他当工人，操纵的是从日本进口的先进机器，经过严格培训，技术过硬，受人尊敬，令他为此自豪和满足，与这自豪满足相伴随的却是无处不在的生活烦恼。他的住房本来就很狭窄，"屋漏又遭连阴雨"，马上要拆迁，不知道新的落脚点何在；他的女徒弟雅丽，浪漫地对他单相思，饱尝生活辛酸的印家厚却避之唯恐不及，无法承受这份情感；还有那些琐碎却令人沮丧的日常小事，带着儿子赶时间挤汽车的艰辛，食堂吃饭吃出虫子的恼怒，在车间评定当月奖金时遭人暗算的不公正，因为无法兑现带妻子和儿子去吃西餐的许诺引发的愧疚，为了老人过生日送寿礼而囊中羞涩的尴尬，报考电视大学遭到厂里阻挠的愤懑……事不如意常八九，在这看似平平常常的一天中，印家厚的心底荡起了多少波澜！因此，在渡轮上，当文学爱好者小白称赞那首曾经流传一时的一字诗《生活：网》，印家厚脱口而出和曰："梦。"看似脱口而出，实则思虑已久。偶尔把肖晓芬误认作聂玲，是迷离恍惚的白日梦，更多的时候，他却是非常清醒的，"少年的梦总是有着浓厚的理想色彩，一进入成年便无形中被瓦解了。……他几乎从来没有想是否该为少年的梦感叹。他只是十分明智地知道自己是个普通的男人，靠劳动拿工资而生活。哪有工夫去想入非非呢？日子总是那么快，一星期一星期地闪过去。老婆怀孕后，他连尿布都没有准备充分，婴儿就出世了"。生活的负担过分沉重，甚至，连他在回家的渡轮上实实在在地做的梦，也毫无欢快可言，充满了苦涩和辛酸。在梦中都无法得到解脱，可见印家厚在现实中是如何不堪重负，但是，印家厚虽然饱经沧桑，却没有被平庸、琐碎、卑微所压倒，表现出顽强的生命韧性。从《烦恼人生》的第一个细节开始，在每一个挫折后面，接踵而来的就是各种方式的化解和排遣，在每一重烦恼之中，苍茫和悲凉中又透出缕缕温馨，是普通的工人、成年人印家厚借助于外力和自身的力量屡战屡败又屡败屡战的顽强抗争，在淡泊和达观中为改变自己生存状况所进行的不屈不挠的追求，是和相濡以沫的妻子共同承担起困窘紧张的家庭生活的孜孜努力。只是他超拔自我和改善生活的努力与追求，都没有特别的光环，都掩盖在他那克制和坚韧的外表下面，就像那位在山岩嶙峋之间，推着一块石头徒劳攀登着上山的西西弗斯一样，漫山遍野的岩石，与他奋力推动的那一块石头并没有多大区别，如果不是加缪煞费苦心把他超度出来，谁还会注意到这个默默无闻、貌不惊人的苦行者呢？

印家厚的理想，能够去读电视大学，能够给老婆孩子带来较好的物质生活，能够有自己的感情寄托和心灵空间，可以说，这是消褪了玫瑰色的浪漫，粉碎了虚无缥缈的幻想，非常世俗化的需求。纵观池莉的小说，十几年间，她始终保持了这种世俗化的姿态。她不唱高调，不去畅想海阔天空，也不作无病呻吟的文字，而是精心地细腻地表现惨淡人生的苦辣甘甜，展示那些"小市民"的真实生活，并且以此形成独特的创作风格。

他们"其实也就是我们"

《烦恼人生》的问世也许是偶然的。这篇小说曾经在几家文学刊物被退稿，是《上海文学》的编辑慧眼识珠，郑重地将其推出，并予以高度评价，使池莉一举成名。但是，池莉在文坛脱颖而出，有着内在的必然性。"春江水暖鸭先知"，时代氛围的悄悄转换，就是从崇尚精神生活、高扬理想主义的80年代，转向市场化、世俗化、城市化和物质利益化的90年代，使作家自觉地追踪和描述那些出身贫寒的市民的生活变迁。80至90年代之交，正是在市场经济和物质利益驱动下从理想主义到现实主义、从关注政治到关注经济利益与社群分化的转型期。池莉的作品即以表现这一时期人生的平常状态而豁人眼目。

现代化转型的过程，就是在市场经济大潮中相伴随的城市化、世俗化的过程，和市民社会的崛起。在武汉这样的九省通衢，近代以来最早一批对外开放门户形成的通商口岸，历史中层层淤积的市民传统和当前时代巨变所引起的社会阶层大调整大流动，以及相应的思想观念的撞击和整合，就格外地引人注目，具有了充分的戏剧性和喜剧性。这一变化从80年代末期以来，日渐明显，来势汹涌。但是，并非所有的作家都对这些市民抱有池莉那样的关注和赞赏之情。在革命年代里，被视作资产阶级和小资产阶级的市民气当然是要被无产阶级进行改造的。在启蒙主义和理想气息弥漫的80年代，其内在的精英主义价值观和知识分子使命感也必定是居高临下地俯视包括市民在内的芸芸众生的，比如刘心武大规模表现市民生活的《钟鼓楼》。像池莉这样，自觉地认同、热情地赞颂市民精神（池莉自称是自下而上地看待生活）的作家，恐怕只有"首善之区"的王朔、南国花城的张欣可以与之相比。被人不无贬义地称为"小市民作家"的池莉，曾经这样回击对她的不公正批评："'俗'这个字在中国文字当中本意不俗，意思是有人有谷子，有了人有了粮食岂不是一个美好世界？追求美好的物质生活，追求私有财产和个人权利以及对于这些追求与权利的法律保障要求，这是合理的人性，是有效管制人类的自私本性和动物性的最基本条件，是构建宏大辉煌的社会体系的最基本起点，也是将贫困庸碌的小农社会提升为健康向上的市民社会的必需途径。追求、创造、认识和驾驭物质生活是精神世界提升的前提……是谁在支撑中华民族？是最广大的人民，是最真实的普通市民，是我们九死不悔、不屈不挠的父母兄弟。正是他们在恶劣的环境里顽强地坚持了对于生活的热情才有了今天的我们！"[1]

池莉体会到市民阶层对于现实的支撑和推动作用，她毫不隐讳地宣称，要为他们申辩，要和他们站在一起，并且宣布说，他们其实也就是我们，"因此，我当然认为文学的因素在他们这里，几千年以来就在他们这里，今天依然在他们这里。更重要的是，他们不仅仅是他们，其实也就是我们。新中国成立以来，亿万人民地位同等，生活同等，思想方式同等，没有谁能够逃逸，当然也包括了文化人。是的，我们卑微，我们像蚂蚁，我们像葵花——必须统一地朝着太阳转动。我们谁能够不是小市民？谁能够不出没于市井？你以为你是谁？刚刚提着裤子从臭气熏天的公共厕所出来，就装出一副精神贵族的模样，说：你们这些小市民吗？说实在的，这种虚伪真让我恶心"[2]。

这就关联到了知识分子与市民孰优孰劣的评价问题。本文在后面会加以展开论述，这里先放下。排除了某些情绪化的因素，池莉对于市民社会的褒扬是有独特的视点的。她所表述的市民，在很大程度上是与城市中的人民相重合的，只是更强调其底层性，同时，她又是在与"贫困庸碌的小农社会"的比较中肯定"健康向上的市民社会"，并且判定在历史的进程中后者将会取代前者——在当下中国现实多元化的发展、多层面的展开，立体交叉桥下面跑着双轮马车，国际互联网上介绍着泸沽湖的母系社会，前现代、现代和后现代众语喧哗的特殊语境中，尽管人们使用的是同一种汉语，但是其精神立场往往因为

① 池莉、程永新：《访谈录》，见池莉《怀念声名狼藉的日子》，云南人民出版社2001年版，第267—268页。

② 池莉、程永新：《访谈录》，见池莉《怀念声名狼藉的日子》，云南人民出版社2001年版，第267—268页。

参照物的不同而需要精心辨析，望文生义的简单化是最要不得的。同样是"市民"一词，其蕴含褒贬也会因人而异。池莉是从"健康向上"的、推动城市经济和社会生活的改变的积极角度去观照武汉（准确地说是汉口）的市民的。这在当代文学的发展链条上，是非常重要的一环。

是的，在中国文学的历史上，伴随着城市经济和商业化的兴起，从在酒楼茶肆中开讲的"三言二拍"，到匿名作者的《金瓶梅》，市民社会和行商坐贾，曾经在文学中得到充分的描写，前者驳杂地展现了一群新兴商贩生机勃勃奔走四方经商获利又不乏声色犬马的风采，后者演绎的西门大官人则表现出中国商业和城市的畸形，官商勾结，巧取豪夺，以及相应的生活上的骄奢淫逸、放纵无度。现代作家茅盾、李劼人、张爱玲等，都曾致力于市民社会的描绘。20世纪后半叶的数十年中，市民社会却从文学中退隐了，写作于新中国成立初期的描绘广州一条巷子里的几户人家恩怨情仇的《三家巷》《苦斗》所遭到的贬斥自不待言。80年代以来，与正面描写民族脊梁、历史风骨的作品，正面描写代表现代文化的知识分子和代表传统文明的农村乡土的作品相比较，市民社会似乎也一直没有被列入正册。这显然是不公正的。如果说，在改革开放的新时期，是农民率先以土地承包拉开了变革的大幕，是知识分子以先天下之忧而忧的激情为时代巨变作了思想和意识形态上的准备和动员，那么，正是印家厚这样的工人以自己的忍辱负重承受了时代转折的痛苦和代价，正是来双扬这样的个体户为冲破单一的呆板的经济体制而充当了开路先锋。在此意义上，池莉对于市民阶层的理解和赞颂，自有其独特的眼光吧。

"自知之明是一种非常可贵的品格"

坦率地承认自己与小市民的精神血缘相通，紧密地追踪市民生活的演变和发展，关心那些出身卑微的小人物在大时代中的浮沉悲欢，就此成为池莉小说的独特印记。《烦恼人生》中的印家厚，《不谈爱情》中的吉玲，《来来往往》中的康伟业，《生活秀》中的来双扬，《口红》中的赵耀根等，构成了社会转型期的市民生活的风景线。

《来来往往》中的康伟业，经人介绍与段莉娜认识、相爱并且结了婚。在冷库扛冻猪肉的工人康伟业，面对出身于军队干部家庭、身为中共党员和机关干部的段莉娜，明白两人差距悬殊，相处无望，索性就坦诚相对，把自己的弱势条件毫无保留地告诉对方，以便及时了断这不相称的、没有前途的情缘。没有想到，段莉娜却写信称赞他，"自知之明是一种非常可贵的品格"，一来二去地，两人阴差阳错地结为夫妻。《不谈爱情》中的吉玲，在与出身教授家庭、年轻有为的大夫庄建非相处整整一年以后，坦言相告，以"我家住在汉口花楼街，母亲是家庭妇女，父亲是小职员，四个姐姐和姐夫全都是很一般的人"为理由，提出分手的要求。《致无尽岁月》中的女主人公"我"，二十年间一直在武汉过着平静本分的生活，不愿改变自己，不愿离开自己熟悉的武汉，痴情不改地暗恋着她的大毛则从北京、深圳甚至德国和美国向她频频发出爱的呼唤。"剪不断，理还乱"的"我"一再地拒绝着呼唤，同时也拒绝了大毛那浪漫骑士般的生活方式，拒绝冒险，拒绝激情，拒绝投入感情的风暴。

自知、自尊，这是池莉笔下的市井人物的共同特性。进一步地追问，在这自知、自尊的后面，又含有浓郁的自卑情绪，如作品中所描述的，他们的处境几乎总是处在社会的最低点，而且，他们对于这种处境似乎只有平静接受而很少反思和追问，并且往往是以此为判断形势作出决断的基点。就像《你以为你是谁》中的那个女工尤汉荣对当大学老师的丈夫所说的，"凡你脸面上过不去的事情尽可以往我身上推，反正我是个工人，反正现在工人在社会最底层，虱子多了不痒。你嘛，认为什么说法放在自己身上有光彩就怎么说好了"。在康伟业和吉玲各自的恋爱故事中，他们都是以准备与恋人分手作为自己的底牌，反倒显得从容不迫，不卑不亢。或许，这就是生活的辩证法，正因为他们是处于社会生活的最低点，并且清醒地意识到这一点，接下来，就是再坏也坏不到哪里去，他们的人生才可能发生某些改变，才可能否极泰来，走出低谷吧。他们谨守着自己的一亩三分地，有多大能耐，端多大的饭碗，对自己的生存状态有清醒的判断，不会一时间冲动起来昏了头脑，也不会做虚无的不切实际的梦，甚至连残存的浪漫情怀也容不得保留。《生活秀》中的来双扬，为了一个爱情的梦想，精心守护了两三年，与卓雄洲似乎形成了某种默契，但是，她对待爱情的态度是非常务实、拒绝浮夸和幻想的，一旦发现卓雄洲所爱的只是他自己制造出来的与自己相去甚远的一个女神、一个偶像，她就觉察到两人缘分已尽，与其在虚幻的基础上结成伴侣然后再无奈地看着这爱情的宫殿渐次坍塌，不如根本就不向前迈步，因此，来双扬和卓雄洲最终在幻灭之后理智地分手。知道自己该做什么，不该做什么，还知道怎样去做，以什么面目去做，这大概就是来双扬在吉庆街上始终立于不败之地的奥秘吧。可不要小看了这个来双扬，小小年纪，就为了谋生和抚养弟弟妹妹，在吉庆街上摆出了油炸臭干子的小摊，成为吉庆街乃至汉口范围的第一个个体餐饮经营者，吉庆街的繁荣兴盛，是她开了先河呢。靠什么？就靠一只小火炉子卖油炸臭干子！

　　相反的，凡是那些带着玫瑰色的梦幻，终将在无情的现实面前撞得粉碎，冷峻而残酷。《汉口永远的浪漫》就是这样一出黑色幽默的小品。刚刚从欧洲归来的徐华，绅士派头十足，看着汉口这繁华城市中的种种不文明现象而皱眉头，别人也在跟他谈欧洲的贵族遗风和国外的高雅情调，没有想到的是，就在片刻之后，他为帮助朋友复仇，就把尖刀捅进了一个过路的青年腹中，这种血腥野蛮的报复，永远地粉碎了"永远的浪漫"。《你以为你是谁》中的主人公陆武桥，当年是车间主任，现在则在街道办的餐馆当老板，他是四代工人阶级的陆家的顶梁柱，里里外外一把手，方方面面玩得转。他与一位女研究生宜欣邂逅，两个人产生了强烈的爱情，共诉衷肠，共浴爱河。陆武桥在情感冲昏头脑的情况下向宜欣求婚，他却没有想到，他们两个根本就不是一路人，宜欣虽然爱他，却不会同他厮守终生，她马上要嫁一个老外出国，要去追求成功的事业和潇洒的人生。梦幻的破灭，使刚强的陆武桥遭受重创，成了"流泪的木乃伊"，怪不得作者质问道：你以为你是谁？你怎么会把短暂的春梦当作永远的浪漫呢？

　　池莉精心刻镂的这种自知、自尊和务实精神，是否就是市民精神的核心？市民社会是建立在城市化商业化基础上的，工业手工业制造和商品流通领域，优越于传统农业生产的地方，一是摆脱了靠天吃饭的模式，可以较好地用人自身的操作实现生产与流通中的利益收入，有了较为稳定的物质基础；二是个人地位因此得到了较大的改善和提升，个性和独立意识得到了解放，同时对生存游戏的规则能够较好地遵循。也就是说，个人本位和利益原则，对命运的自主掌握，以及相应形成的自知、自尊和务实精神，使得市民精神成为现代社会的基础和支柱。同时，由于现代社会中政治、经济和文化三分天下的格局，在经济领域中活跃着的市民们，对于从事政治和文化活动的人们，又不能不抱有仰慕之情。有趣的是，同样是身居武汉的女作家，同样是描写社会底层的人物，池莉和方方的立场显然有很大差别。方方的《风景》中的一家人，生存状况最为低下，是"河南棚子"中流血流汗仍然难以维持生计的贫困者，这就使得其子女们不择手段地逃离这种困境，"七哥"更是借助与政坛权贵人物联姻以改变命运，野心勃勃地向上爬。池莉笔下的小人物，大多是小职员、小市民及其后人，衣食无虞，安分守己，没有太多抱负，没有太多幻想，如康伟业遇到出身优越的段莉娜，本来是可以借助一臂之力的，但他不是迅速抓住这难得的机遇，而是自动告退，知难而退。当吉玲与庄建非谈朋友的时候，她的母亲对她不是积极鼓励而是叫她放弃，要她认清花楼街女儿的宿命，对自己有清醒判断；一旦吉玲与庄建非结婚，木已成舟，吉玲母亲又拼力维护自己作为岳母大人和"亲家母"的地位，要求与庄建非及其家庭平等对话，其言辞和方式未免粗俗，但人格的自重却是无可非议的。

时代巨变和人生课堂

这些安分守己的市民的子弟，本来会像其父母一样，平平常常地度过一生的，可是，他们偏偏遇上了跌宕起伏、挑战和机会同在的改革时代。这些老汉口的儿女，以及那些自觉不自觉地向他们靠拢、认同的知识分子家庭的子女，在池莉笔下出现的时候，大都是青年人，或者是从青年到中年时期。他们迈进了社会的门槛，在生活的大课堂上经历和学习人生，认识社会，从稚嫩走向成熟，从软弱变得坚韧，从虚幻接近真实。二者或分或合，成为池莉作品的一个基本主题。有了主题，还要有故事和情节。这些年轻人走入生活、进入婚姻，往往是由误解和虚幻想象开始的。作品的展开过程，就是这误解、幻想一次次破灭，生活真实一层层裸露出来的过程。尽管这幻想的起点并不很高，但是，由于心灵的迷宫曲径通幽，由于生活的流程一波三折，由于作家对细节的营构曲折有致，这就构成作品的不抑不扬、不徐不疾的叙事调子和丰富的故事性。

《紫陌红尘》中的眉红，一个年轻的女工程师，在与单位领导的艰难斗争中"取胜"，争取到一次到北京出差的机会，有一次公费旅游，也会一会那些在她心目中留下美好记忆的好朋友。但现实连这短暂的温馨、琐细的心愿也不让她实现，"没来的时候，北京的朋友好像都在等我，来了才发觉不是那么回事"。她认为和自己一样渴望旧友重逢的那些朋友，要么是为了仕途奔波，忙得没有时间与远道而来的她见一面；要么是相见之后大谈自己的生意经和时装品牌，没有什么叙旧的心情；要么是电话中的一通海阔天空，让她失去了见面的兴趣。与她一道来京出差的绅士气十足的王先生，和那个萍水相逢的开奔驰牌出租车的司机，以及倒卖高价火车票的老赵，都曾经以假象蒙骗过她，一旦真相暴露之时，也都令她扫兴万分。眉红到北京来，特意带了一盘心爱的音乐磁带《瞬间》，希望和好朋友一起分享，但是在北京的时候，连这样短暂而美妙的"瞬间"都无从谈起。一次失望的京城旅行，同时也是粉碎旧梦、直面无情无义的现实的幻灭之旅。《来来往往》中康伟业和段莉娜从相识到结为夫妻，本来就是阴差阳错，恋爱期间康伟业几次想打退堂鼓，却被各种各样的偶然情况和段莉娜的工于心计一次一次地"套牢"，最终以接受这婚姻实现妥协。爱情是人生最好的学校，康伟业就是在段莉娜与戴晓蕾、林珠与时雨蓬这几个女人的对比中，打破少年时代的梦幻，面对真切的现实的。他在几个女性之间的进进退退、来来往往，则是他认识女性也认识自我的艰难历程。

不过，需要指出的是，这种从青春期的憧憬到成人期的实证，从懵里懵懂到入世渐深，在池莉笔下的人生曲线，在不同的时期是有不同的走向的。在《不谈爱情》和《太阳出世》中，我们可以看到作者的眷眷关爱和良好祝愿，摆脱少年的稚拙和混沌，会使人得到提升和超度，而且，还会有善良而智慧的人们及时地出现在他们的视野中，指点迷津，给他们以积极的有效的指点。梅莹就是庄建非的良师益友，不但给他以性的启蒙，给他摆脱与吉玲的冷战僵局的高招，还从根本上提点他，丈夫和妻子除了性爱还有大量的相互义务，让他迷途知返，实现家庭的和解。赵胜天和李小兰这样的小市民夫妇，是他们新生的女儿做了他们的导师，促使他们要努力提升自己，改变自己的愚昧无知，为女儿创造一个有利于成才的家庭环境，因此，赵胜天才去报考成人大学，李小兰才会去买"冼星海的《天鹅湖》"，去追求"腹有诗书气自华"的韵味，尽管说这样的情节人为设计的痕迹过浓，但还是明确地表现出作家希望提升她笔下人物的文化品格的良好愿望。在池莉的近期作品中，这种穿越梦幻进入真实生活的过程，却蕴含着"成人不自在，自在不成人"的惆怅，和饱经沧桑之后的"天凉好个秋"。《怀念声名狼藉的日子》中的"豆芽菜"，一个自以为狡黠、叛逆和"堕落"的高中毕业生，兴冲冲地报名下乡当知青，在乡下和老知青一起偷瓜摸枣，无票乘车，谈情说爱，颇有些"好女孩上天堂，坏女孩走四方"的旷达放纵，虽然很快就弄得声名狼藉，却活得有滋有味。不过，她骨子里却是个鸿蒙未开的小女孩，当她炫耀自己的叛逆和堕落时，她暴露出来的却是幼稚无知、不谙世事，根本没有什么识别人事、自我保护的能力。幸好她碰上了血性方刚、侠肝义胆的小瓦充当她的保护神，才使她摆脱了尴尬和厄运，使她当了一把"被宠坏的公主"。在她的人生历程中，这不过是站在青春门槛上的一次小小的预演，也是一种永不再现的"辉煌"；否则，怎么会在许多年以后，还依依不舍地"怀念"这早已失去的既往呢？康伟业和陆武桥的"出梦"，似乎也在宣告他们"过去的好时光"已经结束，一朝梦醒，满目悲怆，何处话凄凉？

再论他们"其实也就是我们"

对于市民性的褒贬臧否，是要以其不同的参照系而定夺的。如前所述，池莉是把健康向上的市民社会作为贫困庸碌的小农社会的对立物而加以肯定的；同时，她又矢口否定知识分子的优越感和先进性，声称他们"其实也就是我们"，她对于知识分子的虚伪矫饰，故作清高等劣根性，进行了辛辣的嘲讽，让他们在蓬勃饱满的市民社会面前映照出自己的黯然和可怜，让人回想起曾经流行过的指斥知识分子的一句话："语言的巨人，行动的矮子。"

池莉拒绝浪漫，拒绝一切似乎是没有经过实证的东西，对知识分子的形而上思考表现出鄙视和怀疑，对文坛和思想界，也都似乎淡漠视之，保持远距离，却诚心诚意地愿意认同市民身份，愿意抹平自己同市民之间的一切差别。在《紫陌红尘》中，眉红的顶头上司用强调知识分子与市民的差别化解她的"无理取闹"，遭到眉红的强烈反击："现在的知识分子就是小市民。旧社会的分类标准不能用在新社会……"在《你以为你是谁》中的李老师，"是个自认为很深刻很高尚的人"，实际上，他和周围的人们并无二致，甚至有时候生活得更加卑琐。

池莉在写到知识分子家庭与他们的孩子的关系的时候，她总会从儿女的角度对父母亲流露出强烈的反叛和抵触情绪。从较早问世的《一去永不回》，到《怀念声名狼藉的日子》，作品中那一直被视作"乖乖女"的孩子，温泉和"豆芽菜"，心中却都蕴藏着强烈无比的叛逆激情，要摆脱温文尔雅、规规矩矩的"文明生活"，一心向往市民们那种敢作敢为、自由自在的人生，并且通过与那些市民家庭的后代的相爱实现彻底的认同，不惜把知识分子家庭最看重的荣誉名声弃如敝屣：温泉就为了争夺李志祥不惜让他们两人都付出了身败名裂的代价，"豆芽菜"也在声名狼藉中、在母亲的伤心欲绝中过着开心惬意的日子。

在后来，池莉这种对知识分子的厌恶，更加赤裸裸地迸发出来，她迫使知识分子或者揭去温文尔雅的假面，展现骨子里的恶毒和阴险，或者最终认同市民的趣味和价值观，有意无意地放弃自己的理性立场。《云破处》和《小姐你早》中的女主人公曾善美、戚润物都是大学毕业的高级研究人员，但她们都抛弃了理性的善恶之辨，为了报复演变成仇敌的丈夫，以最世俗的手段，以恶制恶，冤冤相报，认同市民社会的行为准则，继那些年轻的温泉们之后，走出象牙之塔，用平民、泼妇的方式申冤报仇，彻底投身于市民之中。

对于知识分子的怀疑和轻蔑，在池莉的作品中比比皆是，相比之下，她对于那些采用种种合法的与非法的手段经商致富的人们，对于那些不择手段地为自己开拓人生和事业之路的人们，却没有多少恶感。就像《口红》中，前前后后那么多出场人物，像赵耀根这样在商场上采用各种手段聚敛财富，在对待妻子和朋友上一错再错，抛弃妻子另结新欢，导致了种种恶果，颇有些邪恶之气的人物，就因为他的市民身份，作者对他格外地温情脉脉，对他眷爱有加。作品中唯一的文化人宁岸，无论是做朋友还是写文章，在前半部作品中一直是很有光彩的，到作品的后半部，却人为地给他安排了每况愈下、日渐沦落的歧路，并且以最后的崩溃和毁灭，与迷途知返、最终不失英雄气的赵耀根形成鲜明的对比。

彼岸的指向是什么？

池莉曾经引证顾城的话语：中国的知识分子在1911年以后已经没有了。在她看来，似乎当下的文化人都不配称作知识分子，"我以为我们中华民族生生不息的生命力本身就蕴含着人类所有的意义，文人化的提升奶腔奶调的，往往只是在圈内叫好，而被敏感的读者嗤之以鼻。我从写作的第一天开始就没有打算在圈内讨好，我不容忍我自己唯一的热爱受到名利的玷污。并且，这么些年来，在文人圈内喋喋不休讨论的'提升'呀，'精神家园'呀，'思想深度'呀，彼岸的指向到底是什么？实质的内容到底是什么？思想的什么？又精神的什么？将什么提升到什么程度？至今无人说出一个所以然。我曾经有幸聆听过有关作家的言论，也曾经'心怀叵测'地提过一些问题，很不幸，我发现有些人很空洞很混沌很口是心非。说说大话其实也就是想图个知识阶层的喜欢，博个名利而已，因为谁心里都明白，历史和文学奖都是知识阶层决定的"[1]。解读这一段文字，池莉对现实状态的盲目认同，对知识分子和思想理论的排斥，这一褒一贬，让我们从作品阅读中得出的感受有了进一步的认证。毋庸讳言，20世纪中国知识分子的精神历程格外沉重格外艰难，苦难和浩劫摧折了人们的思想锋芒和探索勇气，也极大地贬抑了他们的精神质量。但是，因此就抹杀知识分子的意义和思想的力量，显然是以偏概全的谬见。

池莉贬斥知识分子，贬斥文人圈子，自有其考虑，但是，这种贬斥所伤害

① 池莉、程永新：《访谈录》，见池莉《怀念声名狼藉的日子》，云南人民出版社2001年版，第261—262页。

的，首先是她自己的创作。作为一个作家，轻视和排斥知识分子，轻视和放弃思想的力量，作品缺少深刻的灵魂考问，缺少情感的力度和震撼力，缺少激起人们追寻生存意义和提升审美理想的强大动力，也缺少对于妨碍社会发展、妨碍人性完善的真正障碍的严肃思考和犀利批判。进一步地缺少理想，缺少远大目标追求，市民社会的谨小慎微、小富即安（这和前面所讲的"自知之明"是一个问题的两个侧面），以致以财富嘲笑知识的劣根性，都使得池莉的作品格局狭小，气量促仄，自我陶醉于一种未必值得陶醉的昏昏然之中。患得患失，斤斤计较，对一切难以得到形而下的实证的东西的怀疑，这种有害的市民气，还使池莉作品中的人物"不谈爱情"，放弃情感追求，以非常世俗化的眼光、功利的算计去看待青年男女之间的关系，宁愿把自己禁锢起来，也不愿意去承担爱情一旦失败之后遭受的伤害。《绿水长流》《心比身先老》，都可以为证。价值观的单向性，难以涵盖生活的丰富性；作品的可读性，也不能遮掩作品的单薄感。这一重要缺陷，恐怕是池莉要认真加以思考的，如果她不是简单地满足于作品的畅销和对市民社会的简单化的肯定，以及情节和细节的娴熟调度上。

不可放弃的精神高度

放弃了精神高度的追求，池莉转而以能够拥有众多的读者作为衡量自己作品成功的标志。其实，这样的标准是靠不住的。优秀的作品应该尽可能地赢得大众，但是，流行一时的却未必都是好作品，《看麦娘》和《水与火的缠绵》的质量就让人无法满意。《看麦娘》以神神道道的"六月二十一号"这个印证了家庭中诸多不幸的灰暗日子预示着一场新的灾难，然后又用一种"侦探—追踪"的方式展开作品，似乎是要用郑容容母女两代人的不同命运进行某种对比，但是作为作品中寻找和描写的主要对象的郑容容，却一直是"雾里看花，水中望月"，作家没有足够的实力把握当下的青年女性，便只好在外围转圈，难以切入中心。回过头来再看所谓的"六月二十一日"与郑容容的关系，就让人感到不知所云。《水与火的缠绵》，则是过程性的琐碎描述，淹没了时而闪现的灵性火花，抻时间，抻画面，抻人物和情节的意图过于明显，让人怀疑这是为一部新的电视连续剧而写作。

人生无梦到中年，是池莉笔下的故事和人物的主旨，也是池莉的创作精神状态的一种描述。她自以为看破了人生之梦的虚幻，看破了知识分子的虚伪无能和精神价值的虚无，以一种非常务实的姿态立身于文坛，并且以之形成独特的声音。但是，真的到了不要思想、不要精神的文学新世纪了吗？其实，就以中国的现实而言，在20世纪90年代市场经济大潮初起的一段时间里，在下海热、房地产热、开发区热、皮包公司热和股票市场热的迷狂中，思想、知识和学问曾经因为无法把自己迅速地转化为可见的货币而受到市场的排斥和嘲弄，文学对市场的迎合曾经让许多作家一时间乱了阵脚，但是，当知识经济、信息时代和科教兴国的呼声兴起，当思想文化经受了最初的冲击而立定了脚跟并且对现实作出积极的呼应，新一轮的读书无用论和反智化倾向逐渐被遏制，包括文学在内的精神文化产品再次引起社会的关注，已经是不争的事实。看来，文学作品的精神高度还是不能放弃的。

原载《文学评论》2003年第1期

坚守与超越
——摭论新写实之后的池莉小说创作

李明清

一

　　毫无疑问，新写实小说为池莉赢得了创作的辉煌。从文学史的角度讲，这种辉煌来自对革命现实主义和先锋文学的拆解，它撕裂了用权力话语构筑的生活模式，还原了生活的原生态，让人真切感受到生活的毛茸茸的质感，看到了来来往往的男人和女人，体味着人世间的真善美，品尝着生命河流中固有的此岸情怀和尘世的温馨。

　　1993年，新写实文学创作潮流骤然衰退，新写实作家以各自不同的方式应对这种江河日下的颓势。池莉自然不会躺在过去的作品上睡大觉，她总想超越自己，不断探求小说的新变，不断更新变换着自己的选材范围和叙事的视角。众所周知，事物的发展是一个否定之否定的过程，是一个"正变"互动的过程。《系辞》云："《易》穷则变，变则通，通则久。"事物的发展都是由"正"而逐渐达到极致，然后就开始衰亡，于是必然会有"变"，新变而使之兴盛，这是新的"正"。这新的"正"又会逐渐由极盛而至衰，于是又会有新的"变"产生。故《文心雕龙·通变》云"文辞气力，通变则久"，"变则其久，通则不乏"。明代的散文理论家袁宏道提出了"法因于弊而成于过"的观点，清代的学者叶燮强调诗歌发展中的"正变"理论。前人强调的这种"变"往往是指后代对前代的发展。对池莉而言，"正"是对成规的坚守，"变"是对成规的超越。

如果说池莉的新写实小说侧重于拆解的话，那么在新写实之后她的作品则侧重于重构。拆解的是没有事实根据的崇高和激情，而重构的是现代社会离奇的金钱神话。如果说新写实小说给平民的烦恼人生以心灵慰藉的话，那么新写实之后的小说则撩拨起世俗人生的物质欲求。新写实小说是还原了生活原生态，新写实之后的小说则虚构了生活的戏剧性场面。

关键是变。

新变之一，从烦恼人生到金钱神话。《化蛹为蝶》中的小丁，《来来往往》中的康伟业，《致无尽岁月》中的大毛、冷志超，《小姐你早》中的王自力，《口红》中的赵耀根，《生活秀》中的卓雄洲，这些人有的是因命运中的偶然事件致富，有的人是下海经商发了财。他们住洋房别墅，开世界名车，着梦特娇一类名牌衣饰，戴浪琴劳力士金表，出入星级饭店，休闲于豪华娱乐城，在大富大贵、大起大落之中完成他们的人生历程，同时显示他们内心世界的虚无，金钱和权力是他们的最爱。金钱神话可从两个层面来解读：一是故事层面，"大毛们"潇洒的人生或者让人宣泄物质的郁结，或者撩拨起人的物欲诉求；二是内蕴层面，"王自力们"残败的结局，让人自然生发言外之意，去考问人生的意义和价值。

新变之二，从中性写作到凸显女性意识。池莉笔下的女性形象丰满细腻，但她并未刻意强调性别叙事。池莉关注的是普泛意义上的人而不是一种性别意义上的女人，她笔下的女性人物不是性别秩序的质疑者与挑战者，仅仅是一种性别身份，而不具备价值判断的意义。[①]

然而，《小姐你早》具有特别的意义。它不同于陈染、林白的性别意识

---

① 刘川鄂：《小市民，名作家：池莉论》，湖北人民出版社2000年版。

的文学文本展示了严格意义上的女权主义，不同于徐坤对性别意义进行深入的理性沉思。它的特别之处在于文本中的三个女性人物对于男权中心的有意识反抗，在与男性的较量过程中，确立了独立的女性自我意识。风韵古典的李开玲，事业辉煌的戚润物，风光无限的艾月，她们作为女人有着共同的遭遇、共同的创痛：为情所伤。李开玲本是一个母性十足的女人，而且有着天鹅般的风韵，却没有得到女性的尊严和地位。"当年她的局长最后抛弃她而回到他那邋遢的老婆身边，这是李开玲心中永远解不开的结和永远的痛。"应该说李开玲解不开的结和痛不在于被抛弃，而在于自身的价值和意义被闲置，因为她生活在男人标准的迷雾中而丧失了女性主体意识。戚润物没有丧失女性的主体意识，她是主流社会的精英，是民族的脊梁。当她看到丈夫王自力与小保姆偷情时，坚决要求离婚。然而在我看来，她不是一个真正意义上的女人，因为她缺少李开玲的风韵，她也没有承担作为妻子和母亲的责任，她缺乏的正是李开玲所具备的素质。尽管她看不起李开玲，但她不得不接受李开玲的性别启蒙教育，在某种意义上，这是具有反讽意味的。池莉的小说更多的是对大众化情感趋同和价值标准的认可，即使是在撕裂自身时也缺乏极端的个人体验，而《小姐你早》在一定程度上体现了人文精神中的批判和拒绝原则，这应该成为她新的创作阶段的一种良好的开端。但池莉无意彻底砸碎男权文化强加在女性身上的手铐脚镣，继续让女性的"他者"的角色根植于男性的意识形态之中，也徘徊于女性灵魂的深处。因此这种女性意识并没有形成一去永不回的向前延伸态势，只是成了匆匆过客的一道闪光的文化亮点。

新变之三，变平实为离奇。池莉创作的亲和力在很大程度上是在于她的平实，在于她与平民交流的"不隔"。但是平实随着时间的延伸必将退出前台，只能充当背景的角色。池莉为了读者的期待，努力改变其平实的表现方式，用语言和文字制造了离奇的情节、离奇的人物、离奇的行为方式。

在《云破处》中，金祥认为街上"美女如云，美腿如林"，而他毫无怜香惜玉之心，固守着神情麻木的中年妇女。曾善美手无缚鸡之力，却一夜之间变成女妖，杀死了与她和美相处15年的丈夫。《惊世之作》更加离奇，首先是主人公的行为毫无逻辑：列可立大学毕业，家庭幸福，工作努力，当了厂长、工程师，不贪污不腐败，不赌不嫖，不欺不诈，是一个品格不错的男人，后来却遭人嫉妒，被排挤到一家外企工作。当他看到一个陌生人的5.2万美元存单时，"刹那间，列可立六神无主，头昏眼花"，他的灵魂深处发生了激烈的爆炸。美元为何对他有那么大的震慑？他后来在跟妻子吵架后突发奇想，"我想这五万多元的美元应该是属于我的"，不久他又莫名其妙地得到一对老夫妻的65万美元。当然我们不能简单地判断列可立是好人或坏人，而应把他作为一种多重性格的组合体。但是必须承认这是一个组合的怪体，因为他一方面在帮助偏瘫的王教授改装推车和换房，一方面又进行着行窃的准备工作。如果我们用黑格尔所说的"每个人都是一个整体，本身就是一个世界"的理论来解释，只能说这个世界太奇妙了，它只能是池莉想象出来的非理性世界。有人认为，那不是一篇小说，而是一场导演得并不高明的闹剧。

《一夜盛开如玫瑰》中的苏素怀，一个年轻有为的女教授，与一出租车司机邂逅，然后驱车冲岗，握手、拥抱、长吻、逃避、思念、精神崩溃，充满了浪漫和神奇。池莉设置了一种两难情境：一是大学教授和出租车司机之间的文化鸿沟无法逾越，二是两情相悦无法舍弃。苏素怀就是在这种情境之中接受着灵魂的煎熬。作品的细节描写和对心理冲突的揭示是细腻而真实的，以至于让人忽视苏素怀的年龄、身份与行为本身，以及对一次奇遇即导致她成为精神病患者的可靠性的质疑。

二

新写实小说的批判精神和悲剧情怀的缺失，使其成为文学史上的一个匆匆过客[1]。作为新写实的代表作家，池莉也只能因势而权行。然而，此时的新变并不同于1987年的撕裂。因为撕裂意味着勇气和坚定，而新变折射出她的焦虑和困惑。在困惑之中，创作成规的坚守成为无奈的选择。

---

[1] 李明清：《反抗危机者的史学价值与缺憾——对新时期新写实小说创作的认识》，《孝感学院学报》，2001年第2期。

首先坚守的是她的"写作守则"，那是她的创作精神支撑点，正如她说："我此生注定要与写作为伴。早先的写作概念不包含发表和获奖，不包含一切由写作带来的好处和坏处，仅仅意味着一个人的精神生活方式。"①对精神生活的强烈渴望源于自我内在的冲突以及与秩序的抗争。她曾经坦言"我初出茅庐就感到沉重的对峙，我和我自己对峙，我和某种惯性的对峙"，"城市的人口密集的社会生活很快唤醒了我作为一个'新孩子'的记忆。我发现人们仍在与我对峙着。充满干部子女的班级也不是我的精神的家园"。对峙只能增添伤痛，"于是，我还是只有写作"。②尽管受到商业大潮的冲击，创作的辉煌成就带来了掌声和鲜花，但她并没有放弃对精神家园的坚守。在新千年来临的时候她写道："我要回到从前那纯净的文学世界里，安安静静地，结结实实地写我的小说。我曾经拥有过那么一个隐秘世界，它是我最初的家园也是我最后的家园。"③

其次是坚守世俗精神和个体的生存体验。对于精神家园的坚守显然影响着池莉感知生活和表现生活的方式，倾诉着个体的生存体验，完成了世俗精神的表达。池莉习惯于用平民的视角去感知世俗生活。活着是神圣的，同时是艰难的。活着就得有金钱、物欲、享乐。其实金钱、物欲、享乐在西方文学中有过经典的表现，而中国的许多作家似乎缺乏直面世俗的勇气和信心，乐于表现诗意的生活。在我看来，人的生活需要诗意和浪漫，但如果没有一定的物质基础，一切将化为虚无。

90年代市场经济大潮全面冲击着整个社会，世俗精神日益强大，金钱和物欲伴随时代的狂躁与喧嚣遮蔽了崇高与激情。尽管此时池莉没有叨唠市民的吃喝拉撒，但仍然在描写"准确感知的生活"，塑造了一批经济大潮中的新式人物。这些人物既不是政治国家的知识精英，也不是经济时代的改革先锋，而是新时代的金钱的把持者。他们大起大落的故事，暴富赤贫的生存状态，挥霍潇洒的享乐情景，眼花缭乱的男欢女爱，凡此种种都明显地透视出池莉一如既

---

① 池莉：《池莉文集·写作的意义》，江苏文艺出版社1995年版。

② 池莉：《池莉文集·写作的意义》，江苏文艺出版社1995年版。

③ 池莉：《池莉文集·后记》，江苏文艺出版社2000年版。

往地终止价值判断的原则。我们没有理由否认这些都是真实的生活，因为这些都透露出她的世俗情怀和对于个体生命的体验。"我以为我的作品是在写当代的一种不屈不挠的活，是在写一瓣瓣浪花，而它们汇集起来便体现大海的精神"[1]，因为"我不知道是死壮烈还是活壮烈，可是我知道今天我们活得不容易。而活下去，活得愉快却是件非常难得的事，也是非常值得歌颂的事"[2]。池莉在小说中竭力宣扬只要有勇气有能力在这个艰难的世界存在下去就是强者，这种思想是对"五四"以来作为民族精神代言人的知识分子所批判的苟活价值观的反叛。所以她明确提出"我不写英雄，也不谴责，也不写空虚的怀念，更不写什么好孩子坏孩子，我只想写年轻的个体生命在那个时代环境里的真实状况和成熟过程"[3]。池莉过去关注人生的烦恼，讴歌"活着就好"的乐生精神。作为"活着"神圣性命题的延续，池莉新写实之后的作品尽情描绘生命个体物欲的满足和此岸生活的快乐。

三

需要指出的是坚守和新变并非毫不相关的两块领地，往往坚守中有新变，新变中有坚守。指出这一点很重要，因为这种辩证关系中蕴含着超越精神。

超越精神应该是一种摆脱物质基础的精神升腾。20世纪50年代，美国人本主义心理学家马斯洛在以"自我实现"为中心的动机理论中提出了需要层次说。他把人的需要按顺序排列为七个层次：生理的需要，安全的需要，相属关系和爱的需要，自尊和他尊的需要，认知的需要，审美的需要，自我实现的需要。在人的发展中高一级需要出现一般以其低一级需要的适当满足为前提。生理的需要也就是一种生存需要，一种物质性需要，它是满足其他一切精神需要的基础。在《绿水长流》中，池莉写道："在我们看来，爱情在这儿，一个郎

---

① 池莉：《池莉文集·我坦率说》，江苏文艺出版社1995年版。

② 池莉：《池莉文集·我坦率说》，江苏文艺出版社1995年版。

③ 池莉：《关于〈怀念声名狼藉的日子〉》，《中篇小说选刊》2001年第2期。

才，一个女貌，一件礼物便是一座价值连城的花园别墅。说实在的穷人有什么爱情？贫贱夫妻百事哀，最好的结局不过是不吵不闹相依为命罢了，人与人出于怕孤独的本性结伴过日子这决不叫爱情。"为了诉说超越精神，池莉塑造出一批财富的占有者，如王自力（《小姐你早》），康伟业（《来来往往》），大毛、冷志超（《致无尽岁月》），可见，只有富有者才能阔气而潇洒地活。不可否认，有着"神奇能力"的大毛从武汉到北京，从北京到南方，又从南方到国外，金钱、洋房、高级轿车、名牌服饰既是大毛生命的价值和意义，又是他精神升华的基础。

精神升华源于对生活意义的深思和人生价值的考问。《化蛹为蝶》中的主人翁小丁，经历了人生的坎坷，后来发了大财，在腻味了富足的物质生活后，他开始反省自己所鼓捣的一切，突然间领悟了人生真谛：人的生活不在于某个具体目标的追求。在《惊世之作》中，列可立得到5.2万美元之后，生活中就找不到幸福的感觉了，65万美元的不义之财反而给列可立带来了一系列的困惑。在《小姐你早》中池莉真诚地告诫人们"你必须首先重视金钱然后升腾自己"。快乐的生活重要的是一种精神状态，一种无羁的自由境界，人获得物欲满足不等于就已品味了人生的全部。此时的创作，池莉已经完成了对"冷也好热也好活着就好"活命哲学的突破，转而探寻生活的质量。高质量的生活应该是物质生活的无忧和精神生活的富足。

此时的人生的烦恼，已经不是物质的匮乏和生命的卑微，而是物欲满足之后精神升腾的困扰。人类的历史是人类欲望膨胀的历史，是人类不断满足自身欲望的历史。王国维说："生活之本质何？欲而已矣，欲之为性无厌，而其原生于不足，不足之状态，苦痛是也。"[1]所以《你以为你是谁》中的宜欣，既有物欲的满足，又有爱情的甜蜜，但她预感到厌倦将要来临，于是毅然选择了逃逸。

对于生活的准确感知和深刻理解必然带来文学创作的深刻化。池莉在特

---

[1] 王国维：《中国近代文学论选（下册）·红楼梦评论》，舒芜编，人民文学出版社1959年版。

定的时代背景下演绎出五花八门的都市传奇：抢劫银行，开各种各样的公司，创各种各样的佳绩，享各种各样的乐趣，等等，但是文学作品的价值并不是这些现象本身。米兰·昆德拉说："我奇怪地深信，我生活中发生的一切都有一种超过它自身的意义，都意味着某种东西，生活通过它每天发生的事在向我们讲述它自己，在逐渐揭示一个秘密，采取一个寓意必须译解画谜的形式，我们生活中的故事构成了我们生命的神话，在这部神话书中存在着一个揭示真理和神秘的线索。"①池莉没有依赖于题材本身的意义，也没有满足于生活原生态的仿真，她总在有意识地"译解画谜的形式"，试图揭示"真理和神秘的线索"。黑格尔说："艺术作品中形成内容核心的毕竟不是这些题材本身，而是艺术家主体方面的构思和创作加工所灌注的生气和灵魂，是反映在作品中艺术家的心灵。这个心灵所提供的不仅是存在物的复写，而是它自己和它的内心生活。"②

也许池莉缺少现代人的精神品位。深沉的情感力量和悲剧价值的缺失，势必影响她对人性的全方位探究。其所持有的世俗精神、媚俗倾向和理念偏颇，使她创作的深刻化常常举步不前。应该承认她的作品更多的是传达关于人的生活的准确信息。理查德·泰勒说："一部文学作品并非一定要告诉我们关于人生实际存在方式的准确信息——虽然，这也可以作为第二位的因素加以考虑，更重要的还是引导我们通过作家对生活经验有选择的直接描述，去认识人类存在的真谛。"③即使这种来自生活的信息是准确的，也只是对生活事实的表层感觉，而不是对生活真实的深层体悟；即使她总在试图超越题材本身的意义，但是这种超越没有达到应有的高度。于是，我们可以推测，池莉的创作沉潜着一种深层的危机。

① 米兰·昆德拉：《玩笑》，转引自《米兰·昆德拉如是说》，林郁选编，中国友谊出版公司1993年版。

② 黑格尔：《美学》第三卷，朱光潜译，商务印书馆1982年版。

③ 理查德·泰勒：《理解文学要素——它的形式、技巧、文化习规》，黎风等译，四川大学出版社1987年版。

四

当新世纪的钟声敲响的时候，池莉的小说创作带有明显的反抗危机的倾向。比如《生活秀》（载《十月》2000年第5期），《怀念声名狼藉的日子》（载《收获》2001年第1期），《看麦娘》（载《大家》2001年第6期）；又比如长篇小说《水与火的缠绵》（华艺出版社2002年版）。

如果将新写实以来池莉的作品纳入到一种特定的文化背景中考察，我们发现：一方面，20世纪80年代中后期"现代化"背景下的"自我"身份的转换必然导致先前话语模式的拆解和传统价值观念的拒绝，随之而来的是困扰与焦虑，以及力求挣脱泥淖的自我亵渎。1987年开始出现"新写实"成为必然。1993年，新写实达到某种极致之后，抗争危机的种种挣扎也有着某种内在的必然性。另一方面，90年代末的"全球化"背景下的"民族"身份的确认，由此造成文化的反思和传统艺术精神的复归。于是就有了现实的批判立场和悲剧意识，由此在一定程度上弥补了新写实小说的精神缺憾。

正是如此，池莉以健康的心态积极地面对中国文化的"现代化""全球化"遭遇。她在《看麦娘》中语出惊人："战争可不一定完全是坏事，从更长远的空间来看，战争是最快的文化交流方式，并且优胜劣汰。"话语之中蕴蓄着深刻的历史哲学意识，正如胡风在《民族战争与我们》一文中所说的"战争不但是为祖国底解放的斗争，同时也是为祖国底进步的斗争"，因为战争旨归于人民"获得现代化的思维方式"，即使民族"迎头赶上现代化"。

"现代化""全球化"的文化遭遇必然带来批判立场和悲剧情怀。《怀念声名狼藉的日子》《水与火的缠绵》《看麦娘》具有明显的对秩序的反叛性。声名狼藉的豆芽菜，浑身充满反叛心理和反抗精神，她下乡的初衷是为了躲避父母利用"经验"的提醒和训导，能自由自在地生活。她临行时的脱俗的穿戴，下乡后敢作敢为的举动真实地显示着生命个体成长的足迹，以及对于世俗的勇敢的挑战。《看麦娘》没有一如既往地解构婚姻，也没有如《来来往往》《小姐你早》《口红》一样倾诉着男子汉的失落和伤感，而是深入当代女性的生存环境，创造了具有独立的自我价值的女性形象。易明莉常常用"沉默"和

"忙碌"拒斥着"大众情理"和"公共原则"，表达着看麦娘似的坚韧和倔强，确立了责任、友谊和信任对于人的存在的不可或缺的意义。

《水与火的缠绵》是池莉的一部严格意义上的长篇小说。曾芒芒的不顺的恋爱婚姻生育的过程，自始至终隐含着对于传统和世俗集结而成的一系列"惯例"的反叛。"惯例"是未经明言的而又约定俗成的一种范式，它是一个约束人的无形的网，遮蔽了人的视线，捂住了人的脸面，缠绕在人的心灵。

豆芽菜、易明莉、曾芒芒等对生活固有秩序的抗争，表现为理想与精神对世俗的超越、改造和征服。当然这种超越与征服要付出沉重的代价，豆芽菜的"声名狼藉"，易明莉固执地到北京寻找容容，结果无终而返，曾芒芒缥缈的爱情和失败的婚姻，都不同程度地透视着作品主人公的悲剧性的结局。我们不难从《水与火的缠绵》中找到《伤逝》的影子，甚至从这些作品的光亮的结尾中发现：因果报应的宗教意识和天人合一的调和精神，是中国悲剧淡化的主要原因。同时我们也有理由相信：新写实在拆解了革命现实主义之后，还原了现实主义文学的逻辑上的原初形态，然后是在困惑和抗争中完成了中国式的传统现实主义的复归。这种复归既增添了池莉近期小说的认识价值的含金量，同时也促生了它们审美内涵的质素，因此这种复归定会消除曾经出现的疑虑和责问。

不管怎样，目前的事实是《来来往往》《小姐你早》《口红》《惊世之作》《怀念声名狼藉的日子》《水与火的缠绵》《看麦娘》等小说一路走俏，以及《水与火的缠绵》一版再版，使池莉成为当下最为红火的小说作家。这是因为池莉坚守世俗精神和个体的生存体验，以及在坚守中实现的精神性超越在一定程度上迎合了世俗化时代读者的期待视野。尽管读者群体的扩充不能作为判断文学价值的内在依据，但池莉在坚守和新变中谋求的超越对于创作的意义是不能忽视的。尤其值得注意的是在文学日趋边缘化的年代，池莉的小说创作却创造了出版的奇迹，这不能不让我们思考新写实之后池莉小说创作流变所秉承的价值。

新写实之后池莉小说的价值首先在于：池莉对于人性的整体性观照，既还原了人的生存状态，又不搁置生存的意义。它的价值还在于重新建构人的价值观念和现实主义文学精神。"作家在构筑自己作品时，都不满足于既成的模

式，而总是力求建筑新的方式来体现自己独特的发现和创意。"①新写实之后
池莉小说创作的新变、坚守与超越，都能体现出池莉对艺术的执着。特别是新
世纪的新作品，使其回归到现实主义文学真正的起点，它既是新写实文学价值
的延伸和归宿，又是池莉再创辉煌的不可避让的文学历程。

原载《当代文坛》2003年第4期

池莉
研究资料

---

① 李宝瑾：《报告文学纵横》，光明日报出版社1994年版。

理想的失落与道德的滑坡

——论池莉小说对婚姻爱情的市民诠释

王 科 徐日君

　　远离经典，皈依凡俗，贴近生活，迎合读者，追逐新潮，消隐理性……我们觉得，倘若把这些使用得烂熟的评论用语与时下的某位当红作家联系起来的话，那么，确非池莉莫属。这绝不是什么反讽，这正是池莉，这位靠"市民化书写"傲立文坛的作家的"诀窍"。有谁能像这位才华横溢的女作家这样，当年一炮打响，二十年来一路走红，心无旁骛地在市民领域耕耘，引领着市井文学的新潮流？有谁如池莉的名字，为白领蓝领、老老少少耳熟能详？有谁比得上她的作品，被打造成品牌，在大陆洛阳纸贵？难怪人们将其称为"池莉现象"了。池莉的创作资源，似乎取之不竭；池莉的文学观念，几乎与时俱进；池莉的艺术激情，仍然喷薄旺盛。也正因为如此，在读者好评如潮的时候，评论家没有失语。评论家的参与正是对这位作家的关爱与重视。许多评论家也早就这样做了，其中不乏甚至多是一些苛刻的评论。之所以这样做，是因为他们深深地懂得，对池莉这样有影响的作家，不能再奉送太多的赞词与花环了。这种读者和评论家在接受美学上的强烈悖逆和反差，大概也是池莉现象的独特表现吧。然而我们发现，在众多的批评文章中，关涉池莉小说文本的一个根本问题即婚恋观问题，却言之不多，这使得许多批评文字成为隔靴搔痒的冗长饶舌。实际上，多以婚恋框架构建的池莉小说大厦，正是凭借着她自己感悟的婚恋观念顽强地支撑着。所以，透析她的婚恋观念，恰恰是拿到了解读、破译池莉小说的钥匙。

"不谈爱情"：对理想爱情的无情颠覆

自有人类以来，就有了婚姻爱情。自有文学以来，就有了婚姻爱情这个永恒的母题。许多动人的婚姻爱情，已经成了感天动地的文学经典。"上邪！我欲与君相知，长命无绝衰"，那轰轰烈烈的生命激情，令高山仰止，大海奔腾；"孔雀东南飞，五里一徘徊"，那以生命抒写的爱情忠贞，抵御着封建世俗，激动着千古人心；梁祝的浪漫之恋，宝黛的凄美之情，都使人心灵震撼，唏嘘再三。从苏东坡的《江城子》到朱自清的《给亡妇》，从冯沅君的《旅行》到张洁的《爱，是不能忘记的》，虽然创作的时代不同，描写的对象不同，但对于崇高爱情、纯美情怀的追求，则是毫无二致的。正是这种源远流长的、对理想情爱的精神向往，熏陶了中华民族的性格，提升了东方文化的品位，使我们民族的婚姻爱情观特立高洁、自成高格，在世界民族之林中闪烁着熠熠的光彩。虽然，在表现这些极具诗意品质的婚姻爱情时，许多作家都皴染了浓重的浪漫主义情调和理想主义色彩，有的甚至讴歌了超越世俗社会的柏拉图之恋，但是，它对高层次生命体验的执着求索，它所具有的诗性价值和审美品格，是足以让人灵魂震撼和心田净化的。然而在池莉的小说里，无论是早期的《烦恼人生》《不谈爱情》《太阳出世》，还是此后的《绿水长流》《来来往往》《小姐你早》，以及晚近的《怀念声名狼藉的日子》《看麦娘》等，这位冷静、务实、笃信现世主义的作家，皆反传统其道而行之，以"不谈爱情"四个字将其轻俏地遮蔽。不谈爱情，其表征意义似乎是对爱情的解构，亦即把婚姻爱情置放在当代社会的世俗人生中，以平实的民间话语摒弃其诗意、浪漫情调，击碎理想爱情的神话，还原它在现实生活中的真实面貌。显然，这个过程的完成，实质上就是对爱情的彻底解构过程。

"我学医、从医一共八年，这对我选择哪一条文学创作之路起了决定的作用，赤裸裸的人生痛苦将我的注意力引向注重真实的人生本身，而不是用前人给我的眼睛去看人生。"池莉如是说。我们以为，《不谈爱情》中的吉玲就是作家以自己的眼睛在真实的人生中找到的不谈爱情的典型，也是作家以市民立场阐释婚姻爱情的载体。换言之，通过她，作家发出了当代市民的爱情宣言。按说，吉玲早就到了谈婚论嫁的年龄，但她对此一直保持着十分清醒的头脑。她在茫茫的人海中选择庄建非，既不是因为感情上的情投意合，也不是因为理想上的志同道合，而是为了走出花楼街那个贫穷粗俗的家，找到一个上层社会的丈夫过上舒服的好日子。为了达到这个目的，她运筹帷幄、费尽心机，导演了一幕幕"活报剧"。她与庄建非在珞珈山武汉大学的樱花树下初遇，故意在庄建非面前扮成纯情少女的形象：从包里掉出《少女杜拉的故事》，手帕里包着的是樱花花瓣、零钱和一管香水。多么可怕的工于心计！在以后的交往中，吉玲又以高超的手腕排除了家庭出身等问题的障碍。她就像一个小品明星一样，游走在两个家庭和两个人的感情之间。庄建非来她家，她动员全家上阵演戏；受到庄家冷眼，她假装虚怀若谷的豁达状；当爱情遭到庄家的阻挠后，她又做出为庄建非的幸福决心牺牲自己的委屈状……就这样，她一步步把庄建非拖入情网。可以看出，他们恋爱的全过程就是吉玲精心预谋的陷阱，吉玲的谈情说爱无异于一场仿真表演。在吉玲眼中，婚姻爱情与高尚无缘，它只是实现自己生活目标的一种手段、一个无规则的游戏。对此，就连庄建非最后也大彻大悟：什么他妈的爱情，只不过是"肉欲加人工创造"而已。这里，吉玲的罗曼史痛快淋漓地解构了传统的理想爱情，赤裸裸地摹写了现实生活中市民爱情的虚假性和不完美性，体现了鲜明的反理想主义倾向。

池莉曾庄严宣称，自己的文学创作"将以拆穿虚幻爱情为主题"。如果说，《不谈爱情》只是池莉对崇高爱情、理想婚姻的一种回避，只是她对这个问题的原初探索，那么，1992年推出的中篇小说《绿水长流》，则可以看作她对婚姻爱情的正面诠释，甚至是其婚恋观的总宣言，是对虚幻爱情"西洋景"的总揭穿。在这部中篇里，作家有一段坦诚的自白："我编这个故事仅仅是为了让我对爱情的看法有个展开的依托。尽管这个故事是假的。但我的认识却是真实的。"那么，作家是怎样阐释自己真实的认识呢？应该说，对如此自我定位的作家，我们心无奢望，我们不期望作家去充当社会价值代言人的角色，在作品中有意无意地去彰显爱情说教，我们只是希冀作家以读者所瞩望的社会责任感，在直面世风世相的同时，进行一些形而上的精神烛照和理性追寻。然而令人遗憾的是，在《绿水长流》的几个故事中，作家告诉我们的是，所谓浪漫、诗意的爱情纯粹是诗人臆造的一个冬天的童话，在当下的现实社会生活中根本就没有这种圣洁、完美的爱。芸芸众生中有的只是短暂的、脆弱不堪的爱情，被各种现实因素，如政治的、肉欲的因素替代或者物化了的爱情。的确，《绿水长流》中的几个故事，无不验证了理想、诗意爱情在现实生活中的虚幻性，无不讥讽了追求诗意的爱情是无望的朝圣。通过这些个人经验的表达和事理的升华，我们领悟到作家书页背后的意旨：真正的爱情实际是"永不圆满，永不相聚，永远彼此牵不到手。即便人面相对也让心在天涯，在天涯永远痛苦地呼唤与思念"。①"此曲只应天上有，人间能得几回闻"，因此，真正的成熟是逃离这种爱情，对这种"乌托邦"式的爱情说"不"。这，或许就是池莉所认同的，为公众所实践着的婚姻爱情观吧。

在这部小说提供的故事中，李平与方宏伟刻骨铭心的初恋，被作家无情地还原为人类最基本的生理需要。作者这样写道："当我们作为一个女人经历了女性所该经历的一切之后回头遥望，我对初恋这个阶段只有淡然一笑。初恋是两个孩子对性的探索，是一个人人生的第一次性体验。初恋与爱情无关。"这是多么务实的解释，人之初那朦胧而清纯的感情体验，悄悄地被消解了。兰惠心与罗洛阳的婚外恋，更让我们感受到了爱情在现实生活中的陌生。追求浪漫理想的兰惠心爱上了风流倜傥的罗洛阳，可他们没能步入婚姻的殿堂。因为兰惠心认识到，"男人……你永远令人心动的是你那份风流。可风流是婚姻的死敌。为了爱你，为了喜欢你，为了思念你，聪明的女人她们决不会与你同行"。理想在世俗面前彻底溃败，爱情在现实面前不堪一击。爱情是什么？在这个世界上还有没有爱情？作者说："说实在的，穷人有什么爱情？贫贱夫妻百事哀，最好的结局不过是不吵不闹相依为命罢了。人与人出于人怕孤独的

---

① 池莉：《池莉文集（第1卷）》，江苏文艺出版社1995年版，第159页。

本性结伴过日子这决不叫爱情。"①不独穷人，在作者的笔下，就连堪称爱情典范的姨父姨母，后来也竟然拳脚相加、恶语相向，女性榜样的姨母也居然道出了"不谈爱情"的惊人之语。这些爱情故事都说明，在严酷的现实中，理想和爱情挽救不了人生的无奈和无聊，它充其量不过是遥远天际的虚无缥缈的彩虹。这就是作家要告诉我们的，她反复宣扬的"不谈爱情"的观点。这种观点，也警醒着"我"勿忘前车之鉴，跳出即时性的浪漫陷阱，回到冰冷的现实中去。因为只有这样，才能从浪漫与庸俗相胶结，理想和肉欲相杂糅的情爱中解脱，才能走向成熟，才能真正享受到"绿水长流"式的人生。

《你以为你是谁》中的陆武桥和宜欣的爱情，更是对"天仙配"爱情模式的无情颠覆。陆武桥的烦恼人生中，突然梦幻般地走来了天仙一样的女博士宜欣，照亮了他阴暗的人生。他们闪电似的恋爱同居，浓烈的感情超越了身份的距离和世俗的琐碎，达到了"只要你要，只要我有"的高尚无私的层面。然而，这爱情的水晶宫最后终于坍塌了，诗意和浪漫全部化为乌有。对此，宜欣说得再明白不过了："在环境舒适的异国他乡，有一个终身视我如谜的外国丈夫……为我提供良好的生存条件。"显然，宜欣不同于为爱走进吉兆胡同的子君，也不同于在精神中苦恋的钟雨，她的聪明与实际让她的前辈望尘莫及！池莉就是依托着这些故事，生动地阐明了市民阶层的婚姻爱情观，对传统的理想爱情进行了深入的揭示和猛烈的颠覆。

"烦恼人生"：对欲望实利的庸俗认同

在池莉看来，追求浪漫的爱情或许是人的本性，或许能够给人带来瞬间的辉煌和绚丽的阳光，但是，爱情既然是一个模糊不清且脆弱不堪的命题，既然有着先天的虚幻本质，那么，我们就应该正视这严酷的现实，就应该无条件地接受生活法则的严格约束。生活的本真面貌是什么样子？作家告诉我们，它既非天堂也非地狱，它平平淡淡、庸庸常常。同爱情没有理想和神圣一样，婚姻

---

① 池莉：《池莉文集（第1卷）》，江苏文艺出版社1995年版，第144页。

更是不相信理想和神圣。因此，生活第一，日子至上，在弥漫着人间烟火的世俗生活中随波逐流吧。审视作家的创作历程，我同意一些评论家的看法，那就是，这种生活观念已经普泛化为一种哲学或者说一种世俗化的宗教，充斥在池莉的小说创作中了。

众所周知，婚姻是男女双方过日子的契约关系，它规约夫妻有分担彼此喜怒哀乐的责任和义务，以牵手共度人生。它不是单纯的、个人的行为，而是历史的、社会的产物。至于如何对待婚姻生活，不同的人自然有不同的回答。池莉从市民阶层的功利观念出发，为她的主人公设计了低层次的人生坐标——"活着"，也就是"冷也好热也好活着就好"。为了"活着"，就必须保持家庭的和谐与稳定；为了"活着"，就必须求得物质的丰富和欲望的满足。于是我们看到，作家笔下的人物大都遵循这样的人生模式：他们告别了理想与浪漫，饱尝了烦恼与艰辛，从失落到满足，从失衡到平衡，以自我排解、随遇而安的态度，逐渐认识到婚姻生活的真谛，并有滋有味地品呷着其中的"温馨"和"希望"。

《烦恼人生》中的印家厚，生活在老婆的斥骂、挤车的辛劳、教子的烦恼、同事的冷眼、雅丽的追求与回忆的折磨等一团乱麻似的纠缠中。作为丈夫、儿子和父亲，他必须承担家庭的责任和重担，然而他又力不从心。欲表孝情，囊中羞涩；住房狭窄，无力更换；油盐酱菜，辛苦奔忙。面对那蛮横、絮叨的老婆，背负着种种压力、困窘，印家厚也有过下意识的怨艾，但终究没有改变知足能忍的天性和自慰自安的态度。他认识到："所谓家，就是一架平衡木，他和老婆摇摇晃晃在平衡木上保持平衡。"那个"烫了鸡窝般头发"，"憔悴的脸上雾一样灰暗"的女人，是世界上唯一送他等他的人。因此，"雅丽怎么能够懂得他和老婆是分不开的呢？普通人的老婆就得粗粗糙糙，泼泼辣辣，没有半点儿身份架子，尽管做丈夫的不无遗憾，可那又怎么样呢"。印家厚用隐忍和达观，用"一切理想都是梦"化解了自己的不满和郁闷，于烦恼中求得了乐趣。《不谈爱情》中的庄建非在一场夫妻恶战后，也顿悟到了婚姻的实质，它"不是个人的，是大家的。妻子也不只是性的对象，而是过日子的伴侣……与她搀搀扶扶，磕磕绊绊走向人生的终点"。《太阳出世》里的赵胜天和李小兰，在经过新婚的磨合与生子的艰辛之后，及时调整心态，适应困境的生活，学会了做丈夫，做父亲，做儿子……

总之，池莉的"人生三部曲"撕下了罩在婚姻生活上的层层面纱，将真实的婚姻生活展现在我们的面前，意在让人们调适入世的角度，顺应生活的潮流，抵挡各种诱惑，去寻找困苦中的欢乐。应该承认，作家对市民生活的原生态，已经展示得淋漓尽致，这是无可挑剔的。问题是，作家这里只是展现了真实的生活，而没有表现出真正的生活。只有现实的描摹而没有审美的判断，这些作品能够摆脱当下流行的精神贫血症吗？谁都知道，池莉对城市生活的精细勾勒，对市民阶层的深刻开掘，是当代其他作家无法相比的。但是，她对市民伦理道德和价值取向的首肯认同，无疑助长了平庸实利的世俗流风；她为婚姻爱情开出的灵丹妙方，无疑不利于时代精神生活的提升。这是毋庸讳言的。

在《小姐你早》等作品中，作者更强烈地表达了对底层市民和低俗生活的皈依和认同。不难看出，《小姐你早》是一篇关于金钱和爱情的市民传奇。三个女人为了共同的利益，结成了黑色同盟，向一个男人疯狂地复仇，演绎了一个近乎荒唐的故事。这既是对婚姻爱情的反讽，也是对物质财富的垂涎。《一去永不回》中的大家闺秀温泉，不知道是什么心理驱使，竟然自己排演了一场逃出绣楼下嫁穷汉的老套闹剧。在这里，作家对庸俗实利的认同，已经到了饥不择食的地步了。不可否认，作家是要通过这些作品，写出现代都市人在精神与物质、情欲与权力的追求中，那焦灼的心灵和挣扎的历程，但是由于作家对在现代化背景下人的理想生存方式缺乏审慎的思考，过分看重了物质利益、金钱欲望与人的生活的密切关系，并将人对物质的需要强调为一种最合理的、最必须的乃至最为核心的存在本质，这就导致了她对某些具有永恒意味的价值信念与人格操守的嘲弄和消解，也导致了她对婚姻爱情生活的低品位破解。

应该说，池莉一点都不缺乏出色的艺术智慧和丰沛的叙述才能，她需要重视的，倒是一种对婚姻爱情生活的高格定位和痛切反思。

"来来往往"：对精神追求的彻底消解

池莉，是高扬着新写实的大旗冲入小说林的。如前所述，为践行她关注世俗人生和展示生活原生态的文学宣言，面对纷繁复杂的、普通平凡的，抑或是她所说的"冷也好热也好活着就好"的现实生活，她总是将当代人的婚姻爱情生活作为书写的切入点，"不拔高、不放大、不矫饰，她充分深入了现实人生、日常生活及婚姻关系中的琐屑、辛酸和艰辛"①，从中表现自己对当代婚姻爱情的独特理解。这样，透过她营造的爱情世俗风景，透过她编织的婚姻关系图谱，我们看到，在商品经济成为整个社会的通行法则，在生活迅速转型和激烈变动的情境下，"天下熙熙，皆为利来；天下攘攘，皆为利往"，人们的精神追求发生了翻天覆地的嬗变。那过去被视为人类社会中最圣洁的婚姻爱情，曾几何时竟成了明日黄花、古生物化石，黯淡了照耀人类理想光环的婚姻爱情领域，弃绝理性，背离崇高，竟呈现出一派庸俗化、物欲化、零碎化、日常化的败象！

如果说，"人生三部曲"等小说中的男男女女只是对欲望实利的庸俗认同，津津有味地沉浸在灰色的日子里，那么，《你是一条河》中的主人公辣辣，则从民间立场对精神追求和道德主义进行了彻底的消解和否定。这种消解和否定是从两个层面展开的。一是对主流意识中传统道德的否定。在1961年的大饥荒中，为了孩子和自己能活命，她以自己的肉体和粮店老李做了一笔交易。闺女冬儿感到奇耻大辱，怒斥妈妈："我们不要臭米！"辣辣却不以为意，她不但痛打了孩子，而且得意于自己的人生哲学："一个寡妇人家喂饱七张小嘴容易吗？送上门的六十斤雪花花的大米能不要吗？"表面看来，辣辣的行为与意识是对"饿死事小，失节事大"这一封建道德训诫的反拨，是对下层劳动妇女不屈不挠精神的赞许，实则是对中华传统道德的背叛和玷污，是对东方妇女品格的悖论和讽喻。二是对知识阶层中精英意识的辛辣嘲讽。王贤良是个涵纳着复杂文化意蕴的形象，他性格中虽有许多孔乙己式的负面东西，但他

---

① 戴锦华：《池莉：神圣的烦恼人生》，《文学评论》1995年第6期。

对理想诗意爱情的追求则是应该予以肯定的。这个终日生活在幻想中的书生，在食不果腹的饥荒年代还向辣辣写诗表达爱情，结果招来了辣辣的捧腹大笑："贤良啊，对一个快生孩子的女人写诗什么呀，不滑稽吗？"在辣辣看来，爱情和诗歌对她一无所用，她要的是有用的男人，这男人应该给她所急需的粮食和金钱。老李和老朱头在这方面满足了她，她就毫不犹豫地向他们献身。至于王贤良，他虽是个好人，但银样镴枪头，百无一用，"挑担水都喘大气，上屋顶拾个漏瓦都不会，哪是个真正的男人，要他做什么"。实用主义的价值观念，摆脱困境的强烈愿望，使精神追求成为一钱不值的破抹布。同时，这些对生存能力、活命哲学的张扬和肯定，又使作品呈现了明显的反道德主义倾向。

大概是从《来来往往》开始，池莉又开始了对时尚化的追求，婚姻爱情观念又出现了多元的价值趋向。比如，对非理性主义的屈从，对享乐主义的认同，对女权主义的张扬等，这使她作品中的精神追求又在新的层面上被消解。当这些新观念走入她的创作中时，她的小说题材当然不能拒绝媚俗。于是，"由老百姓的日常温情走向了大款和美女之间的惊世艳情，由柴米油盐的烦恼变成了男欢女爱的战争"①的市井传奇，成了她晚近创作的"主打产品"。大款大腕、情妇靓女在她的小说中亮相，极大地满足了市民读者的审美需求。如果说，康伟业在情场上、商场上的"来来往往"，是由浪漫理想到理想消解，再到追求变奏、人性异化的过程，那么，他生活中的四个女人，则标志着他人生道路的四个阶段。戴晓蕾是少年康伟业一个遥不可及的梦，是他甜蜜而忧伤的青春祭礼。政治型的妻子段莉娜虽然与他分歧甚多，但是他日常生活的伴侣，地位升迁的靠山。"好风凭借力，送我上青云"，他正是靠着段家的背景和力量，改写了自己人生的轨迹。毕竟埋葬了一个永远留恋的梦幻，获取了更多的实惠。然而，饱暖思淫欲，有钱就学坏，当他扶摇直上，在商海的弄潮中成为一个白领富翁时，积储在心底的反道德主义和享乐主义就像火山一样喷发了：抛弃邋遢世故的老婆，迎娶现代时髦女郎，上演了一场欲死欲仙的浪漫言情剧。他送给林珠价值50万的豪华别墅，发誓和她步入婚姻的殿堂。尽管最后

---

① 刘川鄂：《"池莉热"反思》，《文艺争鸣》2002年第1期。

曲终人散，两人的玫瑰梦破碎于旦夕之间，但互相得到了各自渴望的东西，扯了个平，谁都没有亏！就这样，奋发有为的康伟业沿着道德的斜坡迅速坠落了。当他见到第四个女人时雨蓬时，哪里还有什么诗意浪漫的真情？两人只有调情、享乐，只有赤裸裸的金钱关系和皮肉游戏。与《来来往往》不同，《看麦娘》从对男性世界发出永久性的怀疑切入生活，对爱情价值和精神情操进行了消隐。作家笔下的于世杰，就是另一个背景下的康伟业。他被红尘滚滚、人欲横流的现实塑造得只剩下金钱和肉欲，对此外的任何东西，都不屑一顾。爱情的存在、精神的追求，在他看来，那是天方夜谭、爪哇神话！请看其人的夫子自道："婚姻是我人生的船，可我是一条鱼。船有它的航道、码头和目的地，鱼没有。鱼的全部意义就是从这片水域游到那片水域。鱼可以尾随着船，也可以游离开去。我就是这么感觉的，在必要的时候，我必须游离开去。"自私、残忍、猥琐、乏味，已经达到登峰造极的程度了，还有什么道德良知！加上了理论包装的说教，更显得虚伪和下作。

时尚，固然会给作家带来荣誉，但也不能无视其负面效应。作为大众流行文化，它是满足市民需求的都市快餐，从来都与经典无缘。作为文学创作潮流，它来去匆匆、追新逐奇，忽视文学应有的文化品性。因此，一个有抱负的作家，一定要规避时尚的陷阱。令人遗憾的是，池莉也未能免俗。她可能没有注意这一点，那就是，由于对时尚化的过度追求，"首先受到伤害的，便是创作主体对人类精神深度的漠视。它使文学成为一种表象化、平面化的精神符号，无法折射出作家对自身存在境遇的深切体察，更无法体现作家对人性品质的深度追问"①。她也可能没有料到，自己的作品中，诗意的爱情和理想婚姻的追求，崇高的品质和人格底线的操守，在生存、欲望、实利中被消解得荡然无存，只落得白茫茫一片大地好干净。

回望池莉的创作，审视她的婚恋观，我们不能不怀疑，这位才华出众的作家是不是走进了误区？她在作品中那些形而下的津津乐道，那些放纵式的叙事

---

① 洪治纲：《陷阱中的写作——论近年来的长篇小说创作》，《当代作家评论》2002年第6期。

首肯，是不是作家主体思想站位偏颇所致？她对婚姻爱情作出的市民诠释，是不是疏离了民族的、时代的审美评判？在结束这篇小文的时候，我们不禁陷入深思：当作家沉迷于广大读者的报好声，自诩刻画了人心似海的生存态势，自认表述了广大公众的精神诉求时，是否意识到了知识分子立场的缺席和作家艺术使命的失职？

原载《文艺理论与批评》2004年第1期

中国当代社会的市井叙事

——池莉小说的叙述特征及文化意识

肖佩华

带有浓厚市井意识的市民文学创作，在我国源远流长，在唐传奇中已有描写市井风情和民风习俗的篇什，到宋元话本状写市井百姓的悲欢离合，经由"三言二拍"、《金瓶梅》而渐趋成熟，进入20世纪80年代后，池莉等人把市井风情小说的神髓特质发扬开来，取得了令人瞩目的创作成就。

一、"为市井细民写心"：感同身受的叙事立场与价值取向

我们知道，"市井"一般指下层市民生存居住的小街小巷小市，在中国土地上星罗棋布的城市或城镇绝大部分是"市井"，"市井"是中国城市或城镇的构成主体。"市井"一头连着传统文明，一头连着现代文明。"市井"虽已有一定的商品经济等意识，但其很多方面还与中国农耕文明血脉相连。而"都市"一般是指大城市，是政治、经济、文化、交通的中心所在，"都市"的主导方向应该是由现代大工业和现代的市场经济为根本建构的现代文明所主宰，而由于中国特殊的国情，城市的现代化进程漫长而艰难，真正具有现代意义上的都市微乎其微，相当多的城市充满了根深蒂固的市井意识。可见大城市中

也有"市井","都市"的"市井"是"都市"的重要组成部分，市井成为五行八作、三教九流的汇集之地。小业主、工匠、城镇贫民、艺人、郎中、游民（卜卦者、相士、风水先生、兵、盗贼、乞丐、地痞、流氓、帮会、娼妓）、落魄文人、下层知识分子、普通职员、失势的官员、败落的商家、前朝（政府）遗老遗少等构成了市井阶层的主体；从中也可知"市井"与"都市"是两个既有一定的联系但又有区别的概念，它们具有不同的文化内涵。

市井风情，特别是市俗情趣——物欲、情欲向来是文学家所乐意关注和表现的，但不同作家有着不同的叙事立场与价值取向，在不少作家的笔下，这种关注所构成的叙述却是一种关于"他者"的叙事。尽管有良知的作家们在叙述这个"他者"的故事时也不乏同情、怜悯和关怀，为市井庸众们的痛苦、不幸呼吁和呐喊，但是作家笔下的"他者"毕竟是一个被观照被叙述的对象，作家的"自我"与被叙述的"他者"之间，始终存在着一段距离，一段由于生存方式和生命体验的不同而不是因为缺乏同情心所造成的距离。"这段距离所带来的，则是对'他者'的感受和理解的隔膜。虽说同情也许能填补距离造成的空当，却无法让作家获得只有身处'他者'位置才能得到的那些虽然琐碎然而却是切肤的经验，更难以体认平民百姓由此形成的人生感受，即那些滋生于琐碎生活细节的乐趣和悲哀。"①而我们看到的池莉则不然，她笔下的市井细民的生活故事已不是一种关于"他者"的叙事，而更多的是一种感同身受的"自我"的叙事，尽管对市民她也有委婉的嘲讽，甚至批判，但池莉的情感趋向是站在市民一边的，对市井细民的七情六欲、琐碎人生不仅寄寓了深切的理解、同情，更多的是融入与认同。她曾经毫无忌讳地宣称：自己就是一个小市民。我们从池莉的文学世界中了解到的是求真、求实、求生存发展的市井细民化认知世界，在她的作品中，张扬着的不仅是那单纯的"行路难"与"百事哀"的市井平民生存及人身保障问题"生存权"，而且是由此引发的以人做主体所显现出的坚韧的生命意志，在生活的抗击中所体现的真诚、善良、宽容与忍辱负重的生命特色。池莉真诚地"为市井细民

---

① 孙文宪：《世俗生活的意义——对池莉作品及其评论的一种读解》，《江汉大学学报（人文科学版）》2003年第6期。

写心"，描绘这些市井细民的七情六欲、喜怒哀乐、人生理想，一定程度上也就是自我的描绘。作家实在没法阻止自己的这种情感投入，对于市民，她不可能像鲁迅式的纯粹精英知识分子的"观照"、俯视态度，也不会像茅盾社会政治学家似的意识形态立场，笔者以为这正是这位女作家区别于许多中国现当代作家的地方，是市井文化意识的流露。

无疑，池莉作品的最大特色就是她站在市民的立场上来表现市井闾巷细民的日常生活，"为市井细民写心"——这构成了她独有的叙述姿态、价值取向。市井日常生活虽然平庸烦琐，但却是实实在在的，谁也无法逃离生活而存在，普通的市民只能在这种平庸的生活里艰难而卑微地挨着日子，且只有安于自己的那份生活，安分守己，尊重命运的安排，才能找到属于自己的幸福。他们成天为工资、奖金、房子、孩子等一大堆琐事发愁，哪有心思高尚得起来。市井阶层所处的社会地位和生活环境决定了他们不可能按自己的理想来设计生活，与其为一些不可实现的事而烦恼，不如听从命运的安排。美国心理学家马斯洛说过，"人的最高潜能只有在'良好条件'下才有可能（在大基数的基础上）实现"，可见，池莉是深谙于此的。池莉一开始写作，就以她的"过日子三部曲"——《烦恼人生》《不谈爱情》和《太阳出世》而名扬文坛。她将自己的笔锁定在中国最广大的市井民众身上，通过对市民生活的精细描绘，展示出一幅幅生动鲜活的当代社会生活的世俗风情画卷。

二、"忍耐顺应、适者生存"：市井文化视角下小市民的生存哲学

我们注意到，忍耐顺应是池莉在市井文化视角下观照到的人面对环境的最佳策略。《冷也好热也好活着就好》就是对这种把握实惠、消遣人生的民族性的表现，是对世俗民众苟活心理的揭示，只是作者在一种近乎浪漫的市井文化想象中赋予了它温馨感和合理性。在《冷也好热也好活着就好》中池莉给我们描绘的是一幅武汉市民自足自乐的高热生活街景图：猫子把一支体温计当场爆炸的奇事当作新闻，不断地向他的女朋友燕华、燕华的父亲以及邻里们发布。这个新闻尽管使所有听到它的人都不约而同地感慨，"这武汉婊子养的热"，却并不妨碍

这些男女老少在奇热的都市有滋有味地活着。酷暑中他们依旧忙忙碌碌，插科打诨；夕阳西下，他们依旧在露天的街道里吃晚餐和夜宿；热归热，人们依旧喝"黄鹤楼"酒，看电视，摸麻将……这就是活着的滋味。以"活着就好"的生存态度为迷失的自我寻找一条逃避的途径。在《你是一条河》中，池莉对辣辣在恶劣环境中挣扎求生的本领寄予了深情的礼赞。辣辣在极端的环境下选择的生存方式是为了取得最基本的生存权利：活着。作为一名普通的劳动妇女，她的意志和力量令人动容。而几个孩子中得屋的发疯、社员的犯罪、福子的惨死、贵子的受污和四清的出走正是生存环境的罪过。辣辣不幸是这个生存环境的主宰。在辣辣的生活逻辑中，活下去是唯一的重要因素，让几个孩子不要饿死，是她真实而具体的母爱，也是异常艰难的现实，这使她不可能如同任何一种话语虚构中的"母亲"，不可能温柔细腻。池莉对这个人物所赋予的庄重和深情，尤其是原本作为这个环境的叛逆者——出走的冬儿，最终以"梦中感应"的形式幡然悔悟，原谅并理解了母亲辣辣，重新投归母亲的怀抱。最终，又使生存困境、人与人的隔膜和生存竞争的残酷等现代意味的题旨消解在"活着"中。池莉通过辣辣发掘出对环境"顺应"的内涵。印家厚面临的是具体的物质上的困境，辣辣需要争取基本的生存权利。而荒诞的生活秩序和不合理的社会运行机制往往成为污浊环境中限制人的主动性、创造性的根本因素。池莉虽然看到了环境对人的制约，但她为人物设计的结局都一样——忍耐顺应。从发表于20世纪80年代末90年代初的小说，如《烦恼人生》《太阳出世》《不谈爱情》《冷也好热也好活着就好》《你是一条河》到90年代中后期的《紫陌红尘》《午夜起舞》《来来往往》等无不在强调生存环境对人的制约和现实环境的强大。为了在如"网"般的生活中寻找心理平衡的支点，池莉笔下的人物主要是通过解构理想来逃避现实矛盾，进行自我排解，最终抑制个性，随遇而安。

三、两种文化的冲突：对市井人物的偏爱与对知识分子的贬抑

更必须注意的是池莉非常明显地表现出对市井人物的偏爱和对知识分子的嘲讽和揶揄。知识分子一向被认为是社会的精英，是先进思想的创造者和传

播者，是社会生活的审视者与批判者，是改革的先驱者和引路者。但在池莉笔下，知识分子的冷漠、软弱、酸腐、不切实际，与市民阶层的热情、开朗、乐观、实在形成了鲜明对比，在对比中作家赞美了市民的生存智慧。这方面池莉和王朔非常相似，这两位新时期最早礼赞市民精神的作家在对待知识分子形象上如出一辙。两人对于知识分子的虚伪矫饰、故作清高等劣根性，进行了辛辣的挖苦、嘲讽。两人笔下的知识分子形象都不光彩，知识分子们在蓬勃饱满的市民社会面前映照出了自己的黯然和可怜，正应了早些年的话："高贵者最愚蠢，卑贱者最聪明！""语言的巨人，行动的矮子！"两人都明显地偏爱市井人物而贬低知识分子，这种倾向实质上很大程度地受到我国古代市民文学《水浒传》等的影响。在《水浒传》中作家写的"文人或文官如王伦、刘知寨、黄文炳、贺太守等都被视为道德上的对立面而加以批判或嘲讽。而在梁山英雄中，几乎是绝无仅有的一个文人智多星，则是一个没有功名的村学究，行事与其说是个文人，不如说像个算命先生，可以说和传统的文人士大夫阶层没有什么关系"[1]。这与明代市民阶层的崛起、市井文化的兴盛密切相关。池莉等人继承发扬了这一传统，赞颂了新时代的市民生存智慧，知识分子则成了他们奚落揶揄的对象。在知识分子/市井小民、精英文化/通俗文化这两对范畴中，池莉明显贬前者而尊后者，而这取舍的依据就是生存智慧、生存能力的高低。池莉有那么一种生存体验：死是容易的，而活是很不容易的。"生命就像一只鸡蛋，不小心磕哪儿就破了。"[2]这是大多数挣扎社会底层的小市民都会有的喟叹。正因为感到活的艰难，池莉才决心要"写当代的一种不屈不挠的活"[3]。活的能力就往往成了她价值判断的标准。印家厚、吉玲、陆武桥、辣辣都具有或顽强坚韧，或工于心计的生存智慧，有一种不屈不挠活下去的精神，往往是文化层次低的小市民才具有实实在在的生活能力，知识分子常常缺乏这种能力，一个个非常迂腐可笑，自然要受到池莉的嘲讽。而这一点恰恰是池莉衡量人物生存价值的标准。《不谈恋爱》中作者通过庄建非的眼光将高知家庭出身

---

① 高小康：《市民、士人与故事：中国近古社会文化中的叙事》，人民出版社2001年版。

② 池莉：《池莉文集（第4卷）·我坦率说》，江苏文艺出版社1995年版。

③ 池莉：《池莉文集（第4卷）·我坦率说》，江苏文艺出版社1995年版。

的知识分子王珞与市民家庭的吉玲、将庄家与吉家进行对比，写出了知识分子的可怜可悲可鄙和市民阶层的可爱可喜可亲，珞珈山文化（精英文化）的失势和花楼街文化（市井文化）的优胜。王珞与庄建非在同一个医院，谈恋爱时，天天给庄建非写信，幽叹他没有理解她在电梯里的暗示，埋怨他让她在花园里空等，却不屑于谈家庭琐事、柴米油盐，她把爱情看得太浪漫太不切实际。吉玲操持家务是一把好手，在吉玲出走的几天里，庄建非的生活全乱套了。尽管庄建非嫌妻子吉玲粗俗，可离开妻子，自己连饭都吃不上一口，他的高雅不得不让位于填饱肚子的需求，因此不得不对吉玲屈服；王珞脸上有雀斑，庄建非无意说了句"百雀灵"，她扭头就跑。吉玲住在花楼街，庄建非贬低了吉玲的家庭，吉玲却没耍小姐脾气。王珞的浪漫、小心眼与吉玲的单纯、质朴形成对照。吉玲要比王珞实际得多，她的目的就是得到庄建非，为此，她忍辱负重，但一旦达到结婚目的就大不相同，对庄建非大打出手，然后回到自己的娘家，追求另外一个目的，要庄家承认自己。王珞的失恋，吉玲的成功正体现了市民阶层的生存智慧。吉家是富有人情味的。庄建非认为："他自己的母亲太冷静太严峻了。他从小吃穿不缺，缺乏的是母亲的笑声，是吉玲母亲生怕他没吃好没吃够的眼神。母爱应该是一种溺爱宠爱不讲理智的爱，但他母亲从来不可能不讲理智。"与此相对，庄家对吉玲的到来似乎波澜不惊，庄母、庄建亚同她搭讪了几句，父亲支吾了一声。午休时间一到，他们就送客。吉家的热情、随和与庄家的冷漠、刻板形成了对照。但最终庄家父母为了庄建非夫妇的和好，实为儿子能出国来到了花楼街。至此以庄家为代表的珞珈山文化和以吉家为代表的花楼街文化的碰撞，以花楼街文化即市民文化的全胜而告终。庄家父母的失败不仅仅是无可奈何而是他们自觉的价值选择，为儿子出国即选择了实际实在。也许池莉对知识分子家庭的枯燥有挥之不去的情结，四年之后，她又描绘了一个"庄家"——温泉家（《一去永不回》）。温功达、张怀雅夫妇思想僵化，等级观念很强，没人情味，瞧不起工人。温泉的出走，表明作者对知识分子枯燥、理智的唾弃。

《小姐你早》等继续歌颂市民的生存智慧，小说中的戚润物，虽然是高级知识分子，但古板迂腐的她早已与现实生活脱节，面对突如其来的家庭变故，她手足无措，最终在文化层次比她低一大截的李开玲的诱导下，才渐渐恢复女性的自觉意识，并重新找到自信。"不知不觉地对社会有了一些新的了解，对生活产生了一些新的认识，接受了一些新的观念"，并能像个地道的"小市民"那样聪明起来，对丈夫实行盯梢并寻机给以致命的报复。在这个故事中，不是知识分子启蒙了市民，而是市民改造了知识分子。《你以为你是谁》中的湖北大学中文系李老师简直就成了一个可笑的小丑，装得很高雅，可一肚子低级趣味。他从骨子里喜欢汉口小市民的生活方式，打麻将、跳舞、唱卡拉OK，样样都来。他的可笑在于明明摆脱不了市井趣味的吸引力，却又总要为自己找一个冠冕堂皇的借口，以使自己高于周围的人。别人邀他去打麻将，他心里想去，嘴里却说自己很忙，正在写一篇论文，并夸耀说将以英、法两国文字发表。陆武桥骂一句粗话，他赶紧记下来并写上解释，以便以后写论文时用；《白云苍狗谣》中的黄头为表示对领导的尊重，竟在大冬天里穿西服；《霍乱之乱》里的防疫站主任闻达脚上总是穿着一双两只不同的皮鞋。这些人物似乎远远地落在时代后面，而且生活知识太浅薄。

而《生活秀》中的来双扬则更是池莉着力塑造的一个"市井英雄"。她从小在吉庆街小小的商海中漫游，在艰难的闯荡中，打出了一片江山，也练就了机智练达的处事本领，形成了倔强而又泼辣的独特个性。她是来家唯一挑大梁的人，挑大梁的来双扬熟谙平民社会的生存法则，具有高度的生存智慧和很强的生活能力。"她做起事来，只要能达到目的，脸皮上的风云，是可以随时变幻的，手段是不要考虑的。"还有《你以为你是谁》中的陆武桥也被作者塑造成一个完美的市井英雄。他敢爱敢恨，有情有义，样样拿得起放得下，因此不但引得他的妹妹陆武丽对他有一份说不清道不明的情愫，连女博士宜欣也和他发生了火山爆发般的爱情。总之，池莉一写到市井就充满感情，就流露出赞赏，尽管有时也不回避市井的粗俗、低鄙和丑陋的一面，但这一面常被淡化。她写得最成功的是市井人物，每当写到知识分子，她的笔端就控制不住地露出嘲讽和揶揄。

四、文体与语言特征：“市井传奇”和本色俗言俚语

从文体上来说，池莉小说具有浓郁的“市井传奇”特征。银行抢劫、高楼爆破、商品传销、电脑犯罪、窃取他人的存单、开各种各样的公司、突然继承遗产等，五花八门，无奇不有。“她最近几年的都市传奇故事，迎合了大部分想致富而没有致富的读者对于金钱的那份渴望，对于花花世界的那份好奇心。”①

在语言上，池莉也惯用市井俗言俚语，池莉曾说：“我的小说还远不够形而下，远不够贴近生活本身。”②在这样一种写作态度的支配下，池莉常常自觉运用世俗化的平易语言，大量使用城市口语和日常用语，最纯粹的语言状态和最纯粹的生活状态达成共识。我们可以在她的文本中随意挑出一段——

> 儿子挥动小手，老婆也扬起了手。印家厚头也不回，大步流星汇入了滚滚的人流之中。他背后不长眼睛，但却知道，那排破旧老朽的平房窗户前，有个烫了鸡窝般发式的女人，她披了一件衣服，没穿袜子，趿着鞋，憔悴的脸上雾一般灰暗。她目送他们父子。这就是他的老婆。你遗憾老婆为什么不鲜亮一点吗？然而这世界上就只她一个人在送你和等你回来。（《烦恼人生》）

在这段话中，“儿子”“老婆”“鸡窝般发式”“暗”“鲜亮”等，一律是日常用语，不具有任何喻义，在纯粹的语言状态中，生活真实呈现出来。

相对于“新写实”意义上的再现客观真实的语言策略，池莉作品中以通俗甚至粗俗的语言展示世俗人生，俗人俗语、世俗之见也成为她作品中的一大特点。

《冷也好热也好活着就好》中对纳凉情景的描述，“长长一条街，一条街的胳膊大腿，男女区别不大，明晃晃全是肉”，不惜使语言“粗俗化”。为了更逼真地摹写本色生活，池莉往往将许多俗人俗语引进作品。同样在《冷也好

---

① 刘川鄂：《“池莉热”反思》，《文艺争鸣》2002年第1期。

② 池莉：《怎么爱你也不够》，江苏文艺出版社2000年版。

热也好活着就好》中，猫子在厨房里和邻居大嫂的玩笑，以及公共汽车售票员小骂不肯掏钱罚款的乘客的粗话，都将人物的粗俗泼辣勾勒得十分真切；《生活秀》中写到来双扬与嫂子金在琴在广场的一场厮杀，将两人对骂的情形细致地描写出来，各种脏话、狠话铺天盖地，来双扬的精明和小金的泼皮，都在各自的语言中暴露无遗。市井社会粗鄙放浪的一面真实地展示在读者面前。

有意思的是，20世纪90年代《新周刊》曾做过一次专题，评出武汉是中国最市民化的城市——"俗"，武汉人看了并不气恼。俗又怎么了，俗就是生活。武汉的生活才是实实在在的生活，既不故作深沉高尚，又不骄横矫情浮靡。或许正是武汉这样的人文氛围才孕育出了池莉这样的深受小市民喜爱的作家，正如池莉所说："文学本来就是俗物，所谓小说就是'大街小巷的说法'，是大雅与大俗的集合。古代有多少好诗是从青楼出来的，流传下来的文学关注更多的就是普通老百姓的寻常生活。"[1]当有些人不无贬义地把她称为"小市民作家"时，池莉曾这样回击："'俗'这个字在中国文字当中本意不俗，意思是人有谷子，有了人有了粮食岂不是一个美好世界……是谁在支撑中华民族？是最广大的人民，是最真实的市民，是我们九死不悔、不屈不挠的父母兄弟。正是他们在恶劣的环境里顽强地坚持了对于生活的热情才有了今天的我们！"[2]

的确如此，池莉的市井小说就如武汉市井细民的生活平凡而又踏实，一步一个脚印，好比我们站在黄鹤楼上看到的遍布武汉三镇的那一条条笔直的老巷，沿着它们走就会走得很远很远，一定意义上，它们就是中国当代社会市井风情的缩影。

原载《云南社会科学》2005年第6期

池莉

研究资料

---

[1] 庄园：《池莉：文学就是俗物》，《新民晚报》2001年4月1日。

[2] 池莉、程永新：《访谈录》，见池莉《怀念声名狼藉的日子》，云南人民出版社2001年版。

池莉小说的民间文化形态及审美向度

——兼议"池莉现象"

王桂青

20世纪晚期，在文学日渐边缘化的过程中，池莉的小说却成为一个引人注目的存在：一面是评论界不无"媚俗"的苛责之声，一面却是民间的追捧和一部部电影、电视剧的新鲜出炉。这或许可以称为一种"池莉现象"。可以说，这个现象的背后隐含着诸多复杂的缘由，而精英知识分子价值立场、审美向度与民间价值立场、审美向度的对立和差异，无疑是一个根本的原因。长期以来，深受五四精英思想浸淫的中国知识分子一直习惯于以启蒙为己任，在"广场"上呐喊布道，虽然远没有造成"振臂一呼而应者云集"之声势，但依然传递出精神价值的光芒。而自20世纪90年代，随着"民间"的还原和崛起，精英知识分子的呼唤愈来愈陷于一种无人回应的困顿之中，而池莉小说所凸显的，正是这种"民间"的被重新发现的不可忽视的力量。在理论上，一些学者相应作出了反省："坚守以往的精神思想并试图让自己的思想获得更多人的理解是让人敬佩的，但是如果能够发现新的生长点并使已有的思想品性获得更广阔、深刻的再生具有更加重要的意义。"[①]此时期，陈思和"民间"理论的提出及

---

① 王光东：《民间的当代价值——重读〈九月寓言〉》，《文艺争鸣》1999年第6期。

其阐发，更加有代表性地回应了这些问题。

一

20世纪90年代，陈思和在《民间的沉浮：从抗战到文革文学史的一个解释》《民间的还原：文革后文学史某种走向的解释》两篇论文中讲到了"民间"问题，认为，"民间"是一个多维度、多层次的概念，他从文学史的角度，概括出以下几个特点：（1）它是在国家权力控制相对薄弱的领域产生的保存相对自由活泼的形式，能够比较真实地表达出民间社会生活的面貌和下层人民的情绪世界。虽然，在政治权利面前民间总是以弱势的形态出现，但又总是在一定限度内被接纳，并与国家权力相互渗透。它属于被统治的范畴，但却有着自己的独立历史和传统。（2）自由自在是"民间"最基本的审美风格。民间的传统意味着人类原始的生命力紧紧拥抱生活本身的过程，由此迸发出对生活的爱与憎、对人类欲望的追求。这是一种任何道德说教都无法规范、任何政治律条都无法约束，甚至连文明、进步、美这样一些抽象概念也无法涵盖的自由自在。它往往是文学艺术产生的源泉。（3）它既然拥有民间宗教、哲学、文学艺术的传统背景，用政治术语说，民主性的精华与封建性的糟粕交杂在一起，构成了独特的藏污纳垢形态，因而，要对它作一个简单的价值判断是困难的。[①] "民间"理论的提出在学术界产生了较大影响，也为一些研究提供了方法论的视角。

依照陈思和的"民间"理论，以及从民间的立场考察池莉的小说，可以清晰地看到，池莉小说给我们呈现出了一幅丰富而又驳杂的原生态的民间文化形态图景。它是以我们所熟知的武汉的花楼街、吉庆街抑或是沔水镇为表征的民间场景，是自由自在、鲜活生动、烟火气息浓郁的民间社会。它游走于国家意识形态边缘，政治运动、主流话语对它来说远没有"吃饭"来得重要。正如《你是一条河》中的沔水镇"是个古老的镇子，青砖黑布瓦的民宅蜘

[①] 陈思和：《陈思和自选集》，广西师范大学出版社1997年版。

蛛网一样密密层层盘旋着。大街上掀起多大的风波吹到民宅深处也是些些微微有点飘动头发罢了"。辣辣和她的八个孩子除了温饱，其他什么重要运动似乎与他们家总是隔膜着。像"文革"这样的大事，除了辣辣家的两个男人（小叔子和儿子）比较热心外，其他人并没有给予更多的关注，辣辣的两个女儿艳春和冬儿甚至可以偷偷地阅读当时的禁书《钢铁是怎样炼成的》；毫无政治头脑的艳春幻想着做"冬妮娅"却歪打正着地掩护一个正遭厄运的"走资派"；而辣辣关心的只是八个"嗷嗷待哺"的孩子怎样填饱肚子。当还只剩下两天的饭钱时，她诅咒起来："该死的！这场热闹还有完没完？"不管世事如何，民间自有一套生存伦理和生活逻辑，生存是人生第一要务，这是任何政治话语和主流意识形态所无法控制的，千百年来口口相传的"不管由谁当家，总得吃喝拉撒""开门七件事，柴米油盐酱醋茶"的说法就是明证。生存是世界上唯一最真实、最无可争辩、最需要付出全部心血与努力的事情，这使得庸常的日常生活成为民间恒久不变的常态。"只有日子是最不讲道理的，你过也得过，你不想过，也得过。"①虽然它是平淡的和琐碎的、凡俗的和无奈的，但恰恰由于这一点，才建构起了民间最深厚的伦理根基。

池莉作为一位对民间有深刻体验和理解的作家，尽管有些批评者指认其为小市民作家，但她毫不回避"武汉小市民"的身份认同，她明确表示："我尊重、喜欢和敬畏在人们身上正发生的一切和正存在的一切。这一切皆是生命的挣扎与奋斗，它们看起来是我们熟悉的日常生活，是生老病死，但是它们的本质惊心动魄，引人共鸣和令人感动。"②她以融入民间的姿态，毫不掩饰对民间日常生活的热爱和深情眷顾，她逼视民间芸芸众生的生存现状，尊重生命个体的价值，探讨生命个体的生存质量，欣赏与赞颂民间的生命耐力和生存智慧，难道这不正是一种可贵的现实主义创作精神的体现，同时也是一种可嘉的人文精神的体现吗？

①　池莉：《生活秀》，昆仑出版社2001年版。

②　池莉：《我——代后记》，《花城》1997年第5期。

二

以日常生活为主的自由自在的民间社会充盈着鲜活强健的生命力量，无论是滋养这一方水土的环境还是生活在其中的人们，皆有着坚韧不拔的个性。《生活秀》中的吉庆街就是一种生生不息的存在。它不仅沿袭着传统的市井民间文化，而且还不可避免地被纳入某种"现代性"的进程中，但周围鳞次栉比的高楼并没有遮蔽它的魅力和人气，主流政治话语对它虽有某种渗透和影响，但它却总是以自己的面貌和能量朝向未来。小说提到，吉庆街夜市曾一次又一次被政府下令取缔，但它被取缔多少次就再生多少次，"转瞬间，吉庆街又红火起来，又彻夜不眠，又热火朝天"。

不仅吉庆街或沔水镇是生生不息的民间社会，生活在其间的人们，也像大地上的植物一样坚实而又顽强地生长，显得蓬勃向上。他们"活在当下"，坚守此岸，拥抱生活，没有不切实际的幻想；他们实实在在，脚踏实地，既有"活着就好"的生命的珍重（《冷也好热也好活着就好》），又注重"人活着，能够开心就好"的生活态度（《生活秀》）；在坎坷和逆境中，既有"车到山前必有路，船到桥头自然直"的坚忍、达观（《烦恼人生》），又有"人在屋檐下，不得不低头"的生活哲学和权宜之计（《所以》）。小说《生活秀》中的来双扬就是池莉着力塑造的一个熟谙民间社会生存法则的吉庆街的精神象征。她生于吉庆街，长于吉庆街，是吉庆街的一个卑微的小人物。吉庆街给了她生活的坎坷与磨难，也给了她生命力的源泉和滋养，在吉庆街的摔打和磨炼中，她悟出了务实的生活之道，知道生活没有那么多的浪漫与幻想，唯需要几分坚韧与顽强。她小小年纪就肩负起了养家糊口的重任，在母亲去世、父亲再婚弃子女于不顾的情况下，用她的油炸臭干子养活了她和她的弟弟妹妹。在艰难的人生打拼中，她尽管没有读过多少书，却历练了机智而精明的生存本领，铸就了倔强而又泼辣的处事风格。凭借她超强的生存智慧和才能，在吉庆街"这边风景独好"地稳稳当当地做她的鸭颈生意，无人能与之匹敌或取而代之。虽然，来双扬不过一柔弱女子，但她直面现实的勇气、敢于承担的定力、果决干练的个性、参透世事的通达，使她成为吉庆街的精神偶像，成为吉庆街的一颗"定心丸"。

池莉非常善于发掘民间这种顽强的生命力量，并流露出不遗余力的赞叹，像《你是一条河》中的辣辣、《你以为你是谁》中的陆武桥、《所以》中的叶紫等。正如池莉所说，"我以为我的作品是在写当代的一种不屈不挠的活，是在写一瓣瓣浪花，而把它们汇集起来便体现大海的精神"，因为"我不知道是死壮烈还是活壮烈，可是我知道今天我们活得不容易。而活下去，活得愉快却是件非常难得的事，也是非常值得歌颂的事"。①她通过小说中的人物，竭力为心目中的民间"英雄"定位，赞扬他们有勇气、有能力在这个艰难的世界坚韧存在，体认他们生活中的强者身份。长期以来，某些持精英立场的知识分子，往往指责民间充斥着愚昧庸俗的空气，是一种没有自知之明的屈辱苟活的生命状态。池莉对这种意识和观念显然进行了革命性的颠覆。在她的小说中，总是不由自主地对某种"精英"姿态加以解构，比如《你以为你是谁》中的大学教师李老师的形象塑造；比如《生活秀》中，来双扬和她的妹妹来双瑗之间亦构成了某种民间/精英的对立，作为有"女鲁迅"之称的电视台社会热点的特约编辑，来双瑗善于雄辩，曾多次借助媒体充当取缔吉庆街的急先锋，并批评姐姐"甘于庸俗"的生活方式。但是在姐姐看来，这完全是不懂"人情世故"和"现实生活中的道理"的表现。池莉借来双扬之口尖锐地嘲讽只会讲大道理而不会踏实生活的来双瑗们，"做人都没有做像，还做什么文化人"。这也可以看作来自民间的一种立场和声音吧。

三

毋庸讳言，民间社会往往以现实为依托，以生存为指向，故积累了丰富的生存智慧和应对策略，但是受综合环境所限，民间社会往往还是一个"藏污纳垢"的存在，在生存手段、审美趣味、价值取向等方面更可谓良莠不齐、好坏参半、善恶交织，欲望追逐与精神追求相互纠缠，精华与糟粕相伴而生。因

---

① 池莉：《池莉文集（第4卷）·我坦率说》，江苏文艺出版社1995年版。

此，对原生态的民间状态，对其中的孰是孰非往往很难作出明晰的价值判断。从这个意义上说，这个世界丰富多彩，这个世界斑驳芜杂，正像"吉庆街是一个鬼魅，是一个感觉，是一个无拘无束的漂泊码头；是一个大自由，是一个大解放，是一个大杂烩，一个大混乱，一个可以睁着眼睛做梦的长夜，一个大家心照不宣表演的生活秀"。也正是由于这一点，池莉小说招致了很多的批评。实际上，池莉小说展示出的复杂的原生态的民间状况，并不意味着池莉小说对价值判断的彻底放弃，她的判断是渗透在其中的民间生活判断之中的，比如对于生命的价值和意义的理解，比如知足常乐的从容达观的生活态度等。当然，在具体的生活情境中，"坚忍"和"苟活"之间如何把握尺度和界限也是很难的，鱼龙混杂的民间社会不可避免地掺杂着灰色和丑陋，民间的生存逻辑不可能带有永久性的真理光芒。像圆滑处事在一定程度上是保护自我不受伤害的手段，但是，这种逻辑一旦大行其道，那些特立独行的人必然会招致环境的敌对，丧失自我、随波逐流、同流合污便会成为向生活妥协、功利化生存的最好借口。《生活秀》中的来双扬，为了使非常时期流失的祖传房产归到自己名下，费心请房管所所长吃饭并为他患"花痴"病的儿子"搞定"了婚事，而女方正是来自己家打工渴望城市户口的九妹，最后大家皆大欢喜，来双扬也终于达到了个人目的。这里，是"卑鄙"，还是"高尚"？文本的价值判断不免有些暧昧不明，但这种暧昧不明也反映了生活的逻辑和特点：你可以理解为赞赏，也可以理解为揭露，更可以理解为无奈。也许，在一个功利心态占主导地位的时代，在生存高于一切的意识的支配下，一切的行为手段都带有了追求实用理性和目的性的强烈色彩。

应当说，有论者批评池莉小说缺乏生命终极意义的追问和精神价值追求，并非完全没有道理。但是，现实是残酷的，对于生活于民间的芸芸众生来说，生存问题几乎成为生命的全部，不用全部心思应对现实生存而奢谈精神价值追求，无异于鲁迅当年批评的要拔起自己头发离开地球。事实告诉我们，民间社会的存在决定了对它作一个简单的价值判断是困难的，所以，正是由于这一点，池莉小说在这方面的价值的缺席，更有可能为一种明智之举。《来来往往》中有这样一个情节：主人公康伟业与妻子分居后长期"下榻"于一豪华宾馆，每日的山珍海味西洋大餐使他倒尽胃口、食欲全无，最后，还是吉庆街的家常小吃让他恢复了良好的味觉。这一情节带有某种"象喻"的色彩。一方面，它诠释了民间的生命之根已深深地植入无数生命的个体，它散发着无尽的活力和魅力；另一方面，也恰好能说明池莉小说的鲜明特色——"实"，像吉庆街的家常小炒或者来双扬卖的鸭颈，有滋有味，实实在在。

原载《理论学刊》2008年第1期

论池莉小说中审美与审丑

——兼谈女性写作的叙事立场问题

王晓恒　　姜子华

在20世纪80年代末的新写实的阵营当中，池莉以颠覆宏大叙事和还原人生烦恼而著称，揭示男性的普遍的生存悲哀使其小说具备了经典价值，但在女性主义的视角之下，池莉的女性写作更是别具一格，几个中篇小说刻画的丑陋女性成功地反拨了男性审美无意识和女性躯体修辞学惯性。《你是一条河》中底层母亲的遭遇颠覆了传统文学中的母亲神话；《来来往往》中的段莉娜庸俗野蛮，恰恰与丈夫的审美期待背道而驰。池莉的这种女性立场的审丑与高度写实的叙述造成了文本内在的审美张力，她的女性题材小说既是女性叙事的主体性的突破，也是世俗技巧的自我重复，其他作品的暧昧叙事也导致了价值观的混杂。

一、男性关怀与女性审丑

主流文学塑造出千篇一律的美女形象反映的是男性欲望和男性审美观，美女形象对现实女性的身心真相及其主体性构成遮蔽。在众多男性作家的视野之中，丑陋女人和粗俗女人总是作为美少女的对立面或道德的败坏者存在，既无视觉美感也无风流韵味。现实中的边缘妇女是被鄙视被排斥的，或是被放逐在文学殿堂之外的，具有审美冲击力的文学现象是：在女作家池莉的小说中，粗俗女人栩栩如生地登台表演，她们的丑陋、粗鄙和痛快淋漓的言行举止都真切地传达出现实女性的日常行为真相，从《烦恼人生》到《你是一条河》，池莉的底层关怀既构成了对宏大叙事与英雄神话的拆解，也形成了女性形象的祛魅。

典型的男性悲哀：女性主义立场的叙事是颠覆男性霸权而追求性别平等的，但这并不意味着某个作家拘泥于女性题材与女性形象，一个大作家应该有开放的视野和广阔的胸襟，在性别表达之外也应该有人性关怀。池莉小说中蔚为壮观的日常生活场景和婚恋故事所凸显的是平凡市民的无休止的烦恼，中篇小说《烦恼人生》荣获全国优秀中篇小说奖和《小说月报》第三届百花奖，被称为"新写实小说"的代表作，小说成功地为普通工人印家厚的庸常而苦恼的人生作传，精当地展现了他一天琐碎的生活流程：印家厚被生活驱使着奔波劳碌；一家三口经济拮据，没有充足的房子；每天都在家、汽车、轮船和单位之间高速地运转，还要照顾年幼的儿子；上厕所、买早饭需要急匆匆地排队，再赶到幼儿园并安顿好儿子；他在单位里吃苦耐劳地工作却莫名其妙地丢了奖金；吃午饭时在菜里发现了一只虫子；下班后他疲惫不堪地回到了家，却得知只有立锥之地的家里还要来一位客人！而且更倒霉的是，这样的房子也要拆迁了！他不断陷入一个个困境，却没能力去主宰命运，甚至连一点点可怜的希望也不断落空。印家厚忙碌的一天，浓缩了大千世界芸芸众生的生存本相。小说的叙述节奏是紧张的、不动声色的，主人公所有的奔波与劳碌都在不停息的叙述之中呈现出来。物质上的窘迫把一个男子汉的精神挤压得贫乏，这双重的贫乏却也内含着现代城市小民的无奈。印家厚对人生烦恼发出了人生如噩梦的感慨，"你现在所经历的一切都是梦，你在做一个很长的梦，醒来之后其实一切都不是这样的"[1]。

在这里，男性的主体能力和浪漫的理想乃至做人的尊严都被剥夺殆尽，

---

[1] 池莉：《池莉小说精选》，长江文艺出版社2003年版，第76页。

印家厚的悲哀体现了作家博大的人性悲悯，但是池莉的审丑也是毫不留情的，她刻画家庭主妇的庸俗性格也入木三分。相比于印家厚的本分与屈辱，他的老婆是麻木而泼辣的，她没有文化、没有修养、没有传统女性的贤惠和体贴，对印家厚比较苛刻，但是这个泼辣女人就是现实的、可靠的、能与他相依为命的"老婆"，印家厚的女徒弟雅丽温柔美丽、含情脉脉，但理性告诉他，与她谈情说爱是越轨的、非道德的，不可能发展成郎才女貌、夫唱妻和的新家庭。印家厚觉得"普通人的老婆就是粗粗糙糙，泼泼辣辣，没有半点儿身份架子……"①这篇成名作即开启了池莉女性审丑的书写，她操纵着精练的"贬女话语"写男性观念中女性身体的贬值，还原了家庭的平庸和家庭主妇的粗鄙性格。

典型的女性审丑：文学中的女性丑陋与审女性之丑之所以有意义，是因为我们长期以来被蒙蔽在"抑女"的审美定式里，女人承受着被言说被美化被评价的虚无的自身文化。在几千年的人类文学传统中，美女形象的背后却掩盖了女性作为沉默的客体被看、被言说的实质②。在众多男性作家的视野之中，丑陋女人和粗俗女人总是美少女与贤妻良母的对立面或道德的败坏者，既无视觉美感也无风流韵味，现实中的底层妇女更是被鄙视、被排斥的。经过现代女性文学和女性主义文学的不懈努力至今，女性形象的审美魅惑渐渐被解构，女性作家们带着对女性性格和女性生命的深刻理解把各种粗俗女人呈现出来，她们的丑陋、粗鄙和痛快淋漓的言行举止都传达出现实女人们的人性真相，她们愚昧的性别斗争昭示了女性的弱势地位与先天性弱点。尤其是在"新写实小说"的叙事中，文人墨客的理想主义想象被悬置了，人性本身和女性生存的矛盾更加尖锐，池莉的《你是一条河》和《来来往往》中的粗俗女性成功地反拨了男

---

① 池莉：《池莉小说精选》，长江文艺出版社2003年版，第76页。

② 李小江在《女性审美主体的两难处境》一文中分析男性审美无意识对女性的主体压抑时说："与生命的生成相反，女性的审美意识是在父权文化的腹腔中孵化成型的。与男性首先在审美活动中确立自己的主体身份不同，女性的审美起点，从被观照走向观照，是一个有条件的起点。这个条件就是历史——历史将女性的审美起点衍化成一个漫长的过程，这个无法抛掷、既成史实的客观条件，已经演变成'集体无意识'，将男性的意志和男性审美趣味灌输在女性审美意识的各个角落。"参见叶舒宪主编《性别诗学》，社会科学文献出版社1999年版，第48页。

性审美无意识造成的道德修辞，客观写实的细节和精彩的叙事话语既还原了生活，也形成了文本内在的审美张力。

现代以来的女性文学风格以浪漫抒情为主，这种女性特质往往被文学研究界称为"婉约派"的"女性文学"风格，女性文本中的时间也和女性生命体验相似，呈现一种停滞的、低沉的、回环往复的叙事共性，缺少男性主流文本的那种宏大的社会历史与时间的建构，而池莉利用通俗小说的模式，借助平静的叙事话语切入了女人十多年来的生命历程，暗示了时间流程对女性生命的消耗和这种消耗的无意义。

二、母亲形象的祛魅

《你是一条河》更是一次成功的母亲神话的祛魅。池莉叙事的突破就在于能把源远流长的女性神话：博大、高尚、善良无私都还原成一个底层妇女龌龊的苦难生存。小说把文学想象中的社会进步、幸福的预言与未来的希望淡化掉，凸显的是岁月对青春与理想的剥夺。小说不动声色地颠覆了宏大叙事中的时间流程，主流话语中的女性故事：female history（女性历史）被暗中解构，主人公辣辣的故事就是让"history"自身言说女性以及女性身体在苦难生活中的鄙俗与不幸。法国女性主义理论家波伏娃认为，时间属于男人，而女人是没有时间的，女性的生命属于空间。《你是一条河》的空间背景是武汉沔水镇，一个贫穷、狭隘、龌龊的世界，时间在运转，苦难却是永恒的，辣辣承受了一次次天灾人祸、政治动荡和贫穷愚昧制造因果循环。小说的叙述节奏很紧凑，沔水镇的百年茶楼轰然倒塌，把辣辣的丈夫埋葬在火海，也把她送进了苦难的深渊，辣辣带领年幼的孩子们开始了艰难的求生历程，养育儿女的伟大和母爱的光彩都被还原成愚昧而粗鲁的治家方略。为了活着，辣辣带领孩子们不择手段地获得粮食，甚至出卖肉体。辣辣管制她的孩子们的方法就是暴力。

《你是一条河》彻底地挖掘了愚昧与贫穷造成的人性丑陋，对儿童的成长、母子/母女矛盾的表现更复杂。挣扎在生存底线上的家里没有温暖、没有爱，辣辣和老李的私生子——双胞胎福子和贵子长年累月地蜷缩在阴暗的屋子里与世隔绝，由于营养不良成了痴呆儿，福子生病死去，贵子也因莫名其妙地怀孕而远嫁他乡。兄弟姐妹之间钩心斗角，老大得屋心理变态，对妹妹性骚扰；社员因饥饿而偷盗，后来由于强奸被判死刑；得屋在红卫兵"大串联"运动中大显身手，后来精神失常只能靠母亲照顾；辣辣的女儿艳春性格招摇，"活像一个小婆娘"，争夺管家的权力。可是，当"文革"给人们造成的创伤渐渐淡化，饥饿早已成为过去的梦魇时，小说仍然继续叙述母亲辣辣的悲剧遭遇。20世纪80年代，辣辣的老屋被拆了，政府给了她三室一厅的单元房。然而她没有享受到生活的幸福，为了满足儿女们的消费需求，她不得不透支身体，长期卖血，结果器官衰竭，身体浮肿，成了喧嚣的世界中无人问津的"胖姆妈"。

《你是一条河》里的"叛逆"的文学表现似乎逸出了所谓"零度叙事"的规则：在近乎中性的视角中对女人的揭丑、视丑的客观描述却渗透了可贵的女性立场。池莉对辣辣实施了一次无情的"贬女"话语，不留情面地还原了女性之粗鄙和怪异的性格，其对母亲的生命史的建构和宏大叙事中的母亲神话形成鲜明的反差，这一成功的文本实现了当今女性主义文学叙事的主体性（女性形象的主体性和叙事话语的主体性）。

三、"成熟"的叙事与立场的暧昧

池莉的平民姿态与"异性"理解都表现出她博大的胸襟与友好对话的性别关怀意识。但是作为一个女性作家，她的这种还原底层生存现实、给女性神话祛魅的叙事却没有坚持下去。从女权主义角度解释，可以认为，中国女权主义思想和女性主义文学没有传统，女性作家的女性立场、话语资源不仅同现代消费文化，也同主流文学的叙述模式构成冲突，这是女性叙事的根本困境，是女性文学至今仍然赢弱无力的本质原因。孟悦、戴锦华《浮出历史地表——现代妇女文学研究》精辟地论述到文学传统的匮乏导致了现代女性写作中表达与语言的尴尬，指出女性叙事文本的未成熟性，很多女性作家不得不回避女性经验以俯就时代语言，"她们大部分人未能对一般化的非特殊性的语言系统作根本性的离心、变异性调整，使之适应于经验的独特需要，反而在很大程度上牺牲回避了经验以俯就时代语言。……并没有任何现成的女性传统、女性视点或注目于女性立场的文学范式（包括情节设计和叙述方式等其他艺术技巧）"①。但池莉等人的女性写作的问题不是叙述的不成熟，而是女性立场的暧昧和叙述模式过于成熟老到，她并没有把女性群体的生存处境和性别悲剧深入地挖掘下去，从底层写实与真相还原起步的她渐渐滑向了大众通俗文学，充满悬念与刺激的文字、通俗离奇的故事构成了她在市民读者群中的巨大成功。可惜的是"像警犬一样注视生活"（池莉语）并对生活现象做仿真式描摹的结果是制造了众多模式化的女性而放弃了知识分子的思想批判，徐岱很不客气地批评了池莉成名后文学精神向度的下滑：牵强附会以"女权"的方式修饰文本，"其实是以'纯文学'的名义进行的商业炒作"②。池莉小说中的众多白领女郎认同商业社会的消费方式，参与了城市文化镜像的建造。《来来往往》里的知识女性林珠、时雨蓬，《你以为你是谁》里的宜欣等都是作为男人的情人出现的，她们在性的问题上很开放，很潇洒，没有感受生存之苦和情感错位之痛，池莉精湛的文笔复活了这些白领女郎的身体影像，但是在这些浪漫而高雅的城市白领身上，优雅从容的情场表演并没有指认其作为生存主体与人格主体的人性价值，她们是在实质上参与了消费时代的男性审美并制造了高级白领的文化魅惑。有学者论述到池莉等人的都市女性书写中的价值观混乱的问题，批判其立场的缺席："随波逐流的无奈混杂着斑驳陆离的价值观。"③虽然这些形象是女性作家的独创，但她们却暴露了小说立场的暧昧和作家审美倾向的模糊。

　　本文以池莉为个案，并非有意为难这位成功的小说家，而是希望借此探讨女性写作中的女性主义思想和作家性别立场的问题。其实女性写作中的叙述立场模糊的问题十分普遍，一旦女性创作被主流文化接受，作家往往忘记了自

---

①　孟悦、戴锦华：《浮出历史地表——现代妇女文学研究》，中国人民大学出版社2004年版，第24页。

②　徐岱：《都市风景的两种色调——方方与池莉小说的诗学审视》，《浙江大学学报（人文社会科学版）》2004年第1期。

③　孙桂荣：《"真实再现"下的暧昧之声——对消费时代女性小说的一种批判性阅读》，《理论与创作》2005年第2期。

己的性别身份和现实中普遍存在的性别不平等的事实而追求现实名利，现代的张爱玲，当代的铁凝和王安忆的女性写作也都存在内在思想和文本表达的暧昧性。张爱玲虽然被推崇为现代女性文学领域的佼佼者，被称赞为女性生存困境与人性丑恶的书写者，然而透过评论界巨大的轰动效应构造的精神帷幕，我们依然看到她的小说也存在这个价值观虚无的问题。她利用男性传统文学的"传奇"叙事手法和日常意象诉说"她们"的"故事"，结果是技巧已经淹没了思想。李建军评论张爱玲的文字时尖锐地指出她的致命弱点："语言虽然华丽，一篇一篇连起来看，便觉单调和重复，缺乏自我超越的变化和丰富，正像傅雷所批评的那样：结果变成了文字游戏。"[①]张爱玲不厌其烦地精雕细刻没落贵族的生活细节，根源在于她本人对那个陨落了的世界的无限留恋，而这种无意识的贵族情结也恰恰削弱了她对整个父权专制文化的揭示与性别压迫的透视。同样钟情于上海的王安忆在赫赫有名的长篇《长恨歌》中执迷于小市民日常人生景观的精雕细刻，凸显市民生活永恒的文化意义，从而回避了当代人的精神困境与尖锐的性别冲突。李静批评王安忆在20世纪90年代的小说艺术上的弱点，说她专注于自己的理性逻辑与情节逻辑中，以至于"小说的精神世界趋于贫乏，硬化了小说应有的不断变幻的精神空间"[②]。铁凝20世纪90年代的长篇创作似乎力图超越女性的性别局限，采用"中性视角"讲述一代或几代女性的历史，而这种努力却恰恰让她的作品（《玫瑰门》）削弱了对女性心理形态和生命真相的表达，平淡的故事、精彩的细节反而掩盖了女性同整个男权文化、同整个消费文化的对立，丢失了知识分子的思考与批判，这是真正的女性主义写作所应该警惕并力图突破的问题。

261

池莉
研究资料

---

① 李建军：《李建军专栏：回归本源　庸碌鄙俗的下山路——〈色·戒〉及张爱玲批判》，《小说评论》2008年第2期。

② 李静：《不冒险的旅程——论王安忆的写作困境》，《当代作家评论》2003年第1期。

结　语

　　成功的人物形象总是不能脱离他的精神主体性和情感主体性而仅仅充当表意的符号，文学中女性形象及其生命体验的空缺已经造成了文学生产和文学传播的男性向度。可悲的是，在喧嚣而时髦的消费文化语境中，很多女作家在尖锐的性别问题上停止探索，参与现代小资们所热衷的煽情表演并制造都市女性幻象（或曰"女体幻象"），继续停留在日常生活现象的客观描述上，继续自我重复惯用的题材与技巧。新世纪的中国女性作家能否回到女性群体的现实生存进行性别书写与底层关怀？能否透过生活表象而抵达理性的思考呢？况且，彻底地潜入市民、描摹生活原生态、编织通俗的故事会不会遮蔽性别问题，影响性别文化的建构？这些都是值得我们深入反思的问题。

原载《小说评论》2009年第5期

"烦恼人生"与"漂泊的码头"

——池莉与她的"武汉故事"

曾一果

一、"我也是小市民"

1987年，池莉在《上海文学》第8期上发表了《烦恼人生》，这篇小说随后引起了巨大的社会反响，随后她又发表了《太阳出世》《不谈爱情》，这武汉"三部曲"奠定了池莉的文学地位，使她成为声势浩大的"新写实主义"的代表人物。

但据池莉回忆，《烦恼人生》的发表并不容易，曾被好几个著名刊物拒绝，小说被拒绝一方面大概与当时池莉文学资历还浅有关；另一方面也与20世纪80年代的社会文化氛围有关，"宏大叙事"是整个80年代的社会和文化主题，这一宏大的社会和文化主题至今还被许多知识分子缅怀。《烦恼人生》的世俗话语与宏大叙事相违背，所以它的发表颇费周折，最后才在《上海文学》上发表。其实1987年前后，中国的社会改革正进入比较关键的时期，政治上社会动荡，学生运动不断，经济上物价飞涨，普通市民的生活举步维艰。尤其是国家在经济上的危机使得社会矛盾重重，日常和底层生活逐渐被社会关注，

《上海文学》较早地意识到当代文化也应该反映"日常生活"，这一年第6期的《上海文学》发表了这样的"编者的话"：

> 我们希望有更多的作者关心自己周围的日常生活：工厂班组会上的争论，乡镇企业里穿梭往来的经济联系……

"编者的话"号召作者放弃现代化大叙事的流行写作，关注日常和底层生活。故而对于上海而言，池莉的小说写得正是时候。《上海文学》立刻给了池莉一个话语空间，由于这个原因，池莉一直对《上海文学》乃至上海都抱有好感。实际上直到20世纪90年代，世俗化还没有完全成为整个文学思潮的主导力量，1998年《人民文学》第6期发表了作家李肇正、魏光焰的两篇小说《城市生活》和《街衢巷陌》，特地加了这样的"编者导读"：

> 如果说我们的小说面临着危机，这恰恰是因为我们日益远离小说的基本价值：它是一种世俗的艺术方式，它关注着人与人的关系……所以，我们还要推荐《城市生活》，你可以说，这篇小说表现金钱对家庭和婚姻的物化作用，然而它所展现的世事人情的质地却远为复杂，那种偏执的、狂躁的欲望腐蚀了一切，我们却也由此感受到市民生活中令人敬畏的坚韧和勇气，感受到社会、习俗无所不及的巨大力量。

这个"编者导读"把当代小说的危机归咎于小说没有认真地关注"世俗生活"。"文学危机"的原因是否是作品有无关注世俗话题这并非本文探讨的话题，但这个权威文学刊物的"导读"本身说明"世俗小说"在20世纪90年代没有受到足够重视。

《烦恼人生》的发表使得池莉一举成名，同时也确立了她早期的创作倾向和艺术风格，那便是为普通市民"立言"，不过，她在一篇题为《写作的意义》中区别了自己的"市民作品"与传统"市井故事"的差别。在这篇文章中，池莉言辞激烈地批判了两种文学倾向：一是翻译式语言，将国外的东西和

"五四"时期莎菲女士的自我情结结合起来，制造出一种作品；另外一个是启用半个多世纪前的中国语言"掺杂老庄老道佛学禅宗的玄妙机制"。显然针对的是汪曾祺、阿城、冯骥才等人的"市井小说"。池莉认为要抛弃这些传统文人化的市井故事，创作出现代普通市民的作品。而在《我坦率说》一文中，她更是把"市民"这个概念囊括一切，一切劳动者都被她看作"小市民"：

> 自从封建社会消亡之后，中国便不再有贵族。贵族是必须具备两方面条件的：物质的和精神的。光是精神的或者光是物质的都不是真正的贵族。所以，"印家厚"是小市民，知识分子"庄建非"也是小市民，我也是小市民。在如今的社会主义初级阶段，大家全是普通劳动者。我自称为"小市民"，丝毫没自嘲的意思，更没有自贬的意思。今天这个"小市民"不是从前概念中的"市井小民"之流，而是普通一市民，就像我许多小说中的人物一样。①

但如何才能产生不同于古代市井的通俗小说，又写出适合城市大众趣味的现代小说呢？池莉则将希望建立在现代城市本身上，她试图从现代城市所提供的社会结构作为小说创新的现实基础和源泉，中国发生的巨大社会变化和这座城市被她认为是可以产生出新的小说趣味和小说模式：

> 我拿不准我是否喜欢现在的大城市。但我对它非常敏感。它用高楼大厦、钢筋水泥和大量的生活垃圾将传统意义上的小说因素日渐消解，同时却把人的心无限扩张和复杂化，真可谓人心似海。我拿得准的是，作为一个小说创作者，我喜欢人心似海的现代状态。这种状态为被几千年农业环境所孕育的当代作家提供了一个极富挑战性和刺激性的创业机会，它使我们的小说创作本身有了历史性的崭新意义：你可以不必沿袭传统的模式和趣味，你也可以不必模仿别国的思想和文本，中华民族正在进行的经历与

---

① 池莉：《池莉文集（第4卷）》，江苏文艺出版社1995年版。

承载为小说的创作提供了饱含独特意味的无限空间。①

20世纪50年代出生的大部分作家，对于快速扩张的城市化和巨大的社会转型充满了焦虑，所以无论是贾平凹，还是张炜，一提到城市，总是先来个"大批判"，但池莉却意识到巨大的社会转型和快速的城市化是创作"新小说"的历史契机，并且在她看来，巨大的社会变迁创造了复杂的"人"，提供了无数新鲜的"人类故事"，可以让作家写出与过去不同的作品。池莉却像张爱玲那样，沉浸在"现时代"中，她不喜欢用典故，竭力摆脱"潜在文本"的影响，即使以历史人物为小说材料，她却标明"以当代为背景的历史掌故"。

确实，在这点上池莉做得不错，巨大的社会转型和丰富的城市空间，尤其是武汉这个城市，为她提供了一系列不同于传统的"新市民故事"，她也以辛辣老到的文笔很好地完成了这些故事，塑造了印家厚、吉玲、来双扬等各种各样的男女"新市民形象"。这些故事因为太接近现代市民生活本身，而被改编成都市连续剧，风靡一时。

二、日常世界的"生活秀"

《烦恼人生》（1987）、《不谈爱情》（1988）与《太阳出世》（1989）这三篇小说是池莉早期"武汉故事"的"三部曲"。在这"武汉三部曲"中，初登文坛的池莉便用一种练达的文笔向人们展现了一幅不同于改革大叙事的武汉日常城市景观。这是一幅忙忙碌碌的世俗生活图，所有的人都在为柴米油盐、一日三餐而奔波，崇高理想和浪漫情调被搁置一边。

《烦恼人生》（1987）中的印家厚每一天要从家里穿过整个城市，坐轮渡到江对面的工厂上班，所以他自然不是本雅明笔下的"城市漫游人"。他没有城市"漫游人"的闲暇，他穿越城市是为了生活和工作，从私人空间（夜里给小孩把尿，早晨起床刷牙、煮牛奶之类）到城市公共空间（街道、拥挤的公

---

① 池莉：《池莉文集（第1卷）·说与读者》，江苏文艺出版社1995年版。

交车和轮渡）再到集体生活空间（工厂车间、单位评奖）。无论是公共空间，还是私人空间，对他来说是一样的，都是他生存的空间，他根本没有闲心观赏整个城市的风景，伴随着他的城市路线，这个城市到处都是一片庸碌繁忙的景观：

> 　　印家厚缓缓地长长地舒了一口气。车下的一切甩开了，抬头便要迎接车上的一切。印家厚抱着孩子，虽没有人让座，但有人让出了站的位置，这就够令人满意了。印家厚一手抓扶手，一手抱儿子，面对车窗，目光散淡。车窗外一刻比一刻灿烂，朝霞的颜色抹亮了一爿爿商店。朝朝夕夕，老是这些商店，印家厚说不出为什么，一种厌烦、一种焦灼却总是不近不远地伴随着他。

　　映照在朝霞中的马路、街道和商店并没有让印家厚高兴，"老是这些商店"反而让他颇感厌烦，他的城市伙伴们也同样对城市街景毫无兴致。坐上轮渡后，他们对美妙无比的自然风景也熟视无睹。日本学者柄谷行人曾专门探讨过日本现代文学中"风景"的现代意义，但在这里，烦恼人生却让城市街貌和自然风景都失去了意义。这到底是为什么呢？答案自然是生活本身。所有市民都和印家厚一样，每天要为"找对象，谈恋爱，结婚。父母生病住院，天天去医院护理。兄妹吵架扯皮，开家庭会议搞平衡。物价上涨，工资调级，黑白电视换彩色的"这些世俗生活奔波烦恼。

　　但在池莉看来，这就是现代城市的日常生活，世俗化是其底色，爱情也必须以此为基础，换句话说，日常生活的稳定和坚固构成了所有浪漫传奇的前提。印家厚本来就是车间工人，生活在城市底层。尽管武汉这个大城市给他提供了浪漫的机会，漂亮的女徒弟雅丽丽喜欢他，甚至不顾一切，宁愿做他的情妇，幼儿教师肖晓芬也令他一度想起美丽的初恋情人。这些开放的城市"新女性"吸引着印家厚，差点使他越轨，但面对城市"新女性"的大胆表白，印家厚还是受到了"惊吓"，经历过"参照"和"比较"后，印家厚发出了至理名言："普通人的老婆就得粗粗糙糙，泼泼辣辣，没有半点儿身份架子。"最终他选择回归"家庭"，抛弃一切浪漫幻想，回归到城市的世俗生活中。

《不谈爱情》（1988）的标题表明池莉怀疑一切崇高历史和浪漫生活，而且从这篇小说开始，池莉开始有意识地为这个城市划分了两个冲突的社会空间，知识分子和普通市民分别代表着不同的社会阶层，并且占据着不同的城市建筑和空间，不同的城市居住场代表不同的权力结构，知识分子庄建非一家虽是城市少数派，却属于权力阶层。他们居住在东湖的小楼房里，这个地方环境封闭，干净整洁，与城市公寓相隔离，代表着这个城市的高尚住宅空间；而吉玲这些城市大众（市民阶层）居住的地方主要是热闹杂乱、人群众多的"花楼街"（《不谈爱情》）和"吉庆街"（《生活秀》）的城市公寓，许多公寓已经破败不堪，"花楼街"还是武汉城市史上名噪一时的色情场所：

> 武汉人谁都知道汉口有条花楼街。从前它曾粉香脂浓，莺歌燕舞，是汉口繁华的标志。如今朱栏已旧，红颜已老，那瓦房之间深深的小巷里到处生长着青苔。无论春夏秋冬、晴天雨天，花楼街始终弥漫着一种破落气氛，流露出一种不知羞耻的风骚劲儿。

这样的城市空间连累了"小市民"吉玲，使她和知识分子庄建非的婚事充满阻力，他们的恋爱和结婚，因而也是两个不同城市阶层和城市空间的较量。不过，冲突的结果是"花楼街"战胜了"东湖小楼房"。池莉让知识分子庄建非一家向"花楼街"低头，不仅庄建非如愿娶了吉玲，而且庄建非的父母为了私人利益，不得不拎着礼品亲自到"花楼街"的吉玲家道歉，这一道歉使得知识阶层颜面丢尽，周围还有一大群围观的市民；而在《你以为你是谁》中，知识分子李老师全家则"沦陷在"汉口小市民堆中，一家三口挤在一个20平方米的公寓中，与汉口小市民陆武桥为邻，而且李老师还经常和小市民混在一起打牌，吃便宜的小鱼，他甚至成为市民大众可怜和嘲讽的对象。池莉用她泼辣、犀利的文字无情地颠覆和瓦解了城市"知识分子"的崇高形象，将他们收编到"市民群体"中。其实在池莉看来，庄建非的知识分子父母自私势利，本质上与普通市民并无区别。

相反，市民阶层及其生活的世俗世界在池莉笔下却生机勃勃，尽管印家厚每日为生活奔波而有时厌倦了日复一日的婚姻生活和城市风景，但绝大部分市民，譬如陆武桥、来双扬这些"小市民"却充满活力、富有朝气，他们在"花楼街""简易宿舍"和"吉庆街"穿梭忙碌，日复一日，反而创造了这个城市空间的欢声笑语和喜怒哀乐，使得这个空间热闹非凡，充满了故事。尽管政府当局对这个混乱的大众街区进行了多次整顿，但这个大众街头却有顽强的生命力"野火烧不尽，春风吹又生"，而这本身便成为市民阶层顽强生命的象征。

实际上池莉小说构成了一部另类的武汉城市史，她所塑造的绝大部分"小市民"来源于"花楼街"和"吉庆街"，他们生动的形象和传奇的故事，与正史互相映照，弥补了官方城市史的不足。这些小说是武汉的"野史""方志"和"口头博物馆"。譬如，许多小说就生动地保存了武汉的方言俚语，《生活秀》中"十个女人九个嗲，一个不嗲有点傻"；《烦恼人生》中同事对印家厚说："嘿，又轮到你带崽子了。"这些都是富于"武汉味"的语言，池莉对这些坊间俚语运用自如，她对武汉的街头景观也谙熟于心，在创作《生活秀》时，她便多次深入"吉庆街"，所以下面一段可以说真实再现了武汉"吉庆街"的街头文化：

池莉

研究资料

　　转瞬间，吉庆街又红火起来，又彻夜不眠，又热火朝天，整条街道，又被新的餐桌餐椅摆满。南来北往的客人，又闻风而来，他们吃着新鲜的便宜的家常小炒，听着卖唱女孩的小曲或者艺校长头发小伙子的萨克斯，餐桌底下的皮鞋被大嫂擦得锃亮，只需付她一元钱。卖花的姑娘是宁静的象征，缓缓流动的风景，作为节奏，点缀着吉庆街的紧张的喧闹。

华裔学者王笛在他那本非常有名的著作《街头文化——成都公共空间、下层民众与地方政治，1870—1930》中说："城市的街头体现出该城市的过去和现在，代表着该城市的经济、文化和生活方式。在中国，一位外来者可以通过观察城墙城门、街头巷尾、店面装饰、小贩摊点、公共庆典等特征，把一个城市与另外的城市区别开来。"①正是在市民的日常世界之中，在"花楼街"和"吉庆街"上，武汉这个城市的"日常世界"反而具有了某种超越世俗的一面，显示出了一种特别的文化、历史和美学意味。

三、"日常生活"的裂变

《烦恼人生》《不谈爱情》和《太阳出世》的成功使得池莉以擅长描写武汉小市民闻名于世，留在读者印象中的是印家厚之类的普通市民阶层。他们为了柴米油盐、一日三餐而奔波，通常对浪漫爱情与美丽的城市街景无动于衷，他们的家庭和日常生活看上去也是坚如磐石，无法动摇。但其实这是池莉的早期小说造成的一种阅读的"刻板印象"，所谓"刻板印象"，是指"选择并且建构简化的、泛化的符号，用它们来对社会群体或是群体中某些个体进行区分"②。这种阅读的"刻板印象"甚至造成读者对池莉本人的"刻板印象"。许多读者很自然地认为，生活中的池莉是一位大彻大悟、热爱家庭和不谈爱情的武汉"小市民"。所以两年前的离婚，至今还使得不少读者感到震惊。可如果我们仔细考察池莉的小说，情况并不那么简单。

池莉确实塑造了许多生动形象的普通市民阶层，如印家厚、赵胜天等，他们循规蹈矩，虽为生活所累，却始终以家庭为重。不过，无论是在其早期创作，还是在其后期作品中，我们发现，在池莉小说中的日常城市空间里，总是弥散着一股令人不安的氤氲之气。这股氤氲之气不是要那些角色循规蹈矩，相反，恰恰是要他们逃离和摆脱日常生活，追求一种不平凡的生活。即使在《烦恼人生》这样强烈批判浪漫幻想、强调家庭稳固的重要作品中，印家厚虽没有勇气离开世俗空间，但他不仅有过浪漫幻想，而且当他经历了一系列的烦恼事件之后，在吃饭时，他终于借助"民族主义"情绪，出人意料地爆发了一场。

---

① 王笛：《街头文化——成都公共空间、下层民众与地方政治，1870—1930》，李德英等译，中国人民大学出版社2006年版。

② 利萨·泰勒、安德鲁·威利斯：《媒介研究：文本、机构与受众》，吴靖、黄佩译，北京大学出版社2005年版。

而我们前面已经提到，《不谈爱情》中庄建非之所以选择"花楼街"的吉玲，正是对知识分子庸俗家庭的反抗和逃离。甚至在更年轻时，庄建非已经学会用一种自我放纵的方法（手淫），挑战知识阶层家庭道貌岸然的外表。并且与印家厚不同的是，印家厚虽有过短暂的浪漫幻想，但始终没有越轨行为，可庄建非早就与中年妇女梅莹发生过性关系。

而在此后，尤其是在20世纪90年代中期之后，背叛、逃离、偷情这些越轨和反常行为在池莉小说中成为家常便饭，甚至构成了小说的主题。在《城市包装》的开头，池莉便写道"很多人都认为日常生活平淡乏味。可我不这么认为"。她越来越意识到普通的日常生活并不稳固，充满了不可预测的裂变。在《来来往往》（1997）之中，主人公康伟业最终抛弃了糟糠之妻，追求一种浪漫生活，与情人在外面租房子，而小说叙述者居然还为康伟业抛弃妻子辩护，说他的妻子人老珠黄、俗不可耐。但康伟业俗不可耐的妻子不就是印家厚、庄建非的老婆的翻版，为什么康伟业就有理由抛弃他的前妻？这只能说明，作者对于日常生活的认识发生了本质的变化。于是在池莉的小说中，我们看到了在这个城市的日常空间中，充满了不循常规的"逾越"现象。《城市包装》中，从小温顺听话、天真可爱的女儿忽然失踪，并改名换姓，而且做了舞女；《一去永不返》中，谁也没有料到彬彬有礼、温柔善良的温泉会在"日记"里写下这样一段文字：

> 我真后悔读书时没有用功，如果考上大学我不就飞出这个家了？无边无际的待业真叫人受不了。十八岁的姑娘了却只能穿妈妈做的棉绸连衣裙，还不许戴花边海绵乳罩，你已经成人了，可他们都把你当孩子。人人都可以说你，你却没力量没勇气反抗，因为你没有职业和经济收入。他妈的他妈的他妈的！
>
> 我天天盼望这个世界有所变化，哪怕战争、瘟疫、车祸、地震。只要不让我干护士，我憎恨妈妈的职业，害怕鲜血；让我干什么都成，甚至当妓女。尽管我没谈过恋爱，我对普通男人不感兴趣；尽管我讨厌下流的东西，但我可以干好某种职业。只要能离开这个家，让我成为一个独立的

人，我万死不辞。

为了逃离家庭，不当护士，温泉这个小姑娘竟然宁愿去做妓女，最终她也逃离了家庭和"流氓"青年走到一起，这不仅让其家人难以置信，甚至连读者都感到"震惊"。然而，池莉通过小说告诉读者，不合常理的故事每天都在上演。在《小姐你早》（1998）、《生活秀》（2000）、《惊世之作》（2000）和《所以》（2007）中，僭越、反常和离奇现象越来越普遍，于是日常生活不再被歌颂，反而遭到厌倦，"越界"反而成了一种平常行为。为什么会这样呢？这大概出于以下几个方面原因：

首先，这是日常生活本身的缘故。池莉一方面看到日常生活的稳固性，但另一方面，她早就意识到日常生活本身构成了一种令人难以忍受的压抑空间。于是在这个日常的城市空间中，充满了控制与反控制、成规与逾越、压抑与颠覆的行为，庄建非、温泉这些子女对于家庭的反叛，康伟业对于妻子，梅莹对于丈夫的背叛，陆建设对于哥哥的反抗，都是为了逃离日常生活的控制，在池莉最新的长篇小说《所以》（2007）中，主人公叶紫这样表达了她对"日常生活"的深刻感受：

272

> 事实上，多年以来，对于生活，也就是人们通常所说的爱情、家庭、事业等各个方面，我都是全力以赴的，也都是煞费苦心的。然而，大大小小的结果，似乎都不美妙。

尽管我"全力以赴"，却无法改变日常生活本身的平庸，于是只有反抗、越界和颠覆，才能逃离日常生活，重新获得和确立"自我"，包括属于自我的东西（身体的、物质的、社会的和精神的层面）。温泉反抗家庭是为了追求自由生活，庄建非偷情是为了摆脱家庭和获得身体的愉悦，叶紫的反抗是为了留在大城市武汉。

而"女性身体"尤其成为一种重要的反抗和控制的武器，日常生活的世界往往也是一个"男权世界"，但正如刘剑梅在《革命与爱情》中所说的身体经常在"色情的狂乱中分裂和混淆了男性所持有的信念、灵魂和精神"①。女性的身体成为攻击男权世界的有效工具。在《所以》之中，天真烂漫的叶紫年轻时被关淳一家欺骗和利用，叶紫也在欺骗中成熟，她学会了用身体反抗和摧毁男性世界，重建了女性主体，并如愿以偿地留在武汉。《生活秀》中的来双扬和《不谈爱情》中的吉玲更加厉害，她们虽是普通市民，但有勇有谋，用性感的身体、夸张的语言和有力的行动，彻底颠覆男权世界，来双扬用一种"亦正亦邪"的手段，将父亲、继母、男人和官方各个政府部门都一一击溃。卓雄洲，这位在政治和公共场合有着雄才大略的男人，到了她面前也不堪一击，反而成了她的"尤物"，无论是在公共场合，还是在床上，他都抵挡不了来双扬，来双扬才是控制者，占据着主体位置。

"越界"带来了自由、放纵和快感，然而游离于日常生活控制的"越界"，又是一种短暂的、致命的和毁灭性的力量，它破坏了婚姻、家庭、社会和城市的稳定，甚至破坏了"自身"。庄建非与梅莹、康伟业与林珠经历短暂的浪漫爱情之后，两个人最终又分手，于是控制与反控制、浪漫的追求与厌倦总是交织在一起，而这也构成了池莉自己的生活轨迹。

其次，武汉这个华中首屈一指的大城市，以及当代中国从乡村到城市的社会变迁和区域流动，为日常生活的裂变提供了条件。池莉所有的小说根植于武汉，荆楚的地理、历史和文化环境，以及民国以来的革命历史，还有当代中国的社会变迁，培育了这个城市的"市井风情"：一方面这个城市因循守旧、不思进取，周边又被乡村世界包围，使得这个城市至今还未脱去乡村气息；另一方面这个城市又大胆豪放、不拘小节，留存原住民群落的野蛮风尚和近代草莽的江湖习气，这种习气注定了这个城市喜欢冒险和打破成规，于是在这个城市的大街小巷遍地枭雄，侠盗盛行。

总之，这个半开化的城市既有很强的传统势力，又有各种生机勃勃的新生力量，他们鱼龙混杂地交织在一起，形成了这个城市的景观。"吉庆街"和"花楼街"这些城市的大众场所藏污纳垢，正好为各种人物的出没提供了

---

① 刘剑梅：《革命与情爱》，郭冰茹译，上海三联书店2009年版。

空间。故而，这里既有来双扬，也有来双瑗；既有印家厚，也有陆武桥；既有康伟业，也有陆建设。这里既有日常人生，也有浪漫邂逅；有普通群众，也有亡命之徒。各种各样的人物和行为在这里都有了存在空间，甚至池莉把这种城市特征，集中在"吉庆街"的来双扬身上。来双扬是一个粗俗普通的"武汉市民"，但她泼辣大胆、敢作敢为，又是一个天不怕地不怕的"江湖侠客"，连池莉也用这样的语言描绘来双扬，"来双扬的这一身打扮，简直就是江湖侠客"。来双扬一出场就有点不同凡响，为了房产，她可以转眼间与继母和好，和当局觥筹交错；为了生存，她可以直接和官方对抗。而正是通过来双扬，这个城市的精英与下层、官方和民众、男人和女人传统的历史关系不断地被改写、倒置和颠覆。

四、"漂泊的码头"

总之，池莉除了塑造印家厚这样循规蹈矩的市民，也塑造了一批具有江湖习气的"城市形象"，而这些"城市形象"以往并没有受到重视。这些人物居住、漂泊或聚集在武汉这个长江边的"大码头"，构成了这个江湖城市的独特景观。如果再仔细划分的话，池莉塑造的这些"城市形象"又可以分为三种类型：

第一种是"街头无赖"。以《你以为你是谁》中的陆建设和李浩淼为典型，这是最低级的一种"城市形象"。"街头无赖"有点像本雅明《发达资本主义时代的抒情诗人》中提到的"波希米亚人"，他们是城市"漫游人"，不过，他们早丧失了"波希米亚人"的诗人气质和浪漫情怀。相反他们汇集于城市街头，游手好闲，唯一的本事是坑蒙拐骗、打架斗殴，所以连印家厚这样的普通市民也瞧不起他们。陆建设和李浩淼一个出身于工人阶层，一个出身于知识分子家庭，但他们臭味相投，均背叛了他们的阶级，成了"街头游民"。他们无所事事，不愿意找正经的工作，却又没有做大事的本领，遭家庭和邻居歧视，他们把所有的责任推卸给社会。所以他们成了家庭和社会的"多余人"（unnecessary man），他们从家庭叛逃之后，整天在大街上四处游荡，寻找打架斗殴、坑蒙拐骗的机会，他们虽然没有大本事，但却有小聪明和小把戏，他们出没于城市各种场合，能在转眼之间改头换面，以一种"新形象"出现在城市街头，构成一道"街头风景"：

> 半个小时之后，陆建设李浩淼从同济医院门诊部的厕所里出来已经是另一副模样：陆建设肋下拄着双拐，穿着非常破旧的西装，一看而知是个有残疾的又还有点斯文的城市青年。李浩淼穿了一套从建筑工地偷来的服装，脸上抹了灰，夹只旧公文包，活像一个发了小财的民工小工头。

不过上述这道"街头风景"却让大部分人头疼，对于这类城市形象，池莉一方面毫不留情地加以批判，将他们看成社会的"寄生虫"；但另一方面，却也通过他们暴露了社会的不公平。因为正是跟随着陆建设和李浩淼在这个大城市的四处"漫游"，东张西望，我们从他们的目光里看到了多样化的城市景观：一方面繁花似锦、衣冠楚楚，另一方面却是贫穷破败、衣衫褴褛，不同景观形成了巨大的反差，暴露了当代中国的城市现实，同时陆建设和李浩淼扭曲的江湖心态，也在这里找到了源头。

陆建设和李浩淼虽然是江湖骗子，但还没有大胆到杀人越货，他们也只敢拿着假枪吓唬普通市民，但在《不要与陌生人说话》（1997）等小说中，这个城市的日常世界里，出现了更危险的"城市漫游人"。他们出没于这个城市的每个街角，没有人知道他们来自何方，又到哪里，他们可以转眼间骗走小市民徐灵的珠宝首饰，甚至全部家当，他们没有固定住所，这个城市就是他们的"家"，也是他们"漂泊的码头"：

> 天南海北的外地人，周末坐飞机来武汉，白天关在宾馆房间睡大觉，夜晚来吉庆街吃饭，为的是欢度一个良宵。吉庆街实际上已经不仅仅是一个吃饭的大排档。在吉庆街，二十三十元钱，也能把一个人吃得撑死；菜式，也不登大雅之堂，就是家常小炒，小家碧玉邻家女孩而已。在吉庆街花钱，主要是其他方面，其他随便什么方面，有意味的就在于"随便"两

个字，任你去想象。吉庆街是一个鬼魅，是一个感觉，是一个无拘无束的漂泊码头；是一个大自由，是一个大解放，是一个大杂烩，一个大混乱，一个可以睁着眼睛做梦的长夜，一个大家心照不宣表演的生活秀。

第二种是"市民领袖"。这是池莉塑造的第二类具有江湖味道的"城市形象"，前面我们提到的来双扬、陆武桥是这类形象的代表。这两个人本质上是印家厚之类的城市小市民，他们并无"远大理想"，追求稳固舒适的平凡生活是他们的终极目标。但他们又不满足于做印家厚那样一个被动受气的"小市民"，他们主动面对生活，迎接挑战，努力改变"自我命运"，甚至为了改变生活，他们不惜僭越和打破"常规"，借助一些非常手段，获得他们在城市中的生存资源。例如，《你以为你是谁》中的陆武桥本来就是印家厚一样的工人，他虽是普通市民，却很有魄力和胆识，在社会转型的历史时刻，他选择了一般市民不敢做的事情，辞去变压器厂的车间主任"留职停薪承包居委会的餐馆"，当起了饭店老板；《生活秀》中来双扬也是这样，因为下岗沦落为社会下层阶级，但她不甘于被命运打倒，她自力更生，创办了"吉庆街"第一家个体户，卖鸭脖子。

陆武桥和来双扬虽都看透了"世俗生活"，但同时又对城市生活有着一种巨大热情，所以他们主动地投入到生活中去，去创造城市的"新生活"，他们不像普通市民会轻易地被生活打倒，他们的能力超越了一般市民，往往成为普通家庭、社区的"市民领袖"。母亲出了事要找陆武桥，姐姐离婚也要找陆武桥，父亲管不了弟弟，还是要陆武桥出面；来双扬也是这样，不仅要管自己的生意，为整个家族的发展筹划，还要为吸毒的弟弟操心。很显然，池莉很偏爱这些具有"超凡魅力"的"市民领袖"，认为他们是这个城市的中流砥柱，是这个城市的全部希望，甚至她认为他们"即便不再是工人做了老板也不能因此定性为小市民，像他们这些人现在应当称为历史的弄潮儿"（《你以为你是谁》），作者居然还想把这两个人物拔出"小市民"群体。

第三种是"江湖枭雄"。这是池莉塑造的第三类具有江湖习气的"城市形象"。这类形象不同于"街头无赖"，也不同于"市民领袖"，有些人也是出生在这个城市，是这个城市的市民，甚至来自社会底层，但他们从不甘心做"小市民"，更不要做"街头无赖"，他们不屑于陆建设和李浩淼那样干偷鸡摸狗、打架斗殴之事，这些事在他们看来太低级；当然，他们也不满足于成为陆武桥和来双扬，做一般普通家庭或社会的"市民领袖"，他们是"绿林豪杰"或"江洋大盗"，生来就是要做"大买卖"的，他们的形象一般就如《来来往往》（1997）中的贺汉儒：

> 康伟业还替他饯过行，凑过路费。这次在王府见到的贺汉儒，康伟业根本认不出来了。贺汉儒的大背头梳得溜光，衬衣雪白，西装笔挺，一身香气，提着手提电话。他请康伟业喝晚茶，铺张了一大桌子的粤式小碟和小笼，说："你们中国人现在最时兴吃粤菜了。"

陆武桥和来双扬能耐再大，但他们仍然属于这个城市，他们不愿意离开这个城市，也不愿意真正背离"市民阶层"，但贺汉儒和《致无尽岁月》中的大毛，他们本质上就不属于这个城市，尽管有不少人出生于这个城市，但他们的身体与精神都属于另外一个世界，也可以说他们的身体与精神属于任何一个城市，他们的身体、行动和思想不受一个城市限制，甚至不受一个国家控制，他们也不接受日常社会的道德成规，而是为所欲为，按照自己的逻辑行事，他们来无影，去无踪，任意自由。住豪华饭店、包二奶对他们来说都是小事，他们有时很重感情，譬如《致无尽岁月》（1999）中大毛对于"我"的感情是那么深，但这类人又翻云覆雨，一转眼就会翻脸不认人。《来来往往》中康伟业的老同学贺汉儒，与康伟业夫妻都是同学，还和康伟业是知青战友，"一度他们好得恨不能割头换颈"。但在关键时候，贺汉儒还是为了自身利益，欺骗了康伟业。

贺汉儒和大毛这类人既可能是"绿林大盗"，也可能是"江湖豪杰"，总之，他们本质上不是普通的街头市民。池莉对这样一类"城市形象"显然并不十分满意，她对这类城市形象有着清醒的认识，所以，在《致无尽岁月》之中，尽管作者塑造了"江湖豪杰"大毛对"我"的深厚感情，"我"也有过无数次机会跟随大毛离开武汉，但"我"始终没有跟他走。当然这对读者而言，多少有点遗憾。

总之，池莉不仅塑造了大量富有"武汉味"的普通"市民形象"，而且也塑造了不少形态各异不同于普通市民的"江湖形象"。这些形象有"街头无赖""市民领袖"，还有"江湖枭雄"，以及我们未提到的一些从乡村来到城市的"民工形象"，各种形态的城市"殊相"与大量的普通市民互相参照，构成了富有意味的武汉城市的"众生相"。

通过这些"众生相"与"殊相"，我们看到池莉对于城市生活了解得深入，看到她塑造和把握各种角色的高超能力。无论是"小市民""街头无赖"，还是"市民领袖""江洋大盗"，这些性格迥异的"城市形象"，给读者留下了深刻印象。而我们说过，之所以有这种种"城市形象"，与中国社会的变迁和武汉这个城市自身的地理、历史和文化环境密切关联，这一切都来源于这个城市；反过来，我们提到过，这些形象也增加了我们对这座城市的认识，补充了官方历史叙述的疏漏之处。

另外，对于这个巨变的城市，对于"花楼街"和"吉庆街"所代表的武汉"市民社会"和"江湖世界"，池莉本人实际上是充满矛盾的，她一方面很喜欢这个"江湖城市"，因为这里代表着野性、随意和自由；另一方面她也深刻地感受到，巨大的历史变迁给这个地方带来了芜杂、混乱和虚浮，所以，2007年3月2日，池莉在接受"新浪"读书版的一位记者的采访时又强调了下面的话：

时代给予我们的东西太芜杂，太混乱，太虚浮了。中国城市的飞快发展，在带来了丰厚物质和泡沫信息的同时，也带走了许多优美隽永的东西，这是令人非常忧伤的。我在前些年，给一本英文翻译书写过序言，那是美国一个新锐社会学家写的，叫作《好社会：人道的记事本》，那里面就阐述了一个理想社会的特质。而文学是为心灵筑巢，我写小说，就是想让自己的精神世界和读者的精神世界找到一个藏身并可以倾诉的地方。

而她自己的人生经历也说明了她对待人生始终处于一种矛盾状态：一方面，她认识到世俗生活的合理性；另一方面，这个城市丰富多彩的世俗生活本身也提供了一种变化的可能，而她自己也用行动证明了这个循规蹈矩的世俗城市，始终有一股"裂变"之流。

原载《苏州大学学报（哲学社会科学版）》2011年第1期

池莉新都市小说中的女性形象分析

杨新刚

池莉是一个较早走出西方及苏联文学传统和自20世纪初叶至新时期前所形成的中国现当代文学传统的为数不多的作家之一。西方和业已形成的中国现当代文学传统曾对她产生过深刻的影响，而且她也曾试图运用自己的所学来进行文学写作。但她很快就陷入了困惑之中，她既感到模仿的困难及可能产生的不良后果，又感到用所习得的文学经验所创作的作品与社会现实之间的隔膜。"作为一个作家，我认为我诞生的时代不容乐观。我上有五千年的文学巅峰，正在进行的是如潮涌来的一阵又一阵的西方文学浪潮以及拉美文学浪潮，在新中国成立之初到'文化大革命'之前这段历史时期淹没我们的是前苏联威胁浪潮。……读书原本有益无害，但不知怎么搞的我们把自己读成了别人。"[①]意识到问题之后，池莉不再去模仿他人，而是开始从现实生活中寻找创作的题材、主题和适合当代中国民众欣赏习惯的表现方法。"我知道自己是这个时代的崭新的孩子，我以写作为个人的生活方式……只有生活能给我教训；我向往一切新的东西；永远寻找着新的诉说方式；我不要当匠人；我不要名利污染我珍贵的笔；我梦想我写一个故事能让全世界人心一动。"[②]

---

① 池莉：《池莉文集（第4卷）·写作的意义》，江苏文艺出版社1995年版。

② 池莉：《池莉文集（第4卷）·再谈写作的意义》，江苏文艺出版社1995年版。

首先，她在表现题材方面做出了大幅度调整，将都市题材作为创作的主要题材，这在当时无疑是一个巨大的挑战与冒险，因为二十世纪八九十年代农村乡间题材和革命战争题材是占据当时中国文坛的两种主要题材，而她则开始致力于都市题材的创作。池莉热爱当下火热的都市生活，她尽力捕捉时代巨人看不见的手在都市——人类特定的生存聚落——上空搅动风云所引起的波动，"武汉市是一个非常有意思的城市，我常常乐于在这个背景上建立我的想象空间。武汉的有意思在于它有大江大河；在于它身处中原，兼容东西南北的文化；在于它历史悠久，积淀深厚；从春秋时期伯牙子期的古琴台到清朝顺治年间归元寺的五百罗汉再到半殖民地时期的洋房和钟楼，一派沧桑古貌，一派高天厚土。而武汉气候的恶劣程度，在同等城市当中更是排列第一，人们能够顽强坦然地生活其中，这本身就有某种象征意义，就是一种符号"①。基于为历史留影为现实写真的初衷，池莉将笔触聚焦于20世纪80年代后期以来的都市，希冀在对都市活色生香的现实场景和人事纷纭的描绘中，传达出她对都市现实人生的体验与感悟。细碎琐屑而又真实无比的市民生活成为她文学叙事的重要内容，普通的"小市民"成为她塑造的主要形象。

其次，她开始摸索属于自己的得心应手的表现方式。"我拿不准我是否喜欢现在的大城市。但我对它非常敏感。它用高楼大厦、钢筋水泥和大量的生活垃圾将传统意义上的小说因素日渐消解，同时却把人的心无限扩张和复杂化，真可谓人心似海。我拿得准的是，作为一个小说创作者，我喜欢人心似海的现代状态。这种状态为被几千年农业环境所孕育的当代作家提供了一个极富挑战性和刺激性的创业机会，它使我们的小说创作本身有了历史性的崭新意义：你可以不必沿袭传统的模式和趣味，你也可以不必模仿别国的思想和文本，中华民族正在进行的经历与承载为小说的创作提供了饱含独特意味的无限空间。"②

这一切都表明池莉要走出属于自己的一条路——找寻适合自己的叙事内

---

① 池莉：《池莉文集（第1卷）·说与读者》，江苏文艺出版社1995年版。

② 池莉：《池莉文集（第1卷）·说与读者》，江苏文艺出版社1995年版。

容和表达方式，实际上任何一个作家都是在寻觅属于自己的叙事内容和表达方式，这是作家开始走向成熟和形成一定风格的一种重要标志。《冷也好热也好活着就好》以及《烦恼人生》《不谈爱情》《太阳出世》等一系列作品的出现，就是池莉做出重大调整之后的巨大收获。面对言不及义的批评、责难和不解，池莉对此一笑置之，不做任何的辩解，她坚信自己的选择，坚守自己的理念。20世纪90年代以来她陆续为读者奉献了《来来往往》《城市包装》《你以为你是谁》《生活秀》《所以》等优秀都市小说，而且获得了好评。

当代中国急剧的都市化，影响和冲击着市民的现实生存，进而引发了诸多的"家庭风暴"。池莉非常善于将"家庭"作为观察和表现当代都市社会万般变化的一个窗口，透过对一个个充满矛盾甚至面临崩解危机家庭的描绘，通过家庭成员之间的恩恩怨怨分分合合关系的展示，既透露了社会转型期都市男女的爱恨情仇又刻画了市民阶层的生存危机与心理危机，折射出鲜明的时代特征。池莉热衷于对市民阶层尤其是都市女性生存现状的生动表现。《来来往往》《小姐你早》《生活秀》《城市包装》《不要与陌生人说话》等小说，可谓将当代都市女性的真实生存状态展示得淋漓尽致。其中有当代怨妇段莉娜、外企白领林珠、"新新人类"时雨蓬（《来来往往》），古典美人李开玲、高级专家知性女性戚润物、当代尤物艾月（《小姐你早》），都市草根阶层的"地母"形象来双扬、自以为是自欺欺人的来双瑗、纸醉金迷而又滥情的小金（《生活秀》），年轻叛逆的问题少女肖景（《城市包装》），进城寻找自我价值实现和爱情的农村女性徐灵、失意而又自以为是的徐红梅（《不要与陌生人说话》），等等。

池莉的新都市小说中的当代女性形象，包括六个类型：清醒的理性主义者、保有传统美德而走向觉悟的女性、痛失既有优越地位和既得利益而倍感失落的女性、情色奔放的时尚女孩、进城寻找美丽新生活的乡村女性和作为男性导师的女性。

第一，清醒的理性主义者。如《来来往往》中的林珠、《小姐你早》中的艾月、《你以为你是谁》中的宜欣和《生活秀》中的来双扬。池莉都市小说中具备清醒的理性主义思想意识的女性形象，多临摹来自当代都市社会中最为活跃的女性群体。她们直面现实，绝少伤感与抱怨。理性而决绝，哪怕是面对爱情，她们既有火热的激情又不乏女性的柔肠，但她们却不无浪漫的空想与不着边际的遐思，理性是她们决定一切的鹄的。因此，她们与传统女性有着巨大的差异，这差异让男性既爱又恨，甚至心存恐惧。《来来往往》中的林珠是极具现代意识的都市新女性，她是外企白领之中的佼佼者，她集时髦丽人与商业女杰的特质于一身，她妖艳而充满诱惑力和杀伤力。"林珠是一个典型的南国小女子，身材小巧，皮肤微黄，眼窝深，颧骨高，唇大而厚而红，眉黑且直且长。属于杀伤力较强的索菲亚·罗兰型的性感女郎，使一般眉清目秀的传统美女相形见绌。""她的穿着打扮绝对国际流行化，只用法国香奈儿香水，服装使用的颜色惊人得大胆，蟹青、海蓝、杏黄、烟紫、樱桃红等等，都是一般中国女性穿不了的颜色。林珠深懂自己的优势所在，一是轮廓鲜明，曲线玲珑。二是具有肌理细腻、弹性优良、极富光泽的象牙黄的皮肤，这是全世界富人所孜孜以求的肤色；富人们要花大钱去阳光海岸光着屁股晒太阳才能够得到，而林珠与生俱来，她的外形与肤色足以使她挑战最刁钻的颜色。"林珠秀外慧中，精通外语的她靓丽而颇具才干，绝非徒有其形的"花瓶"。"林珠遇上了她的好时代。林珠生在广东，长在北京，大学英语系毕业。说得一口叽里咕噜的粤语，一口抑扬顿挫的京片子普通话和一口流畅的英语。这正是生意场上最热门的三种语言。"深沉老到、精明干练的她，凭借超人的才干和过人的豪气很快征服了已婚男人康伟业。她向康伟业馈赠了象征爱情分量的定情礼——价值不菲的玉坠子，两人曾经度过一段如梦如幻的甜蜜爱情生活。"康伟业与林珠的爱情是空中的爱情，飞机里来飞机里去，电话里来电话里去，饭店里来饭店里去，上不沾天，下不沾地，如梦如幻，带着强烈的理想化色彩，似乎是不打算坠落红尘的。""康伟业认为他与林珠是彼此相爱，不是风流苟且。林珠绝不是人们所说的那种傍大款的轻浮女子，他康伟业也不是什么搞金屋藏娇养二奶的花花公子，他们是爱情。他们将来一定是要结婚的。"面对贺汉儒的背叛和欺骗，林珠放弃了其他都市白领女孩梦寐以求的礼物——美金和赴美留学的宝贵机会，非常仗义地选择了与康伟业站在一起，义正词严地要从美国总部老板处讨回公道，但未能成功，出于义愤她把工作辞掉了，这令康伟业十分

池莉
研究资料

感念。"娇小的林珠居然还有一身大义凛然的豪气，这在当今的商品经济社会里，生意场上，是多么难能可贵。如果说以前他得到的是一个最好的情人，现在他又得到了一个最好的朋友。男人需要情人但是也许更看重朋友。林珠既是情人又是朋友，一个完美的世界。"两个人的关系明确之后，康伟业希望她能够做一个打理家政贤惠温柔的普通家庭女性，早上目送丈夫上班，晚上恭迎丈夫回家。但林珠既不愿过一个居家女性，更不愿过一种鼹鼠式的生活。她需要火热而又充满激情的生活。她不希望庇护在康伟业的羽翼之下，她愿意拥有自己的事业和真正的爱情。如果爱情事业都不能够如其所愿，那么离开就是顺理成章的结果。林珠没有绵长的伤感，更没有低低的哀求，她果断地卖掉了康伟业馈赠的房产，带着属于自己的财产扬长而去，空留给康伟业无尽的伤感与绝望。"林珠这种现代女孩子，男朋友换得自己都数不清，对感情的处理办法简单明了：和则聚，不和则散。与她相处原本不难，只要对她说：我爱你，或者我不爱你了，就成。"林珠既有王熙凤的干练又具备妲己的美貌，才干超群、美貌异常，但她的冷静和理性也令人害怕。

《小姐你早》中的艾月在戚润物的眼中简直就是"一个年轻的狐狸，一个青春洋溢的狐狸，一个品质外露的狐狸"，是非常理想的"糖衣炮弹"。她相信王自力在艾月面前肯定会束手就擒。新一代女性艾月既是金钱社会中的尤物，仿佛希腊神话传说中引诱水手的海妖，又具美狄亚的复仇气质。她十分明确自身的优势、自己的需要，有着明确的人生观。她既迥异于古典美女李开玲，又不同于事业型女性戚润物。她熟谙世故人情，更熟知金钱世界的游戏规则："在今天这个社会里，大家都是商品。这是客观事实。我以为商品并不让人感到羞耻。""谈不上漂亮。性感而已。"因此，她要利用性感的身体为自我赢得生活的一切。艾月的人生观是"我必须要在青春的时候，在漂亮的时候享受最好的生活。我热爱生命"，她并不讳言自己在刘老板心目中的位置，她对戚润物说："简单明了地通俗地告诉您吧，我是他的妾。"用自己的姿色、性感换取生存和生活的资本，她并不感到难堪或羞耻。她与李开玲戚润物有着不同的人生观："戚老师，二十世纪末了！生命如此短暂！应该是宁可碎瓦，不可碎玉了！"她虽然位卑低贱但并不贱视自己，"我没有出卖灵魂，我只出卖了肉体"。她看清了当代男人的软肋和死穴，"现在的男人，没有了权力和金钱就完蛋了"。因此，她与李开玲、戚润物勠力合击，将王自力打倒在地，让他永世不得翻身。历来女性对金钱问题往往是避而不谈甚至认为是庸俗的，但艾月却认为，"女人所需并非金钱！金钱太狭隘太有限并且总在散发臭气。但是，男人的准则是金钱。所以，你必须首先重视金钱然后升腾自己，让一切都是新的"，的确，金钱不能代表所有，但金钱却是人生升腾的先决条件。小说中艾月形象的设置目的在于揭示，现代女性早该觉醒、早该善待自己、早该出手反击、早该独立不倚，而实现这一切的前提条件是经济的独立。《你以为你是谁》中武汉某大学的女博士宜欣与陆武桥同样有过短暂而真挚的爱情经历，但为了自己的事业，她与陆武桥度过短暂的神仙眷侣生活之后便与自己并不爱的加拿大人结婚——为的是自己的事业，而远嫁异国他乡。宜欣在个人爱情与事业前程面前，泾渭分明。可以为爱疯狂，但绝不会为爱厮守终身。她的离去对陆武桥的打击如同林珠的离去对康伟业的打击一样大，让他们顿感爱情的幻灭。

如果说《来来往往》与《小姐你早》分别描写了都市中产阶层家庭女性的屈辱隐忍与奋起反击，那么《生活秀》则是对都市草根阶层女市民来双扬坚韧抗争的生动表现。来双扬是武汉吉庆街卖鸭颈的底层市民。她15岁丧母，16岁因火灾事故被工厂开除，接着父亲又抛下儿女另组新家。照顾抚养弟妹的重担，落到了她稚嫩的双肩上。命运对她可谓非常残酷，因为计划经济时代，被工厂除名，不仅没有再就业的机会，而且被社会视为败类渣滓。她不得已自谋生路，开始冒险在街上做小生意养家糊口。改革开放后，她由于前期的资本积累，很快脱贫致富，并且开始经营酒楼，后来成为吉庆街成功的创业偶像。她在吉庆街顽强而倔强地生存了下来，离异后独自居住在祖上的老屋，白天打理酒楼，晚上卖鸭颈。本来她的生活非常滋润与平静，但麻烦接踵而至：首先，一部分祖上的房产被他人无理霸占，几经商讨未果，现在居住的房产又遭到了兄嫂的觊觎；其次，妹妹来双瑗的懵懂无知与妄自尊大，搞得她十分头疼；再次，大弟弟来双元与妻子小金关系面临破裂的危险，小金红杏出墙，来双元无能为力；然后，弟弟来双久是个"瘾君子"；最后，她与成功男士卓雄洲的爱情。表面看来，来双扬只是个卖鸭颈的女子，但她却不是个简单的女人。她利用底层市民的生存智慧和活络的手段，将矛盾逐个击破。先是找到父亲，施展女儿的温柔，顺利地将房产过户到自己名下；而后又将九妹嫁给了房管所所长的"花痴"儿子，轻松地取得了被别人霸占的房子；替妹妹垫付劳务费，未雨绸缪为她解决了后顾之忧；制服嚣张而无耻的弟妹小金，让她重新回归家庭；明知犯法，但出于对来双久的疼爱，依然让他吸毒；在处理与卓雄洲的关系方面做出了比较好的了断。"吉庆街的来双扬，这个卖鸭颈的女人，生意就这么做着，人生就这么过着。雨天湖的风景，吉庆街的月亮，都被来双扬深深埋藏在心里，没有什么好说的，说什么呢？正是日常生活那些无法言表的细枝末节，描绘着一个人的形象，来双扬的风韵似乎又被增添了几笔，这几笔是冷色，含着略略的凄清"，"不过来双扬的生意，一直都不错"。来双扬是急剧变化的社会现实中理性而睿智的市井女性，她感性而又不失分寸感地解决了一切在别人看来非常棘手的问题。

第二，保有传统美德而走向觉悟的女性。如《小姐你早》中的李开玲和戚润物。《小姐你早》这部小说与《来来往往》在主题上有所不同，如果说《来来往往》是当代"怨妇"防御战的话，那么《小姐你早》则是当代"弃妇"的大反攻。小说写出了都市新女性逐渐觉醒，并寻求解放和独立的鲜明时代主题。戚润物、艾月、李开玲是新都市中三个不同类型的女性的代表。李开玲是新时代中古典怨妇形象，自诩具有善解人意的"美德"。戚润物，纯粹科研型高级知识分子，科研第一，事业至上，观念落伍，与时代隔膜日久，远远落后于时代潮流，对时尚一窍不通；更不懂得如何运用女性特有的魅力去取悦丈夫，兢兢业业搞研究，为国奉献；任劳任怨带孩子，甘为人母。人到中年，事业有成，却遭到丈夫王自力的欺骗和可耻背叛。艾月则是新都市中的新新人类，年轻貌美、青春性感、尖刻直爽，年龄不大，道行却不逊于李、戚二人。三位女性的聚首缘起于一个男性——王自力。王自力是改革开放以来滥用组织信任，利用手中掌握国家资源优势，迅速暴富阶层中的典型代表。通过攫取权力和金钱而形成的"自大狂躁症"，最终让他找不到北。戚润物无意中撞见王自力和小保姆私通，丈夫的无耻行为激起她强烈的报复欲。她在李开玲的帮助下，开始反思婚姻失败的原因以及自我对社会的疏离与无知，她的女性意识开始逐渐觉醒。经过对"麦当娜"夜总会的多次考察，她找到了打垮丈夫的计策：寻找或购买一颗"糖衣炮弹"就能轻易将王自力打倒在地。在苦寻"糖衣炮弹"过程中，在一次偶然的聚会中结识了艾月。在李开玲和艾月的帮助下，戚润物不仅轻松地将王自力拉下了马，而且开始懂得享受生活。知性女性往往是以对都市生活缺乏真正了解，多以一心扑在科研事业上而忘我奋斗的形象出现在世人面前。在池莉的笔下，知性女性在打拼事业的同时，开始进入都市生活之中，感受并批评都市生活。因为她们是知性女性，故她们不可能向都市文化全面投降；她们对都市社会往往持批判的态度，而绝不会与世浮沉，更不会同流合污，这从戚润物对当代都市男性和都市文化的批判之中可以看出她们区别于一般市民女性的根本不同之处。当然，在池莉笔下，知性女性同样也热爱生活，懂得欣赏生活，悦纳他人及自我。戚润物的变化也较好地说明了这一点。总之，池莉笔下的知性女性形象既保有中国知识女性的创造奉献批判精神，又懂得享受都市生活和悦纳自我。

第三，痛失既有优越地位和既得利益而倍感失落的女性。如《来来往往》中的段莉娜和《不要与陌生人说话》中的徐红梅。段莉娜是当代怨妇，这个形象非常具有代表性和典型性。她出身军功贵族之家，父亲是军队离休的师级干部，家庭出身十分显赫优越，下过乡当过知青，在社会科学院工作做政工干部，如果不是社会的急剧转型，她可能还会过着悠哉清闲的"贵族"生活。特殊的家庭环境造就了她特别的性格，刻板面容下隐藏着傲慢，正统的脸庞上潜隐着不屑的神情。她对变化的都市社会的反应比较迟钝，她固执地认为世界和荣耀依然属于军功贵族，最初她反对康伟业弃政从商，希望他继续在仕途方面有所进步。但她不仅不能挽住时代的巨轮，而且随着时代的飞速发展连对丈夫的控制权和优越感也丧失殆尽。随着康伟业攫取第一桶金的成功，他已经逐渐摆脱了她的控制，当康伟业的生活中出现林珠时，是她的怨妇生涯之始。段莉娜的悲剧在于她不能与时俱进，及时调整自己的思想与意识，以适应变化了的都市社会现实。"康伟业太了解段莉娜了。他们这一代人一直清贫，习惯了清贫，以清贫为荣，是一代没有庙宇失去了偶像以自己的良心为夜行路灯的苦行僧，是一无所有而以一无所有为骄傲的极其自尊和自信的苦行僧。"同时，固执与撒泼，不仅不能博得康伟业的同情，相反会把丈夫推得越来越远。出身高贵的段莉娜因军功贵族优越性的失落而倍感苦恼，作为工人的徐红梅也在为突如其来的变化而失落。《不要与陌生人说话》中的徐红梅，作为汉口老市民、生活在长堤街的她，"正是年富力强的工作经验丰富的时候，却早早退了休，一觉睡到了上午九点半——现在怎么是这样的呢"。她对突如其来的变化极不适应，作为老市民的她有着与生俱来的优越感，因此，她非常蔑视乡下人，乡下人的装束和能干都让她不仅感到极不舒服，而且觉悟到了潜在的极大威胁。"一个个穿西服打领带，站在街边，用夹生的普通话打手提电话；乡下女孩子也不好好在家乡的田野里拾麦穗，跑到城市来打工，穿一些恨不能把奶子都要弹出去的紧身T恤和超短裙招摇过市。"尤其是开发廊的徐灵让她心存厌弃与憎恶，"徐灵的脚指甲总是保持着光滑滋润、流光溢彩的状态，这一点实在让徐红梅心里堵得慌：所谓徐灵就是徐想姑啊，一个乡下姑娘啊，她凭什么啊"。这一切都让她感到"义愤填膺"。无论是段莉娜还是徐红梅，与其说她们都是这个时代的不觉悟者和落伍者，不如说她们是痛失既有优越地位和既得利益而倍感失落者。客观上讲她们是最不愿都市社会的固有秩序发生变动的人，妄图保住往昔军功贵族和工人阶级"老大哥"以及"城里人"的优越地位和所享有的特权，极不愿接受都市社会分层的现实，更不愿放弃特权地位和既得利益。都市新兴阶层的出现与壮大，是她们最不愿看到的现实，但浩荡的世风劲吹，她们无力抵抗，也无法抵抗。她们的落魄是都市固有阶层现实和精神双重失落的宿命与写照，她们心头的不甘不平和悠长的叹息，无疑使都市固有阶层沉郁顿挫的挽歌更加哀婉悱恻。通过这两个形象的塑造，池莉将都市社会分层和价值位移的客观现实准确地表现了出来。20世纪90年代以来，都市化进程所引发的都市社会结构重新调整的两个重要变化，即工商贵族对军功贵族的取代和商人阶层对工人阶级优越地位的全面超越。

第四，情色奔放的时尚女孩。如《城市包装》中的肖景（巴音）和《来来往往》中的时雨蓬。肖景叛逆、自我、前卫、时尚，19岁的她从心底厌恶父母刻板的生活方式，憎恶父母的谆谆教诲，甚至连父母给取定的名字也要彻底抛弃。她自己给自己取名"巴音",以示与家庭的决裂。少不更事的她希望按照自己的意志和意愿安排自己的生活决定自己的未来,她对父母所从事的医学事业根本不感兴趣,放声歌唱,做一名众人膜拜的流行歌星是她最大的理想;交友不慎,将蛮横霸道甚至有犯罪倾向的年轻人当作情感的寄托对象。年轻幼稚的肖景将父母的关爱当作沉重的负担,将"我"和丈夫对她的容忍宽容视为痴傻的表现,不思悔改,继续指着靠欺骗和谎言来取得大家的信任。当"画皮"被"我"戳穿,真相被父母发现后,她选择的不是回归而是逃离。肖景的销声匿迹,最终导致了肖父的病逝。时雨蓬是所谓的都市"新新人类"一族,即新时代的交际花,所谓"酷女孩"、成功男人的"开心果"。《来来往往》中的时雨蓬是戏校毕业的高才生、服装模特队队长,能歌善舞,像一颗鲜艳欲滴的肥桃,散发着诱人的气息。她把自己当作奇货推销给都市所谓的成功男士,"想想呢,其实也无所谓。就算我是商品,谁又不是商品呢"。她的资本除了年轻貌美的身体之外一无所有,与林珠一类的女孩相比,浅薄至极。"时雨蓬穿的是紧身露脐短装,迷你超短裙,长筒靴,头上竖起了两只角,角上绑着花布,嘴唇使用的是黑唇膏。""她吃得大胆和奔放,脱了外衣,露出了雪白的胳膊和胸脯,既有一股子卖笑女子的火爆爆的放荡风情,又有一些傻乎乎的村姑韵味。"时尚前卫的装束,看似洒脱的言行,并不能给她的形象加分,相反,让曾经沧海难为水的男性感到肤浅有余、内涵不足。"时雨蓬到底是一个没有多少阅历的女孩子。从表面上看,穿着打扮很性感,动不动来一条紧身豹纹裤,来一件露脐的小背心,不戴乳罩,任胸脯汹涌澎湃。"她没有让康伟业这类成功男士难以释怀的气质与魅力,但康伟业看中的正是她貌似聪明实则呆蠢痴傻的特点,因为与时雨蓬一类的女子交往,让都市成功男人感觉不那么累。"解决生理问题与骨肉恩爱完全是两码事情。只有骨肉恩爱才能够激起男女之间最亲切的情意……康伟业与时雨蓬的肉体关系就停留在了解决问题的层面上。"对肖景和时雨蓬的刻画,表现了基于流行音乐(摇滚)、性解放和前卫时尚所形成的都市青年亚文化对青春少女的巨大影响。肖景的出格行为既体现为玩世不恭的嬉皮士精神,又表现为独立意识的获得和急欲成功成名的进取精神;时雨蓬与康伟业的分分合合体现出某些都市青年女性已极为肤浅地将解放与放纵完全混为一谈。如果说肖景的行为还有些微的积极意义的话，那么在时雨蓬身上则毫无可取之处，她的未来如同她的名字一样，逢时蓬蒿——只是一季的疯长，疯狂过后一无所有。池莉对情色奔放的时尚女孩形象的刻画，可谓用心良苦。

第五，进城寻找美丽新生活的乡村女性。进入新时期，随着进城潮的涌动，大量农村剩余劳动人口潮水般地"入侵"都市，其中不乏到都市中撞大运的人，他们以为都市中遍地黄金，赚钱的机会多多。但也有部分农民秉承祖辈父辈吃苦耐劳的优良传统，希望依靠自己的诚实劳动博取生存的资本，进而在都市中扎根发芽——立业成家，使自己成为"城里人"。池莉既看到了"农民工"阶层改变现实的韧劲和对理想的执着的可贵之处，又看到了农民"变形记"——成为"城里人"所要付出的艰辛和沉重代价。他们不仅要承担都市现实生存的艰难，没有户口、没有身份，而且还要承受巨大的精神压力，如像徐红梅一类"城里人"的白眼，更加可悲的是还可能要用自己的青春和爱情来赌明天。《不要与陌生人说话》中的徐灵就是一个由乡村进入都市来寻找美丽新生活的青年女性。她除秉承农村人的朴实勤劳之外，有头脑还有理想。"徐灵是师傅兼老板。……她每天都穿得像出客一般新鲜和时髦，头发做着漂亮的发型，手脚的指甲，眼睛的睫毛，嘴唇的唇线……但凡细节，她都料理得十分精细。"进入都市后，"她想物色一个城市的好男人成一个家了。这一切都比仅仅是挣钱要重要得多"。她看上了徐红梅的丈夫闻国家，"闻国家与徐红梅这对夫妻正是俗话所说的'好汉无好妻'的典型写照。闻国家方脸阔耳，虎背熊腰，见人总是一脸笑。徐灵的第一个感觉和后来日渐强烈的感觉就是：徐红梅这么一个刻薄的邋遢的女人，哪里配得上闻国家"。无论在徐红梅的眼中徐灵如何厌憎，但作为一个为理想而辛勤打拼付出的青年女子，其改变命运改善生活的行为值得人们尊重，因为有尊严地生活是每个生命个体应有的权利，不论他是农村人还是城里人。如果说徐灵还在为自己成为"城里人"的美梦成真而辛苦奔波打拼，那么《生活秀》中的"九妹"则已经俨然是一个货真价实的"城里人"，但她成为"城里人"付出的代价却无比沉重，她成了吉庆街卖鸭颈女人来双扬的一个筹码，被当作来双扬贿赂房管所所长的礼物。表面上九妹成了许多乡间女子羡慕的"城里人"，可谁又能料到城里人来双扬的"好心"背后隐藏着多少不可言说的罪恶。拿自己的青春和爱情赌明天，无疑是一部分进入都市的女性不得不面临的一种选择。在她们看来，这是过上"美丽新生活"的捷径，通过这个终南捷径，才有可能实现自己的人生理想。但她们在获得身份的认同的同时，也失却了自尊与权利。她们的未来是可悲的，但更可悲的是她们竟毫不察觉自身的悲剧性所在。

第六，作为男性导师的女性。女性由于具有细腻敏锐的观察力，往往能发现男性身上具备的某些潜质和能力，她们每每成为发现男性潜力的伯乐。《不谈爱情》中的梅莹和《来来往往》中的李大夫均属男性导师的女性形象。45岁的胸外科医生梅莹，是"那种身体丰盈，风韵十足的妇人，身上有一种可望不可即的意味"。她不仅事业做得有声有色，而且有着丰富的处世经验，真可谓"世事洞明""人情练达"。梅莹是庄建非事业和生活方面的导师，"无论从哪个方面看，梅莹真称得上他的良师益友"。梅莹对庄建非有一种"恨不相逢未嫁时"的遗憾，"为什么我年轻时没有遇见你"。当庄建非提出要与梅莹结婚时，梅莹给了庄建非看上去似是而非的答案，而且幽幽地说："你总有一天会懂的，孩子。"当庄建非面对人生事业的重大抉择之时，她给他提供了三条行之有效的建议，较好地化解了他的家庭危机，为其赴美深造铺平了道路。《来来往往》中的李大夫是大型肉类加工厂中"皮肤白得像奶油雪糕"，"最矜持最清高最有文化的人"。她看到康伟业可贵的上进心和不安于现状的特质，因此，将肉联厂这个与众不同的年轻工人介绍给了出身军功贵族的段莉娜。当看到康伟业由于段家的显赫家世给他带来的巨大压力而萌生退意之后，她鼓励他勇敢前进，不要退缩，"小康，世道会发生变化的。你这么一个灵光的人，不会久困在这个车间里。你的前途不可限量"。"我还只怕将来你看不上段莉娜呢？"后来的一系列事实证明，李大夫慧眼识英雄，较早地看到了康伟业身上走向成功的潜质。《你以为你是谁》中的宜欣之于陆武桥同样也是导师与学生的关系，当陆武桥决定以暴力的方式去解决陆掌珠与丈夫"刘板眼"之间的矛盾时，宜欣用看似不经意的方式为陆武桥化解了他即将面临的一个巨大灾难。事后冷静下来细细思量之后，陆武桥对宜欣感佩非常。"在与宜欣短短的两周里，当然是干柴烈火，如胶似漆的两周，陆武桥的人生起了质的变化。好女人真是男人的人生课堂——陆武桥慢慢体会到了先哲们说过的一些话。"池莉所塑造的作为男性导师的都市女性形象揭示出，女性与男性之间不仅仅是战争关系，也非占有与支配关系，无论是李大夫、梅莹还是宜欣，既是男性的导师，更是识人的伯乐、红颜知己。

池莉都市小说中的女性形象具备如下特征：

首先，鲜活的时代性。池莉热爱当下火热的都市生活，都市中男男女女的生存样态和生存模式都让她无比新奇和激动，捕捉和表现都市女性外在和内在的表现，成为她都市叙事的重要内容之一。无论是如坐愁城歇斯底里的当代怨妇还是时尚前卫的都市娇娃，她们的喜怒哀乐都是与都市社会的巨大转型和都市文化的兴起有着密切的关联。她们的命运浮沉正折射反映时代的变迁和文化伦理道德的嬗变。"想想令人感慨万千。现在的城市生活无时无刻不在发生着急骤的变化，荣和辱、富和穷、相聚和别离、爱情和仇恨等等，皆可以在瞬间转换，这是中国前所未有的历史阶段，希望与困惑并存，使人们的精神世界撞击起了比物质世界更大的波澜。我的小说，便在这波澜中载沉载浮。"①

其次，鲜明的世俗性。池莉不回避自己创作的世俗性，她认为世俗性恰恰是当代都市文学的重要特征。这从她对自己小说评价的言语中可以看出端倪，"我的小说从一开始就不讨文学庙堂的喜欢，被批评为苟活和小市民。……我是从下开始的，别人是从上开始的，用文学界时兴的话说，我是从形而下开始的，别人是从形而上开始的，认识的结果完全不同"②。池莉都市小说中的女性形象，市井细民的陆掌珠、徐红梅、来双扬的世俗性自不必说，就是作为男性导师的高级知识分子形象的李大夫、梅莹和宜欣，她们也不是高高在上的精神贵族，她们的身上氤氲着人间的烟火气和世俗的人情味。这些女性形象性格特征的世俗性正是池莉小说的吸引人之处。

再次，温情的人文性。池莉的新都市小说创作从一开始就不是持冷静理性

---

① 池莉：《池莉文集（第1卷）·说与读者》，江苏文艺出版社1995年版。

② 池莉、程永新：《访谈录》，见池莉《怀念声名狼藉的日子》，云南人民出版社2001年版。

的眼光来表现现实，更不是所谓的"零度叙事"。"从我的主观意志来说，我的文学立场和写作视点，从80年代到现在一直都没有改变，只是进一步地在向纵深探索和发展。因为随着年龄和阅历的增长，随着阅读范围的开阔和阅读质量的增加，随着思想能力和辨别能力的增强，我越发感到地表以下生活的真实和深厚、深邃和奥秘，是中国这幢大建筑的坚实基础和生命核心所在，其纹理之缜密和结构之复杂是所有的现代高科技和人文理论难以描述和再现的，唯有文学能够贴近，唯有文学能够表达人性的温情的关怀。"①池莉以理解宽容的心态来处理她笔下的都市女性形象，既表现她们人性的优美与崇高，又不回避表现她们身上存在的诸多问题，体现出她鲜明的人文关怀倾向，如对段莉娜、来双扬和肖景等形象的塑造。段莉娜无疑是一可怜的都市女性，她的遭际无疑令人同情，但她的固执愚蠢又分明让人感到可憎；来双扬既有坚韧的生存能力，但她的精明与自私在小说中通过对九妹的"好心"得以表现出来；肖景的所作所为既有令人痛惜憎恶的一面，但小说也潜隐着对作为人之父母的肖老师和景护士长的批评。温情的人文性是池莉都市小说中女性形象具备超越性的重要特质。

原载《东岳论丛》2011年第6期

---

①　池莉、程永新：《访谈录》，见池莉《怀念声名狼藉的日子》，云南人民出版社2001年版。

"不畏浮云遮望眼"

——池莉论

惠雁冰

一

在当代文学史上,可能暂时还没有一个作家能如池莉一样赢得批评家与读者的持续性关注。作为一个并没有受过专业的文学训练,完全靠个人禀赋及对生活独特的体味与感知而卓绝踏上文学之路的作家。从1987年始,池莉创造了太多属于个人同时也是属于文学史意义上的奇迹。1995年,发行量极大的《女友》杂志,将池莉列为最受欢迎的10位作家的榜首,1995年江苏文艺出版社出版的《池莉文集》八年里发行近80万册,1998年作家出版社出版的《来来往往》一年发行30万册,2002年华艺出版社出版的《水与火的缠绵》首印15万册,人民文学出版社再版5万册并一直加印到现在。2000年的《生活秀》、2003年的《有了快感你就喊》,同样引发了读者强烈的阅读热情。2007年人民文学出版社出版的《所以》首印20万册并一再加印。更令人惊叹的是,法国Hachette Livre(阿谢特)出版社自1996年开始翻译出版池莉的小说,一直持续至今,累计出版18本书共发行近30万册,使池莉拥有了一批忠实的法国读者,改写了大陆作品仅在海外华人圈里寡淡流布的窘境。至于其最受瞩目的"生存三部曲",更是谈到池莉必然要言及的代表性作品。也许读者的口味并不能完全昭示一个作家在人文价值意义方面的建树,但不容置疑的是,池莉的作品切中了80年代末期以来,中国在现代化历程中所历史性规定的民族文化心理症候,并以其独有的美学形式阐释了历史变迁中的种种社会现实与心理现实。唯此,才可能有读者感同身受地认同与青睐。

几乎与市场的热行同步,池莉在文学史上一直被冠以"新写实小说"的领军人物。早在1987年,《上海文学》杂志将其名作《烦恼人生》隆重推出,并特意配发主编卷首推荐。主编周介人首次以《烦恼人生》为范文提出"新写实"概念,指认了其小说的艺术特征及其彰显出的新的美学风范,雷达、陈晓明、张颐武等评论家更是将其称为一种"后现实主义"的小说创作思潮。接着,在1988年10月,《文学评论》与《钟山》杂志在太湖联合召开"现实主义与先锋文学研讨会",多位批评家对这种颇含新质的现实主义思潮进行了激烈的话语争锋。尽管在研讨会上始终伴随着质疑的声音,但池莉及新写实小说业已激发起文学史书写的澎湃热情。而且,这种热情在获得理论方面的强力支撑之后,更是频繁闪现在金汉、王庆生、陈思和、洪子诚、孟繁华等文学史大家的视野之中,并以不断升级的凌厉气势穿行在各级各类的研究论著之中。可以说,二十年来,"新写实小说"成为当代文学史中最具有历史延伸性与经验借鉴性的话题,池莉本人也成为最具大众性效应与文学史效应的双重作家。而有关池莉"只是在圈子里反应平平,圈子外呼声特别高"[①]的评论难免显得无根基。

当我们重新来审度池莉的作品,尤其是将其置于20世纪文学史的长河中来估察其文本的意义与美学追求时,一个个被既在理论遮蔽的问题接踵而至。这既涉及对"新写实小说"思潮的理性认定,也不可避免地牵连到对池莉创作的评价。事实上,从池莉出道写作直抵当下,批评的步履一直没有止步,但庆幸的是这样的质疑也足以让我们在更广延的层面上理解池莉。诸如刘川鄂所言,

池莉研究资料

① 刘川鄂:《"池莉热"反思》,《文艺争鸣》2002年第1期。

池莉小说"只表现了真实的生活而没有表现真正的生活","它不能唤起我们对人性的深层体验，它不能给我们一种超越性的美的享受"。诸如吴炫所言，"池莉没有在世界观、生命状态上、人格上建立自己的价值评判尺度，这是一种明显的缺陷"①。诸如张韧所言，池莉在"精神探索的中途停顿下来，将一切烦恼全部归因到工资、交通、住房等物质的层面"②。这是几种最具代表性的声音，在立论方面自有其逻辑意义上的自洽性。问题是，这样的评论虽看起来言之凿凿，却实在禁不起考量。正如南帆所言："什么样的生活才是真实的生活？"③池莉在书写生存的无奈之余有没有隐匿着同样执着的价值判断？池莉对世俗人性的现实扫描有没有触及灵魂内里的深层褶皱？或者说，这些基于理论预设性的认定与评价是否建立在整体观的视野之下？由此推演至"新写实小说"的艺术特征，其美学反观意义使理论在作品面前更显无助而尴尬。也就是说，"凡俗人物""流水账叙事""零度情感"等能否涵盖或者说能否准确解读池莉的创作内蕴？池莉的作品在多大程度内以及在什么限度上与本质化的现实主义创作倾向拉开距离？池莉的作品在勾连80年代理想化叙事及启示90年代以来的生活化叙事的特定历史空间中凝结成了一种什么样的审美中介？这种审美中介在自足性完成其相应的社会意义建构的同时，有没有穿越中国现代化进程中必然因袭与更生的历史性困惑？凡此种种，无不在启迪我们，重写文学史的涛声远未暂息，在文学史上几成定性的作家池莉也亟须重新厘定。

二

谈到池莉，不能不谈到"新写实小说"，也不能不论及"新写实小说"思潮与现实主义思潮的关系问题。我们知道，现实主义是指西方18世纪涌现出

---

① 吴炫：《新时期文学热点作品讲演录》，广西师范大学出版社2004年版。

② 张韧：《生存本相的勘探与失落——新写实小说得失论》，《文艺报》1989年5月27日。

③ 李兆忠：《旋转的文坛——"现实主义与先锋派文学"研讨会纪要》，《文学评论》1989年第1期。

来的直接与浪漫主义形成审美反拨关系的一种思潮，主要指以巴尔扎克、狄更斯等人为代表的，注重对生活进行客观描摹的，体现在群体作家创作中的一种精神取向。这种思潮一经出现便以其直面现实社会的锋锐，一改浪漫主义片面围绕个体抒情的主观主义意蕴，展现出一种历史行进过程中的真实。需要说明的是，现实主义思潮在自身衍化过程中，分别因不同的历史文化内容形成结构上互为呼应、内涵上彼此又有所界分的三个层面。其一，是19世纪勃兴于俄国的批判现实主义，诉诸广阔的社会生活与强烈的干预精神，以小人物的悲剧展现社会的不平与矛盾。其二，是19世纪发轫的自然主义，龟缩在个体的精神领地，以"科学性""生物性""客观性"为叙事中心。其三，是20世纪30年代苏联所推出的饱含着主流意识形态意志的社会主义现实主义，以"本质论"与"真实论"为核心，高度整合了传统现实主义与浪漫主义两种思潮，并以醒目的政治理念贯通其中的一种创作思潮。20世纪中国现实主义文学的步履就是在这样宏阔的精神背景下启程的，又是在特定的民族现代化的路向中不断选择的。基于民族危亡的深刻体验，基于中苏之间政治联姻关系的牢固铸立，从20世纪40年代起，苏联的社会主义现实主义思潮开始涌入中国，并因战时环境与民族国家宏大叙事的需要，历史性地渐变为一种简易而教条式的创作原则，并随之对当代文学的内在精神及发展路向产生了极其深远的影响。纵观20世纪50年代到20世纪70年代的文学史，不论是革命斗争题材，还是农业合作化题材，可以说，火热的斗争生活、激昂的政治情绪与渺茫的革命前景深度阐释了中国式现实主义的主体风格。70年代末到80年代初，当代文学在剧变的现实面前一方面被动地汲取了批判现实主义的人文主义情怀；另一方面依然因袭着社会主义现实主义的理想化品格，对扑面而来的现代化图景自觉寄予了深情的期许。这些渗透着浓郁的主观情愫的精神向往很快在现代化的发展里展开在它更为切实的场景中，变得依稀而陌生。而夹带着现实主义变体意味的新潮小说及一味图解西方现代主义文学的先锋小说，不久便因对抽象精神向度的叩问及纯技巧的张扬，彰显出其无法对现实允诺的短浅目光，更无法体察在一种整体性的生活方式急剧改写之后，闪现在国民精神心里的那种莫名的欣悦、细碎的隐痛与难以释怀的茫然。就在现实果敢的诘问面前，"新写实小说"暗香浮动，应运而生。

由此可知，"新写实小说"思潮的理论资源仍然是现实主义，它以80年代特定的社会现实为依托，以体验者的心理内核，合理汲取了批判现实主义思潮中"小人物叙事"与人文精神的烛照，并以某种自然主义的技法逼真地展现了丰富的现实生活，同时基于生活的纹理不排斥援用一些社会主义现实主义创作原则中有关对前景的含蓄展望，深刻彰显了现代化初期民众的物质困窘与精神暗伤，体现出对传统现实主义精神资源的历史性悖反，且带有理性自觉的深层意蕴。客观而言，"新写实小说"的出现改写了当代文学后三十年的流程，在生活观、真实观、形象观等层面上不但为当代文学的发展提供了崭新的视野，而且在艺术经验方面为90年代以来的文学走势提供了直接的美学支撑。

在这样的理论清理面前，我们就要探讨池莉在"新写实小说"思潮中的定位问题。一般教材及批评家常常鉴于《钟山》杂志的栏目设置，将池莉、刘震云、方方、余华、苏童、刘恒等人一并称为新写实小说家。以我来看，似有不妥。

其一，生活化叙事固然是新写实小说的典型特征，但池莉、刘震云的生活化叙事与方方等人明显迥异。前者执着于改革开放后被现实生活所困的小人物；后者则更多借助于先锋文学的策略，假借历史而言现实，寓言成分颇浓。何况，生活化叙事本身也非新写实所独有，是所有文学创作叙事经营的总体原则。

其二，池莉的小说一直延续着一种相对固定的言说方式，指认现实图景、追踪现实变迁的意味很浓，而后者则大多跃横在新写实与新历史之间，缺乏对现实本身撒播出的各种社会心理问题的长久关注与深度考量。如刘震云的《单位》《新兵连》可称为新写实，但其《故乡相处流传》《故乡面和花朵》则似乎更多的是对历史本身的主观性组构，除去其中对历史幻想的拆解不论，总体而言臆想大于写实，猜度多于正视。

其三，池莉的小说尽管叙写的都是俗众的生存烦恼，但始终能坚守现实主义的"冷峻"与"温情"，并没有无视他们沉湎于种种生活困惑后的自我调适，真切展现出生活与个体之间互为因果的应答关系。而刘震云等作家显然在一种更为率性的姿态下放弃了现实主义精神所必备的温润色彩，无论是小林的随波逐流，还是大瘪袋的悲惨离世，还是古旧染坊的欲望性掠夺，都在揭露历史贫瘠及人性病象之余，缺少对现实生活本身的整体性观瞻。在此，我还要特别说明一下我对现实主义中"亮色"的理解。曾几何时，"亮色"一直与社会主义现实主义的某种浪漫前景同日而语，80年代以来，尤其是新潮小说出现之后，这种残存着理想主义光影的叙事方式一直遭到新派理论的穷追猛打。其实，对"亮色"也要理性对待。50年代到70年代的"亮色"固然有其虚浮的成分，但不应忽略文学之外历史的合理性要求。80年代前期文学中的"亮色"尽管有其稚嫩的因素，但不能完全无视客观情景下民族文化心理结构的独特图式与情感映射的具体形态。先锋文学的快速离场与其对人性片面的审美投注有极大关系。文学从来都是对整体生活方式与人性结构的诉说，作为生活自足性内涵中的"甜蜜"与人性内在组成部分的"温情"不应该成为现实的对立面，更不能作为廉价的旁衬在呼啸的理性面前无声泯灭。

其四，池莉的"真实"观既是一种地域的真实，又是一种生活的真实，同时又是能超越生活与地域之上的文学的真实，与刘恒、刘震云、苏童等剪裁了历史的边角、刻意还原历史全貌的局部真实大相径庭。池莉曾说："我用汉字在稿子上重建仿真的想象空间。"[1] "仿真"，就是艺术的真实。王干曾因"还原生活本相"六个字受尽批评界的讥讽，还诱发了学界关于到底有没有生活真实的争鸣。依我来看，生活真实与"阐释的生活真实"当然是有距离的，真实只能是相对的，但并不能排除艺术有在一定程度上还原局部生活及把握生活主流样态的能力。池莉的小说以武汉市民生活为题材，却又远远超越了武汉这一地域所能涵盖的现实空间。池莉的小说写尽市民的现实苦累，这些苦累尽管不能完全注解民众所有的生活空间，却又是所有生活在80年代末期的中国都市平民，在现代化的物质性触角脱颖而出时，能时刻伸手触及同时又心神焦虑的核心内容。池莉的小说看起来在市民的生活流程中踽踽跋涉，然通过人物的命运抖开了在传统与现代交织的特定现实社会中，有关观念、信仰、价

---

[1]　池莉：《池莉文集（第4卷）》，江苏文艺出版社1995年版。

值相互扭结的丝丝缕缕的文化质素，清晰地皴染出近二十年来民众心理版图的斑斓色彩。单就这一点而言，池莉都无愧于一个大作家的名分。对此，曾卓曾经热情洋溢地说道："她的题材几乎都是取自武汉。我惊异于她是如此熟悉这座大城，它的特有的格局和习俗；熟悉这座大城的市民们，他们的生活状况，他们的气质、心态，他们的语言……她力图真实地将芸芸众生的生活实相呈现在读者面前，他们的喜怒哀乐，他们卑微的向往和希望……没有故事的铺展，没有技巧的卖弄，没有浅薄的乐观主义，然而却自有吸引读者感染读者的力量。"①

如此来看，池莉应该是"新写实"小说思潮中最典型的也是最能领悟现实主义精神内核的，并对现实主义精神传统付诸现代性理解的，抑或对现实生活的阐释最接近生活内质的一位代表性作家。

三

令人疑惑的是，当池莉携《烦恼人生》等相关作品，正式以引领者的姿态登上文坛时，有关"新写实小说"的艺术创作特征已在一种不需求证的方式下泛涌而出，这一方面归因于《钟山》杂志理论先行的匆促，也与批评家对思潮概念本身的偏狭理解有关。按照学术思维的惯常逻辑，思潮通常是指一种群体性的精神取向，也就是对作品内容、叙事策略、美学质素大致相同的作家的一种理性归类。这种归类有其相对的合理性，但也会造成以面遮点的缺陷，一定程度上可能忽视了个体作家的独异性与丰富性。记得"朦胧诗"刚出现时，批评家接连抛出"三个崛起"，并在意象的选择、意蕴的阐发及扑朔迷离的诗学风格上给予热情的阐释，继而形成某种先验性的判断渗透在当代诗歌的接受史与评价史当中。其实，只要细加甄别，"朦胧诗"中成员的风格差异很大，北岛以其"硬朗"与决不妥协的骨力取胜，舒婷以其女性意识的温情展露为主，梁小斌重在感伤"文革"暴力话语对孩子精神家园的僭越，江河、杨炼又偏重

---

① 曾卓：《〈太阳出世〉跋》，见《曾卓文集（第3卷）》，长江文艺出版社1994年版。

于对历史文化意象的钩沉与感发。蹊跷的是，意蕴上最不朦胧、感情上最不激越、风格上与现代诗歌传统最能保持内在衔接关系的舒婷却成为"朦胧诗"的首将。这不能不说是一种理智的偏颇，背后的原因无疑是批评家及文学史家对整合行为的热衷远远超越了对整合意义的探寻。同样的情形以惯性的方式隐存于"新写实小说"的艺术诠释之中。诸如"凡俗人物""流水账叙事""零度情感"等，这些带有高度统领性的美学特征到底能否涵盖池莉小说的艺术空间，却没有人结合文本来做细腻地清理。在重述文学史、重评50年代到80年代文学的呼声日益强烈，并有大量研究成果表明了这种行为本身的意义时，"新写实小说"却在这种集束性话语的涛声之外被孤独地悬置起来，这让人不能不对"重述"行为的逼仄视野，包括对其中可能隐匿的某种认识价值的悖谬心生疑惑。

以我来看，所谓新写实小说的艺术特征只是在一定程度上涵盖了80年代后期现实主义小说的某种新变，也在不同方面触及这类小说的审美新质，但至少不能完全解答归属在这一思潮当中的所有作家的艺术差别性，更不能在一体化的范式中就个案作家的独特精神质素做出令人信服的解答。与"朦胧诗"中的舒婷相差仿佛，新写实小说中的池莉也在很长一段时间内被虚无缥缈、高蹈的理论误读，误读带来的直接效果就是日趋平面化观瞻的池莉及其作品。事实上，当我们自觉地放弃了对既定理论模式的仰望，专注于作品本身的意义世界时，我们可以发现新写实小说的艺术特征在池莉的作品面前显得那样空洞阔大而难以及物。

如"凡俗人物"，从表层上看，池莉的小说的确塑造了林林总总的小人物，展现了他们在商品经济初兴之时囿于生存的种种烦恼，如整天为生计所迫疲于奔命的产业工人印家厚，苦于经营婚姻却屡屡难以释怀的医生庄建非，因女儿出生遍尝生活各种甘苦的赵胜天，火炉城市里艰难度日的普通职工猫子、燕华，在社会中快速成长的待业青年温泉，跨越新旧时代、遍历人生沉浮的康伟业，包括一系列为世俗传统所滋养、深谙处世之道的老辈市民等，面目形色各异，风味气度迥然，读来令人神往。可整体而言，池莉笔下的人物又分明汇聚成一个与现代化历史同步，体认着各种时代性阵痛，严密覆盖了二十年来各种人生世相的大社会图景。其中单个人物的闲适与粗拙、苦痛与奋争、彷徨与梦想、心悸与震颤，乃至疯狂与落拓，不唯是个别的人生体验，反而是一幕叩打着现实变迁的种种印痕，激活着中国特定现代化进程当中种种历史性因素的民族史。只不过池莉的小说大多从某种特定的人物入手，难免造成了批评家对池莉的漠视。客观而言，能从万千世相入手艺术化再现社会整体卷幅上的重重褶皱，并以从容心态来审视生活硬度与人性张力，且不含怨的作家，池莉的表现是非常好的。至于写"凡俗人物"是否一定与作家个人有关，我看不尽然。从中国叙事传统而言，本就是市民叙事，"三言""两拍"哪个不是对勾栏瓦肆之地、引车卖浆之徒的描述？即现代文学以来，鲁迅笔下多的是洋车夫、祥林嫂、闰土、四嫂等普通民众，张恨水、张爱玲对生活化叙事也一直情有独钟，老舍更是在市民世界的书写中独占鳌头。即使在当代前期，凡俗人物依然活跃在各类文学创作中，80年代前期的伤痕文学、反思文学、改革文学，包括新潮小说中，凡俗人物屡屡出现且渐成主流。由此来看，文学对凡俗人物的选择本在于小说转译社会现实的审美精神，不在于刻意求证小说家的美学品格。当然，不同时代文学作品中凡俗人物所承担的审美功用是不同的，这与具体的历史情境、创作者的使命担当及意识形态的诉求有关。当现代化扑面而来，理想化的生活被物质性的生存无情击碎，社会的主体结构戛然拆散，民众的心理中心渐次偏移时，能够鲜活见证这一历史性震荡的唯有俗世群落。池莉曾有这样的感慨，至今读来也有其奇警之处，"哈姆莱特的悲哀在中国几个人有？我的悲哀，我那邻居老太婆的悲哀，我的许多熟人朋友同学同事的悲哀却遍及全中国。这悲哀犹如一声轻微的叹息，在茫茫苍穹里缓缓流动，那么虚幻又那么实在"①。从这个意义上而言，池莉对凡俗人物的偏爱乃至沉浸，是作家的使命与变化中的现实历史性遇合的结果，池莉以其女性所特有的敏感把准了时代的脉搏，不但适时重温传统小说的世俗精神，而且使文学对社会声讯的清晰允诺成为可能。有批评家认为池莉是通俗作家或"市民作家"，池莉本人也对这种依照题材内容来为作家界分层次的说法颇为反感，我认为这是秉持着主题至

---

① 池莉：《我写〈烦恼人生〉》，《小说选刊》1988年第2期。

上论的政治文学观的现实遗声，池莉大可不必为此焦虑甚至耿耿于怀。文学的审美意义本不在于反映了什么样的生活，恰在于追踪、阐释之准确、有效。如果仅以内容论高下的话，唐代白居易的《卖炭翁》岂不是远逊于杨士奇的"应制诗"？倘可成理，当代文学也可作如是观。

再者，"流水账"叙事也与池莉小说的结构明显错位。所谓"流水账"，意谓完全依据时空本身的节奏刻板行文，既没有材料的取舍，也没有内容的剪裁，写作主体的主动性因素完全消匿。以此来度量池莉小说结构时，我们不难发现，尽管池莉为了真切展现现实生活的客观图景，采取了以生活节奏为行文节奏的方式，但其中对叙事质素的提炼、叙事单元的编织，及其在此基础上对叙事总体意义的挥抒，显然是深有用意的，绝不能以"流水账"等轻描淡写的语词简单概括。如其名作《烦恼人生》，开篇第一句话"早晨是从半夜开始的"，言语精深，意味醇厚。时空单元的叠置不仅启示了一个即将展开的故事所可能涉及的生活层面，也在奇妙地暗示主人公印家厚一天当中狼狈且尴尬的人生经历，更是一个预显了80年代后期都市平民生存的美学镜像。接下来的叙事完全可以看作"生存困惑"这一现代性焦虑主题的缓缓绽放，从儿子下床起夜勾连出住房的窄小、工作的繁忙等公共生活空间的混乱与局促的问题，等到印家厚领着儿子在上班的人流中健步出发时，真有一种欲语还休且不乏壮烈的色彩。"头也不回"四个字可谓写尽了普通民众难以把握时代潮声又勇毅参与的料峭心态。这个场景无疑是家庭单元中的印家厚，从上班出发始，社会单元与工作单元中的印家厚便浮升而出。在这两个单元中，池莉依然从最能彰显产业工人的世俗性重负入手，以挤车的窍门、轮渡的闲谈、送孩子入托、跨进大门等方面极致写生活的苦累，又以上班迟到、奖金扣罚、菜虫风波、给岳父买礼品的拮据及无可奈何的随礼等场景展开写出生活对人的种种挤压。第四个单元在印家厚回家的路途中与第一个单元自然缝合，贴切有致地为其一天的经历甚或是一生的命运画上了一个憾恨交织的句号，同时又不无警示地提醒读者，太阳照常升起，印家厚明天的命运将一如既往，了无终点。值得思考的是，池莉在《烦恼人生》中，并没有一味地为印家厚的人生图版点染灰色，她时常能在主人公最难以直面现实的关头加以诗意的处理，如徒弟雅丽对他的大胆表白，如他在幼儿园阿姨面前的一度恍惚，甚至是晚归时坐在车上的一己冥想等。显然，这些作为主体结构的补衬单元不唯作为单个的场景所存在，相反和谐地融入文本的总体情绪当中，更重要的是深度揭示了传统国民在冰冷的现实规矩下自我修复生存漏洞，持续激发内在活力的一种心灵韧性，这种韧性可能正是被现代化进程所刺逼的都市平民之所以有理由、有勇气顽强生存下去的一种精神抗体。由此可知，池莉的小说并非无选择地实录生活，她能娴熟地撷取最富有生活质感，同时又最能昭示生存现状的场景，以一种深谙生活纹理的意象为起点，以伞状的半开阔式结构全面辐射开来，从而形成以半冷峭、半温暖的情绪加以调和与收尾的自足性结构。这种结构最大限度铺开了生活的众多层面，又不乏对生活本身的漶漫因素加以理性的整合，在"松"与"紧"、"散"与"聚"、"弛"与"张"的结构营制之间，应该说，池莉体现出高度的理性自觉。

最后，所谓的"零度情感"，是从巴特语言学"零度"理论化用而来的，延伸至风格、情感的一种叙事学概念，主要指作家在写作过程当中，严格区分叙述者与作者的间离关系，采用一种不含丝毫情感的冷酷叙事态度，以客观还原生活原生样态，甚至不惜展现现实的粗鄙性。在某种程度上，与布莱希特的戏剧理论有吻合之处。这一概念范畴的提出，其实针对的是政治文学中普遍张扬的思想倾向性与作家迫不及待地对社会问题进行言说判断的文本现象。在意识形态话语被时代冷落、厌倦，小说回归了其本来的审美特质时，"零度情感"的提出乃至在写作实践中的援用，无疑是小说现代性品质的一种彰显。问题是，当我们说方方、刘恒的小说具有某种零度情感的叙事效果时，能否在池莉小说中也同样找到理论的对接点？事实上，池莉的小说尽管叙及凡人俗世的种种境况，也有重现生活本原的创作冲动，但并没有刻意隐蔽自己的情感，甚或在主人公遭尽现实揶揄的时候，时常给予温性的指导，并通过形象本身的自我调适潜在展露作者对生活现状及其前景的认知。换句话说，琐碎繁复的生活细节之间，无不显露着作家对各种生活质素的理解与判断。如《不谈爱情》中，开头就是池莉式的"意象"启示，"庄建非最着迷的便是体育运动"，平庸的生活漫无边际，只有赛场上的激烈搏击才能使男子在假象的世界意识到自己的英武，这是性别特征历史性缺席之后的一种无奈补偿。池莉的这番言说不仅开启了庄建非与吉玲婚姻风波的帷幕，也把作者对生活事象的阐释高度浓缩地展现出来。又如小说对花楼街与珞珈山小楼的描摹依然延续着池莉式的温情，其间既有对吉玲母亲粗俗人性的精彩叙写，也有对庄建非父母及妹妹淡薄人情的淋漓讥讽。但池莉远没有在此驻足，吉玲母亲也能在瞬间变得光鲜无比，甚至有"若是男方家豪办阔娶，女方绝不会让人看笑话的"的惊人之论；庄建非母亲也能在离婚之事可能危及儿子出国学习的大计时，陡然束裹起高傲的姿态，款步走进花楼街。这是两种生活样态的交锋，也是其内在逻辑关系的一种奇妙缝合。池莉在此显示了对生活肌理的高度熟稔，同时也寄予着一种作者对物质性关联的现实世界异常复杂的情感：人与人的相处，家庭与家庭的共存，可能本就在利益的层面上才有其对话关系。这种对话关系因成长背景的不同既产生了阶层的隔阂，也引发出自我弥合的强力，生活的经纬或许就在这种仰望与鄙视，委屈与欣喜，强悍、冷酷与亲昵的对立和谐中显示出其芜杂难辨又清澈如溪的面目。同样的情形不断闪现在池莉的小说中，又如《烦恼人生》中印家厚大步迈入人流时池莉的自语，"这就是他的老婆。你遗憾老婆为什么不鲜亮一点吗？然而这世界上就只她一个人在送你和等你回来"[①]。面对形色诱惑的世界，两性婚姻关系自然显示出其无比脆弱的一面，但池莉关注到作为柔性因素的夫妻之情在化解可能到来的婚姻危机所独有的强悍性，并对普通民众纠葛于感情偏向的现实焦虑赋予晴朗的解答，这种回应自然是价值性的、人文性的，同时又是扬弃了单纯日常伦理的现代性的解答。

四

有评论家曾经在一篇文章中这样说道："就其艺术和生活准备而言，池莉是一个既无'传统'之根又无'现代'之境只会感知'当下'的作家。"[②]我

---

① 池莉：《烦恼人生》，见《太阳出世》，长江文艺出版社1992年版。

② 刘川鄂：《"池莉热"反思》，《文艺争鸣》2002年第1期。

不知道这样的话语从何说起？窃以为，如果说创作者只有对中国传统文化有明显的建树，或者只有在经历了某种学科式的专业教育后，才能进行写作的话，岂不是如胡风批评新中国成立以来文艺政策的某种教条一样不值一驳？如果说只有在文本中展现现代主义写作技巧，才能称为一个严格意义上的文学大家的话，那么，对西方文学经典亦步亦趋，直至抽离了生活本身的纯技巧表演的作品为什么被读者冷漠弃绝直至匆匆离场？传统、现代与当下，在一个作家的心灵世界中到底意味着什么？以我来看，传统首先是一种整体性的历史性的生活方式，投射着特定历史空间中人的情感、态度与信仰。传统也绝不是一个凝滞的概念，正如甘阳所言"我们理解着传统并参与在传统的进程当中"。至于"现代"，本是与"古代"相对应的一个时间维度，在启蒙主义的词典中被激进地赋予了先进、崭新等意义内涵，其实融汇着三种不同的话语层面。其一是现代性，即一种能与古代的、陈旧的社会历史结构区别开来的品格或特性，这种特性以断裂为契机，以毫不停歇地追求与反思为运行特征。其二是现代化，即现代性展开的过程。其三即现代主义，则是对现代化进程的描述与阐释。照此理解，池莉的小说热切追踪了现代化播撒在市民群落中的斑驳光影，以凡俗人物在现实生活中的惨淡遭际，来反观传统与当下、物质世界与精神空地的激烈矛盾，以此来抒写中国特定现代化场景中因袭与突围、茫然与解脱的浩荡历程，又何来"既无'传统'之根又无'现代'之境"之说？至于"只会感知'当下'"更属言辞虚飘，大而无当。当下从何而来？又往何处而去？尤其在整体社会结构及民族文化心理发生剧烈震荡的80年代，历史与现实、传统与现代的纠结从未像这一时代一样令人困惑，让人怅惘。能够揭示变化中的现实，能够展现历史行进中的阵痛，本身就既是传统的，也是现代的，更是当下的。或从另一个角度而言，连接三者的审美中介是整体性的生活方式，倘能以一个民族整体方式的更迭来反观现代化的艰难步履，这种视角无疑是最能衔接传统，又最能直面现代，更是最能询唤当下的。对于一个作家而言，我们应当追问的不是写了什么，而恰恰应该是写得怎样。这才是衡量一个作家成功与否的标准，否则极易坠入与宏大叙事原则联袂而行的"体裁决定论"的泥淖之中。

池莉是一个生活型的作家，她一直对生活二字有着近乎孤奋的理解。其一，生活是写作的唯一土壤，并时刻对浮泛的先锋写作保持高度的警惕。面对批评家的质疑，她曾说："匠气已经毒害了中国的文学艺术，我们不屑我们身边无所不在的生活。皮之不存，毛将焉附？我们的深刻我们的精神我们的现代意识生长在哪里？难道除了生活，除了切切实实每个中国人都能感受到的生活之外，还另有土壤？"[1]这样的声明是意味深长的，但值得思考的是，当一种朴素的写作常识成为一种庄重的明示时，这样的文学生态就难免让人疑窦丛生。从古代的"文章合为时而作"到50年代的"扎根生活"，从车尔尼雪夫斯基的"美是生活"到张闻天"生活的理想就是为了理想而生活"，有关生活与写作的关系耳熟能详，但评论界对生活本身的漠视，就不唯是对作家池莉的一种忽略，更是对文学精神的轻慢。其二，池莉一直认为只有致力于对现实生活的体察，才能真正展现历史的真实与人性的真实。她说："生活把什么没有展示出来？爱情，忠诚，欺诈，陷害，天灾人祸，大喜大悲，柴米油盐，家长里短。我终于醒悟，我们今天的生活不是文学名著中的生活，我开始努力使用我崭新的眼睛，把贴在新生活上的旧标签逐一剥离。"[2]并不惜用"撕裂"来表征"新我"与"旧我"的断裂。我想，这是池莉基于创作过程中的真切感受，也是对文坛病象的自觉匡正。在80年代的特定历史空间中，凡俗人物、家长里短之所以成为最让民众兴奋的话题，并在此基础上推演开价值、观念上的种种纠结，包括理想主义的失落等等，无不是历史规定的结果。在此，我十分推崇王安忆的一段话："以往，我是很崇拜高仓健这样的男性的，高大、坚毅，从来不笑，似乎承担着一个世界的苦难与责任。可是渐渐地，我对男性的理想越来越平凡了，我希望他能够体谅女人，为女人负担哪怕是洗一只碗的渺小的劳动。需要男人到虎穴龙潭抢救女人的机会似乎很少，生活越来越被渺小的琐事充满……事实上，佩剑的时代已经过去了。"[3]我想，王安忆的这段话可以为池莉的叙事策略充当差强人意的注解。其三，池莉的生活书写是颇含温情与暖意的，这与池莉的成长经历有关，也与心理学意义上的补偿效应有关。从她的

池莉
研究资料

---

① 池莉：《池莉文集（第4卷）》，江苏文艺出版社1995年版。
② 池莉：《池莉文集（第4卷）》，江苏文艺出版社1995年版。
③ 王安忆：《关于家务》，《社区》2003年第23期。

自述中得知，从小就被寄送在外婆家，渴望舅舅归来时的幸福相拥，在家闷头涂写以对抗邻居孩子的敌视与奚落，对生活的敏感与向往不自觉地赋予她竭力在琐碎的生活中寻找温情的动力。另外，取决于一个女性作家的细腻、温婉。试想，这样一个为了女儿的盛开情愿"腐朽在女儿根下"的饱含母性情怀的作家，你能让她以一副冷峻的姿态书写人间的种种险恶与阴冷吗？其实，这或许也是一个对生活始终不放弃关怀的作家才可能流淌出来的一种情思与诗意。所以，反映在文本中，才有《太阳出世》收尾时赵胜天夫妇面对狼藉小屋的相视一笑，也有《冷也好热也好活着就好》中公交车司机燕华在竹床间轻轻穿行，包括《烦恼人生》中印家厚对妻子交织着辛酸与感激的盈盈一握……

至于有评论家认为池莉对现实生活的态度是无奈多于认同，对此，我持有别解。在一个各种价值观风行激荡、各种生活方式获得普遍认可的特殊现实世界中，盲目的引领或者难中肯綮的解答反不如展现生活实体更为切实。何况，池莉并没有完全隐匿自己对生活世相的判断，尽管这一判断在琐杂的现实场景中有所弱化。总体而言，在当代文学史中，我倒认为池莉是一个"像天才一样思考"又如"说话一样朴素"的大作家。

批评依恃一种怎样的"话语生长点"？

——池莉小说的当代评价研究兼谈批评倾向性问题

孙桂荣

与池莉自1987年的《烦恼人生》之后进入了一个创作新时期一样，在专业的文学研究领域，1987年也是一个转折点，甚至可以说是一个类似起点的标志性时间。因为同王蒙、张洁等80年代的文学名人相比，池莉在此之前的几篇只有地方影响的评论文章①简直可以忽略不计。不过，《烦恼人生》之后的池莉在专业文学研究领域内的受瞩目程度却不可小觑，而且内中蕴含的学术要素丝毫不亚于单纯的池莉文本分析。基于对池莉批评及其流露出来的"批评趣味"的兴趣，笔者欲对近年来池莉作品的研究状况（同一时期的国外研究不在此列）做一次大致的评述研究。

一

从批评界对池莉单篇作品的不同兴趣来看，1987年之后的池莉研究大概可

---

① 如杉沐《闪耀吧，青春的火光——读池莉的中篇小说〈有土地，就会有足迹〉》（《长江日报》1982年11月12日）、黄自华《真实自然，栩栩如生——评池莉的短篇小说〈月儿好〉》（《芳草》1982年第10期）等。

以分成三个阶段。第一个阶段是针对其"烦恼人生"三部曲、《你是一条河》《你以为你是谁》等作品的，也是池莉在学术话语中的"黄金时期"。池莉作品在文坛上一亮相即得到众多批评家的好评，就是指的这一段时期。在这其中，有著名学者在权威学术刊物上专门针对池莉小说发表建设性评价的，如段崇轩《"屏蔽"后的重建——池莉中篇小说解析》①、戴锦华《池莉：神圣的烦恼人生》②；也有通过池莉小说的分析衍生出一套关于"新写实小说"的理论形态，如雷达《探究生存本相，展示原色魄力——近期小说的审美意识剧变》③、张韧《生态本相的勘探与失落——新写实小说得失论》④。至于从其主题倾向性、文体选择、性别话语等视角进行评价的各类学术文章更是林林总总，不一而足。《当代作家评论》（1990年第6期、1998年第1期）、《文艺争鸣》（1992年第6期）、《小说评论》（1997年第4期）等知名评论杂志所集中推出的池莉研究专辑也多发生在这一时期，作为池莉研究的阶段性总结，它们的出现本身就表明了池莉写作在当代文坛的地位。另外，从这绝大多数出自当代活跃批评家之手的总共13篇文字内容来看，也多为从各个层面挖掘池莉创作所蕴含的现代性积极意义。其中，只有陈旭光的《面向生存的退却——池莉小说创作别解一种》⑤是一个例外。它对池莉小说所流露出的在生存现实面前的"退却和苟安"以及"被市民趣味招安"等问题提出了直言不讳的批评，代表了20世纪90年代初池莉研究中的另一种观点。陈旭光的这种观点在其写作的当时亦有其他学者陆续提出⑥，不过，它们显然无法算作在学术界影响甚众的主流声音。

---

① 段崇轩：《"屏蔽"后的重建——池莉中篇小说解析》，《文学评论》1991年第2期。

② 戴锦华：《池莉：神圣的烦恼人生》，《文学评论》1995年第6期。

③ 雷达：《探究生存本相，展示原色魄力——近期小说的审美意识剧变》，《文艺报》1998年3月26日。

④ 张韧：《生存本相的勘探与失落——新写实小说得失论》，《文艺报》1989年5月27日。

⑤ 陈旭光：《面向生存的退却——池莉小说创作别解一种》，《文艺争鸣》1992年第6期。

⑥ 小雨：《热也不好，冷也不好——谈〈冷也好热也好活着就好〉》，《作品与争鸣》1992年第3期。张景超：《生存理想的陨落——池莉人生三部曲的问题研究》，《文艺评论》1993年第3期。

池莉研究的第二个阶段是随着池莉创作的阶段性变化而来的。刘川鄂曾将"20世纪90年代中后期"作为她写作逆转的时间点："这是一个'印家厚'普遍下岗、'康伟业'呼风唤雨的时代，平民生活已成了'失败'的象征，追逐金钱成了社会上最大的兴奋点。所以池莉平民'仿真'走向了都市传奇……"①应该说，他的这种划分从池莉作品创作构成来看只说对了一半。因为池莉1997年的《来来往往》及其后的《小姐你早》《口红》等作品的确体现了某种传奇化倾向，而她1999年的《生活秀》却又重新拣拾起"平民故事"的衣钵；但是，如果从这几部作品由于影视改编等原因而使池莉的社会影响力大大波及大众文化市场来看，我们又可以说20世纪90年代中后期之后的池莉的确到了一个新阶段。关于她的这些大众反响极其热烈的作品虽然也有研究性论文出现，但比起前一个阶段，研究界却明显沉寂了下来：从单篇作品的关注程度来看，以第一个阶段的代表性作品《烦恼人生》与这一阶段的主要作品《来来往往》《生活秀》为例，根据国内收录较全的"中国知网（CNKI）期刊全文数据库"的搜索结果，我们会发现《烦恼人生》的作品论在"全部期刊"中有21篇，"核心期刊"5篇，这些数字在池莉研究中均属上乘，而且诞生于1987年的《烦恼人生》在今天仍能引起某些批评者"重读"的兴趣，可算作极少数已被"经典化"了的池莉作品。而以池莉小说《来来往往》为研究对象的作品论在"全部期刊"中计有10篇，"核心期刊"0篇；《生活秀》在"全部期刊"中计有8篇，"核心期刊"1篇。从集中性研究总结来看，在这一阶段，尽管《当代作家评论》《小说评论》等刊物频频推出作家评论专辑，但是却绝少专门针对池莉这一阶段创作的。再从研究刊物或研究者的学术地位上看，《文学评论》这样的权威杂志、戴锦华这样的权威评论家，已很难"光顾"池莉这一阶段的创作。当然，对于池莉这样一位知名作家，阐释型或批判型研究文章在整个学术界也从来没有中断过。但总的来说，这的确是池莉研究中一个"也无风雨也无晴"的平淡期。这一阶段的池莉批评还有一个突出现象，即学术界对池莉小说影视改编作品的兴趣大有超过其原创小说之势，如《来来往往》的

① 刘川鄂：《小市民，名作家：池莉论》，湖北人民出版社2000年版。

电视剧批评在"全部期刊"中有10篇（小说批评11篇），《生活秀》的影视剧批评在"核心期刊"中有5篇（小说批评2篇）。这对声言从不参与影视改编、"只负责杀猪，不负责炖肉"的池莉来说无异于一种更深层的冷落。

池莉研究的第三个阶段发生在新世纪。池莉发表于2001年的《看麦娘》一经问世，旋即改变了批评界对她单篇作品心不在焉的状态。搜索结果显示，专论《看麦娘》的研究论文在"全部期刊"中计有16篇，"核心期刊"中有6篇，这个数字居池莉单篇作品研究之冠，不但远远高于《来来往往》《生活秀》等市场反应热烈的作品，其成名作《烦恼人生》也望尘莫及。虽然对于《看麦娘》之后的作品批评界又有些沉寂（《有了快感你就喊》在"全部期刊"中计有5篇，"核心期刊"中有2篇，《托尔斯泰围巾》尚不见专论），但凭着《看麦娘》所引起的批评反应，池莉作品在学术界可谓又引起了一场不大不小的风潮。而由湖北学者刘川鄂的一部不足20万字的小书《小市民，名作家：池莉论》引发了一场在2001年由湖北学术界发起并有向全国蔓延之势的"文学博士直谏池莉"行动，则再一次将池莉研究推向了堪称"热烈"的地步。这期间诞生的《"池莉热"反思》（刘川鄂）、《一锅热气腾腾的烂粥——评〈看麦娘〉》（李建军）、《池莉小说的严重缺陷》（王春林）等"讨池"文章，经由《与魔鬼下棋——五作家批判书》《十博士直击中国文坛》《十作家批判书》等市场反响不俗的当代批评选集反复转载，很快构成了池莉否定性批评的强大声音。从观点倾向性上说，尽管在绝对数量上池莉的肯定性研究仍占多数，但从"小市民"作家、"媚俗"书写、"庸俗"审美等说法一时间几乎成了池莉的标签性说法来看，我们却不得不承认对池莉的"反思"性批判构成了这一阶段池莉研究的最尖锐之声。

学者於可训在2003年曾对池莉现象的独特性这样概括："一方面她自20世纪90年代以来的作品几乎每一部都深得读者喜爱和报刊出版部门的青睐，尤其是被改编成电影或电视剧后获得了很高的票房和收视率，所以池莉有时候难免要被人目为流行作家甚至通俗作家。另一方面，另一些读者尤其是一些职业的学院派批评家，又从池莉的作品中读出了一种新的带有某种平民色彩的人生哲学，有的甚至将之纳入西方现代哲学（如存在主义）的思想范畴中，在这种意义上池莉似乎又是一个带有一点先锋意味的作家。"①

应该说，於可训对当代池莉研究的概括是有一定道理的，只不过从池莉作品中读出了平民人生哲学的研究一般是对应于其20世纪90年代前后"烦恼人生"阶段的创作。它要么生成于池莉初开"新写实"先河的当时，如段崇轩发表于1991年的论文《"屏蔽"后的重建——池莉中篇小说解析》中就直接出现了池莉小说"有存在主义的意味"的论述；要么是后来的研究者对那个时期池莉作品的论述"重读"，如曹文轩《二十世纪末中国文学现象研究》、张捷鸿《现代生存意义的启蒙——重读〈烦恼人生〉》等。而将池莉"目为流行作家甚至通俗作家"的评判则主要指上述"反思'池莉热'"阶段的研究，它们上承90年代前后池莉研究中尚较为细弱的否定性意见，下接对于池莉后来更多与影视结缘作品的批判，并借助大众媒体的力量在新世纪迅猛发展起来。

二

综上，对池莉研究做如此概括在一定程度上是大体成立的：尽管以池莉为批评对象的评论文字很多，但只有较少的一部分构筑了学术话语中的"池莉形象"；尽管围绕池莉创作的批评视角不少，但对其"俗"还是"媚俗"的界定占据了池莉研究的中心点；尽管关于池莉的积极性评价在数量上一直占优势，但对其媚俗的否定性批判成了新世纪以来学界的最尖锐之声；尽管"新写实"时期的池莉一度成了批评界主流性人物，但之后池莉在学术话语中已相对边缘化。当然，为了论述的严谨性和说服力，我还想对此概括做进一步的阐发，不过这一阐发却是由梳理池莉研究资料过程中的几个疑问而来。

1.专业批评与大众接受之间相疏离？

池莉近十几二十年来在中国大众文化市场中的火爆几乎是显而易见的。初版于1995年的《池莉文集》，从最初的4卷到2000年的7卷，迄今发行量已逾

---

① 於可训：《池莉专辑：主持人语》，《小说评论》2003年第1期。

10万套。新版"文集"正在整理修订中。在当代发行量最大也是唯一可以从流动摊点上购得的小说选刊杂志《小说月报》中，池莉小说的转载量堪称近10年来中国作家之冠。大批影视改编之作的推波助澜使其小说受众层面更加广泛。2004年福布斯中国名人排行榜中，她成为唯一上榜的女作家，排在她前面的男作家亦只有余秋雨和海岩两位。不过，如果将她这种大众接受状况与其在专业批评中的遭际对比一下，我们就会发现其间似乎有一定距离，或者说她在学术话语中至少没有像大众文化市场中那样得到完全的青睐。"中国知网"的搜索结果显示，以池莉为"篇名"的专门研究性论文总量在"核心期刊"中计124篇，居于当代作家同类研究记录第7位①；而在"中国优秀博硕士论文全文数据库"中，以池莉为"题名"的学位论文计88篇，居当代作家同类研究记录第6位②。不过，这些数字和排名如果与无论在何种学术指标上都可堪称中国"第一女作家"的王安忆相比，就会发现某种微妙的反差。由于名声显赫，王安忆近年来在大众读者中亦有不俗的表现，但与世俗化的池莉相比，她的知识分子趣味是很明显的。张英曾直接以《王安忆优秀却不畅销》为题采写过一篇王安忆访谈录，当被问及此同名问题时，王安忆的反应只有淡淡的一句："这是很自然的事，全世界都这样。"③类似的情况还发生在余华身上。作为先锋文学的代表，他成为超过池莉的更多学术文章或研究生学位论文的选题对象，不过他那种不避极端的新潮文本在大众接受方面恐怕与世俗化的池莉更是不可同日而语。对池莉单篇作品研究情况的考察也大体能说明这一问题。比如近年来由于影视改编的带动，为大众读者或大众传媒至为熟悉并津津乐道的池莉小说应该首推《来来往往》《小姐你早》《生活秀》之类作品，但通过上述考察我们却发现它们恰恰并不是学术界研究的重点，尤其是重要学术刊物对其被改编后的影视作品的兴趣甚至已大大超过了对池莉原小说的研究。而且在专业批

---

① 排在池莉前面的当代作家依次为金庸、贾平凹、王蒙、王安忆、余华、莫言。

② 截至本文发稿前，"中国优秀博硕士论文全文数据库"显示，以池莉为选题对象的博士论文1篇，在当代作家中排名第6，其前面的分别为王安忆、王蒙、金庸、贾平凹、铁凝；硕士论文87篇，在当代作家中排名也是第6，其前面的分别为余华、王安忆、莫言、迟子建、铁凝。

③ 张英：《王安忆优秀却不畅销》，《中国现代、当代文学研究（人大复印）》1999年第7期。

评与大众接受之间寻找兴趣契合点非但已较为困难，还容易发生反向契合，即越是大众市场火爆的作家作品，专业批评可能越不买它们的账，抑或在文化市场中的"畅销"本身就会成为这类作品文学含量稀少的一条"罪证"，比如"直谏池莉"中的有些文章就或隐或显地表达了此类观点。

2.文学评奖对文学批评影响几何？

有人曾说对一个作家或一部作品来说，领到一份文学奖就相当于领到一份文学执照，"在这个执照上，印着荣誉、金钱、权威的花纹"。的确，当下名目繁多的各类文学奖无异于最佳广告，一份大奖的获得往往意味着某种权威认定或作品销售的一路飙升。不过，文学评奖对文学批评的影响却要复杂得多。池莉小说获奖频频，《让梦穿越你的心》（原名《心比身还老》）是池莉获两大"官方专家奖"之一的鲁迅文学奖的唯一一篇小说，在一部以不同"奖项"为线索的池莉作品集《池莉小说精选》（长江文艺出版社2003年版）中，它排在了开卷第一篇，而池莉的成名作、写作时间更早的《烦恼人生》只居其次，这也说明了出版者（一般是要经过作者同意的，这便也包括了作者）十分看重它所获奖项档次之"高"。但是，这部作品在池莉批评中却遭遇冷淡，我动用各种搜索引擎也没有发现一篇专门针对这篇小说的评论文章，不管刊登在核心期刊，还是较为边缘化的"非核心期刊"上。"官方专家奖"的"象征资本"在池莉批评领域里败北，其他打上"民间"烙印的奖项对批评的影响力也不容乐观。《烦恼人生》及之后的重要作品频频获得各类刊物/图书奖，至于完全由读者评选的《小说月报》"百花奖"，池莉更是成为自《烦恼人生》获其第三届奖之后几乎届届不空的第一获奖大户。不过，池莉的获奖作品数从"官方奖"到"民间奖"依次增多，只能说明越是与普通大众相联系的奖项越是青睐她的创作，却无法证明这种获奖本身对批评界的具体影响力问题。你说获了"大家·红河文学奖"的《看麦娘》研究论文较多吗？我也可以说获了差不多同样档次的"'茅台杯'人民文学奖"的《有了快感你就喊》却在批评界反响一般。大概《云破处》的研究状况可以为一部作品获奖（抑或被转载）对批评界有何影响的问题提供一个反例。这篇没有被转载也未获过任何文学奖项的小说，在批评界的反响却不俗，仅"核心期刊"中就有3篇，这是在池莉单篇作品研究中仅次于《看麦娘》和《烦恼人生》的一个数字。可以看出，学术圈的文学批评对文学圈的各类奖项似乎并不太买账，最起码不会像20世纪80年代那样迷信文学奖的权威性。非但如此，对各类奖项本身的质疑文章却多了起来，与池莉所获奖项相关的有邵燕君对"大家·红河文学奖"的质疑、黄发有对《小说月报》"百花奖"的质疑等。

3. 池莉："核心研究"越来越少？

"核心研究"是与"外围研究"相对应的一个概念。考虑到每年各类文学创作多如牛毛，不可能每部作品都能进入研究者的视线，大体可以肯定的是，一个研究者选择某作家/作品为研究对象本身即表明了一种"态度"——产生了批评的欲望，对某作家/作品保持沉默则是另一种"态度"——未激起批评冲动，甚至认为"不值得"批评。这也是我认为考察一定时期内一个作家/作品在"全部期刊"中研究总量的意义：它表明了作为整体的学术界对这一作家/作品的关注程度。但是，在当今各级别学术文章同样多如牛毛的情况下，大部分批评论文亦几乎如过眼云烟一样，因为在批评界没有引起足够反响而成为一种仅够"发表"水平的文字，一种对于目前的学术话语而言没有真正"入场"的表面在场者。这就是一种基本不发生学术影响力的"外围研究"。应该说，学术圈同样也是一个等级森严的所在，它以论文发表刊物的级别、被转载程度等指标，标示了研究成果的学术影响力。目前中国社科领域比较通行的一个界定标准是"核心期刊"制度，如由北京大学图书馆根据"文献离散规律，采用载文、文摘和引文等三种方法进行统计，然后综合分析得到"的"中文核心期刊"①。而被《新华文摘》《人大复印资料》等权威性选刊杂志转载则被认为达到了一种更高意义的"学术性"，这些被转载或居于"核心期刊"之列的研究性论文相比于其他边缘化研究，可大体称作"核心研究"。而以"外围研

---

① 庄守经主编：《中文核心期刊要目总览》，北京大学出版社1992年版。

究"/"核心研究"这两个指标去重新估价池莉的专业研究，我们又会发现同其他当代作家相比，专论池莉的研究论文出现在"核心研究"中的概率大大低于"外围研究"。以池莉为"篇名"的研究论文在"全部期刊"中排名第6，而在"核心期刊"中莫言研究总量则大大超过了她。而在表明权威性程度更高的《人大复印资料》中，众多其他当代作家的研究数量都超过了池莉，她的专论数量跌至第10位①。与池莉在"中国优秀博硕士论文全文数据库"中的排名相比，这其中的反差是巨大的。基本可以肯定的是，绝大多数研究生（以池莉为选题的基本是硕士研究生）论文一般都是只能徘徊在批评边缘地带的"外围研究"。越接近学术核心地带"核心研究"在池莉专论中越少，说明即使在批评领域，池莉也更接近学术圈的"大众"部分。

4.学术影响力标准"下移"？

这主要是就新世纪以来池莉在专业批评中影响甚众的"媚俗"批评而言的。客观地说，近期的池莉研究并不匮乏，除了上文所说的研究界对《看麦娘》又燃起兴趣外，在第二阶段中断的池莉研究专辑在《小说评论》（2003年第3期）又出现了，主持人是知名批评家於可训，而且在权威文学刊物《文学评论》（2003年第1期）上又出现了学者张志忠专论池莉的文章《人生无梦到中年：池莉简论》。可以说，这些文章都基本沿袭了正面评说池莉的学术传统。而那些"讨池"的论文论著，如果按照主流学术评价制度，则根本无法与发表在《文学评论》等权威刊物上的文章相提并论，而且它们也鲜有为《新华文摘》《人大复印资料》等著名选刊杂志摘选，有的甚至属于发表在边缘化的非核心期刊上的"外围研究"，而转载它们的选编性图书，也基本未打着诸如"中国最××"的"权威"印记，更像是一种基于共同批评趣味"嘤其鸣矣，求其友声"的小圈子行为。但是，它们"自下而上"的声音不但超过了在学术界的一般影响而波及了大众媒体（如仅《小市民，名作家：池莉论》一书全国各地就有几十家媒体争相报道），而且它们在怀疑和诘难中对包括批评界在内

---

① 排在她前面的依次为王蒙、贾平凹、王安忆、王朔、余华、莫言、金庸、张洁、余秋雨。

各方话语都产生了不小的影响，"核心批评"与池莉的龃龉在这之后继续拉大，如《生活秀》在鲁迅文学奖评选的最后一轮被淘汰，《看麦娘》在由中国小说学会公布的《2001中国小说学会排行榜》中落选。而在池莉方面，在其他话题中一向低调和随和的她，一听到作为"特殊读者"的批评家就火冒三丈，则未尝不是将批评界关于她"小市民气""媚俗"的批评当作批评界的"整体"声音（当然不是全部）的一种反应。

5.对批评的再批评，池莉研究的另一道风景？

在一部曾被炒得沸沸扬扬的评论著作中，一位论者感慨道："对于池莉的批判，早在2000年文学博士李建军发动直谏陕西文坛的活动——批评贾平凹和陈忠实时，就有人搞过了。李建军成功了，武汉的评论家刘川鄂们却莫名其妙地失败了。池莉何许人也，这样有人保护和青睐这样的'超级市宝'。"[①]这真是一段见仁见智的言论，要说同为文学博士的刘川鄂不及李建军学术水平高恐怕说不过去，况且李建军本人也曾写过凌厉透彻的"讨池"文字，而从被谏者在当下的创作活力上看，也看不出池莉比贾平凹他们有更过人之处。不过有一点可以肯定，在近年来某些批评家倡导的"批评作为艺术内部的敌人"的批评理念下，贾平凹、王安忆、池莉等"著名作家"都引发了气势磅礴的反面批评，但对于针对贾平凹、王安忆的反面批评文字，学术界进行再批判较为少见（学界对李建军、李静、吴俊等人的批判文字评价很高，即使有不同意见者也多是采取另起炉灶写篇"肯定性"批评的方式），但唯独在池莉批评这里出现了对"反思'池莉热'"的批评进行再批评的质疑文章。这也是新世纪以来池莉研究中新增加的一个研究视角——对池莉批评的批评。如《世俗生活的意义——对池莉作品及其评论的一种读解》[②]《批判的快感与尴尬——池莉批

① 苍狼：《媚俗是媚俗者的通行证——关于〈有了快感你就喊〉及文学诸问题的思考》，见《与魔鬼下棋——五作家批判书》，中国工人出版社2004年版。

② 孙文宪：《世俗生活的意义——对池莉作品及其评论的一种读解》，《江汉大学学报（人文科学版）》2003年第6期。

318

判的批判》①《文学"大众化"与当代批评的应对策略——从池莉小说的当代评价谈起》②等，均是针对上述"直谏"性文字而来的。可见，作为"池莉现象"的一个重要组成部分，池莉批评同样是一个耐人寻味的所在。

三

按照布尔迪厄的"场域"理论，批评基本属于学术场范畴，以"专家"为象征符号、生产权威话语和游戏规则，追求深度透视和理性表达。对于以"进行时"的方式参与文学进程的当代文学批评来说，批评家统治的批评场与作家所处的文学场、文化记者所处的新闻娱乐场之间可能会存在一定程度的相关联性。（这在一定意义上会扩大学术场在"圈外"的影响力，当然在另一种意义上也会干扰学术的权威稳定性。）但注重参合时代文学进程的批评也是一种"批评"，它与一般商业性文字最大的区别就是标榜学术性（虽然对于"学术"的理解各有不同）。在一套与文学生产截然不同的学术生产机制（如非市场化学术期刊、学术出版、学术评奖制度等）的保障下，批评是有其独有的理念、兴趣、范式以及文体方式的，而且在学术竞争愈益严峻的当下这种可称为"批评趣味"的话语倾向性似乎表现得更明显。它在池莉研究中有十分明显的体现，甚至可以说我们在梳理池莉评论过程中所产生的疑惑只有从以下几个角度才能得到更深入的解释。

选择有"话"可说的批评文本。批评界十分看重的是批评对象可批评元素的更新或批评"阐释"上的更新。批评界对池莉单篇作品最感兴趣的有两部，一个是她的成名作《烦恼人生》，另一个是她2001年的作品《看麦娘》。辗转多家文学期刊最后终于在《上海文学》得以发表的《烦恼人生》，问世于一个先锋小说的话语革命已被学术界基本挖掘完毕的时代，处于话语"饥渴期"的学术界立刻嗅出了它的不同寻常，并最终从它及同类作品中发展出了有

---

① 黄自华：《批判的快感与尴尬——池莉批判的批判》，《小说评论》2004年第6期。

② 孙桂荣：《文学"大众化"与当代批评的应对策略——从池莉小说的当代评价谈起》，《东方论坛》2007年第6期。

关"新写实小说"的一整套理论表述。因为《烦恼人生》的话语模式在当时代表了一种全新的小说空间，批评界重视它也便意味着开拓自己的学术资源，所以这篇小说是后期池莉小说中较为少见的先获得学术界的"权威"认证然后才在大众接受中广泛流传的。90年代以来池莉继续沿着其"市民写作"的路子前行，但这种套路对批评界来说早不新鲜了，原先被誉为"革命性"的元素，如平民性、世俗仿真等，在"新生代""70后"等新的文学话题面前也早已失去了理论冲击力。但对于拥有市场号召力的"老牌"作家池莉，批评界也并非完全弃之不顾，而是在相对冷淡中期待她能够有所"超越"，即提供新的可批评元素。所以，他们才会绕过《来来往往》《生活秀》等基本沿袭池莉原先写作套路的作品，将目光对准了《看麦娘》这部新世纪之作。因为后者似乎的确体现了池莉小说的某种突破：三个女人的精神叠印而非每个个体的现世故事，形而上空间的营造而非仅仅沉入世俗，象征隐喻等文人技巧的运用而非仅仅叙述有质感的"好看"故事。以至于看好它的批评家认为它基本实现了批评界所一直呼唤的池莉需要"价值提升"的飞跃。不过，《看麦娘》之后的《有了快感你就喊》等作品并没有在这种"超越"之路上走得更远，而是仍旧回到了她世俗写作的老路上去了。所以，批评界也立即倦怠了下来。如果这表现了批评对可批评元素的一种"追新逐异"捕捉的话，对她一贯的日常写作立场从集体盛誉到集体"炮轰"则表现了批评对同一批评对象在具体阐释上的创新。从80年代末到新世纪，文学环境变化非常之大，批评发生了由反对文学在大众读者面前的高高在上，到反对文学在大众市场面前随波逐流的根本性逆转，而池莉的"大众"写作方式也似乎顺理成章地又一次成为典型案例，只不过这一次是反面典型的案例。

"理论"意识普遍增强。批评的重点可能不是，或主要不是对批评对象的好坏优劣进行直接的价值判断，而是为了建构自己理论思辨的需要。从90年代开始，受西方学术话语濡染较深的批评家王宁就曾提出文学批评学术化、文化理论科学化、文学研究理论化的一系列倡导"学院派批评"的主张，批评摆脱印象感悟式的依附于创作的独立要求更是愈益高涨，仅以文本为"由头"甚至干脆脱离具体文本来建构自己宏伟的理论大厦的现象在批评界绝非个别现象。

池莉80年代末"烦恼人生"阶段的小说写作遭遇了批评界异乎寻常的拥抱热情，就与它们能为批评家建构一套有关"新写实小说"的理论言说提供鲜明可感的"例证"有着直接联系。而一度的"池莉热"转变为"池莉'反思热'"也可以作如是观，因为从对池莉世俗化、大众化写作的批判中，可以衍生出有关反对"文学市场化""作家明星化""小说影视化"的另一套理论话语。应该说，当代批评在尽可能捕捉池莉这样一个作家所能提供的学理资源方面，是相当敏感的。当然，建构理论话语的急切也有与文本实际有一定疏离的一面。如"新写实小说"的理论阐述当然是从《烦恼人生》《风景》等系列文本中得出来的，但是它的有关"零度写作""原生态""生存本相"等的理论总结早已远远超越了活生生的文本自身，而呈现出批评家某种急于争夺理论话语权的激进态势，像南帆就是以《烦恼人生》等新写实文本为"由头"，孜孜探求真实与虚构、生活与叙述、实在与修辞伦理等文艺理论的重要命题[①]。还如将在文本运作中异常低调、从来不进行影视改编、坚持以中短篇为主、近年产量并不高的池莉，当作"市场化"的典型来大加讨伐，是否有再商榷的必要？因为炒作、亲影视、长篇泡沫、复制、繁殖过快等才是当前批评家指陈文学商业化的几大话语武器。我想批评这样做，可能是基于"文学市场化"等的确是当前必须要批判的文学弊端，而各方的数据显示池莉是市场大获成功的作家，所以她理所当然需要为自己的成功付出"被讨伐"的代价。如果是这样的话，批判立场的义正词严可能就会与批评对象真相有某种游离，或者说将"市场成功"与"市场化"地取得"成功"这两个有联系但又有更多区别的概念混淆了。当然对池莉大众化的文本内部构成方式存有疑义则另当别论。

为批评界所普遍倚重的学院派立场，使得批评在面对池莉这样具有典型大众审美倾向的作家时流露出了某种程度上的精英化趣味。池莉当然不属于类型化的言情武侠等标准通俗文学行列，但她对文学的"俗物"认识，过强的"读者"意识，追随时代热点的现世情怀，对小说"好看"标准的推崇等，同主流文学观念的分歧也是显而易见的。她不是像王安忆那样以文本的精致和超然逐

池莉
研究资料

---

① 南帆：《新写实主义：叙事的幻觉》，《文艺争鸣》1992年第5期。

渐走向经典化，反而以对大众情感及其表达方式的充分体恤在非经典化的道路上愈走愈远。所以，她的研究状况从非研究目的大众阅读到专业批评中的"外围研究"再到有一定学术影响力的"核心研究"越来越少，从根本上说是同她这种"亲大众"写作方式与批评界所普遍操持的学院立场存在一定分野相关的。这种分野在池莉评价中是一直存在的，只不过到了"直谏"后表露更加明显而已。首先，以好看、感人、为大众喜闻乐见为标志的通俗审美，难以提供批评最为看重的"高深"可批评元素，于是感觉无"话"可说的批评便往往选择有意无意的疏离或放弃。其次，学术界重视"经典""权威"等专家立场，在"大众化"问题上从价值上理解的文学"为'大众'"（"大众"是一个与老百姓、普通人相联系的社会民主概念）与从效果上理解的"被'大众'广泛接受"（"大众"又往往蜕变成了一个审美趣味不高、缺乏独立判断的盲目跟从者）之间是存在着某种结构性冲突的，因此文化市场中的大众化写作又往往会衍生出更多反向批评。如单单从接受角度而言的"畅销"恐怕既无法说明文本文学性多么"优秀"，也同样无法说明其有多"低劣"，不过可能是出于对其在市场上已占尽先机的一种匡正和反拨，在池莉批评中就直接出现了对她的"畅销"本身表示不屑与不悦的文字；①再如大概与知识界关于文学作为提升人类灵魂的高尚文化诉求的主流定位相关，经典文学大师的"纯文学"评价标准在学术界已根深蒂固，如有的批评家以鲁迅、福克纳、海明威、马尔克斯等中外文学大师文学观的"雅""洁""大"相号召，以此映照出池莉文学路子的"粗""乱""小"②，只不过文学文本在构成方式或运作方式上已发生相当大改变的情况下，批评对象与批评标准间的对等、"大众化"文学在何种程度上能够承当起经典标准的评判等一系列问题，在这种批评中却似乎变成一种无须论证的东西。说到底，这恐怕仍是大众化批评原则无法正面建立的一种曲

---

① 如刘川鄂《"池莉热"反思》（《文艺争鸣》2002年第1期）中说："有人肯定池莉，有一个标准就是所谓的可读性、收视率……中外文学史上，并不畅销的优秀作品非常多，卡夫卡、卡尔维诺、博尔赫斯、乔伊斯的作品，都不怎么畅销，跟池莉的作品销量简直没法比。……如果仅以畅销作为标准，我们这个世界上就不需要文学史家和批评家。"

② 李建军：《一锅热气腾腾的烂粥——评〈看麦娘〉》，《南方文坛》2002年第3期。

折反映，而针对池莉批评的商榷争议之声也有不少由此而来。

关于"经典"的权威认证失效之后，众说纷纭成了批评界的一种常态，在"反权威"精神烛照下，当代批评的"'批评'意识"有了大幅度提高。广义的"批评"包括肯定和否定两个方面，狭义的批评则仅指不足。与过去不少文学批评多为寻找创作合理性与独特性的"阐释型"批评相比，现在尽管还有人属于永不"批评"的"表扬家"，但总体来说，对包括茅盾文学奖在内的各类奖项、文坛上一些显赫的"著名作家"、各级文学/学术构成体系的负面批评多了起来，《文艺争鸣》《南方文坛》等风格犀利、话语尖锐的评论刊物也在批评期刊界迅速地脱颖而出。具体到池莉研究领域，那就是批评并未受到池莉小说在大众读者中广受欢迎，或被各类文学奖项频频光顾等世俗文学现象的影响，而是将她的创作放置于与其所获众多荣誉相匹配的一个较高标准上去考察，甚至在一种批评场对文学场或新闻娱乐场的"逆反心理"下，对她的作品表达一种"盛名之下，其实难副"的感叹。应当承认，这类批评之所以迅速成为池莉研究中的一大"亮点"，是与它高扬的那种强烈而鲜明的批判立场相关的，在一个文学场已发生倾斜的商品经济时代，直陈创作的深层缺陷、打破文学的"名人"神话、纠正被当作广结善缘手段的"吹捧式批评"可能比任何其他方式的批评更能体现出批评的价值与尊严。在这篇评析池莉研究的文章中，如果说我对池莉的负面评价也发出了某种"微词"的话，绝不是针对这种"批评意识"本身（池莉创作当然有许多应该批评的地方），而是说批评家立场的偏颇或缺乏真诚绝不应该成为批评多元化的一种借口，尖锐不等于尖利刻薄、吹毛求疵，更不能沦为争夺批评话语权的一种手段。一部评论著作如果只能承载某种"批评史"意义的话，那它自身的学理价值便令人担忧。

当然，当代批评的话语倾向性还有文体意识的增强、个性化色彩更加明显等，恕不一一赘述。无论如何，批评除了对作家创作的自然反映外还是有着自己相对独立的学术场"场域"特征的，池莉的当代评价对此就是一个很好的注脚。

时代变迁与"新写实主义"的兴衰

——论池莉创作的轨迹

姜　楠

纵观20世纪80年代的中国文学，"新写实主义"是一个不容回避的问题。在"新写实主义"的众多作家中，池莉是最明确自己要表现新现实的一位。她的小说均取材于有着特殊格局和习俗的武汉，主要再现小市民的生活和情感，表现形式一扫过去小说创作的框架，使她成为"新写实主义"的代表作家之一，其创作的一大批小说也成为"新写实主义"的代表作品。20世纪90年代中国文学出现了转型和分化的倾向，在这一过程中，随着池莉等一大批"新写实主义"作家的转向，"新写实主义"作为一个曾经的文学流派不可避免地发生了流散。现有文献在研究池莉的小说创作时，多从平民视角[①]、女性意识[②]、地域文化[③]等角度展开分析，较少涉及时代变迁的大背景对以池莉为代表的"新写实主义"作家创作轨迹演变的影响。本文试图通过对池莉创作轨迹的梳理，探究时代变迁与"新写实主义"兴衰之间的必然联系。

①　王绯：《池莉：存在仿真与平民故事——二十世纪末中国女小说家典范论之一》，《当代作家评论》1998年第1期。

②　邓磊、罗以勒：《从文学书写到影视书写——兼谈池莉作品中女性意识的嬗变》，《电影文学》2009年第7期。

③　董之林：《女性写作与历史场景》，《文学评论》2000年第6期。

一、池莉"新写实主义"创作的形成背景

"新写实主义"作为一种文学思潮，是与中国社会直接相关联的一种文学现象，它的产生有特定的历史背景。此前的"建国文学"[①]和"文革文学"[②]，被赋予了太多政治教化的东西，文学不再是一种纯粹的艺术，而是在充当着教育者的角色，文学的社会功利性空前膨胀，这与当时的社会现状是紧密相关的。可是，文学与政治尽管存在相辅相成的紧密联系，二者却又是相互矛盾的，过多的政治色彩必将会严重影响其艺术生命力。这便给了"新写实主义"一种新的耕耘的田野。

从20世纪70年代末至80年代末整整十年，中国新时期文学属于现实主义文学，但它充满了政治风暴过后的苍凉的悲剧色彩。"新写实主义"发生在80年代中期，也属于现实主义，但它是在淡化了政治之后，以还原生活的写实手法表现普通人的生存和精神状态的，很接近自然主义的一种写实主义，写作过程中所塑造的人物并不要求非得是典型环境中的典型人物。因此，可以说"新写实主义"是"现实主义"传统的变异和发展。实际上，一种文学流派的出现，不仅同当时的社会、历史背景有关，也同当时的文学氛围直接相关，可以说许多时候只是出于一种"无意识"。

80年代中期之后，中国农村和城市都发生了天翻地覆的变化，自由化在经济领域迅速蔓延，城市里的商业经济发展很快，小商小贩遍地都是，为了生计，市民农民都变得越来越实际，空洞的理想逐渐被抛弃，大家都盯着"钱"，因为"钱"可以解决他们的困难。农民进城打工成为全国各地一个普遍现象，也是中国经济领域里一道最为朴素而绚丽的风景。这是一群生活艰辛的下层民众，这个由市民和农民组成的庞大社群是整个80年代中期至90年代中国社会的浩荡大军。而他们的生活，就成了"新写实主义"生长和生存的土壤。

---

① 郑万鹏：《中国当代文学史——在世界文学视野中》，北京语言文化大学出版社2000年版。

② 陈建国、梁兆民主编：《大学语文》，西北大学出版社2006年版。

正是在这样一种时代变迁的背景下，池莉开始了其创作之路。然而，池莉并非一开始就从事着所谓的"新写实主义"的创作。她在1987年以前的小说，也是像多数作家一样处于学步阶段，早期的《月儿好》《有土地就会有足迹》等不免有着幼稚的生涩感，但是这些小说是干净与朴素的，里面渗透着一种年轻人所特有的向上的理想与力量，这与20世纪80年代的状况有很大的关系，当然也与池莉当时的人生态度与人生体验有很大的关系。不过这一类创作并没有持续多久。虽然她的文学立场和写作观点从来都没有改变，但是随着年龄的变化、阅读质量的提高和思辨能力的增强，她的创作也在向纵深探索和发展。在创作上，池莉有自己始终不变的信念和追求，这些认识都源于她的生命成长过程。她在"文化大革命"中颠沛流离、穷困潦倒的生活，使她不得不以巨大的热情亲近和面对那个最广大的抑或是"地表"下最丰富的七情六欲的人生和"民间"。于是，才有了脱胎换骨之作《烦恼人生》，以及《不谈爱情》《太阳出世》等影响十分广泛的小说。

二、池莉"新写实主义"创作的时代特征

"新写实主义"的兴起对应于20世纪80年代之后中国社会大写的"人"的解体，文学的终极理想消失，政治热情降温，个体生存艰难等等复杂的现实状况。鲜明的时代特征使以池莉为代表的"新写实主义"创作具有以写实为主要特征，特别是注重现实生活原生态的还原、真诚直面现实、直面人生的特点。因此，以池莉等为代表的"新写实主义"作家对当代文坛的最大贡献，并不在于他们开拓了一个似乎多么重要的题材领域，而在于其动摇了此前的所谓的"现实主义"的创作原则。在原来我们理解的"现实主义"中，作家应该自觉地表现规定的本质或者主流，而且会排斥日常事务、家庭琐事在文学描写中的作用。以池莉等作家为代表的"新写实主义"则摧毁了这一"传统"，给了作家自由表现现实生活的更大空间和自由度。对"人"的关注、对人性的反思和对生活细节的偏爱，使得池莉的创作具有了鲜明的平民视角，而这又恰恰体现了由"英雄时代"向"平民时代"过渡的时代特色。

所谓"平民"即指老百姓。写作为老百姓，客观上也是为人生。池莉成名之初的作品《烦恼人生》《不谈爱情》和《太阳出世》被称为"烦恼三部曲"（又称"人生三部曲"），是她的代表作。人类的大事，国家的兴亡，人的生老病死，就老百姓而言，深沉的、厚重的都通过生活细节来表现。在我们的生活里，理想的爱情、婚姻、生活形态与现实生活形态之间存在着矛盾。这种矛盾都是现实生活中琐碎的矛盾，是下层拮据的烦恼生活衍生的矛盾。池莉作品中的人物都是中国这块黄土地上生存的最普通最平凡的老百姓，他们的人生多半是烦恼的，没有太多的理想主义和浪漫主义，对爱情他们也没有什么过多的渴望。

"平民时代"作者对百姓的关注，以及这一时代百姓生活状态的剧烈变化，使得池莉的"新写实主义"创作在题材选取、思想内容、故事结构、语言风格等方面都与前一时代作者的创作有了截然不同的差异，具有了"平民时代"的鲜明的"平民特征"。

在题材选择上，"新写实主义"突破了典型化的选材，着眼于普通人的生活。普通人的平凡生活，是池莉小说取材的主要着眼点，也是平民化视角区别于传统创作视角的一个显著特征。在以往传统的创作理论里，往往要求文学作者从生活中提炼故事，从一群普通人中提炼出一个共同的特征，然后构造出一个故事的主角，而这个故事主角的生活也是不一般的，生活的细节在小说创作时被略去，故事主角生活在一种英雄化、典型化的生活之中。池莉的写作题材则多是武汉市民的生活状态，是最通俗和广泛的，只是一些很平常的事情。也许这些事情每天都在上演着，甚至是发生在我们身边。可以说，这些题材中较少包含深厚的文化底蕴，有的只是生活经验的原生态呈现。在她的小说中，她所选择来叙述的是生活中的普通人，是那种站在街上一抓一大把的普通老百姓，如陆武桥、猫子、赵胜天、印家厚、吉玲等；她选择的生活场景是极普通不过的吉庆街、花楼街、江汉大桥等；她小说中的故事在严格意义上，甚至不能算是传统小说中的故事。传统的小说故事为了体现传统理论中的艺术的真实，体现人物的某种精神形象，往往会运用各种手法来构造故事，故事在一定意义上已经高于生活，而池莉的小说写的却是平常生活中的吃喝穿戴、娶妻生子、吵架斗嘴等细碎的家长里短。比如说《太阳出世》，整部小说三万余字，写的是一对年轻夫妻一系列的生活琐碎，其中并没有传统故事的戏剧性情节，也没有什么英雄壮举。小人物加上平凡无奇的生活便成了她的小说故事。以生活小事为着眼点，尽可能逼真入微地"再现"真实生活，是池莉小说的基本特征。然而展现大量生活细节，并不意味着平民化视角的创作就要放弃社会主题的体现。其实，生活小事也是反映社会主题的好形式，它对现实真实的尊重，能够使一些问题的反映更客观、更全面、更立体，因而也更有深度。而且，当读者从故事中自然的生活细节中意识到这些问题的存在时，他们不会有一种被强加和灌输的感觉，因而能用一种平和的心态去主动思考。

在思想内容上，"新写实主义"创作体现普通人平凡的生活理想和审美情趣。小说创作的一个重要目标就是体现小说人物的理想及审美情趣，从而提升小说的社会意义。在众多传统的小说创作中，作家们习惯了"宏大叙事"①，所以他们所赋予小说人物的，往往是"英雄式"的理想，或是具有"个别"典型意义的理想。而池莉在小说创作中，一直是从平淡的生活中展现普通人质朴而平凡的生活理想、审美情趣。以《烦恼人生》为例，我们来看看印家厚心中的理想："房子狭窄"，于是他向往有一套大点的房子，让妻儿过得好些；"轮流坐庄"的奖金制度让他憧憬那即将领到的一等奖金；一等奖金又让他已经有了全家去吃一次西餐的计划……这一系列的生活理想是细碎而渺小的，没有包含什么伟人式的救苦救难的成分，没有什么想改变社会外界环境的成分，却真实地反映着现代工人最淳朴、最现实的想法。从池莉小说之中，我们读到的不再是有着鲜明对错之分的大理想，而是一系列最纯粹、最简单不过的生活理想，甚至可以说是生存理想。然而正是这些平凡的理想构成了我们现实的生活。

在故事结构上，"新写实主义"以非传统的"生活流"②状态结构故事。长久以来小说的创作总是力争用有限的文字写生活的一个侧面、一个小片段，

---

① 雷颐：《"私人叙事"与"宏大叙事"》，《读书》1997年第6期。

② 张德林：《"生活流"：现实主义艺术方法的一种表现形态》，《当代作家评论》1988年第3期。

表现生活的深意。而池莉的小说创作走的是一条新路子，她的小说没有再写生活的一个"横截面"，而更像是一种流体的结构。拿《云破处》作例，它的故事结构非常简单，就是白天与夜晚两个时间场景的变换，伴随着日子的更替。其间没有什么场景与时间的跳跃或反复，完全以时间的推移来结构故事，尊重生活的时间流。而这种"生活流"的结构方式，不仅仅是表现在小说的时间构成形式上，更表现在小说构成故事时的那种反传统的、非戏剧性的结构上。中国传统小说创作，受古典戏剧创作的影响很深，有着"开端—发展—高潮—结局"这种相对固定的模式，讲究用矛盾冲突推动故事情节的发展。而池莉小说这种"生活流"式的结构与之不同。以《烦恼人生》为例，在印家厚的一天里，时间的推移和人物的行动成了故事发展的主要动力，虽然故事中也不乏矛盾对立，但这些在传统小说创作中赋予主人公行动力的矛盾对立，在池莉尊重生活的创作主旨的指导下，被淡化、被暂时搁置。"生活流"的本质，其实就是一种尊重生活的创作姿态，它使读者从一个阅读者的高度走进了一个体验者的位置，用这种结构方式创作的小说，通过对日常生活过程的再现，让读者觉得感同身受，使艺术与生活的距离更近了。

在语言风格上，"新写实主义"再现了未经提炼的生活语言。池莉在她的小说创作中，是偏爱日常口语的。人物的语言保持着最纯粹的单义状态，真实地逼近现实生活的场景。在这里，最纯粹的语言状态和最纯粹的生活状态达成了共识。这种平民式的小说语言，不再像大多数传统小说的语言那样，充斥着经典意味，动辄"超越、启蒙、劝诫"，它极力避免远离生活经验形态的修饰，还原本来生活，用平民的日常口语体现普通人普通的思想与情感。

另外，在人们面临着重重压力和激烈社会竞争的时代，严肃的文学形式被冷落，人们更热衷于及时、娱乐性的精神生活方式，文学的生存与发展也受到较大影响。这一时期，一大批幽默的作品被创造出来。而这些幽默大多要么是哲人、智者的幽默，要么是学者、知识分子的幽默。池莉作品中的幽默与其题材一样，较多的是普通市民的幽默，通俗易懂而有灵气。

三、时代变迁中池莉的创作转向

20世纪80年代作家的自豪感来自他们所认为的肩负的使命感，而90年代以后，市场经济的迅猛发展和作为个体的"人"对自身个性化理想与价值追求的凸显，使作家们原先的那种自豪感虽说不是荡然无存，但也所剩无几。此时，曾经风骚一时的"新写实主义"同样也在巨大的经济浪潮的胁迫下翻身落马，丧失了其庄严的使命，从社会文化的中心一步一步走向它的感伤，走向它的边缘，走向它的历史逃遁。

也许是感受到与时代变迁的脱节，池莉的创作在悄然转向。从1997年池莉发表了她的小长篇《来来往往》后，"新写实主义"似乎一夜之间就成了过眼云烟。对于许多作家与读者来说，这就像是一场刚刚经历过的幻梦。池莉的创作转向在"新写实主义"中还是具有代表性的，这既是"新写实主义"诞生之初的困惑使然，也是时代变迁过程中作家自身寻找价值观的困惑使然。

纵观此阶段池莉的小说，世俗生活虽然依旧是其创作的主流，但是作品人物的生活舞台已经不再囿于家庭或家族生活的小圈子，而是更多地渗入市场经济的因子。与"新写实"时期作品在艺术处理上有意淡化或不刻意强调背景因素不同，近期作品大都有一个十分确定的时代背景。这个背景就是当今时代市场经济的滚滚大潮。例如《你以为你是谁》的背景是国有大中型企业的经济转轨，《化蛹为蝶》和《午夜起舞》《来来往往》的总体背景是商品大潮和市场经济所构造的特定环境。从叙事形式上看，偶然性、戏剧性的大量袭用也使近年的池莉小说增添了浓郁的智性色彩。池莉的小说仍然带有极强的写实特征，但又明显地区别于"新写实主义"时期的作品，这不仅是因为她的近作在审美意蕴上带有更多的隐喻意味和生命潜在状态的探讨，还由于她对先锋叙事的某些成分的借鉴。这样一来，既可以摆脱纯粹的"写实主义"对现实生活原相的过分依赖，又不会卷入先锋叙事所形成的文本迷宫中。

然而，尽管池莉不断尝试着创作的转型，但是随着时代越来越快的发展，她本身所具有的时代局限性是自己无法克服的，这就是她永远只能关注到自己那个年代人物的想法，或是只能在自己的生活圈子内自己的生活素材中，去不断建造自己的想象空间，勾勒自己的故事。然而市场经济的看点是新生事物的天下。人们不断推崇的新生活模式和上一辈认为另类怪异的生活态度，才是这个时期最受关注的。池莉已不可能接触到这些生活形态，就算是了解，她也只能是局外人。这就是池莉这代人由于时代的制约而导致的局限性，这也自然成了她只能在自己的中年路线中不断前行的无奈选择。所以，池莉的小说已不是现在年轻人的小说，她小说的受众应该定位在一些年纪偏大且与她有共同生活感悟的人。随着受众群的减少和创作者的转向，"新写实主义"的流散也就成了不可避免的现实。

四、结束语

以池莉为代表的"新写实主义文学"的兴起，是20世纪80年代社会剧烈变革中对"建国文学""文革文学"和"现实主义文学"否定的结果，其在题材选取、思想内容、故事结构、语言风格等方面都与前一时代作者的创作有了截然不同的差异，具有了"平民时代"的鲜明的"平民特征"。而90年代以后，市场经济的迅猛发展和作为个体的"人"对自身个性化理想与价值追求的凸显，迫使"新写实主义"创作出现转向，并最终趋于流散。池莉作为"新写实主义"的干将，其创作轨迹的衍变恰恰折射了"新写实主义"的兴衰。

原载《东岳论丛》2013年第12期

论池莉小说的地域文化呈现

曾　李

　　本文中的"地域"是指以自然地理空间为基础的人文历史空间，"地域文化"可界定为"具有地域特征和属性的文化形态"[①]，是指特定区域里独具特色、源远流长的文化传统。文学作品与作家所在的特定地域关系密切，地域中的自然景观（山川风物、四时美景）和人文景观（民风民俗、方言土语、传统掌故）深刻影响着作家创作，作家的文学作品或多或少会带上地域文化的烙印，促使作家形成自身的创作风格。本文从文化、语言、符号的角度专门探讨池莉小说的地域文化呈现及其意义，采用统计学方法分析小说中特定语言符号蕴涵的文化内涵，以期深化对池莉小说中地域文化的认识，揭示地域文化对小说创作的普遍意义。

一、地名符号呈现

　　地名是人们对一定地域约定俗成的专有名词，一个地名就是一个地域文化符号。池莉小说中的武汉地名构筑了一个个典型生活场景，营造了小说浓厚的

---

① 白欲晓：《"地域文化"内涵及划分标准探析》，《江苏社会科学》2011年第1期。

地域文化氛围，具有独特的叙事功能和美学意义。根据数据①分析，池莉小说中出现的地名结构形式多样、语义内涵丰富。下面将小说中统计到的地名分为四种语义类型进行分析。

第一类是地标建筑地名。小说中的这类地名都是因当地的标志性建筑而得名，如"花楼街""水塔街""六渡桥"等。"花楼街"代表着武汉的世俗文化。据记载，"这条街上多半是砖木结构的楼房，屋檐和梁柱上涂绘彩色花饰，并将门窗雕镂成古香古色的图案，被称作花楼，这条街也就称为花楼街"②。《不谈爱情》的故事起源于花楼街，小说中对"花楼街"的描述为："武汉人谁都知道汉口有条花楼街。从前它曾粉香脂浓，莺歌燕舞，是汉口繁华的标志。如今朱栏已旧，红颜已老，那瓦房之间深深的小巷里到处生长着青苔。无论春夏秋冬，晴天雨天花楼街始终弥漫着一种破落气氛，流露出一种不知羞耻的风骚劲儿。"出生成长于此的吉玲一直希望淡化自己身上的小市民气息，摆脱"花楼街"身份，但"花楼街"文化依旧在吉玲及其家人身上留有印记，正是因为吉玲的成长地有着这一历史文化背景，形成与庄建非知识分子身份的环境反差和性格对比，为小说冲突的发生和情节的推动埋下了伏笔。"水塔街"得名于当地的著名标志物"水塔"，"水塔"见证了当地的发展历史，也是当地人的情感寄托。"汉口之所以成为汉口，水塔之所以在湖淌子之中拔地而起，是宋家厉家以及许多家有识之士，拿出自己祖祖辈辈积累的财富，开办水电厂、油脂公司，建筑水塔，建筑联保里、永康里、永寿里、耕辛里，形成城市，是他们开创了汉口这个城市和最先进的城市文化。"③《她的城》故事发生在繁华都市中的这些街道小巷里，池莉揭开了潜伏在城市底层的小市民的生存图景，讲述了三个不同年龄层武汉女人的辛酸与无奈。这些里弄都是汉

---

① 笔者将池莉小说建立了一个100万字左右的语料库，语料来源主要是池莉在各个创作时期具有地域特色的代表作，如早期"新写实小说"代表作"人生三部曲"——《烦恼人生》《不谈爱情》《太阳出世》，20世纪90年代的《冷也好热也好活着就好》《你以为你是谁》《有了快感你就喊》《来来往往》，新近的《她的城》《所以》等，本文主要数据来自此语料库。

② 湖北省地方志办公室编：《湖北地名趣谈》，湖北人民出版社1999年版。

③ 池莉：《她的城》，江苏文艺出版社2011年版。

口历史悠久的老巷，中西式建筑并存，体现了别样的老汉口风情，如"联保里"最初是香港联合保险公司武汉分公司的职工宿舍。故事人物穿梭于这些街头巷尾，上演一幕幕小市民的真实生活剧。

第二类是历史人文地名。小说中的这类地名是为纪念当地曾发生的历史事件或出现的人物，包含了丰厚的历史文化底蕴，如"阅马场""解放路""彭刘杨路""首义路""解放大道""黄鹤楼"等。《太阳出世》中赵胜天迎亲的队伍"是从中央农民运动讲习所旧址出发，上解放路，经由彭刘杨路到达阅马场，再转入首义路回到解放路"，经过一个个武汉的地标，读者仿佛跟随作者的描述重走了一趟革命之路，伴着一场带有地域特色的迎亲之旅，小说渐渐揭开了序幕。《所以》开头在介绍叶紫的成长环境时提到："我们彭刘杨路是小街，大路。一头跑出去是阅马场，一头跑出去是繁华大街。阅马场是历代练兵习武的校场，有清军绿营兵的营房，有现在的辛亥革命武昌起义纪念馆（我们简称红楼）。试想一下：大广场，点将台，巍峨红楼；红楼背后就是蛇山，爬上蛇山，一口气就冲上了黄鹤楼。"[①]接下来对其童年趣事的描写也都围绕着这些地方展开，一场"武昌起义"的游戏穿插着对历史事件的介绍，构成小说独特的革命文化背景。

第三类是地理环境地名。小说中的这类地名是由于当地的地理方位而得名，反映了武汉独特的地域环境，如"汉正街""长堤街""江汉路""江滩"等。"汉正街"是"汉口之正街"、著名的小商品集散地，代表的是武汉的商文化。《她的城》中的蜜姐在汉正街做了十年的窗帘布艺生意，"汉正街"的商业氛围塑造了她精明能干的形象。在这样一个鱼龙混杂的商业化环境中，池莉讲述了一个女人的辛酸奋斗史。"长堤街"因其最早是一道长长的堤道而得名，它护卫古老的中心街道"汉正街"，见证了汉口的繁荣。《不要与陌生人说话》中的徐红梅正是生活在长堤街的江城市民，小说讲述了她梦想当诗人结果被骗的琐事，人物的生活与周围的环境紧密契合。"江汉路"取"长江""汉江"中二字命名，反映了武汉的水文化特色。长江是"江城"武汉的

---

① 池莉：《所以》，人民文学出版社2007年版。

重要符号，市民的生活与其息息相关。《烦恼人生》中的印家厚每天坐着轮渡过江开始一天的"琐碎生活"，是典型的武汉生活场景。

第四类是风土人情地名。这类地名反映了当地人在文化选择上的认知心理倾向，如"吉庆街""集贤巷""大智路""永康里""永寿里"等。地域文化影响着当地居民的生活习性，同时当地居民也是地域文化的缔造者。"永康里""永寿里"取永远健康长寿之意。"吉庆街"包含吉祥喜庆的意味，反映了人们的美好愿望。"吉庆街"代表的是武汉的饮食文化。《生活秀》中家长里短的故事即发生在热闹繁华的吉庆街，地域韵味和生活气息浓厚，来双扬是在这里打拼生活的一分子，以卖鸭脖为生，人物的泼辣干练在日常叙事中表现得淋漓尽致，上演了一出出武汉"生活秀"。"集贤巷"是《有了快感你就喊》的主人公卞容大成长的地方，狭窄老巷的居住环境使卞容大充满了压抑感，形成了他的复杂性格，也导致他一直都在追寻一种突破。小说中"集贤巷"环境的铺垫对卞容大的性格塑造和情节发展起了至关重要的作用，同时也让小说弥漫着浓郁的地域气息。

这些地名符号成为池莉地域小说的基本元素，被大量运用于情景构造，地名中的丰富文化内涵为小说增色不少。根据统计，出现频率较高的地名是"吉庆街"138次、"水塔街"32次、"花楼街"31次、"江汉路"21次、"汉正街"12次、"六渡桥"6次，这些都是汉口的代表性地点，是汉口历史悠久、文化积淀深厚的地区，池莉将故事选择在这样一些地点，更好地彰显了小说的地域文化色彩。

二、物产符号呈现

饮食文化也是地域文化的一种表现形式，对武汉市民日常饮食生活的描述是池莉小说不可缺少的部分，成为小说中一道亮丽的风景线。武汉拥有丰富的特色物产，有的特产还形成一定规模，拥有了自己独立的品牌，这些品牌名也成为小说中武汉的代名词。例如《太阳出世》里提到的"扬子江"牌全脂奶粉，武昌最有名的百年老店"曹祥泰"蛋糕，《不要与陌生人说话》里的汪玉霞月饼、冠生园糕点，《不谈爱情》里的"四季美汤包馆"，《冷也好热也好活着就好》里的"老通城的豆皮，一品香的一品大包，蔡林记的热干面，谈炎记的火饺，田恒启的糊汤米粉，厚生里的什锦豆腐脑，老谦记的牛肉枯炒豆丝，民生食堂的小小汤圆，五芳斋的麻蓉汤圆，同兴里的油条，顺香居的重油烧梅，民众甜食的汁酒，福庆和的牛肉米粉"。汉口精武鸭脖也因《生活秀》的流行而成了全国有名的品牌，小说对于武汉的特产推广也起到了一定作用。池莉小说不仅运用了这些物产饮食符号，还不时对这些特产进行详细阐释，真实地再现了平凡人的日常生活。《烦恼人生》里这样描述热干面："一柄长把竹篾笊篱塞了一窝油面，伸进沸水里摆了摆，提起来稍稍沥了水，然后扣进一只碗里，淋上酱油、麻油、芝麻酱、味精、胡椒粉，撒一撮葱花——热干面。武汉特产：热干面。"《你以为你是谁》中介绍："糊米酒是武汉市历史悠久家喻户晓老少咸宜的一种甜食，由精细的糯米粉和醪糟做成的糊汤，晶莹濡滑，上面撒着几粒糖桂花。因为价廉物美，它成了大众食品。"

　　除了小吃名，还有一些武汉特色菜肴名，小说中对特色饮食的叙述颇具地方特色，如："她们煨了排骨藕汤，卤了一罐子猪肚子牛肉鸡蛋什么的，烧了时令菜八宝香酥鸭，清蒸了鳊鱼，炒了武汉家常小菜，如茼蒿、霉千张之类。"[1] "他们点的凉菜是凉拌藜蒿，凉拌田螺，糖醋藕片，红油虾球；热菜是爆炒鸭杂，红烧鱼子豆腐，白椒猪血，臭干子煲，干煸刁子鱼，紫菜薹炒腊肉；蒸菜是沔阳三蒸，粉蒸带皮腿肉，粉蒸青鱼肚和粉蒸茼蒿；汤是砂锅炖的腾汤，腾汤里面是一定要炖进枸杞、红枣、党参和米粉的。"[2] 琳琅满目的武汉美食让读者目不暇接，是现实生活的真实反映，透过这些特色菜名池莉传达出了丰富的汉味饮食文化，使小说充满地道的生活滋味。

---

[1]　池莉：《池莉文集（第1卷）·你以为你是谁》，江苏文艺出版社1995年版。

[2]　池莉：《池莉文存·来来往往》，百花文艺出版社2000年版。

三、方言符号呈现

武汉方言属于官话方言分支西南官话武天片。方言是地方文化的重要载体，也是地域文化的"活化石"。人物话语中武汉方言词汇与句式的运用使得人物形象更加丰满鲜活和富于个性，令小说有股别样的楚汉韵味。武汉方言是武汉文化中的一块瑰宝，"汉派小说"中武汉方言的运用也从侧面彰显了武汉文化的魅力。从词性上看，池莉小说中的方言词语可以划分为以下几种类型：

第一，池莉小说中的方言名词以称谓名词为主，用于指称故事中的人物。其中一类主要出现在小说人物之间的对话里，用于交谈一方称呼对方，为人物关系的构建起到了一定作用。例如《冷也好热也好活着就好》描绘的是一幅酷暑下武汉普通小市民的日常生活图景，小说伴随一声"喂。猫子。给支体温表"开场。"猫子"本指动物，这里是小说中的人物们对主人公郑志恒的昵称，生动形象。武汉方言中动物名词加上"子"后缀这一构词方式使表达更具亲切感，类似的表达还有"狗子""猪子""羊子"等。武汉方言里"嫂子"的意思比普通话中"嫂子"的含义更宽泛，除了指"哥哥的妻子"以外，还可用于泛称年纪不大的已婚妇女。这种亲属称谓在方言里的泛称化可以拉近说话人彼此间的距离。"拐子"是江湖黑话中老大的代称。《太阳出世》中前女友洪丽丽将赵胜才称呼为"拐子"，"拐子"从指老大延伸出称呼兄长，反映了这两人之间微妙的关系。《你以为你是谁》中很好地解释了"拐子"的含义，"用普通话解释，'拐子'与'哥们'相近，但武汉市所谓的'拐子'含有老大的意思，匪气十足"。"伙计"也是武汉人口语中常用的一种称呼。《烦恼人生》中印家厚在副食品商店得知酒价后对售货员感叹一句："伙计，你这酒吓人。"《太阳出世》里对方迎亲队伍的年轻人找赵胜天单挑时冲着他也是一句："伙计，我们到边上去玩玩怎么样？"《你以为你是谁》中陆建设与赌牌的李浩森及围观的众人之间都互称"伙计"。武汉人称呼"妈妈"为"姆妈"，显示出对母亲一种特别的情结，也很亲切传神。《太阳出世》中李小兰的女儿朝阳"二十六天十分清楚地叫了'姆妈'"，《她的城》中蜜姐把婆婆也称作"姆妈"。

另一类方言名词在小说中主要用于指称人物的特性，有助于人物形象的塑造。武汉话中"男将"指"男人"或"丈夫"，对称的说法有"女将"指"女人"或"妻子"。例如："猫子真是个好男将哦，又体贴人又勤快，又不赌不嫖。"武汉人称年轻的女孩子为"姑娘伢"或"女伢"，称男孩子为"儿子伢"或"男伢"，称小孩子为"小伢"，对晚辈年轻人也可直接称"伢"，有小称意味，给人一种亲昵喜爱的感觉。例如《冷也好热也好活着就好》中街坊们称呼猫子为"忠厚的男伢"，燕华为"姑娘伢"。武汉方言里的"乔子"指"搭档、协作的人"，含有贬义，有合伙行骗的意思。《你以为你是谁》中陆武桥对众人说："你们怎么能够相信他们呢？他们是一对'桥子'，扎伙骗钱呢！"小说中使用的是"桥子"，而根据《武汉方言词典》[①]应写作"乔子"。武汉方言里的"板眼"指办法、主意、花样、结果、道理等，例如："刘板眼之所以被取绰号板眼，就是因为他有能耐有本事，心眼活眼头亮嘴巴甜啊！"[②]这里用来作为小说中人物的绰号，有助于读者更好地把握人物的性格特点。池莉在运用这些方言词时，有时会在上下文中对这一方言词进行一定的解释，以帮助读者更好地理解。《小姐你早》中用"扁担"这一工具来指称挑担的人。这些本来指称事物的方言名词有时用来称谓人物，突出人物特点。"麻木"指三轮车。"麻木"本来指爱喝酒的人，最早有"酒麻木"之说，早期的人力三轮车师傅摇头晃脑的样子很像饮酒之后，因此"麻木"用来指这类人，也进而指他们所用的工具。这类武汉方言里的普通名词指的是武汉当地的特有之物，为小说增添了不少色彩和趣味。赵胜天结婚雇用了20辆"麻木的士"来迎亲，场面的描写反映了武汉的婚嫁风俗。武汉方言里一些以往的说法随着对应事物的消亡以及使用范围的缩减而渐渐淡出了人们的日常生活，但武汉方言中的核心词汇和精髓用法依旧得以广泛流传。

---

① 李荣主编：《武汉方言词典》，江苏教育出版社1995年版。

② 池莉：《池莉文集（第1卷）·你以为你是谁》，江苏文艺出版社1995年版。

第二，方言动词的使用也占有一定的比例。例如："猫子说：'不晓得谁。'"武汉方言"晓得"的意思是"知道"，"不晓得"也即"不知道"；表示疑问的表达为"晓不晓得"。"冇得"也就是"没有"的意思，表示否定，在武汉方言里适用范围广，也记作"冒得"。另一类动词反映出了武汉人的精神品质，如"掉底子"比喻揭露内情、底细，含有"丢人现眼"的贬损意味。如赵胜天的母亲在听说儿媳生了个女儿后受不住，"一屁股塌在妇产科门口的楼梯上，两只手背不停地抹泪"，赵胜天这时便扶起母亲说："走吧，别在这里掉底子了。"①希望母亲不要在大众面前有损面子。"掉底子"传达的语义内涵丰富，反映出武汉人爱面子的精神内核。《小姐你早》中典型的武汉人亚咪在听说知识分子戚润物随便去哪剪头，脱口而出"你吓我"，"吓我"用来表示惊讶、不满、不以为然等，也有人当作无意的口头禅，体现了武汉人的泼辣与豪爽。

第三，除了方言名词和动词，池莉小说中还有一些其他类型的词语。其中方言副词主要有"几"和"蛮"，例如："猫子是个几好的伢"，"叶紫，其实我蛮喜欢你的"。武汉方言中"几、蛮"用于形容词或动词前表示程度高，相当于普通话中的"很、非常"，表示强调。方言形容词有"过瘾""幺"等。"过瘾"指人"有趣、有意思"；"幺"是小的意思，"老幺"指排行最小的弟弟或妹妹。《太阳出世》中赵胜才称呼弟弟赵胜天为"老幺"，《不谈爱情》中的"幺女儿"也就是指小女儿吉玲。池莉小说中的方言代词主要是人称代词和疑问代词，如《冷也好热也好活着就好》中称呼"许师傅"为"您家"。"您家"属于第三人称尊称代词，相当于普通话中的"您"，代表武汉的敬称文化。武汉方言中的疑问代词"么事"相当于普通话中的"什么"，可用于陈述句、特指问句或反问句，用法灵活。"么样"也就是"怎么样"的意思，可以充当主语、宾语等句法成分，用在人物口语中显得简洁精练。例如："你是个么事大人物，要告诉你？"燕华说："么样脸色是好？"燕华对猫子的这些话语带有情侣间调侃的意味，显得幽默风趣。

---

① 池莉：《池莉文集（第2卷）·太阳出世》，江苏文艺出版社1995年版。

"咵""咧"是武汉方言里比较常用的句末语气助词。"咵",《武汉方言词典》记作"煞",可以表示肯定、辩解、催促、疑问、祈使等语气,也可以表示停顿。例如:"猜牌咵,赚钱的事啊。""咧"使得话语的声调柔缓,例如:"李老师瞧着陆武桥西装袖子上的商标,见商标是一条小鳄鱼,便搭讪:哟,名牌咧。"

池莉小说中的这些武汉方言词语多为方言口语,呈现了武汉方言的一个基本面貌,也涉及了武汉方言各种词性的基本词汇,从侧面反映出了武汉的风土人情。除此之外,小说中还不乏一些特殊方言格式的运用,如"苕里苕气""流里流气"用来指人"苕(傻、不聪明)""流气(不正经)"等,都是武汉方言里比较特殊的重叠格式,文中使用四字结构,更符合小说叙述的节奏。

四、地域文化呈现的美学意义

语言是文化的载体,语言文字传承一个民族的文化基因。池莉小说中的地域文化通过地名、物名、人名等语言符号浮现出来,具有多方面的意义和价值。

首先,池莉小说中地域文化的呈现使其有别于以往的写实主义小说,原始的地域环境和人文风情的无保留还原造成了池莉小说独特的审美特征。池莉用左拉式的自然主义创作手法,从零度情感态度出发去反映普通人原汁原味的日常生活,冷静客观地叙述生活的琐细,是对传统意义上的写实主义的一种消解。地域文化的呈现成为其小说创作不可缺少的部分,形成了池莉小说富于"汉味"的美学风格。文学作品中的方言能够帮助作家构筑一个地域化的小说世界。正是小说中这些方言词语的运用,使得池莉小说的生活气息浓厚、地域色彩鲜明,借助这一生活化的语言表达手法,池莉勾勒了一幅幅日常生活场景,也形成了她的小说叙事风格,使其作品成为汉派小说的典型代表。

其次,池莉小说中地域文化的呈现对于刻画人物性格,推动故事情节的发展起着至关重要的作用。地域文化的呈现很好地为小说创作主题服务,受地域文化的影响,小说中的人物性格和生活习性也呈现出自身的特点。如池莉小说中武汉方言的运用是很好地为小说的主题服务的，并不是一味地大用方言。《小姐你早》中人物话语的武汉方言就相对较少，这是因为作者给人物界定的身份为：女主人公戚润物是一位上海女性，王自力是北京人，两人生活在湖北武汉，是在武汉工作的外地人；但小说在叙事部分仍不乏一些武汉方言用语。小说中另一个人物亚咪是武汉女孩，她的话语中便带有明显的武汉味道。在这样的对比下，每个人的话语风格鲜明，性格形象鲜活。《冷也好热也好活着就好》里面的人物均为在江汉路居住的地道的武汉普通小市民，因此通篇的人物对话都是汉腔，使读者零距离地贴近世俗化的日常生活。方言的运用使得小说情节更加生动，是池莉汉味小说不可或缺的调味剂。

最后，地域化的写实容易拉近文本与读者的距离，琐碎的写实能够引起读者的共鸣，语言符号可以迅速将读者带入小说所描述的场景中去，使其有一种身临其境之感，拉近文本与读者的距离，对武汉本地读者有一种熟悉的亲切感，对外地读者而言有一种与众不同的吸引力。

地域文化在池莉小说中发挥了独特的审美功用，但地域文化呈现的力度仍显不足，池莉小说对于这些地域文化呈现得还比较表面化，挖掘不够深入，比如一些武汉特色事物的介绍显得比较突兀，没有与小说很好地融合在一起。由于作家一贯的表述习惯，池莉小说的地域文化呈现也逐渐走入模式化的倾向，除了语言符号的呈现，池莉应注重将地域文化的诸种特质与小说内容更好地融会贯通，使得地域文化与小说内核融为一体，让自身的汉味创作风格越发个性鲜明，而不至于流于俗套。

池莉小说的地域文化呈现是个性与共性的结合体，地域文化的呈现对小说的美学塑造具有普遍意义，"追求个性风格的艺术创新指向，述说独特人生感悟的'地域体验'，为彰显特色鲜明的地域场景与风俗画面等'地景书写'，构成中国文学'湘军''晋军''陕军''川军''京派''海派'等多元发展格局"。"地域文化的绚丽多彩和文学创作的地域文化特色的深处，可以发现中华民族传统文化多元性、丰富性的深远影响。"[1]地域文化的多样性推动

---

① 邓经武：《地域文化学视角下的文学问题》，《文艺争鸣》2011年第17期。

了文学的发展，通过透视作家创作背后的地域文化背景，有助于更好地了解作家创作风格的形成，因此地域小说是文学史中不可忽视的重要现象。

原载《江汉论坛》2013年第11期

试析池莉小说中的父亲形象

牟玉珍

在人类几千年漫漫历史长河中，父权在大部分的时间中一直占据着主导的位置，这种权力主导着家庭，主导着政治，主导着道德。尤其是在中国传统的家庭中，父亲在家庭中拥有至高无上的权力，是家庭的顶梁柱，是家庭的楷模和规范。他的话语对妻儿而言就是圣旨，主掌家庭甚至家族的权力。正是因为"父亲"有如此坚实的现实生活基础和文化根基，文学也将其作为描写和表现的重要对象。在描写家庭生活的文学作品中，父亲形象成为不可缺少的角色。但是在池莉的笔下父亲几乎看不到传统文学中所描述的君临一切、刚强果断、英俊潇洒、明智慈爱的形象，呈现更多的反而是一些道德品质低下、胆小怕事、游手好闲的父亲形象。这类父亲形象在池莉小说中要么是在家庭中缺位，如《你是一条河》中的王贤木；要么是事业成功、腰缠万贯，但道德品质卑劣低下，抛弃妻子，如《小姐你早》中的王自力和《来来往往》中的康伟业等；要么是没有主见、没有本事、游手好闲的形象，如《不谈爱情》中的吉玲父亲、《一去永不回》中的温功达、《所以》中的叶和贵的父亲，他们是家庭的配角，在家庭中无足轻重，无法承担家庭重任。家庭的权力大都集中在母亲手中，她们精明能干、强势、有主见，是家庭的顶梁柱、主心骨。

一、缺席的父亲

《你是一条河》中，父亲这一形象是缺失的，小说一开篇就写辣辣的丈夫王贤木在好义茶楼听戏时惨死。"大街对面的好义茶楼轰然倒塌。大地在颤抖，一股巨大的烟尘在喧嚣声中冲天而起。透过鼠窜的人们和飞舞的楼房木板，辣辣看见她丈夫仿佛自天而降，坠落在大堂中央那口沸腾的开水锅中，像一条大鱼泼剌泼剌一阵乱翻，紧接着烈焰便吞没了这幢百年茶楼。"[①]年仅三十岁的辣辣毅然挑起养育八个孩子的重任。在王贤木突然离世时，她还身怀六甲，但她依然是那么泼辣、精明和能干。冬天到了，她赶紧给八个孩子拆旧缝新，准备过冬的棉衣。沔水镇民政局家访时问她是否愿意参加工作，这几乎是所有人都期盼的好事，她却嫌薪水太少养不活孩子而直接拒绝政府对她的"施舍"般的救济。在严峻的苦难面前她毫不退却，而是带领着孩子们剥莲子、搓麻绳、拣猪毛，将粗糙的原材料加工成精细一些的半成品，多做多得，按劳付酬。辣辣是家里的总工头，也是勤劳的表率，她一刻不停地劳动着，还时不时提醒孩子们要保质保量完成。虽然孩子们手磨出了血泡、长满了老茧，但在交货时，莲米的破碎率比厂家的标准要低得多，再加上在送货时，精明的辣辣往莲米里喷了一杯水，因此斤两足够到辣辣还可以扣留一升完整无损的颗粒饱满的莲米。这样全家人每两个月可大喝一次龙骨汤，日子过得似乎比父亲在世的时候还要滋润一些。即使在最困难的时候，辣辣偷偷去卖血来维持开销，就连卖血她也是很有经验的：在抽血半小时前多喝两杯白开水，血液就淡多了，等于就是卖了高价白开水了！在这个父亲缺位的家庭里，只有母亲辣辣独自一人撑起这个家，在那毁灭一切的自然灾害和政治灾害下顽强地活下来，无论有多大的苦难、多重的打击，也无论她的孩子是多么良莠不齐，她都以十足的母性，张开羽翼保护自己的孩子，让孩子们能够感受到家的温暖和爱。她真是一条河，有河的宽广、河的深远、河的绵长，能包容一切。辣辣身上的这种美，这种崇高的爱，是母亲所独具的。

---

① 池莉：《烦恼人生·你是一条河》，北京十月文艺出版社2010年版。

池莉在《你是一条河》的情节设置上，让父亲形象缺席，让男性消隐在强大的女性主体之后，用缺失来达到对父亲的最终驱逐。以"空缺"的形式否定父权及父权家庭，即以构想父亲的不存在、父亲形象的摧毁、父权的消失，以及伴随而来的父权家庭的消亡、模糊与不存在，否定他们的存在。让女性占据家庭权力中心地位，在父亲缺位下更突显了母性的力量和伟大。

二、配角的父亲

池莉笔下的这一类父亲形象虽未缺席，实则他们也只是家庭的配角。一类是游手好闲、无所事事型的父亲形象。《不谈爱情》中吉玲的父亲，以祖祖辈辈都住在花楼街为荣，自以为是，整天游手好闲，不是品茶就是夸夸其谈，没有正经的工作，也不愿担负家庭的责任。这个看似能说会道的父亲，在家里其实没有话语权，家里的大小事情都由吉玲的母亲说了算，他在家庭中只是一个配角，既没有权力也没有地位。老婆叫他提前退休他就得退休，不仅如此，他无法得到女儿们的尊重，女儿们讨厌甚至辱骂他，并公开地不指名地叫他"鼻涕虫"。父亲在这个家庭显得无足轻重，而吉玲母亲才是这个家里的主角，是这个家庭的大权掌握者。母亲的精明能干、强悍泼辣总是在最关键的时候发挥作用。面对庄建非的不期而至，把一切都掩藏得天衣无缝，让庄建非刮目相看。她替女儿羞辱庄建非，让庄建非哑口无言、心服口服，让清高的庄建非父母放下面子，亲自登门道歉赚回面子。而吉玲的父亲，总是被遮掩在母亲的身后，他在家庭中的话语权几乎是丧失殆尽的，只能是配角。

另一类是唯唯诺诺，没有主见，丢失自我型的父亲形象。他们在家庭中屈从于母亲，也是家庭的配角。如《一去永不回》中的父亲温功达，在妻子和孩子产生分歧甚至有矛盾的时候，在妻子张怀雅无端指责女儿温泉时，他从来不站在公正的立场说话，他永远是站在妻子这一边，好像他就不能明辨是非，对女儿没有怜爱、理解和支持。当温泉第一次晚归时，面对母亲咄咄逼人的追问，温泉如实交代，但没能取得母亲信任。在这个时候，温泉多么渴望父亲能理解她，可是，温功达是怎么做的呢？温功达一般都在关键时刻加重分量。他们夫妇配合了一辈子，就这么管教孩子。面对妻子对女儿的步步紧逼，他选择的不是调解而是逃避。"温功达停顿一会儿，拍拍妻子的肩，进了自己卧室并较重地关上了门。"①父亲的意思是：女儿很可能做了伤风败俗的事，为什么他们总是要这么对待自己的女儿呢？温泉让父亲的话屈辱得再也忍不住眼泪，她抽泣起来……在母女俩僵持一个晚上后，温功达一边劝妻子回房睡觉，一边骂温泉是一个没有良心的孩子。父母有教育孩子的责任，但父母不能武断，更不能错怪孩子。温泉是一个性格倔强但很乖巧的孩子，温功达夫妇却不相信自己的孩子。原因是他们并没有真正关心过女儿温泉，他们偏爱儿子温暖。作为父亲，他没有去了解女儿晚归的原因，在妻子武断认为女儿做了伤风败俗的事后，他就认为女儿真做了，所以这是一个没有主见的父亲。在教育孩子的问题上是如此，在生活方面同样如此，小到家里要请客人，甚至是买菜上汤这些小事都由张怀雅说了算。他则只需按照妻子的意愿去完成就行。整个家庭的权力完全由母亲张怀雅一人掌握，这个父亲自始至终扮演的就是家庭的配角。

在池莉的长篇小说《所以》中，强母弱父更为凸显。叶紫直截了当喊出："在我们家，父亲主要是一个帮腔的角色。"②"当我母亲在场的时候，父亲不大说话。当我母亲不在场的时候，他一说话，口吻就酷似母亲了。"③叶和贵在家庭政治的舞台上总是找不到自己的位置，总是夹在妻子与子女的矛盾之间。当叶紫第一次婚恋失败，被关淳一家扫地出门后，叶和贵夫妇不是去抚慰女儿受伤的心，而是用"拒之门外"来羞辱她。不管女儿如何哀求，没有老婆的允许，他不敢开门接纳受伤的女儿，他只能拒绝。"我的父亲啊！为什么不使用他的力气和他的威严呢？在他亲生女儿遭受到虐待的时候，他为什么还是不得不迁就暴戾的老婆呢？"④原来"在中国家庭之内，母亲的权威之大相当于国君。如果有独裁癖好的女性，则很容易成为暴君。她们的丈夫，

① 池莉：《烦恼人生·一去永不回》，北京十月出版社2010年版。
② 池莉：《所以》，北京十月出版社2010年版。
③ 池莉：《所以》，北京十月出版社2010年版。
④ 池莉：《所以》，北京十月出版社2010年版。

因多年的习惯性生活，一般都采取迁就的姿态"①。"我理解了父亲软弱的行为，也明白了母亲暴戾蛮横的根源……父亲只会采取妥协的姿态。他需要与她达成默契，以保证他自己在家庭的利益。"②当叶紫给母亲倒了凉茶道歉赔罪的时候，叶和贵是那样不放心，马上接过女儿手中茶杯，他害怕女儿会把茶水泼到了妻子身上，他有意识地防范他的女儿会做出混账事。"实质上，这就是一个典型的妥协姿态，是男人在家庭政治中的可悲表现。如果我们家是民主政治，现在父亲就应该说：'翠羽，快接过茶杯！这就是你的不对了！'"③可是那只是叶紫一厢情愿的假设。作家借女主人公叶紫之口，描述了父亲叶和贵在妻子胡翠羽面前是多么胆小、顺从、软弱和没有主见，在女儿眼里是多么可笑可悲与可怜。以至于"我父亲，终其一生，经常都是一副茫然的神情。这副神情让人不能对他有什么期待和要求，似乎他总是不在场，又似乎他总是靠不住"④。在叶家，父亲顺从迁就母亲。从身材高大的父亲叶和贵身上找不到刚强、伟岸和果敢，有的恰恰是胆小怕事、软弱。而身材弱小的母亲胡翠羽是强大的，是家庭执政者。在另一个家庭中——关淳家也一样，母亲掌管着大权，关父对关母的专横跋扈虽有不满，但这种不满也是微弱无力的一声"这样不太好吧"，仅仅在事后给受伤害的叶紫寄了一本书来表达歉意。

在男权文化视野下，女性往往是娴淑静雅的，母亲形象通常是慈祥的、温柔的、勤劳善良的，也是依附于父亲的。可池莉笔下的这些母亲要么精明能干、能说会道，是强势的，是独立的，掌握着家庭的权力；要么邋遢懒惰，要么尖刻恶毒，要么自私自利。这都表明了女性主义者不再认同男权文化对女性形象的固有界定。她们在寻找和认清自我的真实状态，那是一个独立完整的形象。在对像温良恭、叶和贵这些"弱父"形象的塑造上，将男性的负面特征暴露出来，有意让他们成为家庭的配角，屈尊于母亲，将男人手中的强权分离掉。这是女性主义作家池莉对菲勒斯中心主义的反戈一击，是对父权文化中固

池莉
研究资料

---

① 池莉：《所以》，北京十月出版社2010年版。

② 池莉：《所以》，北京十月出版社2010年版。

③ 池莉：《所以》，北京十月出版社2010年版。

④ 池莉：《所以》，北京十月出版社2010年版。

有的男尊女卑、男强女弱、男主女从的传统观念的颠覆。[①]她们表明女性不再依附和屈从于父权，要在现实条件下争取和找回失落的权力，这是女性意识的重要体现。

三、失败的父亲

池莉笔下失败的父亲形象是那些虽腰缠万贯、事业成功，但他们不管是在人格、道德以及言行举止方面都是失范的，对孩子的抚养与教育是不负责任的；同样孩子也无视或忽略父亲，因此这类父亲形象是失败的父亲。《小姐你早》中的王自力，应该说在事业上他是成功的，但从家庭的角度，从父亲的角度来看，他不仅是一名不合格的父亲而且还是非常失败的父亲。他和戚润物有一个十五岁的儿子王壮，可他们的儿子先天有疾患，十五岁了还是一个儿童的身体，而且内心极度敏感，生活不能自理。王自力没有承担起抚养教育孩子的责任，而是把孩子丢给妻子和保姆，不闻不问。他工作的确很忙，但即使有时间他也不会留给孩子而是出入灯红酒绿的夜总会喝酒跳舞。他和戚润物曾经费尽心血建立起来的家在日渐堕落的王自力心中只不过是疲惫之后休息的驿站。他没把心思放在妻儿身上，他认为孩子就应该是戚润物的事，以至他劝解戚润物回家的理由都是儿子需要妈妈。他不知道儿子的孤单，他没想过儿子是多么需要父爱，尤其是特殊的孩子更需要父亲的鼓励和关怀。他没真正关心过儿子的健康和成长，认为让他吃饱睡好就可以了。在戚润物离家出走后，他立马用高薪聘请李开玲照顾王壮的吃喝拉撒。李开玲的到来使他如释重负，他迫不及待地离开了家，而且是一去不回。在和妻子戚润物较量的时候，他自始至终没有提起关于儿子王壮的任何一个字眼。如果有人问起他的家庭来，他总是一句话就打发了：他们一切都好。王自力从不谈家庭，不谈爱情，不谈孩子。在他的眼里，根本就没有这个家、没有孩子的存在。他没给孩子树立起慈爱、

---

①　孙桂荣：《性别诉求的多重表达——中国当代文学的女性话语研究》，人民文学出版社2011年版。

大度、果敢、坚毅、仁爱、厚道的楷模，有的只是放纵自己、自私卑鄙、道德败坏。他在对家庭的背叛的同时也遗弃了孩子。正因为他没有关爱过王壮，所以王壮只找妈妈，不要爸爸。也许是因为王自力没有从情感上关爱儿子，所以王壮才会一天比一天沉默也更敏感，对他才会如此陌生。他作为父亲只是给了儿子生命，而没有去关爱儿子的成长，因此他在孩子的字典里只不过是一个符号，所以他是一个失败的父亲。

《来来往往》中的康伟业，他似乎比王自力好一些，其实他骨子里和王自力一样，爱慕虚荣、贪图享受，作为父亲，他对孩子的关爱和教育同样是不够的。他和段莉娜有个活泼可爱，乖巧伶俐，学习成绩好，非常善解人意的女儿。但是，康伟业基本不关心孩子的成长和学习，好像全都是段莉娜的事。孩子聪明乖巧，学习成绩优异，作文竞赛获奖，全都与段莉娜精心地呵护与辅导分不开。当段莉娜全身心为家庭操劳时，他不但没有感谢，反而嫌弃妻子老土不够洋气、不会穿着打扮，嫌弃妻子是黄脸婆，甚至感情出轨，处心积虑要和段莉娜摊牌离婚。年轻貌美、风情万种的白领丽人林珠小姐把他迷得神魂颠倒，他疯狂地为林珠小姐每周飞一次北京，入住豪华的星级酒店，过着奢侈腐化堕落的生活。他和林珠小姐在一起的时候，忘记他是有妇之夫，是一个十五岁女儿的父亲，是家庭精神支柱。他不顾一切地追求林珠，为林珠买房买车。同时他想方设法要脱离妻子，脱离家庭，脱离孩子。和林珠分手后，他又和时雨蓬逢场作戏。当他和时雨蓬在一起的时候，他也想起过他的女儿康的妮，但只是闪念，他并没有放过和他女儿差不多大的时雨蓬。最后最不愿离婚的段莉娜看清康伟业堕落到如此地步，低级到和动物没有区别的本相，决定离婚了。他的失败，一是他在孩子眼里没有起到"精神领袖"的作用，没有树立德高望重的父亲形象，因为他生活腐化堕落、道德品质败坏，有像他这样的父亲简直就是一种耻辱，所以他很失败；二是他自私自利，不能给孩子一个幸福完整的家。要想培养一个人格健全的孩子，就需要一个和睦幸福的家庭。康的妮正处在身心发育的阶段，她需要在一个健康、幸福的家庭环境中成长，可是康伟业不顾一切要将这份幸福撕碎。为了达到自己的目的，他全然不考虑单亲家庭给孩子心灵带来的伤害甚至是不可预知的后果，康伟业是一个不负责任的、自私的父亲，也是失败的父亲。康伟业事业成功后，堕落成金钱的奴隶、欲望的奴隶，放纵自我、迷失自我，在放弃家庭和孩子的同时也失去了亲情。不管是王自力还是康伟业，他们在拥有事业和金钱以后，不是给家庭和孩子带来幸福，而是沦落成欲望的奴隶，背弃家庭和孩子，这是真正失败的父亲。

　　王自力们，虽然他们在事业上算得上是功成名就，是时代的宠儿，但从他们做人和做父亲的方面都是很失败的。一是他们疯狂地追求物质享受，腐化堕落、迷失自我，不配做一个好父亲。二是他们为了满足自己不断膨胀的私欲，疯狂追求物质和权力，忽略甚至是放弃了对孩子的关爱和教育。他们在放弃人伦道德、放弃对孩子的责任和义务的同时，也放弃了做父亲的权利。儒学先圣孔子曾说："父在，观其志；父没，观其行；三年无改于父之道，可谓孝矣。"可见在传统的父权文化领域中，父权是神圣不可违背的，父权的力量根深蒂固、坚不可摧！但是随着社会的进步，现代文明高速发展，人们的思想观念也在不断更新变化。特别是女权主义的悄然兴起，曾经坚不可摧的父权在被一步步消解甚至被颠覆。池莉是一位女性意识较强的作家，以理性的眼光审视隐藏于"父权"光圈背后的男性的猥琐与平庸，对这种固有的权威和尊严、伟岸和崇高的"父亲"形象开始新的审视和批判，给读者呈现与传统文学中格格不入的父亲形象，使我们不得不对传统文学中已经建构起来的父亲形象做出重新的思考和判断。

文学视野中的"地方意识"

——以池莉的"汉味小说"为例

陈　红

　　作家池莉以其表现市井生活的"汉味小说"独步中国文坛，其对地方文化的关注一直以来都是学界评论的焦点之一。在这个意义上，我们似乎可以顺理成章地称其为具有地方意识的作家。然而"地方意识"一词在本文里的含义远比我们一般性的理解要复杂得多。它是现代环境主义思想中的一个概念，它要求一个人真正了解自己所在之地的生态和文化，并且认识到文化与环境之间相互影响的复杂关系，从而自觉地形成与环境和谐共生的生活方式。应该说池莉具有严格意义上的地方意识；不仅如此，她还将其视为应对现代化的有力手段。事实上，池莉对武汉这座城市的书写在一定程度上反映了世界范围内愈演愈烈的地方性与全球化之争，而作家自己也在自觉或不自觉的情况下，加入到当今国际学界围绕地方意识所进行的辩论当中。本文将利用"地方意识"这一概念所提供的理论视角对池莉的多部具有代表性的"汉味小说"进行分析，展示作家对城市环境以及与环境密切相关的地方传统的关注，进而展现作家对于地方传统与现代化之间关系的思考及其在两者间寻求平衡的努力。

一

　　"地方意识"（sense of place）这一概念与西方环境运动几乎是相伴而生。环境运动于20世纪60年代末70年代初兴起于北美和西欧。从其诞生到发展至今的几十年里，一些世界性的矛盾始终伴随着它的成长，厄休拉·海斯将这些相互矛盾的观点和立场总结为："对于全球关联性的拥抱和抗拒"以及"对全球视野的全情投入和对地方的乌托邦式再投资"。海斯所说的这些矛盾从根本上讲是地方与全球之争，它们绝不仅限于环境运动内部或仅限于西方，而是普遍存在于世界政治、文化、经济等各个层面。就"全球关联性"（global connectedness）而言，它实际指现代社会跨国跨区域的一体化趋势，比如跨国大企业所形成的全球性经济垄断乃至政治、文化强权，而由此引发的担忧早在20世纪50年代就已频现，并从70年代开始涉及有关环境问题的讨论以及体现在环境文学作品中①。环境运动置身于如此重重矛盾当中，势必要在其中寻找一个更加具体的关注点，那就是生态环境。当美国的阿波罗8号和17号载人飞船分别在1968年和1972年捕捉到"蓝色星球"的影像并将之公布于世时，它所催生的是一个关于地球的整体主义观点。但在一些人看来，以生态环境的平衡性和相互依赖性为基础的这样一个观点似乎只是一个美好的愿景；来自核毁灭和生态灾难的现实威胁让他们意识到，"蓝色星球"固然美丽，却也正因其自成一体而更显脆弱，甚至不堪一击。整体主义观点不得不面临的另一个挑战则来自人们重返地方的呼声。

　　"地方意识"就产生于这样的背景之下；它与前现代社会的联系使得它从一开始就被赋予了对抗以全球化为主要特征的现代社会的重任。或许是由于人们对于"地方"问题的研究具有多学科的特点，目前学界对于"地方意识"这个概念尚没有一个统一的定义。本人比较倾向于人类学者塞萨·洛的观点。在

352

---

　　① 海斯在其著作中列举了一些表达反全球性垄断观点的文学作品，它们包括西里尔·科恩布鲁斯、弗雷德里克·波尔的小说《太空商人》（1953）、艾伦·金斯伯格、维廉姆·伯勒斯以及托马斯·平琼等活跃于二十世纪五六十年代的美国诗人和小说家的作品。而真正在此观点中注入环境主义思想的，还要从爱德华·艾比的《故意破坏帮》（1975）开始。

他看来，"人们赋予一块特定的土地以文化共享的情感意义并与之形成象征性的关系，而此关系亦成为个体及群体理解环境并与之相处的基础"。他认为地方意识"不仅是一种情感和认知的经历，还包括把人们与土地连接起来的文化信仰和文化实践"。在本人看来，这个定义很好地把握了环境与社会之间相互影响、互为因果的紧密关系，更明确了地方意识所包含的地方传统的因素。事实上，不管人们如何试图去定义，他们通过"地方意识"或类似表达所要强调的，就是所有个体或群体都有必要"与其所在之地重建联系"。美国小说家、诗人及环境活动家温德尔·贝里对回归地方的意义做如下解释：如果（我们）缺乏对于地方的复杂知识，缺乏这种知识所倚赖的对于地方的忠诚，那么这个地方将不可避免地被滥用，直至被毁灭。更何况，一个国家的文化一旦缺少了这种知识和忠诚，便只是表面装饰。

贝里无疑看到了地方意识所具有的生态和文化意义；而对于阿伦·奈斯等众多环境主义思想家来说，他们对地方意识的强调更有着与社会现代性相对抗的精神价值，因为它出自"一种不愿被某个硕大而非伟大的东西——正如我们的现代社会一样的东西——所吞噬的'本能'反应"。换用海斯的话讲，地方意识可以让人们"克服现代社会所带来的（人）与自然的疏离"。

地方意识所具有的积极意义似乎不容置疑，但其实它在学界引起的争论颇多，大致可归纳为以下几点：一、是否所有居住在某地的居民都可以在日常生活中自然而然地获得关于该地的知识？二、他们作为本地居民的身份感是自然形成的还是文化建构的结果？三、在人口流动频繁的今天，人们的身份是始终依附于某地还是体现为对于分散在多地的群体和文化的忠诚？四、在一切都飞速变化的今天，我们是否有必要或有可能坚守那些特色鲜明的地方传统？五、是否小型的地方群体就一定会自觉地采取生态可持续发展的模式？六、是否有可能在保有地方意识的同时拥有全球视野？池莉的部分武汉小说间接或直接地涉及以上这些问题，更在第四点和第六点上与学界相关意见形成明确的对话关系。

　　池莉的地方意识在其作品中可以具体表现为故事中角色对诸如气候等自然环境的敏感，对于环境所决定的地方传统或习俗的理解与尊重，以及对于环境和文化共同构成的地方所怀有的深厚情感等等。

　　池莉在多部小说中对武汉的天气施以浓墨重彩，极力渲染其极端气候带给人们的不适感。小说《致无尽岁月》里的叙述者暨女主人公如是描述：

　　　　武汉的气候可是让我吃了大苦了。这十几年来，冬天的冷虽然没有冷过那个下油凌的日子，但是也实在是冷得太不像话了。房间里面没有暖气，房屋的墙壁都是那么轻薄。每一个冬季，在西伯利亚强劲的寒潮面前，我们的栖身之所就变得像儿童的玩具那么轻飘可笑。……武汉的夏天就更不用说了。副热带高压总是盘旋在这个城市的上空，导致武汉成百上千的湖泊和长江汉江的水蒸气散发不出去。以至于我们经常要在40摄氏度左右的气温里持续地生活一个月或者两个月。[1]

　　主人公对于季节的感受是深切的，她不单有长期的切身的感官体验，更有对于影响气候的地理现象如西伯利亚寒潮和副热带高压的理性认知。在另一篇小说《汉口永远的浪漫》里，作家又借男主人公的视角把本该美好的春天大肆抱怨一通："眼下武汉市的春天就很令人厌恶。突然地暴冷暴热。空气潮湿沉闷。法国梧桐的刺毛毛、柳絮和各种花粉面目肮脏，性欲张扬，弥漫在漫天的灰尘里，玷污和骚扰着城市居民。"[2]寥寥几句里，主人公对于天气的不满显而易见，而隐藏其后的则是作家对于温度和湿度这类天气现象与城市景观相互作用所产生的不当结果的了解。

　　当然，仅仅只有对于环境的体验和了解还远远不足以形成我们在此所说的

---

① 池莉：《池莉小说精选·致无尽岁月》，长江文艺出版社2003年版。

② 池莉：《武汉故事·汉口永远的浪漫》，昆仑出版社2004年版。

地方意识或生态区域主义所强调的"基于土地的敏感"①。这种敏感性要求一个人真正了解自己所在之地的生态及文化，了解其中的好与不好，并投入全部的感情。池莉对于武汉这座城市无疑是有着深厚感情的，以至于它那恶劣的气候在她的眼里也并非一无是处。同样还是《致无尽岁月》里那个不堪忍受武汉气候的女主人公，却道出了气候中蕴藏的自然奥秘：

> 我吃过了东西南北的蔬菜之后，才发现没有什么地方的蔬菜比得上武汉。是不是正因为寒冷，土地才有机会浓缩和积攒自己的哺育能力？是不是正因为湿润和火热，植物才能够进入最佳的生命状态？武昌洪山宝通寺附近的紫菜薹，在初春的时节，用切得薄亮如蜡纸的腊肉片，急火下锅，扒拉翻炒两下。那香啊，那就叫香！真正的人间美味是无可言表的，惟有你自己来亲口尝一尝。②

小说中这段文字所展示出的情感只属于那些长期贴近土地、熟悉土地的人们。他们感激自然赐予的一切，无论是酷暑严寒还是美味蔬果。

在柯克帕特里克·塞尔看来，这份对于土地的情感以及敏感只属于"土地上的居民"，这些人不仅对当地的自然环境及其优劣势了如指掌，并且懂得欣赏当地的文化，欣赏"因地貌特征而形成的且与之相适应的人类的社会和经济形态"。池莉作品中的武汉天气是构成城市自然环境的一个重要部分，也催生出当地人独特的生活方式。在小说《冷也好热也好活着就好》中，池莉以可谓细碎的笔触，再现了二十世纪七八十年代武汉人夏夜当街大摆竹床阵的情形。小说中竹床的第一次现身是这样的：

---

① 学界有关地方意识的讨论常涉及多个概念，"生态区域主义"（bioregionalism）是其一，此外还有"居所"（dwelling）、"再栖息"（reinhabitation）以及"土地伦理"（land ethics）等。虽然武汉市是一个行政区域，但出现在池莉作品中的武汉有着鲜明的地理特点，尤其是自然地理特点，可以被视为一个生态区域。因此我在接下来的讨论中还会用到一些生态区域主义的观点。

② 池莉：《池莉小说精选·致无尽岁月》，长江文艺出版社2003年版。

太阳这时正在一点一点沉进大街西头的楼房后边，余晖依然红亮地灼人眼睛。洒水车响着洒水音乐过来过去，马路上腾腾起一片白雾，紧接着干了。黄昏还没来呢，白天的风就息了。这个死武汉的夏天！

燕华拎了两桶水，一遍又一遍洒在自家门口的马路上，终于将马路洒出了湿湿的黑颜色。待她直起腰的时候，许多人家已经搬出竹床了。[①]

两段简洁的文字把武汉夏天的闷热至极表现得淋漓尽致，也道出了竹床阵的来由。小说中的人物对话和活动基本是围绕着竹床阵展开的：一家子围着竹床吃饭、看电视，街坊们聚在竹床上聊天、打麻将，孩子们在竹床间游戏。原本应该在室内的私密性极强的睡眠活动，因高温所迫，成为家家户户参与的集体户外活动。在池莉的笔下，酷热难耐的天气为街坊邻里提供了难得的社交机会，反而给人们带来了诸多乐趣。人们在此过程中表现出超强的适应环境的能力，比起后来利用空调等现代技术干预天气的影响，显示出更大的智慧。小说的最后，年轻的公共汽车女司机燕华"驾驶着两节车厢的公共汽车，轻轻在竹床的走廊里穿行，她尽量不踩油门，让车像人一样悄悄走路"[②]。角色在此表现出的体贴实际是对竹床阵这种自然形成的生活形态的极大尊重，也反映了作者本人对于竹床阵所代表的地方习俗的极大尊重。用生态区域主义运动的发起者彼得·伯格和雷蒙德·达什门的话来分析，池莉作品中的武汉人认识到，"人类生命和其他生命都受到发生在当地的地球活动规律如季节、天气、水循环的影响"，因而想方设法，以"确保（对此地的）长期占用"；而作家对于他们的关注也表明，她充分理解"在地生活"的可贵。

三

武汉的竹床阵在全国独一无二，其原因自然不是单单一个天气因素可以

① 池莉：《武汉故事·冷也好热也好活着就好》，昆仑出版社2004年版。
② 池莉：《武汉故事·冷也好热也好活着就好》，昆仑出版社2004年版。

356

解释。池莉虽然没有深究其中的人文因素，却显然比小说《冷也好热也好活着就好》中的人物更加明白它的文化独特性，因此才以第三人称叙述者的口吻描述本地人和外地人对此现象的迥异反应，末了感叹一句："武汉市这风景啊！"①如今，那些曾经遍布武汉大街小巷的壮观的竹床阵早已淡出人们视线，它们以及它们所代表的武汉市民的传统生活方式早已被现代化的洪流席卷而去。地方文化的独特性及其传统性与现代社会所追求的日新月异和全球一体化之间，似乎有着不可调和的矛盾，而前者也似乎不容置疑地成为这场遭遇战的失败一方。池莉的多部小说都在不同程度上触及地方文化与现代化之争，其中隐含的态度发人深省。

　　池莉在小说《不要与陌生人说话》里，通过女主人公徐红梅，表达了她对传统文化的忧患之情。徐红梅在武汉汉口的闹市区生活了四十多年，眼见着改革开放彻底改变了传统的商业模式，汉口人爱逛的老字号专营店一个个倒闭，取而代之的是"把针头线脑油盐酱醋和胭脂香水绫罗绸缎混在一个店子里卖"的百货商场，而随同这些老店铺一起消失的还有老汉口人悠闲自在的生活。②新兴商业模式抹杀了附着在不同商品及其产地乃至出售地之上的文化差异，正如米克·史密斯所指出："'现代性'的'全球化'现象意味着在一个以一致为原则的工具性经济体制内，消化掉所有的差别，所有的'地方'。"

　　池莉在她的"汉味小说"中常常以小吃和家常菜等武汉地方食品作为地方文化的载体，一方面透过食品带给角色的由衷满足，表达角色的地方依附感乃至强烈的地方身份感；另一方面则借角色的怀旧之举呈现其与现实的冲突，表现地方文化在一体化经济模式的冲击下所面临的窘境。《冷也好热也好活着就好》中的街坊们最喜欢聚在一起谈论武汉的早点小吃，王老太一口气可以数出上十种；他们坚定地认为，在"过早"这件事情上，无论上海北京广州还是国外的很多地方，"哪个城市比得上武汉"。而让老武汉人念念不忘的不单是早点的品种之多，还有那些遍布街头的老字号小吃店，因为它们可以满足小说中

研究资料

池莉

---

　　①　池莉：《武汉故事·冷也好热也好活着就好》，昆仑出版社2004年版。

　　②　池莉：《武汉故事·不要与陌生人说话》，昆仑出版社2004年版。

的老街坊们"满街瞎吃"的喜好。①池莉自然不能在她的这部背景设于1990年的短篇小说中讲述那些始自20世纪末和21世纪初、与该作品的创作大致同期发生的事实：老字号纷纷倒闭，被连锁式早餐店取代；原本纯手工制作的传统小吃被迫进入从流水线到连锁超市货架的标准化程序。但作为读者，我们依然能够从小说中这段情节所散发出的浓烈的怀旧情绪中清晰地感受到传统饮食文化的衰落之势。其实武汉小吃所经历的变化是我们这个时代再熟悉不过的故事。史密斯在他的书中讲到，从前欧洲的公路旅行者可以充分体验道路两旁的风景和民情，而现代公路设计在追求"狭义的功能性"的同时，剥夺了司机们体验生活的机会。同样，原本颇有讲究且带有一定社交性质的武汉人的"过早"活动被现代商业模式极大地功能化，成了一项简单的饱腹之举。

池莉小说中出现的武汉小吃或家常菜基本采用当地当季的食品原料，充分体现了中国传统文化中"要吃就吃当季食品"的养生之道，也与生态区域主义理论框架下的可持续性发展的观念不谋而合②，因此可称得上既有利于健康又有益于环境。地方食品成为角色们世俗生活的一个重要点缀，乃至重要组成部分；但真正成为作品的核心，只有在《生活秀》这部小说中。该作品聚焦环境污染问题所引发的政府与民众之间的冲突，反映了地方文化与现代社会要求之间的矛盾。池莉将《生活秀》的故事置于一个真实的场景——著名的武汉夜市大排档吉庆街，并通过各种矛盾冲突，表现环境、社会及文化之间关系的复杂性。小说的主人公来双扬是个地道的武汉女人，一辈子都生活在吉庆街。在她十六岁因故被工厂开除后，就开始在街上摆摊卖油炸臭干子为生，后来改卖鸭脖子。故事开始时，来双扬的做新闻记者的妹妹来双瑗正计划着在节目中曝光吉庆街的扰民问题，主要是环境污染问题。而故事中对于吉庆街的描述以及对其历史的交代，有相当一部分来自来双扬。作为一个依靠吉庆街夜市大排档谋生的人，她的态度是实事求是的。她一方面承认大排档有着这样那样的问题，甚至同情那些深受其扰的居民；另一方面又坚定地捍卫自己的生存权利。与之

①　池莉：《武汉故事·冷也好热也好活着就好》，昆仑出版社2004年版。

②　该观念提倡谨慎地使用当地自然资源，供当地人所需，以便最大限度地减少长途运输食品所带来的环境污染与资源浪费。

相比，妹妹双瑗显得不够客观，被指责为不懂现实，或是"只有主观意识，没有客观意识"①。来双瑗主张通过取缔大排档来达到彻底治污的目的，却受到了来双扬和故事叙述者的嘲笑，说明作家本人对于吉庆街的环境污染问题抱有一个复杂的心态。②

其实我们在《生活秀》中观察到的矛盾冲突绝不仅限于双扬和双瑗姐妹之间，甚至也不限于她们所代表的不同利益群体之间。从一个更大的意义上讲，它是文化传统与环境保护之间的矛盾。吉庆街的夜市自存在以来，历经多次整顿取缔，却仍旧"顽强"地生存了下来，这个事实本身就说明两者间的矛盾极其复杂。我们可以通过小说中有关一次取缔行动的描述，深入挖掘矛盾的根源。作家在这部分故事中以戏剧性的画面，展现政府与吉庆街之间的冲突场景。在政府一方，有"政府官员，戴红袖标的联防队员，穿迷彩服的防暴武装警察和消防队的高压水龙头"；在街道一方，有"卖唱的艺人、擦皮鞋的大嫂、各种身份的小姐……没有执照的厨师"等等，大家"纷纷抱头鼠窜"。在一片混乱之中，似乎只有来双扬保持着淡定："来双扬从来不与取缔行动直接对抗。她待在自己家里，坐在将近一百年的阳台上，抓一把葵花子嗑着，从二楼往下瞧着热热闹闹的取缔过程。"③面对政府来势汹汹的行动，来双扬这个女人以她的镇定自若，无声地表示着她的藐视，也更加符合作家努力为她打造的传奇式人物的特征④。随着故事情节的推进，我们明白，来双扬对吉庆街形势的把握来源于实践经验，正如叙述者在文中所说："吉庆街大排档就是这样，野火烧不尽，春风吹又生。一次又一次，取缔多少次就再生多少次。取缔

359

池莉

研究资料

---

① 池莉：《池莉近作精选·生活秀》，长江文艺出版社2003年版。

② 作家在该小说中经常采用"自由间接思想"的叙事手法，将叙述者和来双扬的观点合二为一。以下是上句引文所在的完整段落，是运用自由间接思想的典型例子："来双扬怎么回答（她）妹妹的一系列质问呢？来双瑗所有的质问只有主观意识，没有客观意识，（她）教导他人的愿望是如此强烈，真把来双扬累着了。"

③ 池莉：《池莉近作精选·生活秀》，长江文艺出版社2003年版。

④ 评论界普遍认为，池莉自1987年发表《烦恼人生》以来，进入了创作的新时期，即"新写实主义"时期。但就《生活秀》这部作品而言，尽管它发表于2000年，理应属于"新写实主义小说"，来双扬这个角色却有着明显的传奇色彩。

本身就是广告。"①叙述者在这里表达的态度和来双扬的态度无疑是一致的。一次原本严肃的整治行动就这样在作家的导演下演变成一场闹剧。作家借此嘲讽政府采取行动时的简单粗暴，同时肯定以来双扬为代表的底层民众的实际需求；只需简短的一句话，"这就是人们的吉庆街"②，作家的立场便显露无遗。

但我们需要明确的是，这句话中的"人们"指的是谁？难道我们能否认，在吉庆街这样一个人员混杂、矛盾重重的小社会里，不同的人群势必有着不同的需求？要回答这个问题，我们必须回到文本。在这句话的上文中，叙述者给我们呈现出一个独特的吉庆街，它有着自由随意的气氛，"是一个无拘无束的漂泊码头"③，让所有来到此地的人们在不知不觉中放松心情。由此我们不难看出，吉庆街所代表的是武汉当地老百姓所崇尚的一种生活方式，正如媒体在分析政府的取缔行动屡遭失败的原因时所说，"很多市民潜意识认为，越是在马路上，越能体会到那种平凡味道；越是在马路中央，越能显示大众化"④。可见，小说中的"人们"一词实际是文化传统这个抽象概念的具体表达；因为文化传统，尤其《生活秀》这部小说展现出的武汉的市民文化传统，恰恰反映在无数像来双扬一样的普通市民的日常生活中。来双扬在吉庆街享有"偶像的待遇"⑤，其传奇般的形象是作家赋予的，反映出作家对她以及像她一样为生存而努力打拼的"人们"所怀有的敬意，也反映出作家对文化传统的重视。

在《生活秀》中，我们看到一个颇具讽刺意味的现象，鸭脖子一类的地方小吃和大排档主营的家常小炒等地方特色食物，以及当地人极具文化特色的饮食习惯，竟然成为吉庆街环境污染的制造者。具有高度的文化和生态敏感性的作家池莉，在吉庆街这个事件里，似乎更多地倾向于文化传统保护，而非环境保护。对此现象，我们该做何解释？在此，我们有必要回到池莉的"新写实主

---

① 池莉：《池莉近作精选·生活秀》，长江文艺出版社2003年版。
② 池莉：《池莉近作精选·生活秀》，长江文艺出版社2003年版。
③ 池莉：《池莉近作精选·生活秀》，长江文艺出版社2003年版。
④ 《吉庆街："丑小鸭"变"白天鹅"》，荆楚网2002年9月14日。
⑤ 池莉：《池莉近作精选·生活秀》，长江文艺出版社2003年版。

义"立场上来，必须看到作家从此立场出发，对世俗生活所给予的关注乃至提升；正如戴锦华指出："在池莉的现实景观中，烦恼而琐屑的日常生活几乎具有了某种圣洁的意味。"[①]换言之，作家承认日常生活是我们不可回避的现实的一部分，并投之以最深的敬意。这份以世俗生活为乐的态度正是武汉市民文化的特点，因此我们不难理解为什么池莉在《生活秀》中会选择支持来双扬和吉庆街所代表的市民文化传统。而且作家在吉庆街这个问题上所持的态度与其生态敏感性并不矛盾。她选择的前提在于她充分理解目前吉庆街所面临的两难困境的根源之所在，因此希望政府能拿出更合理的办法，在解决吉庆街的环境污染问题的同时，尽可能多地保留当地独特的饮食文化传统。

《生活秀》所展示的武汉地方文化代表着一种传统的生活方式。在作家池莉的眼里，它原本也是健康的生活方式，而它之所以会造成环境污染问题，与人们针对这一传统文化所进行的商业化运作大有关系。像吉庆街一样的夜市大排档在武汉市还有很多，其前身就是小说《冷也好热也好活着就好》中出现的竹床阵。最先是一家人围着自家竹床吃，后来一部分下岗工人开始制作一些卤菜小炒之类的家常菜卖给路人。渐渐地，越来越多的人以此为谋生手段，发展出一个又一个的颇具规模的夜市。到了小说里的吉庆街的这个阶段，又引进了街头艺人等，进一步招揽生意。其实书中描写的吉庆街还只是其商业化的初期，还有更多和更大规模的商业扩张行为尾随其后。事实上，吉庆街在池莉的这部小说以及由此改编的电视剧和电影的联合推动下，早已从武汉市的众多夜市大排档中脱颖而出，俨然成为武汉地方文化的一个地标。来双扬每晚只卖十五斤的鸭脖子，如今在遍布全国各地的专卖店和超市中出售，销量难以计数。这其中因机械化规模生产、食品包装和长途运输等造成的生态压力不容小觑，因为此类跨地区的经济活动对于生态环境的破坏性无论在强度上还是影响

池莉 研究资料

---

① 戴锦华：《池莉：神圣的烦恼人生》，《文学评论》1995年第6期。

范围上，都远远大于为满足本地居民所需而进行的规模有限的同类活动①。与此同时，武汉市政府为了彻底整治吉庆街的脏乱差，已从2009年开始，着手把整条街集体搬迁至一个现代化超大型购物中心内，该项工程已于2011年年底完成。面对这些变化，我们有理由担忧，吉庆街会因其商业化的发展而丧失宝贵的地方文化传统，同时给生态环境带来更大的危害。我们在此提出的问题是：当现代化及全球化以势不可当之势向我们奔袭而来，传统文化和生态环境是否必受其害？我们能否在地方性与现代性之间寻找到某种程度的平衡？作家池莉所拥有的地方意识能否让她在珍视传统文化和生态环境的同时，坦然面对新时代带来的挑战？

四

经济全球化对吉庆街所代表的地方饮食文化的影响无疑是巨大的，因为无论是地方食品本身，还是与之相伴的饮食习惯，都十分依赖于具体的地理、物理环境或"地方"。但在我们为此指责经济全球化之前，我们有必要静下心来，仔细思考"文化传统"中的"传统"一词。我们在论及某地的地方文化时，常常会用到"传统"这个词，这是否意味着该文化与该地之间有着超越时间的、永久性的联系？答案自然是"不"。因为无论这个文化多么独特，也无论这个地方多么与世隔绝，其传统都有可能发生改变。不难想象，像武汉这样一座有着悠久的工业化和城市化历史的大都市，从其诞生至今必定经历了无数的变化。从夏夜里的竹床阵到夜市大排档，这个变化就是一个典型的例子。当那曾经的夏夜景致，当那一排排首尾相连的竹床阵悄然消失的时候，人们或许会感叹一个特色鲜明的地方传统消失了。但事实是，这个旧的传统只是被一个新的传统取代，热热闹闹的夜市大排档能提供武汉人最爱的家常小炒和最难以

---

① 大量研究已表明，跨地区的经济活动会产生诸如资源和能源的消耗以及污染等问题。章锦河在他的文章《商品包装的经济生态效益研究》中，以商品包装为例，说明用于非本地市场的包装比本地市场所需的包装成本更大，造成的污染也更大。见章锦河的《商品包装的经济生态效益研究》，《安徽师大学报（哲学社会科学版）》1994年第2期。

割舍的世俗生活氛围，同样具有浓浓的地方味道。可见，地方传统绝非一成不变，而是在不断地变化中丰富和更新着自己。

但我们也不能否认，地方传统在现代化和全球化高速推进的今天已越来越难以生存。人们习惯用"小市民"一词来形容武汉人，池莉作品中的主人公多是这些小市民，他们没有远大的理想，不思进取，容易满足于现状，和现代性"对未来的痴迷"背道而驰。那么以小市民生活为中心的武汉地方文化传统是否有可能和现代化相结合？池莉的中篇小说《来来往往》似乎给出了一个答案。故事中的成功商人康伟业和漂亮女孩时雨蓬坐在一家国际连锁大酒店的餐厅包间里，吃着他们从吉庆街叫来的"无比新鲜无比火爆的家常菜"，感觉到久违的轻松和痛快①。此情此景中，当角色们从洁净时尚的环境和地道美食之中分别获得自己的所需时，地方食品与国际性的潮流文化之间在尝试一种相互间的妥协。

多琳·马西率先在其著作《空间、地方与性别》一书中提出她对所谓"地方依附"的看法，之后劳伦斯·布伊尔又在《环境批评的未来：环境危机与文学想象》一书中加以重申：

> 对某一地方的依附……可以有不同的表达方式，它使得我们既可以想象（个人）与某个特定的、有界限的地点紧密相连，也可以想象一个都市内区域如何被全球人口流动以及资本流动所塑造和再塑造，同时仍然保持着可塑却鲜明的地方意识。②

我们可以这样来理解布伊尔的观点：一个有着深厚的地方意识的人不仅忠实于该地及其传统，而且还能认识到改变的必要性，认识到在高速发展的今天，传统只有与时俱进才能获得生存的机会。就吉庆街夜市而言，它在整体搬迁之后保留了原有的地方文艺表演和一部分室外就餐区，显然也试图在地方传

---

① 池莉：《池莉小说精选·来来往往》，长江文艺出版社2003年版。

② 该段引文为作者自译，同时借鉴了刘蓓的译文，见《环境批评的未来：环境危机与文学想象》，北京大学出版社2010年版。

统和现代商业以及舶来文化之间寻求某种平衡。至于移植后的传统是否能满足市民的文化心理需求，区域内的环境整治是否掩盖了更大范围的生态危害，这些问题另当别论，但无疑都值得我们深思。

吉庆街的改造为梅西和布伊尔对地方依附的解释提供了一个具体的案例；虽然不一定成功，但其设想与加里·斯奈德提出的建议是一致的，即"在国际多元化和强烈的地方意识之间寻找平衡点"。池莉虽然没有在她的小说中为吉庆街的未来指示路径，但她显然也在思考同样的一个问题，那就是：我们怎样做才能不被彻底地淹没在全球化的汹涌波涛之中？池莉在小说《化蛹为蝶》中，从一个完全不同的角度给出了她的答案。故事中的主人公小丁自小在孤儿院长大，多年以后，已是企业家和慈善家的他投资承包了往日寸草不生的孤儿院，将它迁移到城郊一处"乡野味很地道"的荒地，与孩子们一起栽树垦荒，养鱼种菜，享受鸡鸣狗吠的田园生活[①]。孤儿院从此变成了他和孩子们的天堂，而他们生产的绿色无污染的鸡蛋和蔬菜也成为附近的一家外国公司高价收购的抢手货。故事的结尾写道："（小丁）看书听音乐种菜钓鱼在院子里同孤儿们叫喊着跑来跑去。……他……觉得自己人生的状态好得无与伦比。"[②]小丁由衷的满足来自他听从心声的选择，也来自内心选择与现实之间的幸运对接。与小丁有着类似感受的人物还有此前提到的《致无尽岁月》里的女主人公。故事进行到最后阶段时，身为医生的她已步入中年，事业有成，带着她学生时代的好友来到她的家，一栋位于郊外的别墅。面对朋友的艳羡，她只说这其实就是个农舍，因为里面的一切都是"最简单和最普通的"，但在她的感觉中，唯有这个远离城市喧嚣、贴近土地的地方才能让她感受到"生命的挣扎"，即最真实的生命体验[③]。这部小说是池莉少有的半自传性质的作品，故事中的女医生很大程度上是作家的代言人，表达了作家身处世纪之交的一个现代化大都市所感受到的压力，因此她渴望回到孩童时熟悉的简单质朴的生活，仿佛唯有此才能做回自己，也才有足够的力量继续向前。更为重要的是，她已

---

① 池莉：《武汉故事·化蛹为蝶》，昆仑出版社2004年版。

② 池莉：《武汉故事·化蛹为蝶》，昆仑出版社2004年版。

③ 池莉：《池莉小说精选·致无尽岁月》，长江文艺出版社2003年版。

将自己深深扎根于武汉这座她所熟悉并出于本能紧紧依附的城市。故事中，女医生的朋友试图劝说她离开"可恶"的武汉，与他一起去到一个更好的地方，女医生在心里对她的朋友讲：

> 我是一个没有说服力的人，经常被雄辩者说得频频点头。但是我坚信我的本能。我本能需要什么我就离不开什么，这不是道理可以说得清楚的，也不是恶劣的气候和恶劣的人文环境可以与之匹敌的。个体生命的需要在关键时刻可以战胜一切！我坚信。①

这段话表达了叙述者与作者共有的一种生活态度，也是我们在《化蛹为蝶》中的小丁身上感受到的一种态度；它建立在一种强烈的地方意识之上，其蕴含的生态意义和精神价值值得关注。塞尔认为生态区域主义对于我们每个个体的要求就是解放自我，而要达到这个目的，唯有摆脱"外界对个人自由及选择的限制"，同时贴近土地、集体、集体价值等一切能够"促进个体发展"的事物。塞尔既强调个体和个人自由，又重视集体和集体价值，似乎有自相矛盾之嫌，或者至少重点不明确，但如果我们把他的观点放置在现代化和全球化的背景下，就不难理解他所说的"个人自由和选择"实为个体出自本能的需求，"集体和集体价值"则是与现代化和全球化相对并日渐受其侵蚀的传统文化和价值观，而这两者都与土地相关，都来自人们对生养之地的依附和敏感。因此，当池莉通过她笔下的人物倡导一种简单的生活以及对土地的热爱与感激之情时，她其实是在告诫人们：无论我们周遭的世界怎样变换，我们都必须在心里为地方的和传统的东西保留一块圣地。值得注意的是，池莉眼中的地方及其传统并非仅有抽象的精神意义。当小丁和女医生在不同程度上回归自给自足的农耕生活时，他们实际在以自己的方式努力减少日常消费环节可能给生态环境带来的负面影响。

但如果就此认为池莉是彻底反对现代化的，并不正确。事实上，池莉在小

---

① 池莉：《池莉小说精选·致无尽岁月》，长江文艺出版社2003年版。

说外的一些文字媒介，比如散文《武汉话题（二十七则）》中，曾清楚地表示自己期待武汉重拾旧日雄风，跟上改革开放的步伐，迎来一个现代化的未来。为此她说："武汉市肯定是在变了，我对这一点充满了信心。"[①]评论家於可训认为，池莉从其早期创作开始即表现出明显的崇尚自然的倾向，之后这种倾向逐步"发展成一种'知足''能忍''顺乎自然'的人生态度，以调解日益膨胀的人欲"[②]。从上段提到的《化蛹为蝶》和《致无尽岁月》这两部作品来看，於可训的观点显然成立，但有一点需要强调：对于池莉而言，"顺乎自然"意味着不仅要遵循自然法则，还要尊重现实；而她眼里的现实既包括武汉的世俗文化传统，也包括现代化发展所带来的一切。客观地讲，池莉的武汉小说在地方意识和全球意识之间更多地表现出前者，但她的现实主义态度、她对现代化必将带来的改变所持有的较为开放的姿态，使她最终有可能跨越地界和国界，拥有真正的全球视野。

池莉以她的武汉故事拓宽我们的思想，促使我们去思考：我们与生养我们的土地之间是怎样一种关系？我们与它的环境和文化以及它的过去和未来有着怎样一种联系？对于这些问题，我们或许会给出不同的答案，但在其中至少有一个会是：在我们身处地球村并随着它一起改变和发展的同时，我们不可忘记孕育我们的土地和滋养我们的文化传统，因为只有在它们的陪伴下我们才能捍卫自己的个体自由，也才可能最大限度地减少经济发展带给地球的负担。

原载《东岳论丛》2015年第10期

---

① 池莉：《池莉文集·真实的日子·武汉话题（二十七则）》，江苏文艺出版社1995版。
② 转引自贾万钟、聂一：《地域文化与文学发展：於可训教授访谈录》，《湖北日报》2001年4月19日。

附录：池莉研究资料索引

1. 郝月梅《池莉的"人生三部曲"——读〈不谈爱情〉〈太阳出世〉〈烦恼人生〉》，《中华女子学院山东分院学报》1991年第1期。

2. 周巴沙《对世俗人生的参悟：无奈和超越——论池莉近期的小说创作》，《湘潭师范学院学报（社会科学版）》1992年第2期。

3. 焦会生《池莉新写实小说漫评》，《殷都学刊》1992年第3期。

4. 陈旭光、何一薇《面向生存的退却和苟安——池莉小说别解一种》，《文学自由谈》1992年第4期。

5. 於可训《池莉论》，《当代作家评论》1992年第5期。

6. 王菊延《人生组曲的新变奏——评池莉中篇小说〈你是一条河〉》，《当代文坛》1992年第5期。

7. 吴秉杰《池莉小说面面观》，《文艺争鸣》1992年第6期。

8. 胡平《现世的人生　现实的池莉》，《文艺争鸣》1992年第6期。

9. 易中天《池莉论——"烦恼"与池莉作品的风格和意义》，《文艺争鸣》1992年第6期。

10. 李俊国《都市烦恼人生的原生态写实——二十世纪中国都市文学视域中的方方、池莉小说》，《江汉论坛》1992年第9期。

11. 周文复《如何看待现实中的困窘与烦恼——从〈烦恼人生〉引起的轰动效应谈起》，《华中科技大学学报（社会科学版）》1993年第1期。

12. 张景超《生存理想的陨落——池莉人生三部曲的问题研究》，《文艺评论》1993年第3期。

13. 文盛《爱的世俗神话——池莉小说的婚恋世界》，《浙江师大学报（社会科学版）》1993年第5期。

14. 樊星《"汉味小说"风格论——方方、池莉合论》，《华中师范大学学报（哲学社会科学版）》1994年第1期。

15. 刘伏初《难得潇洒的"游戏"》，《青年文学》1994年第1期。

16. 吴文薇《论池莉小说的叙述话语》，《安徽大学学报（哲学社会科学版）》1994年第1期。

17. 欧阳维《高雅的格调　深沉的底蕴》，《青年文学》1994年第2期。

18. 卞海峰《传统与现实的冲突》，《青年文学》1994年第4期。

19. 李正西《池莉论》，《安徽教育学院学报（社会科学版）》1995年第2期。

20. 江波《现实主义与自然主义的接榫——池莉创作解析》，《湖北民族学院学报（哲学社会科学版）》1995年第3期。

21. 周志刚《池莉与反神话写作》，《江汉大学学报》1995年第4期。

22. 李云峰《人生烦恼四重奏——评〈你以为你是谁〉》，《江汉大学学报》1995年第4期。

23. 陈龄彬《池莉小说的"形而上"与"形而下"》，《江汉大学学报》1995年第4期。

24. 吴晓红《为小市民立言——论池莉小说的创作精神》，《江汉大学学报》1995年第4期。

25. 徐霄鹰《成熟的女性：论妇女生活经验和心理对池莉创作的影响》，《中山大学研究生学刊（社会科学版）》1995年第4期。

26. 任一鸣《从理想彼岸的追寻到此岸存在的确认——论现代女性文学的衍进轨迹兼评池莉》，《当代文坛》1995年第5期。

27. 戴锦华《池莉：神圣的烦恼人生》，《文学评论》1995年第6期。

28. 黄伟《池莉：从还原生活到重修理念——评〈烦恼人生〉〈不谈爱

情〉〈太阳出世〉中篇三部曲》，《北京教育学院学报（社会科学版）》1996年第2期。

29. 於可训《池莉的创作及其文化特色》，《小说评论》1996年第4期。

30. 王平《都市烦恼人生的写真——试比较方方、池莉的小说》，《吉首大学学报（社会科学版）》1996年第4期。

31. 朱青《池莉与文学批评之间的"互动"》，《当代文坛》1997年第2期。

32. 邓素英《池莉小说研究述评》，《南京广播电视大学学报》1997年第2期。

33. 姬学友《轻易绕不过去——池莉小说创作走向描述》，《殷都学刊》1997年第2期。

34. 吴惠敏《池莉小说艺术三论》，《安徽农业大学学报（社会科学版）》1997年第2期。

35. 彭诚《攀登者——池莉印象》，《理论与创作》1997年第2期。

36. 李琳《交织着历史和现实多重感受的追求——从〈绿水长流〉看池莉小说的婚恋观》，《飞天》1997年第3期。

37. 夏德勇《论池莉小说的文化冲突与取向》，《小说评论》1997年第4期。

38. 金惠敏《向五四精神挑战：池莉的"人生"三部曲》，《小说评论》1997年第4期。

39. 武文仙《池莉的文学之路》，《湖北文史资料》1997年第4期。

40. 朱青《淡而有味的池莉小说》，《小说评论》1997年第4期。

41. 王绯《池莉：存在仿真与平民故事——二十世纪末中国女小说家典范论之一》，《当代作家评论》1998年第1期。

42. 於可训《在升腾与坠落之间——漫论池莉近作的人生模式》，《当代作家评论》1998年第1期。

43. 潘凯雄《泽及众生的"世俗"关怀——读池莉的两部中篇有感》，《当代作家评论》1998年第1期。

44. 郑健儿《忍耐：赞赏和悲哀——池莉小说的悲剧意蕴》，《浙江师大学报（社会科学版）》1998年第1期。

45. 李骞、曾军《浩瀚时空和卑微生命的对照性书写——池莉访谈录》，《长江文艺》1998年第2期。

46. 王平《池莉小说创作的新动态——读中篇小说〈云破处〉》，《中南民族大学学报（人文社会科学版）》1998年第3期。

47. 刘路、朱玲《结构对故事的完成与超越——读池莉近作〈云破处〉》，《小说评论》1998年第4期。

48. 谢菊《论池莉小说创作的审美价值与艺术风采》，《兰州大学学报（社会科学版）》1998年第4期。

49. 黄彩萍《现代"围城"，欲说还休——试析池莉小说〈来来往往〉》，《鄂州大学学报》1999年第1期。

50. 李瑞睿《人生的体认与超越——池莉"烦恼三部曲"文化心理透视》，《平原大学学报》1999年第1期。

51. 于东晔《从与世俗接轨到与世俗同流——池莉小说解读》，《徐州师范大学学报（哲学社会科学版）》1999年第2期。

52. 黄忠来《从现实主义到新写实小说——评池莉的"人生烦恼三部曲"》，《湖北师范学院学报（哲学社会科学版）》1999年第2期。

53. 吴隐林《池莉小说创作论》，《广西师院学报（哲学社会科学版）》1999年第2期。

54. 陈映实《品味池莉的一句话》，《文学自由谈》1999年第3期。

55. 刘传霞《凡俗中的飞升与欲望中的坠落——论池莉有关市民婚姻的小说》，《济南大学学报》1999年第3期。

56. 朱青《生活的动感——池莉近作扫描》，《小说评论》1999年第4期。

57. 谢新华《烦恼人生中的生命激情——池莉小说的另一道风景》，《青岛大学师范学院学报》1999年第4期。

58. 李琳《放逐与拯救——论池莉小说的婚恋观》，《江汉论坛》1999年第5期。

59. 黎欢《论池莉小说创作的世俗化倾向》，《韶关大学学报（社会科学版）》1999年第5期。

60. 朱青《池莉近作的深刻化趋势》，《当代文坛》1999年第5期。

61. 雷明俐《撕裂虚幻神话　仿真现实人生——论池莉"崭新的眼睛"关注下的女性》，《安庆师范学院学报（社会科学版）》2000年第1期。

62. 赵彦德《试析池莉小说叙事角度的文学价值》，《安徽农业大学学报（社会科学版）》2000年第2期。

63. 谭爱娟《论池莉小说创作的蜕变》，《南华大学学报（社会科学版）》2000年第2期。

64. 金雅《生命的崇高与纯真的执着——读池莉小说〈云破处〉》，《当代文坛》2000年第3期。

65. 吕颖《女性主义的写作姿态——池莉〈小姐你早〉解读》，《宁夏大学学报（人文社会科学版）》2000年第4期。

66. 张卫中《池莉小说叙事句法阐释》，《徐州教育学院学报》2000年第4期。

67. 欧阳友权《江水润笔写心史——读池莉的长篇新作〈江河水〉》，《理论与创作》2000年第4期。

68. 孙绪敏《"冷也好热也好活着就好"成因探源》，《南京师范大学文学院学报》2000年第4期。

69. 王少鹏《迷惘与缺失：池莉小说江河日下的颓势》，《徐州教育学院学报》2000年第4期。

70. 王文初《从池莉的创作谈作家的"根据地意识"》，《湘潭师范学院学报（社会科学版）》2000年第5期。

71. 刘传霞《家·弃妇·姐妹情谊——关于池莉的小说〈小姐你早〉的阅读笔记》，《济南职业学院学报》2000年第5期。

72. 吴惠敏《试论池莉小说的女性意识》，《文艺研究》2000年第6期。

73. 苏文清《漫论池莉笔下的孩子形象》，《江汉论坛》2000年第8期。

74. 张燕《何处泊靠？——池莉小说创作之女性观质疑》，《当代文坛》

池莉
研究资料

2001年第1期。

75. 冯爱琳《聆听成长足音——读池莉近作〈乌鸦之歌〉》，《当代文坛》2001年第1期。

76. 李玲《〈你是一条河〉的解读》，《湖北师范学院学报（哲学社会科学版）》2001年第1期。

77. 李开拓《池莉爱情小说中情感的价值取向》，《北华大学学报（社会科学版）》2001年第1期。

78. 马治军《平民情怀与消解虚幻神话——池莉小说主题透视》，《河南师范大学学报（哲学社会科学版）》2001年第2期。

79. 张之花《唱独角戏的女人——略论池莉〈生活秀〉》，《当代文坛》2001年第3期。

80. 刘明、周怡《池莉小说中的母性意识与文化立场》，《华侨大学学报（人文社会科学版）》2001年第3期。

81. 刘志友《〈小姐你早〉：女性主义绝唱》，《新疆师范大学学报（哲学社会科学版）》2001年第4期。

82. 孙正华《真切地展示青春的美丽和忧伤——评池莉〈怀念声名狼藉的日子〉》，《当代文坛》2001年第4期。

83. 张德丽《坚持小说的平民化姿态——浅论池莉小说创作》，《西安教育学院学报》2001年第4期。

84. 谢延秀《世俗社会的写真——池莉"新写实主义"小说的艺术特征》，《延安大学学报（社会科学版）》2001年第4期。

85. 程永新《池莉访谈录》，《作家》2001年第5期。

86. 刘志友《论池莉20世纪90年代的小说》，《思想战线》2001年第5期。

87. 张文娟《生命哲学的诗意表达——读池莉的中篇小说〈致无尽岁月〉》，《当代文坛》2001年第6期。

88. 刘钊《论池莉小说中女性存在的市民化策略》，《长春师范学院学报》2001年第6期。

89. 陈俐、黄文彬《从白日的梦幻到黑夜的真实——池莉小说叙事结构的演变》，《西南民族学院学报（哲学社会科学版）》2001年第8期。

90. 赵淑琴、茅维《从池莉的创作看她的生存哲学》，《广西民族大学学报（哲学社会科学版）》2001年第S2期。

91. 刘川鄂《"池莉热"反思》，《文艺争鸣》2002年第1期。

92. 吴禹星《市民本位与乐生主义——池莉小说解读之一》，《甘肃社会科学》2002年第1期。

93. 黄忠顺《池莉价值立场转变的文学史意义》，《湘潭大学社会科学学报》2002年第1期。

94. 韩冷《浅谈池莉都市小说中的女权意识》，《辽宁教育学院学报》2002年第1期。

95. 邢春玲《真实与荒诞的两位一体——池莉小说的美学倾向》，《中华女子学院山东分院学报》2002年第1期。

96. 益西嘉措《池莉"新写实三部曲"浅论》，《西北第二民族学院学报（哲学社会科学版）》2002年第1期。

97. 闫秀平《颠覆爱情神话——池莉小说中的婚恋现象透视》，《石油大学学报（社会科学版）》2002年第1期。

98. 林苹《为大众写作：池莉小说平民意识的觉醒》，《福建教育学院学报》2002年第1期。

99. 何祖建《成长体验的女性言说——从〈乌鸦之歌〉〈怀念声名狼藉的日子〉看池莉性别创作立场的位移》，《湖南大学学报（社会科学版）》2002年第1期。

100. 沙琳《叙述对情感历程的审美营造——论池莉小说〈来来往往〉的叙述艺术》，《佳木斯大学社会科学学报》2002年第1期。

101. 周芳《从儒家的"正心"理念看池莉笔下的婚姻状态》，《湖北民族学院学报（哲学社会科学版）》2002年第2期。

102. 孟繁功《池莉：继承老舍"市民小说"的新代表作家》，《东方论坛：青岛大学学报》2002年第2期。

103. 孙萍萍《寻找失去的记忆——从池莉、王安忆的两部新作谈起》，

《当代文坛》2002年第2期。

104. 肖方《从中性写作到女性意识的觉醒——兼谈池莉的婚姻爱情观》，《当代文坛》2002年第3期。

105. 孙先科《故事的传奇性与精神上的反传奇——对池莉20世纪90年代小说创作的透视及反思》，《文艺理论研究》2002年第3期。

106. 李社教《〈看麦娘〉细读之二——文本结构分析》，《湖北师范学院学报（哲学社会科学版）》2002年第3期。

107. 周利荣《论池莉小说的女性意识——兼及新时期女性意识的多元形态》，《陕西师范大学学报（哲学社会科学版）》2002年第5期。

108. 姜红《一幅当代中国女性的生存本相图——试论池莉小说中的女性形象》，《安徽教育学院学报》2002年第5期。

109. 魏天真《观看男人的三种眼光——池莉近作的女性视角及其意义》，《华中师范大学学报（人文社会科学版）》2002年第6期。

110. 王平《用心用力塑造人物形象——读池莉近期小说》，《西南民族学院学报（哲学社会科学版）》2002年第11期。

111. 西慧玲《池莉小说中女性意识的覆盖》，《北方论丛》2003年第1期。

112. 彭敏《解读池莉——浅论池莉的生活观爱情观》，《西藏民族学院学报（哲学社会科学版）》2003年第1期。

113. 周颖菁《"虽显犹隐"的故事——对池莉〈看麦娘〉"生存"主题的解读》，《江汉论坛》2003年第8期。

114. 喻继红《凡俗人生的深切关怀——论池莉小说的世俗化特征》，《江汉论坛》2003年第11期。

115. 王一川《乡愁如流水——〈看麦娘〉与市民情调》，《南开学报（哲学社会科学版）》2003年第6期。

116. 于东晔《生命之重与生命之轻——读池莉的小说〈看麦娘〉》，《名作欣赏》2003年第1期。

117. 胡洪亮《看麦娘：女性的隐喻世界——读池莉〈看麦娘〉》，《名作欣赏》2003年第5期。

118. 张志忠《人生无梦到中年——池莉简论》，《文学评论》2003年第1期。

119. 赵艳、池莉《敬畏个体生命的存在状态——池莉访谈录》，《小说评论》2003年第1期。

120. 赵艳《池莉小说的叙述张力》，《小说评论》2003年第1期。

121. 范玉《世俗人生中的哲学——论池莉小说之生存悖论》，《理论与创作》2003年第2期。

122. 邹珊颜《池莉创作研究述评》，《文教资料（初中版）》2003年第2期。

123. 石毅仁《成就与徘徊——对池莉小说的一种解读》，《贵州社会科学》2003年第4期。

124. 范耀华《变数：论〈看麦娘〉对池莉小说创作的意义》，《湖北民族学院学报（哲学社会科学版）》2003年第4期。

125. 李明清《坚守与超越——摭论新写实之后的池莉小说创作》，《当代文坛》2003年第4期。

126. 李秀金《在生存中凝望——读池莉的小说〈有了快感你就喊〉》，《当代文坛》2003年第5期。

127. 肖鹰《池莉小说电视化批判》，《文艺争鸣》2003年第5期。

128. 周怡《再论池莉的母性意识：从〈生活秀〉到〈看麦娘〉》，《山东社会科学》2003年第6期。

129. 郑亚捷《试论池莉市民小说中的大众庸常价值取向》，《海南师范学院学报（社会科学版）》2003年第6期。

130. 许妍《另一种读法——从女性主义意识的视角解读方方和池莉》，《理论与实践（贵阳）》2003年第6期。

131. 张艳玲、刘东莹《池莉作品在选词上的特点》，《武汉理工大学学报（社会科学版）》2003年第6期。

132. 孙文宪《世俗生活的意义——对池莉作品及其评论的一种读解》，

《江汉大学学报（人文科学版）》2003年第6期。

133. 王科、徐日君《理想的失落与道德的滑坡——论池莉小说对婚姻爱情的市民诠释》，《文艺理论与批评》2004年第1期。

134. 徐岱《都市风景的两种色调——方方与池莉小说的诗学审视》，《浙江大学学报（人文社会科学版）》2004年第1期。

135. 胡玲莉《论池莉小说的影视改编》，《电影艺术》2004年第2期。

136. 王艳玲《走向女性主义之路——论90年代池莉小说创作视点之位移》，《安徽理工大学学报（社会科学版）》2004年第3期。

137. 郭海燕《论池莉的人生哲学》，《江苏教育学院学报（社会科学版）》2004年第4期。

138. 田京霭《池莉小说相关电视剧与原作之比较》，《湖北大学学报（哲学社会科学版）》2004年第4期。

139. 汪泽《试析池莉近期小说的女性意识》，《中国图书评论》2004年第5期。

140. 彭卫鸿《论池莉小说的流行因素》，《湖北社会科学》2004年第5期。

141. 丁光梅《池莉"人生三部曲"的男性形象和女性意识》，《中华女子学院学报》2004年第5期。

142. 陈国恩、王艳《世俗认同与身份焦虑——论池莉的小说创作》，《江汉论坛》2004年第6期。

143. 黄自华《批判的快感与尴尬——池莉批判的批判》，《小说评论》2004年第6期。

144. 田蓉辉《理解·同情·宽容——池莉的男性立场解读》，《广西社会科学》2004年第8期。

145. 王谦《带着仇恨写小说：池莉》，《出版广角》2004年第11期。

146. 穆亚一《在郁闷中前行——评池莉小说〈有了快感你就喊〉》，《湖北社会科学》2004年第12期。

147. 王婕《没有解决的问题——〈少妇的沙滩〉主人公浅析》，《陕西师范大学学报（哲学社会科学版）》2004年第A2期。

148. 阎丽君《凡俗世界的歌者——论池莉小说的平民意识》，《海南大学学报（人文社会科学版）》2005年第1期。

149. 王新菊《成长的女人——池莉小说中女性世界的重构》，《学术探索》2005年第1期。

150. 王艳玲《池莉小说创作之女性观质疑》，《开封大学学报》2005年第1期。

151. 彭国栋《池莉文本中的女性立场》，《戏剧文学》2005年第1期。

152. 黄丹銮《中国式的爱情婚姻模式——试论池莉的爱情婚姻题材小说创作》，《中山大学学报论丛》2005年第2期。

153. 谷瑞丽《池莉小说的爱情观新解》，《山东师范大学学报（人文社会科学版）》2005年第2期。

154. 张艳玲《池莉作品中常见的几种修辞格》，《湖北师范学院学报（哲学社会科学版）》2005年第3期。

155. 皮进《浅析池莉构建的婚恋世界》，《长沙大学学报》2005年第3期。

156. 高选勤《女性"觉醒"的是什么意识——池莉〈小姐你早〉解读》，《江汉大学学报（人文科学版）》2005年第3期。

157. 张燕《论池莉小说创作的两个亮点》，《广东社会科学》2005年第4期。

158. 谷瑞丽《池莉小说中的生命本真状态》，《齐鲁学刊》2005年第4期。

159. 谷瑞丽、牛光夏《烦恼人生中的片刻轻松——论池莉小说的生存哲学》，《济南大学学报（社会科学版）》2005年第4期。

160. 尤杨《池莉小说中的女性情怀》，《黑龙江社会科学》2005年第4期。

161. 张建秒《世俗人生的日常书写——论池莉小说创作》，《中北大学学报（社会科学版）》2005年第4期。

162. 阎纯德《论新写实小说及其创作——以池莉、方方为中心》，《海南师范学院学报（社会科学版）》2005年第5期。

163. 高乃毅《论池莉小说的女性意识》，《河南社会科学》2005年第5期。

164. 肖佩华《中国当代社会的市井叙事——池莉小说的叙述特征及文化意识》，《云南社会科学》2005年第6期。

165. 严运桂《求稳　求变　求谐——由池莉小说的婚恋关系看其女性意识的发展与变异》，《海南师范学院学报（社会科学版）》2005年第6期。

166. 彭松乔《论池莉小说的话语生态》，《湖北社会科学》2005年第10期。

167. 张立新《池莉小说对人性的关注》，《名作欣赏》2005年第11期。

168. 王春、靳建芳《池莉小说婚恋世界的艺术建构》，《北京科技大学学报（社会科学版）》2006年第1期。

169. 李阳春、杨爽《叩问人生价值感受人生烦恼——兼评〈烦恼人生〉的叙事方式》，《创作与评论》2006年第2期。

170. 叶澜涛《近十年池莉小说研究综述》，《湛江海洋大学学报》2006年第2期。

171. 潘慧莉《池莉小说的女性视角探微》，《学海》2006年第3期。

172. 魏景霞《当下的池莉——兼论影像时代的小说选择》，《中州大学学报》2006年第3期。

173. 曾艳《对男性的人文关怀——从池莉的小说〈来来往往〉谈起》，《吉林省教育学院学报》2006年第4期。

174. 王文初《批评的常识与胸襟——以刘川鄂对池莉的批评为例》，《文艺理论与批评》2006年第4期。

175. 黄梅学《写作的当下性——简论池莉的"新写实"小说创作》，《湘潭师范学院学报（社会科学版）》2006年第5期。

176. 孙旋《女性意识的同质显现——探寻方方、池莉小说建构的都市知识女性情爱世界》，《江汉论坛》2006年第8期。

177. 王宇放《人心似海的现代状态——池莉小说的世俗化趋向》,《戏剧文学》2006年第9期。

178. 颜峰、徐丽《试论池莉小说中的女性婚恋意识》,《山东文学》2006年第9期。

179. 崔霞《男权话语中的女性认知(上)——池莉小说〈不谈爱情〉的女性主义解读》,《写作》2006年第17期。

180. 崔霞《男权话语中的女性认知(下)——池莉小说〈不谈爱情〉的女性主义解读》,《写作》2006年第19期。

181. 林丽丽《在古典爱情的陷落中显当代婚恋之真相——谈池莉小说反映的婚恋现状及创作意图》,《电影评介》2006年第20期。

182. 谢延秀《池莉小说的"新写实"特征》,《学术交流》2007年第1期。

183. 赖翅萍《从生之"活命"到心之安居——论池莉对市民日常生活的诗性消解与探寻》,《创作与评论》2007年第1期。

184. 贺海鹏《浅析池莉小说创作中的市民文化精神》,《殷都学刊》2007年第1期。

185. 郑新安《简论方方和池莉"新写实小说"的不同特色》,《河南工业大学学报(社会科学版)》2007年第2期。

186. 邓剑颖《浅谈池莉小说中的女性意识》,《安徽文学(下半月)》2007年第2期。

187. 胡玉萍《所以,池莉》,《出版广角》2007年第3期。

188. 王晓梦《简论池莉作品的男性形象》,《山东文学》2007年第3期。

189. 邓玉萍《顺"流"而变的池莉》,《理论界》2007年第4期。

190. 王建丽《论池莉小说中的女性形象》,《安阳师范学院学报》2007年第4期。

191. 吴跃平《演绎"汉味文化"的原生态——对池莉小说市民形象文化个性的解读》,《时代文学(理论学术版)》2007年第6期。

192. 陈尚荣《拆穿"爱情"和"精英"的神话——市场化时代池莉"凡俗

化"的叙述立场》，《南京理工大学学报（社会科学版）》2007年第6期。

193. 孙桂荣《文学"大众化"与当代批评的应对策略——从池莉小说的当代评价谈起》，《东方论坛》2007年第6期。

194. 肖媛《网与梦——池莉小说的生活哲学》，《中山大学学报论丛》2007年第7期。

195. 唐辉《浅谈池莉小说对人性的探索》，《山东文学》2007年第7期。

196. 温长青《透视日常生活中人性之邪恶的一面镜子——评池莉的中篇小说〈云破处〉》，《名作欣赏》2007年第8期。

197. 王苹《池莉、方方小说审美性的语言学探析》，《贵州社会科学》2007年第8期。

198. 李雪《论池莉小说的世俗情怀》，《前沿》2007年第9期。

199. 戴莉《阴影下的写作——从文化人形象塑造看池莉对传统现实主义写作的继承》，《名作欣赏》2007年第10期。

200. 郭青格《论池莉小说世俗化的审美倾向》，《名作欣赏》2007年第10期。

201. 王桂青《池莉小说的民间文化形态及审美向度——兼议"池莉现象"》，《理论学刊》2008年第1期。

202. 罗执廷《文学选刊在当代文坛作用力的一个考察——以池莉与〈小说选刊〉为个案》，《当代文坛》2008年第2期。

203. 蔡淑敏、高卫华《原欲与生命本能的凸现——解读池莉散文〈怎么爱你也不够〉》，《名作欣赏》2008年第2期。

204. 刘梦琴《地域文化视野下市民世界的展现——老舍、池莉市民世界之比较》，《江汉论坛》2008年第3期。

205. 郑新安《简论池莉的新写实小说》，《河南理工大学学报（社会科学版）》2008年第3期。

206. 孙桂荣《文学批评中的大众文化意识形态——从近年来的池莉批判谈起》，《山东师范大学学报（人文社会科学版）》2008年第3期。

207. 谢祖德《池莉小说语言的风格》，《文学教育（下半月）》2008年第

3期。

　　208. 郝美玲《池莉〈烦恼人生〉中的"烦恼"》，《大众文艺（理论）》2008年第3期。

　　209. 颜琳《池莉小说的"陌生化"技巧》，《理论与创作》2008年第4期。

　　210. 翟喜凤《从〈生活秀〉〈看麦娘〉论池莉女性主义小说的叙事艺术》，《中华女子学院学报》2008年第6期。

　　211. 庞静《坚守中的突破——由〈看麦娘〉〈水与火的缠绵〉等小说看池莉创作变化》，《安徽文学（下半月）》2008年第7期。

　　212. 华春兰《试论池莉小说中复叠辞格的运用》，《文学教育（上半月）》2008年第10期。

　　213. 庄桂成、李慧《评池莉的新作〈所以〉》，《文学教育（上半月）》2008年第11期。

　　214. 吕晓洁《讲述知识女性最隐秘处的疼痛——解读池莉新作〈所以〉》，《名作欣赏》2008年第7期。

　　215. 陶春军《从〈所以〉看池莉小说"女性写作"艺术的嬗变》，《名作欣赏》2008年第14期。

　　216. 王剑《婚姻藩篱中的挣扎与救赎——池莉长篇小说〈所以〉解读》，《写作》2008年第17期。

　　217. 吴跃平、肖怡然《试论池莉小说生存意蕴的嬗变》，《名作欣赏》2008年第10期。

　　218. 何君《〈生活秀〉角色话语的建构》，《广西大学学报（哲学社会科学版）》2008年第A1期。

　　219. 杨建玫《论安妮·泰勒与池莉的女性自审与母亲批判》，《小说评论》2008年第A2期。

　　220. 梅雪《浅析池莉作品中八十年代青年形象——以〈水与火的缠绵〉为例》，《创作与评论》2009年第1期。

　　221. 徐金淑、傅学敏《论池莉小说中女性意识的局限性》，《太原师范学院学报（社会科学版）》2009年第2期。

222. 肖振艳《女性历史的书写——以〈秀拉〉和〈你是一条河〉为例》，《名作欣赏》2009年第2期。

223. 宋媛《捍卫生活原生态——论池莉的小说创作》，《安徽文学（下半月）》2009年第4期。

224. 姜子华、刘雨《由方方、池莉小说中的粗俗女性谈起》，《文艺争鸣》2009年第4期。

225. 娄成《试论池莉小说的世俗情怀》，《河南工程学院学报（社会科学版）》2009年第4期。

226. 王宇南《谈池莉〈一去永不回〉中的"非慈母"形象》，《内蒙古民族大学学报（社会科学版）》2009年第5期。

227. 孙桂荣《"俗"何以成为"媚俗"——"'池莉热'反思"的反思》，《东岳论丛》2009年第5期。

228. 王晓恒、姜子华《论池莉小说中审美与审丑——兼谈女性写作的叙事立场问题》，《小说评论》2009年第5期。

229. 王桂青《"零距离"创作的背后——评池莉的小说》，《名作欣赏》2009年第6期。

230. 查静远《论池莉笔下的烦恼人生》，《安徽文学（下半月）》2009年第9期。

231. 赵莹《池莉：挥之不去的女性主义创作情结》，《安徽文学（下半月）》2009年第9期。

232. 张志忠《池莉笔下的小市民风景》，《名作欣赏》2009年第5期。

233. 陈洁《论池莉小说女性意识的流变》，《文学教育（上半月）》2009年第11期。

234. 杨坤道、毛三艳《论池莉小说的平民情怀》，《文学教育（下半月）》2009年第12期。

235. 王妍《颠覆传统的陌生化展现——以〈城市包装〉和〈一去永不回〉为例探究池莉小说中"天使"变"魔鬼"的形象特征》，《大众文艺（理论）》2009年第22期。

236. 潘海鸥《苦心打造"新""好"男人形象——解读池莉的"人生三部曲"》，《名作欣赏》2009年第30期。

237. 栾晓瑜《道家"安时处顺"思想对池莉小说创作的潜影响》，《小说评论》2009年第A2期。

238. 肖百容《池莉小说：时间的大众化与死亡的丧失》，《理论与创作》2010年第2期。

239. 黄伟林《评〈大众表述与文化认同：池莉小说及其当代评价研究〉》，《东方论坛》2010年第2期。

240. 冯岭《互动的意义与精神的失落——池莉作品改编刍议》，《贵州大学学报（艺术版）》2010年第3期。

241. 杭零、许钧《从"市民作家"到女性知识精英——池莉在法国的形象流变》，《文艺争鸣》2010年第3期。

242. 江善敏、姜泳《平凡生活中隐含的悲剧意蕴——解读池莉的"人生三部曲"》，《长春理工大学学报（高教版）》2010年第3期。

243. 袁媛《生活无故事——从池莉〈烦恼人生〉看新写实小说特征》，《佳木斯教育学院学报》2010年第3期。

244. 孙雯《池莉构造的沔水镇》，《文学界（理论版）》2010年第5期。

245. 崔宗超《20世纪90年代母亲形象的主题书写：以〈你是一条河〉和〈丰乳肥臀〉为例》，《郑州大学学报（哲学社会科学版）》2010年第6期。

246. 涂登宏《论池莉小说的叙事艺术》，《文学教育（中旬版）》2010年第6期。

247. 涂登宏《池莉小说与汉味文化》，《文学界（理论版）》2010年第6期。

248. 王影、张晓琴《探究当代女性的生存意义——以池莉〈生活秀〉为例》，《社科纵横》2010年第10期。

249. 袁丹《浅谈池莉小说创作中的女性意识》，《文学教育（上半月）》2010年第11期。

250. 李悦《从池莉小说看她对母爱的解读》，《大众文艺》2010年第23期。

251. 孙世静《两性角色的置换与对抗——试论池莉九十年代中后期小说中的女性意识》，《中国西部科技》2010年第33期。

252. 蔡明戈《荒谬与反抗——对池莉〈来来往往〉的哲学解读》，《北华航天工业学院学报》2011年第1期。

253. 曾一果《"烦恼人生"与"漂泊的码头"——池莉与她的"武汉故事"》，《苏州大学学报（哲学社会科学版）》2011年第1期。

254. 惠雁冰《"不畏浮云遮望眼"：池莉论》，《中国作家》2011年第1期。

255. 李展《真实与矫情的文化悖论——评池莉的散文创作》，《当代文坛》2011年第1期。

256. 张新珍《〈所以〉："革命城市"的世俗叙事》，《小说评论》2011年第2期。

257. 喻进芳《论池莉小说的修辞艺术——以20世纪90年代中期以后的小说为主》，《江汉大学学报（人文科学版）》2011年第2期。

258. 杨昊《浅论池莉与方方小说中的悲剧意识》，《青年作家（中外文艺版）》2011年第2期。

259. 余馥凝《浅论池莉作品中的男性形象》，《安徽文学（下半月）》2011年第4期。

260. 周进《论文学中的"纯态自然观"——以德莱赛和池莉为中心的研究》，《理论月刊》2011年第4期。

261. 余竹平《日常叙事中的母性观照》，《小说评论》2011年第4期。

262. 杨新刚《池莉新都市小说中的女性形象分析》，《东岳论丛》2011年第6期。

263. 陈劲松《铅华洗尽，所以安宁——读池莉中篇新作〈她的城〉》，《出版广角》2011年第7期。

264. 朱刘霞《"杀夫"框架下的人性书写——李昂〈杀夫〉与池莉〈云破

处〉比较研究》，《新闻爱好者》2011年第8期。

265. 袁寒英《新都市小说家池莉笔下的女性形象分析》，《剑南文学（经典教苑）》2011年第11期。

266. 孙曙《〈她的城〉：雌性社会的诞生》，《中国图书评论》2011年第11期。

267. 李木新《论池莉小说的艺术特色》，《文学界（理论版）》2011年第12期。

268. 高跃丽《"事"和"实"的断裂——评池莉的〈烦恼人生〉和〈真实的日子〉》，《新闻爱好者》2011年第14期。

269. 王敏杰《从烦恼人生到感悟温情——解读池莉中篇小说〈她的城〉》，《名作欣赏》2011年第22期。

270. 李展《重释池莉〈烦恼人生〉的精神意蕴》，《武汉纺织大学学报》2012年第1期。

271. 王影《蜜姐的城：论中年女性生存的呈现与剖析》，《南华大学学报（社会科学版）》2012年第1期。

272. 孙桂荣《"女人味"及其在消费时代的生成之路》，《扬子江评论》2012年第2期。

273. 刘伟娜《论池莉小说女性意识的嬗变》，《齐齐哈尔大学学报（哲学社会科学版）》2012年第2期。

274. 孙桂荣《批评依恃一种怎样的"话语生长点"？——池莉小说的当代评价研究兼谈批评倾向性问题》，《山东师范大学学报（人文社会科学版）》2012年第2期。

275. 汪广松《生命的回声——池莉作品的时间感觉》，《上海文化》2012年第2期。

276. 张玉琴《后现代语境下的池莉小说》，《时代文学（上半月）》2012年第2期。

277. 王慧姝《试论池莉小说中的知识分子形象》，《传奇·传记文学选刊（理论研究）》2012年第3期。

池莉
研究资料

278. 孙桂荣《非极端个性化的大众真实——对池莉小说的一种文化解读》，《东方论坛》2012年第5期。

279. 周爱荣《池莉小说〈生活秀〉的影视剧改编》，《名作欣赏》2012年第14期。

280. 杨吉飞、陈鑫《城市文化下的女性书写：论池莉〈她的城〉中的世俗情怀》，《文学界（理论版）》2013年第1期。

281. 王紫星《池莉汉味小说中的"城与人"》，《兰州教育学院学报》2013年第1期。

282. 匡妙妙《从池莉小说看凡俗人生》，《佳木斯大学社会科学学报》2013年第2期。

283. 李薇《纯真的怀念：读池莉〈一个人的火车〉》，《戏剧之家（上半月）》2013年第3期。

284. 喻进芳《都市生态与20世纪90年代后的武汉都市文学创作——以方方、池莉的小说为主》，《江汉大学学报（社会科学版）》2013年第3期。

285. 王叶青《从池莉〈她的城〉谈女性写作的新走向——女性文学教学札记》，《荆楚学刊》2013年第5期。

286. 刘晓希《当下与记忆，平民与贵族：相互胶着，不曾远离——由池莉"触电"回眸中国传统伦理情节剧》，《当代文坛》2013年第6期。

287. 曾李《论池莉小说的地域文化呈现》，《江汉论坛》2013年第11期。

288. 姜楠《时代变迁与"新写实主义"的兴衰：论池莉创作的轨迹》，《东岳论丛》2013年第12期。

289. 王玲俐《基于后现代文化理论的池莉小说文化内涵与叙事策略》，《语文建设》2013年第17期。

290. 杨晓平《诗意的逃遁：池莉小说简论》，《名作欣赏》2013年第29期。

291. 宋卫琴《在民间生存价值与知识分子价值之间的徘徊——〈你是一条河〉的复调叙事》，《语文建设》2013年第33期。

292. 牟玉珍《试析池莉小说中的父亲形象》，《小说评论》2013年第

A1期。

293. 冯岭《相通共融与相异互补——池莉小说影视改编之思》，《太原理工大学学报（社会科学版）》2014年第1期。

294. 宦文涛《地域文化视野下的市民世界——以池莉小说为例》，《安徽文学（下半月）》2014年第9期。

295. 马英《关于"里份"的武汉想象——方方、池莉新世纪小说合论》，《名作欣赏》2014年第16期。

296. 史长源《池莉爱情小说的创作转型》，《文学教育》2015年第1期。

297. 秦国清《池莉〈烦恼人生〉再解读》，《文学教育》2015年第1期。

298. 张海燕《严歌苓与池莉小说中的女性悲剧之美比较》，《南方文坛》2015年第2期。

299. 侯果山《浅析池莉作品中建构的女性意识》，《山东社会科学》2015年第2期。

300. 陈寒《试论池莉小说在法国的译介》，《小说评论》2015年第3期。

301. 郭素荣《池莉小说中现实压迫与自我救赎的文学解读》，《山花》2015年第4期。

302. 周和军《论〈致无尽岁月〉中的"汉味情结"》，《海南师范大学学报（社会科学版）》2015年第4期。

303. 张慧敏《论池莉的意义》，《兰州文理学院学报（社会科学版）》2015年第5期。

304. 陈红《文学视野中的"地方意识"——以池莉的"汉味小说"为例》，《东岳论丛》2015年第10期。

305. 张文心《〈爱恨情仇〉：池莉创作的新动向》，《名作欣赏》2015年第29期。

306. 肖雅《关于池莉小说真实地标书写影响的调查报告》，《文学教育（下半月）》2015年第12期。

307. 王艳玲《男权视域下的女性挣扎与生存——评池莉〈来来往往〉》，《名作欣赏》2015年第19期。

池莉

研究资料

308. 穆冬霞《女性主义视域下的池莉小说创作》，《作家》2015年第24期。

309. 马英《池莉小说中的"汉味女性"塑造》，《海南师范大学学报（社会科学版）》2016年第1期。

310. 雷登辉《生命本真的艰难追寻——池莉散文论》，《海南师范大学学报（社会科学版）》2016年第1期。

311. 王红梅《谈梁贵子与池莉的爱情观及价值取向》，《延边大学学报（社会科学版）》2016年第1期。

312. 刘淑萍《池莉〈生活秀〉底层市民女性形象探析》，《西昌学院学报（社会科学版）》2016年第1期。

313. 王春雨《职业叙事与职业审美——以池莉小说集〈汉口情景〉为例》，《当代文坛》2016年第3期。

314. 戴芙蓉《池莉小说中的现代性书写》，《大众文艺》2016年第5期。

315. 王森林《相同生存困境中的不同人格呈现——比较乔伊斯〈一朵浮云〉与池莉〈烦恼人生〉》，《名作欣赏》2016年第24期。

316. 王娜《浅析池莉市民小说中的人物形象》，《散文百家（新语文活页）》2016年第9期。

317. 魏天无《池莉：唯有爱不能遗弃——评池莉的〈池莉诗组〉》，《文学教育》2016年第34期。

318. 周国良《试分析池莉小说〈所以〉中的女性意识》，《大众文艺》2016年第19期。

319. 虎腾飞、李奇志《评池莉的〈爱恨情仇〉》，《文学教育》2016年第28期。